Milano Criminale

Das Buch

Mailand. Mit dem Bösen in sich. Das pulsierende, grausame Böse, so unbändig, dass es selbst die Farbe der Stadt verwandelt: Das Schwarz der Kohlen, die grauen Paparazzi, sie sind rot geworden. Von Lichtern, Fahnen in den Straßen, Blut auf den Bürgersteigen. Rote Stadt.

Es ist Winter in Mailand. Ein milder Morgen im Februar 1958. In der Via Osoppo gehen die Menschen ihrem täglichen Geschäft nach, als plötzlich Reifenquietschen die Luft erfüllt: Ein Kleinbus schneidet einem Geldtransporter den Weg ab. Sieben Bewaffnete überfallen den Wagen. Und alle sehen fasziniert zu. In diesen Zeiten, in denen Armut und Hunger herrschen, sind die Räuber Helden, weil sie ihr Schicksal selbst in die Hand nehmen. Der Überfall wird in die Geschichte Italiens eingehen: Es beginnt die Zeit der Ligera.

An diesem 27. Februar entscheidet sich auch die Zukunft zweier Jungen, die Zeugen des Überfalls werden: Roberto und Antonio. Sie haben ihre Berufung gefunden. Antonio wird bei der Polizei Karriere machen, dafür seine Ehe aufs Spiel setzen und sein Leben riskieren. Roberto schlägt einen anderen Weg ein: Er wird der größte Verbrecher Italiens; nicht zu fassen, immer auf der Flucht und von allen gefürchtet. Zusammen mit der Liebe seines Lebens, Nina, überfällt er Banken, tötet, nimmt es mit der Mafia auf.

Immer wieder kreuzen sich Antonios und Robertos Wege, und am Ende stehen sie sich erneut gegenüber – zwei Männer, die nur ein Ziel haben: derjenige zu sein, der dieses letzte Duell überlebt.

Der Autor

Paolo Roversi, 1975 in Suzzara in der Lombardei geboren, hat in Nizza Geschichte studiert. Er ist Journalist und lebt in Mailand. Für seinen ersten Kriminalroman *Die linke Hand des Teufels* erhielt er den Premio Camaiore, einen renommierten Preis für Kriminalliteratur. Er gehört zu einer neuen Generation italienischer Kriminalautoren und wird von der Presse hoch gelobt. In Frankreich wurde *Milano Criminale* für den Prix Polar nominiert.

Von Paolo Roversi sind in unserem Hause bereits erschienen:

Die linke Hand des Teufels
Tödliches Requiem

Paolo Roversi

Milano Criminale

Roman

Aus dem Italienischen von
Esther Hansen

List Taschenbuch

Besuchen Sie uns im Internet:
www.list-taschenbuch.de

Ungekürzte Ausgabe im List Taschenbuch
List ist ein Verlag der Ullstein Buchverlage GmbH, Berlin.
1. Auflage September 2014

Titel der italienischen Originalausgabe: *Milano Criminale*
(Rizzoli (a division of RCS Libri S.p.A.) Mailand, 2011)
Umschlaggestaltung: bürosüd° GmbH, München,
unter Verwendung einer Vorlage von ZERO Werbeagentur, München
Titelabbildung: © Millenium Images / LOOK-foto (Personenszene);
© Olmi Malmivaara / Getty Images (Stadtpanorama)
Satz: Pinkuin Satz und Datentechnik, Berlin
Gesetzt aus der Caslon
Papier: Pamo Super von Arctic Paper Mochenwangen GmbH
Druck und Bindearbeiten: CPI books GmbH, Leck
Printed in Germany
ISBN 978-3-548-61219-5

The eastern world, it is explodin'
Violence flarin', bullets loadin'
You're old enough to kill, but not for votin'
You don't believe in war, but what's that gun you're totin'
And even the Jordan River has bodies floatin'

But you tell me
Over and over and over again, my friend
Ah, you don't believe
We're on the eve
of destruction.

Barry McGuire – *Eve Of Destruction*

ERSTER TEIL

Das Ende der Ligera

Seitenwahl

1

Der Mann schlendert am Straßenrand entlang. Seine Schuhe sind staubbedeckt, seine Haltung strahlt Ruhe aus, als hätte er alle Zeit der Welt. Manchmal sieht er sich wie zufällig um, geht weiter, im Gürtel einen Totschläger und eine 9 mm.

Einige Meter entfernt ein paar Männer im Overall auf einem grauen Lieferwagen. Sie schweigen, niemand schenkt ihnen Beachtung, erst recht nicht den Maschinenpistolen auf ihren Knien.

In der Nähe ein Herr, graumeliertes Haar und Zigarette im Mundwinkel, er blättert in einer Zeitung. Langsam, viel zu viel Zeit pro Seite, um glaubwürdig zu wirken. Er sitzt in einem schwarzen Fiat 1400, und in seinen rechten Oberschenkel drückt sich ein Schießeisen.

Neben dem Auto steht ein Junge. Reglos. Mit ausgebeulter Jacke: auch er bewaffnet.

Sie alle tragen den klassischen Arbeiter-Blaumann. Die perfekte Verkleidung, um in dieser Gegend mit ihren unzähligen Fabriken und Manufakturen nicht aufzufallen.

Ein erfahrenes Auge hätte gewusst, was Sache ist. Hätte vorhergesehen, was passieren würde. Aber es war kein erfahrenes Auge in der Nähe.

Der Tanz beginnt, als der Geldtransporter um die Ecke biegt. Die Zweigstelle der Banca Popolare ist keine fünfhundert Meter entfernt. Die erste auf der Tour.

Fuß vom Gas, und aufgepasst für die drei Männer im Wagen: den Fahrer, einen Polizeibeamten und einen Bankangestellten.

Der Bandenboss zwingt sich zur Ruhe. Er kann nicht sehen, was passiert, doch ein Blick auf die Uhr genügt ihm. Alles ist auf die Sekunde genau geplant, und wenn er die Augen schließt, weiß er zu jeder Zeit, was passiert.

In Gedanken versunken sitzt er im Wartezimmer einer Zahnarztpraxis am anderen Ende von Mailand. Das hier ist sein Alibi, und ein gutes Alibi wird er brauchen, wenn die Bullen nach vollbrachter Tat unverzüglich bei ihm aufkreuzen. Er braucht glaubwürdige Zeugen, andere als die, die er sonst anschleppen könnte, seine Kumpane aus dem Stadtteil Ticinese.

Bei dem Gedanken will er unwillkürlich lächeln, verkneift es sich aber. Er muss schreckliche Zahnschmerzen vortäuschen, das erfordert höchste Konzentration. Er hat schwarzes, gewelltes Haar und trägt einen schwarzen Anzug mit einer weißen Rose im Knopfloch: Daran wird sich jeder erinnern. Der Plan sieht vor, sich möglichst auffällig zu verhalten, deshalb bricht er in regelmäßigen Abständen in lautes Gewimmer aus.

Er ist ein akribischer, besonnener Mensch. Für ihren Coup hat er extra diesen einen Tag des Monats abgewartet.

»Wir nehmen den 27., Tag des heiligen Salärius, *ciula*«, hat er seinen Leuten bis zum Abwinken gepredigt, »dann schwimmen die im Geld, um die Löhne auszuzahlen.«

Zweimal schon hatten sie es probiert, doch jedes Mal war etwas dazwischengekommen. Ein Versuch pro Monat. Heute Morgen würden sie den Sack endlich zumachen. Das spürte er.

›Heute packen wir es‹, sagt er sich, während die Arzthelferin ihn ins Behandlungszimmer führt.

Kaum sieht der Mann im Fiat 1400 den weißen Transporter im Rückspiegel aufblitzen, wirft er die Zeitung beiseite und gibt Gas. Der Wagen fädelt sich ein und schießt in Richtung Fahrbahnmitte.

Antonio steht vor der Haustür, sein Fahrrad hat er an die Wand gelehnt, mit dem Blick verfolgt er fasziniert den schwarzen Wagen, der den Geldtransporter röhrend überholt hat und nun Schlangenlinien vor ihm vollführt.

»*Quel lì l'è matt*, vollkommen wahnsinnig, der Kerl!«, schreit der Fahrer des Geldtransporters. Der Polizist tastet mit der Hand nach dem Knauf seiner Dienstwaffe.

Ohne auch nur andeutungsweise abzubremsen, schert der *Wahnsinnige* nach links aus und rast holpernd über den Grünstreifen zwischen den Fahrbahnen. Die Fahrt endet mit einem dumpfen Schlag an der Mauer auf der anderen Straßenseite. Der Fahrer kommt ohne jeden Kratzer davon; blitzschnell springt er aus dem Wagen und sucht das Weite, während ein Haufen Schaulustiger sich um das Auto schart. Auch der Fahrer des Geldtransporters bremst, um zu sehen, was da passiert ist. Der Polizeibeamte entspannt sich wieder. Und tut nicht gut daran, denn während alle Köpfe sich nach hinten drehen, kommt ihnen aus der anderen Richtung ein weiteres Auto entgegen, ein Kleinlaster OM Leoncino, flink wie auf Schienen, und rast voller Wucht in den Geldtransporter. Die Männer im Innenraum stoßen sich gewaltig die Köpfe.

Es ist Vormittag, und viele Leute sind unterwegs. Alle hören den Aufprall – und die Schüsse.

Dem Leoncino entsteigt ein Mann mit vermummtem Gesicht und Pistole. Brüllend rennt er auf den Geldtransporter zu und richtet die Knarre auf das Gesicht des Fahrers, der mit erhobenen Händen erstarrt.

Hinter ihnen kommt mit quietschenden Reifen der graue Lieferwagen zum Stehen: Fluchtweg abgeschnitten.

Der Polizist, der aus einer Wunde an der Stirn blutet, will eingreifen, doch da zersplittert das Seitenfenster neben ihm. Der Totschläger, den der Mann auf dem Bürgersteig im Gürtel stecken hatte, tut seinen Dienst. Das Glas zerbirst in tausend Scherben, und der Wachmann hat plötzlich den Lauf einer .38 Special im Mund.

»Spiel bloß nicht den Helden«, hört er es knurren. Ein Ratschlag, den er prompt befolgt.

In der Zwischenzeit räumen drei maskierte Männer den Geldtransporter aus und verteilen die Geldsäcke auf den grauen Lieferwagen und eine Giulietta Sprint, auch sie wie aus dem Nichts aufgetaucht. Auch der Bankangestellte verspürt wenig Lust, sich eine Kugel einzufangen, und bleibt reglos sitzen, während die Penunzen vor seiner Nase weggetragen werden.

Sie arbeiten in höchster Eile, es dauert keine zwei Minuten, in denen einer der Banditen alle Umstehenden mit seiner Maschinenpistole in Schach hält. Die Operation verläuft exakt nach Plan.

Schließlich rast der Lieferwagen mit quietschenden Reifen davon, dicht gefolgt von dem Alfa, aus dessen Fenster einer der Banditen den Schaulustigen höhnisch zuwinkt. Und einige winken sogar zurück.

2

Als die sechs maskierten Männer in ihren Autos davonjagen, verzieht Antonio keine Miene, fassungslos starrt er weiter auf den Ort des Geschehens: auf den ausgeräumten Geldtransporter und den Leoncino, dessen Motor noch läuft. Und genau in diesem Moment begreift er, dass sein Schicksal vorgezeichnet ist. Das Datum, das er auf einer weggeworfenen Zeitung im Rinnstein liest, brennt sich in sein Gedächtnis ein, der 27. Februar 1958: der Tag, der für alle anderen Mailänder als der ›Tag des Bankraubs‹ in die Stadtchronik eingehen wird, ist für ihn der Tag seiner Berufung. Er ist noch keine vierzehn, und doch hat er soeben entschieden, was er später einmal werden will: Bulle. Nicht Anwalt, wie sein Vater es gerne sähe, oder Arzt, wovon seine Mutter träumt. Nein, er – der schmächtige Teenager mit den schmal geschnittenen Augen – möchte diesen Männern, die die Via Osoppo in Angst und Schrecken versetzt haben, nicht nacheifern, er möchte ihnen das Handwerk legen.

Die drei Burschen hingegen, die auf dem gegenüberliegenden Bürgersteig herumlungern, scheinen darüber ganz anders zu denken. Es sind drei *Ligera*, unbewaffnete Kleinkriminelle, die auf Handtaschenraub und Wohnungseinbrüche spezialisiert sind. Sie kommen aus einem der ärmsten und gefährlichsten Stadtteile Mailands, dem Giambellino ganz in der Nähe, und haben aufgeregt alles mitverfolgt. Es ist noch zu früh am Tag, um mit den anderen Jungs aus dem Viertel in dem kleinen Park auf der Piazza Tripoli *lippa* zu spielen, deshalb sind sie hier und wollen einen Zeitschriftenkiosk überfallen. Mit einem Ball oder Stein die Fensterscheibe einwerfen, um den Inhaber abzulenken, schon greift einer von ihnen in die Holzschublade mit den Sammelbildchen und dann nichts wie weg.

Drei kleine Rüpel, nicht älter als zehn. Der jüngste, Roberto, mit widerspenstigen Locken über der Stirn und grünen Augen, die in dich hineinzusehen scheinen, spielt sich als Anführer auf.

Er lächelt versonnen, trotz seines jungen Alters weiß er seit langem, auf welcher Seite der Barrikade er steht: auf der anderen. Diese Gangster werden augenblicklich seine Helden. Und er verliert keine Zeit zu beweisen, dass auch er nicht aus Pappe ist, dass er Mumm hat genau wie sie: Noch am selben

Abend, in Lambrate, wo er manchmal bei seiner Tante übernachtet, zieht er ein richtig tolles Ding ab.

Auf der Wiese neben den Eisenbahngleisen hat der Zirkus Medini gerade seine weiß-blauen Zelte aufgeschlagen. Der Schriftzug aus Sperrholz über dem Eingang, behängt mit blinkenden Lichterketten, verkündet die Attraktionen: Akrobaten, Clowns und Raubtiere. Letztere sind es, die den kleinen Roberto interessieren, insbesondere die Tiger. Diese erweisen sich allerdings als Flop: Sie sehen aus wie Lebenslängliche, reglos und mit dem erloschenen Blick der Besiegten. Als der Wachmann einen Moment nicht aufpasst, beschließt der Junge, sie freizulassen. Träge tappen die Tiere aus ihren Zellen.

Der Bubenstreich dauert nur eine Nacht.

»Niemand sollte im Käfig eingesperrt sein«, erklärt Robertino dem Maresciallo, der ihm am nächsten Morgen die Ohren langzieht.

Die Tiger werden wieder eingefangen, und er landet im zarten Alter von acht Jahren zum ersten Mal im Beccaria, der Jugendstrafanstalt Mailands.

3

Auf der Straße wimmelt es von Uniformierten. Als seien sämtliche Bullen der Stadt an den Ort des Überfalls gehastet. Für den bald zwei Worte reichen: *der Bankraub*. Zwei Stunden sind vergangen, und das Ding ist schon zum Banküberfall schlechthin geworden. Schnell kennen alle die erbeutete Summe, der fassungslose Bankangestellte wiederholt sie wie ein Mantra, und die Schaulustigen verbreiten sie von Ohr zu Ohr: sechshundert Millionen Lire in bar, plus Zirkularschecks und Inhaberpapiere.

›Was für ein Wahnsinnscoup‹, denkt Antonio. Sein Vater, Ennio Santi, der beim Maschinenbaubetrieb Breda am

Fließband steht und jeden Morgen lustlos den Blaumann überstreift, verdient fünfundzwanzigtausend Lire im Monat. Zu viert leben sie davon: er, die Eltern und der Bruder. Und nicht einmal schlecht.

Während immer noch Horden von Journalisten, Fotografen und Schaulustigen hinzuströmen, rechnet der Junge eifrig weiter: Um so viel Geld nach Hause zu tragen, müsste sein Vater zweitausend Jahre arbeiten. Zweitausend! Und dann ist er auch noch vor ein paar Monaten mit den Fingern in diese blöde Presse geraten …

Mit solchen Gedanken steht Antonio reglos in seinem Hauseingang und betrachtet fasziniert das Spektakel nach dem Bankraub. Was da vor seinen Blicken abläuft, ist viel spannender als jeder Film, den sie im Filmtheater zeigen.

Die drei Ligera hingegen haben ziemlich schnell die Biege gemacht, Uniformierte können sie gar nicht leiden.

Leiter der Ermittlungen ist ein kleiner, rappeldürrer Glatzkopf: Commissario Nicolosi. Antonio kennt ihn. Alle kennen ihn. Sein Vater sagt immer, dieser Polizist habe Eier aus Stahl: 1946 nahm er Rina Fort fest, die Bestie aus der Via San Gregorio, jene Frau, die sich ihren Spitznamen dadurch verdiente, dass sie in besagter Mailänder Straße Ehefrau und Kinder ihres sizilianischen Liebhabers niedermetzelte, um ihn für sich allein zu haben. Seitdem ist der Polizeibeamte zu einer Art Stadtmythos geworden. Jetzt steht Nicolosi nur zwei Schritte von ihm entfernt. Mit gepflegtem Schnurrbart und schwarzen, flinken Augen, denen nichts entgeht.

»Was starrst du denn so, Jungchen?«, wendet er sich plötzlich zu ihm hin, als er seinen Blick spürt. »Geh nach Hause, Schularbeiten machen, hier gibt es absolut nichts zu sehen.«

»Aber ich habe sie gesehen!«, erwidert Antonio. Vielleicht ein wenig zu leise.

Der Commissario hört nicht hin. Ein herankommender Beamter ruft ihn.

»Ein Händler von hier behauptet, er habe mit einem der Täter gesprochen«, berichtet er, »und ihn unmaskiert gesehen!«

Die zwei Polizisten entfernen sich, und Antonio würde ihnen am liebsten folgen, doch eine Hand auf seiner Schulter hält ihn zurück. Sie gehört einem abgehalftert aussehenden Mann.

»Erzähl mir, was du gesehen hast«, fordert ihn der Fremde auf.

Er wirkt nicht wie ein Bulle: so ganz ohne Uniform und ohne das steife Gehabe. Im Gegenteil. Er trägt einen verblichenen Paletot und Schuhe mit abgelaufenen Sohlen. Er hat eine rote Nase und gelbe Zähne. Auch seine knotigen Finger sind nikotingelb. Die Stimme rau.

Er fragt ihn, ob er eine Esportazione möchte. Antonio nickt. Seit zwei Jahren raucht er, und sein Vater hat nichts dagegen; manchmal bietet er ihm nach dem Abendessen selbst eine Zigarette an.

»Wer sind Sie?«, fragt Antonio nach dem ersten Zug.

»Mario Basile«, lautet die knappe Antwort.

Von dem Notizblock, den er plötzlich in der Hand hält, kann man auf seinen Beruf schließen, noch bevor er sagt, dass er Reporter bei ›La Notte‹ sei.

»Erzähl mir alles von Anfang an«, fordert er ihn auf.

Und Antonio lässt sich nicht zweimal bitten.

4

Umberto Carminati, der Boss der Bande, massiert sich den Unterkiefer. Er hat sich einen Zahn ziehen lassen, damit alles möglichst echt aussieht für sein Alibi. Und das Alibi hält, als noch am selben Nachmittag Commissario Nicolosi mit zwei Beamten an seiner Tür klingelt. Umberto steht ganz oben auf der Liste der Verdächtigen. Der Bulle hat die Handschellen schon griffbereit, doch dann gibt es plötzlich sechs Zeugen plus Zahnarzt, die seine Geschichte bestätigen.

»Wie könnte man einen Mann vergessen, der elegant gekleidet in die Praxis kommt und sich wie ein Verrückter aufführt, um sich einen Backenzahn ziehen zu lassen, das Ganze mit einer weißen Rose im Knopfloch?«, erklärt der Arzt.

›Kann man nicht‹, denkt der Bulle. Und genau deswegen stinkt ihm die Sache.

Er darf ihn nicht festnehmen, obwohl er so gut wie sicher ist, dass er hinter dem Überfall steckt. Carminati ist ein alter Bekannter der *Madama*, auf sein Konto gehen Dutzende Coups. Der bekannteste stammt aus einer Zeit, als es eine Bande gab, die die ›Überall-Gang‹ genannt wurde, weil sie in verschiedenen Teilen Norditaliens zwischen Mailand, Imola und Bologna operierte, immer mit Hilfe von schnellen Autos. Trotz zahlreicher, meisterhaft ausgeführter Schläge war der Name des Verbrechers erst in das kollektive Bewusstsein gelangt, als er der neapolitanischen Theaterlegende Eduardo De Filippo seinen Lancia Aprilia stahl. Der Zwischenfall, an sich kaum mehr als ein Bubenstreich, wurde von den Zeitungen dermaßen ausgeschlachtet, dass der Name Carminati augenblicklich zum eigenständigen Begriff wurde, in Polizei- wie in Verbrecherkreisen.

Nicolosi wusste genau, dass dieser Mann kein banaler Autoknacker war, sondern zu ganz anderen Dingen fähig. Dafür waren die Ereignisse dieses Tages der eindeutige Beweis. Es brauchte einen gewieften Kopf wie ihn, um ein Verbrechen dieser Tragweite bis ins kleinste Detail vorzubereiten. Alibi inklusive.

Der Bulle und der Gangster sehen sich stumm in die Augen, und in diesem Blickwechsel ist alles enthalten. Die Wut des einen und die Genugtuung des anderen, die ihn neben der Beute für zehn lange Monate ununterbrochene Arbeit entschädigt, die er an dem Plan getüftelt hat.

Die anderen sechs Bandenmitglieder, die sich für die Flucht in zwei Gruppen aufgeteilt haben, treffen sich um vier Uhr nachmittags in einer Wohnung im Stadtteil Precotto wieder. Der Plan lautet, hier für ein paar Tage unterzutauchen, bis sich die Wogen geglättet haben.

Sechshundertvierzehn Millionen Lire haben sie erbeutet, einen Teil davon in Form von Wertpapieren und Schecks, die sie auf Carminatis Anweisung hin nicht anrühren dürfen. »Zu riskant«, hat er ihnen erklärt. »Wenn ihr mit denen in der Tasche erwischt werdet, oder schlimmer noch, wenn ihr versucht, sie einzulösen, schicken sie euch ohne Umwege in den Bau. Die Stammregister lassen sich nicht fälschen. Und die sind ganz sicher registriert.«

5

Am folgenden Tag sind die Titelseiten der Zeitungen voll mit Berichten über den Bankraub. Besonders eindrucksvoll: die Summe des geklauten Geldes sowie die Präzision der Durchführung. Die Verantwortlichen sind mitsamt der Beute verschwunden, es gab weder Tote noch Verletzte, und doch hallt das Echo bis in die kahlen Flure des Innenministeriums und lässt mehrere Köpfe der Polizeispitze rollen. Die Kräfte, die zur Ergreifung der Täter mobil gemacht werden, sind bemerkenswert.

Fünftausend Beamte durchkämmen jeden Winkel der Stadt auf der Jagd nach den Verbrechern, auf deren Köpfe eine Belohnung von dreißig Millionen Lire ausgesetzt ist. Jeder Geldtransport wird von einem Jeep mit vier bewaffneten Polizisten eskortiert.

Antonio hat sich nach der Schule auf dem Heimweg zwei Zeitungen gekauft. Zu Hause haben sie nur das katholische Wochenblatt ›Famiglia Cristiana‹, Freude und Glaube der

Mutter, die natürlich nicht mit dem Bankraub des Jahrhunderts aufmacht, sondern mit dem Gesetz zur Schließung der Bordelle, über das im Parlament gestritten wird. Tageszeitungen sucht man im Hause Santi vergeblich; um informiert zu sein, hört man die Radionachrichten.

Der Junge isst eilig zu Mittag und schließt sich dann mit der Lektüre in sein Zimmer ein. Er kann es kaum erwarten, in diese Räuber-und-Gendarm-Welt einzutauchen und von der Belohnung zu träumen: dreißig Millionen, das sind hundert Jahresgehälter seines Vaters; wenn er die Räuber schnappen würde, hätte er sein Leben lang ausgesorgt!

Im ›Corriere della Sera‹ springt ihm der Leitartikel von Indro Montanelli ins Auge, der die »erstaunlich gute Organisation der Bande« lobt, »und das in einem Land, das seiner Natur nach eigentlich eher unorganisiert ist«. Es sind Fotos von den Tatfahrzeugen abgebildet und auch eine dieser Zeichnungen, die ›sprechende Porträts‹ heißen und später als Phantombilder bekannt werden sollen.

Den Berichten zufolge wollte einer der Täter, der schon früh am Tatort war, sich gegen die Nervosität etwas für zwischen die Zähne besorgen: Also betrat er den Lebensmittelladen gegenüber und ließ sich ein großes Brötchen mit ordentlich Käse belegen.

»Das war also der Ladenbesitzer, den Nicolosi befragt hat!«, überlegt Antonio laut.

Er erkennt das stilisierte Gesicht auf der Porträtzeichnung: Es ist der Typ mit dem Totschläger am Gürtel.

›La Notte‹ titelt mit der Schlagzeile *Die Schule des Bankraubs* und fährt dann fort: »Die Gangster hatten einen Lehrer und eine Schule. Der unerhörte Coup in der Via Osoppo weist auf eine lange und genaue Vorbereitung hin: Alles wurde bedacht, alles genau geplant. An der Spitze der Bande steht ein kluger Kopf und dahinter eine breite Organisation.«

Außer der Reportage und den Bildern ist auch Antonios

eigene Erzählung abgedruckt, fast wortwörtlich. Obwohl Basile weitgehend auf Ausschmückungen verzichtet hat, liest er sich gut, die perfekte Zusammenfassung des Vorfalls.

»Du bist ein guter Beobachter«, hatte der Reporter Antonio gelobt.

Der hatte gelächelt und sich mit einem Kopfnicken die wer-weiß-wievielte Esportazione anzünden lassen.

Einige Jahre später würde sich sein Vorgesetzter über seine allzu detaillierten Berichte beklagen.

»Du sollst hier keine literarischen Ergüsse abliefern, Santi. Spar dir das ganze Blabla. Beschränk dich auf das, was passiert ist. Ohne viel Worte, möglichst knapp und präzise, klar?«

6

Nicolosis angespannter Miene ist anzusehen, wie sehr er unter Strom steht: Der Questore sitzt ihm im Nacken, und er hat seinem kompletten Informantenkreis die Hölle heißgemacht. Ein im Laufe der Jahre gesponnenes Netz, erprobt und effizient; kein Name davon findet sich in seinem Adressbuch wieder, die Telefonnummern weiß er allesamt auswendig, garantiert äußerste Diskretion und Anonymität. Sein derzeitiger Assistent hat dies bereits am eigenen Leib zu spüren bekommen, als er einen Großteil der Weihnachts- und Osterfeiertage in San Vittore verbrachte, um dort in Nicolosis Namen Geschenke an all jene zu verteilen, die so aussahen, als hätten sie das Zeug zum Informanten.

Doch dieses Mal reicht das nicht: Es herrscht Grabesstille, überall.

Mailand wird durchkämmt, Straße für Straße, und nach ein paar Tagen finden sich in der Via degli Apuli im Stadtteil Giambellino auf einem Bürgersteig – als wäre es Altpapier –

Zirkularschecks und Aktien, die die Gangster wohl auf der Flucht aus den Wagenfenstern geworfen haben.

Die Ermittler staunen nicht schlecht. Die Verbrecher, die sie suchen, sind gerissen, sie wissen, dass sie nur mit Bargeld auf Nummer sicher gehen, und haben sich deshalb der übrigen Beute entledigt.

In ihrem geheimen Schlupfwinkel im Precotto haben ›die Goldjungs‹, wie sie nun von den Reportern genannt werden, inzwischen den Zaster unter sich aufgeteilt. Jeder steckt den ihm zustehenden Teil ein, genauer gesagt, packt ihn in eine geräumige Tasche, um ihn so schnell wie möglich zu verprassen.

»Stellt bloß keinen Unsinn damit an«, ermahnt sie Carminati noch, bevor er sie abtreten lässt.

Er selbst verstaut sein Sümmchen unter einer Falltür im Boden seines Schlafzimmers, zumindest für ein paar Tage. Dann wird er in ein Flugzeug steigen.

»Immer schön den Ball flach halten«, wiederholt er auf der Schwelle, als ihm längst keiner mehr zuhört.

Sie haben den Coup des Jahrhunderts gelandet, sie fühlen sich unbesiegbar. Zwei von ihnen wollen sich nicht mehr verkriechen und fahren in die Berge: Während ganz Mailand auf der Suche nach ihnen auf den Kopf gestellt wird, lesen sie unter Gelächter die Zeitungsberichte und aalen sich auf der Terrasse eines Fünf-Sterne-Hotels in der Sonne.

Eine Woche später, die Nerven der Polizei liegen blank, nehmen die Ermittlungen eine entscheidende Wendung. Letztlich war es Zufall. Der Fluss Olona, der nach Trockenlegung aufgefüllt und urbar gemacht werden soll, schenkt einem Lumpenhändler, der mit gefundenen Schätzen sein mageres Einkommen aufstockt, einen sackleinenen Beutel. Darin finden sich Blaumänner, Sturmhauben, Patronen und Magazine.

Nicolosi kann sein Glück kaum fassen: Ganz offensichtlich handelt es sich um die Sachen, die bei dem Überfall in der

Via Osoppo benutzt wurden. Zusammen mit einem Kollegen breitet er alles auf einem Tisch der Questura aus.

Es sind sieben Blaumänner und Sturmhauben, dabei waren die Ganoven nur zu sechst.

Der Bulle lächelt und streicht sich über den Schnurrbart: Der Siebte, der im dunklen Anzug mit der weißen Rose im Knopfloch, war nicht direkt an der Aktion beteiligt, doch wenn er gewollt hätte, wäre auch für ihn ein Blaumann zur Hand gewesen.

»Und dieser leere Overall wird dir zum Verhängnis werden«, sagt er. »Den perfekten Plan gibt es eben doch nicht.«

Er zündet sich eine Zigarette an und lässt sich im Stuhl zurücksinken.

Bei ihm ist Achille Piazza, Hauptinspektor des mobilen Einsatzkommandos. Sie haben die ganze Zeit über Seite an Seite gearbeitet. Piazza ist um einiges jünger als Nicolosi, hat aber schon wichtige Erfolge eingefahren. Er ist eine Bulldogge, einer, der nicht lockerlässt. Unverheiratet, launisch und wortkarg, kein Privatleben, wenig Schlaf. Er hat sich sogar eine Matratze ins Büro gelegt, da er sich seine kurze Nachtruhe häufig genug im Polizeipräsidium der Via Fatebenefratelli holt.

Bei genauerer Untersuchung des Blaumanns fällt Piazza das entscheidende Detail auf, der Riss in dem perfekten Plan: die Etiketten.

Er liest laut vor, was darauf steht: »Arbeitsbekleidung Malpighi, Stoffe und Kleidung, Via dei Servi 32, Modena.«

»Wer vertreibt deren Sachen hier in Mailand?«, fragt Nicolosi.

»Das weiß ich noch nicht«, erwidert Piazza, »werde es aber im null Komma nichts herausfinden.«

In weniger als einer Stunde wissen sie, welcher Händler die Anzüge verkauft hat. Der Mann führt einen kleinen Laden im Molino delle Armi und kann sich noch an den Kunden erinnern, einen jungen Italiener. Der ist bei der Madama kein

Unbekannter, er heißt Stefano Pozzi, seines Zeichens Kleinkrimineller, der von Diebstahl und Trickbetrug lebt. Der Mann wird festgenommen und ist sofort bereit zu kooperieren, um nur nicht in diese Bankraub-Geschichte verstrickt zu werden. Also redet er. Er redet von seinen Vermutungen, nennt Vor- und Nachnamen. Vor allem einen, den des Mannes, an den er die Overalls verkauft hat: Vincenzo Mariani, seit Ewigkeiten Carminatis ›Sozius‹.

Nun läuft die Sache wie von selbst. Nicolosi bekommt endlich einen Tipp von seinen Zuträgern: Er erfährt den Namen des Automechanikers, der den beim Coup benutzten Fiat 1400 in Schuss gebracht hat. Auch dieser Mann lässt sich nicht lange bitten und verrät, wem er ihn übergeben hat: einem Typen mit ellenlangem Vorstrafenregister.

Das Organigramm der Bande nimmt schnell Gestalt an. Zeitgleich genießen die ahnungslosen Banditen die Früchte ihrer Arbeit und investieren eifrig in Champagner und Animierdamen. Vor allem die beiden, die es sich in Cervinia gemütlich gemacht haben und ihr Leben genießen. Bei ihnen klicken die Handschellen als Erstes.

In der Abgeschiedenheit des Vernehmungsraumes schreiten die Beamten nicht gerade zimperlich zur Tat, und es dauert keine Stunde, bis die zwei auspacken. Das Luftschloss bricht zusammen, und ein Ganove nach dem anderen wandert in die Zelle. Als Letzter Carminati, das Gehirn.

Ihm auf die Spur zu kommen, ist etwas mühsamer: Ein paar Tage nach dem Überfall hat er sich nach Venezuela abgesetzt. Doch auch er begeht einen unverzeihlichen Fehler. Er schickt zwei Freunden aus Ticinese eine Hochglanzkarte mit dem Panorama der Wolkenkratzer und einem einzigen Wort: *Umberto*. Das reicht den Männern von Interpol, um ihn aufzutreiben. Eines Morgens in aller Frühe stehen sie in seiner Villa in Caracas. Carminati, im seidenen Morgenrock, bekommt beim Anblick der Beamten ganz weite Pupillen und rauft sich die Haare: »Man hat mich bestohlen!« Tausendzweihundert Dollar hat es ihn gekostet, hierherzukommen, und ebenso viel musste er an diesen Gauner von der Behörde abdrücken, der ihm geschworen hat, dass Venezuela die Auslieferung verhindern würde.

Betrogen von einem Betrüger.

Als er nach Mailand zurückgeschickt wird, empfängt Nicolosi ihn am Flughafen. Das Blatt hat sich gewendet, und die zwei Männer sehen sich wortlos an. Es ist der Gangster, der das Schweigen bricht und bittet, ihm die Handschellen abzunehmen, damit er ihn begrüßen kann. Stumm schütteln die beiden sich die Hand.

Im Polizeipräsidium, das aus Platz- und Personalgründen in eine Militärkaserne verlegt wurde, herrscht mittlerweile pure Euphorie: Die Bösen sind hinter Schloss und Riegel, und die Beute ist fast vollständig wieder aufgetaucht.

Nicolosi erreichen Glückwunschschreiben und Belobigungen aus dem Ministerium und von Vorgesetzten, Piazza bekommt die langerwartete Beförderung, und in der Kirche Santa Rita wird sogar ein Dankgottesdienst abgehalten.

Ein paar Tage später liest Antonio, der die Sache mit Feuereifer in der Tagespresse verfolgt hat, im ›Corriere della Sera‹ wieder einen Hintergrundartikel von Indro Montanelli, der die Gefühle der Italiener folgendermaßen auf den Punkt bringt: »Offiziell und öffentlich bekundet natürlich jedermann, wie froh und erleichtert er ist, dass die Verbrecher gefasst wurden, damit niemand Lust bekommt, ihnen nachzueifern. Aber insgeheim – was niemand zuzugeben und schon gar nicht auszusprechen wagt – war die Mehrheit der Menschen auf Seiten der Bankräuber. Dieser minutiös geplante Zusammenstoß zwischen Geldtransporter und Lieferwagen, der die Passanten ablenken sollte, sowie die schnelle und präzise, geradezu ferngesteuerte Erstürmung des Transporters haben die Italiener in Verzückung versetzt.«

Räuber und Gendarm

1

Es ist ein lauer Abend, obwohl der Sommer sich langsam dem Ende zuneigt.

Giovanni reibt sich die Hände, er ist aufgeregt. Auf seiner hohen Stirn perlt der Schweiß, und seine ohnehin leicht hervortretenden Augen scheinen geradezu aus den Höhlen zu springen. Antonio mustert ihn schweigend. Er geht aufs Gymnasium, während sein Bruder, seit einer Woche zwanzig, schon vor einiger Zeit die Bücher gegen eine Arbeit als Schweißer beim Automobilzulieferer Marelli getauscht hat.

»Bist du so weit?«, fragt ihn der Vater.

Giovanni nickt und steht auf. Antonio bleibt am Tisch sitzen, vor sich ein Päckchen MS. Wie gern würde er mitkommen, doch er weiß, dass das nicht geht, also schweigt er.

»Du halt dich an die Zigaretten«, sagt der Vater im Hinausgehen.

Heute wird Giovanni zum ersten Mal ein Bordell betreten. Und gleichzeitig auch zum letzten Mal.

Es ist die Nacht des Abschieds, eine Nacht der Trauer und der Tränen für viele Menschen.

In der Bar unten im Haus, zwischen Kartenspiel und Zigarettenqualm, hat Antonio tagelang den Diskussionen der Leute gelauscht, bis die Parlamentsabgeordneten das Gesetz Merlin endlich verabschiedeten.

»Nach meinem Dafürhalten handelt es sich um eine sinnvolle öffentliche Einrichtung«, hatte der Anwalt argumentiert, der oft in der Bar war und bei dem immer alle schwiegen, wenn er redete, »und zwar sowohl für die Ehefrauen, die von den exzessiven Wallungen ihrer Männer verschont bleiben, als auch zur Vorbeugung vor Geliebten, zur Stärkung des Familienzusammenhalts und zur physischen Reifeprüfung der männlichen Nachkommenschaft.« Ob vor seinem Espresso oder vor Gericht, der Mann klang immer gleich.

An diesem Abend stand Antonios Vater beim Essen das Bedauern ins Gesicht geschrieben, auch wenn er es niemals zugegeben hätte. Zwischen Pasta und Hauptgang hatte er Giovanni einen bedeutungsvollen Blick zugeworfen.

»Nach dem Essen wirst du zum Mann«, mehr hatte er nicht gesagt.

Trotzdem verstanden alle, was gemeint war. Auch seine Frau, dem Anschein nach eine kleine, farblose Person, dabei aber zäh und widerstandsfähig. Scheinbar unbeteiligt spült sie die Teller. Sie ist eine Begine und kennt das Leben, sie weiß, dass die Männer von Anbeginn der Zeit in den Puff gehen. Wie sie selbst jeden Sonntag in die Kirche.

Die sogenannten ›Häuser der Toleranz‹ gab es bereits lange vor ihrer Geburt, seit 1883. Die dort arbeitenden Frauen spielten seit jeher die Rolle von Geliebten und Vertrauten, wiesen geduldig ganze Generationen von jungen Burschen in die Manneskraft ein und spendeten ausgehungerten Soldaten generös Liebe. Auch ihr Vater hatte Bordelle besucht, ein über jeden Zweifel erhabener Generalfeldmarschall. Der Bordellbesuch war nicht unmoralisch, und er musste auch nicht dem Pfarrer gebeichtet werden, da man ihn auf der Liste der schändlichen Sünden vergeblich suchte. Und wenn die Kirche einverstanden war, was sollte sie dann dagegen haben? Zumal es den Vorteil hatte, dass ihr Mann sie im Bett in Ruhe ließ. Ja genau, bei näherer Betrachtung könnte die

Sache sich auch auf ihre eigene Beziehung auswirken, wenn sie ab morgen wesentlich häufiger als gewohnt die Beine für ihn würde breit machen müssen.

Gerade heute Nachmittag hatte Antonio wieder mal einen Artikel von Montanelli gelesen, in dem es polemisch hieß: »Die Bordelle sind der sichere Garant für die drei Grundpfeiler Italiens: Glauben, Vaterland und Familie.«

In den TV-Nachrichten unten in der Bar, da sie in der Wohnung kein Fernsehgerät hatten, hörte er, wie der Sprecher in einer Meisterleistung der Prüderie das Ereignis verkündete, ohne die abzuschaffende Sache auch nur einmal beim Namen zu nennen. Glaube, Vaterland, Familie.

»Und Lüge«, hatte er unwillkürlich hinzugefügt.

Weitaus weniger reserviert wirkt sein Bruder an diesem Tag, als er eine Stunde später zurückkehrt.

»Eine Brünette in Korsage, schwarze Strümpfe, die Augenbrauen zwei elegante Striche und einen Arsch … hmmmm«, erzählt er, kaum dass sie allein im Zimmer sind, »zum Wahnsinnigwerden, ich schwöre es dir!«

Antonio stellt das Radio lauter, damit die Mutter sie nicht hört: Fred Buscagliones raue Stimme singt *Buonasera Signorina* und überdeckt die sündigen Einzelheiten.

Das Ganze hat wohl kaum ein paar Minuten gedauert, doch Giovannis Erzählung füllt fast eine Stunde. Er beschreibt die eleganten, offenen Hausmäntel der anderen Damen, die farbenfrohen Seidenstoffe, die Wendeltreppe, die nach oben führte, der nach edlen Essenzen duftende Saal, wo sich die Männer drängten und warteten, bis die Reihe an ihnen war. Die beleibte Puffmutter an der Kasse, die ihm und dem Vater beim Hinausgehen traurig prophezeite: »Meine Herren, von morgen an nur noch illegale Straßennutten, bei denen ihr euch was einfangt.«

Antonio lässt sich kein Wort entgehen. Er kann gut zuhören, ein Talent, das ihm später als Bulle bei zahllosen Gelegenheiten zugutekommen wird. Den Verdächtigen reden lassen, ihn in Sicherheit wiegen, um ihm dann nonchalant die entscheidende Frage hinzuwerfen, die ihn reinreißt.

Heute Abend kann Antonio nicht einschlafen, er hat einen Steifen von all den Geschichten, so dass er sich am Ende ins Bad einschließt, um sich Erleichterung zu verschaffen, unter dem belustigten Feixen seines Bruders.

In den darauffolgenden Tagen schwelgen die Zeitungen in Wehmut. Der Schriftsteller Mario Soldati zum Beispiel berichtet, wie er bis zum letzten Schlag der abolitionistischen Mitternacht im Bordell verharrte. Und dann die Verteidigungsreden für die geschlossenen Häuser, viel zu spät, aber gespickt mit klugen Argumenten aller Art von Dino Buzzati, Enzo Biagi, Giorgio Bocca, Alberto Sordi und vielen anderen. Auch ein Pamphlet besagten Montanellis darf natürlich nicht fehlen mit dem Titel *Leb wohl, Wanda*.

Kurz gesagt, es ist das Ende einer Epoche, die rote Laterne für immer erloschen; fünfhundertsechzig Bordelle mit zweitausendsiebenhundert Prostituierten haben ihre Pforten geschlossen.

Die Vorhersage der Puffmutter erfüllt sich im Nu: In den folgenden Tagen tauchen an den Straßenecken ganze Heerscharen von Spaziergängerinnen auf wie auch Kleinwagen, die als Liebesrefugium dienen.

»Wo sollen die ganzen Nutten sonst auch hin?«, kommentiert ein Gast an der Bar die Fernsehmeldung.

Jahre später, als er schon Uniform trägt, sollte Antonio häufig die älteren Kollegen von jener letzten Nacht erzählen hören, und stets voller Wehmut. Und er sollte auch Commissario Nicolosi hören – angejahrt, aber pragmatisch wie ehedem –, der zu seinen Männern sagt: »Macht, was ihr wollt, geht ruhig auch zu den Nutten, aber bitte besucht sie zumindest jedes zehnte Mal aus beruflichen Gründen.«

2

Fünf Uhr morgens. Die Stadt ist schwarz, in Erwartung der Dämmerung. Auf den Straßen nur Polizeistreifen, ein paar Nachtschwärmer auf dem Heimweg und Berufstätige, die früh mit der Arbeit beginnen.

Der Amerikaner fällt unter keine der drei Kategorien. Er fährt langsam, denn der Kofferraum seines Cadillac 5000 ist voll mit Beutegut. Die ›Arbeit‹ war ein Erfolg, der Tipp heiß. Eine kleine Villa in der Gegend von San Siro, siebzig Kilometer nördlich von Mailand, völlig verlassen. Die Eigentümer für ein Wochenende außer Haus und sie drinnen: Zwei Säcke füllen sie mit Schmuck und Geld.

Er und dieser Junge, der zusammengerollt auf der Rückbank liegt und schläft. Robertino, klein und agil wie ein Äffchen, hat sich durch ein rückwärtiges Fenster ins Haus gezwängt und die Vordertür geöffnet, sonst wäre der Amerikaner niemals hineingekommen. Er ist ein großer Mann von fast zwei Metern und trotz seines Spitznamens Italiener mit Leib und Seele, die Mutter Mailänderin, der Vater Ungar und gestorben, als er noch klein war.

Die Mutter hat eine Milchbar in der Via Novara, die sich die ›Krimenbar‹ nennt aufgrund der zwielichtigen Stammkundschaft. Hier trifft sich das Gesindel der Stadt, ein unterschiedsloser Mix aus Ex-Faschisten und Ex-Partisanen, die in den letzten Kriegstagen Überfälle, Plünderungen, Entführungen und angeblich sogar Morde begangen haben. Jetzt sitzen sie gelangweilt in der Bar und tun so, als wären sie normale, anständige Leute.

Das wissen die Bullen, und das weiß Robertino, der trotz seines jungen Alters schon einmal im Jugendknast war und ein gewisses Geschick für Wohnungseinbrüche mitbringt. Er ist bei den Jungs aus dem Stadtteil Lambrate in die Lehre gegangen: Zuerst klaute er Lkw-Ladungen, dann Käse auf

Spritztouren durch die Poebene, schließlich war die Villa am Comer See an der Reihe. Ein aufgeweckter Junge, der vor nichts zurückschreckt.

Der Amerikaner wollte zunächst nichts davon wissen.

»Zieh Leine«, hatte er ihm bei dem ersten Kontaktversuch gesagt.

Robertino hatte seinem Blick standgehalten und war keinen Schritt zurückgewichen. Und er war jeden Tag wiedergekommen, eine ganze Woche lang. Beim letzten Mal hatte er sich sogar eine Backpfeife gefangen, hatte aber weder geklagt noch geheult. Das war gut angekommen.

»Einverstanden«, hatte der Amerikaner schließlich eingelenkt, »aber wenn etwas schiefgeht, lässt du dich nie wieder blicken. Ende der Diskussion.«

Robertino nickte. Ein Lächeln wäre zu viel gewesen, obgleich das die Gelegenheit war, auf die er immer gewartet hatte.

Der Amerikaner war in sich gegangen: Auch er hatte einmal so angefangen, mit einem Vorbild, das erfahrener war als er und ihn angeleitet hatte. Sein Lehrer war der Baron gewesen.

Er hatte ihn als Teenager kennengelernt, als er zum Aufpolieren seiner Finanzen Mofas geklaut und bereits erste Anzeigen wegen Randale und Diebstahl kassiert hatte. Ein Großmaul, sicher, aber eins mit Erfahrung, so dass sein Mentor auf ihn aufmerksam geworden war. Eben der Baron, der in Wahrheit im Viertel Ticinese auf die Welt gekommen war und sich mit Hilfe von Maßanzügen und vornehmen Umgangsformen als feiner Herr gerierte, so geschickt, dass es ihm jedermann abkaufte. Allen voran die Madama.

Die erste Aufgabe des Amerikaners – damals noch ohne Spitznamen und für alle nur Leandro Lampis – war, den Baron durch die Gegend zu kutschieren, und zwar am Steuer eines Cadillacs. Zusammen stahlen sie Hühner am Großmarkt. Der geräumige Kofferraum der amerikanischen Limousine umfasste einige Zentner, und wenn die Bullerei den Wagen zufällig für eine Kontrolle anhielt, war die breite Brust des vornehmen Barons mit eigenem Chauffeur so respekteinflößend, dass eine Durchsuchung nicht in Frage kam.

Dies war sein Sprungbrett gewesen. Der Cadillac blieb ihm als Erbe, als der Baron in den Knast wanderte, weil irgendwann ein Maresciallo Verdacht geschöpft und sich zu einer Durchsuchung durchgerungen hatte. Das war's dann gewesen.

Bei einem Altwarenhändler vervollständigte Lampis seine Ausrüstung durch eine Smith & Wesson, Kaliber .45 mit langem Lauf, die früher der kanadischen Polizei gehört hatte: ein Kriegsüberbleibsel ohne Munition, da Patronen für dieses Kaliber nicht mehr aufzutreiben waren. Dennoch war es dieser Revolver zusammen mit dem schwarzen Cadillac, der ihm seinen ersten Spitznamen eingetragen hatte: der Amerikaner.

Auf sich allein gestellt hatte er die ersten Schritte der angestrebten Karriere unternommen: die eines Bankräubers. Welche der Wahrheit zuliebe eher zufällig ihren Anfang nahm, nämlich in einem Postamt der Peripherie. Dorthin hatte es ihn wegen einer Stromrechnung seiner Tante verschlagen, die er bezahlen sollte. Es war kurz vor Schalterschluss, und der Postbeamte hielt es nicht für nötig, von seiner Abrechnung aufzuschauen. Lampis war nervös geworden, hatte mit der Faust auf den Schalter geschlagen und dabei versehentlich das Schießeisen in seinem Gürtel freigelegt. Der Postbeamte, der ihn für einen Bankräuber hielt, hatte ihm verängstigt eine Million Lire ausgehändigt. Herrliche *dané* – ein Geldsegen.

Ohne mit der Wimper zu zucken, steckte der Amerikaner die Knete ein und floh. Draußen überkam ihn eine ganz ungewohnte Leichtigkeit. Er hatte seinen ersten Überfall begangen und spürte weder Angst noch Reue. Eher das komplette Gegenteil. Er fühlte sich stark, mächtig. Gedanken, die ihn zu dem Schluss brachten, dass Banküberfälle sein eigentliches

Metier seien, weil sie im Gegensatz zu vielen anderen Tätigkeiten – also beispielsweise jeder beliebigen ehrlichen Arbeit – selbst dann gelangen, wenn sie gar nicht beabsichtigt waren.

»Wach auf, Junge. Du bist da.«

Robertino schlägt die Augen auf. Der Wagen hält auf der Piazza Napoli.

Der Amerikaner drückt ihm ein Bündel Banknoten in die Hand.

»Das ist dein Anteil. Hast du gut gemacht. Wir sehen uns bald wieder.«

Der Junge blickt dem protzigen Wagen nach, der in Richtung des Viale Misurata verschwindet. Aus dem Radio erklingt ein Lied von Ray Charles, *Georgia on My Mind.*

Der Morgen graut, und während er nach Hause geht, kann er sich nicht vorstellen, dass dies das letzte Mal gewesen sein soll, dass er den Amerikaner gesehen hat. Zumindest als freier Mann. Viele Jahre später würden sie sich wiedertreffen, in San Vittore. ›Die Zwei‹, wie das Gefängnis von allen genannt wird.

3

Die Krimenbar ist fast leer an diesem Morgen. Was nicht weiter erstaunt, da die Stammkundschaft ja nachts ›arbeitet‹ und vor vier Uhr nachmittags normalerweise niemand aufkreuzt.

Der Amerikaner hingegen ist seit sieben hier. Er will sich von seiner Mutter verabschieden, weil er eine Weile verreisen muss.

»An die Riviera, geschäftlich«, erklärt er der Frau, die ihn kopfschüttelnd ansieht.

Seit der Baron im Knast sitzt, ist er auf eigene Faust unterwegs und schnell von den Hühnern zum Champagner gewechselt. Er lebt von Diebstählen und Raubüberfällen. Er arbeitet allein, ein einsamer Wolf, bisher läuft alles wie geschmiert. Jetzt will er sich die Julisonne in der Romagna auf das Fell brennen lassen.

Um zwei ist er schon in Cesenatico. Sonnenbrille, schulterlange Locken, Seidenhemd und Leinenhose. Ringe an jeder Hand und die Ambassador zwischen den Lippen, die er mit einem silbernen Ronson anzündet.

Keiner beachtet ihn, auch nicht, als er vor einem Hotel an der Strandpromenade zwei Koffer ergreift, die eine Touristin dort abgestellt hat, und sie in seinem Kofferraum verstaut. Ruhig fährt er los und erreicht völlig unbehelligt sein Zimmer in einem Hotel wenige Kilometer weiter südlich.

Als er die Koffer öffnet, ändert sich sein Leben. Nicht etwa, weil sie Schätze oder Kostbarkeiten enthielten. Nichts Derartiges. Es ändert sich, weil der Amerikaner den Kopf verliert, was ihm nie zuvor passiert ist. In den Koffern befinden sich Luxusgüter: Korsagen, Slips, Mieder, Seidenstrümpfe, ein paar Fotos von dem Mädchen, das er bestohlen hat. Er ist wie elektrisiert. So einer ist der Lausejunge aus der Via Novara noch nie begegnet, und sie soll ihm auf keinen Fall durch die Lappen gehen.

Eine halbe Stunde später steht er erneut vor dem Hotel des Mädchens. Wie wild gestikuliert sie mit dem Portier, ganz verzweifelt, denn die Koffer enthielten all ihre Habseligkeiten. Nun hat sie nichts mehr außer den Kleidern am Leib.

Der Amerikaner, der sich vom Baron die Umgangsformen des feinen Herrn und Charmeurs abgeschaut hat, nähert sich der schönen Touristin. Sie heißt Chantal, vielmehr ist dies ihr Künstlername; ihr echter Name hat für ihn wenig Bedeutung, so wenig, dass er nicht einmal danach fragt. Sie ist fünfundzwanzig Jahre alt und Italienerin, lebt aber in Genf, wo sie als Tänzerin in einem Nachtclub arbeitet.

Er tröstet sie und lädt sie an die Bar ein. Bei einer Flasche Cristal sagt er ihr, sie brauche sich keine Sorgen zu machen, er habe Kontakte und die Koffer ließen sich bestimmt wieder auftreiben. Sie solle ihm nur vertrauen.

Noch am selben Abend sind die Koffer wie von Zauberhand wieder da, und Chantal fackelt nicht lange, sich in der Art bei ihm zu bedanken, auf die sie sich als Nachtclubtänzerin am besten versteht.

Doch es bleibt nicht bei einer Nacht. Der Amerikaner verliebt sich rasend in das Mädchen und nimmt sie mit sich zurück nach Mailand. Er will sie heiraten. Was er nach einem Monat in Saus und Braus wahr macht. In Genf, *chez elle*.

Zwei Tage später betritt Lampis mit der Gattin am Arm die Krimenbar. Chantals Anblick ist betörend. Nonchalant trägt sie eine Fuchsstola über einem enganliegenden, langen schwarzen Kleid mit Seitenschlitz, der viel Bein zeigt. Sie balanciert auf schwindelerregenden Absätzen, und der Femme-fatale-Effekt wird durch ein verschwenderisches Make-up und weiße, lange Handschuhe noch verstärkt.

Die Mutter rümpft die Nase.

»Du kannst doch kein Flittchen heiraten«, sagt sie zu ihrem Sohn.

»Aber ich habe sie schon geheiratet!«

Und er zeigt ihr die Urkunde.

»Die Schweiz existiert nicht in meinem Haus!«, erwidert die Frau und zerreißt das Papier vor seinen Augen.

Die zufällig anwesenden Gäste tun unbeteiligt, leeren ihre Gläser und scheren sich nicht darum.

Der Amerikaner geht hinaus, Hand in Hand mit seiner Frau. Sie nehmen sich ein Zimmer im Hotel in der Via Washington. Sie spielt die feine Dame und glaubt, er verfüge über die nötigen *danè*. Und ein wenig hat er ja auf der hohen Kante. Aber nicht genug, um die Extravaganzen einer solchen Frau erfüllen zu können. Erste Anzeichen gibt es

Heiligabend. Sie spazieren unter den Arkaden direkt gegenüber vom Dom entlang. Chantal spiegelt sich zufrieden in den Schaufenstern und lächelt den Männern zu, die sich heimlich, die Ehefrauen untergehakt, nach ihr umdrehen. Übertrieben lässt sie die Hüften schwingen, und ihr Lachen hallt durch die glasüberwölbte Weite der Einkaufsgalerie. Heute sind viele Leute unterwegs, schönes Volk noch dazu. Mit Pelz und Schmuck behängte Damen und Herren in eleganten Anzügen. Man lächelt, tauscht Küsschen hier und da und wünscht sich ein frohes Fest, unterhält sich unter dem großen, mit roten Kugeln und Lichterketten behängten Tannenbaum. Nach ein paar Schritten landen sie und Lampis vor einem erleuchteten Schaufenster. Die Frau ist ganz bezaubert von einem Hermelin. Ihre grünen Augen funkeln.

Er begreift.

»Geh nach Hause«, sagt er, »ich will mal sehen, ob ich den Besitzer finden kann, vielleicht sitzt er in einer der Bars von San Babila.«

Sie steigt in ein Taxi und tut so, als glaube sie ihm, dass irgendjemand am Abend des 24. Dezembers in einer Bar herumsitzt.

Der Amerikaner sucht die nähere Umgebung ab, bis er eine geparkte Giulietta findet: Er schlägt das Seitenfenster ein, verbindet zwei Drähte und fährt seinem ersten Liebesraub entgegen.

Auf den Straßen sind die Nachtwächter auf ihren Rädern unterwegs und Menschen, die aus der heiligen Messe strömen. Er kurvt herum, bis es ruhiger wird. Gegen halb fünf fährt er mit dem Kleinwagen die Fensterscheibe ein. Er springt hinein und versucht, der Puppe den Pelz vom Leib zu reißen, doch sie ist gespickt mit Stecknadeln, also wirft er sie so, wie sie ist, ins Auto und rast mit Vollgas davon.

Als er die Wohnung betritt, ist es schon Morgen. Der Hermelin hängt über seinem Arm.

Chantal erwartet ihn. Wie ein schnurrendes Kätzchen. Sie trägt einen transparenten, rosaseidenen Morgenrock, mit Straußenfedern besetzt. An den Füßen winzige Pantöffelchen mit Absatz und Bommeln an den Spitzen. Betont langsam schreitet sie durch den Flur, einen Fuß vor den anderen setzend wie auf dem Laufsteg, die pure Sinnlichkeit. Als sie neben ihm stehen bleibt, sieht Lampis, dass sie sorgfältig geschminkt ist: die Augen mit Kayal betont und die Lippen so rot wie noch nie. Der Mann will sie umarmen, doch sie entwindet sich, vollführt eine Art Pirouette, um dann den Morgenrock wie zufällig zu Boden gleiten zu lassen.

Nun ist sie nackt bis auf ein Goldkettchen, das ihre Hüfte umschlingt. Er hüllt sie in den Pelz.

»War er teuer?«, fragt die Frau, während sie vor ihm auf die Knie geht.

Statt einer Antwort überlässt sich der Amerikaner ganz dem Dank, den sie ihm abstattet.

Dennoch sind die ersten Ehemonate des Amerikaners nicht die glücklichsten. Als der Champagner leer und das süße Leben an der Riviera Vergangenheit ist, dämpft der graue Alltag in der lombardischen Hauptstadt den Enthusiasmus des Paares. Zumal ein paar Sachen auffliegen und er für sechs Monate hinter Gitter wandert. Alte Geschichten: kleinere Diebstähle und Gaunereien vor allem, aber die Justiz hat ein Elefantengedächtnis.

Chantal übt sich in Geduld und wartet auf ihn, in der Gewissheit, dass ihr Mann sie wieder glücklich machen wird.

Der Amerikaner enttäuscht sie nicht. Er ist nicht untätig in San Vittore, sondern setzt seine Zeit gewinnbringend ein und knüpft Kontakte zu anderen Subjekten der Mailänder Unterwelt – zumeist kleine Halunken –, die sich später als äußerst nützlich erweisen sollen, und plant bis ins Detail eine Reihe von Überfällen. Hier trifft er auch den Baron wieder, mit dem er sich eine Zeitlang sogar die Zelle teilt. Als er freikommt, ist er geladen und bereit, sein Verbrecherleben noch entschiedener als zuvor wieder aufzunehmen.

Doch seine Rückkehr auf die Bühne wird von einem aufwühlenden Ereignis verzögert: Nach langer Krankheit stirbt seine Mutter.

An ihrem Totenbett schwört Lampis, dass er sein Leben ändern will. In den Folgemonaten tut er alles, um dieses Ziel zu erreichen. Er verkauft die Krimenbar und arbeitet eine Weile in einer Fernverkehrsfirma, als Taxifahrer ohne Konzession und als Chauffeur eines Cadillacs, in weißen Handschuhen und Uniform. Er spielt sogar beim Film *In einem anderen Land* mit, in der Rolle von Rock Hudsons Fahrer.

Doch die guten Vorsätze währen nicht lange: Mit dem bisschen Geld, das er verdient, kann er kaum die großzylindrigen Autos und die kostspieligen Kleider seiner Gattin bezahlen. Er ist nicht gemacht für diese Art von Leben und verscherbelt den Wagen, um von dem Geld ein paar Schießeisen zu kaufen; dann macht er mit dem weiter, was er am besten kann, mit Überfällen. Zuerst arbeitet er allein: Tabakläden, ein paar Boutiquen. Von Banken hält er sich noch fern, denn dafür muss man mindestens zu zweit sein. Mit Geschäften ist es leichter, das geht auch allein: Er verschafft sich Zutritt und ist drei Minuten später wieder draußen. Einfach und schnell.

Allmählich weitet sich sein Aktionsradius auf ganz Norditalien aus, und auch Chantal hilft ihm manchmal. Sie betritt ein Juweliergeschäft zur Ortsbegehung, lässt sich Ketten und Ringe zeigen. Dann kommt Lampis mit der Maschinenpistole im Arm und weiß schon genau, was er rauben will. Sie verstehen sich prächtig, er ist immer verliebter in die grünäugige Schönheit und kann – abgesehen von einigen Ausrutschern mit Mädchen aus Nachtclubs, doch Eifersucht ist ihr fremd – ohne sie nicht sein.

Sie werden unzertrennlich, sind bei den Ordnungshütern als Bonnie und Clyde Italiens bekannt. Die Lust am schnellen Geld hat sie voll im Griff, und sie beschließen, höher zu zielen, auf die Banken. Aber nur auf Zweigstellen.

Sie grasen verschiedene Städte ab, und in seiner Freizeit lässt der Amerikaner es sich gut gehen. In seinem Geltungsdrang nimmt er Musiker, Animierdamen und Kellner der Nachtclubs und Tanzschuppen für sich ein, indem er mit Trinkgeldern von niemals unter fünftausend Lire um sich wirft. Sein Ruhm wächst, und die Menschen sind loyal: So kommt es, dass niemand ihn an die Bullen verrät.

Im Übrigen versteht es Lampis, mit Worten umzugehen. Er ist witzig, nie um eine Antwort verlegen, gerne auch im Mailänder Dialekt. Und er ist nicht gierig.

Eines Tages bei einem Überfall in einem Mailänder Außenbezirk entdeckt er ein Großmütterchen, das wie Espenlaub zittert, während er dem Kassierer die Kanone an die Schläfe hält und dieser ihm das Köfferchen füllt.

Chantal wartet draußen im geklauten Wagen auf ihn, der Motor läuft.

Die Alte steht einen Schritt von ihm entfernt, bleich wie ein Leintuch. Der Amerikaner lässt sie nicht aus den Augen: Er fürchtet, dass sie jeden Augenblick vor lauter Schreck alle viere von sich streckt.

Bevor er abhaut, packt er wie zur Belohnung, dass sie nicht abgekratzt ist, ein Bündel Scheine und drückt es ihr in die Hand.

»*Té, vegetta*, du sollst auch nicht darben, Alte«, sagt er und rennt hinaus.

Die Frau jedoch dankt es ihm schlecht. Am nächsten Tag trifft ihn fast der Schlag, als er in der Zeitung die Schlagzeile des Tages liest: *Rentnerin rettet Teil der Beute*.

4

Antonio mag Rom. Entschieden besseres Wetter als in Mailand. Nicht dieser ewige *nebiun*, sondern ein Sonnentag nach dem anderen, und das im Januar.

Dabei ist er nicht zum Urlaubmachen hier. Gleich nach bestandener Polizeiprüfung hat man ihn in die ewige Stadt geschickt. Er muss selbst zugeben, seine Geduld wurde auf eine harte Probe gestellt seit jenem bleigeschwängerten Vormittag in der Via Osoppo, doch am Ende hat sein Starrsinn Früchte getragen.

»Bulle, was für ein Scheißberuf!«

Sein Bruder Giovanni hält mit nichts hinterm Berg, auch nicht mit seiner Meinung zur brüderlichen Berufswahl.

»Wie bist du bloß darauf gekommen? Brauchen wir etwa noch einen Polypen in der Familie? Als ob ein Carabiniere-Opa nicht reichen würde!«

»Das ist nicht dasselbe.«

»Beide beim Militär, beide Sklaven des Staates.«

»Ach, jetzt fang du nicht auch noch an, Giovanni! Oder bist du etwa über Nacht Kommunist geworden? Haben sie dir in der Fabrik eine Gehirnwäsche verpasst mit ihren Reden?«

An diesem Punkt hatte der Bruder abwiegelnd die Hände gehoben: Frieden. Zumindest zwischen ihnen beiden; die Eltern sind da weniger großmütig.

»Wozu haben wir dich so lange auf die Schule geschickt, wenn du dann doch nur Bulle wirst?«, hatte sein Vater gebrüllt. »Willst du denn nicht studieren? Willst du kein Anwalt werden?«

Antonio war keine überzeugende Antwort eingefallen. Er wollte nun mal Polizist werden, das war alles, was er wusste. Sie hatten auf ihn eingeredet, er solle es sich noch einmal überlegen, er dürfe nicht sein Leben ruinieren. Nichts zu machen. Die Diskussion endete mit einem grummelnden Vater und einer stummen Mutter, die sich als Tochter eines Militärs ohnehin zurückhielt. Praktisch denkend, wie sie war, fand sie, dass ein Jahr beim Militär dem Jungen nicht schaden könne.

Am Tag der Abreise zur Polizeischule von Piacenza hatte sein Bruder Giovanni ihn in seinem gebrauchten Fiat 500 zum Bahnhof gefahren.

Sie schwiegen, die sinnliche Stimme von Jula de Palma erfüllte den Innenraum. Das Lied *Tua* hatte den Ruch des Verbotenen, nachdem der Vatikan es gerade als Skandal gebrandmarkt hatte aufgrund eines anstößigen Auftritts der Sängerin beim Festival von San Remo. Die Unterhaltung stockte, doch die zwei Brüder hatten sich noch nie viel zu sagen gehabt.

Die Ausbildung bereitete Antonio wenig Probleme. Nachdem er zwischen Ligera-Banden, Rowdys und kleinen Straßenganoven aufgewachsen war, hatte er das ideale Grundtraining, sowohl in Sachen Gewaltvermeidung als auch Gewaltanwendung. Marschieren, Liegestütze, selbst die unzähligen Militärzeremonien machten ihm nicht viel aus. Alles diente der Stärkung seiner mentalen Disziplin. Nur das Schießen war ihm neu; nicht, dass er noch nie eine Waffe gesehen hätte, im Gegenteil. Kleine Jungs mit Schießeisen hatte es genug gegeben, dort in der Mailänder Peripherie zwischen dem Giambellino und der Piazza Brescia, wo man auf der Straße aufwächst unter den Schikanen der älteren Jungs, den zu leistenden Mutproben und der Bewunderung für all jene, die mit einer Ramme im Hosenbund und einem Bündel Geldscheine in der Hand herumliefen. Diese weitverbreitete Vorstellung des sozialen Freikaufs hatte die Jungs um Antonio allerdings nicht verführen können. Die katholische Jugendbewegung hatte ihn davor bewahrt, in schlechte Gesellschaft zu geraten.

»Für irgendwas muss es ja schließlich gut sein, eine Betschwester als Mutter zu haben«, sagte er sich.

Viele Jahre als Messdiener, in denen er den alten Damen das silberne Tellerchen unters Kinn hielt, hatten ihn wahrscheinlich vor dem Beccaria bewahrt und gleichzeitig auf die andere Seite geschoben, in Richtung derer, die die errungene Ordnung um jeden Preis bewahren wollten. Wenn nötig auch mit Hilfe der Schlagstöcke.

Er hatte nie Waffen besessen außer einer Steinschleuder, von Messern ganz zu schweigen. Der Umgang mit dem Messer ist eine edle Kunst, die dem vorbehalten ist, der sie beherrscht, während alle anderen sich bloß wie Idioten in die Hand schneiden. In der Ausbildung lernte er, eine Beretta innerhalb weniger Sekunden auseinanderzunehmen und wieder zusammenzusetzen, mit dem Gewehr auf ein Ziel und auf bewegliche Pappfiguren zu schießen und dabei noch durch den Schlamm zu robben. Sie schien Ewigkeiten zu dauern, dabei waren es nur wenige Jahre, die ihn jedoch grundlegend veränderten. Antonio wurde zum Bullen: Er stand im Morgengrauen auf, rasierte sich gründlich, ging hinaus, um die Bösen zu fangen, rief jeden zweiten Abend vom Münztelefon im Kasernenflur aus zu Hause an. Vaterland und Familie.

Am Telefon sprach er hauptsächlich mit seiner Mutter; der Vater beschränkte sich auf ein paar Floskeln, während der Bruder im Versuch, das peinliche Schweigen zwischen ihnen zu überbrücken, immer dasselbe langweilige Zeug erzählte: Tratsch von den Freunden aus der Bar, die letzten Spiele von Inter Mailand. Solche Sachen.

Die ersten Monate in Uniform waren ernüchternd. Nach der Ausbildung wurde Antonio übergangslos nach Rom geschickt. Streife fahren, Nachtdienste, Überwachung von öffentlichen Veranstaltungen und Demonstrationen – die damals in der Hauptstadt an der Tagesordnung waren – und Ordnungsdienst im Stadion. Halbe Tage mit dem Helm auf dem Kopf herumzustehen und von der einen oder anderen Seite Prügel zu beziehen kann lehrreich sein, doch zunehmend machte sich der Frust in ihm breit, und er begann an seiner Bauchentscheidung zu zweifeln. Bis nach vierzehn nicht gerade einfachen Monaten endlich die Versetzung nach Mailand erfolgte. Es fehlte an Personal, und der Standort war nicht beliebt: Heißes Pflaster, hieß es. Die meisten wollten so schnell wie möglich wieder von dort weg. Vor allem seine süditalienischen Kollegen, und das war die überragende Mehrheit; nur wenige trugen im Norden die Uniform. Und einer von ihnen war Agente Antonio Santi, der glücklich wie Napoleon bei seiner Rückkehr aus dem Exil auf Elba nach Hause kam.

5

Nach einer nicht enden wollenden Fahrt im heißen, ruckelnden und überfüllten Eilzug erreicht Antonio Milano Centrale und geht zu Fuß zur Questura in der Via Fatebenefratelli, ohne zu Hause vorbeizuschauen. Er ist aufgeregt: Er muss zum Rapport bei Nicolosi, seinem großen Vorbild.

Der Commissario empfängt ihn in seinem Büro in der Questura.

»Antonio Santi?«

Der junge Mann nickt.

»Sind wir uns schon einmal begegnet?«

»Nicht dass ich wüsste, Signore«, lügt Antonio.

Sein Gegenüber studiert den Versetzungsbescheid.

»Du wohnst in der Via Osoppo?«

»*Sissignore.*«

Die beiden wechseln einen Blick.

›Nie im Leben erinnert der sich‹, denkt der junge Bulle.

Nicolosi sagt nichts. Er schließt die Akte und erhebt sich.

»Kannst du einen tropfenden Wasserhahn reparieren, Santi?«

Antonio weiß nicht, was er antworten soll, also schweigt er.

»Nun?«

»Tja, also … ja.«

»Dann komm.«

Eine Stunde später betreten sie eine leerstehende Wohnung im vierten Stock eines einfachen Mehrfamilienhauses an der Piazza Corvetto. Es liegt in einer Gegend, in die niemand mit halbwegs gesundem Verstand nachts freiwillig einen Fuß setzen würde, doch um diese Tageszeit ist es ein Viertel wie viele andere. Antonio beobachtet erstaunt, wie Nicolosi im Badezimmer sämtliche Hähne aufdreht, bis das Wasser überläuft und auf den Boden fließt.

»Ich bin nicht verrückt, Santi«, erklärt ihm der Vorgesetzte. »Hilf mir.«

Der junge Polizist verkneift sich die Fragen und dreht auch in der Küche den Hahn auf.

Nach einer halben Stunde steht alles unter Wasser.

»Das wär's«, verkündet Nicolosi. »Lass uns gehen.«

»Ohne das Wasser zuzudrehen?«

»Sonst hätten wir uns ja nicht die Mühe machen brauchen, was?«, erwidert der Vorgesetzte.

Den Rest des Vormittags verbringen sie in einem zivilen Streifenwagen der Polizei: einem Fiat 600, der nach Hund stinkt und wenige Hundert Meter vom Platz entfernt parkt.

»Worauf warten wir?«, fragt Antonio irgendwann.

»Dass die aus der Wohnung drunter den Wasserschaden melden.«

Auf dem Rücksitz liegen zwei Klempneroveralls und eine Werkzeugkiste.

»Seit vier Jahren etwa«, erzählt Nicolosi, »sind wir schon hinter Paesanino her, einem Kriminellen, der auf Raubüberfälle spezialisiert ist. Es ist einfach unmöglich, sein Versteck zu finden. Doch heute Morgen habe ich einen Tipp aus San

Vittore bekommen: In der Wohnung unter der, die wir geflutet haben, wohnt die Schwester seines Kompagnons.«

Mehr Erklärungen gibt es nicht, und Antonio lässt es dabei bewenden. Immerhin ist ihm die Sache ein wenig klarer.

Irgendwann am Nachmittag bekommen sie endlich den Anruf. Der Portier teilt ihnen mit, dass die Bewohnerin aus Wohnung 24 einen Klempner bestellt hat, weil Wasser aus der Decke tropft. Die zwei Bullen schlüpfen in die Overalls und klingeln bei ihr.

»Machen Sie sich keine Sorgen, Signora«, beruhigt Nicolosi sie. »Mein Kollege geht schon mal hoch und klärt, woher das Wasser kommt, ich kümmere mich inzwischen um Ihre Decke.«

Antonio steigt eine Etage höher und dreht die Wasserhähne zu, während der Commissario mit der Frau spricht und so tut, als arbeite er. Zuerst reden sie über dies und das, dann kommt er wie zufällig auf den Ganovenbruder der Signora zu sprechen. Nicolosi gesteht ihr, dass er ihn bewundert.

»Der Bursche muss echt Eier haben, wenn er sich so lange nicht erwischen lässt«, sagt er. »Ich habe in der Zeitung gelesen, dass in der Stadt ein paar hundert Polizisten auf ihn und Paesanino angesetzt sind.«

Die Frau zögert bei dem Thema, doch die Liebenswürdigkeit des Mannes, sein gutes Benehmen und ihre Tratschlust sind stärker.

»Ich an seiner Stelle«, meint Nicolosi nun, »würde ans Meer fahren. Strand, Sonne, Ruhe. Sie etwa nicht?«

Die Frau zuckt mit den Schultern.

»Er mag das Meer nicht. Er sagt, er muss beim Schwimmen immer das andere Ufer sehen …«

»Ach ja?«

»Ja, sicherheitshalber. Er hat gerne alles unter Kontrolle.«

»Dann mag er bestimmt die Seen. Von Mailand aus ist man ja im Nu am nächsten See. Und Sie, Signora, mögen Sie Seen?«

Sie seufzt.

»Sehr. Ich würde ja auch nach Stresa fahren, wenn ich könnte …«

Die Frau verstummt erschrocken, als sie merkt, dass sie sich verplappert hat. Doch sie beruhigt sich schnell wieder; Nicolosi steht auf einer Leiter, um der tropfenden Decke Einhalt zu gebieten, und tut, als hätte er nichts gehört. Er lässt sich nicht anmerken, dass dies die Information sein könnte, die den Ermittlungen die entscheidende Wendung gibt. Es wird schließlich seine Gründe haben, warum man ihn den italienischen Maigret nennt.

Es wird ein langer Tag für Antonio. Im Morgengrauen ist er in Rom aufgestanden, und nun, während sich die ersten Lichter des Abends auf der ruhigen Fläche des Sees spiegeln und Tony Renis aus dem Radio *Quando quando quando* fragt, fährt er auf dem Rücksitz eines Alfa 2600 Zagato im Luftkurort Stresa am Lago Maggiore ein, zusammen mit Nicolosi und drei weiteren Kollegen. Sie haben das schnellste Auto genommen, das der Mailänder Polizei zur Verfügung steht, nur für den Fall, dass es zu einer Verfolgungsjagd mit den zwei Verbrechern kommt.

Sie passieren die Luxushotels an der Uferpromenade und halten auf das Rathaus zu, wo der Bürgermeister sie erwartet. Nicolosi hat ihre Ankunft bereits angekündigt.

Der erste Bürger der Stadt, mit zerzausten Haaren und einem Bäuchlein, das auf die Gürtelschlaufen drückt, ist nervös. Ihm gefällt die Vorstellung nicht, dass zwei gefährliche Kriminelle in seiner Stadt untergetaucht sind, und er ist zu jeglicher Kooperation bereit. Auf dem Konferenztisch hat er den Stadtplan von Stresa ausgebreitet. Er deutet auf eine kleine Villa außerhalb des Ortes, mit Blick auf den See.

»Hier wohnen seit einer Woche ein paar Männer: Sie behaupten, Mailänder Unternehmer zu sein.«

Nicolosi lässt sie sich beschreiben. Der eine lang und hager mit braunen Locken: der Bruder der Signora, die ihnen den unfreiwilligen Tipp gegeben hat. Der andere untersetzt, pechschwarze Augen, energisches Kinn und unüberhörbarer süditalienischer Akzent: der Paesanino.

»Passt«, kommentiert der Commissario trocken.

Sie beschließen, mit der Aktion fortzufahren, aber nicht sofort: Es ist zehn Uhr abends, zu früh.

Das ist nicht die Stunde der Bullen.

Die Stunde der Bullen kommt um vier Uhr morgens.

»Dann sind wir sicher, dass sie schlafen«, erklärt Nicolosi.

Antonio ist aufgeregt. Seine Hände zittern, es ist seine erste Stürmung. Ein wenig hat er auf einem Stuhl gedöst, fühlt sich aber immer noch ganz zerschlagen.

»Bist du dabei, Junge?«

Der Commissario mustert ihn prüfend.

»*Sissignore.*«

Sein entschlossener Blick wirkt überzeugend, trotz der dunklen Augenringe.

Sie parken den Zagato fünfhundert Meter vor der kleinen Villa und gehen zu Fuß weiter. Sie haben den Grundriss des Hauses genau studiert. Es gibt zwei Schlafzimmer und nur eine Eingangstür. Antonio wird davor Wache halten, falls jemand versuchen sollte zu fliehen. Die anderen vier gehen rein und teilen sich auf, um die Verbrecher zu schnappen, zwei pro Zimmer.

Auf ein Zeichen des Commissario beginnt die Aktion. Die Tür wird mit einem Nachschlüssel geöffnet, den der Hausbesitzer ihnen zur Verfügung gestellt hat. Kein Lärm. Flink schlüpfen die vier Bullen ins Haus.

Paesanino hat eine P38 auf dem Nachttisch liegen, doch er kommt nicht dazu, sie zu packen, denn schon ist Nicolosi über ihm und presst ihm die Pistolenmündung an die Stirn.

»Irgendwie lustig, oder? Du hast dich am Ufer des Wassers

verstecken wollen, und dann war es ausgerechnet das Wasser, das dich verraten hat …«

6

Antonio sieht immer noch müde aus, als er nach einem Ruhetag wieder zum Dienst antritt. Er hat kein Auge zugetan, so aufgewühlt war er, an einem einzigen Tag unter der *Madonnina* hat er mehr Adrenalin gepumpt als in all den Monaten in Rom. Eine Esportazione-Kippe hängt ihm im Mundwinkel. Er steht im Korridor der Questura und kramt in seinen Taschen nach einem Feuerzeug, so lange, bis ein mitleidiger Kollege ihm eine Streichholzschachtel reicht.

»Danke«, murmelt Santi und nimmt einen tiefen Zug.

»Du bist der Neue, stimmt's? Der mit Nicolosi arbeitet?«

»Ja.«

»Toller Schlag, wie ihr Paesanino geschnappt habt! Der Commissario hat blendende Laune seitdem, ist sonst gar nicht seine Art.«

»Echt?«

»Das muss doch selbst dir schon aufgefallen sein: Der Pelz des bärbeißigen Bullen passt ihm viel besser. Er ist ein scheuer Mensch, der unsichtbare Narben mit sich herumträgt. Die Leidenschaft für seine Arbeit und die Trennung von seiner Familie hat er teuer bezahlt. Das war wie ein Teufelskreis: Seine Frau hat ihn verlassen, und seine Kinder wollen nichts mehr von ihm wissen, also bleibt ihm nur eins im Leben, sich rückhaltlos mit Leib und Seele der Arbeit zu verschreiben. Seine Mission.«

»Kennst du ihn gut?«

Der andere lacht.

»So ziemlich, denke ich.«

Er reicht ihm die Hand.

»Sovrintendete Pino Catalano.«

»Agente Antonio Santi.«

Nachdem das Eis gebrochen ist, rauchen die zwei ein paar Zigaretten miteinander und reden.

Catalano ist ein großer Mann, spindeldürr, mit einer schwarzen Mähne auf dem Kopf, die vielleicht einen Tick zu lang ist. Aber in der Politischen, seiner Abteilung, scheint das nicht weiter aufzufallen. Im Gegenteil, sollte er mal als Spitzel eingeschleust werden, könnte ihm so eine Frisur gute Dienste leisten.

»Woher weißt du das alles über den Commissario?«, fragt Antonio.

»Ich habe mir in seiner Truppe die Sporen verdient. Nicolosi stellt einen gern auf die Probe, um zu sehen, wie weit er mit dir gehen kann. Tougher Typ, messerscharf. Der lässt keinen ungeschoren. Das ist seine Art. Am Ende hasst du ihn oder du liebst ihn. Ich kenne einige, die ihre Versetzung beantragt haben, weil sie nicht mit ihm klarkamen.«

»Du auch?«

Der Mann schüttelt den Kopf.

»Nein, ich wusste, dass er aus mir einen echten Bullen macht. Unsere Wege haben sich getrennt, als ich befördert wurde und in der Politischen angefangen habe.«

»War er denn immer so?«

»Fast. Es gab etwas, das ihn endgültig hart gemacht hat. Ein paar Wochen, nachdem seine Frau ihn verlassen hatte.«

»Warst du dabei?«

»Ja, einer der letzten gemeinsamen Fälle. Ist ein paar Jahre her.«

Antonios Antennen stellen sich auf.

»Was ist passiert?«, fragt er neugierig.

Catalano zündet sich in aller Ruhe noch eine Zigarette an.

»Ich werde es dir erzählen, aber halt ja den Mund. Das ist eine der Sachen, über die der Commissario nicht reden will.«

»Jetzt hör schon auf mit der Geheimniskrämerei, Pino. Was war los?«

»Schlimme Geschichte, das in Bascapè.«

»Erzähl schon.«

Ein Tag im Oktober 1962, Nicolosi und ich näherten uns dem Ort. Es regnete in Strömen. Die Felder waren aufgeweicht, man kam im Schlamm kaum voran. Ein Flugzeug war abgestürzt, um sieben Uhr abends, auf eine Wiese in der Gegend. Es befand sich im Landeanflug auf den Flughafen Linate. Ich erinnere mich noch gut an Nicolosis entsetzten Gesichtsausdruck. So hatte ich ihn nur selten gesehen.

»Sie haben den mächtigsten Mann Italiens gekillt«, sagte er. Es war, als spräche er zu sich selbst.

»Einen Politiker?«

»Einen Ölindustriellen.«

»Aber bei uns gibt's doch gar kein Erdöl ...«

»Deswegen haben sie ihn ja umgebracht. Er hatte einen Weg gefunden, es zu besorgen.«

»Und wer?«

»Enrico Mattei.«

Da verstummte ich, denn ich begriff sofort die Tragweite der Geschichte. Und nicht nur ich: Innerhalb kürzester Zeit wimmelte es nur so von Leuten. Die Nachricht, dass die Nummer eins des Energieunternehmens ENI in einer Morane-Saulnier abgestürzt war, hatte sich bereits in sämtlichen Zeitungsredaktionen herumgesprochen.

Obwohl es wie ein Unfall aussah, gab es von Anfang an Zweifel. Manche behaupteten, es habe vor dem Absturz im Flugzeug eine Explosion gegeben.

Der Commissario lehnte sämtliche angebotenen Regenschirme ab und wurde nass bis auf die Knochen, während er jede Einzelheit an der Absturzstelle in Augenschein nahm. Überall lagen Trümmer. Zerfetzte Leichenteile von den drei

Passagieren: Mattei, dem Piloten und einem amerikanischen Journalisten.

Drum herum lauter Mitarbeiter des Energieriesen SNAM, die als Erste herbeigeeilt waren. Auch Uniformierte von ENI waren da. Und eine Menge Schaulustiger bei einem Bauernhof von Bascapè, wo das Flugzeug ein Loch in den matschigen Erdboden gerissen hatte.

Auch ein paar komische Typen in Zivil waren da, die Fragen stellten. Zweifellos vom Geheimdienst. Und dann natürlich die Reporter.

Ich erinnere mich an diesen Basile, den der Chefredakteur von ›La Notte‹ geschickt hatte. Die Zeile, die mir von den Reportagen damals am lebhaftesten in Erinnerung ist, stammte von ihm: »War wirklich der Zufall schuld am Tod dieses Mannes, der vorurteilslos Kontakte zu den erdölfördernden Ländern Arabiens knüpfte und das Monopol der großen amerikanischen Firmen zu unterlaufen versuchte?«

In diesen Worten lag der Schlüssel zu dem Geheimnis. Alle wussten das. Und deshalb, glaube ich, wurde die Sache auch augenblicklich vertuscht.

Wir blieben nicht länger als eine Viertelstunde vor Ort. Es war nicht unser Zuständigkeitsbereich, sondern der von den Kollegen aus Pavia.

Am nächsten Morgen kam General Ercole Savi nach Bascapè. Er war der Leiter der parlamentarischen Untersuchungskommission, die Andreotti eingesetzt hatte.

Es dauerte vier Tage, bis alle Flugzeugtrümmer aus dem Schlamm geborgen waren, und als es so weit war, wurden sie in den Hangar der Luftwaffe in Linate gebracht. Dort wurden sie gesäubert. Was den diesbezüglichen internationalen Vorschriften komplett widersprach und natürlich ein Riesenfehler war, weil man damit auch alle potentiellen Spuren verwischte … und trotzdem wurde genau das getan. Die Flugzeugreste wurden gesäubert.

In den nächsten Tagen traf ich Basile im Pressezentrum des Präsidiums wieder. Ich fragte ihn, was er davon hielt. Er breitete die Arme aus.

»Am Abend des Unfalls waren alle noch sehr gesprächig und wollten alles Mögliche erzählen, aber zwei Tage später halten alle schön ihren Mund.«

Das war fast prophetisch. Die Sache wurde als Unfall abgehakt. Keine Explosion in der Luft, hieß es, alles Hirngespinste. Als ich davon erfuhr, war ich gerade bei Nicolosi und konnte meine Klappe nicht halten.

»Ein solcher Mann kommt bei einem banalen Flugzeugunglück ums Leben, weil das Wetter schlecht war und der Pilot müde und deprimiert? Sollen wir das etwa durchgehen lassen?«

»Wir sind Polizisten, was bleibt uns anderes übrig?«, erwiderte Nicolosi trocken.

Ich hielt den Mund. Wir sahen uns in die Augen. In diesem Satz steckte der ganze Mann. Seine absolute Treue zum Staat. Auch wenn er fehlgeht. Auch wenn er vertuscht. Nicolosi fängt die Bösen, sonst nichts. Er urteilt nicht über sie: Dafür gibt es die Richter. Oder die Politik. Er ist Polizist. Merk dir das, Santi.

»Politik ist die Kunst, Menschen daran zu hindern, sich in Dinge einzumischen, die sie etwas angehen.«

»Ich hätte dich nicht für so tiefgründig gehalten.«

»Das ist nicht von mir, Catalano, das hat 1943 ein französischer Dichter geschrieben, Paul Valéry.«

»Dann bist du also ein Intellektueller, einer, der studiert hat.«

»Jetzt nicht mehr.«

»Warum? Was ist passiert?«

»Ich bin Bulle geworden.«

Im Beccaria

1

»Das Beste, was ich über meine Kindheit sagen kann, ist, dass sie vorbei ist.«

So lautet Vandellis Antwort auf eine Frage des Klapsdoktors, der herausfinden möchte, ob der Junge wieder einzugliedern ist.

Der kleine Raum, in dem das Gespräch stattfindet, riecht nach Schweiß und abgestandener Luft. Nur das Nötigste an Mobiliar: ein paar Stühle und ein dunkler, massiver Holztisch. Von der Decke baumelt wie an einem Galgen die nackte Birne, und das große Fenster wirft ein Karomuster ins Zimmer. Roberto flößen die Gitterstäbe längst keine Angst mehr ein, ebenso wenig wie die grünen Wände, gezeichnet durch Alter und Feuchtigkeit. Beinahe fühlt er sich wohl hier drinnen.

Während er der Antwort des Jungen lauscht, schließt der Gefängnispsychologe kurz die Augen und bearbeitet mit zwei Fingern seinen Italo-Balbo-Spitzbart. Er grübelt über Vandelli nach, der den Akten zufolge erst vor ein paar Monaten sechzehn Jahre alt geworden ist. Ein schwieriges Kind, lange unentschuldigte Fehlzeiten in der Schule, mehrfache Bewährungsstrafen.

Vandelli sieht dem Arzt direkt ins Gesicht. Er hat nichts mehr von dem Teenager, der er dem Alter nach sein müsste. Und er ist sich so klar darüber, dass er sogar leugnet, je eine

Kindheit gehabt zu haben. Seit dem Streich mit den Zirkustigern acht Jahre zuvor war sein Weg vorgezeichnet.

›Und wahrscheinlich wäre es auch ohne diesen Zwischenfall nicht anders gekommen‹, denkt der Arzt. Dann fragt er endlich: »Hier steht, dass du von der Schule geflogen bist.«

»Ich hab einem Lehrer gedroht, ihm die Fresse zu polieren. Das Arschloch hat immer auf den Schwächsten rumgehackt.«

»Verstehe. Da steht auch, dass du dich häufig mit deinen Mitschülern geprügelt hast. Wieso?«

Ein leichtes Schulterzucken.

»Man kann nicht mit allen einer Meinung sein, oder?«

Der Arzt macht sich eine Notiz. Viel mehr als die Worte des Jungen beeindruckt ihn seine eiskalte Mimik: Vandelli senkt beim Reden keinen Moment den Blick, gerät kein einziges Mal ins Stocken.

Der Junge wartet nach seiner Antwort kurz, dann fragt er: »Kann ich jetzt gehen? Oder soll ich den ganzen Tag hier sitzen und Ihnen zusehen, wie Sie auf dem Papier rumkritzeln?«

Er gibt sich abgebrüht, in Wirklichkeit ist er stinksauer. Das war dem Psychologen sofort klar, als er ihn dort sitzen sah. Der Junge ärgert sich schwarz, dass er so dumm sein konnte, geschnappt zu werden.

Wie ein Grünschnabel hat er sich erwischen lassen, beim Kaufhausdiebstahl an der Piazza Frattini. Dabei hatte er alles richtig gemacht. Abgewartet, bis der Wachmann außer Sicht war, dann flink in die Elektroabteilung geflitzt. Auf ein Transistorradio hatte er es abgesehen, den Abnehmer dafür hatte er schon. Alles schien glattzulaufen, hätte ihn nicht eine Verkäuferin beobachtet und angefangen zu zetern. Also hatte er mit dem Radio unter dem Arm die Biege gemacht, war aber nicht weit gekommen. Ausgerechnet neben dem Kaufhaus befand sich ein Tabacchi-Laden, wo ein Carabiniere-Maresciallo gerade Zigaretten kaufte. Der sprang in das zwei Meter entfernt wartende Auto und setzte ihn mit seinem

Kollegen mit Leichtigkeit fest. Und so war er zum zweiten Mal im Beccaria gelandet. An das erste Mal konnte er sich kaum noch erinnern; er war nur eine Nacht geblieben: Nun muss er vier lange Monate absitzen und hat schon jetzt die Nase voll.

»Sind wir fertig?«, fragt er noch einmal.

»Nein.«

»Ich will Ihnen auch mal 'ne Frage stellen.«

Die hohe Psychologenstirn mit den Geheimratsecken glänzt vor Schweiß. Der Arzt sieht von seinen Zetteln auf und blickt Roberto in die Augen. Er ist wirklich gespannt auf die Frage.

»Nur zu.«

»Dieser Cesare Beccaria, also nach dem der Bau hier benannt ist und so, der hat doch 'ne Menge Bücher geschrieben, oder? Ich persönlich glaube ja, der muss ein ziemliches Arschloch gewesen sein, wenn ein Jugendgefängnis so heißt wie er. Ein Knast sollte doch nach niemandem heißen, außer er geht dir so richtig auf den Sack, was meinen Sie?«

»Du darfst jetzt auf die Stube gehen, Vandelli.«

2

In der Jugendstrafanstalt Cesare Beccaria trifft Vandelli einen Ligera-Kollegen vom Giambellino, Nicola Pinto, der Sohn des Schusters. Ein Jahr älter, kennt er sich im Bau bereits bestens aus. Er ist zum dritten Mal im Becca, und selbst wer nur am Rande mit ihm zu tun hat, kann sich denken, dass es nicht das letzte Mal sein wird. Oder vielleicht doch, denn in wenigen Monaten wird er volljährig, so dass er beim nächsten Mal in der Zwei landen wird, in San Vittore.

Er und Roberto kennen sich seit vielen Jahren: Tausendmal haben sie zusammen *lippa* gespielt oder sich auf ihrem *carrellotto*, der speziell mailändischen Weiterentwicklung des Rollers, an die Straßenbahn gehängt. Ein paarmal haben sie sogar zusammen etwas ausgefressen.

Robertos einziger Gedanke gilt dem Ausbruch. Er erträgt es nicht, eingesperrt zu sein, und sucht nach Fluchtmöglichkeiten.

Pinto rät ihm, sich zu entspannen, vier Monate vergehen schließlich wie im Flug.

Doch Roberto mag diese Einstellung nicht, die sich hier drinnen jeder irgendwann zulegt, auch Pinto. Sie werden zu Fatalisten.

»Die Strafe will abgesessen werden, also sitzen wir sie ab«, sagen sie. »Und in der Zwischenzeit vertreiben wir uns die Zeit mit den Neuankömmlingen.«

An diesem Ort ist der Kampf Normalität: Die einen erarbeiten sich durch Übergriffe eine Machtposition, die anderen ducken sich unter diesen Übergriffen.

Pinto versucht, irgendwo dazwischen die Balance zu halten.

»Was sich draußen von selbst erledigt, schaukelt sich hier drinnen hoch. Das ist schlicht eine Frage des Platzmangels und der Hormone.«

Doch Roberto ist niemand, der den Schwanz einzieht. Und es gibt eine Bande im Becca, bei der die Fäden zusammenlaufen.

Die Jungs vom Giambellino werden in Ruhe gelassen, abgesehen von ein paar Seitenhieben und Schmähungen; die anderen jedoch, das Schlachtfleisch, das täglich aus der Stadt eintrifft, gehört ihnen allein. Und ihrem Sadismus.

Der Jugendknast – das wissen alle Ligera, die früher oder später mit ihm in Kontakt kommen – ist eine Schule der Unterdrückung, aus der man zwei Lehren ziehen kann: Es gibt feste und unabänderliche Hierarchien, denen man sich blind ergeben muss, und jeder Rang hat das Recht, Macht über jene auszuüben, die tiefer stehen, auch in Form des ordinärsten

Sadismus. Eine Logik, mit der sich Vandelli selbst Jahre nach dem Knast nie so ganz abfinden wird.

»Hier kriegt jeder seine Ladung Scheiße ab, die er dann dort weitergibt, wo er kann«, bringt Nicola die Sache auf den Punkt.

Doch auch damit kann sein Freund sich nicht abfinden, und vom ersten Tag an verstößt er gegen diese Regeln, den widerstrebenden Pinto im Schlepptau. Der kann gar nicht anders: Die Gegend, aus der ein Mailänder stammt, prägt ihn ein Leben lang, repräsentiert gewissermaßen seine Familie, gibt ein Gemeinschafts- und Zugehörigkeitsgefühl, das niemand so leicht abstreifen kann. Wenn man seine Wurzeln nicht mehr respektiert, seine Freunde, dann hat man nichts Besseres verdient als eine Kugel in den Kopf. Oder als Verräter bei den Bullen zu landen.

Am selben Nachmittag auf dem Hof, diesem von Knastmauern umschlossenen Betonquadrat, wo die Sonne herabbrennt und selbst die Luft, die man atmet, nach Teer schmeckt. Es gibt keine Bäume, und die Jungs suchen beim Hofgang den Schatten der Mauern. Einzige Ausnahme bildet ein Grüppchen von Häftlingen, die Soldatenklatsche spielen. In der Mitte steht einer, der ein bisschen zurückgeblieben ist, und sie schlagen hart zu, auch mit Holzlatschen. Und klar ist, er wird niemals erraten, wer geschlagen hat. Totale Unterwerfung: Er wird sich auf ewig die Hände ruinieren. Schon nach ein paar Runden ist die Hand violett und geschwollen wie eine Melone.

Vandelli kann sich kaum zügeln, doch Pinto hält ihn zurück.

»Das ist nicht dein Bier«, erklärt er ihm. »Unter den Schlägern ist auch der Typ, der hier das Sagen hat. Wenn du jetzt Scheiße baust, werden wir das jeden einzelnen Tag büßen.«

Roberto blickt ihm fest in die Augen.

»Diese Arschlöcher sind es, die es jeden einzelnen Tag büßen werden, dafür sorge ich«, gibt er zurück, macht sich frei und geht mit großen Schritten auf die Gruppe zu. Pinto hebt seufzend die Arme und folgt ihm. Er sieht zu dem Aufseher hoch. Den Schergen ist alles egal, sollen sie dem Idioten da unten ruhig die Hände kaputt machen.

Roberto geht direkt auf den Kerl zu, der sich als Boss aufspielt, und schlägt ihm auf die Schulter. Blond, starkes Kreuz, ein wahrer Schrank im Gegensatz zu ihm. Er wird ›der Berliner‹ genannt.

»Vielleicht irrst du dich ja«, setzt Vandelli an. »Er hat längst erraten, wer ihn geschlagen hat.«

Der Berliner sieht sich erstaunt um; er kann kaum glauben, dass so eine Pissnelke es wagt, sich ihm auf diese Art zu nähern.

»Habt ihr das gehört, Jungs? Hier ist noch so ein Klugscheißer, der gern in die Mitte möchte.«

Pinto hat sich hinter Vandelli aufgebaut und behält die Lage im Auge. Er hat das gleiche Format wie der Berliner, aber die anderen sind zu viert.

Vandelli weicht nicht zurück.

»Klar will ich mitspielen, aber mit einer kleinen Regeländerung. Statt Soldatenklatschen spielen wir jetzt Dreckskerlklatschen.«

Er hat noch nicht ausgeredet, da verpasst er dem Berliner schon zwei gewaltige Ohrfeigen, eine rechts, eine links. Der Blondschopf taumelt zurück, und schon bekommt er einen Schädel in die Nase gerammt, dass er sich flach auf den Boden legt, das Gesicht blutverschmiert. Einer der Clique will eingreifen, doch Pinto packt ihn und hält ihm eine Klinge an die Kehle, die wer weiß woher kommt.

»Kümmer dich um deinen eigenen Dreck.«

Die Gruppe ist wie versteinert. Vandelli dreht dem Berliner das Ohr um; aus seinen Augen schießen Tränen und aus seiner Nase Blut.

»Jetzt entschuldigst du dich bei dem Burschen.«

Er schüttelt den Kopf, doch das brennende Ohr belehrt ihn eines Besseren.

»Entschuldigung«, krächzt er.

Der Junge nickt zitternd und rennt schnell davon.

»Brav«, sagt Vandelli zum Großen und stößt ihn zu Boden. »Und wenn ich dich noch einmal dabei erwische, wie du dich an ihm vergreifst, wirst du hier im Rollstuhl rausgekarrt, das verspreche ich dir.«

Während Roberto und Pinto sich entfernen, rappelt der Berliner sich auf und stopft sich ein Taschentuch in die blutende Nase. Seine Leute umringen ihn unschlüssig, was sie tun sollen.

»Jetzt stecken wir in der Scheiße«, flüstert der Schustersohn.

»Entspann dich, der unternimmt nichts. Der hat nur unter Feiglingen eine große Klappe. Solche wie der bellen zwar, beißen aber höchstens mit Worten.«

3

Auf die Fenster des Beccaria knallt die Sonne. Es ist einer dieser Sommertage, an denen man eigentlich bis tief in die Nacht durch Mailands Straßen ziehen möchte. Doch Vandelli kann nicht raus.

›Der Käfig ist schrecklich‹, denkt er. ›Er engt dich ein, nimmt dir die Luft, macht dich rasend.‹

Durch die Gitterstäbe betrachtet er den Himmel. Es wäre der perfekte Morgen, um zum Wasserflughafen zu fahren und Schießübungen zu machen, so wie jede Woche.

Seine ersten Waffen hat er sich mit vierzehn bei einem Hehler besorgt: eine P38 und eine Kaliber 9 mm Luger, Überbleibsel aus dem Krieg und aus den Beständen der

Wehrmacht. Den Umgang damit hat er hinter dem Schießplatz am Wasserflughafen geübt: Dort sieht und, wichtiger noch, hört einen niemand.

Die kleine Walther ist seine Lieblingswaffe, er trägt sie immer mit sich herum außer auf Beutezug. Wer aufwächst wie er, kennt den Kodex fast besser als die Bullen selbst: Schnappen sie dich mit einem Schießeisen in der Tasche, lautet die Anklage nicht mehr auf Diebstahl, sondern auf Raub, und wenn du Pech hast, bekommst du zehn Jahre dafür.

Zum Glück haben die zwei Carabinieri ihm geglaubt, dass er keine hat: Er hat sie im Keller seines Wohnhauses versteckt. Und von der Luger hat er selbst keinen Schimmer, wo sie gelandet ist.

Untätig herumsitzen bringt nichts, sagt er sich, und da er nicht zu Selbstmitleid neigt, geht er lieber ans Werk. Aus der Werkstatt verschafft er sich eine kleine Säge, und mit Hilfe eines eisernen Kleiderhakens aus dem Spind im Erdgeschoss, wo tagsüber die Externen durchgehen, bastelt er sich eine kleine Bügelsäge. Er kann das Gerät in seiner Hose verstecken, muss nur aufpassen, dass es ihm nicht in den Oberschenkel schneidet.

Der Plan, den er im Kopf hat, sieht vor, die Gitter an einem Fenster im ersten Stock durchzusägen. Bei einer Ortsbegehung findet er das passende Objekt: ein kleines und etwas abgelegenes Fenster, das direkt auf die Straße geht, ideal zum Ausbrechen. Auf der Straße herrscht tagsüber reges Treiben – Busse, Passanten und ein paar Läden –, es dürfte also nicht schwer sein, sich unter die Leute zu mischen.

Das einzige Problem ist die Höhe. Ein paar Meter werden es grob geschätzt schon sein, die er hinunterspringen muss, doch das stellt für Vandelli keine Schwierigkeit dar. Er ist es gewohnt, wie eine Katze die Mauern der reichen Villen zu überwinden, die er ausräumt.

Nachdem er sichergestellt hat, dass kein Aufseher in der Nähe ist, macht er sich an die Arbeit.

Zunächst sägt er das dicke Drahtgeflecht durch, das die Jungs daran hindern soll, Gegenstände hinunterzuwerfen, dann beginnt er mit der Klinge die Gitterstäbe zu bearbeiten. Das ist Schwerstarbeit, die viele Tage dauern kann, doch Zeit ist ja das Letzte, woran es an diesem Ort mangelt.

Um am Ende des Tages die Kerbe in den Stäben zu verbergen, hat er einen einfachen Trick ersonnen: Sie liegt außerhalb des Drahtgitters – das er jeden Tag sorgfältig wieder an seinen Platz setzt – und fällt so bei einer Kontrolle gar nicht auf. Um das Gitter zu befestigen, verwendet er eingespeichelte Brotkrumen, die er mit Rost braun färbt.

»Du gibst wohl niemals auf, stimmt's?«, fragt Pinto, als er das Werk bewundern darf.

»Niemals«, bestätigt Vandelli.

4

Im Knast und in der Besserungsanstalt sind sich Insassen und Wärter zumindest in einer Frage einig: Für einen Homosexuellen ist der Aufenthalt hier ein Geschenk des Himmels, ein wahres Schlaraffenland, und da wäre doch der schön dumm, der die Gelegenheit nicht beim Schopf ergreift.

Das denken wahrscheinlich auch die fünf Halbstarken, die sich gerade im Schlafsaal um einen frisch eingetroffenen Neuzugang scharen. Ein bartloses Milchgesicht, so um die fünfzehn, die Züge noch unfertig und die Haare so lang, dass er fast wie ein Mädchen aussieht.

»Haben wir hier etwa einen süßen Wärmling, oder was?«, zieht ihn einer auf.

Er schüttelt ängstlich den Kopf. Er ist hier, weil er gerne Autos klaut und mit ihnen Wettrennen fährt wie die Profis in Monza. Schade nur, dass er nicht abgebrüht genug ist, um sich den nötigen Respekt zu verschaffen.

Pinto muss Roberto am Anstaltskragen zurückhalten.

»Ich wiederhole mich nur ungern, aber das ist nicht unser Bier.«

Vandelli entwindet sich.

»Deins vielleicht nicht. Meins schon.«

Die Halbstarken ziehen den Grünschnabel in eine Ecke des Saals, lassen die Hosen herunter und befehlen ihm, ihnen die Schwänze zu lutschen, einem nach dem anderen. Sie brüllen und lachen schallend.

»Das magst du doch, oder? Scheißpupe!«

»Los, hier geht's weiter!«

»Mach gefälligst das Maul auf, oder soll ich dir alle Zähne raushauen, damit du mir ordentlich einen bläst?«

Einer zieht sogar ein Pornoheft hervor und befiehlt ihm, das Gleiche zu tun wie die Nutte auf dem Foto.

Das geht auch Pinto über die Hutschnur. Er und Vandelli tauschen einen einvernehmlichen Blick. Die Gegner sind zu fünft, doch das Überraschungsmoment und die heruntergelassenen Hosen sind auf ihrer Seite. Anstelle ihrer Hände nutzen die zwei Giambellinos jeder einen Hocker als Knüppel. Nach drei Minuten liegen die fünf mit blutenden Köpfen am Boden; einem ist ein Zigarettenstummel auf den Schwanz gefallen und ein leichter Geruch nach Brathähnchen wabert durch die Luft.

Natürlich bleibt die Prügelei nicht unbeachtet, und der Zusammenstoß mit dem Wachpersonal verläuft weniger glorreich. Über Vandelli und Pinto bricht ein wahres Donnerwetter herein. Zuerst mit Schlagstöcken, dann, als sie schon in Embryonalstellung auf dem Boden liegen, Tritte ins Gesicht und in die Weichteile, in die Rippen und auf den Hinterkopf.

Als sie genug haben, sperren die Aufseher sie in die Arrestzellen.

»Noch nie habe ich von denen solche Prügel bezogen, bis du kamst«, beklagt sich Pinto, als sie ihn wegschleifen.

Sein Freund antwortet nicht. Die eingesteckten Schläge treffen ihn nicht, sie gehören dazu. Was einzig zählt, ist, dass diese Halbstarken und sämtliche Jungs aus dem Becca ihn nun respektieren. Sie wissen, dass er, Roberto Vandelli, niemand ist, der mit sich spaßen lässt.

5

Eine Woche später ist Vandelli komplett wiederhergestellt. An den Armen sieht man noch ein paar blaue Flecken, aber er ist nicht der Typ, der wegen Kleinigkeiten jammert. Die schlechte Nachricht ist, dass während seines Arrests die Gitterstäbe am Fenster im ersten Stock repariert wurden. Der Berliner oder der, dem er den Schwanz angesengt hat, muss ihn verpfiffen haben.

Außerdem hat es eine Untersuchung gegeben; die Wärter haben die Jungs ein bisschen ausgequetscht, um herauszufinden, wer der Urheber von all dem war, doch keiner hat einen Pieps gesagt. Als sich ihm eine andere günstige Gelegenheit präsentiert, verraucht Robertos Ärger über den verpatzten Fluchtplan.

»Immerhin sind es Kinder, bei denen eine Umerziehung noch möglich ist, nicht wahr?«

Der Klapsdoktor nickt lustlos, während ein ganz in Karos gekleideter Herr, Hemd nicht zur Hose passend, der ihnen als prominenter Bühnenautor vorgestellt wurde, dieser Handvoll Banditen erklärt, dass er eine Aufführung auf die Beine stellen will, in der sie die Hauptrollen spielen. Sie können tanzen, singen, sogar Theatersketche auf die Bühne bringen. Ein paar Jungs verkünden unter allgemeinem Gelächter, dass sie einen

Ausschnitt aus der Komödie *Die Monster* mit Vittorio Gassmann und Ugo Tognazzi zum Besten geben wollen.

Vandelli wittert sofort seine Chance: Die Proben werden in einem Raum im Erdgeschoss der Anstalt stattfinden, wo es weder Gitter an den Fenstern noch Kontrollen gibt. Er hat sogar eine Hintertür bemerkt, die wie für seine Zwecke gemacht scheint.

Er ist einer der Ersten, der sich meldet. Ganz begeistert sogar. Der Gefängnispsychologe schüttelt den Kopf; er weiß genau, dass etwas dahintersteckt, doch man muss den Jugendlichen eine zweite Chance geben.

»Was kannst du denn?«, fragt ihn der Theatermann.

»Singen«, erwidert Vandelli. In Wirklichkeit ist er eine wahre Heulboje, aber das wird ihm keiner sagen, der nicht Prügel beziehen will.

»Gut, und was willst du singen?«

Der Junge denkt einen Moment nach, dann antwortet er: »*Piccola Katy* von den Pooh.«

Ein Raunen geht durch die Reihen der Gefangenen.

»Einverstanden, morgen beginnen wir mit den Proben. Wer ist der Nächste?«

Vandelli legt sich so ins Zeug, dass er fast immer den richtigen Ton trifft. Der Theatermann lobt ihn mehrmals für seine gute Stimme, während der Psychologe es nicht fassen kann, warum Roberto sich so viel Mühe gibt. Das passt gar nicht in sein Verhaltensprofil.

In Wahrheit wartet der Junge vom Giambellino tatsächlich nur auf die passende Gelegenheit. Er war schon drei oder vier Mal bei den Proben, um den Ort auszukundschaften und zu überlegen, wie er sich aus dem Staub machen kann. Jetzt steht sein Plan. In der Hose versteckt er die kleine, rudimentäre Säge, die er sich am ersten Tag gebaut hat und seitdem in dem Mauerschlitz einer Steckdose versteckt hält.

Zwischen ihm und der Freiheit liegen nur wenige Augenblicke.

Nach der x-ten Probe des Pooh-Songs nutzt er einen Moment, als im Saal allgemeines Durcheinander herrscht – es wird gesungen, getanzt, kleine Zaubertricks werden improvisiert –, und schließt sich in eine der Kammern hinter der Bühne ein. Zuvor hat er alles überprüft: Ein einziger Gitterstab verschließt die schartenartige Öffnung in der Mauer, die als Lüftung fungiert. Er schnipst mit den Fingern dagegen, und ein höhnisches Grinsen geht über sein Gesicht: Das Eisen ist hohl. Das macht Vandellis Flucht zum Kinderspiel. Im Getöse der Probe hört niemand das Knirschen der Säge auf dem Eisen, das schnell nachgibt. Er nimmt den Stab heraus und schiebt sich behände durch die Öffnung.

Einen Moment später ist er frei: Sein Aufenthalt im Becca hat nicht einmal zwei Wochen gedauert.

Eilig verduftet er, auf den Lippen das Lied von der kleinen Katy.

6

»Ich bin ein Junge von der Straße, doch spielen darfst du nicht mit mir …«

Vandelli singt und schießt, schießt und singt.

Dieses Lied von den Corvi ist für ihn zu eine Art Mantra geworden. Er hat es am Vorabend in der Juke-Box in einer Bar an der Piazza Tirana gehört und sich sofort darin wiedererkannt: Der Junge von der Straße ist er, und die jungen Weibsbilder sollen sich bloß in Acht nehmen.

Immer wieder hat er Geld in den Automaten geworfen, bis er es schließlich auswendig konnte, als so ein Typ, genervt von dem ewig gleichen Stück, ihm sagte, er solle damit aufhören oder er riskiere was Gepfeffertes zwischen die Ohren.

Vandelli hatte ernst genickt und das Lokal verlassen. Damit schien der Fall erledigt, das Jüngelchen zieht den Schwanz ein und schwirrt ab, doch in Wirklichkeit ist er nur in den Keller seines Hauses gegangen, um die P38 zu holen, in ein Tuch gewickelt und sorgfältig geölt. Dann kehrte er in die Bar zurück und ließ dasselbe Lied noch einmal laufen.

Der Typ stand auf.

»Willst du mich verarschen, Junge?«

Gewaltiger Rumpf und Arme wie Baumstämme. Der Riese wollte sich gerade zu ihm hinunterbeugen und ihn packen, als ihn der Lauf der P38 zwischen den Eiern zu Zurückhaltung zwang.

»Wenn wir uns beruhigt haben«, hatte Vandelli gesagt, »könnte ich dir sagen, worauf ich Lust hätte: dich singen zu hören.«

Der Riese wurde kreidebleich. Roberto presste ihm das Schießeisen noch fester in die Weichteile.

»Weißt du, was wir jetzt machen? Wir werfen in diese Schrottkiste alle Geldstücke, die du hast, und jedes Mal singst du mein Lied. Hast du Lust?«

Der andere leerte stumm und schweißgebadet seine Hosentaschen auf dem Tisch aus.

Niemand in der Bar wagte zu atmen. Das sollten die zwei mal schön unter sich ausmachen.

»Gut, wir haben Glück. Du darfst sechsmal singen. Zufrieden?«

Ein Stoß mit der Knarre entlockte dem Mann ein Nicken. Die erste Münze fiel in den Schlitz.

»Und noch ein kleiner Tipp: Du solltest dir schon ein wenig Mühe geben, denn sonst sorg ich dafür, dass deine Stimme nicht einmal mehr in den Kirchenchor passt, klar?«

Der Riese fing zu singen an, und nun erst konnten die anderen Gäste sich nicht mehr zurückhalten und brachen in herzhaftes Gelächter aus.

Der Clan

1

Es ist ein ungewöhnlich kalter Aprilmorgen. Der echte Frühling lässt noch auf sich warten, und die Leute spazieren in Wintermäntel gehüllt durch die Straßen der Innenstadt. Blütenduft liegt in der Luft. Der Wind hat ihn herangetragen, wer weiß woher, bis vor die glitzernden Auslagen der Modedesigner entlang der berühmten Via Montenapoleone.

Vielleicht weht er von den Terrassen und kleinen Gärten herüber, die sich hinter den wuchtigen Toren der Palazzi verbergen.

Niemand rechnet damit, dass dieselbe Luft in nur einer Minute erfüllt sein wird vom Gestank nach Blei. Nach Rauch und Kordit wie zu Zeiten des Bombenhagels über Mailand.

Doch genau das geschieht, als vier Alfa Romeo Giulias vor dem Juweliergeschäft Colombo bremsen und Salven von Maschinenpistolen in den Himmel dreschen. Die Passanten geraten in Panik. Das hier ist ja nicht etwa der Giambellino oder Quarto Oggiaro! Das hier ist der Empfangssalon der Stadt, das unangreifbare Aushängeschild Mailands, hier hat es solche Sachen noch nie gegeben.

Die Autotüren springen auf und Schüsse fallen, endlos. Manche Leute werfen sich zu Boden oder verstecken sich hinter den wenigen am Straßenrand geparkten Autos, während drei bewaffnete und maskierte Männer in das Juweliergeschäft eindringen und Geld und Schmuck einsacken. Die Aktion verläuft planmäßig, fast militärisch. Draußen kontrollieren weitere um sich schießende Komplizen die Straße: Zwei der Wagen sind so postiert, dass sie den Verkehr auf der Via Montenapoleone und der kreuzenden Via Verri sperren.

Ein bemerkenswert hoher Aufwand an Mitteln angesichts der nur wenige Minuten dauernden Aktion, an deren Ende zwei der vier Autos mit Vollgas davonrasen und einen Teppich aus Projektilen zurücklassen. Und man kann nur von einem Wunder sprechen, dass es keine Toten und Verletzten gegeben hat.

Agente Nicolò Martinez – der sich vor Ort, aber nicht im Einsatz befindet, sondern gerade die Stadt besichtigt, in die er erst kurz zuvor versetzt wurde –, er also meint, es habe der Duft nach Primeln und Veilchen in der Luft gelegen, was ihn an sein Heimatdorf im Umland von Verona erinnert habe.

Weiterhin meint Martinez, der Commissario habe ihn angebrüllt, diese Details hätten keinerlei Bedeutung und er solle bei den Fakten bleiben, wenn er nicht ernsthaft Probleme bekommen wolle.

Woraufhin Martinez meint, ohne Waffe und mit zittrigen Knien wie beim Tarantellatanzen habe er nicht das Geringste tun können, als dieses unfassbare Chaos über ihn hereinbrach. »Darf man in einer Zeugenaussage *Chaos* sagen, Dottore?« Der Agente sei völlig außer sich gewesen, denn einer der Vermummten habe ihn und weitere Passanten mit der Maschinenpistole in Schach gehalten.

Abschließend meint Martinez, man habe ihm auf der Polizeischule immer eingebläut, bloß nicht den Helden spielen zu wollen, wenn es nicht nötig sei; also habe er sich nicht gerührt.

»So ein abgerissener Bulle wie ich kann sich ja schlecht in dieser Prunkstraße der Bonzen als großer Retter aufspielen, oder?« Das aber hatte er dem Commissario wohlweislich nicht ins Gesicht gesagt, das hatte er nur gedacht.

2

Nicolosi wandert langsam umher. Zigarette im Mundwinkel, der Blick flitzt hierhin und dorthin, während er mit einem Finger glättend über den dünnen Schnurrbart fährt. Er sieht alles: die schwarzen Reifenspuren, die Patronenhülsen, die Glassplitter auf dem Bürgersteig, die zurückgelassenen Wagen. Wie ein Standbild nach dem Atomschlag, und Antonio fühlt sich zurückversetzt zu jenem Tag vor sechs Jahren. Er sieht sich um, kann aber keinen kleinen Jungen entdecken, der mit glänzenden Augen im Hauseingang steht und nur darauf wartet, ihm alles zu erzählen. Das hier ist kein Wohnviertel. Hier gibt es nur Geschäfte, Büros und Boutiquen. Auch an den Fenstern in den oberen Stockwerken kann er niemanden entdecken; in seiner Straße damals war es zugegangen wie auf dem Basar. Hier verschanzen sich alle hinter ihren Schaufenstern und warten, bis die Polizei sie befragen kommt.

Enzo Colombo, der Eigentümer des Juweliergeschäfts, hat versucht, sich mit einem Stuhl zu verteidigen. Merkwürdigerweise haben sie ihn nicht abgeknallt, sondern nur sein Schaufenster mit Schüssen zerschmettert. Zweihundert Millionen haben sie ihm abgenommen, in Form von Schmuck, Gold, Diamanten und Uhren.

Obwohl Antonio nun älter ist, rechnet er die Beute innerlich immer noch in Gehalt um, mittlerweile in sein eigenes, vierzigtausend Lire: Vierhundert Jahre müsste er arbeiten.

›Verbrechen lohnen sich, und wie‹, denkt er. Gerade er, der als Jugendlicher in einer Bar seines Viertels kellnerte, drei Stunden für fünfhundert Lire, damals der Gegenwert von zehn Espressi. Tassen spülen, Boden kehren und Aschenbecher leeren. Doch nie war er versucht gewesen, heimlich in die Kasse zu greifen, obwohl er gekonnt hätte. Sein Chef vertraute ihm, und er durfte die Kasse öffnen und den Kunden Restgeld herausgeben. Im Hause Santi schwamm man nicht im Geld, doch dieses Gebot, du darfst nicht stehlen, hatte ihm seine Mutter zur lebenslangen Mahnung eingeimpft.

»Nicht töten und nicht stehlen, Antonio: Denke stets daran, manche Gebote sind wichtiger als andere«, wiederholte sie immerzu, wobei sie sich ihrer Ketzerei wahrscheinlich nur zu bewusst war. Doch der gesunde Menschenverstand hat noch immer über das Dogma gesiegt.

Und der dieserart belehrte Antonio hatte niemals gestohlen, und sei es auch nur das Fußballbildchen eines Mitschülers. Rein gar nichts. Was das Töten anbelangt, tja, die Zeit würde zeigen, ob sein Beruf als Bulle ihn dazu zwang oder nicht.

Aus den Ermittlungen geht hervor, dass es sieben Verbrecher waren, genau wie in der Via Osoppo. Aber es fiel kein einziges Wort. Nylonstrümpfe nur bei denen, die ins Juweliergeschäft rein sind, die anderen unmaskiert. Angeber!

Vier Minuten für die gesamte Aktion und zwei Alfa Giulias quer auf der Straße, um den anderen Fluchtwagen den Weg freizuhalten und die Straße für eventuelle Verfolger abzuriegeln.

Nicolosi hört sich die Zeugenaussagen des Juweliers und eines Beamten in Zivil an, der zufällig anwesend war, dann bedeutet er Antonio, sie zu entlassen.

»Wie geht's jetzt weiter?«, fragt der junge Mann.

»Wir fahren zurück ins Präsidium. Ich muss telefonieren.«

Santi nickt. Er weiß, dass dies die Stunde der Informanten ist. Das benutzte Waffenarsenal aus Maschinenpistolen und Halbautomatischen plus haufenweise Munition bekommt man nicht einfach im nächsten Laden. Sie müssen Unterstützung gehabt haben von jemandem, der darauf spezialisiert ist, Schießeisen in die Stadt zu schmuggeln. Davon gibt es nicht viele, und der Commissario weiß genau, wo er sie findet.

Zurück im Büro, schließt Nicolosi die Tür hinter sich und kommt bis spät in der Nacht nicht mehr heraus.

3

Zwei leere Espressotassen und die Schlagzeilen der Titelseite auf dem Kaffeetisch.

Antonio hat den Artikel schon dreimal gelesen. Ihm gegenüber sitzt Mario Basile, Reporter von ›La Notte‹. Er ist entschieden gealtert, riecht aus dem Mund, und den gelben Augen nach zu urteilen hat seine Leber auch schon bessere Zeiten erlebt. Sicherheitshalber tränkt er sie trotzdem bereits morgens um acht mit Fernet.

Antonio begnügt sich mit Kaffee, er ist schließlich im Dienst: Immerhin ist das hier ein Arbeitstreffen. Gegenseitiger Informationsaustausch; eine Hand wäscht die andere und so weiter. Obwohl er noch nicht lange bei der Mailänder Polizei ist, hat der Junge bereits kapiert, wie der Hase läuft: Ohne Informanten und Vertraulichkeiten von Seiten der Presse geht gar nichts. *Nicolosi docet.*

Daher weiß auch sein Vorgesetzter, dass er hier ist, und er begrüßt es. Andererseits aber hat er ihn vielleicht auch einfach hinausgeschickt, weil er ihn los sein wollte, um eigene Ermittlungen anzustellen.

»Die Gang ist nicht von hier«, war das Einzige, was Santi ihm am Abend zuvor entlocken konnte. Und damit musste er sich zufriedengeben.

Nun versucht Antonio, sich auf den Artikel vor seiner Nase zu konzentrieren.

Basile und seine Redaktionskollegen haben den Überfall in der Via Montenapoleone bis ins kleinste Detail rekonstruiert. Der Verleger hat sie dutzendweise zum Tatort geschickt, ausgerüstet mit Spielzeugpistolen, Mietwagen und sogar Sturmhauben. Ziel: eine detailgetreue fotografische Nachstellung des Geschehens im Interesse der Öffentlichkeit. Es wirkt wie ein Fotoroman: die Ankunft, die Schüsse, die berstenden Scheiben, die Flucht. Alles.

Die Polizei hat sie unterstützt und den Verkehr für die Zeit, die es brauchte, umgeleitet. Alles war perfekt organisiert, und das Extrablatt am Morgen ist im Nu vergriffen: Wer zu spät kommt, muss auf den Nachdruck am Nachmittag um vier warten.

Jede Sekunde des Überfalls wurde fotografisch dokumentiert. Außerdem wurden unter Mithilfe der Polizei die Phantombilder der nicht vermummten Verbrecher veröffentlicht. Die Fahrer der Alfas.

»Was hältst du von der ganzen Sache?«, fragt Antonio.

Basile bestellt eine dritte Runde. Er weiß, dass der Bulle die Rechnung übernimmt, er hat ihn ja angerufen. Das ist doch das Mindeste.

»Sie sind nicht von hier.«

Antonio schluckt; er scheint der Einzige zu sein, der sie für Mailänder hält. Schweigend zündet er sich eine Esportazione an, dann stellt er die unvermeidliche Frage.

»Warum nicht?«

»Wegen des Spektakels. Zu viel Lärm, zu viele Schüsse, zu viel Durcheinander. Das ist nicht der Stil der hiesigen Unterwelt.«

»Also nur so ein Gefühl?«

»Ein paar Zeugen gibt es auch: Sie wollen gehört haben, wie die Gangster untereinander eine andere Sprache gesprochen haben.«

»Welche?«

»Französisch.«

»Und wenn das ein Trick ist, um die Ermittlungen in die falsche Richtung zu lenken?«

»Klar, möglich wär's.«

Die Miene des Reporters scheint jedoch etwas anderes auszudrücken, wenngleich man nie genau weiß, was er denkt; er hat zu viel gesehen, um sich aufzuregen, zu wundern oder auch nur ein wenig aus seinem Stumpfsinn zu erwachen. Ihm ist mittlerweile alles egal, ihn interessiert nur der Trost des treuen Fernet. Der beschert einem wenigstens keine bösen Überraschungen. Gangster sind das Letzte, woran er denkt.

Antonio steht auf. Er legt das Geld für die Getränke auf den Tisch.

»Frohes Schaffen, Mario.«

»Ciao, Jungchen. Ich hoffe, du bist derjenige, der sie schnappt.«

In der Questura steht Nicolosis Bürotür sperrangelweit offen. Der Commissario lehnt am Fenster und raucht.

»Und?«, fragt er, als er Antonio sieht.

»Er meint, sie haben Französisch geredet.«

»Genau das wurde mir auch berichtet.«

Er deutet auf einen Aktenordner auf seinem Schreibtisch. Auf dem Rücken steht mit rotem Filzstift: »Der Marseille-Clan«.

4

Als er die Liste mit den Namen durchgeht, fühlt sich Antonio wie in einem Autorenfilm von Carlo Lizzani. Er ackert sich durch die Verbrecherkartei, die Nicolosi von der Gendarmerie in Marseille bekommen hat, und wundert sich, dass alles anders ist als gedacht.

Der mutmaßliche Kopf der Bande trägt den Spitznamen Jo Le Maire, ist aber im italienischen Baggio geboren und steht als Guido Raso im Melderegister. Sein Vize hingegen, ein alter Bekannter der französischen Kollegen, ist in Marseille geboren, hat aber italienische Wurzeln: René Bellini, genannt der Marseiller. Einer, der von Kindesbeinen an im Gefängnis ein und aus geht, der vom Diebstahl ebenso viel versteht wie vom Ausbruch, das letzte Mal erst wenige Wochen zuvor aus der Haftanstalt von Melun. In dem Bericht vermutet man, dass der Mann Frankreich verlassen hat, um sein Glück in Italien zu suchen, wo er sich Rasos Bande angeschlossen hat.

Das Informationsschreiben ist sehr detailliert: Raubüberfälle wie die in der Via Montenapoleone scheint es an der Côte d'Azur schon einige gegeben zu haben, vor allem in Nizza und Montecarlo.

»Sie haben das Modell nach Italien exportiert?«

»Könnte man so sagen«, erwidert Nicolosi und lässt sich am Schreibtisch nieder.

»Was sagen Ihre Informanten?«

»Die Waffen kommen von außerhalb. Und die Munition auch.«

»Und wie sollen wir vorgehen?«

»Erst einmal gehen wir allen Hinweisen nach. Und versuchen herauszufinden, wo sich Bellini und Raso verstecken.«

Nach ein paar Tagen bringen die in den Zeitungen veröffentlichten Phantombilder erste Erfolge: Einer der Überfallfahrer wird identifiziert. Ein Zeuge sagt aus, er hätte ihn in einem Haus an der Piazzale Susa gesehen.

Während sie im Zagato zur Festnahme fahren und Morandi im Radio *Andavo a cento all'ora* singt, erzählt Nicolosi irgendetwas von wegen Dominoeffekt.

»Wenn das erste Steinchen kippt, folgen die anderen bald nach, du wirst schon sehen.«

Nach der Befragung des Verdächtigen versteht Antonio, warum. Seine Kollegen fassen die Verbrecher nicht mit Samthandschuhen an: Sie hinterlassen keine Kratzer, wissen aber, wo es weh tut.

Der Commissario verfolgt das Ganze durch die Scheibe. Er gehört noch zur alten Schule. Es ist kein Weltuntergang, wenn diese Leute hart angefasst werden. Im Bunker haben sie von ihren Zellengenossen noch ganz anderes zu erwarten oder fügen es selbst ihren Knastbrüdern zu.

Diesen Zynismus hat er sich mit den Jahren zugelegt: Er schöpft aus den Erfahrungen in der Via Osoppo, und er weiß, womit er seine Informanten locken kann, diese Sprachrohre der Unterwelt – oder wie er sie in Schrecken versetzt, je nachdem. Und die Resultate bleiben nie aus.

Im Laufe von acht Tagen sitzen sämtliche Gangster hinter Gittern, dank der zahlreichen Hinweise, die auf offiziellem und inoffiziellem Wege eingehen.

Bellini und Raso erwischen sie bei Giannino, dem In-Restaurant von Politikern und Kriminellen. Sie sitzen mit Champagner, Langusten und zwei Animierdamen beim Essen. Beim Anblick der Uniformierten verziehen sie keine Miene. Das gehört zum Spiel.

Antonio legt dem Marseiller die Handschellen an, während dieser mit amüsiertem Grinsen Nicolosi mustert.

Auf dem Präsidium kriegen sie nichts aus ihm heraus. Trotz nicht gerade orthodoxer Verhörmethoden. Er verdient sich den Spitznamen ›Steinlippe‹, indem er stundenlang ermüdendsten Befragungen standhält, ohne eine Silbe auszuspucken. Sein Kumpan hingegen ist umgänglicher. Nach nicht einmal drei Stunden Spezialbehandlung erzählt er alles. Aufgerollte Telefonbücher, als Knüppel in der Magengegend angewandt, entwickeln enorme Überzeugungskraft. Mit dem Vorteil, dass sie keine blauen Flecken hinterlassen.

Nicolosi ist dennoch unzufrieden. Die Gangster sind hinter Schloss und Riegel, doch von der Beute tauchen nur Bruchstücke auf, gerade einmal zehn Millionen Lire.

Jo Le Maire erzählt, dass ein Großteil der Beute nach Paris ausgeflogen wurde, am Morgen nach dem Raubzug, verborgen in den Windeln des Säuglings einer marokkanischen Tänzerin. Und er lächelt höhnisch, als er berichtet, dass der Überfall ein ›gedecktes‹ Unternehmen war, eine Auftragsarbeit. Die Schmuckstücke von Juwelier Colombo waren schon an einen Pariser Hehler verkauft, als sie noch im Schaufenster in der Via Montenapoleone lagen.

Nicolosi lässt ihn mit einer zornigen Handbewegung abführen.

Am nächsten Morgen überfliegt Antonio wie jeden Tag in der Bar gegenüber der Questura die Seiten des ›Corriere della Sera‹. Je weiter er Buzzatis Reportage über die Festnahme des Marseille-Clans liest, desto übler wird ihm: »Viele rechtschaffene und wohlmeinende Menschen zeigten sich enttäuscht angesichts der Nachricht, dass die Polizei innerhalb weniger Tage die Täter von der Via Montenapoleone identifiziert und ihre Anführer dingfest gemacht hat. Wäre es nicht viel logischer gewesen, die Beamten und ihre Vorgesetzten mit Bravorufen zu überschütten, die unter den spöttischen Blicken der halben Welt die schwierigste Prüfung bestanden haben, die einem Polizeiapparat gestellt werden kann? Nein. Die Mehrheit – warum es verhehlen? – war tatsächlich irgendwie enttäuscht.«

Antonio zerknüllt die Zeitung und wirft sie zu Boden. Ein paar Gäste sehen ihn neugierig an, und er antwortet ihnen mit einem wütenden Blick.

Der Artikel brennt ihm auf der Seele. Er fühlt sich leer, einsam. Die Einsamkeit spürt er im Kopf, sie gräbt sich tiefer, packt ihn an der Kehle. Dabei ist die Bar voll mit Leuten.

»Aber es kommt nicht darauf an, wie viele Leute um dich herum sind«, überlegt er, »viel wichtiger ist das Wer und Wie.«

Damals in der Schule, als sie auf Eisenbänken saßen, waren Gespräche wie dieses über die Einsamkeit oder über den Sinn des Lebens an der Tagesordnung. Heute denkt er immer seltener darüber nach. Die Arbeit auf der Straße stumpft ihn ab, saugt ihn in einen fruchtwasserartigen Limbus, wo es einem umso besser geht, je weniger Fragen man stellt. Vor allem dann, wenn die Presse einem die Anstrengungen auf diese Art dankt.

Doch die Gedanken abzuschalten ist unmöglich, und ihm kommt ein Roman von Cesare Pavese in den Sinn, den er vor ein paar Jahren gelesen hat und in dem von der wohligen Frische der Einsamkeit die Rede war. Antonio spürt die Kälte, die Schauer auf dem Rücken. Von Wohlsein keine Spur.

In diesem Moment betritt Nicolosi das Lokal. Er sieht ihn und kommt an seinen Tisch.

»Was tust du hier so allein, Santi?«

»Ein Mann sollte nicht allein sein. Bitte, Commissario, setzen Sie sich doch.«

»Wo hast du denn den Spruch her?«, fragt sein Vorgesetzter.

»Das ist von einem französischen Dichter. Auf dem Gymnasium war ich geradezu besessen von seinen Werken. Ich habe seine Gedichte auswendig gelernt, um vor den Mädchen damit zu prahlen.«

»Hat es funktioniert?«

»In der Regel nicht. Sie können sich nicht vorstellen, wie sie scharenweise das Weite gesucht haben, wenn ich mit meinen Tiraden loslegte …«

»Ha, ha, ha, die Einsamkeit ist die Heimat der großen Geister.«

»Ist das von Ihnen?«

»Ich bin mir nicht sicher, vielleicht hab ich es irgendwo aufgeschnappt. Wer weiß.«

Während er spricht, fällt sein Blick auf die am Boden liegende Zeitung. Er deutet mit einem Kopfnicken darauf.

»Ärgerst du dich darüber, Santi? Wunderst du dich, dass die Presse zum Sturm bläst und die Welt gegen uns Bullen ätzt? Tja, mein Junge, die Leute sind immer auf der Seite der Bösen, wusstest du das nicht?«

Antonio fällt keine passende Erwiderung ein. Die Geschichte wiederholt sich, wie nach der Via Osoppo.

»Die Leute scheinen enttäuscht zu sein, dass wir sie so schnell gefasst haben«, knurrt er dann. »Das ist undankbar!«

Der Commissario bedeutet dem Kellner, ihm einen Espresso zu bringen.

»Mach dir nichts draus, Junge, merk dir, dass niemand gern für die Bullen ist. Niemals. Schon gar nicht, wenn sie gewinnen. Du wirst dich dran gewöhnen.«

Parka und P38

1

»Das sind komplette Scheißwaffen, zu nichts zu gebrauchen!«

Prestiné stutzt. Er hat schon so einiges erlebt, in seinem Metier bekommt man es mit den verschiedensten Typen zu tun. Meist von der übelsten Sorte. Aber diese Ausdrucksweise aus dem Mund einer jungen Frau überrascht ihn dann doch. Hübsch ist sie auch noch, blonder Pferdeschwanz, enge Jeans und zwei schöne, feste Titten, die man am liebsten ordentlich durchkneten würde.

»Weg damit«, befiehlt sie.

Er packt die Kurzwaffe Kaliber .22 weg, auch die 6,35 und die 7,65 mm. Sie hat gleich erkannt, dass die Waffen alt sind. Ganz schön tough, die Kleine. Er hat sich etwas umgehört vor dem Treffen. Ohne gewisse Vorsichtsmaßnahmen tätigt er diese Art von Geschäften nicht: Könnte ja passieren, dass der Käufer sich plötzlich als Zivilbulle entpuppt …

Das Mädchen heißt Nina und kommt aus besserem Hause. Sie spielt die Revoluzzerin, läuft im Parka herum und lässt sich zwanzigmal die Jeans waschen, bevor sie sie anzieht, um näher am Volk zu sein, aber aufgewachsen ist sie im warmen Nest des Stadtteils Porta Romana im Südosten von Mailand. Bürgerliche Familie, Hausangestellte inklusive. Die Eltern stören sich nicht weiter dran: Es scheint geradezu in zu sein,

Nachkommenschaft mit außerparlamentarischen Ambitionen zu haben.

›Was die nur vorhat?‹, fragt sich Prestiné. ›Aus lauter Langeweile Gangster spielen?‹

Nina wendet sich an ihre Begleiterin. Garantiert Lesbe. Schlampig gekleidet und nichts dran. Braune, raspelkurze Haare. Ständig eine Fluppe im Mund.

»Alles Aufschneider und Betrüger, diese Typen von der *mala*. Komm, wir gehen«, sagt sie und lässt den Mann wie einen Idioten stehen.

»Hey, du kleine Nutte! Was glaubst du eigentlich, wen du vor dir hast?«

Den Tritt in die Eier sieht Prestiné nicht kommen. Er spürt nur, wie er sich ihm als glühendes Eisen in den Unterleib bohrt. Die Lesbe hat sich wahrlich nicht lange bitten lassen, ihre Meinung klarzustellen. Und sie hat nichts hinzuzufügen.

Der Mann bleibt zusammengekrümmt auf der Erde liegen, als die beiden Mädchen gehen.

»Das werdet ihr mir büßen, ihr Scheißhuren. Ihr habt keine Ahnung, wer Prestiné ist!«

Während er noch zetert, spürt er, wie zwei starke Arme ihn hochheben.

Als er wieder auf den Beinen steht, sieht er einen Jungen mit Lederjacke und zerzausten Haaren, die ihm in die Stirn fallen. Seine Augen verstecken sich hinter einer Sonnenbrille.

»Wer waren die zwei?«, fragt der Unbekannte.

»Zwei Scheißlesben«, stößt Prestiné aus und klopft sich mit seinen Wurstfingern den Staub von Hose und Jacke. »Und wer zum Teufel bist du?«

Der Junge nimmt seine Brille ab. Jetzt wird er sofort erkannt, aber er stellt sich trotzdem noch einmal vor.

»Mein Name ist Roberto Vandelli. Und ich brauche Knarren, die nicht aus dem vorvorletzten Krieg stammen wie die,

die du gerade den beiden Zuckerpüppchen andrehen wolltest. Meinst du, das ist möglich?«

2

Ein Joint für zwei auf einer Bank der Piazza Leonardo da Vinci. Trauben von Studenten überqueren schnellen Schrittes den Platz.

»Wir brauchen kein Schießeisen«, verkündet Angie gedankenverloren.

Eigentlich heißt sie Angelina, aber sie möchte lieber ganz amerikanisch Angie genannt werden. Dabei ist ihr eigentlicher Spitzname ›Muschilutscher‹.

Nina spielt manchmal mit ihr, aber Männer sind ihr lieber. Für sie ist das nur ein Mittel, um ihre Beziehung zu festigen. Sie sind eine Zweier-Bande. Ein Frauen-Duo.

»Und womit sollen wir den Überfall machen?«

»Hiermit.«

Angie zieht ein großes Küchenmesser aus der Tasche. So ein langes, scharfes Messer, mit dem man Brot oder Braten schneidet.

»Wenn du das jemandem an die Kehle hältst, gibt er dir alles Geld, das du willst.«

Die Blonde denkt einen Moment nach. Aber nachdem sie Prestiné auf diese Art abserviert haben, gibt es kaum noch Alternativen. Qualitätsware kostet, und sie sind total pleite. Die einzige Möglichkeit wäre, auf den Strich zu gehen, doch dazu ist sie nicht bereit. Angie hingegen, die schon volljährig ist und seit ein paar Jahren allein lebt, sieht das anders. Sie lebt davon, denn sie kann sich nicht vorstellen, in der Fabrik oder als Verkäuferin im Kaufhaus zu arbeiten – vorausgesetzt, sie würde überhaupt genommen. Dann besser ein paar Blowjobs am Tag und dafür unabhängig bleiben. Eine

Einzimmerwohnung an der Piazza Piola, wo sie mit ihren Liebhabern hingeht, Alkohol und Zigaretten so viel sie will, das ist ihr persönliches Freiheitsideal.

Schließlich nickt Nina.

»Ein Messer ist besser als nichts«, lenkt sie ein, »aber womit sollen wir fliehen?«

Die Freundin winkt beruhigend ab.

»Wart mal 'ne Sekunde.«

Aus der Sekunde werden zehn Minuten, dann kommt Angie auf einer Vespa 125 herangebraust.

»Wo hast du denn das Mofaklauen gelernt?«

»Von meinem Bruder. Und ein paar Jungs, mit denen ich früher mal gegangen bin. Ich war ja nicht immer lesbisch, nicht wahr?!«

Nina lächelt und steigt auf. Ihre Brüste drücken sich an Angies Rücken.

»Auf geht's!«

Die Freundin lässt den Motor aufheulen und fährt los.

Der Mann im weißen Kittel traut seinen Augen nicht, als das blonde Püppchen mit den Supertitten ein Messer mit Endlosklinge aus der Tasche zieht und es ihm einen Zentimeter vor die Gurgel hält.

»Rück das beschissene Geld raus, du Arschloch, aber ganz langsam. Ich möchte nicht, dass mir die Hand ausrutscht.«

In zwei Minuten ist alles vorbei, und Nina kommt aus der Apotheke gerannt. Angie wartet mit laufendem Motor vor der Tür. Im Zickzackkurs schlängeln sie sich mit dem Roller zwischen den Autos durch und verschwinden im Verkehr.

»Wie viel ist es?«

Nina zählt die Geldscheine.

»So um die siebenhunderttausend Lire. Was meinst du, ist das gut?«

Die andere lächelt und fährt schneller.

»Das ist grandios. Mit meinem Anteil in der Tasche brauche ich einen Monat lang keine Schwänze mehr zu lutschen!«

Die Blonde stößt einen Freudenschrei aus und drückt der Fahrerin einen Kuss auf den Hals.

Angie möchte mehr davon, möchte ihre Lippen schmecken.

Stattdessen fragt sie: »Und was hast du mit deinem Teil vor?«

»Investieren natürlich. Eine Waffe kaufen. Ab jetzt sind Überfälle unser Geschäft, meine Süße, da brauchen wir eine angemessene Waffe, meinst du nicht?«

Angie gibt wieder Gas, so dass ihre Freundin sich fest an sie pressen muss, um nicht hinunterzufallen.

3

Die P38 drückt sich eisig an seinen Rücken. Vandelli hat das Gefühl, eine Klinge würde sich in sein Fleisch bohren, während er schnell auf die Bank zugeht. Erst einen Meter vor dem Schalter wird er sie hervorziehen, um sie dem Bankangestellten direkt in den Mund zu schieben.

Sein erster Raubüberfall, Feuertaufe. Schluss mit dem unergiebigen Fitzelkram. Für ihn ist der Moment gekommen, den Sprung in die echte Verbrecherwelt zu wagen. Und zwar als Boss.

Heute sind sie zu viert. Er, Vito Esposito und zwei Jungs aus der Comasina, mit denen er in der Vergangenheit schon ein paar Dinger gedreht hat. Sie heißen Romolino und Pietra und sind Violonisten, also Leute, die Lieferwagen voll mit Kleidern oder anderem Kram klauen, um sie dann weiterzuverkaufen. Esposito hingegen ist Vandellis einziger richtiger Freund. Sie sind gleich alt, beide im Giambellino aufgewachsen, aber ansonsten völlig unterschiedlich. Der eine gutaussehend und intelligent, der andere weniger gefällig und alles andere als aufgeweckt. Untersetzt, kräftig, grobschlächtig und stiernackig. Ein Äußeres, das zusammen mit dem zur Übertreibung neigenden Charakter ganz großartig funktioniert, wenn es darum geht, Opfer einzuschüchtern und ruhig zu halten.

Die Schießeisen haben sie sich bei Prestiné zu einem anständigen Preis besorgt, einen Berg Munition inklusive. Zum Training zogen sie sich für ein paar Tage in ein altes Gehöft zurück. Zu viert wären sie am Wasserflughafen zu sehr aufgefallen.

»Wenn du so ein Ding drehst«, erklärt Vandelli den anderen, »musst du immer mit der Möglichkeit rechnen zu schießen, sonst kannst du gleich zu Hause bleiben.«

Zurück in Mailand, besorgt Romolino ihnen einen Wagen. Einen weißen Fiat 1100, der vor dem Niguarda parkt. Ein Kinderspiel, der Dietrich zum Knacken, dann die Kontakte verbinden: Da wo er herkommt, gibt es keinen Jungen über zehn, der nicht wüsste, wie das geht.

Vandelli aber will mehr: Er möchte die Nummernschilder austauschen, die aus zwei verschiedenen Kennzeichen zusammengesetzt werden sollen, damit die Bullen im Falle einer Kontrolle keinerlei Anhaltspunkte bekommen. Um diese Aufgabe kümmert sich Esposito.

»Wir müssen an alles denken«, wiederholt er. »Wer von Überfällen leben will, muss sie sich zum Lebensstil machen.«

Die anderen stehen voll hinter ihm. Roberto Vandelli ist zwar noch minderjährig, hat sich aber in den entsprechenden Kreisen den Ruf eines knallharten Typen erarbeitet. In der Unterwelt hat es sich schnell herumgesprochen, dass er ein Ausbrecher ist, und auch seine Heldentaten im Becca sind bekannt. Er wird respektiert und gefürchtet.

Er plant den Raubzug bis ins kleinste Detail und wählt für die Feuertaufe eine Filiale ohne Wachdienst.

»Am besten vermeidet man von Anfang an alle Komplikationen«, erklärt er.

Der Himmel über Mailand ist ungewöhnlich klar an diesem Morgen Ende Juni, als Vandelli, Romolino und Esposito mit Sturmhauben zu ihrem Überfall starten und Pietra mit laufendem Motor draußen auf sie wartet.

Drinnen hält Vandelli die Fäden in der Hand: Mit lauter Stimme verkündet er, dass dies ein Überfall ist und alle sich auf den Boden legen sollen. Wer zögert, den bringen die zwei anderen Gangster mit Tritten und Schlägen dazu, den Anweisungen zu folgen. Ihr Boss springt derweil über den Schalter, presst dem Kassierer die Knarre an die Gurgel und lässt sich das Geld aushändigen.

Alles läuft glatt bis zum Moment der Flucht: Die drei Verbrecher springen mit der Beute ins Auto, und Pietra rast mit quietschenden Reifen davon – direkt über eine rote Ampel. Ein Verkehrspolizist, der zufällig in der Nähe ist, pfeift wie wild hinter ihnen her und schwenkt die Kelle, damit sie anhalten. Der Fiat 1100 hingegen gibt noch mehr Gas, und dem *Vigile* bleibt nichts anderes übrig, als sich das Kennzeichen aufzuschreiben. Mit dem er logischerweise nichts wird anfangen können, da es einen schönen Mix darstellt.

»Wenn du noch einmal so lossprintest«, stößt Vandelli wütend hervor, »polier ich mit deiner Fresse die Scheibe, *capito*?«

4

Vier Bierflaschen und jede Menge gute Laune: Das ist die Atmosphäre an dem Tisch, wo Nina und Angie sitzen. Sie feiern ihren ersten Raubzug und auch die Waffe, die sie sich gerade besorgt haben, eine P 38. Sie sitzen in einer Bar auf der Piazza Tirana, mitten im Giambellino und gleich neben der

Bahnstation San Cristoforo mit ihren schwarzen Gleisen, die westlich aus der Stadt herausführen.

Ein Vorposten der *mala*, in der die beiden Banditinnen sich allmählich einzuleben beginnen, doch wie man sehen wird ein wenig zu früh.

»Hier ist also die Bande der Muschilutscher!«

Es ist die Stimme von Prestiné. Und es besteht kein Zweifel, wen er meint.

Im Lokal wird es schlagartig still. Ein Dutzend Gäste freuen sich auf das bevorstehende Spektakel.

Angie will aufstehen, doch Nina hält sie am Arm fest.

Der Mann setzt noch einen drauf. Er kommt näher und stellt eine kleine Flasche Coca-Cola auf ihren Tisch.

»Hier, du Fotzenschnüfflerin, für dich. Dann kannst du deiner blonden Freundin wenigstens etwas bieten.«

Das Publikum bricht in Gelächter aus.

Da springt Nina auf. Sie trägt ein enges Rippshirt mit weitem Ausschnitt. Alle Männer starren sie an. Auch Prestiné, der sich wie ein Idiot zum zweiten Mal drankriegen lässt.

Im Nu hat das Mädchen die P38 hinter ihrem Rücken hervorgezogen und hält sie ihm an die Stirn. Sein dickes Rattengesicht mit den vorstehenden Zähnen und Segelohren zerfällt zur Grimasse.

»Auf die Knie, du Arschloch.«

Er gehorcht, während um sie herum erstauntes Gemurmel laut wird.

»Mach den Mund auf.«

Er will den Kopf schütteln, doch sie schlägt ihm mit dem Knauf der Waffe ins Gesicht.

»Mach deinen Scheißmund auf, habe ich gesagt!«

Prestiné gehorcht, und sofort steckt ihm der Pistolenlauf in der Kehle.

»Jetzt lass mal sehen, ob du Schwänze lutschen kannst.«

Er will etwas sagen, doch die Waffe schiebt sich noch tiefer in seinen Hals. Er kann nicht anders, als eine Fellatio nachzuahmen.

»Gut so. Zeig uns ruhig, wie gut du blasen kannst.«

Die Szene geht ein paar Minuten so weiter; bis Nina merkt, dass das Spielchen zu lange dauert, ihm die Pistole aus dem Mund zieht und an seinem Hemd trocken wischt.

Als großes Finale verpasst sie ihm einen Fußtritt in die Seite, so dass er ausgestreckt auf den Boden fällt.

»Und jetzt zieh Leine!«

Damit will Nina sich wieder setzen, doch der Mann packt sie mit einem Ruck am Bein und reißt sie um. Eine Sekunde nur und schon liegt die Klinge, die er in der Tasche hat, an der Kehle des Mädchens.

»Und wie gefällt dir das, du Scheißnutte?«

Um sie herum herrscht Totenstille. Das wundert selbst Prestiné. Er hätte mit anfeuernden Rufen gerechnet, doch stattdessen spürt er den kalten Lauf einer Pistole im Nacken.

»Lass sie los«, befiehlt ihm eine Stimme.

Er erkennt sie, sie gehört Vandelli. Er hatte ihn zuvor unter den Gästen entdeckt.

Prestiné erhebt sich und steckt das Messer weg. Sein Gegenüber tut das Gleiche mit der Knarre.

Die zwei sehen sich direkt in die Augen.

»Die ist eine Nummer zu groß für dich«, sagt der Gangster.

Das Rattengesicht bebt vor Wut, doch er weiß, dass er besser nichts sagt. Mit langen Schritten verlässt er die Bar.

Das Lokal findet zu seinem gewohnten Gang zurück, und die Leute unterhalten sich wieder, als sei nichts geschehen.

Jetzt ist auch Nina aufgestanden und geht zu Vandelli.

Sie tritt bis auf einen Zentimeter an ihn heran.

»Und für dich, bin ich für dich auch eine Nummer zu groß?«, fragt sie.

Er lächelt verführerisch und sieht sie mit seinen grünen Augen an.

»Ich denke gerade darüber nach.«

Eine halbe Stunde später wälzen sie sich nackt und keuchend wie die Tiere auf dem Fußboden in Ninas Wohnung. Besser gesagt, in der Wohnung von Ninas Freundin, der Lesbe Angie.

»Es ist ihre Wohnung, und sie sieht gern dabei zu, stört dich das?«

Vandelli schert es nicht, dass die Bohnenstange mit weit aufgerissenen Augen zusieht, wie er die Blonde vögelt, und sich dabei selbst berührt.

»Lass sie glotzen!«, sagt er und stößt immer fester zu.

Nina wirft den Kopf in den Nacken, während sich ihrer Kehle ein lustvolles Stöhnen entringt.

Der Solist an der Maschinenpistole

1

Die Zerschlagung des Marseille-Clans lässt die Stadt nicht kalt. Angesichts der Waffen ist die Bevölkerung ebenso elektrisiert wie vor Jahrtausenden von den Zirkus-Gladiatoren. Selbst Lampis kann sich der Faszination nicht entziehen: Er ist voller Bewunderung für das, was die Jungs erreicht haben. Dass sie gefasst wurden, ist dabei unerheblich. Und er stößt einen Seufzer der Erleichterung aus, denn um ein Haar wäre auch er unter den Festgenommenen gewesen. Ein paar Wochen zuvor hatte er nämlich Bellini kontaktiert: ›Radio Mala‹ hatte verkündet, es würden aufgeweckte Jungs für ein großes Ding gesucht.

Den Tipp hatte er von seiner Frau Chantal bekommen, die bestens in den Nachtclubs der Szene eingeführt war und freundschaftliche Beziehungen zum Marseille-Milieu pflegte – wenn nicht gar mehr.

Der Amerikaner und der Marseiller hatten sich einen Abend lang in einer Bar in dem Stadtteil Barona beschnüffelt: ein bisschen Smalltalk, reichlich Pernod, doch dabei war es dann geblieben. Keine Chance, die Sache zu vertiefen, denn Lampis hätte sich niemals mit Handlangerdiensten zufriedengegeben: Er wollte ganz oben am Kopf der Bande mitmischen. Doch diese Posten waren schon besetzt durch Bellini selbst und Jo Le Maire.

Im Rückblick kann Lampis nur feststellen, dass es so viel besser für ihn gelaufen ist, immerhin bleibt ihm dieses Mal der Knast erspart.

›Manche Sachen hat man einfach im Urin‹, denkt er.

Genau wie bei seinem neuen Partner Pietro Vagnozzi, genannt Janot, mit dem er sofort handelseinig war. Gleichberechtigt, keine Bosse. Sie haben sich in der Haft kennengelernt, wo man entweder zu ewigen Feinden wird oder aber zu so dicken Freunden, dass man auch draußen zusammenhält.

Nach monatelanger Trennung führt das Schicksal sie in einem Nachtclub in Como wieder zusammen. Beide feiern gerade einen gelungenen Coup und werfen mit Geld nur so um sich. Am Ende stoßen sie gemeinsam auf ihr Wiedersehen an, und so entsteht – zwischen Animierdamen und einigen Flaschen Krug – die Idee eines Raubüberfalls für vier Hände. Und auf keinen Fall soll es ein kleines Ding werden. Vielleicht liegt es am perlenden Champagner, vielleicht an der anregenden Wirkung des Heroins oder den halbnackten Damen, die an ihnen kleben, jedenfalls beschließen die beiden, ganz hoch zu zielen: auf die Juwelen von Miss Italia.

Was zunächst wie eine Schnapsidee klingt, nimmt schon am nächsten Tag Gestalt an. In den Zeitschriften sind die märchenhaften Bulgari-Juwelen Thema, mit denen sich die Siegerin schmücken darf: ein Krönchen und das Zepter mit eingelassenen Achthundert-Karat-Brillanten.

Chantal wird allein beim Gedanken daran ganz kribbelig. Zu gerne würde sie selbst einmal so etwas tragen, am liebsten nackt. Und natürlich ist sie mehr als bereit, es ihm auf ihre Art zu danken.

Wenn alles nach Plan läuft, wird sie den Schmuck anprobieren und sich mit ihm amüsieren dürfen, zumindest, bis er an den Hehler weiterverkauft wird. Die Sache ist entschieden, es gibt kein Zurück.

Am Abend des Coups glitzert Salsomaggiore in tausendfachem Lichterglanz. Fotografen, Journalisten, Schaulustige, Starlets. Alle warten auf die Kür der schönsten Frau Italiens.

Janot und der Amerikaner halten es kaum aus in ihrem blauen Fulvia, der vor dem Hintereingang des Theaters parkt, in dem die Veranstaltung stattfindet. Sie wissen, dass die bewaffneten Wachleute, die den Schmuck in Gewahrsam haben, dort hineingehen werden. Zumindest ist das das Ergebnis ihrer Recherchen vor Ort und einer Unzahl von Aussagen geschmierten Bühnenpersonals und Laufburschen. Der Plan sieht vor, die Überbringer hinterrücks zu überraschen und sofort zu verduften. Doch leider beschließen die Verantwortlichen des Wachdienstes in letzter Minute, Krone und Zepter durch einen Seiteneingang ins Gebäude zu befördern.

Den beiden Verbrechern wird ihr Reinfall erst klar, als sie im Radio hören, dass Mirka Sartori aus Treviso zur Miss Italia 1964 gekrönt wurde.

»Und womit wurde sie gekrönt?«, fragt der Amerikaner und reißt die Augen auf.

Der Sprecher kommt Janots Antwort zuvor: mit einem Krönchen von Bulgari.

»Sie haben uns gearscht«, fährt Lampis fort. »Sie müssen den Schmuck durch einen anderen Eingang hineingeschafft haben, während wir hier draußen wie die Esel stehen und warten, wir *ciula*!«

Der Amerikaner würde am liebsten aus dem Wagen springen und vor Wut alles kurz und klein schlagen. Doch dann hat er einen anderen Einfall. Verbrecherinstinkt.

»Schau mal da«, fordert er seinen Sozius auf.

Janot liest die Ladeninschrift. Er kennt sie auswendig, denn er starrt sie seit drei Stunden an, doch nun verbinden sich die Lettern in seinem Kopf mit der Idee des Kompagnons. Eine Pelzhandlung, vier hellerleuchtete Schaufenster.

»Was meinst du? Nehmen wir das als Entschädigung?«

Er sieht sich um.

»Los, grad keiner da. Sie stehen alle am Haupteingang und warten auf die Miss.«

»Dann los«, stimmt Janot zu.

Mit zwei Schlagstöcken in der Hand und den Pistolen im Gürtel steigen sie aus.

Die berstenden Schaufenster machen einen Höllenlärm, doch der Applaus der wartenden Menge vor dem Theater übertönt ihn.

Niemand schlägt Alarm, und nach nur zwanzig Minuten sind sie mit einem Kofferraum voller Nerze und Hermelinmänteln längst über alle Berge.

2

Im Laufe der nächsten Wochen festigt sich der Bund zwischen Lampis und Janot. Nach *Miss Italias Pelz-Raub* – so lauteten die Zeitungsschlagzeilen – landen die zwei noch eine Reihe kleinerer Coups. Manche mit Chantals Unterstützung, wenngleich der Amerikaner verstärkt versucht, sie außen vor zu lassen. Sie soll lieber zu Hause bleiben und ihn bei seiner Rückkehr gebührend empfangen, als eine Kugel in den Kopf zu riskieren.

In letzter Zeit hat sich die Lage im Übrigen entschieden verschärft. Lampis wird nun offiziell gesucht, nachdem er für eine Reihe von Einbrüchen vor ein paar Jahren in den norditalienischen Kleinstädten Crema und Busto Arsizio verurteilt wurde. Die Polente lässt seine Stammlokale nicht aus den Augen, und wenn er nicht wieder in den Knast wandern will, muss er ständig den Wohnsitz wechseln, stets in Begleitung seiner Frau, gegen die vor Gericht zum Glück noch nichts vorliegt.

Oft werden sie von Janot begleitet, und die zwei Männer

können während der Umzüge den einen oder andern Coup landen.

Anfangs ist die Flucht erfolgreich. Der Amerikaner ist bei der Polizei noch keine große Nummer. Doch das ändert sich schnell: Diebeszüge wie der in Salsomaggiore ziehen das Interesse der Zeitungen und der Öffentlichkeit auf sich und folglich auch das der Polizei.

Die beiden Gangster tun im Übrigen nichts, um ihren Erfolg zu vertuschen. Im Gegenteil, Säbelrasseln und offene Kampfansagen an die Polizei bestimmen ihr Geschäft.

Mehr als einmal betritt Lampis die Juweliergeschäfte mit einem Blumenstrauß, in dem die Maschinenpistole versteckt ist. Häufig klammern sich die Verkäuferinnen hilfesuchend an ihn, wenn sein Partner mit der Knarre in der Hand hereinstürmt, und werden im Gegenzug von einer gezückten Waffe überrascht.

Solche Geschichten liebt die Presse. Wie an diesem Morgen, als Janot und Lampis bis an die Zähne bewaffnet in eine Mailänder Bank stürmen.

Der Kassenbeamte sieht sie ungerührt an und fragt: »Ihr schon wieder?«

»Was soll das heißen?«

»Wir wurden vor einer Stunde ausgeraubt.«

Später erfahren sie, dass die Cavalieri-Bande ihnen zuvorgekommen ist.

»Was soll ich tun? Das restliche Kleingeld hier in den Sack füllen?«

»Vergiss es. *Sem minga di barbùn*!«, faucht der Amerikaner.

»Wir kommen wieder«, fügt Janot hinzu.

Die beiden geben nicht auf. Gleichmütig gehen sie hinaus und betreten die Sparkasse nebenan: Am nächsten Morgen sind die Zeitungen voll davon. Die Menschen sind begeistert.

Antonio verfolgt die Berichte bemüht distanziert. Selbst für einen Bullen ist es schwer, nicht mit Lampis zu sympathisieren. Im Mailand dieser Jahre spürt man in den ärmeren Vierteln und Sozialbausiedlungen fast so etwas wie Bewunderung für die Banditen, nicht zuletzt, weil der Amerikaner ein aufrechter Mensch ist, der weiß, wie er die Herzen der Menschen gewinnt. Wenn er beispielsweise eine Bank ausraubt, nimmt er auch die Wechsel mit und vernichtet sie, so dass diejenigen profitieren, die dafür zahlen müssen. Eine Art Robin Hood der sechziger Jahre. Und vielleicht wäre er unter diesem Namen auch bekannt geworden, hätte nicht der Journalist Mario Basile längst einen absolut genialen Spitznamen ersonnen, der für immer an ihm haften bleiben soll.

Alles beginnt morgens früh noch vor Sonnenaufgang.

Nicolosi klingelt bei Antonio Sturm und wirft ihn aus dem Bett. Der Zagato steht mit laufendem Motor vor dem Haus in der Via Osoppo.

»Es geht los«, sagt er nur.

Santis Mutter, mit schlafzerzausten Haaren und hellblauem Morgenmantel, reicht ihrem Sohn auf der Türschwelle noch schnell einen Espresso. Sie sagt nichts, doch an dem Leuchten in ihren Augen erkennt man, wie stolz sie auf ihren Antonio ist, wenn er ›Gutes tut‹. Weitaus ungerührter schreit der Vater aus dem Schlafzimmer, seine Frau solle sofort zurück ins Bett kommen und nicht so viel Lärm machen, er müsse schließlich im Morgengrauen aufstehen und in die Fabrik.

Antonio nickt ihr dankend zu und geht. Er hat nichts zu sagen, dieses Gefühl von Trunkenheit, das ihn bei dem morgendlichen Aufbruch zur Verbrecherjagd überkommt, lässt sich nicht in Worte fassen.

Unten auf der Straße sind sie zu acht. Das zweite Auto ist der nach Hund stinkende Fiat 600, mit dem sie schon Klempner gespielt haben.

Sie folgen den Spuren des Amerikaners Richtung Norden.

»Hinweis eines Informanten?«, fragt Antonio.

Nicolosi schüttelt den Kopf.

»Einer Frau.«

Um fünf Uhr morgens erreichen sie die Via Ressi. Doch in der Wohnung von Lampis' kleiner Freundin keine Spur von ihm. Die wegen Begünstigung festgenommene Frau lässt sich – nach ›Hilfestellung‹ einer wortkargen Polizeikollegin mit kräftiger Rechter – die Adresse des Flüchtigen entlocken. Ein Schlupfloch ebenfalls in Mailand, am anderen Ende der Stadt, wo der Mann nebst Gattin residiert.

Die Bullen fahren mit quietschenden Reifen los.

Als sie ankommen, fegt der Pförtner den Eingangsbereich.

»Wen wollt ihr denn abholen?«, fragt er.

Acht Bullen um sieben Uhr morgens, das wird sicherlich kein Höflichkeitsbesuch.

Nicolosi zeigt ihm das Fahndungsfoto.

»Ah, den Musiker. Erster Stock, Wohnung 8.«

»Musiker?«

»Violinist, um genau zu sein«, und mit dem Besen deutet er einen singenden Geigenbogen an. »Immer am Üben. *Du bal!*«

Die Polizisten wechseln einen skeptischen Blick.

»Wie gehen wir vor?«, fragt einer der Mannschaft, Agente Rami.

Der Commissario winkt dem Pförtner dankend zu.

Sie eilen die Treppe hinauf und stürmen die Wohnung.

Leer. Die Kleider hängen am Haken, das Bett ist zerwühlt, die Kaffeekanne noch voll.

»Der ist gerade erst verduftet«, kommentiert Antonio.

Einer tritt an das angelehnte Fenster im Schlafzimmer.

»Offenes Fenster. Und nicht weit bis nach unten. Er muss auf die Mülltonnen gesprungen sein, um den Sturz abzufangen.«

Der Commissario nickt, während Santi das Wohnzimmer durchsucht. Ein Kassettenrekorder mit einem Stapel überspielter Kassetten. Der Polizist legt eine ein. Es erklingt die Violinstimme einer Mozartsonate.

Daneben steht der Instrumentenkoffer.

Als Nicolosi hineinschaut, wird ihm alles klar. Auch die anderen kommen näher und starren mit offenen Mündern in den Koffer. Ein paar grinsen.

»Mit den Kassetten hat er die Nachbarn hinters Licht geführt«, erklärt der Commissario. »Das ist hundertprozentig Lampis' Wohnung. Und wir haben ihn um Haaresbreite verpasst.«

Antonio blickt auf die gutgeölte Maschinenpistole, die in dem Geigenkasten liegt.

Er muss lachen. Die anderen fallen ein.

»Ein echtes Schlitzohr«, meint er. »Er verlässt mit Maschinenpistole das Haus, um Banken auszuräumen, und alle glauben, er ginge zur Orchesterprobe.«

Sie überprüfen die übrigen Räume, versiegeln die Wohnung und treten wieder auf die Straße.

Der Pförtner blickt ihnen wortlos nach, dabei schleicht sich ein geheimnisvolles Lächeln in sein Gesicht.

»Was tun wir jetzt?«, fragt Antonio, als sie in den Zagato steigen.

»Ruf deinen Journalistenfreund an und erzähl ihm die Sache mit dem Geigenkasten.«

»Wirklich?«

»Wirklich. Dann hast du ab morgen etwas gut bei ihm. Besser gesagt, wir haben etwas gut. Das wird uns noch mal nützlich sein.«

Nicolosi ist vorausschauend wie immer.

Kaum hat Basile die Geschichte gehört, überschlägt er sich fast vor Dankesreden bei Antonio, denn dieses Detail beflügelt seine Phantasie, und er hat schon einen genialen Einfall, welchen Spitznamen er dem Amerikaner anheften wird.

Der Verbrecher erfährt ihn am selben Tag aus der Nachmittagsausgabe von ›La Notte‹. Ungläubig und ehrlich gesagt auch ein wenig stolz liest er dort, dass er, Leandro Lampis alias der Amerikaner, gerade einen weiteren Spitznamen bekommen hat, der Solist an der Maschinenpistole, den er bis ans Ende seiner Tage tragen wird.

3

Antonio hält an, bevor er die Straße überquert. Eine grüne Straßenbahn rumpelt langsam an ihm vorbei. Es ist sieben Uhr abends und dämmert bereits, die Tage werden merklich kürzer.

Der junge Polizist trägt Zivil. Er hat sich den Wagen seines Bruders geliehen, einen Topolino, um mit Carla auszugehen, einer früheren Mitschülerin vom Gymnasium. Er parkt auf der anderen Straßenseite.

Ganz zufällig hat er das Mädchen wiedergetroffen, vor zwei Tagen in der Via Larga. Er und Nicolosi waren kurz einen Kaffee trinken, bevor sie in die Questura zurückkehrten, und sie hatte ein paar Bücher unterm Arm.

»He, Antonio, ciao.« Beim Anblick seiner Uniform hatte sie gelächelt und hinzugefügt: »Dann bist du also Polizist geworden …«

Verlegen hatte er genickt. Er pflegte keinen Kontakt zu seinen alten Schulkameraden, die fast alle an der Uni studierten. Philosophie zum Beispiel, wie sie.

Sie war hübsch. Ein Hauch Lippenstift, ein schöner, voller Busen und lange, kastanienbraune Haare.

»Ruf mich doch mal an«, hatte sie am Ende gesagt.

Nicolosi hatte sich herausgehalten. Doch am Abend dann, als Antonio zusammenpackte, hatte er ihm zugezwinkert.

»Ruf sie an, das Mädchen von heute Morgen, Santi. Tut dir bestimmt gut, auch mal an was anderes zu denken, okay?«

Antonio war ohne Erwiderung gegangen. Nach der Arbeit

fühlte er sich immer ganz zerschlagen. Eigentlich hätte er nach seiner Versetzung aus Rom erst einmal eine Weile Streife fahren müssen, doch da er sich bei den ersten Ermittlungen so gut bewährt hatte, hatte Nicolosi sich dafür eingesetzt, ihn zur Kripo zu holen, und dort zehrten die Arbeitszeiten an seinen Kräften. Wenn er nach Hause kam, warf er sich angezogen aufs Bett und schlief augenblicklich ein. Es waren reine Mörderschichten: vierundzwanzig Stunden auf achtundvierzig, das heißt nach einer 24-Stunden-Schicht hatte man zwei Tage frei. Es war quasi unmöglich, an so einem Endlostag immer fit zu bleiben. Abgesehen davon, dass Samstage, Sonntage, Weihnachten und Silvester nicht existierten. Doch Antonio liebte diese intensive Art zu leben: Mailand war eine Stadt, die niemals schlief, und als Bulle hatte er das Gefühl, ihrem innersten Wesen ganz nahe zu sein. Es gefiel ihm so sehr, dass er manchmal sogar zur Arbeit erschien, wenn er frei hatte: Er wollte sehen, was die anderen machten, von ihnen lernen, besser werden.

Der Commissario schien seine Gedanken zu erraten.

»Und wage es ja nicht, dich in den nächsten zwei Tagen hier blicken zu lassen, ist das klar?«, rief er ihm über den Flur hinterher.

Der junge Polizist hatte darüber nachgedacht und sich schließlich entschlossen, sie anzurufen und zum Essen einzuladen.

Jetzt hämmert ihm das Herz bis zum Hals. Er hat ein Geschenk für sie gekauft, einen Gedichtband: *Le cimitière marin, Der Friedhof am Meer*, auf Französisch ohne Übersetzung, da die junge Frau die Sprache perfekt beherrscht. Außerdem würde man dem Dichter Unrecht tun, wollte man versuchen *»Le vent se lève … Il faut tenter de vivre!«* zu übersetzen.

Es ist sein Lieblingswerk von Paul Valéry, und er musste in einigen Buchhandlungen nachfragen, um es zu finden.

Er klingelt an der Haustür und zündet sich eine Zigarette

an, um dahinter seine Nervosität zu verstecken. Lächelnd tritt sie aus dem Haus.

Antonio hat sich nie zuvor gefragt, was Liebe auf den ersten Blick bedeutet. Es war nicht nötig, denn wenn es passiert, weiß man es. Und an diesem Abend, in diesem einen Moment auf dem eisigen Bürgersteig, als die Haustür aufgeht, ist ihm sonnenklar, was der Ausdruck besagt: die Lust, alles stehen und liegen zu lassen, weil sie da ist. Nur sie, jetzt.

Antonio findet sie wunderschön in ihrem langen Kleid und mit den Haaren, die ihr auf einer Seite ins Gesicht fallen.

Er lächelt zurück, während eine Straßenbahn das Dunkel um sie herum in grünes Licht taucht.

4

Commissario Nicolosi hat sich mit Stecknadeln ein Foto von Lampis an die Wand hinter seinem Schreibtisch gepinnt. Es ist ein Fahndungsfoto in Schwarzweiß, und der Kriminelle blickt den Betrachter mit unverhohlener Frechheit an. Es wirkt wie eine ständige Mahnung: Die Männer von der Kripo haben ihr Ziel nun klar vor Augen. Die Jagd auf den Solisten an der Maschinenpistole ist offiziell eröffnet.

Seit er ihnen um Haaresbreite entwischt ist, gibt Nicolosi keine Ruhe mehr. Er muss ihn schnappen, doch es wird nicht leicht sein, denn sein Gegenspieler scheint mit offenen Augen zu schlafen und ständig auf der Hut zu sein, außerdem sucht er sich seine Verstecke sorgfältig aus, bevorzugt Wohnungen, aus denen man durch ein Fenster oder eine Hintertür flüchten kann. Genau wie beim letzten Mal, als sie ihm dicht auf den Fersen waren: Bei der Rekonstruktion des Geschehens wurde ihnen klar, dass der Flüchtige gerade erst aus einem Nachtclub zurückgekehrt war, als er Schritte auf der Treppe hörte. Also hatte er keine Zeit verloren und war sofort durch das Fenster ins Freie gesprungen.

»Instinkt«, hatte der Commissario gesagt. »Das unterscheidet einen normalen Kriminellen von einem Vollblutverbrecher.«

Mit der Zeit soll Antonio lernen, diese Unruhegeister zu erkennen, die zwar dem Bösen ergeben sind, aber im Vergleich zu gewöhnlichen Gaunern verhältnismäßig großen Einfallsreichtum und Antrieb an den Tag legen.

Der junge Polizist betrachtet das Foto. Es kommt ihm vor wie eine Zielscheibe, und wahrscheinlich würde Nicolosi nur zu gern darauf schießen. Das liegt an der Presse. Die Zeitungen lassen keine Gelegenheit aus, um die Werbetrommel zu rühren und die Taten des Solisten an der Maschinenpistole zu feiern. Durch das Bündnis mit Janot hat er den Gipfel der Popularität erreicht, auch weil er sich mittlerweile nicht mehr auf Mailand beschränkt. Dank seiner Heldenstücke wird er inzwischen in halb Italien gesucht. Auch Rom ist auf ihn aufmerksam geworden, also beschließt man, die Schraube noch enger zu drehen: Alle Mann auf ihn ansetzen, so lautet der Befehl.

Diese Nachricht befeuert seinen Ruhm noch mehr, und die Figur des Lampis wird ebenso legendär wie sein Lebensstil als Flüchtiger. Große Hotels, dicke Autos, schöne Frauen. Die Selbstinszenierung als Gentleman-Gauner sowie seine berühmten Sentenzen im Mailänder Dialekt, die er am Tatort fallen lässt, tun ein Übriges, um ihn beliebt zu machen.

Die Leute müssen – und sie wollen – träumen. Dafür scheint dieser Kriminelle wie geschaffen, mit seinem Mailand des schönen Lebens, seinen Millionencoups und seinem Imponiergehabe. Der perfekte Held für eine Metropole, die trotz ständigen Wachstums letztlich noch romantisch und unschuldig ist, wo die Frauen die Kirche auf der linken Seite betreten und die Männer rechts. Lampis braucht nur mit der

Waffe im Gürtel auf der Schwelle zu erscheinen, und die Leute geraten in Verzückung.

Bis auf Nicolosi selbstverständlich, der angesichts der Stimmung eine wichtige Entscheidung trifft.

»Wir legen es auf die Frau an«, verkündet er.

»Chantal?«

»Exakt, Santi.«

»Commissario, bei allem Respekt, aber er ist ein Hurenbock, der wird wohl kaum …«

»Schon, aber er liebt seine Frau. Junge, du musst den Sex vom Rest trennen. Lampis kann das, und deshalb wird er mir in die Falle gehen. Vertrau mir.«

Antonio vertraut ihm. Niemand kennt die menschlichen Schwächen besser als sein Vorgesetzter. Und auch er weiß aus eigener Erfahrung, dass wegen der Unfähigkeit, den Schwanz unter Kontrolle zu halten, schon eine Unzahl von Kriminellen in den Bau eingefahren sind.

Sie legen sofort los. Die Bullen beginnen, die Frau in ihrer Wohnung auf dem Corso Magenta zu observieren. Alle zwei Tage fallen sie mit einer Ausrede bei ihr ein: zur Hausdurchsuchung oder nur, um sicherzugehen, dass der Ehemann nicht nach seiner Angetrauten Sehnsucht verspürt hat.

Lampis finden sie nicht, doch die Strategie funktioniert. Das merken sie, als mitten in der Nacht plötzlich Basile im Polizeipräsidium auftaucht.

Nicolosi zwinkert Antonio zu.

»Ich hatte dir ja gesagt, dass er in deiner Schuld steht.«

Der Journalist sieht genauso fertig aus wie immer, doch in seinem Blick liegt ein Funkeln. Es muss etwas vorgefallen sein, sonst wäre er nicht hier.

»Was ist passiert, Mario?«

»Lampis, der Solist an der Maschinenpistole …«

»Wir sind ganz Ohr«, ermutigt ihn Nicolosi.

»Er hat vor einer halben Stunde in der Redaktion angerufen. Ihr macht ihn wütend.«

»Was hat er gesagt?«

»Drohungen. Einen Haufen Drohungen«, erwidert Basile. »Er meint, er kann nicht leben, wenn er seine Frau nicht sehen darf. Und da ihr ja dauernd seine Chantal verhört, um zu erfahren, wo er sich versteckt, hat er beschlossen, den Spieß umzudrehen und es euch mit gleicher Münze heimzuzahlen. Er sagt, wenn ihr nicht aufhört, seine Frau zu verfolgen, wird er sich am Polizeipräsidenten und seinen Angehörigen rächen.«

Der Commissario hört ihm ungerührt zu.

Basile verstummt und wirkt ein wenig enttäuscht, dass der große Bulle so gar nicht reagiert.

Antonio begleitet ihn hinaus.

»Danke für deine Hilfe, Mario. Ich nehme an, dass wir morgen in ›La Notte‹ einen ausführlichen Bericht über das gesamte Telefonat lesen werden?«

»Da liegst du richtig.«

Der Journalist zündet sich im Hinausgehen eine Zigarette an, während der Polizeibeamte zu Nicolosi ins Büro zurückkehrt.

Der Commissario lächelt.

»Das Leben auf der Flucht scheint unserem Lampis nun doch allmählich zuzusetzen«, grinst er. »Und wenn ich nur einen Hauch von Idee habe, wie die Unterwelt funktioniert, kannst du sicher sein, dass ihn jetzt unruhige Zeiten erwarten. Seine Gönner muss er immer teurer bezahlen, und die Hehler werden immer weniger bereit sein, Risiken für ihn einzugehen. Er ist einfach zu heiß!«

»Und dieser Anruf, was halten Sie davon?«, fragt Antonio. »Muss man seine Drohungen ernst nehmen?«

»Ach was. Lampis blufft: Das wird er nie in die Tat umsetzen. Wie sollte er auch? Wenn er das täte, würde sich die gesamte italienische Polizei auf seine Fersen heften, und so dumm ist er nicht … Ich will dir was sagen, Santi, nicht mehr lang, dann haben wir ihn.«

Antonio nickt. Er glaubt ihm, wie immer. Und er kann sich nicht vorstellen, dass sein Commissario zumindest in diesem Punkt unrecht behalten wird und die Sache mit dem Solisten an der Maschinenpistole noch eine ganz unerwartete Wendung nimmt.

5

»Die nehmen mich nicht ernst.«

Lampis hat einen glasigen Blick vom vielen Trinken. Und er redet mit sich selbst. Einzig eine halbleere Jeroboam-Flasche Champagner auf dem Glastisch seines Séparées leistet ihm Gesellschaft, in die er die Kippen unzähliger Zigaretten geworfen hat, die nun in dem Schaumwein schwimmen.

Die Bullen haben nicht angebissen und statten seiner Frau auch nach seinem Anruf bei ›La Notte‹ weiterhin täglich Besuche ab, sogar noch häufiger als früher. Und dem Polizeipräsidenten konnte er sich nicht einmal von ferne nähern. Ein Reinfall auf ganzer Linie.

Gerade ist ihm klar geworden, dass er mit diesem Telefonat ein Eigentor geschossen hat. Das findet auch Janot.

»Du bist völlig umsonst aus der Deckung gegangen. Du spielst das Spiel der Bullen mit.«

Also musste er nachdenken und sich betrinken. Eines der Mädchen bietet ihm kniend ihre Dienste an. Aber es ist kein guter Abend, sein Magen revoltiert. Er sagt, sie solle verschwinden. Ihm ist schwindelig und speiübel.

Sein Partner bringt ihn nach Hause.

»So kann es nicht weitergehen mit uns«, stößt er hervor, während er ihn zum Auto schleppt.

Am nächsten Morgen nehmen sie Abschied. Von Mailand und von Chantal. »Es ist hart, Leandro, doch es ist die einzige Möglichkeit, wenn wir nicht wieder eingelocht werden wollen. Das weißt du. Du siehst sie ja in ein paar Wochen wieder«, erklärt Janot, als er auf die Autobahn Richtung Bologna auffährt, »wenn die Wogen sich geglättet haben.«

Der Solist an der Maschinenpistole, dem der Kopf noch vom gestrigen Rausch brummt, nickt und blickt starr über die bestellten Felder zu beiden Seiten der Straße.

»Er ist verduftet«, berichtet Antonio seinem Commissario. »Seit zwei Wochen hat ihn keiner mehr in Mailand gesehen. Auch bei seiner Frau ist er nicht aufgetaucht. Sie wirkt mitgenommen, hält aber dicht. Ich glaube, er ruft sie ab und zu an, um sie zu beruhigen, aber ich bin mir sicher, dass sie sich eine Weile nicht gesehen haben.«

»Warum bist du dann so aufgeregt?«

»Weil seit gestern auch Chantal verschwunden ist. Wir dachten, sie wolle nur ins Zentrum zum Einkaufen wie immer, aber heute Nacht hat sie nicht zu Hause geschlafen. Sie muss abgehauen sein, um ihm nachzufahren.«

Nicolosi nickt und zeigt dem Beamten eine Reihe von ausgeschnittenen Zeitungsartikeln. Nationale Berichterstattung der letzten Tage.

»Er und sein Partner sind umgezogen.«

Antonio überfliegt die Überschriften: ein Dreißig-Millionen-Raubüberfall auf ein Pelzgeschäft in Rimini, fünfundzwanzig Millionen in bar in einer Filiale der Banca Commerciale in Bologna, Schmuck im Wert von achtzehn Millionen vom Juwelier in Salsomaggiore, fünf Millionen in bar aus der Zweigstelle der Banca di Risparmio von San Pietro in Vincoli in der Provinz Ravenna.

Die Beschreibung der Überfälle lässt wenig Zweifel. Niemand anderes als Lampis geht mit Maschinenpistole und

Blumenstrauß hinein und lässt beim Hinausgehen ein paar Sprüche im Mailänder Dialekt zurück.

»Glauben Sie, sie fährt zu ihm?«

»Es gibt Dutzende Züge, die täglich in die Romagna fahren. Ich sage sofort den Kollegen in Rimini Bescheid.«

Nicolosis Riecher erweist sich als richtig, und zwei Tage später wird der Kriminelle an einem Strand bei Riccione gesichtet. Ein Stoßtrupp lokaler Carabinieri macht sich auf den Weg, unterschätzt aber entschieden Lampis' Fähigkeiten. Denn trotz Badehose gelingt es ihm, zusammen mit der Frau Gemahlin im altbekannten Cadillac 5000 zu entkommen.

Am selben Nachmittag wird aus Imola der Diebstahl eines BMW gemeldet, während sich in einem nahe gelegenen Seitensträßchen der verlassene Cadillac von Lampis findet, der ihm zu heiß geworden ist.

Am nächsten Tag zerschmettert derselbe geklaute BMW die Fensterscheibe einer Bologneser Waffenhandlung: Anschließend fehlen drei Pistolen und eine Maschinenpistole.

»Der Solist braucht Waffen und sicher auch Geld«, überlegt Nicolosi.

Er irrt sich nicht. In Modena wird tags darauf ein Postamt ausgeraubt. Das nötige Bargeld, um ein Versteck in der Metropole zu bezahlen.

Er fühlt sich gehetzt, und die Informationen, die auf dem Schreibtisch des Leiters der Mailänder Kripo landen, berichten von einer langsamen Annäherung an Mailand.

»Er kehrt zurück, denn nur hier fühlt er sich wirklich zu Hause«, kommentiert der Commissario. »Bald wird abgerechnet«, räsoniert er, wobei er den Bericht an Antonio weiterreicht.

»Wenn er kommt, werden wir ihn gebührend empfangen. Geh jetzt nach Hause und genieß einen ruhigen Abend mit deiner Freundin. Ihr trefft euch doch noch, oder?«

Antonio senkt den Blick.

»Du hast dich doch nicht etwa ernsthaft verliebt?«

»Keine Ahnung. Ein ernsthafter Mann hat wenig Einfälle, und ein Mann mit vielen Einfällen ist niemals ernsthaft.«

»Wer hat denn das nun wieder gesagt? Auch dein Dichter? Ich hatte dich nach dem Mädchen gefragt. Wie ist sie denn so? Ich meine nicht äußerlich, gesehen habe ich sie ja selbst …«

»Sie ist intelligent, und eine intelligente Frau ist eine Frau, bei der du dich nicht wie ein Idiot benehmen darfst.«

»Da hast du recht. Aber lass dir eins gesagt sein, Santi, wenn du mir noch einmal mit einem Zitat aus irgendwelchen Gedichten kommst, schieß ich dir eine Kugel in den Kopf, klar?«

6

Janot spaziert nervös durch den Solari-Park. Vor einigen Stunden ist er mit dem Zug in Mailand angekommen, nachdem in Riccione ein paar Carabinieri mit Schulterriemen und Pistolen den Strand abliefen. Nicht wegen ihm. Oder vielleicht auch wegen ihm, wer weiß. Jedenfalls haben Lampis' Lockenschopf und sein Ruhm sie angezogen wie der Honig die Fliegen. Dann verfolgten sie aber allein seinen Partner und dessen Frau, so dass er genug Zeit zum Türmen hatte. Er ist ins Hotel zurück, um die Knarren und das Geld zu holen, etwas von dem Taschengeld, mit dem sie kleinere Ausgaben bestreiten, dann hat er sich wieder in Richtung Giambellino aufgemacht.

»Wenn etwas schiefläuft oder wir uns trennen müssen«, so lautet die Übereinkunft, »treffen wir uns am darauffolgenden Mittwoch im Solari-Park in Mailand wieder. Zwischen vier und sechs, wenn es noch hell ist und viele Leute unterwegs sind.«

Janot hat Zeitung gelesen und genau wie die Mailänder Polizei begriffen, dass Lampis auf dem Nachhauseweg sein muss. Er könnte natürlich versuchen, das Ganze ein wenig unauffälliger zu gestalten, aber bekanntermaßen können die Menschen nun einmal nicht aus ihrer Haut heraus.

Um zehn nach sechs, als er schon fast aufbrechen will, taucht der Solist an der Maschinenpistole auf. Auf dem Gesicht ein Lächeln und am Arm seine Frau. Sie schütteln sich die Hände.

»Lass uns lieber von hier verschwinden«, schlägt Janot vor. »Kommt, mein Wagen steht nicht weit weg.«

Etwas mühsam quetschen sie sich in die alte grüne Ente und fahren hinaus in die südliche Peripherie der Stadt. Durch das geöffnete Verdeck weht der laue Abendwind herein, und aus dem Radio erklingt die Melodie von *Love Me Do* der Beatles.

Achtundvierzig Stunden später kommt es zur Abrechnung zwischen Lampis und Nicolosi.

»Wie die Lebenswege sich manchmal kreuzen, was, Santi?«

Antonio nickt. Angespannt sitzt er am Steuer des Zagato, der quer durch die Stadt fährt. Vor einem Monat wurde er zum Fahrer ernannt, und die neue Aufgabe gefällt ihm ganz gut. Er kennt Mailand wie seine Westentasche und weiß immer eine Abkürzung, die sie schneller ans Ziel bringt.

Sie fahren in Richtung Baggio, wo ein Mann niedergestochen wurde. Keine gewöhnliche Prügelei, wie sie in dieser Gegend häufig vorkommt, sonst bräuchten sie sich nicht so zu beeilen. Der Mann mit aufgeschlitztem Bauch ist niemand anderes als Vincenzo Mariani, ehemaliger Blaumann bei der berühmten Bande der Via Osoppo, der vor nicht einmal einem Monat aus dem Gefängnis entlassen wurde. Er hat seine Strafe abgesessen, etwas mehr als sechs Jahre dank strafmildernder Gesetze.

»Wie geht es ihm?«, fragt Antonio.

»Er wird durchkommen«, erwidert Nicolosi. »Ich habe

dem Arzt gesagt, er soll auf mich warten, bevor er ihn ins Krankenhaus schafft.«

Als sie ankommen, liegt Mariani auf einer Krankenbahre im Rettungswagen. Mit kreidebleichem Gesicht und einem Verband um den Bauch.

Beim Anblick Nicolosis geht ein Zittern durch seinen Körper.

»Alte Erinnerungen, wie?«

Der Bandit ringt sich ein Lächeln ab. Die Luft ist wie elektrisiert. ›Wer weiß, wie oft er diesen Mann schon in die Zelle geschickt hat‹, denkt Antonio.

»Ich wäre lieber gestorben, als dich wiederzusehen, *comisàri.*«

»Ach, Vincenzo, das sagen sie alle, und dann können sie es trotzdem kaum erwarten, dass wir ihnen zu Hilfe eilen.«

Der Verletzte dreht den Kopf weg.

»Wer hat dir den Bauch aufgeschlitzt?«

»Weiß ich nicht mehr.«

»Hast du das gehört, Antonio? Er weiß es nicht mehr. Jemand hat sich vor seiner Nase mit seinen Eingeweiden amüsiert, und er weiß nicht mehr wer.«

»Ziemlich schlechtes Gedächtnis.«

Nicolosi zündet sich eine Zigarette an. Der Notarzt will etwas einwenden, doch der eisige Blick des Commissario hält ihn davon ab.

»Wie du willst. Ich habe alle Zeit der Welt. Ich kann warten. Dir hingegen«, und dabei zeigt er auf den blutigen Bauchverband, »bleibt wohl nicht mehr allzu viel, wenn du nicht bald ins Krankenhaus kommst.«

»Du Hurensohn!«

Der Commissario rührt sich nicht.

»Die Zeit rennt, Vincenzo. Also, wer hat versucht, dich umzubringen?«

Antonio sieht reglos zu. Ihm ist klar, dass der Verletzte

nicht in Lebensgefahr schwebt, doch er mag diese Methoden einfach nicht.

Mariani zittert, bleibt aber stumm.

»Ich will dir mal ein wenig entgegenkommen«, meint Nicolosi schließlich in versöhnlicherem Tonfall. »Damit es nicht so aussieht, als hättest du gesungen. Lass uns einfach ein bisschen herumspinnen, einverstanden?«

Antonio glaubt von dem Kranken ein zustimmenden Grummeln zu hören.

»Gut.« Nicolosi zündet zwei Zigaretten an, eine für sich, die andere steckt er dem Verletzten zwischen die Lippen. Der Arzt entfernt sich, um nicht vor Wut zu platzen.

»Heute Morgen hat es auf dem Corso Vercelli einen Überfall gegeben. Drei bewaffnete Kriminelle sind in eine Bank eingedrungen und haben sich alles Bargeld aushändigen lassen. Zwanzig Millionen. Peanuts im Vergleich zu dem Coup von vor sechs Jahren, aber für ein Ding von zehn Minuten wiederum nicht schlecht. Findest du nicht?«

Der Verwundete zieht schweigend an seiner Zigarette.

»Weißt du, was ich glaube, Vincenzo? Einer von den drei Kriminellen warst du. Aber ja. Das ist mir auf dem Weg hierher klar geworden. Die anderen zwei waren leicht zu identifizieren, ihre Gesichter kennt mittlerweile jeder Schalterbeamte aus der Zeitung: Lampis und Janot. Mir war allerdings nicht klar, wer der Dritte ist. Dann hatte ich diese Eingebung. Ich habe mich gefragt: Wer braucht dringend Geld, weil er gerade aus der Besserungsanstalt raus ist? Soweit ich weiß, kennst du Janot seit ewigen Zeiten, und ihr habt vor Jahren schon zusammengearbeitet. Was, wenn ihr euch für diesen Coup zusammengetan hättet? Die Filiale ist nicht weit von dort, wo du schon immer wohnst. Sicher konntest du in den letzten Tagen die Abläufe der Schalterbeamten und des Wachpersonals studieren. Also, ich vermute, dass die Idee im Grunde genommen von dir kam!«

Der Verwundete atmet nicht, während der Blutfleck auf dem Verband größer wird. Allmählich macht Antonio sich Sorgen.

»Was meinst du dazu?«

»Hirngespinste«, erwidert der Niedergestochene mit dünner Stimme. »Bringt ihr mich jetzt ins Krankenhaus?«

»Einen Moment noch. Ich möchte dir nur schnell noch meine Geschichte zu Ende erzählen. Ich glaube, alles lief glatt, bis die Beute aufgeteilt werden sollte. Da gab es plötzlich Probleme, stimmt's? Die anderen zwei wollten zu gleichen Teilen untereinander aufteilen. Aber du warst nicht einverstanden; du wolltest mehr von dem Geld, da es deine Idee gewesen war. Mit deinem alten Boss, Carminati, habt ihr es ja auch so gehalten. Wer den Coup plant, wird doppelt ausgezahlt, oder? Ich wette, an diesem Punkt hat der Streit eine unschöne Wendung genommen und in Lampis Fingern tauchte plötzlich diese Klinge auf. Habe ich recht?«

»Du Scheißbulle, dir sage ich gar nichts.«

»Ach nein? Dann wärst du schön dumm. Du wärst sogar doppelt dumm, weil du heute ja schon einmal angeschmiert wurdest. Sieh es doch einfach so, Mariani: Du gibst mir einen anonymen Hinweis. Keine Namen, mir genügt die Adresse. Nur die. Ich versichere dir, dass dein Name nirgendwo auftaucht. Und du weißt, dass ich meine Versprechen halte. Eine Adresse für einen Messerstich. Das scheint mir nur gerecht, auch unter euresgleichen. Außerdem werde ich mit dem Richter reden, damit er ein Auge zudrückt. Im Grunde bist du gerade erst aus dem Bau raus. Bestimmt willst du nicht sofort wieder dort einfahren, oder?«

Mariani spuckt auf den Boden des Krankenwagens. Er sieht Nicolosi an, als wolle er ihn umbringen. Dann seufzt er und rückt mit einer Adresse raus.

Der Commissario lächelt und winkt dem Notarzt zu, dass sie jetzt fahren können.

»Wenn er stirbt, werde ich Sie persönlich zur Verantwortung ziehen«, fährt der Mann ihn wütend an.

»Keine Sorge, Dottore: Unkraut vergeht nicht.«

Eine Minute später lässt Antonio den Motor warmlaufen.

»Diesmal wird er uns nicht durch die Lappen gehen.«

Nicolosi reagiert nicht. Er starrt vor sich hin, während der Zagato mit dröhnendem Motor davonbraust.

7

Die Pension Alba ist ein viertklassiges Hotel in einem anonymen Wohnblock am nördlichen Stadtrand. Von der Fassade blättert der Putz, die Rollläden sind kaputt. Ohne den Hinweis aus der Unterwelt wäre niemand auf die Idee gekommen, einen wie Lampis, der das schöne Leben liebt, ausgerechnet an einem solchen Ort zu suchen.

Diesmal machen die Bullen ihre Arbeit gut. Ein Wachposten vor jeder Tür und sämtliche Fenster im Erdgeschoss im Visier. Das halbe Polizeipräsidium ist vor Ort und umstellt das Mauseloch.

Nicolosi hat ein komisches Gefühl bei der Sache. Es kommt ihm alles zu leicht vor. Er schaut auf die Uhr: fünf Uhr früh.

Das Zimmer des Mannes, den sie suchen, liegt wie immer im ersten Stock. Der Commissario zählt mit den Fingern bis drei, dann stürmen seine Leute die Wohnung.

Sie überraschen Janot mit einer Prostituierten. Er schämt sich gebührend, nicht aus puritanischer Gefühlsduselei, sondern weil die Situation ihm peinlich ist: Er liegt zusammengerollt nackt auf dem Boden, während sie ihn auspeitscht.

Antonio, der das Sturmkommando angeführt hat, wirft dem Commissario einen enttäuschten Blick zu.

Nicolosi kocht: Wieder hat er sich an der Nase herumführen lassen. Er wirft Janot einen Bademantel hin und schleift ihn wutentbrannt ins Bad.

Der Gangster packt sofort aus.

»Ich und Lampis haben die Zimmer getauscht! Ich schwöre es. Es war seine Idee. Er meinte, seines sei zu klein, er und Chantal bräuchten mehr Platz, um … na, Sie wissen schon. Mir war es mehr oder weniger egal, deshalb habe ich dem Tausch zugestimmt.«

Der Commissario drückt ihn an die Wand. Sieht ihn scharf an.

»Wo ist er jetzt?«

»In der Pension Marianella, zweihundert Meter von hier auf der anderen Straßenseite.«

Der Bulle stößt einen unterdrückten Fluch aus und lockert seinen Griff. Janot sinkt wie ein nasser Sack zur Erde. Wenn er nicht so blöd gewesen wäre, schlössen sich die Handschellen jetzt nicht um seine Handgelenke, sondern um die seines Kompagnons.

Lampis lacht leise, während er im Rückspiegel den Commissario und die anderen Bullen beobachtet, die aus der Pension gerannt kommen.

Er hätte längst über alle Berge sein können, doch er wollte sich das Vergnügen nicht nehmen lassen, Nicolosis Gesicht zu sehen, der wieder einmal mit einer Handvoll Luft zurückbleibt.

Er hat beobachtet, wie der Zagato und die anderen Polizeiwagen heranrasten. Seit Jahren übt er sich darin, nie zwischen drei und sieben Uhr morgens zu schlafen: Die Stunde der Bullen sollte man lieber wach verbringen. Er hat sie sofort bemerkt und konnte noch ganz entspannt den Koffer schließen und mit Chantal die Treppen hinuntergehen.

Jetzt sitzt er hinter dem Lenkrad, seine Frau schlummert sanft auf dem Beifahrersitz.

»Es ist wirklich Zeit für eine Luftveränderung«, sagt er, während er die Ente anlässt und dem süßen Anblick der bitter enttäuschten Polizei den Rücken zukehrt.

8

Antonio hält Carlas Hand fest umschlossen. Das Mädchen ist aufgeregt. Es passiert ja nicht alle Tage, dass man so bedeutenden Ereignissen beiwohnen kann, und sie stehen ganz vorn in der ersten Reihe. Es ist ein eisig kalter Tag, dazu regnet es, doch auf der Bank ist es schön warm. Es ist voll mit Leuten. Es wird gedrängelt, gelacht. Alle sind wie elektrisiert angesichts des Ereignisses.

Ihre Anwesenheit haben sie Nicolosi zu verdanken. Er hat Santi beauftragt, an seiner Statt hinzugehen.

»Ich mag diese Zeremonien nicht«, hatte er gesagt. »Geh du doch mit deinem Mädchen. Ich bin mir sicher, dass ihr euch amüsiert.«

Der junge Polizeibeamte hatte sich bedankt. Auch er war gerne hier.

Erster November 1964, Allerheiligen.

›Wie oft wurde ich an diesem Tag, *Ogni Santi*, wegen meines Nachnamens auf den Arm genommen, alle Jahre wieder!‹, schießt es ihm durch den Kopf, doch dann vertreibt er den Gedanken: Immer positiv denken, heute ist ein großer Tag für Mailand, die Einweihung der ersten U-Bahn-Linie.

Es wird viel gelächelt dort an der brandneuen Haltestelle Piazzale Lotto. Die ersten zwei Waggons, blankpoliert und mit Fahnen geschmückt, warten auf die große und lärmende Menschenmenge aus Ehrengästen, Journalisten, Fotografen und Honoratioren der Stadt.

Auch im Zwischengeschoss hält das Durcheinander seit morgens um neun fast durchgängig an: Jedermann harrt ungeduldig auf die erste Fahrt mit der Metropolitana, diesem hochmodernen Verkehrsmittel, auf das Mailand seit Generationen gewartet hat.

Um Punkt zehn kommen der Bürgermeister, die Stadträte und der Rest der Bagage, und die offiziellen Feierlichkeiten können beginnen. Um zehn Uhr vierzig fahren die ersten beiden Züge los, nebeneinanderher, mal der eine vorne, mal der andere.

In der Tagespresse des folgenden Tages würde stehen, dass an diesem Sonntag innerhalb weniger Stunden mehr als zweihunderttausend Menschen in den weiß-roten Waggons mitgefahren sind. Selbst um Mitternacht sind die Bahnen noch voll mit unermüdlichen Fahrgästen, eine ausdrückliche Sympathiebekundung der Stadtbevölkerung gegenüber ihrer Metro.

Carla lächelt ihrem Antonio zu. Auch sie sitzen ganz vorne in einem der zwei Waggons: Die Jungfernfahrt ist wirklich eine großartige Sache, einmalig.

An jeder Haltestelle winken ihnen Arbeiter, Techniker, Schienenpersonal und alle, die letzte Hand an ihre U-Bahn und die Anlagen legen, ergriffen zu. Auf manchen Bahnsteigen stehen auch Musikanten der jeweiligen Mailänder Stadtviertel und unterlegen das Ereignis mit fröhlicher Musik. Auch die Sozialeinrichtungen der Stadt sind vertreten, an der Haltestelle Cadorna stehen die ›Mutilatini‹ von Don Gnocchi, am Dom die ›Stelline‹, und an Porta Venezia die ›Martinitt‹ und winken mit ihren Fähnchen den vorbeifahrenden Zügen hinterher.

An der Endstation Sesto Marelli, wo die Züge um Viertel nach elf ankommen, tauschen der Bürgermeister von Sesto San Giovanni und der Bürgermeister von Mailand einen herzlichen Händedruck, während die Musikkapelle die Nationalhymne spielt, dann den Triumphmarsch aus *Aida*, dann die Stadthymne *O mia bella Madunina* und schließlich das Lied, das extra von Maestro Giovanni D'Anzi für diese Gelegenheit komponiert wurde: *Metropolì Metropolà*. Doch das Fest ist noch lange nicht vorbei: Die Metro fährt nun in entgegengesetzter Richtung wieder los, in Richtung Zentrum.

Endlich findet Antonio einen Sitzplatz, er nimmt Carlas Hand und zieht sie mit sich, bis sie auf seinem Schoß sitzt.

»Als Kind, in der Schule, wurde ich immer der Chinese genannt, wegen meiner Schlitzaugen, habe ich das je erzählt?«

Sie nickt.

»Diesen Spitznamen habe ich jahrelang mit mir herumgetragen. Ich konnte nichts dagegen tun, alle nannten mich so. Im ganzen Viertel war ich der Chinese. Das war mein Los. Aber seit ich bei der Polizei bin, scheint es so, als wäre der Name in Vergessenheit geraten. Als hätte er sich in nichts aufgelöst. Seit Monaten hat mich keiner mehr so genannt, auch nicht versehentlich. Und weißt du, warum?«

Carla schüttelt den Kopf, während sie mit dem Zeigefinger die Konturen seiner Lippen nachfährt. Sie sieht jetzt aus wie ein kleines Mädchen.

»Weil ich keiner mehr von ihnen bin, sondern der Bulle: *al comisàri*, so reden sie über mich, wenn sie glauben, dass ich es nicht höre. Und soll ich dir was sagen? Das gefällt mir. Es gefällt mir, weil ich endlich einen Spitznamen habe, den ich mir selbst verdient habe, der mich irgendwie wiedergibt.«

Sie lächelt.

»Und weißt du, was mir auch noch das Gefühl gibt, vollständig zu sein?«

Carla wagt es nicht zu sagen. Ihre Augen glänzen, während er eine kleine Schachtel aus der Tasche zieht. Die Form ist eindeutig, der Inhalt ebenso.

»Du«, flüstert er und küsst sie.

Nun fehlt nur noch das letzte Puzzleteilchen, schon nähern sie sich der Haltestelle.

»Möchtest du mich heiraten?«, fragt Antonio und steckt ihr den Ring an den Finger.

Carla lächelt. Ihre Augen strahlen vor Glück. Sie küsst ihn und sagt ja.

9

Chantal schaut mit dem Kopf aus dem Verdeck heraus. Die Meeresbrise fährt ihr durchs Haar, die Sonne spiegelt sich in ihrer Sonnenbrille, die Côte d'Azur liegt ihr zu Füßen.

Die gefälschten Pässe, die sie sich vor der Abfahrt besorgt haben, waren einfach perfekt: An der Grenze hat niemand Ärger gemacht. Lampis lächelt und streichelt die Oberschenkel seiner Frau. Er hat sich die langen Locken geschnitten und den Schnurrbart abrasiert. Nichts an ihm erinnert mehr an das Fahndungsfoto, das die Grenzbeamten in ihren Kabuffs hängen haben. Und auch nicht an das von Nicolosi, der sich damit abgefunden hat, dass er wieder einmal verloren ist.

»Beim dritten Mal lege ich ihn um, wenn er da ist«, hatte er bitter gesagt. Und sollte recht damit behalten.

Unterhalb der Autobahn zieht Menton an ihnen vorbei. Der Verbrecher ist guter Dinge. Er ist noch einmal davongekommen und bereit, mit Hilfe der Bekanntschaften seiner Frau eine neue Nation zu erobern; ihre intimen Kenntnisse der einschlägigen Marseiller Kreise werden ihm sicherlich genug Gelegenheit bieten, in der Verbrecherwelt jenseits der Alpen Fuß zu fassen. Was ihn am meisten erregt, ist das Wissen, dass niemand etwas von seiner erfolgreichen Flucht ahnt. In Italien mobilisieren sie gerade sämtliche Kräfte für die Jagd auf den Mann ohne Zuhause. Alles und jedes schiebt man dort Lampis in die Schuhe. Es tauchen sogar Zeugen auf, die ihn bei dem einen oder anderen Coup erkannt haben wollen.

Die Mailänder Polizei blickt nicht mehr durch. Und er lacht sie aus.

Und während man dem Solisten an der Maschinenpistole selbst jene Raubüberfälle in die Schuhe schiebt, die aufs Konto der noch unbekannten Bande der ›netten Jungs von Angera‹ gehen, sitzt er auf der Promenade des Anglais in Nizza in der Sonne.

Nach einer Woche ausgiebiger Entspannung und zügellosen Luxus im Hotel Negresco beschließt das Paar, sich wieder an die Arbeit zu machen. Chantal hilft ihm bei den Überfällen, und schon bald schließen sich ihnen drei weitere Komplizen an, darunter Annette, eine französische Freundin von ihr. Sie ist fast so etwas wie eine Schwester, und Lampis geht sofort so vertraut mit ihr um, dass zwischen ihnen eine ungute *ménage à trois* entsteht, die den Solisten an der Maschinenpistole sozusagen über Nacht zum Bigamisten macht. Das Geld strömt immer schneller aus seinen Taschen, nun wo er die Kapriolen zweier Damen bezahlen muss. Die gerne bereit sind, sich den Mann im Bett zu teilen, sich bei Schmuck oder Schuhen und Pelzen aber nicht annähernd so großzügig zeigen. Sie werden ein Trio, zu dem noch zwei weitere Gauner gehören, ein belgischer Frittenfresser aus Brüssel und ein Algerier. *Pochards* aus der Hafengegend, die schnell ziehen und langsam denken. Ideale Handlanger für Raubüberfälle.

Lampis hat Französisch gelernt und spricht es dank seiner Frau ganz leidlich, wenngleich ihm sein italienischer Akzent wohl auch mit einem Intensivkurs kaum abzutrainieren wäre.

Bald schon hat man auch jenseits der Alpen begriffen: Der Gangster mit dem rollenden R überfällt Banken genau wie der Gesuchte in Italien, von dem die Zeitungen des *Belpaese* voll sind.

Nun ist es an Nicolosi, den Gefallen zu erwidern und der

Gendarmerie einen detaillierten Bericht mit allen Taten des Solisten an der Maschinenpistole zukommen zu lassen.

Mittlerweile ist die Bande ein eingespieltes Team. Die französische Presse widmet ihr die dicksten Schlagzeilen. Zum Beispiel als sie am Steuer eines Krankenwagens, er und die zwei Komplizen als Pfleger verkleidet, ein Krankenhaus ausrauben und mit einer Beute von ein paar Millionen Francs nach Hause fahren.

Ein anderes Mal beschließen sie nach einem Bruch, der ein ansehnliches Sümmchen gebracht hat, im Casino von Nizza ihren Erfolg zu feiern. Roulette, Poker, Champagner: Innerhalb weniger Minuten ist alles verloren.

Als sie draußen stehen, hat Lampis einen Einfall.

»Jungs«, sagt er, »holt die Artillerie, dann gehen wir zurück und holen uns unser Geld wieder.«

Eine Stunde später betreten sie erneut das Casino, um ihren Gewinn einzutreiben, doch leider wurde das Geld kurz zuvor auf die Bank gebracht, so dass sie nur ein Viertel der Ausgangssumme zurückbekommen.

Lampis nimmt es auf die leichte Schulter; immerhin bewahrt auch er seinen Schatz in der Obhut einer Schweizer Bank auf.

»Fürs Rentenalter«, erklärt er jedem, der danach fragt. Um grinsend hinzuzufügen: »Außerdem, wem soll man denn noch trauen, wenn nicht den Banken?«

Obgleich Bankdirektoren für ihn auch nur Schurken sind, die immer mehr gestohlen melden, als in Wirklichkeit geklaut wurde.

Bald schon beginnt auch die *Règion PACA*, Frankreichs sonnendurchfluteter und blühender Süden, dem Räuber gefährlich zu werden. Sein Konterfei prangt in allen Polizeistationen, und die Schalterbeamten der Banken haben es *par cœur* verinnerlicht. Luftveränderung ist angesagt.

Lampis beschließt, Richtung Norden zu fahren, in die

Hauptstadt. Während der Reise führt er zwei oder drei ›Abstecher‹ durch, wie er seine Raubüberfälle nennt. Er braucht mit jedem Tag mehr Geld. Nicht nur seine Frau und seine Liebhaberin saugen ihn aus, auch die Kreise, in denen er lebt und die er am Leben halten muss. Die Flucht wird immer teurer. Selbst den Flics muss er etwas geben, um sie ruhigzustellen: heute das Dupont, morgen die Rolex. Und dann die Wohnungen, die Trinkgelder, die Vorbereitungen, die gefälschten Ausweise. Einmal gibt der Solist an der Maschinenpistole sich sogar als Monsignore aus. Er hat einem Bischof die Papiere gestohlen, als dieser sich gerade von Annette den Hintern auspeitschen ließ, in Paris.

Monate voller Leben, in denen der Mailänder Gangster und seine Frauen es sich an nichts fehlen lassen. Sie werfen mit Geld nur so um sich. Die besten Hotels, die schicksten Restaurants.

Eines Abends nach einem Überfall feiern sie im Chez Maxim. Moët & Chandon und Austern. Dann kommen die Langusten in Wasserschalen, in denen Blütenblätter von Rosen und Zitronen schwimmen, die sie zügig leeren.

»Wir sind das Italien der Dummen«, ruft er aus, als der Maître ihnen erklärt, wozu das Wasser eigentlich gedacht war.

Nicolosi hat seinen Feind nicht vergessen. Im Gegenteil. Jeden Morgen schickt er einen Beamten an den Hauptbahnhof, um die ausländische Presse zu kaufen. Er spricht nicht gut Französisch, doch die Schlagzeilen des ›Figaro‹ versteht er, vor allem, wenn sie von einem Foto Lampis' flankiert werden. Eines Tages verliert der Commissario seine sprichwörtliche Fassung, als er liest, dass der Untergetauchte in einer bewaffneten Auseinandersetzung einen Beamten verletzt hat.

»Jetzt kriegen wir ihn«, kommentiert er hitzig. »Jetzt ist er zu weit gegangen. Wenn du einen Bullen abknallst, bist du am Arsch.«

Die Prophezeiung bewahrheitet sich im September 1965, als die Ereignisse sich überschlagen.

Es ist ein frischer Tag, ein eigenartiger Duft liegt in der Luft.

»Blüten«, murmelt Antonio, als er vor der Arbeit noch auf einen Kaffee die Bar gegenüber der Questura betritt.

Als er die Tageszeitung auf dem Tisch ausbreitet, kommt ihm die Luft wieder ins Gedächtnis, die er atmete, als er zu Zeiten des Marseille-Clans Basiles Berichte verfolgte.

Heute Morgen steht die Nachricht allerdings im ›Corriere della Sera‹. Beim Lesen stellt er sich das Gesicht seines Vorgesetzten vor. Und er muss lächeln.

Der Kreis schließt sich.

Blutiges Ende einer langen Flucht
Lampis in Schießerei mit Pariser Polizei verwundet und festgenommen

Paris. Er befand sich im Auto auf einem Boulevard im Stadtzentrum, als zwei Polizeibeamte den Verbrecher und zwei seiner Komplizen, einen Belgier und einen Algerier, anhielten. Während die Komplizen sich ergaben, eröffnete Lampis das Feuer und traf einen Beamten. Seinerseits von einer Kugel getroffen, brachte der Kriminelle den Wagen eines Gendarms in seine Gewalt, wurde dann aber von einem Abschleppwagen der Polizei gerammt und musste seine Flucht zu Fuß fortsetzen. Den Blutspuren folgend, fanden die Beamten ihn schließlich in einem Hauseingang. Schwer verletzt wurde er ins Krankenhaus eingeliefert.

10

Carla lächelt und schmiegt sich sanft an Antonios Arm. Sie haben gerade den Hochzeitstermin festgelegt, den 11. März. Im Februar wird die junge Frau ihre letzte mündliche Prüfung ablegen und sich dann eine Anstellung suchen, vielleicht als Lehrerin. Doch bis dahin dauert es noch eine Weile, sie werden später alles durchdenken. Für den Moment sind es schöne Pläne, über die man beim Spazierengehen stundenlang plaudern kann. Träumen kostet schließlich nichts, selbst in dieser grauen Metropole. Und sie, mit dem Kopf immer bei Büchern und Examina, ist Idealistin.

»Ich könnte Italienisch unterrichten. Oder vielleicht Französisch«, sagt sie einmal. »Stell dir vor, wie ich den Schülern Paul Valéry schmackhaft mache.«

Antonio nickt.

»Du hast mir nie gesagt, was du eigentlich so toll an ihm findest.«

»Das habe ich mich selbst oft gefragt. Ich glaube, es ist seine Hartnäckigkeit. Als ich zum ersten Mal ein Gedicht von ihm gelesen habe, war ich tief beeindruckt. Dann habe ich einen Blick in seine Biographie geworfen und beschlossen, ihn zu lieben. Besonders faszinierend fand ich, dass er ein Dichter mit extremem Einfühlungsvermögen war, der in seiner Jugend als Redakteur im französischen Kriegsministerium arbeiten musste. Kannst du dir vorstellen, wie der Autor von *Der Friedhof am Meer* Kriegsberichte bearbeitet und diesen Holzköpfen von Militärs irgendwelche Konzepte schreibt? Siehst du, so fühle ich mich ein bisschen bei der Polizei. Und ich glaube, dass diese Jahre ihn geprägt haben für das, was er später tat.«

»Und was wirst du später tun?«

»Ich habe keine Ahnung, aber gerade habe ich auch etwas ganz anderes im Kopf …«

Carla wirft lachend den Kopf zurück, während er sich ihr nähert.

»Das hier ist das wahre Gedicht, *Monsieur*«, flüstert er und verliert sich auf ihren Lippen.

Nach dem Kuss lassen sie sich vom Abend einhüllen. Sie

spazieren langsam zum Kino. Am Ende entscheidet sie: Sie werden *Doktor Schiwago* sehen. Er, der Bulle, hätte Sergio Leones *Spiel mir das Lied vom Tod* vorgezogen, doch letztlich erlebt er in seinem Beruf genug Schießereien. Und es ist einiges passiert in diesem zu Ende gehenden Jahr 1965. Das mit ihnen, zum Beispiel. Und dass er befördert wurde und nun ein paar Münzen mehr in der Tasche hat. Das Adrenalin, die schützende und fast väterliche Hand, die Nicolosi über ihn hält.

Kurz gesagt, die Entscheidung, Bulle zu werden, scheint die richtige gewesen zu sein, auch wenn sich seit jenem Morgen vor sieben Jahren alles verändert hat.

Die Ligera zum Beispiel, die stolze Welt der verwegenen Kleinganoven, die aus Hunger stehlen und die Wehrlosen verschonen, um nur eins zu nennen. Für immer vorbei. Die Gangster von heute schießen scharf, und die Toten auf den Pflastersteinen haben alles verändert. Das angesagte Lied von Giorgio Gaber, *Cerutti Gino*, spiegelt nicht mehr den aktuellen Stand der Dinge wider. Die Stadt hat sich verändert, die ehrenwerte Ligera gibt es nicht mehr. Jetzt wird für Geld getötet, die Epoche der Verbrecherbanden, der kleinen Gangs hat begonnen, und es gibt kein Zurück.

Antonio hat das am eigenen Leib erfahren, denn mit der Beförderung ist er zur mobilen Einheit der Kripo gewechselt und hat allein in den letzten fünf Tagen bereits drei Tote von der Straße aufgesammelt.

»Woran denkst du?«, fragt ihn die junge Frau.

»An nichts«, lügt er.

Vor dem Kino liegt der kleine Park der Piazza Napoli. Er ist voll mit Leuten, trotz der kalten Luft. Der Polizist zündet sich eine Zigarette an und entdeckt ein Gespenst der Vergangenheit: den kleinen Gauner aus der Via Osoppo. Er kennt ihn nur vom Hörensagen, denn obwohl nicht einmal volljährig, hat er bereits ein ansehnliches Strafregister angesammelt: Roberto Vandelli. Wird er nicht sogar gerade gesucht? Er kann sich nicht erinnern … Soweit er weiß, hat er auch schon mit dem Solisten an der Maschinenpistole zusammengearbeitet, hat seine Lehrjahre hinter sich gebracht und ist nun bereit aufzusteigen. Das erkennt man an seinem entschlossenen Blick.

Er ist groß geworden, wie sein Trupp. Sie sind nicht mehr zu dritt. Antonio zählt sechs; bei ihnen ein paar Mädchen. Leute, die nicht bei dem Fiat-Zulieferer Marelli am Fließband enden werden, so viel ist sicher. Die Straße hat sie hart gemacht in den vergangenen Jahren, und jetzt ist ihr Moment gekommen. Der erfahrene Polizistenblick sieht ihren ausgebeulten Jacken an, dass jeder von ihnen ein Schießeisen im Gürtel stecken hat.

Minderjährige mit Waffen.

Sein Blick kreuzt den des jugendlichen Verbrechers.

»Was ist?«, fragt Carla. »Wen hast du gesehen?«

»Niemanden«, winkt er ab und schiebt sie zum Eingang. »Lass uns reingehen, es geht gleich los.«

Er wirft Vandelli einen letzten flüchtigen Blick zu, den dieser zwinkernd erwidert.

Sie würden sich wiedersehen. Und das schon bald.

ZWEITER TEIL

Das einfache Leben der anderen

Der Gangster mit den Wolfszähnen

1

Das Stadtviertel Barriera di Milano ist sicher kein Ort, an dem es sich gut wohnen lässt, im Gegenteil. Schon sein Name ist irreführend, denn es befindet sich nicht in Mailand, sondern in den Industriegebieten am Rande von Turin. Und es steht in dem Ruf, ein heißes Pflaster zu sein; wer im Zentrum wohnt, nennt es *la bariera 'd l'Emme*, das Mailänder-Tor.

Große Wohnhäuser und Sozialbauten, dicht an jene Stadtmauer geschmiegt, die Mitte des neunzehnten Jahrhunderts zur Kontrolle der Warenflüsse errichtet worden war. Die Vielzahl an Durchgängen und -fahrten, an denen Zoll entrichtet werden musste, nannte sich *barriere*, Schranken. Daher auch der Name des Tores, das in Richtung der lombardischen Hauptstadt aus der Stadt hinausführt.

Das Viertel ist politisch rot, hier vermengt sich der Zorn auf die höheren Gesellschaftsschichten mit dem Wunsch nach dem leichten Leben, also scheffelweise Geld und käufliche Frauen. Von hier kommen die vier Jungs, und alle verfolgen denselben Traum. Die Gang schart sich um einen jungen Mann, der das Zeug zum Anführer und die Arroganz der Jugend hat. Er heißt Pietro Cavalieri, ist groß, extrem dünn und hakennasig, und er führt ein eigenartiges, beunruhigendes Lächeln auf dem Gesicht. Aufgewachsen ist er zwischen

Schlägen, Staub und den verrauchten *piole*, den Tavernen der Peripherie.

Alles, was er kann, hat er auf der Straße gelernt, sein Fuß hat sich niemals in eine Werkshalle verirrt.

»Ich werde ganz sicher nicht im Lingotto enden, um Fronarbeit für die feinen Herrschaften zu verrichten, ums Verrecken nicht!«, lautet einer der Sätze, die man am häufigsten von ihm hört.

An jenem Abend wird in der Piola del Sordo zwischen einigen Gläsern übelstem Barbera und starken Worten eine Idee geboren, die ihn und seine drei Reisegenossen in die Ferne führen wird. Die drei anderen, das sind Marco Voletto, Sohn venetischer Einwanderer, Aimo Negri, der offiziell Staubsaugervertreter ist, und Danilo Baldi, einstiger Partisan aus dem Aostatal. Die Grundüberzeugung, die sie verbindet, ist schnell zusammengefasst: ›Wer von früh bis spät für sein täglich Brot malocht, während die Frau ihm zu Hause Hörner aufsetzt, ist ein Idiot.‹

»Bullen?«, fragt der Boss rhetorisch. »Hungerleider und Sklaven des Staates. Wir werden die Besten sein, die Unbesiegbaren: Keiner kann uns aufhalten!«

Es steckt wohl eine Menge Barbera in diesem Satz, und doch scheint er alle zu überzeugen. Also geht es los.

Baldi karrt das alte Waffenarsenal der Resistenza heran – drei Sten, ein paar Luger und eine Browning Kaliber 9 mm –, das noch in einem Gehöft bei Pinerolo lagerte.

Cavalieri behält den Überblick, er schwört sie auf die gemeinsame Sache ein. Er ist charismatisch und bärbeißig, wer ihm widerspricht, bekommt seine Faust zu spüren. Alle gehorchen ihm. Sie lassen ihm Zeit zum Planen. Er liest sogar Zeitung, studiert seine Gegner, sieht ihren nächsten Schritt voraus und kommt ihnen zuvor.

Eine Woche später stürzen sie sich in das Abenteuer, mit den Waffen im Anschlag stehen sie vor dem Bankschalter einer Filiale der Turiner San Paolo. Ihr erster Banküberfall, der Verlust ihrer Unschuld.

Es gibt keine Komplikationen, alles läuft wie geschmiert, auch dank einiger Spezialkniffe.

Erstens: knappe, klar verständliche Anweisungen während des Überfalls. Kurze Sätze und Worte auf Französisch wie ›*vite, vite*‹ oder ›*la cassefort*‹. Ein bisschen Show für die Zeugen, damit sie die Polizei auf die falsche Fährte setzen, die den Marseille-Clan für die Täter hält, der sich gerade neu formiert hat, nachdem René Bellini bei einer Überführung zum Richter aus dem Gefängnis ausgebrochen ist.

Zweitens: sich mit der Beute in Richtung Zentrum absetzen, während die Polente sämtliche Wege stadtauswärts absperrt. An jenem Tag parken die Gangster ihren Fiat 1400 nach dem Bruch auf der Piazza Vittorio Veneto und setzen sich in aller Seelenruhe in ein Restaurant, während die Polizei mit einem Riesenaufgebot an Einsatzkräften rund um die Stadt nach ihnen fahndet. Aus einem offenen Fenster erklingt Luigi Tencos Stimme mit dem Lied *Lontano, lontano.*

Cavalieri lächelt.

»Dahin werden wir es bringen: sehr, sehr weit.«

2

Antonio geht oft auf den Schießstand, wann immer er kann. Vor allem abends.

»Wenn du schon schießen musst, dann wenigstens zielsicher«, lautete Nicolosis Ermahnung.

Den Rat bekam er an einem Tag, als er mitansehen musste, wie sein Vorgesetzter einen kleinen Dieb lahmschoss, der sie mit der Pistole bedrohte. Der Commissario zerschmetterte ihm die Kniescheibe, woraufhin der Getroffene wie ein Tier aufjaulte und die Waffe fallen ließ.

Nach diesem Erlebnis hatte der junge Bulle sich vorgenommen, besser zu werden. Intensive Trainingsstunden, Kugeln auf Pappkameraden. Beine und Arme, Herz und Kopf. Überzeugen oder abknallen.

»Das musst du selbst entscheiden«, lautete das Mantra seines Chefs. »Je nach Situation.«

Santi wusste, dass allein die Straße entscheiden würde, ob er jemanden umbringen würde oder nicht. Er musste nur sicherstellen, dass er im Falle einer bewaffneten Auseinandersetzung in der Lage war, seine Haut zu retten. Das war alles.

»Mailand ist eine Stadt, in der gelebt wird. Und gemordet«, wiederholt ihm der Commissario. »Mehr musst du nicht wissen, um ein richtig guter Bulle zu werden.«

»Ich werd's mir merken.«

»Ach so, und noch etwas muss ich dir sagen, das Wichtigste: In Italien ist niemand unschuldig. Wenn das klar ist, kommt der Rest von selbst.«

Dass niemand unschuldig ist, hat Antonio schon vor geraumer Zeit gelernt. Einen neuerlichen Beweis dafür erhielt er an dem Morgen nach dem Kinobesuch, bei dem er Vandelli gesehen hatte. Im Archiv der Questura ging er die Verbrecherkartei durch, geleitet von seinem Bulleninstinkt, der ihn – im Guten wie im Bösen, je nachdem – mittlerweile immer und überall begleitet. Und tatsächlich, der Junge wurde gesucht! Doch jetzt, einen Tag später, noch eine Streife zur Piazza Tripoli zu schicken, wäre mehr als ein Glücksspiel. Ganz davon abgesehen, dass die Kollegen ihn für verrückt erklären würden.

Am selben Abend holt Carla Antonio zu Hause ab. Sie wollen eine Pizza essen gehen. In der Küche ist seine Mutter mit dem Abwasch beschäftigt, während er am Wohnzimmertisch auf einem grünen Tuch sorgfältig seine Beretta säubert und ölt. Das Mädchen verzieht das Gesicht.

»Ist es das, was wir im Leben wollen?«, fragt sie ihn.

»Was meinst du damit?«

»Wird es bei uns zu Hause immer eine Waffe geben?«

»Carla, ich bin Polizist.«

»Und wenn du es nicht wärst? Ich meine, wenn wir mal Kinder haben, hättest du dann nicht auch lieber ... eine weniger gefährliche Arbeit?«

Er sieht sie an. Für einen Moment verstummt das Tellerklappern nebenan. Bevor Antonio spricht, wartet er ab, bis die Mutter weiter abspült.

»Bitte stell mich nicht vor diese Entscheidung. Das ist mein Beruf, er gehört zu mir.«

Die junge Frau erwidert nichts. Sie weiß, dass er sie liebt, doch ihr ist auch klar, würde sie ihn mit dem Rücken zur Wand stellen, ginge sie als Unterlegene aus der Entscheidung hervor. Also beschließt sie, die Strategie zu ändern. Sie streicht ihm über die stoppeligen Wangen.

»Gehst du mit mir zu einer Veranstaltung?«

Antonio sieht sie misstrauisch an.

»Wohin?«

Als Antwort zieht sie eine Schallplatte aus ihrer Umhängetasche und legt sie auf den Plattenteller.

»Hierhin«, antwortet sie und muss vor Begeisterung breit lächeln, während die ersten Töne durchs Zimmer ziehen. »Sie spielen nächste Woche in Mailand.«

Ihre Augen leuchten, und sie ist aufgeregt wie ein Kind. Antonio weiß, wie sehr sie diese Band liebt, ständig redet sie von ihr. Carla liebt Musik aus England, und vor ein paar Jahren, ganz am Anfang ihrer Beziehung, wollte sie schon einmal unbedingt auf ein Konzert von ihnen gehen. Antonio, der Tag und Nacht damit beschäftigt war, den Solisten an der Maschinenpistole zu jagen, hatte nicht freibekommen, um sie zu begleiten. Doch sie war nicht umzustimmen gewesen und schließlich mit einer Freundin hingegangen. Seitdem erzählte sie bei jeder Gelegenheit, wie wunderbar dieser Abend gewesen war.

Das Konzert hatte am 24. Juni 1965 auf der Radrennbahn Vigorelli stattgefunden, das erste und einzige Mal, dass die Beatles in Mailand spielten. Sie waren mit dem Nachtzug aus Lyon angereist. Insgesamt zu neunt: außer John, Paul, George und Ringo noch ihr Manager, die dolmetschende Sekretärin und drei Leibwächter. Um die wartenden Fans zu vertreiben – unter ihnen auch Carla, die alle Texte der Pilzköpfe auswendig konnte –, kündigte die Lautsprecherdurchsage am Bahnhof das Einfahren des Zuges kurzerhand auf einem falschen Gleis an. Antonios Kollegen von der Eisenbahnpolizei hatten alle Hände voll zu tun, die Begeisterung der hysterischen Minirock-Mädels in Zaum zu halten, die wegen der vier Jungs aus Liverpool geradezu ausflippten. Die Presse zeigte sich nicht ganz so begeistert, mit Ausnahme einiger Jugendzeitschriften, die sogar Ermäßigungscoupons für Eintrittskarten verschenkten. Die Wochenzeitschrift ›Gente‹ fertigte sie mit den folgenden Worten ab: *Sie sind nicht in der Lage, richtige Lieder zu schreiben, beim Komponieren pfeifen sie wahllos irgendeine Melodie, die sie dann auswendig lernen.*

Wie auch immer, der Trick mit dem falschen Gleis funktionierte jedenfalls, und während die Fans in die Röhre guckten, stiegen die Musiker in aller Ruhe aus ihrem Zug und quartierten sich im Hotel Duomo ein.

Am nächsten Morgen trafen sie sich, um das berühmte Foto vor den Spitzen des Doms und der Madonnina zu machen, das später das italienische Cover der Single *She's a Woman* schmücken sollte.

Auf der Radrennbahn Vigorelli spielten sie zwei Konzerte unter freiem Himmel, nachmittags und abends, fünfundzwanzigtausend Zuschauer insgesamt, eine gute halbe Stunde Show mit knapp zwölf Songs im Programm. Sie eröffneten mit dem bekannten *Twist and Shout*, einem echten Ohrwurm, den Carla immer dann vor sich hin summt, wenn sie zufrieden mit sich ist.

All diese Erinnerungen liest Antonio nun in ihrem Blick. Sobald sie davon redet oder daran denkt, beginnen ihre Augen zu glänzen wie sonst nie, und ihm wird klar, dass er nicht nein sagen kann. Selbst wenn er kurz vor der Verhaftung Dillingers oder Al Capones stünde. Also ergreift er die Plattenhülle und liest: *The Rolling Stones*.

»Die rollenden Steine, Antonio, du wirst sie lieben!«

3

Die vier Jungs aus der Barriera finden sich in der neuen Welt schnell zurecht. Schnelles Geld, Adrenalin und vor allem kein anstrengendes Schuften am Band für wenige Lire. Immer seltener sieht man sie in den Kaschemmen der Peripherie. Nun können sie sich das schöne Leben in den Lokalen des Zentrums leisten. Champagner und Animierdamen. Alles wird leicht, erschwinglich: alles, wovon sie immer geträumt haben.

Sie haben sich die nötigen Schießeisen besorgt und die Kriegsreste weggeworfen. Cavalieri hat nun eine halbautomatische Smith & Wesson .357 im Gürtel stecken, unter der Jacke. Nur Baldi ist seiner alten Waffe treu geblieben, einer 9 mm Luger, und er fühlt sich auch in diesen neuen Lokalen, die sie nun frequentieren, nicht so recht heimisch. Er kommt aus den Bergen, ist ein Mann der kargen Worte und der großen Ideale. Er versteht nicht, wohin sie treiben, doch er zählt auf den Boss und schiebt seine Zweifel beiseite. Auch Aimo Negri und Voletto lassen sich von der allgemeinen Stimmung mitreißen und vertrauen ihm. Das ist Cavalieris Geheimnis. Er verdankt es allein seiner Intelligenz, dass er der Boss ist. Dass er eine Handbreit über die anderen hinausragt. Wenn er spricht, lauschen sie und kuschen. Diesen Rang hat er sich hart erarbeitet.

Vier Coups haben sie bereits durchgeführt – drei Banken

und ein Postamt –, und jedes Mal lief alles wie am Schnürchen dank Pietros gutem Gespür. Mit jedem Coup hat sich ihre Technik verfeinert, auch wenn der Ablauf immer derselbe war: ein Auto klauen, die betreffende Bank stürmen, an der Kasse einsacken, was zu holen ist, und dann nichts wie weg mit durchgedrücktem Gaspedal. Wenn sie verfolgt werden, auch mit Schüssen.

An diesem Abend beim Essen ist der Boss in Hochstimmung.

»Wir haben eine Mission«, beginnt er. »Wir sind keine x-beliebigen Kriminellen, sondern tapfere Krieger, die mit der Pistole im Anschlag die Revolution vorantreiben! Wir sind keine Verbrecherbande, sondern ein Partisanenkommando, das gegen die bestehende Macht kämpft: die Finanzmacht!«

Aimo füllt die Gläser und stößt auf die Rede an. Auch Baldi hebt kopfschüttelnd sein Champagnerglas. Barbera trinken sie schon lange nicht mehr.

Später nach dem Abendessen, das locker zwei Monatsgehälter eines Fiat-Arbeiters verschlingt, landen sie einmal mehr in der Piola del Sordo für einen Absacker. Eine Runde Grappa: Immerhin darin sind sie sich treu geblieben.

Cavalieri gibt immer noch den Idealisten: Es reicht ihm nicht mehr, einfach Banken auszurauben und fertig, nein, er möchte, dass alle Welt den politischen Antrieb ihres Handelns erkennt.

Er ist zu der Überzeugung gelangt, dass das, was sie tun, eine Art Mission ist. Sie müssen etwas beweisen, sich gegen die Ausgrenzung zur Wehr setzen, zu der die Gesellschaft sie zwingt.

»Wir werden den Banken erklären, wie sie sich im Falle eines Überfalls zu verhalten haben«, verkündet er.

»Und wie?«

»Oh, das werdet ihr morgen sehen. Jetzt ab in die Falle.«

Der Banküberfall am nächsten Tag ist merkwürdig. Selbst seine drei Kumpane sind leicht irritiert, als Cavalieri samt Maschinenpistole auf den Bankschalter springt und dem Bankpersonal sowie den Kunden erklärt, wie die ›Enteignung‹ ablaufen wird.

In der ruhigen und höflichen Art aller Piemonteser wendet er sich an die Anwesenden.

»Verehrte Damen und Herren«, beginnt er, »von heute an hat jedes Bankinstitut, das wir aufsuchen, die moralische Verpflichtung, uns für jeden anwesenden Angestellten eine Million Lire auszuhändigen. Wir wollen weder Schaden anrichten noch Menschen töten. Unser Ziel ist die Enteignung.«

Er sagt wortwörtlich: moralische Verpflichtung.

An diesem Tag sind fünf Angestellte im Haus, und die Beute beläuft sich am Ende auf fünf Millionen. Der Boss zählt eigenhändig die Banknoten durch, bevor sie das Weite suchen.

»Verbindlichsten Dank«, raunt er und rennt zum Ausgang.

Sie springen ins Auto und der gestohlene Lancia Aurelia rast mit quietschenden Reifen los.

»Und wenn sie sich gewehrt hätten?«, fragt Baldi mit aufgerissenen Augen. »Wenn die Beute kleiner als fünf Millionen ausgefallen wäre, hätten wir sie dann wie Tiere abgeknallt?«

»Klar, denn dann hätten sie sich gegen das Proletariat gewendet«, erwidert Cavalieri kalt. »Wer sich auf die Seite der Kapitalisten stellt, verdient keine Schonung, findet ihr nicht?«

Niemand wagt zu widersprechen.

4

Die Waffe hat Vandelli nur mitgenommen, um sich sicherer zu fühlen. Klein und handlich liegt sie in seiner Jackentasche und fällt nicht weiter auf. Ohne Waffe verlässt er nicht mehr das Haus, vor allem, wenn er sich unters Volk mischt.

»Menschenmengen sind an sich schon irgendwie beunruhigend«, flüstert er Nina ins Ohr, als sie sich anstellen. Sie nickt, ohne zu antworten. Sie ist zu aufgeregt, um sich von seiner miesepetrigen Laune anstecken zu lassen.

Es ist ein ungewöhnlich warmer Aprilabend, und der Gangster würde am liebsten auf dem Absatz kehrtmachen und gehen, doch er weiß, dass sie ihm das kaum verzeihen würde. Stundenlang hat sie auf ihn eingeredet, dass er mitkommt. Alles fing am Vorabend in ihrer gemeinsamen Zweizimmerwohnung an, einer dieser Mietswohnungen, die über den durchlaufenden Balkon mit den anderen Wohnungen verbunden sind, in der Via Porpora, einer lebhaften Geschäftsstraße mit vielen Läden und zu jeder Uhrzeit voller Menschen; die Miete haben sie aus den Früchten eines Überfalls für ein Jahr im Voraus bezahlt. Auf dem Küchentisch lag ein flaches Paket. Blaues Geschenkpapier, das er ohne viele Umstände aufriss. Eine Schallplatte.

In diesem Moment war Nina aus dem Schlafzimmer gekommen, um die Überraschung in seinem Gesichtsausdruck zu genießen.

»Roberto, sieh nur, der Sänger sieht aus wie du.«

»Ein Engländer?«

»Ja, aber er hat deine Ausstrahlung und dieses unglaubliche Charisma, genau wie du.«

»Wie heißt er?«

»Mick Jagger.«

»Scheiße, was für ein Drecksname.«

»Warte ab, bis du ihn singen hörst. Los, leg auf.«

Die Platte hieß *Out of Our Heads*.

»Dein Song ist der erste auf der B-Seite.«

Vandelli hatte den Tonarm gesenkt und lauschte konzentriert der Musik. Unverwechselbare Stimme. Rhythmus. Sinnlichkeit und Gewalt. Und dann dieser Refrain, besser noch dieses eine Wort, das es ähnlich auch in seiner Sprache gibt.

»Stimmt«, hatte er schließlich gesagt und das Mädchen in Richtung Bett geschoben. »Das ist ganz entschieden mein Song.«

Am nächsten Tag nun waren sie da. Sie zwei, allein in der Menge im Palalido-Stadion.

Vandelli stöhnt, er ist es nicht gewohnt anzustehen. In den Lokalen, wo er verkehrt, kennt man ihn und lotst ihn an der Schlange vorbei. Immer ist der beste Tisch für ihn reserviert. Heute Abend ist das anders. Vor dem Eingang stehen ein paar Carabinieri, und er muss die ganze Zeit auf den Boden schauen; das hier ist garantiert nicht der richtige Ort, um einen Streit anzufangen.

Er hat sich einen Fotoapparat umgehängt – den er am selben Nachmittag einem spanischen Touristen entwendet hat –, während Nina in ihrer Tasche einen bleischweren Kassettenrecorder mit herumschleppt, mit dem sie die Jagger-Songs aufnehmen will.

Nach zwanzig Minuten Schieberei und bis zum Filter aufgerauchten Zigaretten treten sie endlich durch das Gitter. Ordnungskräfte gibt es im Innern wenige, drei große, lustlos aussehende Jungs, mehr nicht. Es riecht nach Haschisch und Schweiß. Auf der Bühne singt in Erwartung der Band ein Liedermacher, von dem Vandelli in den Folgejahren noch hören wird: Al Bano. Ein Jüngelchen mit Brille und starkem süditalienischen Akzent, dafür einer guten, kräftigen Stimme, der nach Mailand gekommen ist, um seinen großen Traum vom Ruhm wahr zu machen, und sich bis dahin als Hilfsarbeiter und Kellner durchschlägt.

Eine Fangruppe des Sängers macht mit Geschrei und Plakaten auf sich aufmerksam. Auf einem steht: ›Al Bano – besser als die Stones‹.

»Blasphemie«, kommentiert Nina, und Roberto, den die Szene amüsiert, knipst ein paar Fotos von dem Sänger.

Sie müssen nicht lange warten. Strotzend vor Energie kommen die Stones auf die Bühne. Ein langer Beifallssturm braust auf. Ihre Mienen sind betont ernst, ihre Kleider spiegeln den New-Dandy-Style, so etwas wie die europäische Variante von Flower Power.

Die Akustik ist mies, und die ersten Gitarrenriffs von Keith Richards gehen im Gejohle der Fans unter. Vandelli ist nassgeschwitzt, so dicht an dicht wie sie hier zwischen langhaarigen Jungs und Mädchen in kurzen Karoröcken und Lederstiefeln stehen. Die Musik jedoch elektrisiert ihn. Sie packt ihn wie ein reißender Strom, lässt sein Herz höher schlagen.

Jagger springt wie ein Irrer über die Bühne und stampft beim Singen den Rhythmus mit, Brian Jones wechselt bühnenreif zwischen Bass und Gitarre hin und her, manchmal sogar im selben Stück, Wyman und Watts hingegen wirken wie Mumien, so unbeweglich sind sie. Richards mit seinem Raubtiergesicht lässt die Finger frenetisch über die Saiten tanzen, während ihm die gewohnte Zigarette im Mundwinkel hängt.

Das Konzert ist schnell zu Ende. Zehn unvergessliche Songs. Darunter einige ihrer frühen Klassiker, die italienische Version von *As Tears Go By: Con le lacrime*. Dann *Lady Jane, Ruby Tuesday* und zum Schluss Vandellis Lied.

Während das Publikum wie aus einer Kehle mitsingt, glaubt der Kriminelle unter den begeisterten Menschen das Gesicht eines Bullen zu erkennen, den er von der Via Osoppo und der Piazza Tripoli her kennt. Instinktiv tastet er in seiner Jackentasche nach dem Knauf seiner 38er; die Menge wogt, drückt, schiebt, wird ein einziger Leib, und er verliert ihn aus den Augen. Er hält Nina fest umarmt, die mit geschlossenen Augen aus vollem Hals mitsingt.

Es ist magisch, die Zeit scheint stehen zu bleiben, und auch Roberto lässt sich irgendwann von den Gesängen der Menge mitreißen.

Hey hey hey, that's what I say
I can't get no, I can't get no
I can't get no satisfaction
No saticfaction, no satisfaction, no satisfaction!

5

Der 4. Mai ist ein ganz besonderes Datum für die Menschen, die im Schatten des Turiner Wahrzeichens, des Turms Mole Antonelliana, leben, zumindest für einige von ihnen. Für Baldi auf alle Fälle: der Jahrestag des Flugzeugabsturzes. Sein altes, granatapfel-rot schlagendes Herz zieht sich immer noch trauernd zusammen beim Gedanken an das, was vor zehn Jahren hier passiert ist. An jenem Abend im Jahr 1949 hatte er Tränen vergossen, als das Flugzeug mit der gesamten Fußballmannschaft des AC Turin an Bord, dem Grande Torino, wie sie aufgrund ihrer fünfmaligen Meisterschaft in Folge von aller Welt genannt wurde, an einer Mauer der Kirche auf dem Turiner Hausberg Superga zerschellte. Einunddreißig Tote.

Seitdem steigt er jedes Jahr am Tag des Absturzes dort hinauf, wo die Namen der Fußballspieler und der anderen Opfer der Katastrophe auf einem Gedenkstein verewigt sind.

Merkwürdige Gedanken gehen ihm auf seinem Rückweg durch den Kopf. Zum Beispiel, dass er am Vortag fast einen Bankangestellten erschossen hätte, nur wegen der Laune seines Chefs.

›Eine Million pro Nase: mehr ist ein Menschenleben nicht wert?‹, fragt er sich.

Er beschließt, am Po entlangzuspazieren, durch den Valentino-Park. Das Wasser des Flusses strömt rasch dahin. Genau wie seine Gedanken.

›Die Gang läuft in die falsche Richtung‹, denkt er. ›Cavalieri hat sich verändert, er ist abgedreht. Andererseits war er schon immer irgendwie eigen: Er hasst Fiat, ist aber für Juventus, wie die Reichen. Und so was nennt sich Kommunist!‹ Der Fluss trägt alles mit sich fort, doch gegen die bösen Gedanken kann er nichts ausrichten. Am Abend erscheint Baldi mit einem merkwürdigen Gesichtsausdruck zu ihrem Treffen in einem Nachtclub unter der Mole Antonelliana. Zwei Flaschen im Sektkühler und Adriano Celentano, der durch die Lautsprecher den Jungen aus der Via Gluck besingt.

Der alte Partisan lässt sich nicht von der entspannten Atmosphäre einlullen. Er bleibt stehen.

»Mir reicht's«, verkündet er.

Pietro sieht ihn an. Er bemerkt das angespannte Gesicht, den wässrigen Blick, die verkniffenen Lippen beim Sprechen.

»Das ist nicht das Leben, das ich gewollt habe, als ich in die Berge gegangen bin«, fährt er fort. »Ich wollte ein anderes Italien, eine andere Zukunft. Nicht diese. Das ist nicht richtig! Was wir da tun, gefällt mir nicht. Ich kann mir selbst nicht mehr ins Gesicht sehen.«

»Du bist ein ewiger Idealist«, lacht Aimo im Versuch, die Spannung zu lockern.

»Waren wir das nicht alle einmal?«

»Weil wir Hunger hatten! Jetzt stehen wir auf der anderen Seite und haben kapiert, wie es zugeht auf der Welt.«

»Quatsch! Ich bin so wie immer. Der Junge aus *Bariera 'd l'Emme*! Aber ihr, wer seid ihr?«

Er zeigt mit dem Kinn auf die drei Kumpane: Maßanzüge, auffällige Krawatten, silberne Zigarettenetuis, Whisky in den Gläsern.

»Habt ihr euch mal angeschaut? Ihr seht aus wie Schwerverbrecher. Nicht einmal Barbera trinkt ihr mehr! Und dieser Ort hier«, in einer ausholenden Armbewegung deutet er auf das berühmte Lokal. Zwei Mädchen tanzen oben ohne auf dem Tresen. »Wo zum Teufel sind wir hier? Was ist aus der Piola del Sordo geworden?«

»Wir sind erwachsen geworden, Danilo«, ruft Voletto aus, »und du bist zurückgeblieben, mit den ollen Kleidern am Leib. Schau dich doch nur mal an: Du läufst immer noch herum wie nach dem Krieg … Kauf dir mal einen anständigen Anzug. Du siehst abgewrackt aus, wie diese alten Knarren, die du für unser erstes Ding besorgt hast!«

»Vielleicht bin ich ja ein Wrack, aber verkauft habe ich mich nicht. Für wen zum Teufel haltet ihr euch, für die Herren der Stadt, nur weil ihr ein paar erfolgreiche Dinger gedreht habt? Heilige Einfalt! Ihr werdet genauso enden wie der Solist oder die Marseiller. Die dachten auch, sie seien unbesiegbar …«

»Eins musst du mir bitte erklären«, mischt sich Cavalieri nun ein, der bisher geschwiegen hat, scheinbar ganz vertieft in den Anblick der Go-go-Girls. »Was willst du eigentlich? Dich abmelden? Aussteigen auf Nimmerwiedersehen?«

Ihre Blicke begegnen sich im Dämmerlicht des Lokals.

Baldi nickt.

Cavalieri sieht ihn weiter an, bis der andere den Blick senkt.

»Dann wünsch ich dir viel Glück dabei, Genosse«, sind seine einzigen Worte.

Auch die anderen kümmern sich nicht weiter um den Mann, der schließlich auf den Absätzen kehrtmacht und geht.

Zwei Tage später stürzt Baldis Aprilia auf einer Straße kurz vor den Toren Turins in den Po. *Tragischer Unfall* titelt ›La Stampa‹: *Der Fahrer scheint bei erhöhter Geschwindigkeit die Kontrolle über das Fahrzeug verloren zu haben. Möglicherweise war Alkohol im Spiel.*

In der Piola del Sordo wird ungern darüber gesprochen. Alle schweigen. Kartenspiel und Rauchschwaden in der Luft.

Gegen acht betritt Aimo in Begleitung eines Jungen das Lokal. Er muss so um die siebzehn sein, noch ein halbes Milchgesicht.

Jeder kennt ihn vom Sehen; auch er ist in der Barriera aufgewachsen. Er ist schon einer von ihnen, wenn auch noch junges Gemüse.

»Treibst du es jetzt mit kleinen Jungs?«, fragt Cavalieri.

»Nee. Der hier kennt sich mit Motoren aus. Und mit Bremsen. Manchmal repariert er sie, manchmal sorgt er aber auch dafür, dass sie im richtigen Moment nicht mehr funktionieren.«

Cavalieri mustert ihn.

»Wie heißt du?«

»Dante Liuzzi.«

»Kannst du schießen, Junge?«

Dante schüttelt widerwillig den Kopf.

»Dann wirst du es lernen. Aimo, besorg ihm eine Knarre, dann sehen wir, was er kann.«

Der Junge lächelt. Auch Cavalieri zeigt seine furchteinflößenden Eckzähne: Nun sind sie wieder vier, und er denkt in immer größeren Dimensionen.

»In Turin«, sagt er, »wird mir der Boden unter den Füßen allmählich zu heiß. Für den ultimativen Qualitätssprung müssen wir hier raus.«

6

»Das ist ein Überfall!«

Obwohl sie den genauen Wortlaut des deutschen Befehls nicht verstehen, recken die Angestellten und Kunden der Bank sofort die Arme in die Höhe, voller Angst vor den brüllenden Männern mit Maschinenpistolen und entsicherten Waffen, die in die Filiale gestürmt sind. Wenn jemand mit gezückter Waffe in einer Bank auftaucht, gibt es kein Vertun, egal ob Italienisch oder sonst eine Sprache gesprochen wird. Alles, was man dann tun kann und muss, ist den Geldschrank ausräumen und hoffen, keine Kugel in den Kopf zu bekommen. Ende der Lektion.

Sie sind zu dritt. Einer hält die Anwesenden in Schach, während die anderen zwei ihre Säcke mit Banknoten füllen.

»Schneller, schneller!«, ruft der mit der Waffe wieder auf Deutsch.

Ein paar Minuten später ist alles vorbei.

Der Mann mit der Maschinenpistole verlässt als Letzter die Bank. Groß, hakennasig und mit auffällig spitzen Eckzähnen.

Er verabschiedet sich mit einem höhnischen *»Auf Wiedersehen!«* und dumpfem Gelächter.

»Die wollen uns wohl verarschen!«, bricht es hitzig aus Nicolosi hervor. »In Mailand gibt es keine deutsche Gang. Sie wollen uns nur verwirren!«

Antonio hört ihm nachdenklich zu.

»Nach den Franzacken haben uns die Krauts gerade noch gefehlt …«

Doch diesmal glaubt nicht einmal Santi an die Spur ins Ausland. Darauf fällt er kein zweites Mal herein. Aufmerksam hat er die Zeugenaussagen verfolgt. Draußen stand ein Auto, ein dunkler Lancia, der mit laufendem Motor genau vor der Bankfiliale auf die Verbrecher wartete, am Steuer ein halbes Kind.

»Wenn man den Aussagen glaubt«, berichtet Antonio mit Blick auf seinen Notizblock, »war keiner von ihnen blond.«

»Kann es sein, dass von vier Deutschen kein einziger blond ist?«

»Unwahrscheinlich, würde ich sagen.«

»Das meine ich auch. An die Arbeit. Schnapp dir die Fahndungsfotos und zeig sie den Zeugen. Mal sehen, ob sie jemand wiedererkennt.«

Doch es finden sich keinerlei Anhaltspunkte, die Männer scheinen in den Polizeiarchiven nicht aufzutauchen.

»Entweder haben sie keine Vorstrafen oder kommen von außerhalb«, schlussfolgert Nicolosi. Dann fügt er hinzu, um jedes Missverständnis auszuschließen: »Aber ganz bestimmt nicht aus Deutschland.«

Zwei Tage später kommt Licht in die Sache. Wenngleich Nicolosi es rückblickend absolut vorgezogen hätte, sie im Dunkeln zu lassen. Die neueste Inszenierung ist ein Meisterwerk unter der Regie der Cavalieri-Bande. Im Grunde genommen hatten die Krautfresser selbst die eigene Clownerie nicht geglaubt. Der erste Coup auf mailändischem Boden sollte nur dazu dienen, sich mit der neuen Umgebung vertraut zu machen. Was sie nun an diesem eiskalten Novembervormittag planen, wird in die Annalen des Verbrechens eingehen. Und viel dazu beitragen, die Wut im Bauch des Kripo-Chefs zu schüren.

Der Tag beginnt für den Gangster mit den Wolfszähnen und seine drei Kumpane in aller Frühe, kurz nach Morgengrauen. Morgenstund' hat Gold im Mund, vor allem wenn man damit seine Taschen füllen will.

Voletto knackt in der Nähe der wuchtigen Stadttore von Porta Venezia ein Auto, einen hellblauen Fiat 1300. Aimo präpariert die Waffen, zerlegt sie und setzt sie, nachdem er jedes Teil geölt hat, sorgfältig wieder zusammen, damit später nichts klemmt. Dante arbeitet die Fahrtroute aus und zieht mit einem Stift auf dem Stadtplan von Mailand die Straßenführung nach. Seine Stirn liegt in Falten, und seine Fingernägel sind blutig gebissen.

Cavalieri kümmert sich nicht um sie, er ist voll konzentriert. Er macht sich Notizen auf DIN-A4-Papier.

Um zehn sind alle bereit. In ihre dunklen Mäntel gewickelt brechen sie auf. Mailand riecht nach Regen an diesem Vormittag. Grauer Himmel über ihren Köpfen und eisiger Wind in ihren Gesichtern.

Die Verbrecher steigen in den Wagen und fahren los. In gewisser Weise wollen sie einen Rekord brechen: In weniger als einer Stunde soll alles vorbei sein. Doch es geht nicht um den klassischen Banküberfall. Zumindest nicht nur. Sie probieren Cavalieris neueste Erfindung aus, drei auf einen Streich (den Dreifachen, so hat er es getauft), was so viel bedeutet wie drei Banken hintereinander.

Der erste Überfall in der Via Pisanello dauert gerade mal sieben Minuten, danach schnell in die Via Bodoni und von da aus in die Via Regina Giovanna. Überall dasselbe Drehbuch: rein mit gezückten Waffen und raus mit Säcken voller Geldbündel. Drei Brüche mit einer Beute von sechzig Millionen, und dazu die Polizei, die am ersten Tatort ankommt, als sie schon beim letzten sind. Ein wahres Kunstwerk aus Timing und Hohnlachen.

»Das durchblicken die nie und nimmer«, jubelt Cavalieri, während er die Geldsäcke unter seinen Beinen verstaut. »Sie werden wie die Deppen mit ihren Mannschaftswagen herumkurven, während wir über alle Berge sind.«

Und so ist es. Als Nicolosi und Santi bei der dritten Bank ankommen, haben die Banditen schon ihr Versteck in der Via Cambiasi erreicht und zählen das Geld. Das tatsächlich noch mehr hätte sein können, wenn der Kleine sich nicht verfahren hätte.

Denn eigentlich hatten sie vier Überfälle geplant, den letzten auf dem Viale Corsica, doch Klein-Dante hat sich in der Straße geirrt, so dass sie am Ende auf der Piazza vor dem Friedhof Lambrate anhielten.

»Sieht ganz nach einer Sackgasse aus«, hatte Aimo trocken kommentiert.

Da waren sie alle in Gelächter ausgebrochen.

»Ich würde sagen, drei Überfälle sind genug für heute«, hatte der Boss den Raubzug beendet.

7

Antonio glaubt es erst, als er den Zettel selbst in der Hand hält. Großbuchstaben, mit der Hand geschrieben. Mehr noch als das, was da steht, beschäftigt ihn das wutentbrannte Gesicht, das Nicolosi machen wird. Die neue Gang meint es tatsächlich ernst. Und diese Provokation nun, nach dem Dreier-Streich von vor einigen Tagen, versetzt jeden Polizisten und jeden Carabiniere Mailands in noch größere Erregung. Allen voran den Polizeipräsidenten, der just an diesem Morgen eine Sonderkommission ins Leben gerufen hat, die die Gangster dingfest machen soll. An ihrer Spitze Nicolosi und unter den Mitarbeitern sein Assistent Antonio Santi.

Sie kommen nicht einmal dazu, einen groben Plan zu entwickeln, da schlägt die Bande schon wieder zu: wieder ein Überfall auf eine Bank im Zentrum. Dieses Mal in der Via Turati, quasi direkt gegenüber vom Polizeipräsidium. Dreißig Millionen. Vier bewaffnete Männer und dieselben Modalitäten wie beim Dreier-Streich. Die Gangster ohne Sturmhauben, so dass sie von den Zeugen auf den Phantombildern der letzten Überfälle wiedererkannt werden: Die Täter sind die angeblichen Deutschen.

Nicolosi lässt keine größeren Gefühlsregungen erkennen, als er das Kommuniqué liest, das sie dem Direktor der ›besuchten‹ Bank übergeben haben.

An alle Kreditinstitute.
Betreff: Banküberfälle

Seit einiger Zeit arbeitet unsere Gruppe mit großem Erfolg auf diesem Sektor. Bei unserer Ankunft müsst ihr eine Million Lire pro Angestelltem abliefern. Wir geben euch dreißig Sekunden Zeit, danach wird geschossen. Ich möchte daran erinnern, dass wir zuschlagen, wann und wo wir wollen, und selbiges mit unserem Dreifachen in Mailand bewiesen haben … Wir bitten, dieses Dokument mit dem gebotenen Ernst zu behandeln.
Freundliche Grüße
Die anonymen Bankräuber

Der Commissario lässt das Blatt auf den Schreibtisch flattern.

Antonio steht abwartend daneben. Nach ein paar Sekunden platzt es aus ihm heraus.

»Was halten Sie davon?«

»Sie wollen uns provozieren.«

»Dieses Ding mit dem Betreff und allem klingt doch genau wie ein firmeninternes Schreiben.«

»Ich finde, das klingt wie der größte Witz des Jahrhunderts.«

»Kannten Sie schon die Unterschrift, Die anonymen Bankräuber?«

Der Commissario schüttelt den Kopf.

»Ich nicht, aber ich weiß, wer uns etwas dazu erzählen kann. Schnapp dir eine Streife und die anderen zwei Soko-Beamten. Wir statten einem alten Freund einen Besuch ab. Er wird anfangs vielleicht ein bisschen widerspenstig sein, aber ich weiß schon, wie ich ihn zum Reden bringe.«

Das ›Elixier‹ ist entgegen seinem Namen ein Lokal, in dem das Leben sich tendenziell eher verkürzt statt verlängert. Es liegt in der Barona, südliche Peripherie von Mailand, ein

Niemandsland in den Klauen der Unterwelt, wo die kleinen Gangs ungestört wachsen und gedeihen.

Als die olivgrünen Polizeiwagen davor stoppen, schrillen bei allen Gästen die Alarmglocken. Der eine oder andere macht sich diskret aus dem Staub. Nicht jedoch ihr Mann, der hinterrücks auf dem Klo überrascht wird und nicht mehr flüchten kann. In seinen Kreisen wird er der Muli genannt, wegen seiner Talente, die nicht unbedingt etwas mit seinem Metier als Taschendieb zu tun haben.

»Guten Morgen, Commissario, wie ich sehe, taucht ihr Bullen tatsächlich auf, wenn die Not am drängendsten ist.«

Nicolosi bedeutet seinen Beamten, ihn hinauszuschaffen.

»He, was soll das? Was habe ich getan? Bin ich etwa festgenommen?«

»Noch nicht. Sagen wir mal, ich lade dich höflich ins Polizeipräsidium auf einen Kaffee ein. Was hältst du davon?«

»Nein danke, *scior commissari*, von der Bullen-Plörre krieg ich immer Blähungen.«

Der Polizist geht nicht weiter darauf ein und lässt ihn in den Wagen schaffen.

Antonio sieht sich besorgt um. Die Gesichter, in die er blickt, gefallen ihm nicht. Vor allem eines nicht: das von Vandelli, der an einem der hinteren Tische sitzt. Ein herausforderndes Lächeln umspielt die Lippen des Jungen, dann hebt er sogar grüßend die Hand.

Der Polizist erwidert den Gruß nicht. Rückwärts tastet er sich hinaus: eine falsche Bewegung, und ihm fliegen Kugeln um die Ohren.

Bevor der Wagen losfährt, spricht er Nicolosi an.

»Wir müssen noch mal rein«, sagt er.

»Warum?«

»Ich habe jemanden von der Fahndungsliste gesehen.«

»Von der Sorte gibt es mindestens zehn dort drinnen. Ist er gefährlich?«

Santi windet sich auf seinem Sitz.

»Na ja, er ist aus der Jugendstrafanstalt ausgebrochen. Ladendiebstahl eines Radios …«

Die Worte ersterben ihm auf der Zunge. Der Commissario hört schon nicht mehr hin; er hat Wichtigeres zu bedenken, und Antonio könnte sich die Zunge abbeißen, dass er überhaupt davon angefangen hat.

Der Wagen fährt mit quietschenden Reifen davon.

8

In einen kleinen Sessel in Nicolosis Büro versunken, sondiert der Muli die Lage.

»Also, was zum Teufel wollt ihr?«

»Du sollst uns nur ein paar Fragen beantworten, während wir auf den Kaffee warten.«

»Worum geht's?«

»Die neue Bande, die Banken überfällt.«

Der Taschendieb spürt, wie ihm ein Stein vom Herzen fällt. Also ist er nicht wegen seiner eigenen Angelegenheiten hier. Er beginnt zu lachen.

»Da tappt ihr ganz schön im Dunkeln, was? Ich habe in der Zeitung davon gelesen …«

»Findest du das etwa komisch?«

»Sie müssen entschuldigen, Commissario, aber seit der Geschichte mit dem Dreier-Streich seid ihr einfach nur noch zum Lachen. Auf Radio Mala kursiert sogar schon ein Spottreim, wollen Sie mal hören? Egal, der ist zu schön, ich singe ihn einfach mal vor: Wähl dreimal die Sieben, schon kommen sie her. Sind die Bullen dann da, ist die Bank doch längst leer. Finde ich echt zum Schießen.«

»Ich nicht«, sagt Nicolosi trocken.

Der Muli wird wieder ernst. Er weiß, dass er es nicht übertreiben darf. Der Commissario zündet sich eine Zigarette an. Zu jedem anderen Zeitpunkt würde er es diesem überheblichen Scheißkerl zeigen, doch jetzt braucht er ihn. Die Bande, hinter der sie her sind, ist einfach nicht zu fassen. Seine Vertrauensleute wissen nichts, und die Verbrecherwelt schweigt eisern. Der Muli, der sich mit den Machtverhältnissen der Mailänder Unterwelt bestens auskennt, ist seine letzte Quelle, auf die er hoffen kann.

Die Erfahrung lehrt den Commissario, dass die neue Bande der Mailänder Ligera schon unangenehm aufgefallen sein muss.

»Wir wissen, dass sie keine Vorstrafen haben«, fährt er fort. »Und dass sie nicht von hier sind. Das kann euch doch nicht gefallen. Jemand, der in eurem Revier wildert, einfach so, ohne um Erlaubnis zu fragen …«

Sein Gegenüber zuckt mit den Schultern.

»Was ist, hat es dir die Sprache verschlagen?«

Nicolosi macht ein Zeichen mit dem Kopf.

Das Folgende geschieht blitzschnell: Antonio zieht den Muli hoch und verpasst ihm ohne jede Vorwarnung einen Tritt in die Eier. Der Commissario sieht zu, ohne die Miene zu verziehen. Santi staunt über sich selbst, was aus ihm geworden ist. Was würde Carla denken, wenn sie ihn so sähe?

Der Mann wälzt sich stöhnend auf dem Boden, beide Hände am Gemächt. Um sicherzugehen, dass er die Lektion gelernt hat, versetzt der Bulle ihm mit den Stiefeln noch einen Tritt in die Rippen.

»Also?«, fragt der Commissario, als der Mann wieder zu Atem kommt.

»Okay, okay. Es sind Piemonteser. Kleine Gang. Ihr Boss heißt Cavalieri, wird aber Wolfszahn genannt wegen seiner beängstigend aussehenden Eckzähne. Mehr weiß ich nicht.«

Nicolosi lächelt zufrieden: Endlich hat der Gegner einen Namen.

Während der Muli sich Tritte ins Gemächt fängt und widerwillig singt, lacht der Wolfszahn. Seine Gang hat die Piola del Sordo gegen eine Osteria in Lambrate getauscht: Was das Abhängen in Nachtclubs angeht, warten sie lieber noch. Sie wollen sich eine Weile bedeckt halten. Dann, im richtigen Moment, werden sie ganz Mailand erobern.

9

Nina bebt und zittert am ganzen Leib. Heftige Schauer durchzucken sie, ihre langen Beine gespreizt, Schweißperlen auf der hellen Haut. Verschlungene Leiber, die Luft getränkt von Sinnlichkeit und Körpersäften.

Vandelli keucht und schwitzt; er liegt auf ihr, stößt mit rhythmischen Bewegungen in sie hinein, während er mit dem Mund eine ihrer riesigen Titten lutscht. Draußen scheint die Sonne, es ist vier Uhr nachmittags und seit gut einer Stunde lieben sie sich wie die Verrückten. Der Mann stößt ein letztes Mal zu. Beide schreien auf. Unisono. Perfekter Einklang.

Er bleibt einige Augenblicke reglos liegen, dann lässt er sich aus ihr herausgleiten und zündet zwei Zigaretten an. Eine davon reicht er ihr.

»Stell dir vor, heute hätte ich glatt riskiert, diesen Fick zu verpassen«, grinst er und stößt eine Rauchwolke aus. »Heute Morgen wäre ich um ein Haar im Bau gelandet.«

Nina sieht ihn verwundert an, ihr Gesicht von blonden Locken umrahmt. Vandelli hätte fast Lust, erneut loszulegen.

Sie scheint seine Gedanken zu erraten und zieht die Decke über sich.

»Was war denn los?«, fragt sie.

»Ich habe einen Bullen getroffen. Diesen jungen Typ vom Giambellino. Erinnerst du dich? Wir sind in derselben Gegend aufgewachsen, im gleichen Viertel, wir haben denselben Staub gefressen.«

»Bist du denn sicher, dass er es war?«

»Klar, ich habe ihm ja sogar zugewunken.«

»Vielleicht hat er dich nicht erkannt.«

»Aber natürlich! Der kennt mein Gesicht ganz genau und weiß auch, dass ich gesucht werde.«

»Dann bist du wahnsinnig.«

Vandelli lacht aus vollem Herzen.

»Wo war das?«

»In einer Bar in der Barona. Die Bullen haben irgend so eine arme Sau abgeholt. Ich saß an einem Tisch und wartete auf Romolino und Pietra. Wir müssen den nächsten Job klarmachen. Plötzlich wimmelte der Laden nur so von Bullerei. Er hat mich erkannt, da bin ich mir ganz sicher.«

»Und er hat dich nicht festgenommen?«

»Ach was. Er hatte ja die Hosen bis oben hin voll, seine Knie schlotterten beim Rausgehen. Und er hat sich nicht getraut, zurückzukommen und mich festzunehmen. So ein Hosenschisser.«

Er steht auf und schlüpft in seine Unterhose.

»Und wer war das, den sie mitgenommen haben?«

»Er wird der Muli genannt. Ein unbedeutender Hurenbock. Der Einzige, den sie unbeschadet dort rausholen konnten. Ein halbes Hemd. Hat sich keiner für ihn eingesetzt.«

»Was wollen die von ihm?«

Der Mann schüttelt den Kopf.

»Ist er ein Spitzel?«

Er muss lachen, wenn er sie so reden hört. Er schenkt aus der geöffneten Champagnerflasche zwei Flöten voll.

»Nein, Schatz. Kein Spion lässt sich vor versammelter Mannschaft von der Polizei abführen. Er würde danach keine Sekunde mehr leben. Sie wollten ihm wegen irgendwas Feuer unterm Hintern machen.«

Doch das Mädchen denkt mit gerunzelter Stirn an etwas anderes.

»Woran arbeitet ihr denn? Warum hast du mir nichts davon erzählt?«

Vandelli sieht durch das Fenster in die Ferne.

»Besser, wenn du nicht dabei bist.«

Nina springt vom Bett auf. Bebende Brüste und ein Blick, der Funken sprüht. Eine Amazone bereit zur Schlacht.

»Was meinst du damit? Dass es für eine Frau zu gefährlich ist?«

»Es wird kein normaler Banküberfall«, erwidert er ungerührt. »Dieses Mal will ich dich lieber nicht dabeihaben.«

Sie versucht, seine Miene zu entschlüsseln. Es ist das erste Mal, dass er sie aus einem Coup heraushält. Seit sie sich wiedergetroffen haben, am ersten Abend in Angies Wohnung, haben sie alles miteinander geteilt: das Bett und die Raubzüge.

»Warum nicht?«, fragt sie nur. Keine Spur von Wut in der Stimme, sie will es nur verstehen.

»Es ist keine Bank«, erklärt er. »Bei dem Schlamassel, den die Piemonteser anrichten, ist es schon riskant, sich einer Bank nur zu nähern. Und es ist auch keine Bar, kein Supermarkt und kein Juwelier.«

»Roberto, erspar uns das Rätselraten und komm zum Punkt!«

»Einverstanden. Wir haben es auf einen Geldtransport abgesehen. Die beiden Comasina-Jungs prüfen seit einigen Tagen die Route …«

Dem Mädchen bleibt der Mund offen.

»Warum soll ich da nicht dabei sein?«

»Wer bringt mir dann die Apfelsinen, wenn sie uns beide schnappen?«

Ein Schatten legt sich über Ninas Blick, während das sanfte Nachmittagslicht auf ihrem weichen, leicht verschwitzten Körper spielt. Zerzauste Haare und Katzenblick.

»Warum siehst du mich so an?«

Die Antwort ergibt sich von selbst. Schon hat er sie aufs Bett geworfen für die nächste Runde.

10

Die Straße ist menschenleer. Es regnet in Strömen, und wer kann, bleibt zu Hause. Die Zeiger am Rathaus zeigen sechzehn Minuten nach acht; bald öffnet die Bank. Es ist schneidend kalt, und die Landschaft drum herum ist von Raureif überzogen.

Cavalieri raucht eine Serraglio. Die parfümiertesten Zigaretten und dazu noch die teuersten, die es gibt.

›Wenn Baldi noch in unserer Bande wäre, wenn er noch am Leben wäre‹, denkt er, ›hätte er bestimmt auch daran etwas zu meckern gehabt. Er hat sich die Lungen ja lieber mit den Alfas verätzt …‹

Aus dem leise summenden Radio erklingt ein Lied von Scott McKenzie, *San Francisco.* Er bekommt Lust auf Urlaub. Der Beruf des Kriminellen ist ja ein Fulltimejob, da hat man nie frei, obwohl auch sie sich zwischen den Jahren ein wenig Ablenkung gegönnt haben. Reiseziel: Montecarlo. Casinos, Luxushotels, schöne Frauen. Das Proletarierleben in der Barriera ist nur noch eine ferne Erinnerung.

Jetzt sind sie wieder an der Arbeit. Alle vier sitzen in einem weißen Renault 10, den sie am Vorabend geknackt haben. Der Motor brummt, der Tank ist voll, und die Heizung läuft auf Hochtouren.

Sie sind noch nicht nach Mailand zurückgekehrt.

»Besser, wir halten noch eine Weile Abstand«, hatte Cavalieri erklärt. »Wir bleiben in unserer Gegend, wo die Augen nicht ganz so wachsam sind.«

Und damit behält er mehr als recht. Nicolosis neue Mannschaft ist ständig im Einsatz. Polizeistreifen kurven Tag und Nacht durch Mailand, die Hauptfilialen der Banken werden videoüberwacht. Mit dem System, das sie eingerichtet haben, sind die Polizisten im Falle eines Bankraubs innerhalb von fünf Minuten vor Ort.

»Wir lassen sie ein bisschen köcheln nach dem Dreifachen und begnügen uns mit der piemontesischen Provinz«, lautet die neue Philosophie des Gangsters. »Dort kennen sie uns noch nicht, das erleichtert die Arbeit enorm.«

Die ausgewählte Filiale gehört wie so oft zur San-Paolo-Gruppe und liegt im Fünfzehntausend-Seelen-Ort Ciriè im Norden Turins, hinter dem Flughafen Caselle. Der Bankdirektor kommt mit Regenschirm und Ledertasche. Nach ihm einige Angestellte.

Als die Bank ihre Tore öffnet, warten die Banditen noch fünf Minuten, bevor sie hineinstürmen. In der Schalterhalle sind außer den Bankangestellten noch zwei Kunden, ein Mann und eine Rothaarige um die vierzig. Aimo geht mit der Pistole im Anschlag zum Kassierer und fordert ihn auf, das Geld rauszugeben.

Cavalieri hat sich seine Thompson quer über die Brust gehängt.

»Das ist ein Überfall«, brüllt er wie gewöhnlich. Gerade will er seine Rede über die proletarische Enteignung vom Stapel lassen, da bemerkt er, wie einer der Kunden, ein großer Mann mit Bart und Brille, in seiner Jackentasche kramt.

»Du da!«, schreit er. »Hände hoch!«

Doch der Mann reagiert nicht und macht weiter.

Die Gangster wechseln einen schnellen Blick, die Angestellten zittern vor Angst. Cavalieri durchbricht die angespannte Stille, indem er eine Salve auf den Mann abfeuert.

Die Rothaarige beginnt wie am Spieß zu schreien, während der Bärtige in einer Blutlache zusammensackt. Aus seinen Fingern gleitet ein Scheck.

»Scheiße! Er war unbewaffnet!«, schreit Voletto.

»Weg hier!«, befiehlt der Boss. »Und nehmt die Frau als Geisel. Nach dem Lärm bricht hier gleich die Hölle los.«

Aimo packt sie und zerrt sie hinaus. Cavalieri zielt mit der Pistole auf die Angestellten. Der Kassierer schüttelt weinend den Kopf.

»Giuseppe war fast taub, deshalb hat er nicht reagiert …«, flüstert er.

Der Bandit erwidert nichts. Er wartet, bis die Komplizen die Geisel ins Auto geschafft haben, dann kommt er nach. Sie flüchten ohne Beute.

Liuzzi fährt mit Vollgas in Richtung Berge. Keiner sagt ein Wort. Im Auto herrscht ein unwirkliches Schweigen.

Nach zehn Minuten lassen sie die Frau am Rand eines unbestellten Feldes im strömenden Regen zurück, unter Schock, aber körperlich unversehrt.

»Das war der erste Tote«, sind Cavalieris einzige Worte, als sie wieder losfahren. »Das musste früher oder später geschehen, es gibt kein Zurück.«

11

»Mit dieser Leiche auf dem Buckel stecken die Piemonteser richtig in der Scheiße!«, sagt Vandelli, der mit der Zeitung in der Hand am Tresen der Bar lehnt, vor sich einen dampfenden Espresso.

Esposito nickt, ohne genau zu wissen, wovon er spricht. Er will nicht nachfragen, denn wenn es wichtig ist, wird Roberto die Sache ohnehin erklären, so wie immer, wenn er ihnen etwas einbläuen will. Im Moment interessiert er sich nur für seine zweite Brioche des Morgens, wie die erste mit Cremefüllung. Er blickt hinaus: Die Via Porpora ist fast ausgestorben, wenige Autos und nur hin und wieder ein eiliger Passant.

»Warum treffen wir uns nicht wie sonst in unserem Stammlokal in der Barona?«, fragt er, nachdem er den letzten Bissen hinuntergeschluckt hat.

»Die Bar dort ist zu heiß für mich.«

Bei diesen Worten betreten Pietra und Romolino den Laden. Schweigend setzen die vier sich an einen Tisch im hinteren Teil der Bar.

»Also?«, fragt Vandelli.

Pietra breitet ein großes Blatt Papier auf dem Tisch aus. Eine Art selbstgezeichnete Landkarte.

»Das sind die zwei Routen«, er deutet mit seinem dicken Finger auf das Blatt. »Sie fahren abwechselnd mal die eine und mal die andere. Rot ist die Mittwochstrecke, blau die vom Freitag. Ich habe den Transporter wochenlang beobachtet, und er ist kein einziges Mal von der Tour abgewichen. Er fährt immer denselben Weg mit immer denselben Zwischenstopps. Für die komplette Strecke braucht er etwa drei Stunden.«

Vandelli nickt und wendet sich an Romolino.

»Die Wagen?«

»Eine Giulia, ein Mercedes 250 und ein Fiat 600. Allesamt in den letzten Tagen geknackt und abgedeckt in der Autowerkstatt bei einem Freund in Baggio untergestellt. Ich habe ihre Motoren gecheckt, die Nummernschilder durch den gewohnten Mischmasch ersetzt, und vollgetankt sind sie auch.«

»Gut. Mit den Knarren wären wir auch so weit bereit, ich habe sie besorgt und sicher gelagert. Vito wird sie vor dem Ding abholen. Noch Fragen?«

»Hast du schon entschieden, wo?«, fragt Pietra.

»Ja, und ich habe mir den Ort schon mehrmals angesehen.«

Der Bandit zeigt auf einen Punkt auf der Karte.

»Die Via Gulli. Hier passieren beide Touren. Wir werden den Wagen stoppen, nachdem er gerade das Geld in der Filiale auf der Piazza Siena eingesammelt hat. Was macht ihr denn plötzlich für Gesichter? Was ist los?«

Die beiden Comasina-Jungs schauen verlegen weg; selbst Esposito wirkt überrascht.

»Ist das ein Zufall, dass du ausgerechnet die Straße ganz nah bei der Via Osoppo ausgesucht hast?«, fragt Romolino schließlich zögernd. »Möchtest du die Nummer von damals wiederholen?«

Vandelli gibt sich ungerührt. Er überlässt nie etwas dem Zufall, das wissen seine Leute genau. Genüsslich zieht er an seiner Muratti und erwidert: »Unser Coup wird besser, denn wir müssen nur durch vier teilen.«

Niemand hat den Mut, ihn darauf hinzuweisen, dass die sieben Goldjungs von damals allesamt gefasst wurden und dass ihre Frage damit nicht beantwortet ist.

Nach einer Weile bricht Esposito das Schweigen zwischen ihnen.

»Und wann soll's losgehen?«

»Morgen. Heute Abend geht ihr früh schlafen. Nüchtern. Und keine Nutten. Dafür habt ihr anschließend Zeit genug.«

Während sie sich erheben, ertönt aus dem kleinen Radio auf der Kasse die Melodie des Liedes *Noi non ci saremo* von den Nomadi.

Esposito dreht sich bei dem Refrain *Doch wir werden nicht mehr da sein* unwillkürlich zu Vandelli um. Sein Boss aber hat wieder die Sonnenbrille auf der Nase und beachtet ihn nicht. Alle wissen, dass er nicht an böse Omen glaubt.

12

»Es gibt so elend verfluchte Tage, deren bloße Erwähnung wieder alte Wunden aufreißt.«

So eröffnet Antonio Santi üblicherweise seine Erzählung von jenem Tag.

Es ist ein warmer Septembernachmittag, auf den Straßen

der Großstadt riecht es noch nach Sommer, die Frauen tragen leichte Kleider und die Männer haben die Hemdsärmel hochgekrempelt, während die Sonne scharfe Häuserschatten aufs Pflaster wirft.

Der griesgrämige Blick des Commissario schweift durch das Fenster in die Ferne. Er ist ein wahrer Starrkopf. Es ist einige Zeit vergangen, und doch gibt er nicht auf. Die Bande der Piemonteser hat sich nach dem Toten in Cirié erst einmal verkrümelt, doch Nicolosi erwartet sie an den Toren der Stadt.

»Alles, was wir brauchen, ist Zeit«, lautet sein Mantra. Niemand kann sagen, wie viel. Doch er ist sich sicher, irgendwann kehren sie nach Mailand zurück, darauf würde er seine Dienstmarke verwetten.

Hinweise gibt es im Übrigen zuhauf. Eine Reihe von Einbrüchen rund um die Stadt, in konzentrischen Kreisen, manchmal ganz nah, aber nie nah genug. Immer dieselben Umstände: das Flugblatt, die proletarische Enteignung, das geklaute Auto, mit dem sie in Richtung Zentrum verschwinden. Dasselbe Drehbuch im fröhlichen Reigen zwischen Frühling und Sommer. Bis zu diesem Tag.

Es ist der 25. September des Jahres 1967, halb drei am Nachmittag. Ein Wagen hält auf dem Largo Zandonai, vor der Filiale der Banco di Napoli. Sie sind da, zurück in Mailand, wie von Nicolosi prophezeit.

Liuzzi bleibt bei laufendem Motor im Wagen, während die Genossen aussteigen und den Wachmann vor der Bank unschädlich machen. Eine Minute später sind sie drinnen: Maschinenpistole und Revolver zielen auf Personal und Kunden. Reine Routine, gäbe es da nicht diesen Angestellten, der Zeit findet, den Alarmknopf zu drücken. Kurz darauf bricht die Hölle los. Denn als die Banditen das Bargeld einpacken wollen, jaulen draußen die anschwellenden Martinshörner der ersten Polizeiwagen auf.

»Scheiße!«, schreit Dante. »Die Bullen sind da!«

Auf dem Schalter hält Cavalieri dem Kassierer die Knarre an den Hals.

»Hast du sie gerufen?«

Die Sekunden verstreichen, der Mann wird zusehends bleicher.

»Weg hier«, meint Voletto und schüttelt den Sack voll mit Geld. »Die Enteignung ist beendet, das hier sind bestimmt zehn Millionen.«

Der Bandenboss blickt dem Kassierer in die Augen, der kurz vor einer Ohnmacht steht. Am Ende beschließt er, ihn zu verschonen, und springt in Richtung Ausgang davon. Während er in den Wagen steigt, nähert sich von hinten in rasender Fahrt ein Polizeiauto. Der Bandit beugt sich aus dem Fenster und gibt eine Salve auf den Streifenwagen ab. Er schießt und lacht, lacht und schießt. Als wäre er verrückt geworden. Der dunkelblaue Fiat 1100 braust reifenquietschend davon, während die Kugeln durch die Luft sirren.

Santi sitzt am Steuer des Zagato. Sie sind die Ersten, die die Verfolgung aufnehmen. Auf dem Beifahrersitz streckt Nicolosi den Arm aus dem Fenster und zielt mit der Beretta auf die Reifen des Fluchtautos; auf der Rückbank die beiden anderen Beamten der Sondereinheit: Nicolò Martinez, achtzehn Jahre alt, eine nagende Angst im Herzen, außerdem Agente scelto Patrizio Rami, der schon genug Staub gefressen hat, um zu ahnen, dass die Sache nicht gut ausgehen wird.

Binnen Sekunden ist die ganze Straße ein Lichtermeer aus Blaulicht: Dutzende Polizeiwagen aus allen Ecken Mailands strömen zusammen. Das Kreischen der Sirenen ist ohrenbetäubend. Die vier Verbrecher ballern auf alles und jeden, gnadenlos. Die Zeugen werden am nächsten Tag berichten, ihr Gelächter gehört zu haben, während die Salven über die Mauern der Stadt pflügten und die Geschosse sich in den Putz der Häuser bohrten.

Selbstsicher, draufgängerisch und ohne jeden Skrupel: Die Cavalieri-Bande macht keine halben Sachen, um ihre Haut zu retten, sie schießen sich ihren Weg durch die Polizeistreifen frei. Eine wilde Fahrt: Via Pallavicino, Pier Capponi, Piazza Piemonte und Bande Nere. Antonio holt das Letzte aus dem Zagato heraus, dessen Motor unter seinen Füßen dröhnt. Wie durch Magie weichen die Wagen vor ihm aus, Projektile zischen durch die Luft, Adrenalin pur.

»Bleib dran, Santi, Scheiße, bleib dran!«

Nicolosi schwitzt, dreht sich wieder herein, lässt das leere Magazin in den Fußraum fallen und nimmt den 1100 sofort erneut unter Beschuss.

Im Affenzahn biegen sie in den Viale Pisa ein, als wären sie auf der Rennstrecke von Monza. Eine von Cavalieris Salven trifft einen Gemüselaster. Der Fahrer sackt hinter dem Steuer zusammen. Blut spritzt auf Windschutzscheibe und Sitze. Blut, das bis auf den Asphalt tropft. Der erste Tote des Tages.

An der nächsten Kreuzung wird die Straße plötzlich von zwei querstehenden Streifenwagen versperrt. Der 1100 muss bei voller Fahrt wenden und vollführt ein gewagtes Manöver über die Gegenfahrbahn. Eine Kugel gräbt sich in die Stirn eines Passanten. Auch für ihn endet das Abenteuer hier.

»Ihr seid wahnsinnig! Wahnsinnige Mörder!«, schreit der Commissario.

Ein wahrhaft verfluchter Nachmittag, seit fünfunddreißig Minuten währt die Schlacht, die irre Verfolgungsjagd. Sie führt über den Viale Serra, den Viale Certosa, die Piazza Firenze. Der Zagato stets wenige Meter hinter den Banditen. Zu nah.

Eine Kugel durchschlägt die Windschutzscheibe des Autos und trifft Antonio in die rechte Schulter. Der schreit, flucht lauthals. Der Wagen vollführt einen Schlenker, bleibt aber in der Spur. So leicht gibt Santi nicht auf, das hat er von seinem Chef gelernt: Er beißt die Zähne zusammen und tritt das Gaspedal durch. Plötzlich wirft sich Nicolosi gegen ihn, drückt ihn nach unten und packt das Lenkrad. Im selben Moment zerschmettert eine weitere Kugel die Scheibe und gräbt sich in den Fahrersitz, genau in Höhe der Kopfstütze. Hätte der Commissario sich nicht nach links vor das Lenkrad geworfen, wäre Antonio dabei draufgegangen.

Die zwei Beamten auf der Rückbank ducken sich angstvoll.

Nur Nicolosi schießt weiter. Santi lenkt mit einer Hand, mit der anderen hält er seine Wunde. Die Kraft der Verzweiflung. Und der Wut.

Der Motor des Zagato schnauft, dünner Rauch steigt aus der durchlöcherten Motorhaube auf. Auch an dem Fiat 1100 sieht man die Einschüsse von Nicolosis Kugeln. Antonio geht aufs Ganze. Mit Vollgas fährt er auf die Bösen zu wie ein Ritter aus alten Zeiten. In der Via Procaccini rammt er ihren Wagen, der kommt von der Fahrbahn ab, prallt gegen ein parkendes Auto und bleibt quer auf der Straße liegen. Die Türen gehen auf, die Übeltäter springen heraus und stieben in alle Richtungen davon, mischen sich unter die Passanten.

Der Commissario und Rami nehmen die Verfolgung auf. Martinez bleibt beim Zagato, um Santi erste Hilfe zu leisten. Der Polizeibeamte protestiert, doch der Kollege hört nicht auf ihn.

Nicolosi verfolgt den auffällig hinkenden Voletto: Ihn scheint eine Kugel getroffen zu haben. Ein Passant wirft sich auf den Flüchtenden und überwältigt ihn. Es handelt sich um einen herzkranken Kriegsinvaliden. Es ist zu viel für sein altes Herz: Die Aufregung, die Angst in diesen schrecklichen Minuten lassen es einige Augenblicke später die Arbeit einstellen. Ein indirektes Opfer der Cavalieri-Bande.

Rami legt dem Banditen Handschellen an, die anderen drei entkommen. Von einem Moment auf den anderen wimmelt es auf der Straße vor Streifenwagen und Uniformierten.

Blaulichter, Martinshörner, Pistolen. Doch von den Geflohenen keine Spur.

Nicolosi kehrt zum Zagato und zu Santi zurück. Der Sitz ist blutgetränkt. Er greift zum Funkgerät.

»Trivento an Zentrale: Schickt einen Krankenwagen, ein verletzter Beamter.«

Trivento ist sein Deckname.

»Du schaffst das, Junge. An einem Streifschuss ist noch niemand gestorben.«

Antonio lächelt und verliert das Bewusstsein. Die Beamten verfrachten Voletto in einen Streifenwagen und bringen ihn weg.

Nicolosi betrachtet den mit Kugeln durchsiebten Fiat 1100.

»Das war's«, sagt er leise. »Zumindest für heute.«

Am nächsten Tag zieht Basile in ›La Notte‹ Bilanz dieses wahnwitzigen Nachmittags:

Eine wild gewordene Meute rast durch den Hindernisparcour Mailand, über eine halbe Stunde lang, um am Ende drei Tote und zweiundzwanzig Verletzte auf dem Spielfeld zurückzulassen: sechs Polizeibeamte und sechzehn Zivilisten.

13

Der weiße Mercedes fährt langsam den Viale Rembrandt entlang. Drinnen drei Personen, tiefe Stille. Niemand hat Lust zu reden. Alle drei rauchen, Qualm wabert durch den engen Innenraum. Um sie herum das reine Chaos. Nina sitzt am Steuer.

»Wohin soll ich fahren?«

»Bring mich in den Giambellino«, erwidert Vandelli knapp.

Er klingt verärgert, und der Grund liegt auf der Hand: Der Coup, der lang geplante, ist geplatzt. Sie müssen noch einmal ganz von vorn anfangen. Dabei war alles bis ins kleinste

Detail vorbereitet. Zwei Stunden vor der erwarteten Ankunft des Geldtransporters war jeder auf seinem Posten. Im Grunde ein einfacher Plan: Gleich wenn der Lastwagen in die Via Gulli einbiegen würde, sollte sich der 1100 mit Vandelli und Esposito an Bord vor ihm querstellen und ihn an der Weiterfahrt hindern; gleichzeitig rammt ihn der Fiat 600 mit Romolino und Pietra von hinten, so dass auch dieser Fluchtweg abgeschnitten ist. Dann sollten die vier Banditen mit Sturmhauben, gezückten Waffen und Totschlägern aus den Wagen springen und den Geldtransporter stürmen. Wenn sie erst das Geld hätten, wollten sie zu dem weißen Mercedes in der Nähe rennen, der sie mit Vollgas in Sicherheit bringen würde. Am Steuer dort bei laufendem Motor Nina. Vandelli hatte schließlich doch nachgegeben: Ein Kompromiss zwischen den Bettlaken, aber durchaus vernünftig und opportun, da das Mädchen und die zwei Comasina-Jungs die Einzigen mit Führerschein waren. Es wäre zu riskant gewesen, Vandelli oder Esposito das Fluchtauto fahren zu lassen, da beide noch minderjährig waren: Jede Routinekontrolle hätte sie direkt in den Bau gebracht und ihren Plan über den Haufen geworfen.

Auch Angie war mit von der Partie. Sie sollte an der Straßenecke stehen und sich die Schaufenster ansehen, um den anderen das Startzeichen zu geben – ein leuchtend gelbes Halstuch, das sie sich umbindet –, sobald der Geldtransporter um die Ecke biegt. Danach sollte auch sie sich aus dem Staub machen und in den erstbesten Bus steigen, der auf der Piazza Siena hielt.

Doch Angie konnte das Startzeichen nicht geben: Zur festgesetzten Stunde war weit und breit kein Geldtransporter zu sehen. Nach weiteren zehn Minuten vergeblichen Wartens war Vandelli mit einer Kippe im Mundwinkel aus seinem Wagen gestiegen und hatte an die Scheibe des Fiat 600 geklopft.

»Wahrscheinlich verspätet er sich«, hatte Pietra sich gerechtfertigt.

»Du hast gesagt, er war bisher immer pünktlich, oder?«
»War er ja auch.«
»Dann muss etwas passiert sein.«
Er hatte es noch nicht ausgesprochen, da waren unter ohrenbetäubendem Reifenquietschen vier Streifenwagen um die Ecke gebogen. Sie rasten in irrem Tempo an ihnen vorbei, ohne sie zu beachten. Einen Augenblick später war alles voll mit Blaulicht und jaulenden Martinshörnern.
»Was zum Teufel ist hier los?« Esposito kam herbeigerannt.
Aus der Ferne erklangen Schüsse.
Vandelli bewahrte kühles Blut.
»Die gute Nachricht ist, dass sie nicht nach uns suchen, da muss etwas Großes passiert sein. Für heute sind wir fertig. Wir räumen das Feld; ihr kümmert euch um die Autos und die Waffen. Ich lasse mich von den Mädchen heimfahren. Wir sehen uns in zwei Stunden auf der Piazza Tirana. Und versucht herauszufinden, was zum Teufel da passiert ist, verstanden?«

14

»Einer von vier, ganz mieser Schnitt.«
Nicolosi könnte sich schwarz ärgern. Drei Täter sind ihm entwischt, nur Voletto sitzt in Gewahrsam. Einer statt alle, das wird ihm nicht gut bekommen. Was auch der Kriminelle flugs begreift, so dass die Polizei ihre rauen Manieren gar nicht erst unter Beweis stellen muss: Kaum setzt er den Fuß in das Vernehmungszimmer, beginnt er auch schon zu singen, was das Zeug hält. Finstere Blicke und Beamte, denen es in den Fingern juckt, das genügt ihm. Wenn Cavalieri das sähe, würde er ihn ohne mit der Wimper zu zucken abknallen. Und auch Nicolosi und Santi täten das am liebsten, wenn sie könnten: Niedertracht hat nirgends Freunde.

Der Kriminelle hat das Bein verbunden und sieht ziemlich mitgenommen aus: Er musste mit fünf Stichen genäht werden, und ein guter Anwalt hätte dafür gesorgt, dass er sich im Krankenhaus erholt und nicht hier. Er hat viel Blut verloren und steht unter Schock: ideale Voraussetzungen für die Bullen. Abgesehen von den üblichen Drohungen, mit denen er seine Rede ausschmückt, will der Commissario eigentlich nur eins von ihm erfahren.

»Sag mir, wo ich die anderen finde, oder wir prügeln dich tot!«

Unverzüglich rückt Voletto mit dem Mailänder Versteck der Bande heraus. Nicht eine Ohrfeige braucht es, um seine Zunge zu lösen. Tragisch irgendwie: Die Kumpanei zu verraten, nur um sich eine Maulschelle zu ersparen.

»Kein Rückgrat, diese Verräter«, meint der Commissario im Hinausgehen.

Seine Mannschaft versammelt sich unten im Hof der Questura, bereit zum Einsatz.

Antonio trägt den verbundenen Arm in der Schlinge; er hat Schmerzen und kann sich schlecht bewegen, dennoch schafft er es, sich mit einem Sprung zwischen seinen Chef und den Streifenwagen mit bereits laufendem Motor zu drängen.

»Ich komme mit.«

In seinem Blick erkennt Nicolosi eine wilde Entschlossenheit, so dass er ihm den Wunsch, bei der Verhaftung dabei zu sein, nicht abschlagen kann.

»Steig bei den anderen ein.«

In Santis Wagen sitzen Agente Martinez und am Steuer Sovrintendente Mollica. Über Letzteren kursieren haufenweise Gerüchte; vor allem, dass er gerne Poker spielt und häufig die Spielhöllen des Mafioso Astangura frequentiert, der in seinen Kreisen nur ›das Engelsgesicht‹ heißt. Der Bulle ist schon etwas älter, steht kurz vor der Pensionierung. Von Falten gezeichnetes Gesicht und derbe Hände. Wie sein eigentlicher Name lautet, weiß niemand. Alle nennen ihn ganz amerikanisch Jimmy. So auch Santi.

Sie begrüßen sich mit einem Kopfnicken und folgen dem Wagen mit Nicolosi, Rami und zwei weiteren Beamten.

»Wo fahren wir hin?«, fragt Mollica.

»Die Turiner festnehmen.«

Jimmy wiegt fast unmerklich den Kopf. Die Turiner oder sonst wen, das macht für ihn keinen Unterschied. Er wartet nur auf das Schichtende, um sich wieder seinen nächtlichen Geschäften zu widmen, und er hofft, dass sie schnell fertig sind.

Und tatsächlich braucht er nicht lange zu warten.

In der Erdgeschosswohnung eines großen Palazzo in der Via Cambiasi in Lambrate treffen sie lediglich Liuzzi an. Erschrocken und unsicher, was tun, hat er sich in seine kleine Küche zurückgezogen und säuft billigen Whisky aus der Flasche. Seine Knarre liegt auf dem Küchentisch, zu weit weg, um schnell nach ihr zu greifen.

Seine Augen glänzen, und er leistet keinerlei Widerstand.

»Und du willst ein Gangster sein?«, fragt ihn Rami, während er ihn vor sich herschubst.

»Ich war heute Morgen dabei«, erklärt der andere, wie um sich zu rechtfertigen.

Nicolosi sieht ihn an und schüttelt den Kopf: von Cavalieri und seinem Vize keine Spur. Sie haben nur die kleinen Fische erwischt.

Als die Streifenwagen wieder im Polizeipräsidium einfahren, werden sie von einem Heer Fotografen erwartet. Die Nachricht von Liuzzis Festnahme hat sich in den Redaktionen schnell herumgesprochen.

Der Junge in Handschellen lächelt in die blitzenden Kameras und grüßt winkend durch das Fenster der Giulia.

»Die Frechheit wird ihm schon noch vergehen«, murmelt Mollica. »Wenn der erst mal in der Zwei angekommen ist, mit seinem süßen Bubigesicht …«

Santi nickt, ist aber in Gedanken woanders. Genau wie Nicolosi macht er sich Sorgen: Wenn sie Cavalieri nicht schnappen, war alles umsonst. Er und Negri sind in der Lage, innerhalb einer Woche eine neue Truppe auf die Beine zu stellen. Und das darf auf keinen Fall geschehen. Nicht nach den Toten und den verfluchten Ereignissen von heute, die er, da ist er sich sicher, sein Lebtag nicht vergessen wird.

15

Am Abend dieses Tages weint Carla. Sie bringt kein Wort heraus, die Tränen kullern unaufhörlich über ihre Wangen, während Antonio sie fest in den Armen hält.

In den Radionachrichten hat sie mitverfolgt, was passiert ist: den Überfall, die Verfolgungsjagd, die Schüsse, die Toten. Als sie seinen Arm in der Schlinge sah, wäre ihr fast übel geworden.

Am liebsten würde sie die Welt ausschließen und ihren Mann nie wieder weglassen. Diesmal hilft es auch nicht, eine Schallplatte anzuhören, wie sie es sonst immer tut, wenn sie schlechte Laune hat. Dieser Moment verlangt nach Stille.

»Sie hätten dich umbringen können«, seufzt sie. Und das ist weniger ein Vorwurf als eine Klage.

Sie blickt ihm flehend in die Augen.

›Warum?‹, möchte sie ihn fragen. ›Warum hörst du nicht auf?‹

Antonio hält sie fest umarmt. Sein Arm schmerzt dabei, doch sie muss ihn nun spüren. Muss spüren, dass er lebt.

Nach einer Weile macht die junge Frau sich frei.

»Du bist doch bald wieder gesund, oder?«, fragt sie. Sie versucht, sich Mut zu machen. Nach vorn zu blicken.

Er lächelt. Er weiß, was sie meint. Seit Monaten überlegen und planen sie hin und her, damit es ein perfekter Tag wird:

Nur der Termin fehlt noch. Sie werden ihn bald festlegen, sobald die Sache mit diesen Verbrecherbanden überstanden ist. Sie mussten ihn schon mehrmals verschieben: Das soll nicht noch einmal passieren.

»Wenn nötig, trete ich auch mit einer Kugel im Arm vor den Traualtar«, erwidert er.

»Schwöre es.«

»Ich schwöre es, und nun beruhige dich. Geschichte ist die Wissenschaft der Dinge, die sich nicht wiederholen.«

Sie lächelt, hat das Valéry-Zitat erkannt, doch die Tränen laufen ihr immer weiter über die Wangen.

Antonio umarmt sie noch fester, kann sich aber nicht wirklich auf die Hochzeit konzentrieren. Sein einziger Gedanke gilt Cavalieri. Dem Mann, der auf ihn geschossen hat. Er wird keine Ruhe geben, bis er nicht im Bau sitzt, und wenn er ihn eigenhändig dort abholen muss, wo alles angefangen hat: in der Barriera.

Doch so weit muss er gar nicht gehen. Im Gegenteil, Commissario Nicolosi und Santi sind selbst überrascht, als zwei Tage später ihre Kollegen vom Militär diejenigen sind, die die Gesuchten festnehmen. Damit ist die quälende Jagd vorbei, doch es bleibt der Makel, dass nicht sie es waren, die den Flüchtigen die Handschellen angelegt haben. Und auch die banalen Umstände der Festnahme missfallen ihnen sehr: Was der bewaffnete Arm des Gesetzes nicht vermochte, das gelang am Ende dem Hunger. Die Rekonstruktion der Fakten lässt jedenfalls keinen Zweifel: Nachdem sie aus dem von der Polizei gerammten Auto geflohen waren, retteten sich Cavalieri und Negri, indem sie auf eine Straßenbahn sprangen und zum Bahnhof Porta Genova fuhren. Von hier nahmen sie den ersten Zug nach Mortara und von da aus einen weiteren Richtung Alessandria. In Valenza Po stiegen sie aus und verschwanden in den nebligen Landschaften des Pos, um ihre Spuren zu verwischen. Mit Erfolg. Trotz der Verfolgungsjagd auf Leben und Tod fanden sie in einem ehemaligen Bahnwärterhäuschen in Villabella Unterschlupf, wo niemand sie suchte. Hier wollten sie sich von der aufreibenden Flucht erholen.

Nach zwei Tagen allerdings gewann der Hunger die Überhand, und Aimo Negri wagte sich hinaus, um Nahrungsmittel zu besorgen. Nicht weit entfernt gab es einen kleinen Laden. Die Verkäuferin versorgte den Mann mit allem Nötigen – Wurst, Brot und Zigaretten –, verständigte aber, nachdem sie sein Gesicht in der Zeitung wiedererkannt hatte, gleich darauf die örtlichen Carabinieri.

»Von da an war es ein Selbstläufer«, sagte Nicolosi, als er den Bericht hörte.

Und das stimmt: Die Carabinieri verloren keine Zeit; sie forderten bei der nächsten Wache Verstärkung an und umstellten das Bahnwärterhäuschen.

Pietro Cavalieri und sein Komplize, müde und orientierungslos wie sie waren, hatten sich widerstandslos festnehmen lassen. Sie wurden in die Via Moscova gebracht, den Hauptsitz der Carabinieri in Mailand. Ein Triumphzug für die Kollegen vom Militär, für die Polizei hingegen ein schwer verdaulicher Brocken.

Das Echo auf die Festnahme war groß und spontan. Die Nachricht verbreitete sich in Windeseile, und als sie in Mailand einfuhren, hatten die Ordnungskräfte Mühe, die aufgebrachte Menge in Schach zu halten, die die Verbrecher lynchen wollte.

»Wir oder sie, das ändert wenig«, hatte Nicolosi gesagt. »Entscheidend ist, dass sie gefasst sind.«

Antonio hatte genickt, wohlwissend, dass der Commissario selbst nicht glaubte, was er sagte.

16

Das einfache Leben der anderen. Ein Leben ohne Überraschungen: eine Frau, ein gesichertes Einkommen und sonntags das Fußballspiel im Radio. So beruhigend wie der Großeinkauf am Samstag, der Lohnscheck am Monatsende, der Urlaub im August. Solche Leben können einem Angst machen. Meine Romane nicht.

Antonio lächelt, als er diese Worte auf der Seite drei des ›Corriere‹ liest. Sie stammen von einem Mailänder Autor, der gerade den *Grand prix de littérature policière* bekommen hat, den renommierten Preis für Kriminalliteratur in Frankreich, mit dem nie zuvor ein Italiener ausgezeichnet wurde.

Seine Rede wendet sich an jene, die ihm vorwerfen, er schreibe belanglose Bücher, gerade richtig für den Strand oder höchstens noch für die Zugreise.

Literatur sei etwas anderes, urteilen die Kritiker.

Die Tageszeitung widmet dem Autor einen langen Artikel, flankiert von einem Foto. Wässriger Blick, schütteres Haar, eine Schreibmaschine Lettera 22 vor sich und ein Päckchen Stop in den Händen.

Santi hat fast alle seine Bücher gelesen. Schnörkellose, starke Geschichten, die im Gegensatz zu vielen anderen ohne Heuchelei und Scheinheiligkeit von dem echten Mailand erzählen. Die Romane dieses Schriftstellers sind nicht nur kongeniale Krimis, sondern ein kostbares Abbild einer Epoche, das getreue und authentische Zeugnis der zu Ende gehenden sechziger Jahre, das mitleidlose Porträt eines kurzatmigen Landes, durch das ein böser Wind weht. Kurz gesagt ein ganz anderes Bild als jenes, das die Zeitungen gerne von den Jahren vermitteln, die die Jahre des Wirtschaftsbooms genannt werden.

Und noch einen Grund gibt es, weshalb er ihn mag, viel persönlicher und sentimentaler: Der Held aus einer vierteiligen Romanreihe erinnert ihn sehr an Commissario Nicolosi. Die gleiche Entschlossenheit, die gleiche bewegte Lebensgeschichte, der gleiche Starrsinn bei den Ermittlungen.

Ganz in die Biographie des Schriftstellers vertieft, verlässt der Polizist die Bar. Ein intensives Leben, das allein schon Stoff für diverse Bücher hergäbe. Als Sohn eines ukrainischen Vaters und einer italienischen Mutter in Kiew geboren zur Zeit des russischen Kaiserreichs, zieht er sehr bald mit der Familie nach Rom und später nach Mailand. Er verlebt keine glückliche Kindheit: Die Oktoberrevolution nimmt ihm den Vater und eine schmerzhafte Krankheit einige Jahre später auch die Mutter. Als mittelloser Teenager muss er sehen, wo er bleibt. Er geht von der Schule ab – er hat noch nicht einmal die Volksschule beendet, was vielleicht auch der Grund für die Ablehnung seitens der Kritiker ist – und schlägt sich mit Gelegenheitsjobs durch, vom Müllmann zum Hilfsarbeiter, vom Fahrer zum Gepäckträger, bis er schließlich für ein paar Frauenmagazine arbeitet. Zuerst als Laufbursche, dann als Korrektor. Er erweist sich als begabt und fällt auf. Bald wird er Redakteur und bekommt mit der Zeit eine eigene Rubrik: die Herzenspost. Dieser introvertierte junge Mann ist ein Naturtalent, nie gehen ihm die Ideen aus, und was noch wichtiger ist, er bewegt sich versiert durch alle Erzählgenres: Liebesromane natürlich, aber auch Wildwest-Geschichten, Science-Fiction und vor allem der Polizeiroman, in dem er besonders brilliert.

Santi beendet den Bericht genau vor dem Wachposten der Questura, der ihn erstaunt ansieht.

»Ein Artikel über einen Krimiautor, der gerade einen Preis bekommen hat«, erklärt er, während er hineingeht. Dann bleibt er stehen, zieht ein Päckchen Zigaretten hervor und bietet dem Mann eine an.

»Sonst was Neues?«, fragt der Wachmann gelangweilt, eher um der Konversation willen.

»Gestern wurde Che Guevara ermordet.«

»Und wer zum Teufel ist das?«

»Ein Kämpfer. Ein Revolutionär.«

Er zeigt ihm das Foto eines bärtigen Mannes mit Zigarre im Mund und schwarzer Baskenmütze samt rotem Stern auf dem Kopf.

»Kommunist?«

»Ja.«

»Geschieht ihm ganz recht. Ich kann die Roten nicht ausstehen.«

Santi erwidert nichts, wirft die Zigarette zu Boden und geht grußlos hinein.

Bordsteinschwalben und Falsche

1

Die Nudeln auf dem Teller sind kalt geworden.

»Du hast ja gar nichts angerührt.«

Statt einer Antwort streicht Antonio ihr nur über die Hand. Carla sieht ihn zärtlich an, sie weiß, was mit ihm los ist: Abschied nehmen ist immer das Schwierigste an einer Beziehung, auch für Männer.

Das hatte auch der Polizist gedacht, als sie vom Flughafen Linate abhoben. Er saß zum ersten Mal in einem Flugzeug.

Fliegen kostete ein halbes Vermögen, doch es war ja auch ein ganz besonderer Anlass. Anfang Januar hatten sie geheiratet. Carla hatte sich ein wollenes Unterhemd unter das weiße Kleid ziehen müssen, um keine Lungenentzündung zu riskieren, doch sie wollte ganz sicher sein: Nachdem der große Tag immer und immer wieder hatte verschoben werden müssen, wollte sie diese Gelegenheit nun endlich nutzen. Denn die Erfüllung ihres großen Traums war von einer Fülle Widrigkeiten flankiert gewesen. Zuerst hatte sich der Termin ihrer Examensprüfung verschoben – die sie schließlich mit Bestnote bestanden hatte –, dann war Antonio in die Sonderkommission zur Festnahme der Cavalieri-Bande berufen worden, und seitdem war ihr Leben wie erstarrt gewesen. Den Beamten wurde jeglicher Urlaub gestrichen, von Sonderurlaub zwecks Hochzeit ganz zu schweigen. So waren von einem Aufschub zum nächsten fast zwei Jahre verstrichen, bis sie endlich, am 14. Januar 1968, Carla kurz vor einem Nervenzusammenbruch aus Angst, der Termin könne wieder platzen, Seite an Seite in der Kirche Santa Maria al Carmine im Mailänder Stadtviertel Brera standen, um sich das Jawort zu geben. Steifgefrorene Gäste und eine Hundekälte, doch die Braut, strahlend und fest entschlossen, war nicht mehr bereit zu warten. Am nächsten Tag hatten sie ein Flugzeug Richtung Sizilien bestiegen. Alles war perfekt, wenngleich Antonio immer noch Probleme mit seinem verletzten Arm hatte, so dass er sie nicht über die Schwelle ihrer neuen Wohnung hatte tragen können, einer Dreizimmerwohnung in der Via Melzi d'Eril.

Sie hatte so getan, als sei das unwichtig. Entscheidend war doch, dass ihr Mann nicht mehr völlig besessen von diesem Cavalieri war, alles andere würde sich finden. Kaum waren der Piemonteser und seine Kumpane hinter Gitter geschafft, hatte Carla fieberhaft mit den Hochzeitsvorbereitungen begonnen, bis ihr nach knapp drei Monaten endlich der Ring am Finger steckte. Das war ihre Art, ein Kapitel weiterzublättern, mit der Vergangenheit abzuschließen und ein neues Leben anzufangen.

Die Festnahme bedeutete eine Art Gesundbrunnen für beide: Carla war wieder versöhnt, und Antonio wurde für seine außerordentlichen Verdienste im Einsatz zum Sovrintendente, zum Polizeimeister befördert. Ebenso wie Nicolosi, der am 1. Januar zum Polizeipräsidenten von Como ernannt worden war.

Diese doppelte Beförderung markierte das Ende einer Epoche. Eines Bündnisses.

Der Mentor verließ seinen Schüler, für immer, jedoch nicht ohne ihm vorher ein Geschenk zu machen: einen Glücksbringer.

Am Tag vor der Hochzeit hatte der Commissario Antonio eine Kugel in die Hand gedrückt.

»Die haben sie mir vor vielen Jahren aus dem rechten Bein gezogen. Wie durch ein Wunder hatte ich einen Schusswechsel überlebt, und seitdem trage ich sie immer mit mir herum als Erinnerung daran, wie gefährlich ein Bullenleben ist. Sie hat mir stets Glück gebracht. Jetzt ist sie bei dir besser aufgehoben: Ich werde zum Schreibtischtäter, Akten statt Aktion; du hingegen bleibst an vorderster Front. Du wirst sie brauchen, vor allem, wenn du jetzt eine Familie gründest. Merk dir gut, wie sie aussieht, damit du ihren Schwestern ausweichen kannst, verstanden?«

Sie hatten sich die Hand gegeben. Nicolosi war niemand, der andere umarmte oder sonst welche Umstände machte: Auch bei ihrer Hochzeit hatte er sich entschuldigen lassen, wie im Übrigen bei allen offiziellen Anlässen.

Seit diesem Tag waren sie sich nicht mehr begegnet. Hatten nur ein paarmal telefoniert.

Santi bewahrte die Kugel in der Innentasche seiner Jacke auf, direkt am Herzen. Zusammen mit der, die sie ihm aus dem Arm operiert hatten.

Carla fährt ihm mit der Hand über den Kopf.

»Du kannst nicht ewig den Dingen nachgrübeln, du musst auch nach vorne schauen.«

»Weißt du, in meinem Innern sitzt nun mal ein Irrender, aus seinen Fehlern muss ich lernen … Dann geht es vorbei.«

»Natürlich geht es vorbei, Monsieur Valéry, getrieben sind wir und orientierungslos. Es ist ganz normal, was du fühlst.«

2

Durch das angelehnte Fenster weht der Geruch der Stadt. Blei und eisiger Wind.

»Scheißkerl! Was fällt dir ein?«

Vandelli kocht, und Vito, das Objekt seines Zorns, würde

sich am liebsten ganz klein machen und im Aschenbecher des Wagens verkriechen, was bei seiner stattlichen Statur völlig undenkbar ist. Am Steuer sitzt Romolino, wettert gegen die Jungfrau und drückt das Gaspedal durch, während Pietra, auf der Rückbank neben Vito Esposito, sich das Lachen trotz der angespannten Atmosphäre kaum verkneifen kann.

Sie rasen in einem geklauten Fiat 1400 wie die Irren über den Viale Montenero, auf der Flucht nach dem Raubüberfall auf ein Juweliergeschäft. Dicht gefolgt von einem Streifenwagen, der sich langsam heranarbeitet.

Der Überfall auf den Geldtransporter wurde bis auf weiteres verschoben, doch da sie pleite sind, musste ein zumindest theoretisch ›lockeres‹ Ding her, so Vandellis Worte. Die Sache war auch gut gelaufen und sie saßen alle schon wieder mit der Beute im Fluchtauto, als Vito auf die glorreiche Idee kam, sich aus dem Fenster zu beugen und auf die Schaufensterscheibe zu schießen, die in tausend Scherben zersprang.

Eine übermütige Aufschneiderei, die die Aufmerksamkeit einer Polizeistreife auf sich zog, die gerade die Porta Romana kreuzte. Den Beamten war augenblicklich klar, was vorging, und sie nahmen unverzüglich die Verfolgung auf.

»Was zum Teufel sollte das, bitte schön?«, fragt der Bandit vom Giambellino, während Romolino einen wahren Slalom zwischen Autos, Motorrädern und Fußgängern vollführt.

»Die Besitzerin war eine Scheißkuh«, versucht Esposito sich zu rechtfertigen, »sie hat uns wie Dreck behandelt!«

Da kann Vandelli sich nicht mehr beherrschen: Er beugt sich zu dem Mann nach hinten und schlägt ihm so fest mit der flachen Hand ins Gesicht, dass der Abdruck seiner fünf Finger zurückbleibt.

»Was hätte sie denn deiner Meinung nach tun sollen, hä?«, bellt er ihn an. »Sich bedanken, dass wir sie komplett leerräumen?«

Esposito verstummt. Jetzt blickt ihn auch Pietra böse an

und fragt sich wieder einmal, warum in aller Welt sie immer noch dieses dumpfbackige Ungetüm mit sich herumschleppen.

Romolino zückt inzwischen sein Fahrer-Ass und biegt vom falschen Ende in eine Einbahnstraße ein. Von der anderen Seite kommt ihnen ein Fulvia Coupé entgegen, dem der Comasina-Ganove glücklicherweise über den Bürgersteig ausweichen kann. Der Plattfuß im Verfolgerauto hat nicht ganz so gute Reflexe, so dass er und der Lancia einen schönen Frontalcrash hinlegen.

Der Fiat 1400 rast unter dem Jubelgeschrei der Gangster davon. Sie bringen noch einige Kilometer zwischen sich und die Verfolger, immer auf Seitenstraßen, bis sie das Auto stehen lassen und auseinandergehen.

»Wie viel haben wir gemacht?«, erkundigt sich Vandelli, bevor er in eine Straßenbahn springt.

»Fünfhunderttausend in bar, plus Schmuck«, erwidert Pietra. »Wohin bringen wir es?«

»Zum Hehler nach Ticinese. Und sag ihm, er soll uns dieses Mal einen guten Preis machen. Wenn er für alles zusammen nicht mindestens zwei Millionen zahlt, kippe ich das Zeug in den Naviglio.«

Alle nicken.

»Noch ein Letztes«, fügt er mit einem Fuß auf dem Trittbrett hinzu, »Vito geht heute leer aus. Damit er weiß, was ihm seine Scheißideen einbringen.«

Der Riese brummt etwas vor sich hin, akzeptiert aber die Strafe. Die zwei Comasina-Jungs steigen in ein Taxi, ohne ihn eines Blickes zu würdigen, und verschwinden.

Nur Esposito bleibt benommen auf der Piazza Duca d'Aosta zurück. Er braucht eine Weile, um zu sich zu kommen. Dann rappelt er sich auf und betritt die nächste Bar: Von der ganzen Aufregung hat er einen Bärenhunger.

3

»Komm, wir gehen ein paar Schritte.« Das sind Achille Piazzas erste Worte an seinem ersten Arbeitstag als Chef der Mailänder Kripo.

Antonio sieht ihn überrascht an, sagt aber nichts. Schweigend folgt er ihm die Treppe hinunter. Knapp ein Monat ist seit ihrer Hochzeitsreise vergangen, und er hat sich einen Bart wachsen lassen, äußerst gepflegt natürlich, aber doch unorthodox.

»Wir sind Soldaten, Sovrintendente Santi«, bemerkt sein Vorgesetzter, kaum dass sie unter sich sind, »wir dürfen unser Äußeres nicht vernachlässigen. Himmel, du siehst ja aus wie einer von diesen Studenten auf den Barrikaden! Morgen ist das geregelt, haben wir uns verstanden?«

Der Polizist nickt. Er ist weder genervt noch verärgert. Er ist Bulle von Beruf und weiß, dass gewisse Regeln ohne Wenn und Aber eingehalten werden müssen. Der Bart war so etwas wie eine Marotte, die er sich in der Zeit zwischen Nicolosis Abschied und der Ankunft des neuen Chefs gegönnt hat. Nun ist das Gleichgewicht wieder hergestellt, und man kehrt zu den alten Gewohnheiten zurück, auch wenn ihm das Leben im Präsidium ohne seinen Commissario völlig verändert vorkommt. Er fühlt sich leicht verloren ohne den Mann, der ihn die vergangenen drei Jahre geführt hat. An seiner Stelle steht nun jemand, der im Großen und Ganzen noch jung zu nennen ist, wenngleich mit einem ansehnlichen Erfahrungsschatz im Gepäck. Ein Déjà-vu für die Mailänder Kripo. Denn Piazza war nach der Festnahme der Gangster von der Via Osoppo – bei der er Nicolosi als rechter Arm assistiert hatte – mit der Beförderung zum Vizekommissar in der Tasche nach Bologna geschickt worden. In der turbulenten Emilia hatte er sein Lehrgeld bezahlt, um nun als Kripochef mit dem Grad eines Commissario gestärkt in seine neue Rolle zurückzukehren.

Es berührt Santi eigentümlich, ohne seinen alten Chef in den Zagato zu steigen.

»Probleme, Santi?«

»Nein, Signore. Wohin fahren wir?«

»In die Via XX Settembre.«

Der Motor heult auf, und der Wagen fädelt sich in den Berufsverkehr des Montagmorgens ein.

Es ist eine herrschaftliche Gegend. Prachtvolle Häuser, gepflegte Gärten, blankgescheuerte Messingtore. Doch aus irgendeinem Grund verzieht Piazza das Gesicht. Santi weiß nun, warum der Commissario ihn gleich am ersten Tag hierher chauffiert hat. Als braver Bulle hat er Erkundigungen über den neuen Chef eingeholt: In seinen Emilianer Jahren hat Piazza lange Zeit beim Sittendezernat gearbeitet, und gewisse Spuren davon sind unauslöschlich. Ein wahres Kreuz.

Die Via XX Settembre liegt im Rücken des Sempione-Parks und ist eine der ersten Adressen für den Mailänder Straßenstrich. Tag und Nacht, zu jeder Stunde sind die Bordsteinschwalben hier auf der Jagd nach Kundschaft.

»In Bologna haben wir damit komplett aufgeräumt, Santi. Die Kinder sollen keine Nutten auf der Straße sehen! Schau doch nur da, die Mutter mit dem Kinderwagen, die an diesem Flittchen vorbei muss, dieser … Das können wir doch nicht hinnehmen, was meinst du?«

Antonio macht eine unbestimmte Kopfbewegung. Ihm liegt auf der Zunge, dass es völliger Wahnsinn ist, Mailand von der Prostitution säubern zu wollen, doch er behält den Gedanken für sich. Sie hatten ohnehin schon einen schweren Start miteinander, das muss er nicht noch schlimmer machen.

Der Zagato fährt langsam und unter dem zunehmend angewiderten Blick des Commissario durch diesen Supermarkt des Fleisches.

»Mein erstes Ziel«, verkündet er, als spräche er von einer

Kanzel herab und nicht zu dem Kollegen neben sich, »wird es sein, dieser würdelosen Fleischbeschau ein Ende zu bereiten, die dem Ansehen der Stadt schadet. Ich finde es unerhört, dass ordentliche Leute die Straßenseite wechseln müssen, um diesem schändlichen Markttreiben auszuweichen.«

Santi verdreht die Augen und sagt nichts. Die Narbe an seinem Arm beginnt zu pochen, und das ist, so weiß er aus Erfahrung, kein gutes Zeichen.

Am nächsten Tag das gleiche Lied, sie fahren erneut eine Aufklärungsrunde. Die Mädchen stehen überall und kennen scheinbar nicht die geringste Scham.

»Mehr Nutten als Laternenmasten«, seufzt Piazza, »es ist unglaublich. Was ist nur aus dieser Stadt geworden.«

Antonio schweigt. Er zwingt sich, nicht auf die Reden des Kripochefs zu hören, auch nicht, als dieser sich verwundert darüber zeigt, dass trotz mehrfacher Hinweise und Petitionen seitens der Anwohner nie etwas in dieser Richtung unternommen wurde. Als wüsste er nicht, wie die Dinge laufen.

»Wir dürfen nicht zulassen, das so schicke Wohngegenden wie diese zu Freiluftbordellen verkommen, findest du nicht, Santi?«

Diesmal nickt der Polizist. Er ist frisch rasiert. Kein einziges Barthaar mehr und auch die Haare hat er sich millimeterkurz schneiden lassen. Er passt sich seinem neuen Chef an. Unter großer Anstrengung.

»Jetzt fahren wir ins Präsidium zurück. Ich habe schon einen Plan«, verkündet Piazza.

Der Sovrintendente ahnte sofort, dass der Plan des Commissario sich als Reinfall entpuppen würde. Und er sollte recht behalten.

Jetzt raucht er eine Nazionale, während er im Fiat 600 auf der Lauer liegt, zusammen mit Agente Martinez, der so etwas wie sein Assistent geworden ist. Immer zu zweit, echte Carabinieri eben. Sie wurden hier in diese herrschaftliche Straße geschickt, wie der Chef es ausdrückte, um die Prostituierten auf der Jagd nach Klienten zu beobachten.

»Vom Marseille-Clan zu den Nutten«, seufzt Santi.

Abgesehen von ihrer Unlust muss er jedoch zugeben, dass der Plan des Commissario gut durchdacht ist. Um sich nicht vorwerfen zu lassen, die Polizei würde nur bei einzelnen Hotels durchgreifen, verfolgt er eine einfache Strategie: Er hängt sich an die erstbeste Prostituierte, die zu einem Klienten ins Auto steigt, folgt ihr bis zum Hotel, wartet fünf Minuten und schlägt dann zu.

An diesem Nachmittag führen sie vier solcher Kontrollen durch. Santi vorneweg mit der Pistole im Anschlag, dicht gefolgt von Martinez, dem der Arsch auf Grundeis geht.

»Kompletter Irrsinn«, hätte Nicolosi dazu gesagt. »Zu zweit allein: ohne zu wissen, was sie dort drinnen erwartet. Ob vielleicht ein Gangster mit entsicherter Knarre sie empfängt.«

Piazza hingegen findet das okay. Er kalkuliert wie ein Buchhalter: Je mehr solcher Kontrolleinsätze, umso weniger Huren auf der Straße. Einfache Gleichung.

Im Hotel kontrollieren die Beamten die Ausweise der ertappten ›Gäste‹, und wenn nicht alle beim Empfang gemeldet sind, wird der Laden dichtgemacht. An diesem Tag müssen alle vier überprüften Hotels ihre Türen schließen. Genauso wie die anderen zwölf, die von weiteren Kollegentrupps kontrolliert werden.

»Die Orte der Unzucht schließen, um die Leute von der Hurerei abzubringen«, so lautet das Motto des neuen Kripo-Leiters.

Am Ende ihrer Schicht ist Antonio ratlos. Er muss an die letzte Nacht vor dem Merlin-Gesetz denken und an das, was die Puffmutter damals zu ihnen gesagt hat: »Wenn die Bordelle schließen, gehen alle als Illegale auf die Straße.«

»Was hältst du davon?«, fragt er Martinez, als sie vor dem Heimweg noch einen Fernet trinken.

»Seit Anbeginn der Welt sind die Männer zu den Nutten gegangen, und es wird ganz gewiss weder ein Bußgeld noch die Schließung eines Hotels sein, die sie davon abbringen, oder?«

Santi nickt.

»Ja, aber erklär das mal dem Commissario. Er hat seine eigenen Theorien …«

»Und du, was denkst du?«

Antonio leert sein Glas in einem Zug.

»Dass er ewig stinkig ist, weil er nie bumst, deshalb hasst er auch die Nutten und alle, die zu ihnen gehen. Das denke ich.«

4

Der Mercedes hält genau vor dem Beccaria. Hinter dem Steuer sitzt Vandelli. Dunkle Sonnenbrille, Zigarette im Mundwinkel, Furcht vor nichts und niemandem: auf der Flucht und ohne Führerschein in einem geklauten Auto. Die 38er steckt in seiner Tasche, und im Handschuhfach liegt eine weitere Kanone für den bereit, der heute freikommt.

Nach etwa zehn Minuten öffnet sich das Tor der Jugendstrafanstalt, und heraus tritt Nicola Pinto, benommen um sich blickend. Er hat seine Strafe komplett abgesessen, und der Giambellino vergisst niemanden, der in der Not geholfen hat. Der Sohn des Schusters ist dünner als bei ihrer letzten Begegnung, doch es geht ihm gut.

»Ciao, Roberto.«

Sie umarmen sich und steigen in den Wagen, nicht ohne dass Vandelli höhnisch zum Wachmann hinüberwinkt.

»Jetzt bringe ich dich zu deinen Alten, und dann geht's rein ins Vergnügen. Ich hab mir ein paar nette Sachen ausgedacht für deinen ersten Abend draußen.«

Pinto lächelt, nickt und schiebt sich mechanisch die Waffe in den Gürtel, die er im Handschuhfach findet.

»Was ist das für ein Ort?«

»Ich hab doch gesagt, heute geht's rein ins Vergnügen, oder? Vertrau mir.«

Sie stehen vor einer unbeschrifteten, rotgestrichenen Tür in der Via Varanini und klingeln.

Ein Riese mit einer Narbe quer über der Stirn grunzt, sie sollen sich verpissen, sie hätten sich in der Tür geirrt.

Vandelli drückt ihm unbeirrt einen Zehntausend-Lire-Schein in die Hand, und wie von Zauberhand öffnen sich die Pforten zum Paradies. Der Neandertaler deutet sogar ein Lächeln an, bevor er zur Seite tritt und sie passieren lässt.

Drinnen scheint die Zeit stehen geblieben: Sofas, Rauch hängt in der Luft, leise Hintergrundmusik, Ledersessel und vor allem bereitwillige Damen. Allesamt halbnackt und nur dafür da, ihnen und einem Dutzend anderer einsamer Herzen zu Diensten zu sein.

»Ich dachte, alle Bordelle sind dicht?«

Vandelli lacht laut auf.

»Von wegen. Sie sind jetzt nur noch denen zugänglich, die es sich leisten können!«, erwidert er und tritt an den Tresen. »Bettler und Hungerleider müssen leider draußen bleiben.«

Er macht der Bardame ein Zeichen und bestellt zwei Flaschen Cristal, eine für jeden. Der Fünfzigtausend-Lire-Schein auf dem Tisch lässt die Augen des Mädchens aufblitzen, und sie eilt sofort los, um den Champagner zu holen.

»Siehst du«, spricht Vandelli weiter, »Bordelle gibt es noch und wird es immer geben. Nur das kleine Volk soll sich ruhig verhalten, schön brav zu Hause bleiben und an Frau und Arbeit denken. Außerdem, wenn sie ein bisschen Ablenkung brauchen, können sie immer noch eine auf der Straße auflesen, sie sich in ihren armseligen, auf Raten bezahlten Fiat 500 packen und sich zehn Minuten mit ihr vergnügen, hab ich recht?«

Die Flaschen kommen, und die Bardame schenkt ihnen ein. Die beiden Männer blicken sich beim Anstoßen an.

»Ich kapier nicht, wie man so leben kann«, überlegt der Verbrecher. »Ich würde mich nach fünf Minuten umbringen, wenn ich so leben müsste.«

Sein Gegenüber ist nur halb bei der Sache. Er wird von einer Brünetten abgelenkt, der er schon seit einer Weile unmissverständliche Blicke zuwirft. Sechzehn Monate Enthaltsamkeit fordern ihren Preis.

»Los, schnapp sie dir«, ermuntert ihn der Freund. »Hier muss man nicht volljährig sein. Niemand fragt dich nach deinem Ausweis. Hier musst du nur die Kohle rüberschieben, dann kannst du machen, was du willst.«

»Alles?«

»Alles, mein Freund.«

Mit diesen Worten zieht Vandelli ein Bündel Geldscheine aus seiner Jacke und steckt sie in die Brusttasche von Nicolas Hemd.

»Jetzt mach dir einen schönen Abend, morgen geht's an die Arbeit, okay?«

»Willst du mich in deiner Gang?«

Der Bandit zwinkert ihm zu.

»Darüber sprechen wir morgen. Jetzt sollst du nur ans Vergnügen denken.«

Das lässt sich Pinto nicht zweimal sagen. Er packt eine Champagnerflasche und verschwindet mit dem Mädchen an der Hand die Treppe hinauf.

Und wo er schon mal da ist, nutzt auch Vandelli die Gelegenheit, sich ein wenig abzulenken.

Die Zimmertür schwingt auf und knallt hart gegen die Wand. Ein einziger Tritt. Vandelli hat schon das Schießeisen in der Hand, und auch die zwei Mädchen, die vor ihm knien, schauen erschrocken auf.

Der Bandit erkennt sofort, dass keine Kugeln nötig sind, doch seine kleinen Freundinnen können da weniger beruhigt sein. Wie eine Furie stürmt Nina herein und zerrt sie an den Haaren weg.

Eine versucht, sich durch Kratzen zu verteidigen, doch da spürt sie schon den Pistolenlauf der fremden Frau unter dem Kinn. Deren Anblick ist beängstigend: die Augen eines Panthers, zwei schmale Schlitze. Das andere Mädchen bekommt, bevor sie einen klaren Gedanken fassen kann, Angies linken Haken zu spüren – sie ist zur Unterstützung der Freundin mitgekommen – und fällt lang zu Boden.

»Bin ich dir etwa nicht genug?«, schreit Nina und geht auf Vandelli los. »Musst du auch noch zu den Nutten?«

Auch der Verbrecher ist nicht gerade zimperlich und versucht, sie mit einigen Ohrfeigen zu bändigen.

Dann steht plötzlich mit verzerrtem Gesicht und einem ganz frischen Schmiss auf der Stirn der Rauswerfer in der Tür; wie es scheint, konnte auch er der Wut der zwei Lesben nicht entgehen, wie Prestiné sie genannt hätte.

Angie will ihm schon an die Gurgel springen, doch der Mann vom Giambellino signalisiert dem Riesen, dass alles in Ordnung ist, und schickt ihn mit einer weiteren Fünzigtausend-Lire-Spende hinaus, dicht gefolgt von den zwei zu Tode erschrockenen Prostituierten.

Die Tür schließt sich, doch Ruhe kehrt nicht ein.

Nina schäumt noch immer vor Wut und stürzt sich erneut auf ihn. Vandelli drückt sie aufs Bett.

»Du Scheißkerl, Drecksau, du Hurensohn!«, schreit sie, während er ihr die Bluse vom Leib reißt und sie in den Hals beißt.

»Elender Hurenbock!«

Der Bandit nimmt ihre Brustwarzen zwischen die Zähne und fährt ihr mit den Fingern über den Bauch. Immer tiefer.

Angie nimmt einen Schluck Cristal aus der Flasche und setzt sich aufs Sofa, um das Spektakel auf ihre Art zu genießen. Langsam macht sie ihre Jeans auf und schiebt die Hand hinein, während Nina im Begriff ist, das weiterzuführen, was die zwei Freudenmädchen so verfrüht abbrechen mussten.

5

Der Commissario marschiert im Stechschritt auf seinen Schreibtisch zu und wirft ihm einen Stapel Papiere hin: Berichte über die Hotelkontrollen.

»Neu schreiben!«, ordnet er trocken an. »Du sollst hier keine Romane schreiben! Weniger Blabla. Beschränk dich auf die Fakten, spar dir alles Drum herum. Keine Worthülsen, alles so knapp wie möglich, kapiert? Ich hab ja das Gefühl, den alten Manzoni zu lesen, wenn ich deine Berichte auf den Tisch kriege.«

Antonio antwortet mit einem Kopfnicken, mehr nicht. Er fürchtet, es könnte böse enden, wenn er den Mund aufmacht.

»In einer Stunde liegt alles auf meinem Tisch, verstanden?«

Piazza macht kehrt und geht. Der Sovrintendente seufzt, spannt ein weißes Blatt in die Schreibmaschine und beginnt zu tippen. Seine Tage bestehen mittlerweile zur Hälfte aus Überwachungen und zur anderen Hälfte aus zu überarbeitenden Berichten, die sich in besorgniserregender Höhe vor ihm auftürmen.

Der erste Monat unter Piazzas Leitung war verheerend: Mehr als sechzig Hotels mussten schließen, darunter nicht nur die Stundenhotels unterster Kategorie, sondern auch ein paar Luxushotels.

Die Blase steht kurz vorm Platzen, das wird ihm klar, als ein höherer Vorgesetzter ihn am selben Vormittag in sein Büro rufen lässt. Nach ein paar Floskeln kommt er zur Sache: »Machen Sie Piazza bitte klar, dass die Stadt ein echtes Problem bekommt, wenn ihr so weitermacht. Oder wollt ihr sämtliche Mailänder Hotels dichtmachen?«

Antonio sinnt darüber nach, warum gerade ihm die heiße Kartoffel hingeworfen wird. Was er mit etwas mehr Erfahrung schnell begriffen hätte. Und Nicolosi – immer er – hätte ihn auf seine Art wachgerüttelt: »Santi, *fa no il ciula*: Sie brauchen einen Sündenbock!«

Doch der Bulle hat trotz seines Nachnamens keine Schutzheiligen im Himmel, also muss er sich mit den Raubtieren herumschlagen: selbst mit denen der eigenen Spezies.

Er beschließt, das Thema im Zagato anzusprechen, auf dem Weg zum Gericht. Da er am Steuer sitzt, hat er den Vorteil, dass er seinen Vorgesetzten dabei nicht ansehen muss. Er redet langsam, als habe das, was er seinem Commissario da auftischt, keine Bedeutung.

»Die wollen, dass Sie aufhören«, schließt er. »Druck von oben.«

Piazza nickt, das sieht er im Rückspiegel. Sein Gesicht ist düster. Er erwidert nichts, wird nicht laut, zeigt keine Reaktion. Nichts.

Am selben Nachmittag stellt er die Überwachungen und Durchsuchungen ein. Der Vorgang kommt zu den Akten, genauso wie er jeden Kontakt mit Santi einstellt. Der wird praktisch degradiert und findet sich plötzlich den lieben langen Tag bei den Kollegen von der Streife wieder. Er will ihn nicht mehr sehen müssen.

Antonio hatte einen Ersatz für seinen Commissario gesucht, einen Mann, dem er vertrauen kann, und er ist wie versteinert, als er abgeschoben wird.

Piazza gehört zu dem Typ Bulle, der Resultate sehen will,

ohne zu sagen, wie sie zu erzielen sind, einem dann aber den Kopf wäscht, wenn es nicht klappt. Das erfordert Improvisationstalent oder einfach die Notwendigkeit, erwachsen zu werden und auf eigenen Beinen zu stehen.

Ohne eine schützende Hand fühlt Santi sich verloren. Er kann sich nicht wehren, als man ihm sagt, er bekomme nur noch untergeordnete Aufgaben übertragen.

Erschöpft kehrt der Polizist nach Hause zurück. Er will sich nur aufs Bett werfen und mit niemandem reden, doch seine Frau ist anderer Ansicht. Trotz seiner Proteste schleppt sie ihn nach draußen.

»Wir müssen dich auf andere Gedanken bringen«, behauptet sie. »Dann grübelst du nicht mehr darüber nach. Und da ist Kino die beste Lösung.«

Vor dem Kino starren sie auf eine Reihe von Filmplakaten. Ein Titel erregt ihre Aufmerksamkeit. Antonio schüttelt ablehnend den Kopf; diesen Film will er nicht sehen, also bittet er Carla, einen anderen auszusuchen.

Doch sie ist genau auf diesen Film fixiert. Sie weiß, dass sie ihn nicht mögen wird, doch sie weiß auch, dass sie beide ihn sehen müssen. Als Teufelsaustreibung, um alles hinter sich zu lassen.

Viele Monate sind seit jenem verfluchten Nachmittag vergangen, doch Antonio ist trotzdem irgendwie aufgeregt, als der Platzanweiser die Eintrittskarten abreißt.

Heute Abend läuft *Die Banditen von Mailand* von Carlo Lizzani, mit Gian Maria Volonté in der Rolle des Verbrechers Pietro Cavalieri.

Der Bulle lässt sich keine Einstellung des Films entgehen. Erneut sieht er die grünen Polizeiwagen über den Viale Pisa rasen, erneut hört er den Lärm der Schüsse.

Der Film lebt von dem Schauspieltalent Gian Maria Volontés, der seinen ureigenen Turiner Dialekt wieder ausgräbt: Sein Gangster ist arrogant und überheblich, intelligent und gebildet, dass es den Bullen schaudert. Er ist das perfekte Abbild seines Feindes. So betrachtet fast ein Held, wenngleich ein negativer.

Ein Schmerz durchbohrt seine Schulter, als Volonté-Cavalieri auf ein Polizeiauto schießt und dabei den Fahrer verletzt …

Doch als er die Szene sieht, wo Regisseur Lizzani für eine rekonstruierte Pressekonferenz in der Questura die echten Chronisten der Geschichte ins Bild rückt, muss er unwillkürlich lächeln. Als Basiles abgezehrtes Gesicht über die Leinwand flimmert, scheint er ihm direkt in die Augen zu schauen. In diesem Moment löst sich etwas in ihm, und die angestaute Spannung kann abfließen.

»Und, wie hat es dir gefallen?«, fragt Carla im Hinausgehen. »Du guckst ja …«

Antonio deutet ein Lächeln an. Er macht den Mund auf, bekommt aber keinen Ton heraus.

Seine Frau versteht ihn trotzdem. Sie hat gelernt, seine Reaktionen zu interpretieren. Oft sagt ein Schweigen mehr als tausend Worte.

6

Die *scighera*, der berühmte mailändische Nebel, der sich wie ein nasses Tuch über die Stadt legt, ist so dicht, dass man nicht einmal bis zur anderen Straßenseite sehen kann. Der weiße Mercedes biegt aus dem Viale Abruzzi in die Straße ein und hält genau vor dem Lokal.

Auf der Fahrerseite steigt Nina aus. Sie trägt einen schwindelerregend kurzen Minirock, Lederstiefel, Rollkragenpulli, Handschuhe und einen weißen Pelz.

Dann entsteigt Vandelli dem Wagen und stellt sich sofort vor die Schaufensterscheibe, um seine neuste Errungenschaft zu bewundern: Der Wolfspelz steht ihm hervorragend. Ein Mann, der gerade das Nachbarhaus betritt, fein herausgeputzt mit Schal, Wollmütze und Paletot, starrt ihn an, als sähe er ein Gespenst.

»Was gibt's da zu glotzen?«, blafft ihn Vandelli an. Der andere zuckt zusammen und verschwindet im Hauseingang.

»Der glotzt so, weil du wie ein Zuhälter aussiehst«, lacht Nina, als sie sich bei ihm unterhakt.

Er setzt seine Sonnenbrille auf und zündet sich eine Zigarette an.

»Und du wie vom Straßenstrich, damit du's weißt. Was machen wir hier überhaupt?«

»Ich hab in der ›Epoca‹ gelesen, dass das die beste Cocktailbar Mailands ist und alle vornehmen Leute herkommen.«

»Ich mag vornehme Leute nicht. Und was ist das überhaupt für ein Scheißname, Bar Basso?«

Sie reagiert nicht.

»Hast du jemals einen Falschen getrunken?«

»Ich hab ja schon einigen Mist gemacht, aber nicht beim Trinken.«

»Dann wird es Zeit, damit anzufangen.«

Die Bar ist gut gefüllt, und der Verbrecher muss zugeben, dass sie nicht so schlimm ist wie befürchtet. Ein langer Bartresen mit endlosen Flaschenreihen, große Spiegel an den Wänden, steife Kellner, Männer und Frauen mit Klasse, gedämpftes Gelächter.

»Hier sieht's aus wie in einem Pariser Bistro«, stellt Nina fest und zieht Vandelli zu einem der wenigen freien Tische. Im Hintergrund singt Mina leise *È l'uomo per me*.

»Oder nein«, verbessert sie sich beim Hinsetzen, »es sieht aus wie das Café eines großen Hotels von Cortina. Den Laden hier hat gerade ein Venezianer übernommen, der in Harry's Bar in Venedig gearbeitet hat, weißt du, wo auch Hemingway immer hinging?«

Vandelli nickt gelangweilt. Solcherlei Geschwätz interessiert ihn nicht die Bohne.

»Und was trinkt man hier?«, fragt er.

»Einen falschen Negroni, hab ich doch gesagt!«

»Und was ist so Besonderes an dem?«

»Probier ihn und gib Ruhe. Er heißt falsch, weil sie anstelle des Gins Sekt verwenden.«

Prestinés Herz rast, und er hat zittrige Beine. Halt suchend lehnt er sich an das eisige Holz des Haustors. Es ging alles so schnell, gerade wollte er mit der Arbeit beginnen – mit seiner richtigen Arbeit, der er auch seinen Spitznamen ›der Bäcker‹ verdankt –, dort in der Via Plinio. Als er den Schlüssel ins Schloss steckte, um zur Backstube im Hof zu gelangen, steht plötzlich dieser Mann vor ihm. Und er bekam es mit der Angst. Er ist sich ganz sicher, dass er es ist, ohne jeden Zweifel, und er ist sich auch sicher, dass Vandelli ihn nicht erkannt hat: wie auch, mit der Mütze tief über den Augen, dem halb ums Gesicht geschlungenen Schal und dem Mantel bis fast auf die Füße?

Nach einer Minute fließt sein Blut wieder normal, er kann durchatmen, und auch das Gehirn nimmt seine Arbeit wieder auf. Und brütet etwas ganz Großes aus. Er denkt, dass dies der Tag der Rache sein soll für das, was Vandelli ihm damals in der Bar auf der Piazza Tirana angetan hat, als er diese Hure verteidigte, mit der er jetzt liiert ist. Damals hat er klein beigegeben, aber nur äußerlich. Jetzt will er sich rächen. In der Tasche findet er eine Münze. Er lächelt, atmet tief ein und öffnet das Tor. Niemand zu sehen. Er überquert die Straße und quetscht sich in eine öffentliche Telefonzelle, um ein Telefonat zu führen, das sein Todesurteil sein wird.

Agente Martinez kommt gar nicht dazu, sich zu melden; kaum nimmt er den Hörer ab, erklingt eine männliche Stimme, die ihm Folgendes mitteilt: »Wenn ihr Vandelli haben wollt, den Ausbrecher vom Giambellino, findet ihr ihn in der Bar Basso. Ihr erkennt ihn an seinem Wolfspelz.« Und legt auf.

Der Polizeibeamte wählt wie aus einem lange eingeübten Reflex Santis Privatnummer. Der hat zwar dienstfrei heute Nacht, doch das interessiert ihn bestimmt. Und er behält recht.

»Wir sind in zehn Minuten da«, ordnet Antonio an. »Du kommst mit dem Zagato, aber ohne Martinshorn und Blaulicht.«

»Soll ich Piazza Bescheid geben?«

»Nein, ich übernehme die Verantwortung. Und jetzt beeil dich!«

Ein Schießeisen im Nacken zu spüren ist selbst für einen Gangster keine alltägliche Erfahrung. Auch mit drei Falschen intus, die ihm in den Kopf steigen und seine Nerven entspannen, kann Vandelli seinen Schreck nicht verhehlen.

»Du bist festgenommen, Arschloch.«

Die *scighera* erleichterte den zwei Polizisten ihre Arbeit, gab ihnen genug Zeit, ungesehen alle Vorbereitungen zu treffen. Heimlich haben sie einen Blick in die Bar geworfen und dort gleich ihren Mann erkannt, der mit einem blonden Gift zusammensaß. Mit gezückten Kanonen hineinzurennen wäre kein kluger Schachzug gewesen. Gut möglich, dass Vandelli zurückgeballert hätte. Also musste eine List her. Sie legen sich draußen auf die Lauer, während die Kälte ihnen in die Haut sticht und der Nebel sie bis auf die Knochen durchnässt.

Fast eine Stunde müssen sie sich gedulden, bevor der Verbrecher endlich mit seinem Mädchen herauskommt. Sie lassen ihn vorübergehen, dann tauchen sie hinter ihm auf mit den Kanonen im Anschlag. Santi drückt dem Mann den Lauf der Beretta an den Kopf: Er will keine falsche Bewegung riskieren, und aus dieser Distanz kann er sein Ziel gar nicht verfehlen.

Agente Martinez zielt auf Ninas Rücken. Als das Mädchen sich umdreht und ihn ansieht, gerät der junge Polizist fast in Verlegenheit. Sie ist ein echter Kracher, da könnte man glatt den Kopf verlieren. Doch Santi hat ihn gebührend vorbereitet; er hat ihn gewarnt, dass auch sie bewaffnet sein könnte, so lässt er sie zuerst die Hände heben und legt ihr dann Handschellen an: Sollen sie im Polizeipräsidium entscheiden, ob die Festnahme gerechtfertigt war oder ob man sie laufen lässt.

Auch der Bandit hat sich nun umgedreht und sieht Antonio mit höhnischer Miene an.

»Dieses Mal hast du Glück gehabt, Bulle, aber unser Weg ist noch lange nicht zu Ende.«

»Deiner führt jetzt erst mal ins Beccaria«, gibt Santi zurück und schiebt ihn ins Auto. »Und dort bleibst du eine Weile.«

Während der Zagato den Nebel in Richtung Questura durchpflügt, erklingt aus dem Autoradio Caterina Casellis Stimme mit dem Lied *Insieme a te non ci sto più*, und Nina kommen fast die Tränen.

Barrikaden

1

»Ihr Bullen habt jetzt genau fünf Minuten, um zu verduften«, schreit der Student in das Megaphon.

Seit vier Tagen ist es Frühling, doch von Blumen und blauem Himmel keine Spur. Dafür Rauchbomben, Molotowcocktails, brennende Mülltonnen, das ja. Viel zu viele.

Agente Martinez dreht sich automatisch zu Santi um.

»Der ist ja völlig übergeschnappt«, sagt er.

Antonio verzieht keine Miene. Starr blickt er auf die Menschenmenge, die wie ein einziger Leib vor ihnen hin und her wabert. Vandellis Festnahme hat nichts an Piazzas Haltung geändert: Er will ihn nicht mehr sehen.

»Und deinen Speichellecker kannst du gleich mitnehmen: Ihr seid eh solche Kletten, euch sollte man nicht auseinanderreißen!«, waren die letzten Worte des Commissario. Daher befindet sich nun auch Martinez an vorderster Front, den Schlagstock am Gürtel.

Es ist Ende März, doch die Luft schmeckt nach Herbst, hier stehen sie in kompletter Kampfmontur. Gemeinsam mit ein paar hundert Polizisten, aufgereiht wie Wachhunde, alles rund um den Largo Gemelli, wo die Studenten sich zu einem nicht genehmigten Demonstrationszug versammelt haben.

Die Kette der Ordnungskräfte bebt, wartet nur auf das Signal zum Einschreiten. Helme, Schlagstöcke und brandneue Schutzschilde erinnern an die alten Römer. Das Halali muss von ganz oben geblasen werden, von Antonios neuem Chef, Vizekommissar Gennaro Cimmino, der ebenfalls in ihrem Block steht, wenngleich ein Stück weiter hinten. Ginge es nach dem anführenden Militär, würde er alles seelenruhig abblasen und ins Präsidium zurückkehren: Sollen sich doch die Politiker um die aufgebrachten Studenten kümmern! Er ist ein waschechter Neapolitaner, er füllt seine Uniform fast zu gut aus, sein Gesicht leuchtet immer rot, zurückgegelte schwarze Haare und zwei hervortretende Augen, die an ein Chamäleon erinnern. Und manchmal, wenn er wütend wird, kann er tatsächlich seine Gesichtsfarbe ändern.

Alle warten, die Nerven sind zum Zerreißen gespannt.

Der Student redet weiter. Er schreit in ihre Richtung und macht sich lustig über sie.

»Geht nach Hause, Polizisten, ihr habt nur noch vier Minuten, um zu verschwinden.«

Santi könnte seine Stimme auch ohne Flüstertüte hören: So nah stehen sie beieinander, nur wenige Meter entfernt, und in den Augen des Jungen liest er eine Entschlossenheit, eine unverwüstliche Überzeugung, im Recht zu sein.

»Diesen Scheißidealisten schlag ich die Fresse ein«, kommentiert einer der Männer im Polizeiblock und fährt dabei mit der Hand über den Schlagstock.

»*Ce stanno uommene, uommenicchie, uommenone e quaquaraquà*«, bemerkt Cimmino, der an Santis Seite auftaucht, »es gibt große Männer, kleine Männer, dicke Männer und Nullen, und der da gehört zu Letzteren.«

»Kennst du ihn?«

Der Neapolitaner sieht ihn überrascht an. Nicht etwa, weil er ihn geduzt hat, das tun sie vom ersten Tag an. Nein, er wundert sich, dass Santi den Typen da vorne nicht kennt.

»Aber *guagliò*, Jungchen, den kennen doch alle! Das ist

dieses Arschloch Giorgio Castelli. Ein Hurensohn, der heute den Idealisten spielt und morgen, wenn alles vorbei ist, schön ins gemachte Nest seiner bürgerlichen Herkunft zurückkehrt. Er ist der Anführer der Proteste und *addò vàje truòve guàje*, wo er hinkommt, gibt's Ärger.«

Santi nickt. Er hat von Castelli gehört. Schon an seiner Art, sich zu bewegen, erkennt man den Charismatiker. Groß und schlank, Dreitagebart, brauner Lockenkopf, mit Parka und durchdringender Stimme. Er redet wie ein Anführer, klar, geschliffen, trotz seiner zwanzig Jahre niemals banal. Arztsohn, an Geld mangelt es ihm wahrlich nicht. Das wissen seine Protestgenossen genau, und das wissen auch die Ordnungskräfte, die seine Laufbahn innerhalb der Studentenbewegung – des *movimento studentesco* oder MS, wie sie in den offiziellen Berichten abgekürzt wird, wie die Zigarettenmarke – hautnah miterlebt haben.

Auch Agente Martinez ist auf ihren Gegner gut vorbereitet. »Ich habe seinen Eintrag in der Kartei gelesen. Die erste Anzeige bekam er vor ein paar Monaten, am 17. November 1967, um genau zu sein, als er zusammen mit anderen die Besetzung seiner Hochschule organisiert hat, der Università Cattolica.«

»Was war da los?«, fragt Santi.

»Alles fing damit an, dass der Verwaltungsrat die Studiengebühren um vierundfünfzig Prozent anhob. Kein Witz! Für viele bedeutete das einen unzumutbaren Aderlass, doch auch jene, die es sich eigentlich leisten konnten, die Privilegierten sozusagen, solidarisierten sich mit ihnen.«

»Unter ihnen unser Mann, vermute ich.«

»Genau. Er und andere hatten die Idee, die Uni zu besetzen. Geschlossen wegen Protests, schrieben sie an die Tür.«

»Jetzt erinnere ich mich wieder. Ein nie dagewesenes und unerhörtes Ding an der Pfaffenhochschule.«

»Eben, sie verwandelten den Vorplatz der Universität in einen Campingplatz. Überall schlugen die Studenten ihr Zelte auf und belagerten die Uni Tag und Nacht.«

»Warum ist er in der Kartei gelandet?«

»Weil er die anderen pausenlos aufgewiegelt hat. Er ist ein Subversiver.«

»Dann hätten sie ihn mal richtig vermöbeln sollen«, mischt sich Cimmino ein.

»Wie endete die Besetzung?«, fragt Santi.

»Tja, die Antwort des Rektors ließ nicht lange auf sich warten: Sie setzten einen Grundsatz in den Statuten – den berühmt-berüchtigten Artikel 47 – um, der es zuließ, Studenten der Uni zu verweisen, wenn ihr Benehmen ›mit dem Geist der Universität unvereinbar‹ ist. Hundertfünfzig Studenten wurden vorübergehend ausgeschlossen und einige ihrer Führer exmatrikuliert, darunter unser Castelli.«

»Und was tut er dann hier?«

»Seitdem ist er an der Staatlichen Universität eingeschrieben. Und hat sich zum Anführer der Bewegung aufgeschwungen.«

Niemand sagt etwas.

Die Studentenbewegung, überlegt Santi. Wie oft haben er und Carla darüber diskutiert? Sie stets solidarisch mit den Demonstranten, die das Recht auf ihrer Seite haben, wie sie findet. Er hin und her gerissen, besorgt angesichts der schlimmen Wendung, die die Dinge nehmen. In Rom zum Beispiel haben seine Kollegen neulich ernsthafte Schwierigkeiten bekommen. Ein paar Wochen zuvor war es an der Architektur-Fakultät der Sapienza-Uni in Valle Giulia zu schweren Ausschreitungen zwischen Polizei und Studenten gekommen: Diese versuchten, den Fachbereich zurückzuerobern, in dem sich die Polizei niedergelassen hatte, nachdem sie ihn von einer studentischen Besetzung geräumt hatte. Tagesbilanz: hundertfünfzig Verletzte auf Polizeiseite und rund fünfzig bei den Demonstranten, vier Festnahmen, zweihundert Anzeigen. Antonio verzieht den Mund; die Stimmung ist aufgeheizt, und was er vor sich sieht, verheißt nichts Gutes.

»Chistu figghio 'e ndrocchia è uno che piace a 'e femmene!«

Cimminos Kommentar reißt Santi aus seinen Gedanken, und er kann mitansehen, dass dieser ›Hurensohn‹, wie der Neapolitaner sich ausdrückt, wirklich ein Frauenliebling ist. Zwei Studentinnen nähern sich dem jungen Mann mit Megaphon. Sie sind hübsch und flirten mit ihrem Anführer, ungeachtet der Polizeiphalanx, die sie mit Blicken verschlingt.

Castelli winkt ironisch zu den ›Sklaven der Macht‹ hinüber. Die Cattolica liegt für ihn so weit zurück! Da mussten die Mädchen schwarze Schürzen tragen und durften nicht in Hosen herumlaufen; die Männer wiederum durften im Sommer keinen Bauch zeigen, und egal ob Hemd oder T-Shirt, alles musste immer in die Hose gesteckt werden. Jetzt war das anders.

Es kommt ihm vor, als seien Lichtjahre vergangen, seit er damals, noch auf der Cattolica, ein siebzigseitiges Traktat verfasst hatte, um seine damalige Freundin davon zu überzeugen, dass voreheliche Geschlechtsverkehr mit den Lehren des Thomas von Aquin und des Augustinus vereinbar sei. Zum Totlachen! Das Unglaublichste daran war, dass es funktioniert hat. So gut, dass sie sich schließlich trennten: Der Blickwinkel des Mädchens hatte sich weiter geöffnet als gewünscht. Doch er hatte nicht viel Zeit verloren, seine Wunden zu lecken. Er mochte die Frauen, und sie mochten ihn, sogar sehr. Während er darüber nachdenkt, drückt er eines der Mädchen an sich. Dann küsst er sie beide auf den Mund.

Der Militär neben Santi stößt einen Pfiff aus.

»Es heißt, er bumst auch reifere Damen«, mischt sich Martinez ein. »Tagsüber demonstriert er auf der Straße gegen das Kapital, und abends, wenn man den Quellen glauben will, schlüpft er unter die Decke von einer, die eigentlich seine

Feindin sein müsste, die Eigentümerin einer wichtigen Tageszeitung …«

»Kein Wunder, dass die Presse gut über die Studenten und schlecht über uns Bullen schreibt!«

»*'A capa 'e sotta fa perdere 'a capa 'e còppa*«, kommentiert Cimmino. Er blickt sich um und übersetzt dann für seine Kollegen aus Restitalien: »Sex macht dumm.«

Alle brechen in Gelächter aus, und im Funkgerät des Vizekommissars krächzt es. Er entfernt sich ein paar Schritte. Seine Miene verdüstert sich.

Castelli betrachtet die Polizeikette und schreit weiter gegen sie an. Er provoziert, lacht sie aus, bis das Lächeln auf seinem Gesicht erstirbt, als er sieht, wie sie unter mittelalterlichem Eroberungsgebrüll losstürmen und ihre Schlagstöcke durch die Luft wirbeln lassen.

2

Das Leben im Beccaria zieht sich träge dahin. Wie unter Glas, erstarrt und genau so, wie Vandelli es vor vielen Monaten zurückgelassen hatte – ohne jedes Bedauern. Die Gesichter sind andere, nicht aber die Substanz. Auch der Seelenklempner wirkt nicht besonders verändert. Die glänzende Platte und die spärlichen, ergrauenden Haare. Wer jeden Tag mit Kanaillen zu tun hat, altert allem Anschein nach vor seiner Zeit.

»Freizeitaktivitäten kannst du dieses Mal vergessen«, mahnt er, als er ihm gegenübersitzt. Als Antwort fragt der Häftling, ob er rauchen dürfe. Nach einem resignierten Nicken beschränkt sich der Mann dann darauf, Notizen zu machen. Die Unterredung dauert nicht lange; als Roberto mit seiner üblichen Litanei anfängt, verliert er die Geduld und schickt ihn weg.

»Dottore, darf ich Ihnen noch eine Frage stellen? Wer zum

Teufel war denn nun dieser Beccaria, nach dem diese Bruchbude benannt ist?«

Nach dieser Begegnung will der Psychologe ihn nicht mehr sehen.

»Auf den Jungen muss keine Zeit verwendet werden«, schreibt er in die Akte, »da er auf Hilfsangebote nicht anspricht.«

Die Dynamik in der Jugendstrafanstalt ist nach wie vor dieselbe. Junge Männer mit undurchdringlichem Blick, die sich für erwachsen halten und es vielleicht angesichts dessen, was sie getan haben, über Nacht auch geworden sind. Sie schlendern in Gruppen umher und fühlen sich allen überlegen. Ein Allmachtswahn treibt die Gangs im Beccaria an, wo kleine Anführer beweisen müssen, die Stärksten zu sein. Ein Großteil von ihnen stammt aus den verrufenen Vierteln Mailands: Quarto Oggiaro, Giambellino, Corvetto, Comasina, Baggio, Gratosoglio und so weiter, sie alle sind in diesen Mauern in stolzer Zahl vertreten.

Man braucht ihnen nur ins Gesicht zu sehen, um einen Teil ihrer persönlichen Geschichte zu erahnen, die sie mit sich herumtragen: Narben, erloschene Blicke, abgerissene Kleider. Von den Schielaugen Tizianos aus Baggio, der nie bei einem Augenarzt war, zum eingedrückten Schädel Domenicos aus Corvetto, der mit acht Jahren aus dem vierten Stock gefallen ist und weder lesen noch schreiben kann, bis hin zu der Narbe, die Nardinos rechte Wange spaltet, Nardino, geboren und aufgewachsen in Gratosoglio.

Vandelli wird von seinen Leuten vom Giambellino respektvoll aufgenommen, die erst vor kurzem Pinto verloren haben. Sein Ruf eilt ihm voraus, innerhalb und außerhalb der Besserungsanstalt.

Außer um Sex drehen sich die Gedanken im Bau nur um eins: ausbrechen, weg hier. Vor allem die Neuankömmlinge denken ständig daran. Nicht so Vandelli, nicht mehr. Die Zeiten sind vorbei. Viele beginnen zu glauben, er sei ein Schwächling geworden. Bis ihn eines Tages einer der Seinen, Gennarino, der Sohn des Friseurs mit einem Geschäft auf dem Largo Brasilia, genau das fragt. Einfach so, rundheraus. Sicherheitshalber hat er Tinelli bei sich, der nicht gerade eine Leuchte ist, aber ein perfekter Leibwächter. Die Macht der Überzahl.

»Nichts weniger als das«, erwidert Roberto, »ich habe nicht aufgegeben, ich will nur sauber hier rauskommen.«

Der andere schaut ihn an, als habe er sie nicht mehr alle, Tinelli feixt. Vandelli lässt sie. Nicht aus Angst, sondern aus guten Gründen. Gennarino hat nicht alle Tassen im Schrank: Er sitzt, weil er mit einem Komplizen einen Altersgenossen zusammengeschlagen, vergewaltigt und schließlich – er hielt ihn für tot – bei lebendigem Leib begraben hat. Man weiß nie, wie einer reagiert, der nichts zu verlieren hat.

»Es bringt nichts auszubrechen und die komplette *Madama* auf den Fersen zu haben, wenn man eh nur ein paar Monate runterschrubben muss«, erklärt er geduldig. »Das habe ich am eigenen Leib erfahren: Das ist es nicht wert. Besser seine Zeit in aller Ruhe absitzen, und wenn du rauskommst, bist du sauber. Kein Bulle kann ständig an dir rumnerven, verstehst du? Ans Ausbrechen denkt man, wenn man so viele Jahre aufgebrummt bekommen hat wie du. Klar, dann findet man keine Ruhe und denkt jeden Moment an Flucht.«

Jetzt entblößt der Junge seine kariösen Zähne. Vandelli hat ihm gesagt, was er hören wollte. Mit der Andeutung eines Abschiedsgrußes trollt er sich. Tinelli folgt ihm mit gesenktem Kopf, ohne die Bohne von dem Gespräch verstanden zu haben.

Der Bandit vom Giambellino streckt sich auf der Liege aus und zündet sich eine Zigarette an. Er wird die kommenden

Wochen darauf verwenden, seine nächsten Coups zu planen. An Reue denkt er nicht im Traum.

In diesen einsamen Momenten – die selten genug sind, um ehrlich zu sein, denn der Knast ist ein kollektiver Ort, laut und ohne Rückzugsmöglichkeit – nagt eine innere Wut an ihm.

Trotz seines selbstsicheren Auftretens während des Hofgangs und vor den anderen lässt ihm eins keine Ruhe: dass er wieder einmal gefasst wurde. Sie haben ihn geschnappt, als wäre er ein hirntoter Anfänger, zudem noch angeschickert und in Zuhälterklamotten.

›Ich bin einfach noch zu unerfahren‹, versucht er sich einzureden, ›diese Gier, sich zu zeigen, alles mitzunehmen. Jederzeit und überall. Aber das passiert mir nicht noch einmal, es darf nicht wieder passieren.‹

Zum Glück haben sie Nina freigelassen; sie hatte an diesem Abend keine Waffe bei sich, er genauso wenig. Die Bullen haben darüber die Nase gerümpft: Sie hätten ihm ein härteres Urteil gegönnt, doch nun muss er zur Strafe nur wenige Monate brummen. Er würde die Zeit gewinnbringend einsetzen, neue Dinger planen und sich eine Methode ausdenken, nicht mehr geschnappt zu werden. Beim nächsten Mal kommt er nicht mehr in das gemütliche Beccaria, sondern in die Zwei. Und dort bietet sein Ruf ihm keinen Schutz vor Unannehmlichkeiten.

Doch diese Gedankengänge bringen ihm keine Ruhe. Das Nagen im Innern will einfach nicht aufhören.

›Ich war beschwipst, hatte diesen lachhaften, völlig auffälligen Wolfspelz an, einverstanden, aber war das genug, um die Bullerei auf mich aufmerksam zu machen? Die Stadt ist voll von pelztragenden Saufnasen.‹

Wieder und wieder grübelt er darüber nach, bis die Antwort auf der Hand liegt: Jemand hat ihn verpfiffen. Immer wenn er darüber nachdenkt, erscheint ihm das am Ende die einzig mögliche Erklärung; die Bullen schauen nie grundlos in einem Nachtlokal vorbei, postieren sich dazu noch im Nebel, um ihn zu stellen. Das geschieht einfach nicht. Jemand muss ihn auf dem Tablett serviert haben, und diesen Jemand wird Vandelli finden. Und wenn er seinen letzten Centesimo dafür hinlegt, egal ob gespart oder bei einem der nächsten Raubzüge erbeutet.

Das schwört er sich.

3

Antonios Hand fährt über Carlas glatte Haut, folgt in der Dunkelheit des Zimmers den weichen Konturen ihrer Hüfte. Schon will er tiefer gleiten, als sie ihn aufhält.

»Hör auf«, sagt die Frau und rutscht auf ihre Betthälfte zurück.

»Was ist denn?«

Keine Antwort. Nur eine weitere fast unmerkliche Bewegung weg von ihm.

»Was ist?«, hakt er nach.

»Ihr habt sie niedergemetzelt.«

Antonio setzt sich auf und lehnt sich an das Kopfende des Bettes. Er macht Licht und zündet sich eine Zigarette an.

»Das ist es also«, sagt er, »mal wieder.«

Sie sieht ihn verärgert an. Sie haben schon hundertmal darüber gesprochen, nach den Vorfällen am Largo Gemelli. Zehn Tage ist es her, doch seine Frau muss immer wieder davon anfangen. Der Polizist weiß, warum ihr diese Geschichte gerade jetzt in den Sinn kommt: Im Radio kam die Meldung, dass in Memphis, Tennessee, der Führer der Schwarzenbewegung für Bürgerrechte ermordet wurde, Martin Luther King. Was der mit Italien zu tun hat, will nicht in Antonios Kopf, er weiß nur, dass die Studentenbewegung ihn sich auf die Fahnen geschrieben hat. Wie mit Vietnam: Dort unten wollen sie den Frieden und sehen in dem schwarzen Geistlichen und jenen, die Präsident Johnsons Politik bekämpfen, den Hoffnungsschimmer auf eine bessere Gesellschaft und damit eine bessere Universität. In Italien!

Ihre Gründe sind weit hergeholt. Carla hatte sie ihm erklärt, mit der Hingabe einer geduldigen Lehrerin vor dem gleichgültigen Schüler.

»Was passiert da nur in unserem Land?«, hatte er eines Abends verzagt gefragt. »Mir kommt es vor, als seien alle verrückt geworden.«

»Die jungen Leute haben es satt, das ist alles. Ausgehend von den Schulen hat sich eine Revolte gegen die verkrustete Kultur erhoben, die die Entwicklung Italiens blockiert. Das ist ein Generationenkonflikt, Antonio.«

Ihr Tonfall war ruhig, fast dozierend. Schließlich ist sie eine Intellektuelle, sie hatte das Problem studiert, analysiert, versucht, es von Grund auf zu verstehen. Schließlich liest sie die Tageszeitung von vorne bis hinten, nicht nur die Verbrechensseite wie er, und sie liest sogar zwei: den ›Corriere‹ und die linke ›Unità‹.

»Vielleicht tust du das ja, weil du den ganzen Tag zu Hause herumsitzt«, hätte er gerne zu ihr gesagt, schwieg aber wohlweislich.

»Schau mal«, hatte Carla ihn belehrt, »auf der einen Seite stehen die Familienväter, die einer Generation angehören, welche die Kriegsgräuel erlebt hat und ihr Recht auf ein ruhiges Leben geltend macht; auf der anderen ihre Kinder, die feststellen, dass die Gesellschaft mit wachsendem Wohlstand immer unbeweglicher wird, wie eingegipst, und sie sich nicht in ihr wiedererkennen.«

»Ich an ihrer Stelle würde mich nicht beklagen.«

»Ach komm! Du würdest genauso denken wie sie. Du bist ja auch deinen eigenen Weg gegangen, ohne dich darum zu kümmern, was deine Eltern wollten.«

»Das ist doch etwas ganz anderes …«

»Wenn es die anderen betrifft, ist es immer etwas anderes, stimmt's? Dabei ist es immer dasselbe: Die Eltern sind froh, die drei großen Ziele erreicht zu haben, die Ruhe versprechen – Auto, Beruf, Ehe. Die Kinder hingegen fühlen sich eingeengt. Merkst du denn gar nicht, wie es um uns herum gärt? Die Musik von den Beatles, den Stones oder von Bob Dylan oder die Literatur der Beat Generation: der Mythos eines Lebens *on the road*, ohne Schranken, der unter den jungen Amerikanern für solche Furore sorgt. Weißt du, wovon ich rede?«

Antonio wusste es nicht, doch sie war nicht mehr aufzuhalten gewesen in ihrem Vortrag über angewandte Politik. Bewaffnet mit zwei Gläsern und einer Flasche Rotwein, um das Ganze eingänglicher zu gestalten.

»Erinnerst du dich, was im Parini-Gymnasium vor rund zehn Tagen passiert ist? Das Lehrerkollegium wollte ein paar Studenten ins Gefängnis stecken, wegen einer Umfrage, die sie in ihrer Unizeitung veröffentlicht hatten.«

»Ja und?«

»Himmel, du bist ein echter Bulle! Findest du das etwa normal? Kinder einsperren, nur weil sie verkündet haben, jeder könne im Bett tun und lassen, was er will, solange davon nicht die Freiheit des Nächsten berührt wird. Das ist doch Irrsinn, oder?«

»Ich glaube, du siehst das etwas zu einfach.«

»Warum musst du sie auf Teufel komm raus verteidigen? Los, sag mir das.«

Er schenkte sich schweigend Wein nach.

»Also, nur damit du es weißt, es war tatsächlich einfach. Der Artikel dieser Kinder endete mit dem Satz ›*Die Religion sorgt im Bereich des Sexuellen nur für Schuldgefühle*‹. Findest du diese Aussage so skandalös?«

»Blasphemisch, wenn überhaupt.«

»Blasphemisch? Du warst zu lange Messdiener. Sie haben dir eine Gehirnwäsche verpasst.«

»Ach, ihr braven Kommunisten versteht es wirklich immer, die Wirklichkeit zu euren Gunsten umzudeuten.«

»Wir? Du irrst dich, mein Lieber. Alle merken, dass die Dinge schlecht laufen, nicht nur die Linken. Sonst ließe sich überhaupt nicht erklären, was gerade in diesem Land passiert. Du weißt ja, dass die Proteste von dieser Schule auf die Universitäten übergesprungen sind, wo nun gegen die Reformvorschläge des Bildungsministers gekämpft wird. Und das sind bei weitem nicht nur Genossen, dort.«

»Ich vermute, dass auch die Kommunistische Partei diese Reform nicht unterstützt?«

»Genau. Das wäre auch ganz und gar unverantwortlich! Vor allem den Studenten ist dieses Gesetz ein Dorn im Auge. Von ihnen sind die Proteste ausgegangen, von der Universität von Trient, über die Cattolica in Mailand, weiter nach Turin und so fort.«

»Was wollen die denn eigentlich?«

»Sie wollen alles! Sie stellen die Unterrichtsmethoden in Frage, die Lerninhalte und die Macht der Professoren, die allzu oft wie Fürsten agieren, ohne auch nur eine Minute nach ihren Bedürfnissen zu fragen oder sich ihnen anzunähern. Sie wollen die Kluft überwinden und schlagen eine Lehrmethode vor, bei der die Examina auf Augenhöhe zwischen Lehrenden und Lernenden ablegt werden.«

»Was für ein Unfug!«

»Nein, eine Basis für Auseinandersetzung. Und ganz sicher sind Schlagstöcke nicht die geeignete Antwort.«

Auch Carla hat sich nun aufgesetzt und lehnt am Kopfteil des Bettes. Sie blickt ihren Mann an, als sei er ein Fremder. Er braucht ihr nicht zu erklären, dass dies sein Beruf ist, dass er Befehlen gehorchen muss, dass es nicht von ihm abhängt.

Alles Unfug. Sie weiß das, und er weiß es auch. Wenn er nicht damit einverstanden wäre, wenn er nicht Mitwisser wäre – wie Carla es formuliert –, würde er diese vermaledeite Uniform ausziehen. Aber er kann nicht, und er will nicht.

»Die Studenten legen es doch darauf an, das weißt du.«

Carlas Erstaunen wird immer größer.

»Sie legen es darauf an? Mit Sit-ins? Ich finde, das ist doch eine sehr friedliche Art, die eigene Missbilligung auszudrücken.«

»Fang nicht wieder an …«

»Ich fange nicht wieder an! Ich sage nur, dass man nicht auf Leute einprügeln darf, nur weil sie mit dieser Regierung nicht einverstanden sind, mit dieser Hochschule von Magnaten …«

»Himmel, du redest ja schon wie die!«

»Wer die? Die Studenten? Die Kommunisten? Wie wer, Antonio?«

»Es waren fünftausend«, lenkt er ab.

»Ja, aber unbewaffnet. Und ihr, wie wart ihr ausgerüstet? Wie die Marines im verfluchten Vietnam? Sie wollten doch nur provozieren …«

»Und haben mit ihren Provokationen sechsunddreißig Kollegen verletzt!«

Die Frau lacht laut auf.

»Du wagst es zu sagen, dass sie euch verletzt haben? Wie viele habt ihr denn niedergeprügelt? Wie viele? Los, sag es mir.«

Antonio schweigt. Er weiß, dass sie so nicht weiterkommen. Doch während sie reden, tauchen Erinnerungen in ihm auf. Vor seinem inneren Auge sieht er die jungen Leute und Castelli, der die Protestslogans in sein Megaphon brüllt: »Fabrikbesitzer brauchen dich, du sie aber niemals nicht«, »Nur mit Rot raus aus Schwarz«, »Seid realistisch, fordert das Unrealistische«, »Kämpfe hart, fürchte nichts«. Und der schönste von allen, an den auch er gerne glauben würde, wenn er kein Bulle wäre: »Phantasie an die Macht«. Dann geht alles sehr schnell, sehr brutal. Gesichter, Rempeleien, Geschrei, Schlagstöcke und Blut.

Am Ende des Kampfes waren es einige Hundert Verletzte auf Seiten der Studenten, dazu sechzig Festnahmen und rund fünfzig weitere Anzeigen gegen Jugendliche, die wieder laufengelassen wurden.

Er macht die Augen auf und spürt, wie ihm ein Schauer über den Rücken läuft.

»Es musste einfach sein«, sagt er schließlich. »Schluss aus.«

Sie hört gar nicht hin. Sie blättert in einer Zeitschrift vom Nachtschränkchen, ›Nuovi Argomenti‹.

»Ich will, dass du etwas liest, ein Gedicht. Es handelt von euch und Valle Giulia.«

»Von uns? Wir waren doch gar nicht in Valle Giulia …«

»Von euch Bullen, Antonio. Von den Sklaven der Macht. Schau, lies das hier.«

Als ihr euch gestern in Valle Giulia geprügelt habt
mit den Polizisten,
hielt ich es mit den Polizisten!
Weil die Polizisten Söhne von armen Leuten sind.
Sie kommen aus Randzonen, ländlichen oder städtischen.
Was mich angeht, so kenne ich sehr wohl
die Weise, wie sie als Kinder oder Jungen gelebt haben,
die kostbaren tausend Lire, den Vater, auch er ein Junge geblieben
wegen des Elends, das keine Autorität verleiht.
Die Mutter mit schwieligen Händen wie ein Gepäckträger,
oder zart,
durch irgendeine Krankheit, wie ein Vögelchen;
die vielen Brüder; das armselige Haus
zwischen Gärtchen mit dem roten Salbei (auf fremdem,
parzellierten Boden); die Kellerlöcher

über den Kloaken; oder die Wohnungen in den großen Sozialkasernen, etc.
Und dann seht, wie sie angezogen sind: wie Hanswürste
mit jenem groben Stoff, der nach Truppenverpflegung,
Schreibstube und Volk riecht. Schlimmer als alles natürlich
ist die psychologische Verfassung, auf die sie reduziert sind
(für vierzigtausend Lire im Monat):
kein Lächeln mehr,
keine Freundschaft mehr mit der Welt,
abgesondert,
ausgeschlossen (in einem Ausschluss ohnegleichen);
erniedrigt, weil sie ihr Menschsein verloren haben,
um Polizisten zu sein (gehasst werden lehrt hassen).
Sie sind zwanzig, in eurem Alter, liebe Freunde und Freundinnen.

»Schön, nicht wahr?«, fragt Carla, als er zu Ende gelesen hat.

»Wer ist dieser Pasolini? Einer von uns?«

»Ach was, ein kommunistischer Intellektueller.«

Antonio verstummt und macht das Licht aus. Valle Giulia war ein schwarzer Tag für die Polizei und auch für die Studenten. Für alle. Und er markierte den Anfang der offenen Auseinandersetzung zwischen den beiden Parteien. Bis zu diesem Tag waren sie, die Polizisten – lächerlich in ihren plumpen, stets zu weiten Uniformen –, es gewohnt, dass die anderen sich widerstandslos auseinandertreiben ließen. Von nun an jedoch änderten die Demonstranten ihr Verhalten; sie wichen keinen Schritt mehr zurück, wenn die Bullen angriffen. Sie flüchteten sich in die Parkwege und auf die Rasenflächen und bewaffneten sich mit allem, was in Reichweite war: Steine, Planken der Parkbänke und Ähnliches. Sie zündeten Autos an. Kurzum, sie wehrten sich. Und so hatten sie es auch auf dem Largo Gemelli getan. Irgendein Schalter hatte sich umgelegt; von nun an gab es kein Zurück.

4

Il est interdit d'interdire: Der Ruf hallt durch die Straßen von Paris. Studenten skandieren die Worte, und man liest sie auf Hauswänden und Spruchbändern.

»Was bedeutet das?«, fragt Landi am Steuer. Er ist ein schmaler Junge, schmächtig, aber mit einer in alle Richtungen abstehenden Lockenmähne.

Neben ihm sitzt Santoni. Medizinstudent. Langer Bart, grüne Augen, strahlend weiße Zähne. Er sieht gar nicht aus wie ein Revoluzzer, sondern eher wie ein Fotomodell für Modezeitschriften. Er zuckt ratlos mit den Schultern.

»Es ist verboten zu verbieten, das heißt es«, mischt sich Castelli von der Rückbank ein. Der Wagen fährt langsam, während sie sich begeistert und mit offenen Mündern umschauen.

Kaum hatten sie die ersten Radiomeldungen über die Zusammenstöße in Nanterre und an der Sorbonne gehört, gab es kein Halten mehr. Schnell wurde ein wenig Geld zusammengekratzt – mit freundlicher Unterstützung der Eltern – sowie ein Vertrag über eine Reportage mit dem Schweizer Radio geschlossen, und schon ging es in Landis rotem R4 ab nach Paris, den Kofferraum voll mit Benzinkanistern, eine rollende Bombe.

An der Grenze, wo sie die Fragen der Flics nach ihrem mitgeführten Pulverfass fürchteten, stießen sie einen Seufzer der Erleichterung aus, als sie sahen, dass sie völlig verlassen war, bis auf ein großes Spruchband auf französischer Landesseite: *La douane aux douaniers.* Das bedurfte keiner Übersetzung, alle verstanden es: Auch die Grenzbeamten strebten nach Autonomie. Die drei Studenten waren euphorisch.

Doch nicht lange. Auf dem Weg zwischen der Grenze und den Toren von Paris fanden sie keinerlei Spuren der Revolution, nichts Ungewöhnliches. Das ländliche Frankreich führte sein gewohnt verschlafenes Leben.

Auf der Welle der Begeisterung waren sie nach Frankreich geschwappt, um zu sehen und zu verstehen und mit dem Funken der Revolution in der Tasche nach Italien zurückzukehren. Immer vorausgesetzt, dass dieser Funke nicht schon wieder erloschen ist, versteht sich.

Völlig demoralisiert erreichen sie dann die Stadt der Lichter. Der R4 fährt wie ein entschärfter Sprengsatz an den Banlieues vorbei Richtung Zentrum, und dort flammt die Hoffnung wieder auf. Die noch rauchenden Barrikaden des Quartier Latin sind Balsam auf ihren eitlen Seelen. Sie stellen das Auto an der Seine ab, und obwohl sie eine Zwölf-Stunden-Fahrt hinter sich haben, stürzen sie sich gleich in das psychedelische Nachtleben und das faszinierende Treiben rund um die Sorbonne und in den Gassen ums Pantheon. Sie reden mit Leuten, rauchen Haschisch, singen mit den Studenten, trinken Bier und *vin blanc*.

Castelli, der als Einziger Französisch spricht, bändelt mit einer Studentin an. Sie gefallen sich auf Anhieb. Am nächsten Morgen wacht er in einer Wohnung im Quartier Latin auf, offensichtlich eine Kommune. Vom Balkon im zweiten Stock aus verfolgt er das Gewimmel auf dem Platz, unterbrochen von ein paar amourösen Episoden oder revolutionären Treffen mit den französischen Kräften, die sich im Grunde wenig um die Zukunft der Universität zu sorgen scheinen.

Landi und Santoni laufen derweil durch die Straßen, schießen Fotos und machen sich Notizen. Sie wollen die Kunst der Revolution lernen von denen, die sie erfunden haben. Oder die sie zumindest so berühmt gemacht haben, dass daraus ein Markenzeichen wurde.

Wundervolle Tage für Castelli und seine Genossen!

Sie streifen durch die nach den Barrikadenkämpfen oft noch rauchenden Straßen von Paris und bewundern die Graffiti, die auf den Mauern sprießen, übertragen sie in ihre Ringbücher. Sie wollen sie nach Mailand importieren – mit den notwendigen Modifikationen, versteht sich. Castelli übersetzt sie, so gut es geht, dann diskutieren sie ihren Sinn und, wenn sie ihn gefunden haben, die ideale Form. Santoni schreibt alles in sein schwarzes *Calepin*, das er zu diesem Anlass ›die Slogan-Bibel‹ getauft hat. Auf seinen karierten Seiten landen Sprüche wie *Sous le pavés, la plage (Unter dem Pflaster liegt der Strand)*, *Jouissez sans entraves (Genuss ohne Grenzen)*, *Cours camarade, le vieux monde est derrière toi (Lauf, Genosse, die alte Welt ist hinter dir her!)*, *La vie est ailleurs (Das Leben ist anderswo)* und so weiter.

Dann, genauso plötzlich, wie sie begonnen hat, ebbt die allgemeine Euphorie wieder ab. Es scheint Ewigkeiten her zu sein, dass am 22. März von linken Studentengruppen der Sorbonne die ersten Fackeln entzündet wurden.

Die Proteste gehen weiter, bis de Gaulle alles auf eine Karte setzt und die Nationalversammlung auflöst, um für Ende Juni Neuwahlen anzukündigen. Ein heftiger Kampf entbrennt zwischen den Gaullisten und Mitterrands *la gauche*, aus dem Letztere als Verlierer hervorgehen. Der Präsident siegt, und ganz Frankreich kommt wieder zur Ruhe. Die Zeitungen sehen darin den Ausdruck einer verborgenen Kraft, die sie die ›schweigende Mehrheit‹ nennen. Kurz darauf enden auch die Proteste der Studenten und Arbeiter.

Die drei Italiener haben keine Zeit, dieser Auflösung beizuwohnen. Ende Mai kehren sie nach Mailand zurück, als schon zu spüren ist, dass der Lack der Bewegung abblättert. Das Benzin ist für die Molotowcocktails draufgegangen, und ihre Begeisterung ist verpufft wie die Rauchbomben. Zurück bleibt das Gefühl der verpassten Revolution.

»So wird es in Italien nicht enden«, murmelt Castelli, als die ersten Lichter Mailands vor ihnen auftauchen.

Seine zwei Genossen nicken. Es gibt nicht mehr viel zu sagen, jetzt muss gehandelt werden.

5

Carla hört ein Hupen. Sie erkennt es sofort, ohne zu wissen, woher. Sie schiebt gerade eine Lasagne in den Ofen; seit Ende des Studiums hatte sie reichlich Zeit, um Kochen und all die anderen Dinge zu lernen, die bisher allein ihrer Mutter vorbehalten waren. Allmählich sieht man erste Resultate, wenngleich manch ein Leckerbissen, den sie für ihren Mann zaubern will, noch unweigerlich im Mülleimer landet. Ungenießbar. Sie schaltet den Ofen aus und geht zum Fenster.

»Ich komme runter«, ruft sie und läuft ins Treppenhaus.

Antonio parkt direkt vor dem Haus und umrundet bewundernd seine Neuanschaffung. Es hat einige Überredungskünste erfordert, bis er nachgegeben und sein erstes eigenes Auto gekauft hat: Der Bruder hatte es satt, ihm immer seines leihen zu müssen.

»Nun kauf dir endlich ein eigenes, Antonio. Du verdienst doch genug mittlerweile!«

Es ist zwar kein blauer Torpedo wie in dem Lied von Giorgio Gaber, das momentan aus allen Lautsprechern schallt, aber es sieht trotzdem toll aus. Er hat sich für ein Bianchina Cabriolet entschieden, denn Carla – nimmermüde im Anmahnen der notwendigen Motorisierung und trotz ihrer kommunistischen Überzeugungen stets auf der Jagd nach der Schimäre des Wohlstands – wollte ›den Himmel von Mailand umarmen‹, wenn denn mal die Sonne schien.

Der Wagen hat sechshundertfünfunddreißigtausend Lire gekostet: eineinhalb Jahresgehälter, zu zahlen in monatlichen Raten. Das ist überhaupt die neueste Welle, die gerade über Italien hereinbricht. Waschmaschinen, Fernsehgeräte, Autos: Jeder kann haben, was er will, bei geringer monatlicher Belastung.

»Wir sind eine Republik auf Raten geworden«, hatte Antonio mit dem Mann von der Autofirma gescherzt, als er einen Stapel Vertragsunterlagen unterschrieb. Der Verkäufer hatte nur gelächelt. Genau wie Carla, als sie das Schmuckstück erblickt.

»Es ist wunderschön!«, ruft sie und wirft sich dem Gatten an den Hals. »Machen wir eine Spritztour, junger Mann?«

Auch er lächelt nun und öffnet ihr mit galanter Geste den Wagenschlag.

»Wollen wir das Verdeck aufmachen?«

Er nickt. Er kann ihr nichts abschlagen; er liebt es, sie glücklich zu machen. Es ist eines der Dinge, die seinem Leben Sinn geben, vor allem seit er beruflich irgendwie die Richtung verloren hat.

Ihre Begeisterung ist ansteckend. Carla schafft es immer, ihn zum Lachen und zum Nachdenken zu bringen. So schleppt sie ihn zum Beispiel in Komödien wie *Der Kassenarzt* mit Alberto Sordi oder *Der Partyschreck* mit Peter Sellers, aber auch in Kubricks unglaublichen *2001: Odyssee im Weltraum*. Ganz zu schweigen von der Musik. Man kann ruhig sagen, dass seine Frau ihn Stück für Stück prägt. Sie spielt ihm die neuesten Bands vor, neue Musikrichtungen aus England und Amerika. Und das ihm, der am liebsten tagein tagaus Adriano Celentano hören würde, um *24 mila baci*, *Pregherò* oder *Ciao ragazzi* mitzusingen.

»Ich will doch nur ein bisschen deinen Horizont erweitern«, lachte sie.

Genau wie vor ein paar Wochen, als sie ihn auf ein Konzert ins Piper schleppte, in der Viale Alemagna, weil dort ein ›schwarzer Gitarrist‹ spielte.

Ihre Leidenschaft für diesen Musiker hatte Carla in den Messaggerie Musicali auf dem Corso Europa entdeckt, einem riesigen Plattenladen, dem wahren Musiktempel Mailands, den sie oft und ausdauernd frequentiert. Die Initiation war mit dem Kauf der LP *Are you experienced?* erfolgt.

»Du musst unbedingt mit auf sein Konzert kommen, Antonio! Musikhören ist viel besser für dich, als auf den Straßen Studenten niederzuknüppeln!«

Also hatte er sich überreden lassen, und dann waren sie unter den ersten Besuchern, die das Lokal betraten, in der warmen Nachmittagssonne viele Stunden vor Konzertbeginn.

»Vertrau mir«, hatte Carla ihm erklärt, »es wird proppenvoll werden. Schließlich hat man nicht alle Tage die Gelegenheit, Jimi Hendrix live zu erleben.«

Natürlich hatte sie recht behalten. Schon gegen neun war das Piper so voll, dass kein einziger der vielen Hundert Wartenden vor der Tür mehr hineinkam.

Hendrix eröffnete das Konzert nach zehn Uhr mit *I Don't Live Today*. Der Sound war grauenhaft, man hörte kaum die Stimme des Sängers. Mitten im Konzert warf er seine Gitarre hoch in die Luft, fing sie wieder auf und spielte weiter, als sei nichts gewesen, unter dem Gejohle der Zuschauer.

Das Ganze dauerte kaum eine Stunde. Jimi spielte viele Stücke aus seinem Repertoire wie *Fire, Foxy Lady, Red House* und das ganz bekannte *Hey Joe*.

Als sie hinausgingen, sprühte Carla förmlich vor Glück. Sie hing an Antonios Arm und erging sich in lästerlichen Witzen: »Irgendwie könnte man sagen, dass ich jetzt die Heilige Dreifaltigkeit gesehen habe, oder? 1965 die Beatles im Vigorelli, 1967 die Stones im Palalido und jetzt Jimi Hendrix im Piper. Das reicht mir.«

Gerade als er ihr antworten wollte, standen plötzlich eine kurvenreiche Blondine und eine dürre Frau mit ausdruckslosem Gesicht vor ihnen. Anstatt eines Grußes hoben sie vielsagend den Mittelfinger. Gewürzt mit einem vernichtenden Blick. Dann entfernten sich Nina und Angie, ohne etwas hinzuzufügen.

»Wer war die Blonde da?«, hatte Carla ihn gefragt.

»Ach nichts, nur eine, mit der ich mal eine Meinungsverschiedenheit hatte.«

Das Cabriolet brummt über die kurvigen Straßen am Comer See. Die warme Luft streicht durch Carlas hochtoupierte Haare, die frisch vom Friseur kommt. Sie ist glücklich, und nicht nur wegen des neuen Autos: Gerade heute Nachmittag hat sie erfahren, dass sie ab September arbeiten wird. Als Lehrerin für Italienisch und Philosophie an einem Gymnasium. Zwar anfangs nur als Vertretungskraft, aber sie freut sich trotzdem. Und erwartet von ihrem Mann, es ihr gleichzutun.

»Los, jetzt lächele doch auch mal, du Griesgram. Wir haben doch alles, was man sich nur wünschen kann. Du musst nicht traurig sein!«

»Alles, sagst du?«

»Alles, Antonio.«

»Wie deine Studentenfreunde?«

»Noch mehr. Wir lieben uns nämlich.«

Mit diesen Worten beugt sie sich zu ihm und küsst ihn, und Santi muss sich eingestehen: Er fühlt sich gut. Als hätte er wirklich alles.

6

»Wenn wir die Dinge ändern wollen, müssen wir das System ins Herz treffen!«

Tosender Applaus brandet durch das wahnwitzig überfüllte Auditorium maximum der Università Statale. Die Generalstäbe der Bewegung haben sich versammelt, und Castelli steht mit dem Megaphon in der Hand vorne und schwört sie wie üblich ein.

In jeder Redepause gehen die Hände in die Luft, und während er spricht, herrscht andächtige Stille. Er erläutert die nächsten Schritte, die Strategie nach dem Vorbild ihrer Genossen jenseits der Alpen. Zumindest teilweise. Die Lektion aus Paris lautet, nicht alle müssen die globale Dimension des Projektes erkennen. Die Strategie wird in groben Zügen erläutert, die Basisinformationen verbreitet, doch nur ganz wenige, vier oder fünf von ihnen, sind in das eingeweiht, was wirklich passieren wird. Sie müssen lernen, wie eine Armee zu handeln: Wer das Heer anführt, muss den Plan klar vor Augen haben, während der Fußsoldat nur gehorcht und kämpft. Er muss weder diskutieren noch die Entscheidungen gutheißen. Die direkte Demokratie war der Ruin des Pariser Mais, davon ist er mittlerweile überzeugt. Sie würden nicht in dieselbe Falle tappen.

»Morgen ziehen wir in einem großen Demonstrationszug durch die Stadt bis zur Piazza del Duomo!«

Als er das verkündet, scheinen die Wände des Audimax vor Getöse zu bersten. Alle stehen hinter ihm.

Die Versammlung löst sich auf, und die Studenten ziehen langsam ab. Nur Castelli, Landi, Santoni und ein paar andere bleiben zurück; sie müssen noch besprechen, woher sie das für die Operation benötigte Material bekommen. Sie denken und reden schon wie Soldaten. Sie sind die Einzigen, die wissen, was morgen tatsächlich geschehen wird. Eine reine Vorsichtsmaßnahme, um ihren Vorteil gegenüber der Bullerei nicht zu verspielen: Sie sind sich mittlerweile sicher, dass es reichlich Spitzel in den Reihen der Bewegung gibt. Studenten, die in Wirklichkeit Bullen sind oder zumindest Informanten der Polizei und ihre Pläne im Polizeipräsidium verpfeifen. Denn sie planen keineswegs, bis zur Piazza del Duomo zu gehen, das ist nur ein Köder. Das wahre Ziel liegt woanders.

Sie brauchen drei Fahrten mit dem R4, um alles herbeizuschaffen, was sie vor der Demonstration an die Genossen verteilen müssen. Außer dem üblichen Benzin für die Molotowcocktails und den Stahlkugeln haben sie dieses Mal auch ein paar Funkgeräte organisiert, wie die Polizei sie benutzt, um damit deren Kommunikation abhören zu können.

Am darauffolgenden Tag, gegen Abend, als die größte Hitze vorbei ist, stellen sich Castelli, Landi und Santoni jeder an die Spitze eines eigenen Demonstrationszuges. Das verwirrt selbst die Studentenschaft.

»Wenn wir uns aufteilen, sieht er länger aus«, lautet die wenig überzeugende Erklärung, die sie ruhigstellen soll.

Die erste Gruppe läuft los. Treffpunkt ist die Piazza della Repubblica.

Die Polizisten sind in Stellung gegangen. Sie sind informiert über die Demonstration, kennen den Zugweg. Alles vorhersehbar. Glauben sie.

Castelli und seine Unterführer haben ihre Funkgeräte auf Polizeifrequenz eingestellt und warten.

Vizekommissar Cimmino kratzt sich am Kopf.

»Was haben die nur vor, *sti strunz*?«

Antonio schwitzt unter seiner Uniform, obwohl die Sonne schon langsam untergeht. Der Schlagstock flutscht ihm fast aus der Hand. Auch der heutige Tag wird nicht gut enden, das spürt er.

Die erste Gruppe ist in die Via Turati eingebogen, während die beiden anderen noch nicht losmarschiert sind. An ihrer Spitze läuft Castelli und ruft die Parolen der Bewegung.

»Warum stehen die anderen noch herum?«, fragt Martinez.

Nach einer Weile setzt sich auch der zweite Zug in Bewegung, eine Minute später folgt der dritte.

Die Polizisten bleiben auf Distanz.

»Warum halten die so viel Abstand?«, krächzt Cimminos Stimme durch die Walkie-Talkies.

»Woher soll ich das wissen?«

»Eine politische Spaltung innerhalb des Zuges?«, schlägt der Mann am Gegengerät vor.

»Mag sein«, stimmt der Neapolitaner zu. »Sind ja eh immer am Streiten. Sogar untereinander! Aber wir müssen auf der Hut sein.«

Als sie den Largo Treves erreichen, klärt sich die Sache. Das ist das Risiko, das die Bewegung eingegangen ist, um herauszufinden, wie die Bullen reagieren. Die drei Demonstrationszüge teilen sich. Der von Castelli biegt in die Via Statuto ein; die anderen zwei marschieren, einer Richtung der Piazza San Marco, der andere Richtung des Largo La Foppa weiter.

Durch die Funkgeräte der Polizei erklingen aufgeregte Schreie: »Sie trennen sich, sie trennen sich! Sie wollen also nicht angreifen!«

Cimmino entspannt sich, und die Beamten atmen erleichtert auf. Castelli aber, der alles mitangehört hat, grinst zufrieden: Sie laufen in die Falle wie die Hühner zur Schlachtbank.

»Sie haben nichts gerafft«, erläutert er dem Mädchen, das seit Beginn der Demonstration nicht von seiner Seite weicht. »Sie denken, wir trennen uns, dabei kreisen wir nur das Ziel ein.«

Die großen, blauen Augen des Mädchens werden immer runder.

»Echt?«

»Klar, ich erklär's dir«, sagt er. »Dann sagst du es den anderen weiter. Stille Post, alle müssen es wissen, denn bald geht's los. Verstanden?«

Sie nickt begeistert. Während er dem Mädchen die Einzelheiten erklärt, wirft Castelli der Polizeikette verächtliche Blicke zu: Selbst der letzte Idiot hätte mittlerweile kapiert, was ihr Ziel war. Sie müssen nur noch warten, bis es ein bisschen dunkler ist, dann werden sie es mit eigenen Augen sehen.

Antonio bahnt sich mit den Ellenbogen seinen Weg durch die Kollegen, bis er bei Cimmino anlangt, der leise mit dem Carabiniere-Feldwebel spricht. Sie scheinen beide aus Kampanien zu stammen.

»Sie wollen uns ein Schnippchen schlagen«, fällt er den Sprechenden ins Wort.

Der Neapolitaner sieht ihn fragend ab.

»Sie trennen sich nicht, sondern gruppieren sich um, um besser zuschlagen zu können.«

»Ach, komm schon«, mischt sich der Carabiniere ein. »Sie spalten sich auf. Sie wollen keine Prügel mehr beziehen. Hab ich recht?«

»Das glaubst aber auch nur du, *'a raggiona è d''e fesse*«, bringt ihn der Vizekommissar zum Schweigen. Dann wendet er sich Santi zu: »Was, meinst du, haben sie vor?«

Der Polizist deutet auf einen Zeitungsstand. Pars pro toto.

»Denk doch mal nach: Was befindet sich genau in der Mitte der drei Punkte, an denen die Demonstranten sich aufgestellt haben?«

Der Hinweis auf den Kiosk lässt bei Cimmino ein Licht aufgehen.

»Heiliger Bimbam, *Maronna*! Sie wollen den ›Corriere‹ attackieren, in der Via Solferino!«

»Genau!«, nickt Santi. »Und sie blockieren sämtliche Zufahrtswege.«

»Genauso wie die Fluchtwege!«, fügt der Kommissar bitter hinzu und hängt sich an sein Funkgerät. Doch es ist schon zu spät. Eine Leuchtrakete schießt vom Largo Treves auf und explodiert im Himmel: das Signal.

Mittlerweile sind die Demonstranten durch den Aufruhr der letzten Minuten darüber informiert, was vor sich geht. Manch einer ist nicht einverstanden, doch ihm bleibt nichts anderes übrig, als mitzutanzen. Andere blicken nicht so genau durch, machen aber mit. Die Mehrheit ist jedoch wie vorhergesehen begeistert über diesen Angriff auf die ›Propagandamaschine des Regimes‹.

Aus Castellis Gruppe lösen sich ein Dutzend Studenten und schieben Autos auf die Straße. Andere springen ihnen bei, während das zwanzig Meter entfernt postierte Polizeiheer verdattert zuschaut. Ein höherer Beamter in Zivil spricht ins Funkgerät, wahrscheinlich bittet er um Anweisungen.

Eins hat Castelli auf den Barrikaden der Pariser Boulevards gelernt, der Überraschungseffekt ist das A und O in solchen Fällen. In wenigen Minuten ist die Straße abgeriegelt: fünf Autos, Stoßstange an Stoßstange als Bollwerk, dahinter Demonstranten, die die Brandsätze vorbereiten. Die Ansage lautet, sie nicht auf Polizisten zu werfen.

»Mit den Mollis sollen die Barrikaden angezündet werden, um den Vormarsch der Bullen aufzuhalten, verstanden?«, schreit Castelli aus voller Kehle. »Sie sind unsere Deckung beim Rückzug. Nicht werfen!«

Landi und Santoni haben mit ihren Gruppen das Gleiche getan. Der ›Corriere della Sera‹ ist komplett umstellt.

»*E mo so' cazzi!*«, murmelt Cimmino. »Schöne Scheiße, jetzt müssen wir ihr Spiel mitspielen.«

Castelli lauscht über Polizeifunk seinen Anweisungen. Die Bullen greifen an. Wie erwartet.

»Alles bereithalten!«, schreit er.

Zuerst hatten sie überlegt, den Sitz der Zeitung zu stürmen, in die Redaktion hineinzugehen und die Zeitung zu übernehmen, doch das hätte zu einem Blutbad geführt, also hatten sie beschlossen, nur die Ausgänge dichtzumachen. Ein realistisches Ziel – wenn sie die Stellung hielten –, das aber trotzdem im ganzen Land enormen Widerhall finden würde.

Sobald die Bullen vorangehen, setzen die Studenten die erste Barrikade in Flammen und weichen zehn Meter zurück, um dort in Ruhe die nächste zu errichten. Auf der Straße verteilen sie die Stahlkugeln: Sie und die Flammen haben die Aufgabe, den Vormarsch der Bullen zu verlangsamen.

»Weiter!«, schreit Castelli. »Von der Via Solferino ins Zentrum, alles muss zerstört werden mit Feuer und Schwert! Der ›Corriere‹ darf nicht erscheinen!«

Kurz darauf kommen die Löschfahrzeuge der Feuerwehr, um die Brände zu bekämpfen. Die Stadt steht in Flammen. Rotes Feuer und schwarzer Rauch steigen bis in die frühen Morgenstunden in den Himmel auf.

Als endlich alles zu Ende ist, präsentiert sich den entsetzten Mailändern der Anblick einer Stadt, die zwischen die Fronten geraten ist. Ausgebrannte Autos, verkohlte Häuserwände, zersplittertes Glas. Eine Katastrophe.

Doch nach stundenlangen Gefechten ist der Sieg der Studenten lediglich ein moralischer. Die Zeitungen werden um fünf Uhr morgens ausgeliefert – wenngleich in Lieferwagen, deren Aufschrift *Corriere della Sera* eilig mit Farbe überpinselt wurde, um sie unkenntlich zu machen.

»Immerhin vier Stunden Verspätung haben wir ihnen beschert«, verkündet Castelli seinen Leuten stolz. »Ein großer Erfolg, ein wichtiges Signal! Nächstes Mal sind wir noch besser.«

Und an diesem Punkt begeht der Anführer der Bewegung eine Leichtsinnigkeit. Eine dumme Unachtsamkeit, nachdem alles vorbei ist, als der Sieg zumindest teilweise der seine ist. Ein perfekter Plan, arglos zunichtegemacht durch das Versäumnis, seine Leute nach Hause zu schicken. Sofort.

Die Polizei wurde anfangs kalt erwischt, doch sie hatte genug Zeit, sich zu organisieren. Und vor allem, den Gegenzug vorzubereiten.

Antonio hatte die Idee gehabt.

»Jetzt können sie ja alles tun, was sie wollen, aber früher oder später müssen sie sich auflösen, oder?«

Cimmino hatte genickt.

»Exakt, *guagliò*. Und dann erwarten wir sie.«

Die Taktik geht auf. Castelli und die anderen Anführer der Proteste angeln sie sich in deren Wohnungen, was zu erwarten gewesen war. Allerdings hatte niemand damit gerechnet, dass sie auch beinah alle anderen fassen würden. Nach dem Ende der Kämpfe machen die Genossen den Fehler, noch durch die Stadt zu streifen, anstatt sich zu Hause schlafen zu legen. Und so kommt es zwischen sechs und sieben Uhr morgens zu über dreihundertfünfzig Festnahmen: von der Straße aufgegriffen, bei Straßensperren eingekreist, total euphorisierte Studenten im Rektorat der Statale.

»*Bello juoco dura poco*, auch das schönste Spiel geht mal zu Ende«, kommentiert Cimmino zufrieden, als die Zellentür hinter dem letzten Demonstranten ins Schloss fällt.

Feldobservierung

1

Der August hinter den Mauern des Becca ist die reinste Hölle. Schlimmer noch als der Rest des Jahres.

Außerdem gibt es zwei besonders harte Tage für die Häftlinge im Bau: Ferragosto und Weihnachten. An diesen Feiertagen wiegt die Einsamkeit schwer wie ein Mühlrad, die Menschen draußen fehlen, die Freiheit fehlt, alles wird noch unerträglicher.

Vandelli beißt die Zähne zusammen. Er war gewarnt, dass der Sommer in der Jugendstrafanstalt kein Zuckerschlecken ist, und von Tag zu Tag spürt er das deutlicher. Unter diesen Umständen schwächeln im Übrigen selbst die schwersten Jungs, das merkt man, wenn die Hitze über allem brütet und jeder so tut, als wären die Tränen auf dem Gesicht des anderen Schweißtropfen. Eine Ausrede, die im Winter wiederum nicht zieht, wenn man am letzten Tag des Jahres in klirrender Kälte beim Hofgang herumsteht. An Weihnachten droht einen die Traurigkeit zu ersticken, zumindest wenn man draußen Familie hat, mit der man normalerweise feiert. Vandelli nicht, der hat den 25. Dezember des Vorjahres damit zugebracht, die geräumige Villa eines *Bauscia* zu plündern, der mit der ganzen Familie in Cortina im Urlaub weilte.

Vergangenes Jahr an Ferragosto, dem Höhepunkt des Sommers Mitte August, war er hingegen mit den Jungs vom

Giambellino am Wasserflughafen baden gegangen, später waren sie nach Ticinese zurückgekehrt und hatten von einer Brücke aus Kopfsprünge in den Naviglio gemacht. Im kalten Wasser baden, schwimmen, tauchen.

Erinnerungen lenken ab.

Zwei Stunden zuvor hat sich ein Junge mit einem Bettlaken auf dem Klo erhängt. Einer dieser weichen Typen, um die sich hier drin alle reißen. Den hier hatten sie fertiggemacht, physisch, vor allem aber mental. Vernichtet.

Von der ersten Nacht an hatten sie ihn gequält. Die übliche Prozedur für jene, die unterlegen sind und es hier drinnen meist auch bleiben. Vergewaltigt, schikaniert, gedemütigt, von drei Häftlingen. Ein vierter stand Schmiere, sollte der Wärter kommen. Sie zwangen ihn, nackt vor ihnen zu tanzen, steckten seinen Kopf in die Kloschüssel und zogen die Spülung; verlangten von ihm Sex-Dienste aller Art.

Am Ende konnte er nicht mehr und schlang sich das Laken um den Hals. Brachte sich um, inmitten der allgemeinen Gleichgültigkeit der langen und leeren Flure, wo jeder Schritt ewig widerhallt und die Schatten der Gitterstäbe auf dem Boden dich stets daran erinnern, dass du nicht rauskannst.

Vandelli erfährt die Neuigkeit in der Kantine beim Essen. Eine graue, geschmacklose Pampe. Scheinbar unbeteiligt kaut er weiter. Es gibt ohnehin nichts, was er tun könnte. Denn das hat auch er mittlerweile begriffen: Der Knast verändert selbst die zähesten Charaktere. Seine Impulsivität von einst ist nur noch ferne Erinnerung. An ihrer Stelle steht nun die Überzeugung, dass die Schwachen an einem solchen Ort sowieso unterliegen müssen, egal was man tut. Entweder schaffen sie es alleine, sich zu wehren und wieder in die Spur zu kommen, oder sie geben zu Recht auf. Natürliche Auslese. Zynisch, aber auch eine Art notwendige Selbstverteidigung. Um nicht verrückt zu werden, denn Fälle von Selbstmord, Selbstverletzung, Gewalt und sexuellem Missbrauch sind im Bau an der

Tagesordnung. Sachen, die ihn nicht mehr tangieren dürfen, so sein fester Vorsatz. Ihm selbst macht niemand Ärger: Das, was er draußen angestellt hat – und bei seinem letzten Besuch drinnen –, macht in den dunklen und feuchten Räumen des Becca die Runde. Keiner, der noch recht bei Trost ist, würde sich mit Vandelli anlegen.

Diesen Schutzpanzer pflegt der Gangster vom Giambellino und sitzt jeden einzelnen der immer härter werdenden Tage seiner Strafe ab, bis er Mitte September, ein paar Monate vor seinem achtzehnten Geburtstag, aus dem Gefängnis entlassen wird. Er hat die Rechnung mit der Justiz beglichen. Er ist frei. Sauber.

Draußen warten zwei Autos auf ihn. Eine Ente mit Pinto und Esposito drinnen und der weiße Mercedes mit Nina hinter dem Steuer.

Vandelli trägt den Wolfspelz zusammengelegt über dem Arm. Er wirft ihn in einen Mülleimer, dann tritt er zu seinen beiden Kumpels, sie umarmen sich und wechseln ein paar Worte. Er lässt sich ein Päckchen Zigaretten geben und entfernt sich.

»Wir sehen uns später«, sagt er. »Jetzt macht euch vom Acker, ich muss noch was regeln.«

Nun erst kommt er dazu, sein Mädchen in Ruhe zu betrachten: Sie ist wunderschön. Hochtoupierte Haare, wie es gerade Mode ist, bunte Blumenmuster und kurzer Mini, Plateauschuhe mit Korksohle und dunkle Divensonnenbrille. Beim Näherkommen atmet er ihr Parfüm ein, dann umarmt er sie. Es folgt ein langer Kuss, einer von der Sorte, die nach Sex und Begierde schmecken. Leidenschaft pur.

Als sie endlich ins Auto steigen und losfahren, erklingt aus dem Radio, das auf die gleiche Frequenz eingestellt zu sein scheint wie Vandellis Gedanken, die dunkle Stimme des Mädchens aus dem Piper mit ihrem neuesten Lied: *Tu mi fai girar, tu mi fai girar come fossi una bambola …*

2

Eine Gruppe von Studenten zieht durch die Innenstadt. Sie schreien und singen, und wer ihnen als Außenstehender zu nahe kommt, den bewerfen sie mit Steinen und allem, was sie auf der Straße finden. Antonio hat sich seine Nikon umgehängt und ist in Zivil unterwegs, ebenso Martinez. Sie folgen Cimminos neuer Strategie: Feldobservierung.

»Du Verräter!«

»Ich übe nur meinen Beruf aus.«

Die Zankereien mit Carla sind an der Tagesordnung. Wenn auch weniger häufig, seit sie als Vertretungskraft an der Schule angefangen hat.

»Wir müssen genau wissen, wer kriminelle Handlungen begeht«, so lautet die Anweisung aus den oberen Gefilden des Präsidiums. Das Problem war nur, dass immer, wenn Razzien stattfanden, ein Riesenchaos herrschte: Hunderte festgenommene Jugendliche, die massenweise wieder laufengelassen wurden. Aus Mangel an Beweisen. Die Polizei hat sich bei den Großeinsätzen daran gewöhnt, unterschiedslos jedermann festzunehmen. Die Richter wussten dann nicht, wen anklagen, und ließen alle wieder frei. So war Cimmino der hübsche Gedanke der Feldobservierung gekommen. Martinez und Santi schossen Fotos, anhand derer man in Folge die Schuldigen würde festmachen können. Ein Schnappschuss davon, wie ein Molotowcocktail geworfen oder ein Auto umgestürzt wurde, wäre der unschlagbare Beweis. Die Kollegen würden nur die festnehmen, die bekannt waren, und die Flure der Questura wären nicht sinnlos überfüllt.

Nachdem Cimmino mit ruhiger Stimme seinen Plan dargelegt hat, setzt er hinzu: »Santi, du und Martinez, ihr seid als Einzige jung genug, um noch als Studenten durchzugehen. Ich bin mir sicher, dass ihr es schafft, euch mit ein paar Kunstgriffen perfekt zu integrieren.«

Ende der Durchsage. Keine Chance für die zwei Bullen, etwas einzuwenden, widerwillig müssen sie sich in ihre neue Rolle fügen.

Antonio hat sich einen Schnauzer und einen kurzen Bart wachsen lassen, den er diesmal kaum pflegt.

»Wir müssen werden wie sie, zumindest aussehen wie sie.«

»In meinen Augen siehst du nur verwahrlost aus.«

»Ich hatte schon immer einen Hang zu Bärten, das weißt du ja.«

»Eine Riesengemeinheit, die ihr da vorhabt«, so das harsche Urteil seiner Frau.

Er zuckt mit den Achseln. Er fürchtet weniger die Reaktion seiner Frau als die der Straße. Sollten sie enttarnt werden, riskieren sie Kopf und Kragen.

Wenn sie gefragt werden, warum sie Fotos machen, geben sie sich als Reporter irgendeines Richtungsblättchens aus, die zu Dutzenden kursieren, für ein paar Lire zusammengeschrieben und gedruckt. Sie nennen immer einen erfundenen Namen.

»Kenn ich nicht«, lautet unweigerlich die Antwort des Fragenden.

»Nächstes Mal bringe ich dir eins mit, okay?«, erwidern Santi und Martinez. Aber natürlich gibt es nie ein nächstes Mal.

Das Heikelste an der Sache ist, dass sie von beiden Seiten Prügel riskieren: von den Bullen, die sie für Studenten halten, und von den Studenten, sollten die sie als Bullen enttarnen. Letzteres wohl theoretisch: Denn die Wahrscheinlichkeit, dass sie von Leuten aus der Bewegung erkannt werden, ist eher gering. Als sie mit den anderen im Polizeiblock standen, trugen sie immer Helm, Schild und Uniform. Wie um zu sagen: Wir sind alle gleich, namenlos.

»Eine Drecksarbeit«, knirscht Martinez durch die Zähne, während er die ersten Fotos macht.

Antonio nickt. In solchen Momenten fällt ihm immer das Interview mit dem Krimiautor ein. Einen Satz findet er besonders treffend: *Das einfache Leben der anderen.* Ruhig und sorglos; weit weg von den Straßenschlachten, den Kugeln der Teenager aus gutem Hause und den Molotows der Studenten. Das Leben der Leute, die in ihren schönen Häusern an der Porta Venezia wohnen, abends von einer lächelnden Ehefrau empfangen werden, mit wohlerzogenen und intelligenten Kindern, mit dem blitzblanken Fiat 1100 in der Garage, einem Haus an der Riviera, dem laufenden Fernseher im Wohnzimmer, während arme Schlucker sich noch in den Bars um die Geräte drängeln müssen.

»Es sind genau diese privilegierten Schichten, die du verteidigst!«, wirft seine Frau ihm vor, wenn er sich ihr anvertraut.

»Ich verteidige dich«, würde er ihr am liebsten erwidern, lässt es aber bleiben, weil er letztlich genauso ist. Er möchte dieselben Privilegien haben, dieselbe Sorglosigkeit, doch er hat nicht den Mut, es sich einzugestehen. Wenngleich er und Carla – ohne dass sie es zugeben würden – sich diese Privilegien nur unter Opfern verdienen.

Vor zehn Tagen etwa sind sie aus dem Urlaub zurückgekommen: Sie waren in der Romagna, in Rimini. Der erste Urlaub, seit sie sich kennen, abgesehen von der Hochzeitsreise. Außerdem haben sie sich nach dem Auto auch noch einen Fernseher gekauft, ebenfalls auf Raten. Eigentlich hätte es umgekehrt sein sollen, doch Carla hatte immer gemeint, das Auto sei dringender als der Fernseher, der ohnehin nichts anderes sei als ein Transportmittel für die Polit-Propaganda der regierenden Democrazia Cristiana. In der Pension am Meer jedoch lief im Speisesaal pausenlos der Fernseher, und je öfter sie Mike Bongiorno mit seiner Quizshow *Lascia o raddoppia* gesehen hatte, umso mehr hatte sie sich in ihn verliebt.

»Wir müssen schließlich auf dem Laufenden bleiben«,

hatte sie dann beteuert, als sie nach dem Urlaub ein Gerät anschafften. »Außerdem dient das Fernsehen dem Langzeitprojekt, die Italiener mittels einer einheitlichen Standardsprache miteinander zu vereinen.«

»Ja, mit der Sprache Roms und Mailands.«

So waren sie schließlich zu einem Fernseher gekommen.

›Letztlich‹, denkt Antonio, ›haben wir längst alles, was wir brauchen. Bis auf das einfache Leben.‹

Santis größter Trost war es, dass während er es sich am Meer gut ergehen ließ, Vandelli und Castelli im Knast saßen. In ihren Zellen. Auch der Anführer der Studentenproteste war kurz nach der gelungenen Umzingelung des ›Corriere‹ im Bau gelandet, doch es gelang ihm trotz allem, von sich reden zu machen, indem er im Gefängnis eine Prüfung nach der anderen ablegte. Der Polizist war überzeugt davon, ihm schon bald wiederzubegegnen, an der Spitze des einen oder anderen Protestes.

In der Zwischenzeit machten er und Martinez keineswegs nur Fotos, sondern besuchten auch die Versammlungen. Ohne Fotoapparat, versteht sich. Wie normale Studenten. Sie notierten sich nur die Namen derjenigen, die sprachen, um sie während der Demonstrationen abzulichten.

»Ihr legt eine richtiggehende Verbrecherkartei an! Das ist eine echte Sauerei!«, raunzte Carla.

»Wir haben Krieg. Und wir treffen nur unsere Vorkehrungen.«

Der Feind musste ausgekundschaftet werden, wollte man ihn besiegen. Das ging so weit, dass Antonio sich am Ende vor lauter Nähe mit den Studenten zu identifizieren begann, mit ihren Überzeugungen, mit ihrer Welt, sich immer mehr für ihre Ideale interessierte, sich ihr Wissen, ihre Parolen und schließlich sogar ihre Lieder aneignete.

Wenn die Gitarren ausgepackt wurden, wusste er schon, welche Lieder sie anstimmen würden. Das Repertoire, auch dies muss gesagt sein, war ziemlich beschränkt, so beschränkt, dass nach dem x-ten Mal selbst er und Martinez den Text von *Contessa* auswendig konnten, die eigentliche Hymne der Protestwelle. Manchmal ertappte er sich sogar dabei, wie er die Melodie auf dem Polizeipräsidium vor sich hin pfiff, bis ihn der erboste Blick irgendeines Kollegen verstummen ließ.

Was ist passiert, Frau Gräfin, in Aldos Industrie,
ein paar Dummköpfe haben gestreikt,
sie stritten für höhere Löhne,
sie schrien gar, sie würden ausgenutzt.
Und als die Polizei dann kam,
haben die Verrückten noch lauter geschrien,
haben die Höfe und die Tore mit Blut beschmiert,
bis das alles wieder weggeputzt ist, kann dauern.

Das Lied hatte durchaus seine Daseinsberechtigung. Komponiert hatte es Paolo Pietrangeli, ein linker Student zur Zeit der Universitätsbesetzung in Rom im Mai 1966. Er war mit seinen Genossen dort, um gegen den Mord durch Faschisten an einem der ihren, Paolo Rossi, zu protestieren, zu dem es einige Tage vorher gekommen war. Pietrangeli schrieb den Text innerhalb einer Nacht, inspiriert von dem Gerede im römischen Bürgertum, das von angeblichen Sexorgien während der ›kommunistischen‹ Besetzungen handelte, und von dem Bericht über einen Fabrikstreik in der Hauptstadt, bei dem der Chef, ein gewisser Aldo, ohne zu zögern die Polizei gerufen hatte, um die Streikposten seiner eigenen Arbeiterschaft auseinanderzutreiben. Wenn die Studenten dieses Lied sangen, zeigten sie besondere Teilnahme. Sie empfanden es als ihr Lied. Sie identifizierten sich damit.

Manchmal sah Antonio beim Singen auch ein paar frühere Kommilitonen von Carla.

»Statt zu arbeiten, laufen sie herum und richten Schaden an«, sagte er, als er ihr beim Abendessen davon erzählte.

»Sie glauben halt an ihre Ideale«, erwiderte sie verteidigend.

»Klar, die Ideale«, seufzte Antonio. »Zu viele Ideale.«

Die Studenten gaben sich nicht mit kleinen Zugeständnissen zufrieden: Sie wollten alles. Und das ertrug er einfach nicht mehr. Ihm reichte es schon, sie zu beobachten, um zu wissen, wie sie drauf waren. Sogar mit ihrem Äußeren unterstrichen sie ihr Anderssein: lange Haare, Jeans, Miniröcke, derart abgeänderte Militäruniformen, dass die Symbole der Macht lächerlich wurden. Allerdings musste man anerkennen, dass die jungen Leute eine außergewöhnliche Vitalität an den Tag legten und alles mit besonderer Leichtigkeit taten. Vor allem die Mädchen. Martinez fand sie alle wunderschön, so schön, dass er sich jeden Tag in eine andere verknallte. In ihren Blicken lag Idealismus, und die Sinnlichkeit ihrer Bewegungen war ungekünstelt. In dem Aufruhr der Gefühle, den das Jahr 1968 auch im Verhältnis der Geschlechter brachte, begann man (wenn auch konfus) die Frage nach dem Wesen des Männlichen und Weiblichen zu stellen. Und die Frauen hatten die eiskalte und wasserstoffblonde Patty Pravo zu ihrer Galionsfigur erwählt: Mit ihrer Schamlosigkeit verkörperte sie perfekt sowohl das Symbol der Emanzipation als auch das der jugendlichen Unrast. Ihr Lied *Ragazzo triste* traf die Gefühle vieler jungen Leute und wurde schnell eines der beliebtesten Lieder auf Studentenkonzerten.

»Dieses Mädchen aus dem Piper würde ich sofort vernaschen«, meinte Martinez jedes Mal, der dem hormonellen Ansturm nur mühsam standhielt. »Obwohl sie Kommunistin ist!«

Die Männer bevorzugten *Un ragazzo di strada* von den Corvi, ein Lied, das auch Santi mochte. Wie so vieles an der Studentenbewegung: die Solidarität, das Engagement für die gemeinsame Sache, das Teilen derselben Ideale. Es gab

Momente, in denen er am liebsten wirklich einer von ihnen gewesen wäre, einer Sache angehören, sie bedingungslos teilen wollte. Doch das Gefühl war nicht stark genug, um auf die Barrikaden zu gehen. Trotz aller Sympathien, die er manchen ihrer Überzeugungen entgegenbrachte, blieb er doch lieber diesseits der Barrikaden, um all jene zu verteidigen, die anders dachten; auf der Seite der ›schweigenden Mehrheit‹, von der die Zeitungen immer sprachen.

3

›Huren sind Hundefleisch‹, denkt Prestiné, während ihm langsam die Luft ausgeht. Eine Klinge steckt in seiner Kehle, und er kann nichts mehr sagen. Schuld daran ist diese Nutte, besser gesagt er selbst, weil er seinen verfluchten Mund nicht halten konnte.

Pietra sieht ihm beim Sterben zu, raucht eine Gitanes und hat nicht die geringste Eile.

»Du musst bei ihm bleiben, bis er abkratzt«, lautete Vandellis Auftrag. »Er darf nicht in letzter Minute gefunden und gerettet werden, verstanden? Das Arschloch muss sterben. Langsam.«

Prestiné stirbt einen filmreifen Tod. Und während er sein Leben aushaucht, laufen vor seinem inneren Auge verschwommen die Bilder seiner Erinnerung ab. Geschnappt wurde er, als er zwischen zwei Ofenladungen eine Kippe rauchte, vor derselben Tür, wo er Vandelli gesehen hatte. Pietra und Romolino erwarteten ihn genau wie damals die Bullen an dem Nebelabend des Verrats. Der Bandit vom Giambellino liebt offensichtlich die Allegorie. *Stessa spiaggia stesso mare*, wie es in dem Lied von Piero Focaccia heißt.

›Warum muss einem bloß beim Sterben dieser ganze Scheiß durch den Kopf gehen?‹, fragt er sich.

Er wusste, dass Vandelli ihm nicht verzeihen würde. Er hatte damit gerechnet. Er selbst war schuld, er allein. Wenn er bei dieser Nutte nur den Mund gehalten hätte, würde er jetzt in aller Ruhe das nächste Blech Brötchen in den Ofen schieben. Aber er musste dieser Mulatten-Fotze ja alles erzählen. Rammeln und quatschen, quatschen und rammeln. Im Genuss schwelgend große Reden führen, wie er den tollen Vandelli hinters Licht geführt hatte.

»So was lässt sich ein Prestiné nicht gefallen!«, hatte er wie ein Vollidiot wiederholt.

Aber irgendjemandem musste er es schließlich erzählen, oder? Es gibt Dinge, die kann man einfach nicht für sich behalten, und eine Hure ist immer noch vertrauenswürdiger als so mancher Freund. Auf der Piazza Tirana hätten sie ihn an den Eiern aufgehängt, wenn sie herausgefunden hätten, dass er ein Verräter ist, das war ihm klar. Aber einer, die man gerade noch gebumst hat, der kann man das doch erzählen, oder? Alles, was mit heruntergelassenen Hosen gesagt wird, darf sowieso niemand ernst nehmen. Aber die hatten es ernst genommen. Das war ihm klar geworden, als Pietra und Romolino rechts und links von ihm auftauchten, während er nach seinem Feuerzeug suchte. Ein Uhr nachts, kein Mensch weit und breit. Unwahrscheinlich, dass ihm jemand zur Hilfe kommen würde.

»Ich Esel! Esel! Esel!«

Er kann nichts anderes mehr denken, denn wenn er den Mund gehalten hätte, würde ihm nun kein Fleischermesser in der Kehle stecken. Aber was für ein grandioser Fick! Die Mulattin bewegte die Hüften wie eine Göttin und schien seinen Schwanz in sich aufzusaugen wie mit dem Saugnapf. Außerdem massierte sie ihn gekonnt mit ihren Muskeln, so dass er in zwei Minuten kam. Was sollte man da schon groß tun zwischen zwei Nummern? Eine rauchen, bisschen quatschen, oder?

Beim Gedanken an die Nutte umspielt ein verzerrtes Lächeln sein Gesicht. Und so verabschiedet er sich aus dieser Welt: mit fast fröhlicher Miene und geöffneten Augen. In der Luft der Duft nach frisch gebackenem Brot.

Vandelli und Nina tanzen eng umschlungen zu den kitschigen Klängen eines Bongusto-Liedes. Sein Gesicht in ihren Brüsten vergraben und seine Hände auf ihrem Hintern. Er hat heute Geburtstag. Sein achtzehnter. Es ist Ende September und immer noch warm, warm genug, um draußen zu feiern.

Er hat eine Barkasse auf den Navigli gemietet, auf der sich rund hundert geladene Gäste tummeln, Gefährten aus Lambrate, Bekannte aus der Comasina, Leute vom Giambellino, alte Bekannte von der Piazza Tripoli. Alle. Er hat keine Kosten gescheut. Von morgen an muss er sich wieder ranhalten, denn er ist völlig abgebrannt, doch das ist kein Problem. Jetzt will er nur das Fest genießen.

Er hat ganz groß aufgefahren, denn alle sollen es sehen. Auch ein paar Fotografen der Zeitung sind anwesend, die einen ganzen Film verschießen, während er in Ninas Armen sein Glas ins Objektiv hält. Alle sollen wissen, dass er Geburtstag feiert und mit dieser blutigen Angelegenheit, die am anderen Ende der Stadt geschieht, rein gar nichts zu tun hat.

Dutzende Zeugen, alle bereit, vor der Polizei auszusagen, sollte diese auf die Idee kommen, ihn zu verdächtigen.

Vito informiert ihn, dass die zwei Comasina-Jungs später kommen.

»Sie haben noch etwas zu erledigen«, murmelt er verschwörerisch.

Roberto nickt, er weiß, wohin sie gegangen sind: Er hat sie selbst losgeschickt, nachdem Angie ihm die Vertraulichkeiten ihrer dunkelhäutigen Kollegin erzählt hat. Der Hinweis ist schon ein paar Tage alt, aber er wollte nichts überstürzen; lieber den richtigen Moment abpassen. Und seine Informantinnen hat er großzügig entlohnt, sie können nun ein paar Monate oder länger Urlaub von der Straße machen. Auch sie sind unter den Geladenen. Sie lachen, trinken, streifen sich manchmal leicht. Pinto starrt die Mulattin mit aufgerissenen Augen an, scheint sie fast mit den Blicken verschlingen zu wollen. Das Orchester spielt ohne Pause, auch wenn es Ninas Liederwünsche von englischen Bands allesamt nicht erfüllen kann, weil die Musiker sie nicht kennen. Der Champagner fließt in Strömen, alles läuft phantastisch.

Um zwei Uhr morgens etwa stoßen auch Pietra und Romolino zu der Gästeschar. Sie umarmen und küssen das Geburtstagskind.

»Gut fünf Minuten hat's gedauert, bis er endlich hin war«, flüstert ihm Pietra ins Ohr. »Herzlichen Glückwunsch!«

Vandelli lächelt.

»Kellner, zwei Flaschen Cristal für meine Freunde hier. Wir müssen auf ein Geburtstagsgeschenk anstoßen, das sie mir gemacht haben!«

4

Zwei Monate auf Tuchfühlung mit den Studenten sind kein Kinderspiel. Eine wahre Nervenprobe, denn sie leben in der ständigen Furcht, enttarnt zu werden. Und jetzt drückt auch noch das kalte Wetter auf Antonios Stimmung: Die warmen Spätsommertage sind vorbei und haben einem so eisigen November das Feld überlassen, wie ihn die Stadt schon lange nicht mehr erlebt hat.

›Zum Glück ist unser Auftrag bald erfüllt‹, denkt er, während er bibbernd ein Lokal betritt. ›An Weihnachten ist alles vorbei.‹

Martinez wartet schon auf ihn. Mit brennender Zigarette, vor sich ein leeres Glas. Santi zieht den Parka aus und bestellt noch einmal das Gleiche für beide. Dienst oder nicht Dienst, egal.

»Das gehört schließlich zur Tarnung, oder?«

Der Kollege nickt mit ernster Miene. Diesen Witz bringen sie immer – ein Versuch, ein wenig die Anspannung zu lockern, die sie fast ununterbrochen begleitet. Sie klammern sich an den Tresen des Rattazzo, einer Bar in der Via Vetere, die auf den Park von der Piazza Vetra hinausgeht; ein beliebter Treffpunkt der Studentenbewegung, der sogar von den Kollegen der Politischen überwacht wird. Fotoapparate zu Hause gelassen und Ohren gespitzt.

Nach zehnminütigem Schweigen löst der Alkohol dem Jüngeren der beiden die Zunge.

»Soll ich dir was sagen, Antonio? Ich mag diesen Auftrag. Wirklich. Ich meine, ist doch besser, bei den Studenten zu sein und zu trinken und zu singen, als sich Mollis an den Kopf werfen zu lassen, oder? Das Bier fließt, keine Uniformpflicht, und dann die vielen Mädchen …«

»Klar, die Mädchen. Gestern habe ich dich mit der Rothaarigen gesehen. Wie war's denn?«

Martinez zuckt mit den Schultern, doch seine Lippen umspielt ein zufriedenes Lächeln.

»Du hast doch nicht etwa eine Dummheit gemacht, oder? Nicolò, sieh mich an.«

Der junge Mann schaut ihn an und kann sich ein Lachen nicht verkneifen.

»Komm schon, Antonio! Was hätte ich tun sollen? Du hast sie doch selbst gesehen, was für ein Feger …«

»Du Armleuchter! Die lynchen uns, wenn wir entdeckt werden.«

»Ich weiß. Aber der Befehl lautete doch, mit ihnen zu verschmelzen, oder?«, lacht er angesichts der frivolen Doppeldeutigkeit. Und fügt hinzu: »Dann verdächtigen sie uns wenigstens nicht.«

»Quatsch!«, faucht Santi.

Bevor Martinez antworten kann, kommt eine Gruppe Studenten herein, die ihre Aufmerksamkeit auf sich lenkt. Unter ihnen ist auch Landi, Castellis rechter Arm, der in seiner Abwesenheit die Entscheidungen trifft.

»Wir sprechen später weiter«, beendet der Sovrintendente die Unterhaltung.

Die Neuankömmlinge treten an ihren Tisch. Allgemeines Schulterklopfen, eine weitere Runde wird bestellt, sie sind eingeladen.

»So übel ist die Revolution doch gar nicht, findest du nicht, Antonio?«, flüstert Martinez ihm grinsend zu.

Er senkt den Kopf. So können sie nicht weitermachen.

An diesem Abend kommt Santi besonders spät nach Hause. Betrunken und mit wankenden Schritten. Er ist zu Fuß von den Säulen vor der Basilika San Lorenzo bis zum Arco della Pace gelaufen. Er nimmt nie das Auto, wenn er sich mit den Studenten trifft. Was für ein Revolutionär wäre das, der mit Parka im Cabrio herumfährt?

Trotz der unchristlichen Uhrzeit ist Carla noch wach und wartet auf ihn.

»Schön, so ein Spitzelleben, was?«

Sie liegt unter ihrer Decke im Bett. Der Tonfall, mit dem sie ihn begrüßt, genügt, damit Antonio auf einen Schlag – *d'emblée*, wie seine intellektuellen Freunde sagen würden – nüchtern ist. Seine Frau trägt eine Schlafhaube. Die Nachttischlampe brennt, und sie hält ein Buch in den Händen. Antonio schaut auf den Titel und fragt sich, warum sie wieder und wieder zu diesem Text greifen muss: Sie hat ihn doch bestimmt schon zehnmal gelesen. Es ist der *Brief an eine Lehrerin* von Don Milani, verfasst von den Schülern der Barbiana-Schule, die das Schulsystem mit den von ihm propagierten Lehrmethoden anprangern, das ihrer Meinung nach die Bildung der wohlhabenden Schichten bevorzugt und die Armen zurücklässt und dabei vergisst, dass alle das Recht auf ein qualitativ hochwertiges öffentliches Bildungssystem haben. Auch er und die Leute aus der Bewegung haben es gelesen und in unzähligen Versammlungen darüber diskutiert: Mittlerweile hasst er diese Reden.

»Wir sind entdeckt«, sagt er und lässt sich aufs Bett fallen.

Seine Frau macht eine erschrockene Miene.

»Bist du in Ordnung?«

Er nickt.

»Was war denn los?«

»Nicolò hat wegen einer Studentin den Kopf verloren. Das geht nicht gut aus. Wenn du erst die Hosen runterlässt, erzählst du der Frau am Ende alles.«

Und während er das sagt, fällt ihm Prestiné ein, der wie ein Hund vor seiner Backstube abgeschlachtet wurde. Selbst dem Arschloch Piazza, der die Ermittlungen leitet, ist sonnenklar, was da passiert ist, doch er hat keine Beweise. Am Tag nach dem Mord prangten Vandellis Fotos auf den Seiten von ›La Notte‹. Strahlend, im Kreise von Verbrechern und Nutten. Unantastbar.

»Du bist dumm«, erwidert seine Frau.

»Nein, Carla, es ist so. Ihr Frauen könnt in unserm Innern lesen, das weißt du. Wir sind geliefert. Wir dürfen uns nicht in die Sache hineinziehen lassen, und was nun passiert ist, haben wir vorher nicht bedacht. Wir haben die Frauen nicht bedacht, die Gefühle, den Faktor Mensch.«

Sie bricht in lautes Gelächter aus, während seine Miene versteinert.

»Die üblichen, hirnlosen Fascho-Soldaten«, erwidert sie hart, als sie wieder bei Atem ist. »Das reißt euch immer wieder rein! Ihr denkt an alles, außer an das Normalste von der Welt: Gefühle, Liebe, Romantik …«

»Quatsch!«

»Antonio, lass dir eines gesagt sein: Von Romantik hast du nicht die geringste Ahnung. Mir hast du den Heiratsantrag in einer U-Bahn gemacht! Das muss man sich mal vorstellen! Aber so bist du nun mal, und auch dafür liebe ich dich.«

Der Ausdruck in seinem Gesicht wird weicher. »Die Liebe besteht letztlich doch darin, gemeinsam dumm zu sein«, flüstert er.

»Was für ein schöner Satz!«

»Ist nicht von mir.«

»Ich weiß, Liebling. Diese Jugendgedichte auswendig zu lernen hat dir jedenfalls gutgetan! Es hat dich sensibler gemacht, als du sonst wärst. Und jetzt komm her.«

»Gleich.«

Es ist heillos spät, das weiß der Polizist, doch dieses Telefonat erlaubt keinen Aufschub.

Der Tonfall, mit dem am anderen Ende der Leitung geantwortet wird, ist unmissverständlich.

»*A chi t'è muerte e stra muerte!* Wer zum Teufel ist da?«

»Cimmino, ich bin's, Santi. Entschuldige den späten Anruf.«

»Bist du angeschossen? Hat es Martinez erwischt? Das hoffe ich zumindest für euch, denn sonst …«

»Nein.«

»Dann kannst du mich mal kreuzweise. Was zum Teufel fällt dir ein, mich …«

»Wir sind enttarnt«, unterbricht der Sovrintendente ihn. »Wir können nicht weitermachen. Wir sind gefährdet.«

Der Vorgesetzte schweigt, während Santi ihm von der Rothaarigen erzählt.

»Ah, die Frauen! *Una ce ne steva bona, e 'a facettero Maronna*«, kommentiert er am Ende.

»Wie bitte?«

»Ach nichts, *guagliò*. Morgen will ich euch beide im Präsidium sehen. Das Spiel ist vorbei. Zurück ins Glied. Und sag deinem Kumpel schon mal, dass ich ihn von jetzt an in die erste Reihe stellen werde, damit er sich ein paar verdiente Schläge auf seinen Querkopf einfängt, verstanden?«

Antonio legt auf. Es ist vorbei, das schmutzige Geschäft des Bespitzelns ist zu Ende. Eigentlich müsste er erleichtert sein, doch er ist es nicht und kann sich nicht erklären, warum.

5

Nebelschwaden lassen die Konturen der Dinge verschwinden, von Häusern, Autos, Trambahnen. Von einfach allem. Sogar die der Menschen, ihre Gesichter verschwimmen im Tränengas der Polizei, aber es ist unübersehbar, dass Sachen brennen: die Karosserien von Autos.

Santi hält sich schützend ein Taschentuch vor den Mund. Seit drei Tagen rasiert er sich wieder und trägt Uniform. Er ist auf die Straße zurückgekehrt, nach zwei Monaten als Spitzel oder Quasispitzel. Er und Nicolò sitzen zusammengedrängt mit zehn Kollegen in einem Mannschaftswagen.

»Da wären wir«, verkündet der kommandierende Vizekommissar. »Die Studenten haben das ehemalige Handelshotel auf der Piazza Fontana besetzt und es in ›Arbeiter- und Studentenhaus‹ umbenannt. Wir müssen räumen!«

Nach einer scharfen Bremsung springen die Soldaten aus dem Wagen, während sie sich mit Helm, Schild und Schlagstock bewaffnen. Bereit zum Gefecht. Santi und Martinez tauschen einen einvernehmlichen Blick. Sie brauchen keine Worte. Sie haben die Seite umgeblättert, es geht weiter. Es konnte nicht ewig so bleiben.

Polizist sein bedeutet eben auch, seine Zunge im Zaum zu halten und geschickt den Schlagstock zu führen. Antonio hat sich immer viel geprügelt im Leben. Mit den Jungs von der Piazza Brescia herrschte offener Krieg, und auch in den

Jugendzentren mit den Älteren war nicht immer alles eitel Sonnenschein. Die Diplomatie der Ohrfeige war die, die in seinem Viertel am besten funktionierte.

Nun musste er den Mund halten, während er bespuckt und mit allen möglichen Sachen beworfen wurde. Sich mit Schild und Helm schützen und alles einstecken. Den Befehl zum Einsatz abwarten.

›In solchen Momenten werden Menschen zu Tieren‹, denkt er. Eine Stunde lang steckt man ein und kann es dann kaum erwarten, zurückzuschlagen. Man begibt sich auf das Niveau von Tieren, und die jungen Leute da vorne, genau wie man selbst, werden zu Feinden, die vernichtet werden müssen. Die in ihre Löcher zurückgescheucht werden müssen, damit sie Mailand nicht in eine Stadt aus Barrikaden und Straßenkampf verwandeln.

Das von den Vorgesetzten auferlegte Abwarten diente allein dazu, da war er sich sicher, ihre Wut anzufachen. Dann, wenn sie ausreichend geladen waren, würde man sie loslassen, um sich abzureagieren und die Staatsfeinde niederzuknüppeln.

Die Zeit der Verhandlung war vorbei. Keine Angebote mehr von Sovrintendente Antonio Santi, nur Verteidigung. Schlagstock und Tränengas gegen Stöcke und Steine.

»Warum setzt ihr Tränengas gegen die Studenten ein?«, fragt Carla am selben Abend. »Wollt ihr das Volk verteidigen oder euch selbst? Oder könnte es sein, dass die Studenten zum Neidobjekt deiner Bullenkollegen werden? Die stammen ja oft genug aus Süditalien, müssen arbeiten, um die Familie zu ernähren, während diese Papasöhnchen studieren gehen und Doktoren werden, Architekten, Richter … Ist es das vielleicht?«

Antonio lässt sich Zeit mit der Antwort. Viele seiner Kollegen sind tatsächlich dieser Meinung. Er nicht, nachdem er zwei Monate mit ihnen verbracht hat.

»Niemand ist im Recht«, sagt er schließlich. »Niemand.«

Sie verstummt.

»Das ist meine Meinung«, fährt er fort. »Auf keiner Seite wird für die gerechte Sache gekämpft. Und weißt du auch, warum? Nicht weil wir Staatssklaven sind und sie die Kinder der Bourgeoisie, oder weil wir der bewaffnete Arm der Democrazia Cristiana sind und sie der der Kommunisten. Das ist alles der Unfug, den die Zeitungen verzapfen. Das Problem ist, dass wir und sie gleich sind, die gleichen Wünsche haben. Ich will dir ein Beispiel nennen: Weißt du, warum wir täglich aufhören, uns zu prügeln? Nicht etwa aus Vernunft oder durch einen konstruktiven Dialog. Nein. Wir hören auf, weil wir schnell nach Hause wollen, um *Rischia tutto* im Fernsehen zu sehen. Jeden Tag erlebe ich diesen unglaublichen Vorgang: Abends Punkt acht, plus minus eine Minute, rennen sie alle vor den Fernseher. Revoluzzer und Ordnungshüter. Befriedet. Wir sind gleich, wir und sie. Es gibt keinen Unterschied.«

»Ihr seid nicht gleich, Antonio. Überleg doch nur, was ihr in Avola angerichtet habt.«

»Was *wir* angerichtet haben?«, ruft er.

»Ja, ihr Polizisten. Himmel, warum verstehst du das denn nicht?«

»Ich verstehe das nicht, weil es nichts zu verstehen gibt.«

Also erklärt sie ihm, was es zu verstehen gibt, indem sie ihm einmal mehr berichtet, was sich in Avola zugetragen hat, das er selbst längst aus Fernsehen oder Zeitungen weiß. In dem kleinen sizilianischen Dorf, von dessen Existenz bis heute niemand wüsste, wäre nicht an jenem 2. Dezember ein Protest von Erntehelfern, die dreihundert Lire mehr Lohn forderten, in einer Tragödie geendet. Nach einer Welle fruchtloser Proteste hatte man beschlossen, eine Straßensperre zu errichten – ein Sattelzug wurde quer über die Straße gestellt –, was die Ordnungskräfte auf den Plan rief. Die Grundbesitzer hatten sie zur Hilfe gerufen. Neunzig Mann mit Maschinenpistolen, die Taschen voll mit Tränengasbomben und Stahlhelmen mit heruntergeklapptem Visier. Es war keine gute Idee gewesen. Zerstreut und ohne Verbindung miteinander, hatten die Polizeibeamten den Kopf verloren, bis einer von ihnen, verängstigt und von den anderen getrennt, geschossen hatte. Die Kollegen hatten es ihm nachgemacht. Dominoeffekt.

»Sie haben zwei Arbeiter umgebracht und achtundvierzig Personen verletzt, Antonio. Sie sind Mörder!«

»Sie haben sich verteidigt.«

»Danach hat man zwei Kilo verschossene Munition eingesammelt. Zwei Kilo! Dabei waren die Streikenden nicht einmal bewaffnet. Vor wem haben sie sich denn verteidigt, sag mir das mal! Ihr seid nicht gleich.«

Der Mann senkt den Blick und nickt.

»Du hast recht, wir sind es nicht.«

Als er das sagt, begreift er, dass er nicht mehr der sorglose Junge aus der Via Osoppo ist. Zu viel ist passiert in den vergangenen zehn Jahren, um noch der Gleiche zu sein wie früher. Vorfälle, Trennungen, Begegnungen. In seinem Kopf überschlagen sich Gedanken, Erinnerungen und Emotionen. Er möchte aufhören, möchte einen Punkt machen, sich ausruhen, doch er kann nicht, es ist noch nicht vorbei. Es ist nie vorbei. Morgen wird Castelli aus dem Gefängnis entlassen. Todsicher wird er wieder mit seinen Kumpanen verrückt spielen. Und Antonio wird zur Stelle sein, um sich ihm entgegenzustellen. Wie immer.

6

Mailand ist eine Stadt der Kohle, abends beim Nachhausekommen sind die Kleider schwarz vor Ruß, außer vielleicht an einem Tag wie diesem, an dem es seit den frühen Morgenstunden regnet.

Vandelli steht geschützt in der Vorhalle der Galleria und

beobachtet die Passanten. Seitdem er das Becca verlassen hat, hat er sich ruhig verhalten. Lediglich an ein paar kleineren Dingern war er beteiligt seit seiner Geburtstagsparty, um nicht aus der Übung zu kommen, ein bisschen Kleingeld schadet nicht, außerdem ein anspruchsvollerer Bankraub zusammen mit Nina und Pinto auf ein Postamt im Viertel Crocetta. Zehn Millionen durch drei, genug für die Miete und sonstige Lebenskosten für mindestens ein Jahr.

Alle Jobs mit Nylonstrümpfen über dem Kopf: Er hat seine Schuld bei Justizia beglichen und will sich nichts mehr anhängen lassen. Nun ist er ein einfacher freier Bürger, der durchs Zentrum spaziert. Es ist der Tag des heiligen Ambrosius, des Schutzheiligen Mailands. Trotz Kälte und Regen sind viele Leute unterwegs und flanieren wie er zwischen Dom, der Einkaufspassage Galleria Vittorio Emanuele II. und der Piazza della Scala umher, auf der schmuckbehängte Damen und elegant gekleidete Herren das berühmte Gebäude zur Opernpremiere betreten.

Auch die Studenten sind da. Und natürlich die Bullen, bereits in Stellung. Eine wahre Flut von Sicherheitskräften, bei deren Anblick es Roberto kalt über den Rücken läuft. Klar, er hat nichts zu befürchten, aber an Uniformen wird er sich eben nie gewöhnen.

Er mischt sich unters Volk und nähert sich einem Grüppchen von Studenten. Mit Politik scheinen sie nichts am Hut zu haben. Sie unterhalten sich über Frauen und was sie am Abend vorhaben. Als er genauer hinschaut, merkt er, dass es dieselben Leute sind, die man abends in Harry's Bar an der Piazza San Babila antrifft. Er weiß, dass einer von ihnen normalerweise in einem roten Duetto herumkurvt, den er möglichst weit abstellt, wenn er demonstrieren geht: Wäre ja nicht so schön, den Wagen bei seiner Rückkehr als abgefackeltes Wrack vorzufinden! Seine maßgeschneiderte Jacke verbirgt er unter einem zerschlissenen Parka.

Vandelli verzieht verächtlich den Mund und entfernt sich; er selbst trägt unter dem Regenmantel einen untadeligen dunklen Anzug von Caraceni, und dieses widerliche Kommunistengrün würde er nicht einmal dann anziehen, wenn er an die dazugehörigen Ideale glauben würde.

Rhythmisch trommelt der Regen auf Santis Helm. Er ist nass bis auf die Knochen, und er friert. Seit zwei Stunden stehen sie hier wie Vollidioten und warten, bis die Herrschaften mit den *dané* in die Vorstellung geströmt sind.

Seit etwa zwanzig Minuten versammeln sich vor ihnen auch Scharen von Studenten. Sie tröpfeln nach und nach aus Richtung der staatlichen Uni ein.

Als er sieht, wer die Demonstration anführt, muss Antonio unwillkürlich lächeln. Giorgio Castelli, eingehüllt in einen schwarzen Mantel, mit Regenschirm und dem unvermeidlichen Megaphon.

»Die Katze lässt das Mausen nicht.«

»Allerdings«, stimmt Martinez zu. »Und schau dir an, wen er an der Hand hält.«

Die Rothaarige schmiegt sich an den Anführer, und während sie in Richtung Platzmitte drängen, tauschen sie sogar einen Kuss, der keinen Zweifel an der Art ihrer Beziehung lässt.

»Wart ihr dann wohl doch nicht revolutionär genug, Nicolò.«

Der Agente antwortet nicht, doch Santi sieht, wie seine Fingerknöchel weiß werden, so fest umklammert er den Schlagstock. Als er wieder aufblickt, traut er seinen Augen nicht: »Was zum Teufel sucht Vandelli bei den Roten?«

Der Junge vom Giambellino steht etwa zehn Meter entfernt. Jetzt sieht auch er ihn und grüßt ihn mit erhobenem Mittelfinger. Santi hebt zum Gruß den Schlagstock. Höflichkeitsbekundungen zwischen alten Freunden.

Beider Aufmerksamkeit wird gleich darauf von Castelli

abgelenkt, der sich mit dem Megaphon in der Hand von der Platzmitte aus an die still im Regen ausharrenden Polizisten wendet.

»Ihr werdet euch fragen, warum gerade wir hier gegen die Zurschaustellung von Luxus protestieren, die in so krassem Gegensatz zu der Armut steht, in der die Mehrheit der Italiener leben muss, nicht wahr? Ganz einfach: Die Studenten solidarisieren sich mit dem Proletariat, das leidet und schuftet! Doch nun sind wir es, die euch fragen, was ihr hier tut. Ihr, die ihr gezwungen werdet, eure Heimatdörfer zu verlassen, um einer Regierung zu dienen, die euch hungern lässt, die ihr hier vor diesem Luxustempel stehen müsst, im Regen, um eine Handvoll schmuckbehängte Dirnen zu beschützen!«

Es ist schwer zu erkennen, ob es der Regen ist, der nun die Augen und Wangen vieler wartender Polizisten nässt.

In den vorangegangenen Tagen hatte der Bürgermeister um Respekt und Zurückhaltung gebeten, um die Trauer von Avola nicht zu stören. Man hatte nicht auf ihn gehört: Die Studentenbewegung hatte die Trauerruhe verletzt. Kaum hat Castelli geendet, fliegt einer dicken Matrone mit Diamanten und Pelzmantel ein Ei an den Kopf. Eine klebrige Eiweißpampe ergießt sich über ihre Hochfrisur, und sie schreit hysterisch. Nun folgt ein Hagel aus Eiern, Farbbeuteln und Gemüse, der Smokings und Pelze der Mailänder feinen Gesellschaft beschmutzt.

Santi kann sich ein Auflachen nicht verkneifen, und auch Martinez scheint sich wieder zu entspannen.

Selbst Cimmino, dessen Miene nichts anzumerken ist, genießt insgeheim das Spektakel. Er wartet, bis die Munition der Studenten verbraucht ist – maximal zwei Minuten –, ohne ein Eingreifen anzuordnen. Zu sehen, wie die feinen Herrschaften mit Eiern und roter Farbe bombardiert werden, tut irgendwie allen gut. Kleiner Racheakt, bevor er zur Tagesordnung übergeht. Denn tatsächlich erwartet Castelli am Ende des Tages eine Anklage wegen Volksverhetzung und Anstiftung zum Aufruhr.

7

Als er die Wohnung betritt, steigt ihm sofort der Duft von Hackfleischsoße in die Nase. Intensiv und lecker. Augenblicklich beginnt Santis Magen zu knurren. Er zieht die Uniform aus und geht zu seiner Frau ins Wohnzimmer. Auf dem Plattenspieler dreht sich eine Scheibe von Caterina Caselli, wie immer in letzter Zeit. In der Küche stehen zwei Gläser und eine eisgekühlte Flasche Sekt.

»Was ist los?«, fragt Antonio im Hereinkommen.

Carla strahlt.

»Es gibt etwas zu feiern!«

Damit entkorkt sie die Flasche und gießt den Schaumwein in die Gläser.

»Manchmal schafft es dieser Faschistenstaat doch noch, mich zu überraschen! Von heute an sind Männer und Frauen vor dem Gesetz ein Stück gleicher!«

»Ach ja?«

»Hast du keine Zeitung gelesen?«

»Bin nicht dazu gekommen«, versucht er sich zu rechtfertigen und muss an den Einsatz heute Nachmittag gegen eine Gruppe von Studenten denken, die ein Gebäude auf dem Largo Augusto besetzt hatten. Im Eifer des Gefechts hatte er sogar auf jemanden eingeschlagen, den er noch aus seinen Spitzelzeiten in der Bewegung zu kennen glaubte.

Die Frau hält ihm die Titelseite der ›Unità‹ vor die Nase. Und während er an seinem Sekt nippt, liest der Polizist, dass der Gerichtshof in zweiter Instanz beschlossen hat, dass der Ehebruch der Frau nicht mehr als Verbrechen gilt. Außerdem steht es der Frau im Falle einer erwiesenen Untreue des Gatten frei, sich von ihm scheiden zu lassen.

»Willst du mich etwa loswerden?«

»Ach komm, Dummkopf«, sagt sie lachend. »Hör lieber auf den Liedtext, den hat ein sehr begabter Musiker aus Asti geschrieben, Paolo Conte. Er handelt eben von einer Trennung und ist trotzdem hochpoetisch.«

Sie stellt das Glas auf den Tisch und fängt unter rhythmischen Kopfbewegungen an, das Lied der Caselli mitzusingen: »*Insieme a te non ci sto più, guardo le nuvole lassù …*«

Antonio lächelt und umarmt seine Frau, während sie aus vollem Halse den Refrain mitsingt.

E quando andrò
devi sorridermi se puoi,
non sarà facile ma sai
si muore un po' per poter vivere.
Arrivederci amore ciao.

Zum Schluss winkt Carla mit der Hand.

»Also, so dargeboten klingt das ja ziemlich verlockend«, lacht er und drückt sie an sich.

Sie küssen sich.

Das Ragù muss warten, denn noch bevor sie zu Abend essen können, landen sie splitterfasernackt im Schlafzimmer.

8

Die Versilia ist nicht das, was Vandelli sich vorgestellt hat. Im Fernsehen sieht man das ganze Jahr über wunderschöne Frauen, Champagner und Sonne. Dabei ist es im Winter trist hier, schlimmer noch als der Wasserflughafen. Die Rollläden der Geschäfte sind heruntergelassen, Dreck und

Algen, kein einziger Sonnenschirm weit und breit. Bleierner Himmel, so dass man sich am liebsten volllaufen lassen würde.

»Was zum Teufel tun wir hier«, brummt Pietra. »Das sieht ja aus wie der Friedhof von Lambrate.«

Sie sind zu viert: sie beide, Nina und Angie. Pinto hat eine Frau am Haken, während Romolino das Silvesteressen mit der Familie organisiert. Und was Esposito betrifft, tja, den wollen sie lieber nicht mehr zwischen den Füßen haben.

»Silvester am Meer?«, hatte Vandelli ein paar Stunden zuvor vorgeschlagen, als er in der Bar auf der Piazza Tirana auftauchte. Die anderen hatten das für eine gute Idee gehalten, und so sind sie nun in Forte dei Marmi.

»Keine Sorge, heute Abend amüsieren wir uns. Es gibt hier ein ganz schickes Lokal, wo es rundgeht.«

Sie sehen ihn verwundert an, doch Roberto lächelt zweideutig, ohne etwas hinzuzufügen. In Wirklichkeit hat er den Tipp von dem kleinen Studentenpopper bekommen, der im Duetto herumfährt und Harry's Bar frequentiert. Genau dort schlürfte er gestern seinen Aperitif und schnappte einen Unterhaltungsfetzen dieser Uptown-Revoluzzer auf.

»Silvester wird in der Bussola in Forte gefeiert! Die Jungs von der Bewegung planen einen Streich, mit dem sie diesen Scheißspießern eins auswischen wollen!«

Vandelli hätte am liebsten entgegnet, dass sie selbst Scheißspießer waren, hielt sich aber zurück. Letztlich hatte ihm gefallen, was die Roten da am Tag der Opernpremiere vor der Scala veranstaltet hatten. Mindestens zwei Dinge hatte er mit ihnen gemein: die Verachtung für die Reichen und die für die Bullerei.

So hatte er vom Fleck weg beschlossen, eine kleine Silvester-Reise in die Versilia zu unternehmen, nur um zu schauen, was sie tun würden. Und wo sie schon mal da waren, konnten sie auch gleich ein paar der Herrschaften erleichtern, die jenen Laden frequentierten, wo sogar die berühmte Sängerin Mina auftrat.

Als sie das Lokal betreten, ist es bereits voll. Pietra wirft einen Blick auf die Karte und stößt einen leisen Pfiff aus.

»Das Essen kostet ja ein Vermögen.«

Nina ist wunderschön. Schwarzes, langes Pailettenkleid, mit einem Ausschnitt, der tiefe Einblicke in ihr prächtiges Dekolleté gewährt, dazu perfekt geschminkt. Von Angie kann man das nicht sagen, obwohl sie ihre übliche Jeans gegen ein blaues Kleid getauscht hat, das immerhin zeigt, dass sie eine Frau ist – sehr zu ihrem Missfallen. Die zwei Männer tragen Maßanzüge mit Krawatte und Slipper an den Füßen.

Insgesamt machen sie keine schlechte Figur, sie wirken wie Mailänder, die mal außerhalb etwas Geld auf den Kopf hauen und sich dem Jetset zeigen wollen, mittelmäßig essen, ein paar Lines auf der Toilette ziehen und sich dann auf der Tanzfläche verausgaben möchten. Wie jedermann im Saal.

Das Essen beginnt, und nach der Vorspeise lässt Pietra die ersten Anzeichen von Ungeduld erkennen.

»Hier ist nichts los, Roberto.«

Vandelli bedeutet ihm, sich zu entspannen. Und schenkt noch Champagner nach.

»Jetzt genieß mal deine Scampi.«

Kurz vor Mitternacht bricht das Chaos los. Etwa fünfzig Jungs, darunter auch der Schnösel aus Harry's Bar mit Parka und rotem Tuch vor dem Gesicht, fallen in das Lokal ein; sie brüllen ihre Parolen und lassen einen dichten Tomatenhagel auf die weißgedeckten Tische niedergehen. Eine landet direkt neben ihrem Tisch und spritzt bis auf Pietras Anzug.

»Verdammte Scheiße, der ist brandneu!«, schimpft er. Er will schon aufstehen, doch Vandelli hält ihn zurück.

»Ruhig. Lass uns in Ruhe das Spektakel bewundern.«

Doch leider ist die Vorführung nicht ganz der Studentenstreich, den er sich erhofft hat. Die Studenten, die – bis auf ein paar zur Verstärkung Angereiste – meist aus der Toskana stammen, wollen zerstören, nicht demonstrieren. Nach wenigen Minuten steht ihnen ein Trupp Carabinieri gegenüber.

Die Auseinandersetzung verlagert sich nach draußen mit den üblichen Ritualen: Barrikaden, brennende Autos, Molotowcocktails von der einen, Tränengas von der anderen Seite. Der einzige Unterschied ist der, dass sie nicht in Mailand und die Carabinieri hier nicht an solche Zusammenstöße gewöhnt sind. In die Versilia kommen sonst nur die Wohlhabenden, und das Schlimmste, was die Carabinieri kennen, sind ein paar Strafzettel wegen Falschparkens oder Geschwindigkeitsübertretungen. Diese schlammgrün gekleideten Vandalen hingegen haben Eisenstangen und werfen mit Steinen und Brandsätzen.

Genau betrachtet sind auch die Studenten andere: Es gibt keinen Anführer der Bewegung. Castelli wird anschließend erklären, er habe von dieser Demonstration nichts gewusst. Es handelt sich um Streuner, die Unruhe stiften wollten, um das mondäne Leben der Bourgeoisie dort in Frage zu stellen.

Dann geht es erst richtig los.

»Lass uns von hier verschwinden, Roberto«, sagt Nina entschieden.

Die vier erheben sich, doch es ist gar nicht so leicht, sich zum Ausgang durchzudrängen. Auf der einen Seite steht die Carabinieri-Front, auf der anderen die Studenten, die mit allem werfen, was sie in die Finger bekommen. Auch auf sie.

Ein Molotowcocktail explodiert einen Schritt neben Ninas Fuß, die sofort anfängt zu schreien. Nun scheint sogar der Eiszapfen Angie aufgeschreckt.

Die Carabinieri-Einheit beschließt, zum Gegenangriff überzugehen, und bewegt sich mit gesenkten Köpfen und erhobenen Schlagstöcken voran.

Pietra fühlt sich schwindelig. Er würde die ganzen Arschlöcher am liebsten umbringen, die Bullerei ebenso wie die verwöhnten Gören. Unterschiedslos. Und das ist nicht nur so dahergesagt: Es wäre gewiss nicht sein erster Mord. Schwierige Kindheit in der Comasina. Vater brutaler Schläger und oft im Zuchthaus, Armut mit allem, was dazugehört: die übliche Geschichte. Probleme löste er schon bald, indem er alle tötete, die sich ihm in den Weg stellten. Dreimal bereits, wenn man genau hinsah, Prestiné eingeschlossen. Der Einzige, für den er bezahlt worden war. Die anderen hatte er gratis abgezogen, einfach so, um sie sich vom Hals zu schaffen.

Das Gefecht, in dem er sich nun wiederfindet, ist aber auch für ihn eine neue Erfahrung, und verwirrt reagiert er auf die einzige ihm bekannte Art: Er zieht seine Knarre aus der Tasche und ballert auf gut Glück um sich.

»Was zum Teufel tust du?«, schreit Vandelli und packt ihn am Kragen. »Pack die Kanone weg, wir verschwinden hier.«

Eine halbe Stunde später sitzen sie im Auto nach Mailand. Als es Mitternacht schlägt, sagt keiner ein Wort.

Im Radio hören sie die Nachricht von den Zusammenstößen in der Bussola, die Carabinieri seien »gezwungen gewesen, das Feuer auf die Demonstranten zu eröffnen«, und hätten einen von ihnen schwer verletzt – er wird für immer gelähmt sein, wie man später erfährt –, außerdem mehr als fünfzig festgenommen.

»Hast du das gehört?«, lacht Pietra. »Die Arschlöcher glauben, die Bullen hätten zuerst geschossen.«

Vandelli erwidert nichts, er fährt und raucht. Auch Nina und Angie schweigen, als wären sie gar nicht da. Bis zur Mautstation an der Mailänder Autobahnausfahrt, wo Angie sich aufsetzt und ausruft: »Was für ein elendes Scheißsilvester!«

Roberto hebt den Mittelfinger in ihre Richtung. Er hat die ganze Fahrt über geschwiegen und an anderes gedacht. Pietras Kugel wird alles verändern. Er kann es jetzt noch nicht wissen, doch einige Jahre später wird der mit dem Fall betraute Richter nach einem extrem schwierigen Ermittlungsverfahren feststellen, dass die Kugel nicht aus Richtung der Carabinieri geflogen sein konnte …

Doch Vandelli ist kein Wahrsager, sondern Pragmatiker. Was er genau weiß, ebenso wie am nächsten Morgen Santi – der gerade mit seinen Eltern, seiner Frau und dem Bruder feiert – und ebenso wie Cimmino es vorhersagen wird – der zurzeit in den Himmel über Neapel starrt, in dem das Feuerwerk explodiert –, ist, dass dieser 31. Dezember 1968 das Blatt wenden wird. Zum ersten Mal haben die Ordnungskräfte auf Studenten geschossen, und alle drei fürchten, dass das im neuen Jahr, auf das sie gerade anstoßen, immer häufiger geschehen wird.

DRITTER TEIL

Rote Stadt

Kata-kata-katanga!

1

Der Frühling zu Füßen der Madonnina, zwischen den Stahlvolten der Galleria und über dem Kopfsteinpflaster von Brera, über den kiesbedeckten Innenhöfen des Schlosses und um die Kolonnaden der Piazza dei Mercanti, dieser Frühling bringt nicht nur einen Duft mit sich, sondern Hunderte. Vor den offenen Auslagen der Bäckereien schweben die durchdringende Würze von Kräutern und der satte Duft nach frisch gebackenem Brot, aus den Bars strömt das intensive Aroma von frisch gemahlenem Kaffee und aus den Töpfen der Restaurants eine Ahnung von köchelndem Risotto. Aus den Milchwarenläden steigt den Passanten der weiche Duft warmer Gemüsetartes in die Nase, die als Mittagsimbiss für die Angestellten zubereitet wurden, um gleich darauf von dem Lavendelhauch aus den offenen Fenstern und Balkonen der Wohnungen verdrängt zu werden, wo die frisch gewaschene Wäsche zum Trocknen hängt. Das sind die Tage, an denen Mailand die Kälte des Winters abschüttelt, das eisige, nach Kohle riechende Nass, das sich in die Knochen gefressen hat, und die ganze Stadt atmet erleichtert all die Frühlingsdüfte ein.

Nicht so jedoch an diesem Morgen, heute liegt über der Innenstadt ein einziger, alles beherrschender Gestank, der stickige Smog von langen Kolonnen aus Spähpanzern und grünen Polizei-Mannschaftswagen, die sich mit lärmendem

Getöse auf der Via Chiaravalle und der Via Festa del Perdono vor der Universität zusammenziehen. Santi und Martinez gehören zu den Ersten, die aussteigen; die Studentenproteste an der staatlichen Universität haben ihren Höhepunkt erreicht. Antonio hat die Nase gestrichen voll von Demonstrationen, Protestmärschen, Kampfreden und Slogans. Er sehnt sich nach den Zeiten zurück, als er noch Jagd auf richtige Verbrecher machen durfte, nach den Marseillern zum Beispiel, nach Lampis und sogar nach Cavalieri.

Als sie ausgestiegen sind, instruiert Cimmino die Einsatzkräfte über das weitere Vorgehen.

»Ihr neuester Einfall ist die Gerichtsverhandlung, *mannaggia 'o pataturco!* Sie wollen einem Professor, den sie in Aula 208 gefangen halten, den Prozess machen.«

Auf der Motorhaube eines Jeeps entrollt er den Grundriss des Gebäudes. Er deutet auf einen Raum.

»Wir gehen hier entlang und treiben sie mit Tränengas raus. Alles klar?«

Jemand nickt.

»Wer hat uns gerufen?«, fragt Santi.

»Glücklicherweise sind nicht alle Studenten Kommunisten«, erwidert der Vorgesetzte knapp. »Los jetzt.«

Die Militärs laufen zum Eingang. Die Zeit drängt, denn in Aula 208 setzt Castelli schon als selbstberufener Staatsanwalt zum Schlussplädoyer an, und keiner weiß, was danach passieren wird. Die ganze Chose ist dermaßen eskaliert, nachdem ein Professor für Zivilrecht, Mauro Marchi, das Studienbuch eines durchgefallenen Studenten einbehalten hat und ihn so daran hinderte, den zweiten Prüfungstermin wahrzunehmen. Der Zwischenfall hat die Studentenbewegung auf den Plan gerufen, die kurzerhand beschloss, den Lehrkörper festzunehmen und ihm direkt vor Ort den Prozess zu machen.

Dabei ist das Ganze eine Farce, was auch die Studenten wissen, da der Professor sich lediglich an die Vorschriften gehalten hat. Das Problem dabei ist, dass er sich so offen gegen die erklärte Forderung der Bewegung gestellt hat, das Studienbuch zurückzugeben – wie es viele ›progressive‹ Professoren bereits tun –, um so dem Prüfling die Teilnahme an einer Nachprüfung noch im selben Studienjahr zu ermöglichen. Nun sitzt Marchi mit gesenktem Blick da und schweigt, ein Gefangener seiner Prüflinge, und fragt sich, ob er hier je wieder heil herauskommt und ob es die Sache wert war. Während die Polizei die Erstürmung vorbereitet.

Antonio zurrt das Kinnband an seinem Helm fest und überlegt, was Carla wohl dazu sagt, wenn er ihr alles erzählt. Eigentlich braucht es wenig Phantasie: Sie wird sich auf die Seite der Studenten schlagen und behaupten, Selektion und Leistungsprinzip seien Feinde, die es zu bekämpfen gilt.

»Bücherwissen muss stigmatisiert werden«, doziert Castelli gerade, als ihm die erste Tränengaspatrone vor die Füße rollt. Die zweite trifft ihn fast am Kopf. Der Professor, allein unter Studenten, seufzt erleichtert auf – in dem sicheren Wissen, dass es zu keiner Urteilsverkündung mehr kommen wird.

Innerhalb weniger Sekunden ist die Aula voll mit Rauch. Die Bullen postieren sich auf der einen Seite des Flurs, Gasmasken vor den Gesichtern und die Schlagstöcke einsatzbereit, die andere Seite bleibt frei.

»Warum tun wir das?«, fragt ein Beamter, der zur Verstärkung in Mailand ist. »Sollten wir sie nicht lieber einkreisen?«

»Fluchtweg«, erklärt ihm Santi. »Man muss immer einen Fluchtweg offen lassen, sonst kann es böse enden.«

Antonio hatte viel von Cimmino gelernt.

»*Sient'ammè*«, hatte der Neapolitaner ihm in einer ähnlichen Situation gesagt, »man muss diesen *strunz 'e merda* immer die Chance geben, sich zu verdrücken, sonst kippt die Sache. Sie müssen sich verziehen können, ohne in eine Falle zu laufen.«

Santi hatte genickt, das ergab alles Sinn. Die Studenten ausweglos in die Enge zu treiben, würde nur zur Eskalation führen; sich etwas abseits zu halten hingegen kann in vielen Fällen die Lage entscheidend entspannen.

Die Studenten haben die Aula bereits verlassen. Nach Atem ringend, mit tränenden Augen und hustengeschüttelt wollen sie immer noch ihre Missbilligung ausdrücken, indem sie die üblichen Parolen rufen: »Bullen sind Sklaven des Kapitals!« und die ganze Palette.

»Möglichst nicht zuschlagen«, schließt Antonio. »Obwohl es einem manchmal so richtig in den Fingern juckt ...«

An diesem Punkt nimmt die Sache eine unerklärliche Wendung. Die Aufstellung wird durchbrochen, als eine Gruppe Studenten mit Helmen und Eisenstangen sich entschlossen ihren Weg zu den Polizisten bahnt. Sie greifen frontal an und schreien dabei etwas, das Santi nicht versteht.

»Und jetzt?«, fragt der Beamte kleinlaut.

»Jetzt ist die Kacke am Dampfen.«

Eine Stunde später ist alles vorbei. Flur und Aula sind in einem verheerenden Zustand. Stühle und Bänke zerstört, Wände schwarz, der Putz bröckelt, die Türen ausgehebelt, ein paar Rohre gebrochen, Blut auf dem Fußboden.

Schlagstöcke und Tränengas haben nicht ausgereicht, um die Gewalttäter abzuwehren, Cimmino musste Verstärkung rufen. Am Ende haben die Studenten angesichts der übermächtigen Gegner aufgegeben und sind geflohen. Etwa dreißig bleiben zurück, Handschellen um die Gelenke. Andere landen im Krankenhaus zusammen mit vielen Carabinieri.

Antonio sieht sich verwundert um.

»Was für eine sinnlose Zerstörung«, murmelt er und nimmt seinen Helm ab.

»Dich kenn ich doch!«

Santi dreht sich um. Zwei Schritte vor ihm steht ein Mädchen. Armeehemd, weite Karohose, brauner Pferdeschwanz, pechschwarze Augen und feingeschwungene Lippen. Über dem rechten Auge ist sie verletzt – das war sicherlich ein Schlagstock –, es ist halb zugeschwollen. Sie hockt mit gefesselten Armen auf dem Boden und wartet auf ihren Abtransport aufs Polizeipräsidium.

»Was sagst du?«

»Ich hab dich schon mal gesehen, Bulle.«

»Das kann ich mir nicht vorstellen«, erwidert er hilflos. Seine Kollegen beachten sie nicht. Sie sind damit beschäftigt, die anderen Gefangenen wegzuschaffen.

»Bringst du die da mit, Santi?«, fragt ihn Cimmino.

Er nickt und zieht sie unsanft hoch.

»He, was sind das für Faschomethoden.«

»Entschuldigung.«

Das Mädchen hebt die unversehrte Braue.

»Entschuldigung? Du kannst ja richtig höflich sein. Und heißt du nur Santi oder hast du auch einen Vornamen?«

»Was geht dich das an?«

»Jetzt fängt er wieder an. Ich will doch nur ein bisschen reden.«

Als sie losgehen, fährt das Mädchen fort: »Jedenfalls kenne ich dich irgendwoher, lass mich nachdenken … Aber klar doch! Du warst auf ein paar Versammlungen von uns!«

Jetzt blitzen die Augen der Studentin plötzlich auf.

»Du Dreckskerl! Du bist ein Spitzel. Genossen, der hier ist ein Spitzel!«, schreit sie aus voller Kehle.

Einige wollen sich zu ihnen umdrehen, werden aber sofort von den Beamten festgehalten.

»Halt den Mund«, zischt Santi und packt sie am Arm.

»Aua! Weißt du nicht, dass man Frauen nicht schlagen darf?«

Der Polizist erwidert nichts.

Sie erreichen die Treppe.

»Pass auf, die Stufen.«

»Was soll das, machst du dir Sorgen um mich? Ich soll

nicht stürzen und mir weh tun, nachdem ihr mir das Auge kaputtgeprügelt habt?«

»Das war ich nicht.«

»Hahaha«, lacht sie gekünstelt. »Nicht? Das war einer deiner Kollegen, oder? Die Arschlöcher sind ja immer die anderen!«

»Hör auf damit! Immerhin habt ihr alles kurz und klein geschlagen! Und einen Professor gekidnappt!«

»Du hast ja keine Ahnung, was hier drinnen abgeht. Wie sich diese Professorenbonzen über uns hinwegsetzen.«

Santi zuckt mit den Schultern.

»Ja, gut so, nur nicht reden. Prügeln könnt ihr besser, ihr seid doch alle gleich! Weißt du, woran ich dich erkannt habe? Am Geruch. Ja, wirklich, an dem Gestank, den du mit dir rumschleppst. Riech doch nur mal an dir: Du stinkst nach Arrestzelle, Zigaretten und verstaubten Archiven.«

»Was weißt du schon davon. Sieh dich an, du bist ja kaum aus der Schule raus. Wie alt bist du?«

»Neunzehn.«

»Dein Vorstrafenregister kann sich bestimmt sehen lassen …«

»Gar nicht. Diesbezüglich wirst du mich entjungfern!«

Der Polizist senkt verlegen den Blick.

Sie gehen schweigend weiter.

»Hast du eine Kippe?«

Er nickt, zieht zwei Zigaretten aus dem Päckchen. Er gibt ihr Feuer.

»Danke. Sagst du mir nun, wie du heißt?«

»Antonio.«

»Angenehm, Antonio, ich bin Marina.«

Sie möchte ihm die Hand geben, doch die Handschellen hindern sie daran.

Sie haben die Spähpanzer fast erreicht. Santi sieht sich um. Es herrscht Durcheinander, schreiende Studenten, Kollegen, die sich nach dem Kampf ausruhen, Cimmino, der in sein Funkgerät brüllt.

»Was machst du?«

»Still.«

Antonio hat die Schlüssel für die Handschellen aus der Tasche gezogen. Eine Sekunde später sind Marinas Hände frei.

»Jetzt verschwinde«, befiehlt er ihr. »Los, lauf schon. Und lass dich nicht mehr erwischen!«

Sie ist erstaunt, kann es kaum glauben.

»Du bist gar nicht so übel.«

»Hau ab, hab ich gesagt, bevor ich es mir anders überlege.«

Sie beugt sich vor und gibt ihm einen Kuss. Einen leichten Kuss, einen Hauch von Berührung.

»Ich bin verheiratet«, stottert er. Als gäbe es sonst nichts Sinnvolles zu sagen.

»Macht nichts«, lächelt sie. »Oder weißt du etwa nicht, dass wir Kommunisten nicht nur kleine Kinder fressen, sondern auch die freie Liebe propagieren?«

»Ja, *Contessa*, habe ich auch schon mal gehört«, spöttelt er mit halb ernster, halb verschmitzter Miene und fängt an zu singen: *»Quella gente rinchiusa là dentro di libero amore facea professione ...«*

»Siehst du, ich hatte recht. Du bist gar nicht so übel.«

Sie zwinkert ihm mit dem gesunden Auge zu und verschwindet dann zwischen den anderen Studenten.

2

Die Detonation ist bis auf die Straße zu hören. Ihr Echo dröhnt durch die Mailänder Messehallen, die nach Messeschluss leergefegt sind wie ein entlegenes Alpental. Es ist sieben Uhr abends, Besucher sind zum Glück keine mehr da, nur noch ein paar Aussteller. Sofort wird das Polizeipräsidium alarmiert, alle verfügbaren Beamten werden zusammengezogen und eilen auf das Gelände.

»Italien ist zum Pulverfass geworden«, stöhnt Catalano. »Und das ganz plötzlich, noch bevor wir es realisieren konnten!«

Santi hat ihn eine ganze Weile nicht gesehen, seit er ihm von Nicolosi und der Sache mit Mattei erzählt hat. Nun ist er zum Kommissar befördert worden, hat Karriere in der politischen Abteilung gemacht und leitet den Einsatz. Antonio, Martinez und rund ein Dutzend anderer Beamter aus Cimminos Gruppe unterstützen ihn logistisch. Alle sitzen auf den harten Holzbänken des Mannschaftswagens, der sie zum Ort des Geschehens fährt.

»Als wären Molotows und Demos nicht genug. Nein. Jetzt müssen sie auch noch Bomben legen«, fährt Catalano in einer Art Selbstgespräch fort. »Die Roten: Sie sind schuld. Sie sind überall.«

Er wendet sich an den neben ihm sitzenden Santi.

»Hast du eine Ahnung, wie viele Telefone wir abhören? Und wie viele Informanten wir in die subversiven Gruppen eingeschleust haben? Und wie viele Spitzel unter die Apo-Typen?«

Der Sovrintendente zuckt mit den Schultern.

»Zu viele, Antonio. Viel zu viele. Unmengen! Und keiner hat auch nur das Geringste geahnt von dem, was da passiert ist! Aber mich kriegen sie nicht dran. O nein, ich kenne meine Pappenheimer. Weißt du, welche die Schlimmsten sind, die wir keine Sekunde aus den Augen lassen dürfen und die, da verwette ich meinen Arsch drauf, für das hier verantwortlich sind? Die Anarchisten.«

Keiner reagiert, und auch er verstummt.

Als sie ankommen, sind bereits ein paar Krankenwagen vor Ort.

»Keine Toten, zum Glück«, verkündet ein Sanitäter, der auf sie zukommt. »Sechs Leichtverletzte.«

Catalano und seine Männer untersuchen die Umgebung. Der Sprengkörper ist in einem der Messestände detoniert. Nicht in irgendeinem, und als sie feststellen, um welchen es sich handelt, bekommt das Ganze eine symbolische Bedeutung. Es ist der 25. April, italienischer Nationalfeiertag, und jemand hat eine Bombe in dem Stand von Fiat gezündet.

»Eine Bombe unter dem Arsch der Arbeitgeber, Ausbeuter der Arbeiterklasse.«

»Du redest, als seist du einer von ihnen, Santi.«

»Nur ein Erklärungsversuch …«

»Sicher, Erklärungsversuch! Wie ich deine Frau kenne, macht ihr zu Hause oft …«

Antonio tritt einen Schritt vor, ist noch eine Handbreit von der Nase seines Gegenübers entfernt.

»Was hat meine Frau damit zu tun?«

»Weißt du, was deine verehrte Gattin tut, wenn du bei der Arbeit bist?«

»Hör auf mit dem Scheiß, Catalano. Was willst du von Carla?«

Der andere stößt ihn unsanft zurück.

»Frag sie doch mal, was sie nachmittags so treibt. Nach der Schule mit ihren roten Freunden. Morgens Lehrer und nach dem Mittagessen Revoluzzer. Frag sie doch, wer ihr diese ganzen Ho-Chi-Minh-Flausen in den Kopf gesetzt hat.«

»Wer denn?«

»Zufälligerweise einer von dieser außerparlamentarischen Linken, der Potere-Operaio-Gruppe, die wir beobachten. Ein Kollege von ihr, ein marxistischer Literaturdozent, der sich mit den Fabrikarbeitern solidarisiert. Meine Leute haben sie schon ein paarmal zusammen gesehen. Ich an deiner Stelle würde aufpassen. Der steckt bis zum Hals mit drin in der Sache …«

Santi zittert vor Wut. Am liebsten würde er sich auf ihn werfen, doch Martinez, der wie ein Schutzengel neben ihm auftaucht, hält seinen Arm fest, um Schlimmeres zu verhindern.

Die Spannung liegt greifbar in der Luft, als ein Beamter auf sie zugerannt kommt und sie unterbricht.

»Dottore …«, keucht er.

»Was gibt es denn?«

»Sie haben noch eine Bombe gefunden. Am Hauptbahnhof. Zum Glück ist sie nicht hochgegangen.«

Von diesem Moment an gibt es kein Halten mehr, die Polizisten werden allesamt vom unkontrollierbaren Strudel der Ereignisse fortgerissen. Catalano und seine Männer arbeiten rund um die Uhr, genauso Martinez und Santi, der damit immerhin eine Ausrede hat, nicht an Carla und diesen Professor denken zu müssen, den sie trifft und mit dem sie vielleicht sogar ins Bett geht …

Im Moment zwingt er sich, nur an die Ermittlungen zu denken. Die Männer der Politischen tun das Ihre und ziehen ein paar Asse aus dem Ärmel: In derselben Nacht holen sie viele der ›unter besonderer Beobachtung‹ stehenden Personen aus den Betten, zum Großteil Anarchisten der Gruppe ›Sacco e Vanzetti‹ aus der Via Murilio oder der ›Ponte della Ghisolfa‹ mit Sitz am Piazzale Lugano.

Ganz oben auf Catalanos Liste steht ein Lokführer um die vierzig, Gianni Parenti. Ein kleiner Mann mit hoher Stirn und sorgsam gepflegtem, rabenschwarzem Bart, der in seinen Bullenaugen die Inkarnation des Bösen darstellt und unermüdlich im Klubhaus der Ghisolfa Studententreffen und -versammlungen organisiert, um *subversive* Themen zu behandeln.

»Wer sonst als die Anarchisten soll die Bomben gelegt haben?«, fragt sich der Commissario.

Catalano vernimmt Parenti drei endlose Stunden lang. Seine Frage ist immer dieselbe: »Lieber demokratischer Mitbürger, wo warst du gestern Abend zwischen sechs und sieben

Uhr und wer kann das bezeugen?« Und auch die Antwort ist immer dieselbe: »Ich habe den Feiertag zu Hause bei Frau und Kindern verbracht.«

Auch alle anderen, die aus dem Schlaf gerissen und verhört werden, mit geröteten Augen und zerzausten Haaren, spulen den gleichen Text ab, als hätten sie ihn auswendig gelernt. Und wahrscheinlich war es auch so. Alle haben sie den 25. April zu Hause verbracht, still und brav, wie es der Gesetzgeber von ihnen erwartet.

Daran ändert sich auch nichts, als die Männer der Politischen zu härteren Bandagen greifen, den Verhörten Salzwasser einflößen und sie minutenlang vor sich auf dem Boden knien lassen.

»Willst du einen Anwalt, demokratischer Mitbürger? Dann antworte mir, und danach sehen wir weiter«, erwidern sie dem, der sich beklagt. »Wir sind hier ja nicht in Amerika. Den Anwalt rufen wir dir, wenn es uns passt.« Auch die Bullen von Catalanos Einheit haben diese Leier drauf.

Auf Santi wirkt die ganze Sache wie eine große Show, in der alles gestellt ist und jeder nur seine Rolle spielt. Wie die Gruppe von Jugendlichen im Wachraum, die um zwei Uhr nachts den rhythmischen Kampfruf »Eins, zwei, drei, viele Vietnam« anstimmen, so dass er bis hinauf in Catalanos Büro schallt, im vierten Stock des Präsidiums, wo die Verhöre stattfinden. Damit wollen sie dem gerade verhörten Genossen Mut machen. Der nicht selten – und auch das wurde im Vorhinein sicherlich abgesprochen – statt zu antworten ganze Passagen aus dem *Kleinen roten Buch* von Mao Tsetung zitiert. Die abgedroschenste Stelle ist die, wo der Anführer des Großen Marsches dazu aufruft, die Hauptquartiere der Macht unter Beschuss zu nehmen, und damit das Konzept des gerechten Widerstandes gegen die Autoritäten bekräftigt.

Auch für Santi sind es endlose Stunden, die er mit dem Abhören von Tonaufnahmen verbringt oder persönlich den Verhören der Verdächtigten beiwohnt. Er sitzt nur dabei, sagt nichts und fragt nichts, er ist derjenige, der die Beschuldigten zwischen Büro und Zellen hin und her führt.

Als er sich am darauffolgenden Nachmittag endlich freimachen kann, um nach Hause zu gehen, ist er völlig fertig. Vom Hof aus hört er Commissario Catalano, der immer noch auf einen Tatverdächtigen einbrüllt. Er ist außer sich: Nicht das Mindeste hat er herausgefunden, und es gibt bereits Kollegen, die ihn beschuldigen, den Anarchisten unrecht zu tun und die Ermittlungen voreilig und ohne jeden Beweis in eine Sackgasse gelenkt zu haben.

Am Steuer seines Wagens wird Antonio einfach nicht das Bild los von Carla in den Armen eines anderen. In den zurückliegenden, chaotischen Stunden hat er sie ein paarmal kurz angerufen, um ihr zu sagen, dass es ihm gutgehe und es noch dauern könne. Sie hat immer nur ja gesagt.

Zu Hause angekommen ist sie nicht da. Es ist fünf Uhr nachmittags. Er ist zu müde für Spekulationen, duscht und läuft dann unruhig zwischen Ess- und Schlafzimmer hin und her. Er blättert in dem einen oder anderen Buch aus dem großen Bücherregal, das eine ganze Wand im Wohnzimmer füllt. Wissenschaftliche Literatur seiner Frau, Romane, Gedichtsammlungen, in die er kein einziges Mal hineingeschaut hat. Eins fällt ihm in die Hände, es steht ganz vorne: Paul Valéry, das er ihr bei ihrer allerersten Verabredung geschenkt hat. Er wirft sich auf das schwarze Ledersofa mit unter dem Kopf verschränkten Armen, um so sein Unwohlsein bequem abzulegen.

Eine halbe Stunde später kommt Carla nach Hause. Sie ist beinah geschminkt wie Mina, mit schwarz umrandeten Augen und einem nach oben führenden Lidstrich in den Außenwinkeln.

»Das ist Kajal«, erklärt sie ihm, als er sie darauf anspricht.

Sie trägt Minirock und Lederstiefel.

»Wo warst du?«

»Wir waren noch mit ein paar Kollegen Kaffee trinken.«

»Männer?«

»Ja, Männer. Was ist, Antonio, bist du eifersüchtig? Und was soll überhaupt diese Fragerei?«

»Nichts, ich war nur neugierig.«

»Und was hast du gemacht?«

»Schreibkram im Präsidium. Ich habe den ganzen Tag die Aussagen der Verdächtigen abgetippt.«

Sie nickt und verschwindet ins Bad.

3

Verhöre, Protokolle, spontane Aussagen, Berichte.

An diesem Vormittag fühlt Santi sich wie auf dem Katasteramt. Wenn sich solche Aktenberge schon bei einer Bombe ohne Todesopfer anhäufen, will er gar nicht wissen, bis auf welche Höhe sie sich bei einer Bombe mit echten Toten türmen würden. Sofort bereut er diesen Gedanken. Völliger Unsinn, sagt er sich, aber immerhin ein Unsinn, der ihn von seiner großen Obsession ablenkt: der Vorstellung von Carla im Bett mit diesem Literaturprofessor.

Vergangene Nacht hat er kein Auge zugetan, und jetzt überlegt er, ob er seiner Frau nach Schulschluss heimlich folgen soll. Er will mit eigenen Augen sehen, wo sie hingeht und mit wem sie sich trifft. Falls sie sich mit jemandem trifft. Und sollte es zufälligerweise nicht so sein, na ja, dann kann er immer noch in die Questura zurückkehren und Catalano zur Schnecke machen, schlimmer noch als der Polizeipräsident es ohnehin schon tut wegen des unbefriedigenden Ausgangs der Ermittlungen. Die Anarchistenspur hat sich als falsch erwiesen, als reines Hirngespinst des Leiters der Politischen

Abteilung, für die es in der Realität keinerlei Beweise gibt. Alle Verdächtigen wurden unter vielen Entschuldigungen freigelassen, während die Presse die Ermittler in der Luft zerreißt und ihnen unverhohlen Unfähigkeit vorwirft. Ein Fest vor allem für die kommunistischen Blätter.

Santi hat andere Sorgen. Ob Catalano an den Pranger gestellt wird, ist ihm gleichgültig. Und die Anarchisten genauso. Er steht auf und schlüpft in seine Jacke.

»Wo gehst du hin?«, fragt Martinez.

»Ich muss etwas erledigen. Wir sehen uns später.«

Er rennt die Treppen hinunter und wie eine Furie durch das Tor nach draußen, ohne den Wachmann zu grüßen. Auf dem Bürgersteig der Via Fatebenefratelli bleibt er abrupt stehen. ›Will ich das wirklich?‹

Ein bekanntes Gesicht erspart ihm die unangenehme Antwort.

»Marina.«

»Wow, du weißt ja sogar noch meinen Namen. Du bist wirklich ein Spitzel mit fotografischem Gedächtnis.«

Antonio sieht sie an. Die Wunde an der Stirn ist fast verheilt. Sie trägt die Haare offen über die Schultern, Lippenstift und einen weißen Rollkragenpullover, der ihr Gesicht betont. Außerdem einen langen Rock. Sehr hübsch.

»Wie kommt's, dass du heute als Frau und nicht als Che Guevara angezogen bist?«

»Du bist so ein Ekel! Und dabei bin ich gekommen, um mich bei dir zu bedanken.«

»Hierher?«

»Wohin denn sonst? Bullen findest du im Polizeipräsidium, oder?«

»Du hast recht. Lust auf einen Kaffee?«

»Aber nicht in dieser Bullenbar gegenüber der Questura.«

»Andere gibt es hier in der Nähe nicht.«

»Dann zeig ich dir eine. Hast du ein Auto?«

Die raue Stimme klingt durch das knapp vier Quadratmeter große Zimmer. Santi liegt auf dem Bett, zwischen den Lippen einen brennenden Joint. Er nimmt einen tiefen Zug und reicht ihn dann Marina zurück, die neben ihm liegt. Beide haben die Augen geschlossen.

The Eastern world it is explodin',
Violence flarin', bullets loadin',
You're old enough to kill but not for votin',
You don't believe in war, but what's that gun you're totin'?
And even the Jordan river has bodies floatin',
But you tell me over and over and over again, my friend,
Ah, you don't believe we're on the eve of destruction.

»Schön, oder?«, fragt sie, als das Lied endet. »Es heißt *Eve of Destruction*, der Sänger ist ein Amerikaner namens Barry McGuire: Vietnam, Israel, China … Hast du von ihm gehört?«

»Aber klar. Oder glaubst du, ich wüsste nicht, dass wir am Anfang vom Ende stehen?«

Sie setzt sich auf und lacht.

»Wir haben zu Hause die Platte. Ich habe sie bestimmt hundert Mal gehört«, fährt er fort. »Und mir wurde auch haarklein der Text erklärt. Englisch ist mir ein absolutes Rätsel.«

»Er wurde dir erklärt?«

»Von meiner Frau.«

Es herrscht einen Moment Stille, dann nimmt sie den Faden wieder auf.

»Es gibt eine Übersetzung von Pino Masi. Er hat sie *Die Stunde des Gewehrs* genannt. Dieselbe Musik mit italienischem Text, der sich an den aktuellen Ereignissen orientiert. Möchtest du es hören?«

»Nein, mir ist das Englische lieber. Ich will es gar nicht verstehen, will nichts wissen. Ich bin es so müde, das alles Tag für Tag mit ansehen zu müssen.«

»Du bist resigniert und reaktionär.«

»Hör mit der Propaganda auf. Da reicht mir völlig meine Frau.«

Sie sieht ihn an: Schon zweimal hat er sie erwähnt. Sie beugt sich über ihn und sucht seine Lippen. Noch ein Kuss, leicht, aber intensiv. Wie der nach der Festnahme.

»Ist es das erste Mal, dass du sie betrügst?«, fragt sie, als sie sich wieder aufrichtet.

»Ich betrüge sie nicht.«

»Noch nicht, meinst du wohl«, lacht sie schelmisch, während sie sich den weißen Pullover über den Kopf zieht. Darunter kein BH, milchweiße Haut.

Antonio regt sich nicht.

»Himmel, was ist mit dir? Du wirst doch nicht etwa ein schlechtes Gewissen haben?«

»Wie kommt es, dass du und ich hier auf dem Bett liegen? In einem Gästezimmer der Universität?«

»Ganz ruhig, ich will nichts von dir. Es geht nur um Sex. Ich habe auch einen Freund …«

Er sieht ihre Brüste an, die kleinen, festen Nippel. Geschlossene Knospen auf noch unreifen Hügeln.

Er möchte hineinbeißen, sie in den Händen halten, gierig an ihnen saugen. Doch er tut nichts davon. Stattdessen steht er auf und zieht sich die Jacke über.

»Du bist ein wahrer Ehrenmann, Santi«, verhöhnt sie ihn unter verächtlichen Blicken.

Er nickt leise, verlässt ohne ein weiteres Wort das Zimmer und schließt die Tür hinter sich.

Gerade hat er beschlossen, dass er Carla nicht nachspionieren wird. Er fände es nicht richtig. Wenn du der Frau nicht mehr traust, die du geheiratet hast, wem dann?

4

Es dauert eine Weile, bis das Beruhigungsmittel wirkt und der Schmerz nachlässt. Nun erst realisiert Antonio, dass er sich in einem Krankenzimmer befindet. Sein Kopf tut weh und ein Bein ist eingegipst. Im Bett neben ihm liegt Martinez.

»Du bist also nicht in die Luft geflogen«, begrüßt ihn dieser, als er sieht, dass Antonio wach ist.

»Was zum Teufel ist passiert?«

»Weißt du das nicht mehr?«

Hinter Antonios Schläfen pulsiert das Blut, und er sieht alles nur verschwommen. Er versucht, den Kollegen scharf zu stellen. Der ist ebenfalls übel zugerichtet.

»Wie geht es dir?«

Nicolò lächelt und zeigt dabei einen kaputten Zahn.

»Hätte schlimmer kommen können: ein gebrochener Arm und ein paar gequetschte Rippen. Die haben uns ganz schön eins draufgegeben.«

Antonio schüttelt den Kopf, dann schließt er die Lider und hat im selben Moment wieder die Bilder vor Augen.

Alle.

Es geschieht ohne jede Vorwarnung. Er, Martinez und rund ein Dutzend Kollegen kehren zu den Spähpanzern zurück. Der Aufmarsch ist zu Ende, und sie wollen ins Präsidium fahren. Nur wenige Hundert Meter trennen die Universität von der Piazza Cordusio. Sie sind entspannt, rauchen und unterhalten sich, als es aus einer Seitenstraße jäh über sie hereinbricht.

Wieder hört Antonio ihr Kampfgeschrei, wie bei den Indianern. Es ist dasselbe, das er bei der Geiselnahme des Professors noch nicht kannte und das er seitdem nicht mehr vergessen hat: »Kata-kata-katanga!«

Es sind um die fünfzig, und sie stürzen mit Eisenstangen und Rohrzangen auf sie zu, Knochen brechen wie Grissini.

Er hat nicht einmal Zeit, zum Schlagstock zu greifen: Ein unfassbar heftiger Schlag auf den Kopf lässt ihn wanken und zu Boden stürzen. Zum Glück trägt er noch seinen Helm, sonst hätte die Stange ihm den Schädel zertrümmert. Er wälzt sich auf den Rücken und versucht zu atmen, als sich ein Gesicht über ihn beugt. Obwohl es halb hinter einem Tuch verborgen ist, erkennt er es sofort. Grüne Fotomodell-Augen. Tausend Biere haben sie zusammen getrunken, es ist Santoni.

»Damit dir nie wieder einfällt, uns auszuspionieren«, schreit er, bevor er ihm das Gesicht mit der Schuhsohle bearbeitet. »Und es mit unseren Genossinnen zu treiben, du Drecksbulle!«

Letzteres ein enorm erhellender Satz, ohne Frage. Marina hatte geplaudert, und offensichtlich sind auch die Genossen, allen großspurigen Versicherungen zum Trotz, nicht gegen Eifersucht gefeit.

Danach schwindet die Erinnerung.

Das komplette Bewusstsein über die Vorfälle erlangt Antonio erst in den folgenden Tagen wieder, die er mit Schmerzen am ganzen Leib im Krankenhausbett verbringt. Er erfährt zum Beispiel, dass die Typen, vor denen er sich in Zukunft hüten muss, zur ›Katanga‹ gehören und den Ordnungsdienst der Studentenbewegung darstellen, der sich formiert hat, als er schon aus ihren Reihen ausgeschieden war.

Die Mitglieder nennen sich *Katangesen*, und ihr Name leitet sich von der sezessionistischen Region im Kongo ab. Offiziell sollen sie dafür sorgen, dass die Protestmärsche auf der mit Polizeipräsidium oder Präfektur abgestimmten Route bleiben – wenn es im Vorfeld eine Abstimmung gab –, dass die Demonstrationen ruhig verlaufen und eventuelle Gewaltausbrüche verhindert werden. So die schöne Theorie, versteht sich. Aus den Berichten, die er von der Politischen bekommt, geht jedoch hervor, dass die Auseinandersetzungen mit Gruppen der Rechten, aber auch mit der Polizei oder mit Gruppen der extremen Linken keine Seltenheit darstellen. Santi erfährt auch, wie sie organisiert sind. Es handelt sich um richtiggehende paramilitärische Truppen mit Ad-hoc-Ausrüstung: Kampfhelme, ›Bonbons‹ genannte walnussgroße Steine in der Tasche, und natürlich der ›Stift‹, der berühmt-berüchtigte verchromte Hazet 36 – mit dem ihm wahrscheinlich das Bein zerschlagen wurde –, ein fast armlanger, stählerner Schraubenschlüssel, der gut heimlich unter Parka oder Lodenmantel getragen werden kann.

Auf dieses Werkzeug war die Wahl gefallen, nachdem man Spitzhacke und Baseballschläger verworfen hatte, weil weniger geeignet für die Bullendresche. Ganz zu schweigen davon, dass der Stift den unstrittigen Vorteil hatte, auch als ganz normales, unverzichtbares Arbeitsgerät durchzugehen. Die Protokolle strotzten nur so von angehenden Klempnern, Hausmeistern, Mechanikern und Hobbybastlern, die allesamt erklärten, irgendwelchen Verwandten bei der Reparatur eines heimischen Rohrschadens zur Hand gehen zu wollen oder mit dem Auto liegen geblieben zu sein.

Diese Idee war im Verteidigungsausschuss der Katangesen entstanden, einer größeren Gruppe von Anwälten, die sehr detaillierte Anweisungen gegeben hatten, wie man sich im Falle einer Festnahme verhalten solle: »Ihr leugnet selbst das Offensichtliche, auch wenn es fotografisches oder filmisches Beweismaterial gibt. Und wenn sie euch mit dem Schraubenschlüssel erwischen, sagt ihr, dass ihr gerade unterwegs wart, das Badezimmer eurer Oma zu reparieren oder das Auto eures Vaters.«

Einer der von Castelli ersonnenen Slogans lautete übrigens: »Friedfertig, aber niemals pazifistisch.« Und ganz bestimmt waren die Katangesen alles andere als zahm und still; in den Dossiers wurden sie als eine Art Militärcorps beschrieben, eine wahre makedonische Phalanx von mindestens vierhundert Leuten, die nicht einmal vor den Schilden der zur Schlacht aufgereihten Polizisten haltmachten. Und manchmal – das hatten sie bitter am eigenen Leib erfahren müssen – geschah das krasse Gegenteil.

Katanga-Chef war Luigi Landi, der aus dem Marxismus seine Lebensphilosophie gemacht hatte, sekundiert von Mario Santoni. Ihnen unterstanden verschiedene Kommandanten, die jeder eine eigene Abteilung befehligten: So gab es zum Beispiel an der Wirtschaftsuniversität Bocconi die Gruppe ›Stalin‹ oder die ›Dimitroff‹-Gruppe und viele andere. Besonders herausragend unter ihnen war die Gruppe ›Lenin‹ der medizinischen und wissenschaftlichen Fakultät, angeführt von Santoni. Diese Gruppe mit ihrem für die Geschichte des Kommunismus so illustren Namen war Landis zuverlässigster und militantester Trupp, eine Art Sondereinheit, der ungefähr fünfzig Mann angehörten.

»In einfachen Worten«, witzelte Santi mit Martinez, »die Katanga-Paras haben uns in einen Hinterhalt gelockt und uns mächtig den Arsch aufgerissen!«

»Du erinnerst dich also wieder! Sehr gut.«

»Klar. Vollidiot!«

»Wer, ich?«

»Nein, ich, Martinez, ich selbst. Im Vergleich zu mir warst du geradezu genial. Deine Rote war ja eine wahre Schönheit und vor allem nicht die leicht reizbare Konkubine vom Chef irgendeiner bewaffneten Bande von Irren!«

»Was redest du da? Haben sie dir eine Ladung LSD in die Vene gespritzt, oder was phantasierst du da zusammen?«

Doch Antonio ist völlig klar. Die Puzzleteilchen in seinem Kopf ordnen sich zu einem Gesamtbild: Santoni ist Marinas Freund. Im Dossier der Politischen gibt es ein Foto, auf dem sie zusammen zu sehen sind.

»Ich phantasiere nicht, Nicolò. Und eins will ich dir sagen: Es gibt keine Kreatur, die mehr nach Rache dürstet als eine abgewiesene Frau. Sie fühlt sich in ihren Gefühlen verletzt, gedemütigt. Und das will sie dir heimzahlen, aus tiefster Seele.«

5

Goldblonder Pagenkopf, große Rehaugen, zarter Körperbau, spitzbübischer Blick: eine Art Kindfrau, sozusagen.

»Mich stößt das ab.«

»Ich würde sie gern mal richtig rannehmen.«

»Du bist aber auch nicht der Maßstab, Nicolò, deine Hormone spielen ja immer verrückt.«

Die zwei Polizisten sehen sich Fotos aus dem Boulevardblatt ›Gente‹ an. Einen Beitrag über das androgyne Fotomodel Twiggy. Ein ganz großer Star dank des Minirocks, wie die Zeitschrift wahrheitsgetreu berichtet.

»Hübsche Erfindung, meinst du nicht?«, fragt Santi ironisch.

»Kann man wohl sagen«, stimmt der Kollege zu. »Hier steht, eine gewisse Mary Quant habe ihn mit einundzwanzig Jahren erfunden. Bei ihren Entwürfen habe sie sich von der Pop-Art inspirieren lassen – *cheap and chic* nannte sie das. Die wurden dann zum Vorbild der jungen Mode im Swinging London.«

»Willst dir wohl auch ein paar Exemplare zulegen, was?«

»Warum nicht? Im Übrigen wäre sie längst schon wieder in der Versenkung verschwunden, hätte sie nicht eines Morgens den Einfall gehabt, aus ein paar Zentimetern Stoff diesen Fetzen zu schneidern. Die Vorstellung, die Beine nicht zu bedecken und alles andere auch nur mit dem Notwendigsten, finde ich herrlich.«

»Das hast du in der Zeitschrift gelesen, stimmt's?«

»Wortwörtlich«, lacht Martinez. »Warum?«

»Nur so, sonst hätte ich dich jetzt der Sitte übergeben. Red weiter, los.«

»Viel mehr ist es nicht. Im Minirock betritt Twiggy die Bühne, die mit nur sechzehn Jahren auf den Modeolymp geschossen wird und dem Swinging London Gesicht und Beine gibt. Ihr richtiger Name lautet Lesley, aber alle nennen sie Twiggy, weil sie so dürr ist wie eine Bohnenstange.«

»Ihr redet doch über mich, oder?«

Mit einem Lächeln kommt Carla herein und geht zu ihrem Mann, um ihn auf den Mund zu küssen.

»Klar«, lügt Martinez und klappt schnell die Zeitschrift zu.

»Ihr müsstet euch mal sehen: So bandagiert, wie ihr seid, könnte man euch glatt für Mumien halten. Und dann habt ihr noch die Chuzpe, Mädchenbeine in Illustrierten zu beglotzen.«

Antonio freut sich, sie zu sehen. Die dummen Gedanken sind verflogen. Die Nachmittage verbringt seine Frau bei ihm. Sie sitzt an seinem Bettrand, sie reden, lesen; sie verbringen Zeit miteinander, die ihnen im Alltag zu Hause immer gefehlt hat.

Sie fangen sogar an zu lernen, denn er möchte an einem Bewerbungsverfahren teilnehmen, um sich zum Kommissar für öffentliche Sicherheit weiterzubilden, das in einigen Monaten in Rom stattfinden wird.

»Ich kann dir ja helfen, dich auf die Prüfungen vorzubereiten«, hatte sie sich erboten, als er ihr das erste Mal von seiner Idee erzählt hat. »Dann tust du wenigstens etwas Sinnvolles während deiner Genesung.«

Santi weiß im tiefsten Innern, dass er das nicht tut, um Zeit totzuschlagen. Er möchte einfach nicht mehr raus auf die Straße, mit dem Schlagstock in der Hand. Er glaubt nicht mehr daran. Und er hat Angst: Ohne es zuzugeben, macht er sich in die Hose bei dem Gedanken, noch einmal vor einem erbosten Katanga-Heer mit hocherhobenen Monster-Schraubenschlüsseln zu stehen.

Liveübertragung vom Mond

1

Der See ist glatt wie ein Bügelbrett. Kein Windhauch kräuselt seine Oberfläche, und die Sonne macht Lust, schwimmen zu gehen.

Die Frau hat sich bei ihrem Verlobten untergehakt. Sie ist klein, um die fünfundzwanzig, mit feinen Gesichtszügen und schulterlangen, glatten Haaren. Ein Spätzchen. Er hingegen ein Hüne: Schultern wie ein Rugbyspieler, raspelkurze Haare, plattgedrückte Nase, ausgeprägte Lippen. Nach zweijähriger Verlobungszeit wollen sie heute heiraten und sind auf dem Weg zur Bank, um einen Kredit aufzunehmen, von dem sie das kaufen wollen, was einmal ihr Liebesnest werden soll.

Kaum übertreten sie die Schwelle der Credito-Italiano-Bank, merken sie jedoch, dass hier etwas nicht stimmt. Die Situation drinnen mutet surreal an. Ein Dutzend Leute liegt auf dem Boden wie Kreidefiguren, die die Polizei nach einem Massenmord auf die Erde gezeichnet hat. Doch diese hier leben. Das Paar kann keinen klaren Gedanken fassen, als das Mädchen unsanft von einer Hand gepackt wird und sich ein Pistolenlauf bedrohlich auf den Hünen richtet.

»Hinlegen! Klappe halten und keine Bewegung, sonst gibt's Ärger. Du auch, King Kong. Los!«

Der Mann, der sie bedroht, trägt einen Nylonstrumpf über dem Gesicht, dunkle Sonnenbrille und Einweghandschuhe.

Er hat einige Komplizen dabei, auch sie maskiert und mit gezückten Waffen. In der Bank herrscht eine unwirkliche Stille. Angestellte und Kunden liegen auf dem Teppichboden und wagen nicht zu atmen.

Vandelli schwitzt wie ein Schwein unter seinem Strumpf. Der Plan für diesen Überfall war ursprünglich eine Trotzreaktion. Vor ein, zwei Wochen hatte er im ›Corriere‹ eine Erklärung des Comer Polizeipräsidenten gelesen – seines alten Mailänder Bekannten Nicolosi –, der behauptete, seine Stadt sei eine Trutzburg für jede Art von Kriminalität, bei ihm passierten keine schlimmen Dinge wie in Mailand. Keine Überfälle und auch sonst nichts, denn die städtische Polizei könne innerhalb kürzester Zeit alle Ausgänge der Stadt sperren und die Ganoven festsetzen.

»Das glaubst auch nur du, Großmaul«, war es ihm entfahren, als er die Zeitung zuklappte.

Dann war er zur Tat geschritten. Übereilt, wahrscheinlich.

Darüber grübelt er seit zwei Minuten nach, während sie herumstehen und warten, zusammen mit den Geiseln.

»Wo zum Teufel treibt sich dieser Scheißdirektor rum?«, fragt Esposito schroff. Er ist nervös.

»Ist nach Hause gegangen, und wir sitzen wie die Maus in der Falle«, setzt Pinto noch eins drauf und fuchtelt dabei mit der Maschinenpistole in der Luft herum.

»Ganz ruhig, er wird schon noch kommen«, beschwichtigt Vandelli sie. Auch ihm schwant allmählich Böses, doch er versucht, einen klaren Kopf zu bewahren.

Sie waren heute früh hier, gegen halb eins. Mit der Sonne im Zenit und Hemden, die ihnen am Rücken klebten.

»Nicht gerade die beste Zeit für einen Banküberfall«, hatte Vito protestiert, doch niemand hörte auf ihn.

Nachdem sie das Auto am See geparkt hatten, versteckten sich die drei hinter der Tür, die an der Rückseite des Bankhauses ins Kellergeschoss führte, direkt gegenüber vom Personaleingang. Um eins hatten sie die Angestellten herauskommen sehen und gezählt. Dann, nach der Mittagspause, hatten sie gewartet, bis der Erste wieder zurückkam. Sie hatten ihre Masken übergezogen, ihn überwältigt und sich von ihm hineinführen lassen. Seitdem sind fünfundzwanzig Minuten vergangen, eine Ewigkeit für einen Banküberfall.

»Halb drei«, gibt Pinto durch. Keiner hat nach der Uhrzeit gefragt. Die Geiseln werden unruhig.

Ein Angestellter muss Vandelli zum dritten Mal erklären, dass nur der Direktor oder der Kassierer die Schlüssel zum Tresorraum hat.

»Und wo zum Teufel stecken die?«, knurrt er ihn an.

Er schiebt ihm den Pistolenlauf in den Mund, und der Mann schüttelt angstvoll den Kopf.

»Wenn er nicht bald kommt, kannst du deine Zähne vergessen«, droht er, »und vielleicht auch den Rest.«

Dann stößt er ihn brutal weg, und der Mann sinkt mit tränengefüllten Augen zu Boden.

»Roberto, ich halt das nicht mehr aus!«

Der Hosenschisser Vito! Vandelli dreht sich wie angestochen um.

»Du sollst mich nicht beim Namen nennen, Idiot!«

»'tschuldigung.«

Unter den Strümpfen ist es stickig, und Vandelli merkt, dass Vito und Pinto allmählich die Nerven verlieren. Er muss etwas unternehmen.

»Folgt mir«, befiehlt er. »Und ihr«, fügt er an die Liegenden gewandt hinzu, »macht bloß keinen Unsinn. Ich behalte euch im Auge, und eine Kugel kann ich euch auch von hier aus in die Stirn jagen.«

Die drei Verbrecher versammeln sich hinter dem Bankschalter. Ohne dass die Geiseln es sehen, nimmt Vandelli die Magazine aus Vitos und Nicolas Waffen. Dann gibt er sie ihnen zurück.

»Damit ihr keinen Unsinn anstellt«, flüstert er. »Und jetzt kommt mal wieder runter, o.k.?«

Die zwei nicken.

»Wir gehen hier nicht weg, bis die Sache vorbei ist und wir alle in den Tresorraum eingesperrt haben«, fügt er hinzu. »Wenn wir jetzt abhauen, rufen sie die Polizei, und wir schaffen es nicht mal aus Como hinaus. Wollt ihr euch das hinter eure dreckigen Ohren schreiben?!«

Um Punkt fünfzehn Uhr betreten durch den Personaleingang zwei gutgelaunt plaudernde Männer die Bank. Der Direktor und der Kassierer.

Vito wirft sich, spontan seinem animalischen Instinkt folgend, auf den Direktor und schlägt ihm mit dem Knauf seiner Waffe ins Gesicht. Die Nase platzt auf, und das Hemd ist innerhalb von Sekunden blutgetränkt, der Mann stürzt stöhnend zu Boden.

»Arschloch! Hast dir aber ziemlich Zeit gelassen. Das sollst du mir büßen.«

Er packt den Kassierer und will ihm die gleiche Behandlung zukommen lassen, doch Vandelli greift ein und hält seinen erhobenen Arm fest.

»Niemand spielt hier den Helden. Es ist nicht euer Geld, also bleibt ruhig.«

Der Kassierer, der ganz bleich geworden ist, bekommt wieder etwas Farbe und zeigt sich sofort kooperativ.

»Genau, kein Grund, gewalttätig zu werden. Hier habe ich den Schlüssel und werde euch jetzt den Tresorraum aufschließen.«

»Das ist die richtige Einstellung«, erwidert Vandelli. »Geh du voraus.«

Von da an läuft alles glatt. Esposito und Pinto finden zu ihrer gewohnten Kaltblütigkeit zurück. Das übel zugerichtete Gesicht des Direktors ist ein perfektes Antidot für ihre Wut.

Sie haben Genugtuung bekommen und können nun wieder ans Geld denken.

»Alles in Ordnung«, verkündet Vandelli, als er mit zwei Säcken voller Geldscheine wieder auftaucht. »Schafft die Geiseln hinunter.«

Das gehört zum Plan, und die zwei Ganoven wissen, was zu tun ist. In Vierergrüppchen bringen sie die Gefangenen in den Tresorraum. Als alle drinnen sind, entspannt sich Vandelli ein wenig.

»Dann mal viel Spaß in der Schatzkammer hier.«

»Ja, aber vergesst nicht, die Polizei zu rufen, sonst ersticken wir hier!«, fleht der Kassierer, während die schwere Stahltür ins Schloss fällt.

Eine halbe Stunde später verständigt Vandelli von einer Autobahnraststätte aus die Comer Polizei.

»Wir haben einen Banküberfall in eurer uneinnehmbaren Stadt durchgeführt, auf den Credito Italiano. Fahrt lieber schnell hin, wir haben die Leute in den Tresorraum gesperrt. Und der Sauerstoff darin ist nur begrenzt. Noch ein Letztes: Ihr braucht keine Zeit mit Straßensperren zu verschwenden, wir sind längst auf und davon!«

Am nächsten Tag steht in den Zeitungen zu lesen, wie die Sache weitergegangen ist. Als Farce, genau wie sie begonnen hatte.

Die Bullen verloren viel Zeit damit, die Bank zunächst zu umstellen. Als sie dann endlich drinnen waren, wurde die Feuerwehr gerufen, die vergeblich mit dem Schneidbrenner hantierte, bis man schließlich verzweifelt beschloss, sich aus der Mailänder Zentrale eine Kopie des Schlüssels bringen zu lassen. Um ein Haar wären die Gefangenen wirklich wie die Mäuse in der Falle umgekommen.

Was Vandelli aber überrascht, ist die Aussage des Direktors – dessen Nase auf dem Bild ein prächtiges Pflaster schmückt –, laut der die Banditen beim Überfall hundert

Millionen Lire erbeutet haben, während er weniger als die Hälfte nach Hause getragen hat.

»Die wahren Diebe sind diese Banker, nicht wir«, ruft er wütend aus und zerknüllt die Zeitung.

Als er die Wohnung verlässt, malt er sich Nicolosis Gesicht aus.

›Dem wird die Lust vergangen sein, das Maul derart aufzureißen‹, denkt er. ›In Zukunft wird er vorsichtiger sein.‹

Wie wahrscheinlich auch Esposito. Als sie nach dem Coup Mailand erreichen, hat Vandelli ihn in der Comasina hinausgeworfen mit seinem Anteil an der Beute in der Tasche und der Empfehlung, sich nie wieder blicken zu lassen.

»Du kannst mich mal, Vito, mit dir bin ich fertig. Während eines Dings meinen Namen herauszuschreien war der letzte Scheiß! Wenn ich dich in Lambrate oder im Giambellino je noch einmal sehe, schieße ich dir eine Kugel in den Kopf. Und jetzt verzieh dich.«

2

In dieser Nacht brennen im römischen Sitz des Staatssenders RAI achttausend Zigaretten herunter und sechstausend Kaffee werden getrunken; die längste Nacht des italienischen Fernsehens. Um halb acht beginnt die Liveübertragung, der Start eines spannenden, bis in die frühen Morgenstunden dauernden Marathons.

Angie verlässt an diesem Abend früh die Straße. Kein Kunde weit und breit, selbst wenn sie sich gratis anböte. Die Stadt ist wie leergefegt, aber nicht etwa, weil jedermann ans Meer gefahren wäre. Trotz der drückenden Julihitze sitzen die Mailänder geschlossen zu Hause. Bei offenen Fenstern, ausgeschalteten Lichtern und laufendem Fernseher. Heute

Nacht wird Geschichte geschrieben, und alle wollen dabei sein, deshalb kleben sie mit angehaltenem Atem und Quadrat-Augen vor den Bildschirmen und starren in die Sterne.

Während sie nach ihrem Haustürschlüssel kramt, brummt ein Taxi mit aufgedrehtem Radio durch die Stille; der Moderator hat sich für ein nicht mehr ganz neues Lied von Mina entschieden, *Città vuota – Leere Stadt*, als Omen und Mahnruf für diese Stunden des Wartens.

In der Questura herrscht eine unwirkliche Atmosphäre. Keiner brüllt, niemand wird in Handschellen durch die Flure geschleift, kein Telefon klingelt.

Santi, nach seiner Krankschreibung erst seit kurzem wieder auf dem Posten, verrichtet Büroarbeiten, bis das Bein vollständig geheilt ist. Quasi auf der Reservebank. Vor ihm auf dem Schreibtisch liegt ein Text zur Vorbereitung für die Aufnahmeprüfung zum Kommissarslehrgang. Er hat nichts zu tun, keinen Bericht zu schreiben, also versucht er zu lernen; doch er kommt einfach nicht voran, ist wie jedermann mit den Gedanken woanders. Nach einer halben Stunde vergeblichen Mühens steht er auf und geht zu den Kollegen, die sich im Pressesaal versammelt haben.

»Heute Abend mal kein Restaurant«, verkündet Vandelli, der mit einer riesigen weißen Pappschachtel in der Hand hereinkommt. »Heute wird zu Hause geblieben und improvisiert. Du wirst sehen, es lohnt sich.«

Es ist unerträglich heiß, und Nina liegt nur mit Slip und BH bekleidet auf dem Sofa. Vandelli trägt ein beigefarbenes Seidenhemd und Leinenhose. Ihr Abendessen wird, außer den zwei eisgekühlten Flaschen Weißwein, eine Eistorte aus der Schachtel sein, so groß, dass sie kaum in den Kühlschrank passen würde.

Das Mädchen taucht sofort ihren Finger in die Sahne und

schleckt ihn gierig ab, während sie Roberto in die Augen schaut. Er schenkt ihr keine Beachtung, sondern schaltet den Fernseher ein. Auch er ist ganz versessen darauf zu sehen, was da oben geschieht.

Die Fenster der Wohnung sind weit geöffnet, und die Metropole dort draußen ist wie gelähmt. Von der Straße klingt kein Geräusch von realen Menschen herauf, nur tausend Kommentatorenstimmen, die aus den Wohnungen dröhnen und über die leeren Bürgersteige hallen.

Carla liegt auf dem Bauch. Sie ist nackt, und winzige Schweißtropfen perlen auf ihrem glatten Rücken. Die Hand des Mannes fährt zärtlich über ihre weichen Formen. Der Fernseher läuft, der Ton ist abgeschaltet. Er betrachtet sie.

Der Literaturprofessor – Dreitagebart, zerzauste Locken, nackte Brust – hat gerade sein Bestes gegeben.

»Zwei Dinge beschäftigen mein Nachdenken immer anhaltender: *Der bestirnte Himmel über mir und das moralische Gesetz in mir.*«

Das Kant-Zitat diente dazu, den Tanz zu eröffnen, das Bett zu zerwühlen und die Laken zu besudeln, während der Mann in dem kleinen, schwarz-weißen Rechteck seine Mission erfüllte. Der Professor versteht es, mit Worten umzugehen. Gebildet, ideenreich, weltgewandt und vor allem militant. Er pflegt stoisch seine Ideale und verführt Carla mit der hohen Kunst der intellektuellen Konfrontation. Anfangs zumindest. In ihm sah sie das Neue, die Leidenschaft. Die Zeit hat diese Flamme verzehrt, und nun reduziert sich alles auf die wenigen, dem echten Leben abgezweigten Stunden im Schlafzimmer des Professors.

»Dichtung, Magazine, kluge Romane: Alles wird nebensächlich, wenn der Mann sein Ziel erreicht hat.«

Das wird Carla in ebendiesem Moment klar. Nicht an ihr ist der Professor interessiert, zumindest nicht an ihr als Person, trotz all seiner Bemühungen, das Gegenteil glaubhaft zu machen. Sie interessiert ihn nur als Beute, als Eroberung zur Stärkung des eigenen Egos. Und da, zum ersten Mal, seit sie Antonio betrügt, fühlt sie sich schmutzig, am falschen Ort.

Sie fängt leise an zu weinen.

»Wir können uns nicht mehr sehen«, flüstert sie ihrem Geliebten ins Ohr. »Ich halte das nicht mehr aus. Ich liebe meinen Mann, und das hier ist nicht richtig.«

Dem Professor bleibt der Mund offen. Ausnahmsweise fällt ihm kein einziges kluges Zitat ein, während Carla sich eilig anzieht und die Wohnung verlässt. Für immer.

In der Zwei brennen alle Lichter, auch für die Häftlinge ist es ein besonderer Abend. Der Gefängnisdirektor fand, sie sollten ebenfalls einen Hauch von Geschichte atmen, sich als integraler Bestandteil der menschlichen Gemeinschaft fühlen, aus der sie zur Zeit ausgeschlossen sind. Selbst Zuchthäusler haben das Recht, und vielleicht noch mehr als alle anderen, den ersten Menschen auf dem Mond zu erleben. Dieses Unternehmen ist ein Sinnbild der Hoffnung schlechthin, und davon kann man gerade in einer Zelle wirklich nicht genug kriegen. Also hat er sie alle in den großen, runden Saal einberufen, in dem die verschiedenen Trakte von San Vittore zusammenlaufen. An diesem Abend wird es einmal keine Gewinner und keine Verlierer geben. Alle werden gemeinsam stolz darauf sein, wie sie den Fuß dort oben auf den Mond setzen, und die Liveübertragung des Spektakels auf den vier Fernsehern genießen, die in der Mitte des Saales installiert sind. Keiner reißt das Maul auf oder wird sonst irgendwie ausfällig.

Kurz nach zehn Uhr abends hält jeder Einzelne im Saal den Atem an, genau wie ein paar Millionen Italiener draußen, während die Landefähre Eagle, die Blechbüchse, die sich von der Raumkapsel Columbia abgelöst hat, auf dem Mond aufsetzt. Langer Applaus brandet durch das Gefängnis. Manche umarmen sich, obwohl das erst der Anfang ist. Nun warten alle gespannt, dass die Männer die Luke öffnen und endlich einen Fuß auf das weiße Gestirn setzen.

Auch Carminati lächelt. Seit elf Jahren sitzt er hier ein, doch der Humor ist ihm noch nicht abhandengekommen. Neben ihm sitzen ein paar Kumpels vom Raubüberfall in der Via Osoppo.

»Dorthin hätten wir mal fliehen sollen, um nicht geschnappt zu werden, statt nach Cervinia! Dort hinauf!«

Die anderen lachen. An diesem Abend will sich niemand ärgern.

Sogar Cavalieri, der irgendwo in einer der letzten Reihen sitzt, lächelt heiter, wenn auch stets darauf bedacht, seine Wolfszähne nicht zu zeigen.

Selbst im Todestrakt im Pariser La Santé herrscht diese Atmosphäre. An einem Ort, wo die Gedanken normalerweise so schwer wiegen wie in Fleisch versenkte Messer. Nicht in der Nacht, in der Lampis fernsieht. Hier hat jeder Häftling ein Gerät, im Kampf gegen die Einsamkeit.

»Ah, les américaines!«, kommentiert sein Zellennachbar das Geschehen. *»Ils sont foux!«*

»In einer Nacht wie dieser muss man eine teure Zigarre rauchen und einen guten schottischen Whisky trinken.«

Nicolosi gönnt sich beides, allein, im Dunkeln seines Polizeichef-Büros. Bei ihm brummt nicht einmal der Ventilator, durch das geöffnete Fenster weht eine kühle Brise von der See herauf.

Er ist lieber hier als zu Hause, denn dort hat er nicht einmal einen Fernsehapparat. Hier hat ihm der Wachmann unten einen geliehen, und jetzt, während der Rauch des kubanischen Tabaks durch den Raum wabert, klebt sein Blick am Bildschirm, über den die Bilder aus dem All flirren, die mit Hilfe der Relaisstationen über die ganze Welt verbreitet werden. Diesen Moment will der Polizist genießen und darüber eine Weile den Banküberfall vergessen, der sich direkt unter seinen Blicken zugetragen hat …

Er zieht noch einmal tief an der Zigarre und nimmt einen großen Schluck Whisky.

In dieser Nacht bleibt alles ruhig, da ist er sich sicher.

Commissario Catalano ist zu Hause, sitzt mit seiner Frau auf dem Sofa. Ihre Wohnung geht auf den Largo Capponi hinaus, der sonst sehr verkehrsreich ist und nun merkwürdig ruhig daliegt, wie auch der stille Pagano-Park, nur zwei Schritte entfernt und an Sommerabenden normalerweise voll mit Menschen.

Ihre Kinder, ein Junge und ein Mädchen von vier und fünf Jahren, sind auf ihren Knien eingeschlafen.

»Wir wecken sie dann im Moment der Landung, wenn der Mann oben ist«, sagt er.

»Aber sie werden sich eh nicht daran erinnern, lassen wir sie schlafen.«

»Das kann man nie wissen, aber dieses Stück Geschichte sollen auch sie live erleben.«

Im Anarchisten-Zirkel Ponte della Ghisolfa machen Weinflaschen und dampfende Nudelteller die Runde. Man hat sich auf eine lange Nacht eingestellt. Um der Farce beizuwohnen. Ja, denn es geht das Gerücht, das Ganze sei nur ein Propagandamanöver der amerikanischen Imperialisten. In Wirklichkeit sind sie gar nicht auf dem Mond, sondern irgendwo in der texanischen Wüste, von wo aus sie diesen Humbug um die ganze Welt schicken. Der Kalte Krieg mit Russland dauert seit Jahren an – auch um den technologischen Vorsprung –, und die Vereinigten Staaten wollen nicht länger die Überlegenheit der Sowjets akzeptieren, die schon 1957 die Hündin Laika in einem Sputnik in den Orbit geschickt haben, um ein paar

Jahre später die Welt erneut in Staunen zu versetzen mit dem ersten Kosmonauten, Juri Gagarin, der sich am 12. April 1961 einen kleinen Raumflug an Bord der Wostok gönnte.

»Die Amerikaner hinken Lichtjahre hinter den Russen her«, sagt jemand ironisch, um der Sache noch mehr Zündstoff zu geben. »Und jetzt haben sie sich diese Clownerie ausgedacht. Wenn man wirklich da hoch fliegen könnte, wären die Russen sicher die Ersten gewesen.«

»Jetzt lass gucken, was passiert«, beendet Gianni Parenti die Diskussion. »Wir sprechen später darüber.«

In den schwarzen Ledersesseln sitzen Wissenschaftler, wichtige Professoren, Astronomen und Experten aller Art. Der Herausgeber lächelt jeden an, lauscht jeder Meinung. Nicht so Basile. Er schenkt ihren Reden und Erklärungen keine Beachtung. Er schenkt niemandem hier in der Redaktion von ›La Notte‹ Beachtung, die brechend voll ist wie noch nie. Manche haben sogar ihre Familien von zu Hause mitgebracht. Viele Bars bleiben die ganze Nacht geöffnet, um auch jene, die keinen Fernseher haben, am Ereignis teilhaben zu lassen.

Der Journalist ist schon beim zweiten Päckchen Nazionali angelangt, dabei ist es erst elf Uhr abends. Man rechnet damit, dass es noch eine ganze Weile dauert, bis die Astronauten den Sprung in diesen weißen Ozean tun. Er denkt, dass er eigentlich rausgehen und noch mindestens drei Schachteln Zigaretten kaufen müsste. Damit er nicht beim Höhepunkt des Ganzen plötzlich keine Kippe mehr zum Anzünden und Feiern hat.

Im Schachclub auf der Via Meravigli herrscht reges Treiben wie jede Nacht, auch wenn weniger Leute da sind als sonst. Natürlich werden keine Bauern oder Läufer gerückt. Der Zirkel ist nur einer der zahlreichen Tarnorte für eine Spielhölle, wo illegal um Geld gespielt wird. Kontrolliert wird er von Astangura, dem lokalen Vertreter der sizilianischen Mafia, der in diesem Moment mit ein paar weiblichen Schützlingen auf einem runden Bett mit roten Satinlaken vor dem angeschalteten Fernseher Champagner süffelt. Selbst Sovrintendente Mollica schaut an diesem Abend von den Karten auf, um zuzusehen, wie das LEM Eagle auf dem Erdtrabanten aufsetzt.

»Gewagter, als in einer Blechbüchse da hinaufzufahren, geht's nicht«, kommentiert er, bevor er sich wieder dem Poker zuwendet.

Die Nacht in Rom ist sternenklar. Bellini sitzt entspannt auf seiner Terrasse. Seit seinem Ausbruch während eines Gefangenentransports ist er auf der Flucht. Jetzt hat er sich mit Leuten aus Rom ins Benehmen gesetzt, einer Stadt, die noch keine Herren kennt. Er macht Geschäfte, mit wem er kann, und setzt seine Tätigkeiten fort: Raubüberfälle und Spielhöllen, Letztere in Abstimmung mit Astangura, der auch in der Hauptstadt seine Interessen verfolgt. Er unterhält vier Vertrauensleute und hat den Marseille-Clan zu neuem Leben erweckt, allerdings mit etwas anderen Schwerpunkten. Beim Gedanken daran muss er unwillkürlich lächeln, er ist ja quasi Geschäftsmann, oder besser noch ein feiner Herr. Und die Prostituierte, die er sich über seine neuen Partner besorgt hat, hält ihn wirklich dafür. Die Wohnung gehörte einem Baron, der sich in den Ruin gespielt hatte und sie hergeben musste. Nun hat Bellini sich hier niedergelassen. Abendessen mit Spaghetti und Hummer und einem Falanghina, der hier im Süden das Rennen macht. Von der Terrasse aus blickt man auf die erleuchtete Kuppel des Petersdoms. Das Mädchen lacht wollüstig, doch der Franzose kann ihr gar nicht die gebührende Aufmerksamkeit schenken. Wie jedermann starrt auch er ganz gebannt auf den Fernsehbildschirm, der auf der Terrasse steht. Für die Frau bleibt später noch genug Zeit.

Im Audimax der Università Statale herrscht unwirkliches Schweigen. Die Studenten haben den besetzten Saal zu ihrer bevorzugten Sternwarte erklärt. Die Großen der Bewegung sind da: Castelli, Landi und Santoni, der Marina wie eine kostbare Trophäe an sich drückt. Über zwei Fernsehgeräte, die wer weiß wo beschlagnahmt wurden, flimmert der Mondboden, während die Revolutionäre auf der Erde liegen und Joints und Bierflaschen kreisen lassen. Die Atmosphäre ist entspannt. Es gibt ein zurückhaltendes Interesse an der Sache. Klar, man muss sich das anschauen, aber Begeisterung, nein. Das ist nur was fürs gemeine Volk. So sehen die drei Rädelsführer fern, ohne sich ihre Gefühle anmerken zu lassen.

Marina schläft an Santonis Schulter gelehnt ein, der sie um vier herum wachrüttelt.

»Jetzt passiert es gleich«, flüstert er ihr zu.

Es ist frisch geworden, doch niemand spürt die Kälte. Keine Zeit. Sie sind alle da oben, bei den drei Astronauten. Auch die, die nicht daran glauben wollen.

Alle, außer Agente Martinez, der den Schlaf der Gerechten schläft. Mond hin oder her, er hat den ganzen Tag gearbeitet, zweimal prächtig gefickt, und nun genießt er seine heilige Ruhe, während die Rothaarige, wach wie eine Grille, sich keine Sekunde der Fernsehübertragung entgehen lässt. Eine Stunde zuvor hat Nicolò ihr gebeichtet, was er von Beruf ist, doch das war ihr egal. Sie interessiert nur der Mann. Und der Mann ist gut, hat ein liebevolles Lächeln. Er ist nicht der Typ Bulle, den man hassen könnte.

Als die Luke des LEM langsam aufgeht, zündet sie sich einen Joint an.

Jetzt ist es so weit. Soll sie ihn vielleicht wecken?

Zärtlich sieht sie ihn an. Dann küsst sie ihn auf den Kopf und beschließt, ihn schlafen zu lassen. In seinem Innern hat er längst den Mond gefunden.

Im Pressezentrum ist tiefe Stille eingekehrt, die Nacht ist vorbei und der Morgen naht.

An die fünfzig Menschen mögen dort sein, doch man hört nicht das Summen einer Fliege. Alle wissen, dass dies ein historischer Moment ist.

›Wer weiß, wann wieder so ein Moment kommt‹, denkt Santi, ›vielleicht wenn der Mensch es bis zum Mars schafft. Wenn er es schafft. Bis dahin genießen wir lieber das hier.‹

Auch weil niemand wirklich sagen kann, ob das Unterfangen überhaupt gelingen wird.

Am unteren Bildschirmrand – wo die Bilder verwackelt, körnig, manchmal dunkelgrau und zittrig sind – steht grell die Bildunterschrift, die einem das Herz höher schlagen lässt: *Live vom Mond.*

Ein langes Abenteuer neigt sich seinem Ende entgegen.

Auf den Tischen türmen sich ein Dutzend Pizzakartons. Und leere Wein- und Bierflaschen. Antonio betrachtet seine Kollegen: Sie wirken ganz entspannt. Kein Notfall, keine Toten, die Stadt so ruhig wie sonst nie. Der laufende Fernseher und die gedämpfte Unterhaltung der Polizisten untereinander, als wollten sie die Astronauten nicht bei ihrer schwierigen Mission stören.

Selbst Piazza wirkt jetzt menschlicher und fast herzlich; Cimmino verzehrt allein seine zweite Capricciosa, und er, an die Wand gelehnt, spielt mit dem Stock, den er seit neuestem zum Gehen benutzt. Bis die Aufmerksamkeit aller sich ganz auf die milchigen Figuren dort auf dem Bildschirm richtet.

Die Luke geht auf. Es ist so weit. Jetzt passiert es. Die Mission Apollo 11 wird ein Erfolg.

Der Erste, der um 4:57 Uhr italienischer Zeit an diesem unvergesslichen 21. Juli 1969 den Fuß auf den Mond setzt, ist Neil Armstrong. Er macht ein paar kleine Sprünge und Hopser, doch hauptsächlich spielt er die Rolle, die er seit wer weiß wie langer Zeit eingeübt hat. Vielleicht seit Jahren. Nun sagt er es. Mit vor Überwältigung leicht zitternder Stimme. Die Worte, die sich in den Geist der Fernsehzuschauer einbrennen, um für immer dort zu bleiben.

»Ein kleiner Schritt für den Menschen, aber ein großer Sprung für die Menschheit.«

Kurze Zeit später entsteigt dem Eagle ein zweiter Astronaut, Buzz Aldrin, während Michael Collins in der Mondumlaufbahn geblieben ist und das Kommandomodul mit Namen Columbia steuert.

An dieser Stelle kommen Santi die Tränen. Nicht etwa, weil die Gefühle oder der Pathos ihn hinfortreißen. Es ist vielmehr eine Gewissheit, mehr noch eine Bitterkeit: Er fühlt sich in diesem Moment wie Collins, nur einen einzigen Schritt vom Ziel entfernt und trotzdem ganz und gar außerstande, es irgendwie zu erreichen. Schrecklich. Als würden sie einem eine Extremität amputieren oder einen sonst wie verstümmeln. Er denkt, dass er sein Leben ändern muss, wieder Jagd auf Verbrecher machen will, aber auf echte Verbrecher wie Lampis und Cavalieri, anstatt vor Studenten den Schlagstock zu schwingen. Er will nicht länger zusehen.

»Was machst du denn für ein Gesicht, Santi?«, reißt Piazza ihn aus den Gedanken. »Hier kann man sich doch freuen. Das muss man feiern.«

Mit diesen Worten drückt er ihm ein randvolles Glas Champagner in die Hand. Er legt ihm einen Arm um den Nacken und lächelt. Alle lächeln. Und dann verschwimmt alles, auch die bösen Gedanken. Die Polizeibeamten umarmen sich, stoßen miteinander an. Das Polizeipräsidium verwandelt sich in Disneyland, und der Fernseher zeigt von oben die Fahne mit den Stars and Stripes, reglos wie ein zum Trocknen aufgehängtes Laken, und Armstrong, der salutiert und hopst. Er ist in dieser Nacht der glücklichste Mann auf der Welt. Und auf dem Mond sowieso.

3

Die Küche ist ein einziges Durcheinander, dreckiges Geschirr, verkrusteter Herd, überquellende Aschenbecher, und auch das Bad, jetzt wo er darauf achtet, ist alles andere als reinlich. Das Zusammenleben mit Nina kann man nicht gerade als eine Idylle bezeichnen. Geiler Sex, das ja, aber an den Rest darf er gar nicht denken. Die Wohnung sieht aus wie ein Schweinestall: Dieses Mädchen wäscht nicht, sie bügelt nicht, und sie kann nicht mal ein Spiegelei braten. Zu Hause hatte Nina immer eine Köchin und Hausangestellte, so hat sie nie lernen müssen, selbst etwas zu tun.

Darüber grübelt Vandelli beim Rasieren nach. Das Waschbecken ist voll mit Haaren, und das Wasser läuft kaum mehr ab. Vielleicht sollten sie sich auch so eine Zugehfrau nehmen, oder wie die heißen. Eine, die Ordnung ins Chaos bringt. Was ihn betrifft, Ninas Trägheit allein könnte er gut ertragen, aber was nervt, ist, sie immer zwischen den Füßen zu haben.

Die Blondine ist quasi auf der Stelle mit ihren Siebensachen bei ihm eingezogen und hat den Kontakt zu den Eltern abgebrochen. Genauer gesagt, die Eltern haben sie enterbt: Von einer Tochter, die es mit einem Verbrecher treibt, wollen sie nichts mehr wissen. Auch für Nina ist es hart, den ganzen Tag zu Hause rumzusitzen. Manchmal, um etwas Abwechslung zu haben, sucht sie sich einen Aushilfsjob in einer Boutique im Zentrum. Mit ihrem Äußeren und ihrer Ausstrahlung findet sie immer leicht eine Anstellung. Sie tut das, um heimlich ein paar Kleider aus der aktuellen Kollektion mitgehen zu lassen, obwohl sie das gar nicht nötig hätte, da Vandelli sie mit ausreichend Kohle versorgt. Die Anstellungen sind von kurzer Dauer, meist nur ein paar Tage; genau so lange, bis der Ladeninhaber die Diebstähle entdeckt und sie vor die Tür setzt.

Die letzte Entlassung liegt erst wenige Tage zurück, und

so tigert sie am Vormittag träge und gelangweilt durch die Wohnung. Sie pendelt zwischen Küche und Wohnzimmer hin und her, in der Hand ein Glas und im Mund eine Zigarette. Einen Stapel Zeitschriften auf dem Tisch und im Radio irgendeinen Sender. Sich ein wenig um die Wohnung zu kümmern, fällt ihr nicht im Traum ein.

›Besser ich mach mal die Biege‹, denkt Vandelli. Bei der mörderischen Hitze schlagen sie sich sonst noch wegen nichts die Köpfe ein. Abgesehen davon, dass ihm da so ein Ding im Hinterkopf herumschwebt, also verabschiedet er sich gedankenverloren und geht.

An diesem Tag sind die Studenten trotz Hitze und Semesterferien wieder einmal auf dem Kriegspfad: Sie sammeln sich am Bahnhof Cadorna. Was sie vorhaben, interessiert Vandelli wenig. Ihm reicht es zu wissen, dass die Bullen vollauf damit beschäftigt sein werden, sie in Schach zu halten.

»Alle Kräfte, die auf Ungehorsam und Revolution gepolt sind, arbeiten für mich«, grinst er, während er in eine Straßenbahn einsteigt.

Vor einigen Tagen war er morgens in einem Café am Piazzale Susa einem kleinen, etwa sechzigjährigen Männlein in die Arme gelaufen, mit Clownsfliege, Bügelfalte, Seitenscheitel und einer großen, schwarzen Umhängetasche. Er hatte ihn nicht sofort einordnen können, doch dann war sein erfahrener Blick auf die Ausbeulung unter der Jacke gefallen, ein Schießeisen: Es handelte sich um einen Geldboten. Der Vertrauensmann eines Betriebs, einer Papierfabrik, der persönlich vor Ort die Zahlungen der verschiedenen Kunden eintreibt.

An diesem Tag müsste er seiner Kalkulation nach die Rechnungen des gesamten Juli abkassieren, die größte Runde vor der Sommerpause. Also hat Vandelli sich vor dem Sitz der Papierfabrik in der Via Oslavia auf die Lauer gelegt, getarnt mit einer aufgeschlagenen Zeitung.

Er wartet, bis sein Mann herauskommt, und folgt ihm auf

Schritt und Tritt bei seiner Runde, ohne sich je blicken zu lassen. Die schwarze Tasche unter dem Arm des Mannes wird mit jeder Station dicker.

Vandelli hat die Route überschlagen, die der Mann abläuft, und sich für seine Aktion eine Seitenstraße hinter dem Viale Monza und dem Viale della Martesana ausgesucht, wo das Männlein in der Regel sein Geld in einem großen Schreibwarengeschäft kassiert. So auch an diesem Tag.

Die Gegend wirkt ruhig. Anonyme Wohnblocks, ein paar Geschäfte in der Nachbarschaft, die eine oder andere Bar, ein struppiges Fleckchen Gras und eine Baumreihe entlang des Naviglio.

Nachdem er sichergestellt hat, dass die Straße leer ist, holt Vandelli eine Beretta Kaliber .22 hervor und zieht dem Männlein den Knauf über den Kopf. Mit einem bestialischen Schrei stürzt er zu Boden und lässt die Tasche fallen. Roberto entwaffnet ihn, dann sammelt er die *danè* ein, doch sein Opfer, das noch bei Bewusstsein ist, klammert sich an seine Beine und schreit laut: »Hilfe, ich werde ausgeraubt!«

Gemessen an seiner Statur entwickelt er eindrucksvolle Kräfte, und es braucht ein paar wohlgesetzte Tritte, um ihn abzuschütteln. Durch die Rangelei verliert Roberto kostbare Sekunden. Als er sich von dem Geldboten freigemacht hat und wegrennt, treten aus den Geschäften und Häusern schon Leute, alarmiert durch die Schreie. Er wirft die Pistole in den Kanal und überspringt den Zaun zu einem Baugelände, das den Lauf flankiert.

Innerhalb von fünf Minuten treffen ein Dutzend Polizeiwagen ein, die von der ersten Streife gerufen wurden.

»Die Studenten halten heute wohl still!«, ärgert sich Vandelli, während er einen Unterschlupf sucht.

Die Polizisten haben derweil den Häuserblock umstellt, und er ist auf der Baustelle im Rohbau eines Gebäudes gefangen.

In rasender Eile überlegt er hin und her und beschließt, einen Fluchtweg über die Dächer zu suchen.

»Da ist er, da oben!«, schreit jemand, der ihn auf dem Dach entdeckt hat.

»Mach keinen Unsinn«, ruft ihm Commissario Piazza zu, der aus einem der Wagen gestiegen ist. »Komm runter und ergib dich.«

Vandelli, nassgeschwitzt und keuchend, spielt seinen letzten Trumpf aus. Alles oder nichts. Er entledigt sich der Geldtasche und klettert über das Dach in ein Wohnhaus. Er kann so tun, als sei er ein normaler Hausbewohner, der das Haus verlässt. Er muss nur möglichst natürlich wirken.

Ruhig steigt er die Treppe hinab und öffnet die Haustür. Er hat kein Glück. Heute ist ganz eindeutig nicht sein Tag. Eine Wache erkennt ihn, und sofort sind vier Leute über ihm.

Piazza betrachtet mit zufriedener Miene, wie er in den Streifenwagen verfrachtet wird.

»Was gibt's da zu grinsen, Bulle?«, schnauzt Vandelli ihn an.

Der Commissario bleibt ruhig, da muss schon mehr passieren, damit er aus der Haut fährt. Im Gegenteil, er ist derart guter Dinge, dass er beschließt, mit dem Ganoven noch auf einen Gruß bei einem alten Bekannten vorbeizuschauen.

Als Santi seinen Rivalen vom Giambellino wiedersieht, in Handschellen auf den Fluren der Questura, kann auch er sich ein Lächeln nicht verkneifen.

Vandelli erwidert es nicht. In seinen grünen Augen glimmt ein beunruhigendes Licht, wie ein Feuer, das alles um sich herum verzehrt.

»Manche Männer reisen auf den Mond, andere nach San Vittore«, begrüßt ihn Antonio. »Du wirst es nie ganz nach oben schaffen, wenn du so weitermachst, Vandelli. In der Zwei reißen sie dir den Arsch auf.«

»Das werden wir ja sehen, Bulle. Und außerdem«, er deutet

mit dem Kinn auf den Stock, auf den der Polizist sich stützt, »wie ich sehe, haben sie dir auch ordentlich eins übergebraten. Wie leid mir das tut.«

Dann endet dieser kleine Schlagabtausch mit einem gegenseitigen kurzen Nicken.

4

Feinde.

Davon hat Giorgio sich so einige gemacht in seinem Leben, das bringt ihn in seinem Alter nicht mehr aus der Ruhe.

Manchmal zählt er sie geradezu genüsslich durch. Feinde sind irgendwie so beruhigend, ohne böse Überraschungen, man weiß immer genau, was von ihnen zu erwarten ist. Was ihn viel mehr beunruhigt, sind seine Freunde, also die angeblichen. Für sie hat er einen Namen erfunden: die Läuse. Die an dir dranhängen, wenn sie sich etwas davon versprechen, und auf Nimmerwiedersehen verschwinden, sobald sie ihr Ziel erreicht haben.

»Wenn es den Schmarotzern gutgeht, sind sie die Ersten, die sich aus dem Staub machen«, hatte ihm sein Vater vor ewigen Zeiten eingebläut. Und das war ihm immer noch eine Warnung.

Wenn er darüber nachdenkt, gibt es so einige Läuse in den Kreisen, in denen er unterwegs ist, vor allem jetzt, wo er in Frankreich diesen renommierten Buchpreis bekommen hat. Kaum hatten die Zeitungen die Nachricht verbreitet, kamen sie gerannt. Alle. Leute, von denen er nie wieder etwas hatte hören wollen, Menschen, die ihn hassten. Selbst solche, die er längst für tot gehalten hatte. Sogar ein Kritiker, der ihn einmal einen wertlosen Schreiberling genannt hatte, weil er sich nicht der großen Themen des Lebens annahm. Ein Speichellecker und Mistkerl bis zu dem Tag, an dem er sein Bild in der Zeitung gesehen hatte, da hatte sich alles schlagartig geändert. Der Läusekönig.

Um ein wenig seine Ruhe zu haben, hat er beschlossen, nicht mehr selbst ans Telefon zu gehen. Seine Frau filtert die Anrufe, notiert sich die Nummern, und wenn es wirklich wichtig ist, ruft er zurück. Das geschieht nicht oft.

In seinem Alter interessiert ihn das Rampenlicht nicht mehr. Früher war das vielleicht anders, doch nun will er nur noch schreiben. Sonst nichts. Aber anders als früher. Bis vor einigen Jahren schrieb er Kurzgeschichten für Frauenzeitschriften und Romane aller Art und wurde dafür pro Zeile bezahlt. Also war es schon mal vorgekommen, dass er die Sache absichtlich in die Länge zog, für ein paar Kröten mehr. Das war die Geburtsstunde der Läuse. Und er ist sie nicht wieder losgeworden. Auch seine Schriftstellerkollegen prügelten damals auf ihn ein, neidvoll und grausam. Er hat schlimme Kritiken über sich gelesen. Sie spucken Gift und Galle, weil ihnen schon längst die Ideen ausgegangen sind, während er immer weiter produziert, wie eine Kampfmaschine. Er ist bei vier Romanen im Jahr angelangt.

Auch wegen seines unaussprechlichen russischen Nachnamens werden Giftpfeile auf ihn abgeschossen und, wollen wir mal ehrlich sein, auch wegen seines Vornamens. Sein richtiger lautet Vladimir, aber er benutzt einen italienischen Namen, Giorgio, der schön klangvoll ist.

Zeitungsreportagen sind seine vorrangige Inspirationsquelle. Ausgehend von einem Dreizeiler oder einer Episode am Rande, strickt er Seite um Seite eine Geschichte drum herum. Spannende Geschichten, glaubt man den Zuschriften seiner Fans. Zum Großteil Frauen. Fast nie Männer.

An diesem Tag, während er vor seiner Lettera 22 die Zeitung liest und eine filterlose Stop raucht, kommt ihm eine umwerfende Idee für einen neuen Roman. Mal ein ganz anderer Krimi als die vorangegangenen, vor allem anders als die, die er unter dem Duce schrieb mit möglichst exotischem Personal und unrealistischen, fremdländischen Schauplätzen. Und anders auch als jene, die auf den Heldentaten dieses Commissario beruhten, den sie versetzt haben, wie hieß er noch gleich? Ach ja, Nicolosi.

Jetzt will er von einem Mailand mit Helden aus Fleisch und Blut erzählen. Nach dem Bullen, der ihn zu seinen vier berühmten Kriminalromanen inspiriert hat, ist er nun auf der Suche nach etwas Neuem. Und heute Abend hat er es vielleicht gefunden. Ihn fasziniert die Figur eines jungen Ganoven, einer Art italienischem Dillinger. Sie haben ihn vor ein paar Tagen festgenommen, aber er ist überzeugt, dass man von ihm noch hören wird. Er kennt die menschliche Natur. In ›La Notte‹ werden seine Vergehen haarklein beschrieben: Mit gerade mal achtzehn hat er schon einen Lebenslauf vorzuweisen, der einen altgedienten Haudegen vor Neid erblassen ließe.

Sofort beginnt er, die Geschichte aufzuschreiben, die Seiten der Abendausgabe noch auf dem Schoß, den Duft von Druckerschwärze in der Nase und ihre Farbe an den Fingern.

Doch als er ein neues Blatt Papier in die Lettera 22 spannen will, passiert etwas. Zuerst ein stechender Schmerz im linken Arm, dann ein Stich, der ihm den Atem raubt.

»Infarkt«, flüstert er und realisiert das Geschehen, noch während es passiert.

›Jetzt werden die Läuse sich endlich zufriedengeben‹, denkt er.

Dann sitzt er reglos mit geöffneten Augen da, während die Kippe ihm die Finger versengt und das Leben sich davonschleicht wie ein nächtlicher Dieb.

Rote Stadt

1

Grau. Bleigrau, Rauchgrau, Eisgrau. Und Rot. Blutrot, Feuerrot, Fahnenrot. Ein Kaleidoskop aus nur zwei Farben; so präsentiert sich die Stadt Giovannis Blicken. Und er staunt, denn es ist das erste Mal, dass ihm Farben überhaupt auffallen. Noch nie ist er so viel durch Mailand gewandert wie in diesen Wochen. Plötzlich geht alles ganz schnell. Von einem auf den anderen Tag steht er nicht mehr am Fließband, sondern auf der Piazza. Vielleicht hat sein Carabiniere-Bruder Antonio ja recht, wenn er behauptet, er sei Kommunist geworden. Er weiß nur, dass er für etwas kämpft, an das er glaubt. Seit ein paar Jahren arbeitet er bei SIT-Siemens, als ungelernter Fließbandarbeiter. Ein Leben in der Fabrik. Erst zehn Jahre bei Marelli, jetzt hier. Nicht dass sich viel verbessert hätte, im Gegenteil, es läuft nicht gut. Wie immer für seinesgleichen, neu ist nur, dass Giovanni und seine Kollegen das nicht mehr so hinnehmen wollen. Die Zeiten haben sich geändert. Und das ist ihnen garantiert nicht dadurch klar geworden, dass man es ihnen bis zum Erbrechen auf den Versammlungen draußen und an den Streikposten vor dem Fabriktor erklärt hätte; nein, sie haben es am eigenen Leib erfahren.

»Wisst ihr, dass unsere Löhne die niedrigsten Löhne in ganz Europa sind? Dass die Arbeitsbedingungen vieler Arbeiter – auch angesichts der aktuellen Gesundheitsvorschriften – mehr als fragwürdig sind?«, fragt einer der Organisatoren rhetorisch, bevor der Protestzug losmarschiert. »Ganz zu schweigen davon, dass in italienischen Fabriken durchschnittlich jede Stunde ein Mensch stirbt, alle zwanzig Minuten einer arbeitsunfähig wird und alle vier Sekunden ein Arbeitsunfall passiert!«

Man applaudiert, nickt, fühlt sich gemeinsam stark. Vorreiter waren die Pirelli-Arbeiter, nachdem die Unternehmensleitung Tausende Arbeiter freigestellt hatte, als Reaktion auf die Streikwelle nach der Vertragserneuerung der Chemie-Metallarbeiter. Dieselbe Taktik, die auch schon von Fiat in Turin angewandt wurde und dort genauso fehlgeschlagen war wie hier in Mailand.

Das war der Tropfen, der das Fass zum Überlaufen brachte: Der Betriebsrat von Pirelli hatte mit Besetzungen, punktuellen Streiks und Protestmärschen durch die Stadt reagiert. Damit begann die Phase, die der sozialistische Parteivorsitzende Francesco De Martino im Abgeordnetenhaus als »heißen Herbst« bezeichnete.

Sie erleben eine Revolution von unten, entfacht von den Fließbandarbeitern, viele von ihnen Einwanderer aus Süditalien. Praktisch unerfahren in der Gewerkschaftsarbeit, oftmals in ihrem eigenen Land geächtet, protestieren sie gegen ihre schlechten Lebensbedingungen und die unsicheren Arbeitsverhältnisse. So entstehen die CUB, Comitati Unitari di Base, in denen die Arbeiterkomitees am Ende nicht selten die eingeschlagene Richtung der Gewerkschaften kritisieren und sie links überholen.

Giovanni schwimmt auf der Welle mit. Die zahlreichen Versammlungen sind immer voll, und er ist mit großer Begeisterung dabei. Die Art der Veranstaltung ist im Übrigen ganz neu: Es gibt nicht nur einen Redner, sondern jeder, der will, kann zum Mikrophon greifen, so dass die Treffen zu einem starken Mittel der Selbstbestimmung werden. Vor einigen Tagen hatten seine Leute von SIT-Siemens und die Arbeiter von Alfa eine übergreifende Versammlung organisiert, an der das Interesse so groß war, dass sie die Sporthalle zwischen den beiden Fabriken besetzen mussten. Eine phantastische Versammlung, auf der über alles diskutiert wurde: Gleichstellungsregeln, Arbeitszeitverkürzung, interne Mobilität, feste Löhne unabhängig von der Produktivität, und außerdem Formen des Arbeitskampfes.

Giovanni weiß, wie hart es ist, bei Morgengrauen aufzustehen und den ganzen Tag zu arbeiten, ohne irgendeine Garantie außer dem kargen Lohn am Ende des Monats.

›Ist doch logisch, dass das Band vor lauter Spannung irgendwann reißt‹, denkt er, als er im Blaumann den Corso Sempione hinabläuft, in der Hand die Gewerkschaftsfahne. Die Beteiligung an der heutigen Demonstration ist groß, außer ihnen laufen auch die Studenten mit.

»1968 war das Jahr der Studenten, 1969 gehört uns: den Blaumännern!«, lautet einer der von den CUBs ausgegebenen Slogans.

In Mailand hat sich der Schwerpunkt der Kämpfe aus den Hörsälen hin zu den Toren von Alfa Romeo, Pirelli und SIT-Siemens verlagert. Die Arbeiterfrage ist vor den Blicken der Öffentlichkeit explodiert, mit einer Kraft, die weder Gewerkschaftler noch Unternehmer für möglich gehalten hätten: alles vor dem Hintergrund einer zeitgleichen Verlängerung von zweiunddreißig Tarifverträgen. Seit langem aufgebaute Spannungen und Ärger machen sich Luft, alles auf einmal.

Während des Protestmarsches entdeckt Giovanni unter den Anführern des Zuges auch diesen Castelli, von dem sein Bruder so oft spricht. Er schiebt sich näher heran, um ihm zuzuhören. Der Mann ist elegant gekleidet, hat immer etwas zu sagen und eine geschliffene Ausdrucksweise. Auch die Leute von den CUBs hören ihm zu. Sie arbeiten an einer gemeinsamen Strategie.

›Mit welchem Ziel weiß man nicht‹, schießt es Giovanni ketzerisch durch den Kopf. ›Was zum Teufel haben wir mit denen da schon gemeinsam, die noch nie einen Fuß in eine Fabrik gesetzt haben? Ihr Geld kriegen sie von Papa, und am Ende werden sie doch alle Anwälte, Ärzte, Professoren, vielleicht sogar Politiker!‹

Er hat seine eigene Theorie, was die Studenten hier bei ihnen suchen: Sie wollen sich dem Volk annähern. Sich einschmeicheln. Sich neu legitimieren.

Er hat noch nie jemanden kennengelernt, der an der Uni studiert, weder in der Fabrik noch in der Bar oder im Stadion, wo er zu den Spielen von Inter Mailand geht. Nur seine Schwägerin, klar. Aber die hat einen Vater mit ordentlich Schotter, obwohl der links ist, und die ist natürlich nicht im Giambellino oder auf der Piazza Brescia aufgewachsen. Soweit er weiß, gehen nur die Reichenkinder zur Uni, nicht etwa die armen Schlucker, die am Fließband stehen.

›Was bilden die sich eigentlich ein? Die Welt mit unseren Streikposten zu verändern und dann selbst die Ernte einzufahren?‹

Er hat Castelli sagen hören, dass sie dem französischen Vorbild folgen wollen und eine Art Zusammenarbeit organisieren zwischen denen, die studieren, und denen, die arbeiten.

»Gemeinsam gegen die Arbeitgeber und Ausbeuter!«, schreit der Studentenführer.

»Klar«, witzelt einer aus der Lackierabteilung, der neben Giovanni herläuft, »und dann kommt irgendwann heraus, dass viele der Arbeitgeber eure Väter sind!«

Die anderen tun so, als hätten sie nichts gehört, manche schmunzeln.

»Wir müssen vereint bleiben, wenn wir etwas erreichen wollen!«, wird von hinten geschrien.

Was sie erreichen wollen, sind bessere Arbeitsbedingungen: mehr Sicherheit und kürzere Arbeitszeiten. Ihre Hauptsorge gilt den Medien, ob sie diese Informationen weitergeben, ohne sie wie üblich zu verdrehen. Die Studenten verkürzen die Sache noch einmal und rufen: »Wir wollen alles!«

Giovanni senkt die Fahne. Sie haben ihr Ziel erreicht, und die Polizei ist schon in Stellung gegangen. Bühne frei.

»Der November ist der schlimmste Monat von allen.«

Es klingt wie ein Stöhnen, was Cimmino da ausstößt, während er sich eine Zigarette anzündet. Was ihm einige Mühe bereitet, denn der kalte Wind bläst ihm scharf ins Gesicht und pustet die Flamme immer wieder aus. Vor zehn Minuten hat er seine Schwester in Neapel angerufen: Dort scheint die Sonne bei angenehmen neunzehn Grad.

»Was für eine Scheißstadt«, ruft er und wirft die gleich wieder erloschene Zigarette weg.

Santi und Martinez sehen ihn stumm an. Mit erfrorenen Gliedmaßen und dem Helm auf dem Kopf wie immer.

Heute, nachdem alle Wunden verheilt sind, kehren sie endlich auf die Straße in den Einsatz zurück, wovon beide nicht gerade begeistert sind. Zusammen mit den Kollegen bilden sie eine Sicherungskette rund um den Sitz der RAI auf dem Corso Sempione.

Vor ihnen zieht mit Spruchbändern, Fahnen und Flüstertüten ein neues Heer vorbei. Besser gesagt, ein erneuertes Heer. Mit den altbekannten Gesichtern der Studenten und den neuen der Arbeiter. Auch wenn die aus der Fabrik ungefähr doppelt so alt sind wie die von der Uni. Arbeiter und Studenten gegen die RAI.

»Gegen die Desinformation, so nennen sie das«, kommentiert Cimmino auf und ab laufend. »Ihr könnt mich mal!«

Die Journalisten reden weiterhin vom heißen Herbst, doch Santi friert an diesem Novembernachmittag mehr als sonst. Das Bein schmerzt immer noch, und die eisige Kälte tut ihm alles andere als gut.

Er starrt auf die Meute vor ihnen. Früher prügelten sie nur auf Studenten ein, seit einigen Wochen auch auf Arbeiter. Heute, so scheint es, läuft es auf beide gemeinsam hinaus. Eine echte Steigerung.

Plötzlich entdeckt Antonio zwischen all den Gesichtern eines, das er kennt. Zuerst traut er seinen Augen nicht, dann durchfährt ihn ein Schauer, als er die plumpe Gestalt seines Bruders Giovanni erkennt, mit Blaumann und roter Fahne, mitten unter den Demonstranten. Doch er ist weder enttäuscht noch verärgert. Er muss lächeln.

»Was gibt's denn da zu lachen?«, fragt Martinez. »Gleich hagelt's Prügel und du lachst …«

»Dahinten ist mein Bruder.«

»Ist er Arbeiter?«

»Ja.«

»Und das freut dich?«

Santi nickt nur. Nicolò würde es nicht verstehen; er kann ihm nicht erklären, wie froh er ist, dass Giovanni nicht zu träge ist, um an etwas zu glauben, dass auch er Ideale hat.

Dann verfinstert sich seine Miene jäh: Er sieht plötzlich wieder Michael Collins vor sich, der wie ein Idiot den Mond umkreist und nicht aussteigen kann.

›Und ich‹, fragt sich Santi, ›an was glaube ich?‹

2

Der Zug fährt mit zwei Stunden Verspätung im Bahnhof Termini ein. Eilig steigt Antonio aus. Zum Glück hat er den Nachtzug genommen, sonst hätte er es niemals pünktlich zu der Prüfung für Kommissarsanwärter geschafft. Er hat die ganze Nacht kein Auge zugetan. Auf den Knien die Lehrbücher, während vor dem Fenster Italien vorbeiflog.

Er freut sich, Rom wiederzusehen. Seit seiner Versetzung

nach Mailand war er nicht mehr hier, und er hatte fast vergessen, wie angenehm das Klima in der Hauptstadt ist. Es ist November und fühlt sich an wie Frühling. Als er in Mailand losfuhr, lagen Nebel und Dunkelheit über den Gleisen, und hier empfängt ihn ein sonniger Tag; den Mantel lässt er locker geöffnet, als er zügigen Schrittes auf den Ausgang zugeht.

Oben im Norden hingegen herrscht eisige Kälte. *Scighera* und ein kalter Wind, der von den Alpen herüberbläst. Sein Bruder Giovanni reibt sich die Hände, um sie ein wenig zu wärmen.

»Du hättest besser mal Handschuhe angezogen«, bemerkt sein Kollege.

Die Finger werden ihm steif werden, während er eisern die Fahne schwingt, aber er wird durchhalten. Dies ist der Tag des Generalstreiks für bezahlbaren Wohnraum, sie brauchen die Unterstützung von allen.

Ein paar hundert Meter weiter sitzt Martinez hinter dem Steuer eines Jeeps, zusammen mit drei weiteren Polizisten. Der Beamte ist zwar in den aktiven Dienst zurückgekehrt, doch da er noch immer nicht ganz auf der Höhe ist, will Cimmino ihm die Anstrengung ersparen, zu Fuß zu gehen.

»*Guagliò*, du weißt, wie man den fährt, oder?«

Nicolò nickt.

»Das ist gut, denn heute müsst ihr hart dagegenhalten: Wir sind doppelt gearscht. Auf der einen Seite die Arbeiter und Gewerkschaftler und auf der anderen diese linken APO-Wichser mit den Studenten. Fehlt nur noch, dass die Faschisten irgendwo auflaufen, dann ist es perfekt!«

Die Gewerkschaften haben im Teatro Lirico eine Versammlung abgehalten, und während die Menge aus dem Saal strömt, marschiert in der Via Larga, nicht weit von der Staatlichen Universität entfernt, der Protestzug der Marxisten-Leninisten los. Eine Studentengruppe – mindestens fünfhundert haben sich kurz zuvor am Dom versammelt –

schließt sich der außerparlamentarischen Linken an. Unter ihnen auch viele Katangesen.

Die Arbeiter, die aus dem Lirico kommen, vermischen sich gleich mit dem Demonstrationszug und verwirren so die sie flankierenden Polizisten.

»Und jetzt?«, fragt sich Cimmino. »Was sollen wir tun?«

Während der vordere Teil des Protestzugs sich mit den Arbeitern vereint, umstellen andere vereinzelte Mitmarschierer von hinten einen kleineren Trupp von Polizisten, die zurückgeblieben sind. Die Beamten versuchen, in eine Seitenstraße auszuweichen, um die Hauptstraße nicht zu versperren. Das Auto gerät kurz ins Schleudern.

»Was soll das, Martinez? Beinah hättest du einen überfahren!«

Bei dem Lenkmanöver hat er einen Studenten im Parka gestreift.

»Der ist noch nachgekommen«, verteidigt sich der Carabiniere. »Außerdem ist ihm ja nichts passiert. Guck doch, wie er springt!«

Doch die empörte Reaktion der Demonstranten folgt auf dem Fuß.

»Scheiß-Faschisten! Ihr wollt uns plattmachen!«

Sie schreien und fangen an, sie mit irgendwelchen Sachen zu bewerfen. Die Polizisten gehen zum Gegenangriff über, doch die Katangesen sehen nicht tatenlos zu: Sie demontieren eine nahe Baustelle, während die Luft sich mit Tränengas füllt.

»Bleib auf der Straße, Martinez, verdammt noch mal. Wo hast du denn nur Fahren gelernt?«

Der junge Mann ist völlig aufgelöst, er weiß gar nicht, wann er das letzte Mal Auto gefahren ist, vor einem Jahr vielleicht. Er schwitzt trotz der Kälte. Plötzlich schert der Jeep wieder aus und stößt mit einem anderen Militärfahrzeug zusammen. Kein schlimmer Unfall, nur ein paar Dellen in der Karosserie, aber ein schöner Schrecken für die Insassen beider Fahrzeuge.

»Mist! Sobald sich das Chaos hier ein bisschen beruhigt, übernehme ich das Steuer«, schreit der Polizist neben Nicolò auf dem Beifahrersitz. Dann steigen die drei Mitfahrer aus und gehen mit den Schlagstöcken in der Hand zu Fuß weiter. Er bleibt alleine im Wagen zurück.

Die Lage ist bis zum Äußersten gespannt, die Demonstranten versuchen, den Jeeps die Durchfahrt zu versperren. Toller Einfall von Cimmino, ganz junge Beamten ans Steuer zu setzen. Die Menge ist blind vor Hass. Der Vizekommissar erkennt seinen Fehler erst, als es schon zu spät ist. Er steht mitten im Getümmel und beobachtet alles. Die Extremisten schrauben das Baugerüst vor der Kommunalverwaltung in der Via Larga ab, bewaffnen sich mit Stangen, Röhren und anderem Material, das sie in der Umgebung finden, und stürmen auf die Polizisten zu.

Bis es passiert. Ein vermummter Mann mit einer Eisenstange in der Hand geht auf einen Mannschaftswagen los.

Ein Schrei erhebt sich in die Luft, schwebt über dem Getöse, das Cimmino in den Ohren dröhnt, und lässt ihm das Blut in den Adern gefrieren. Instinktiv dreht er den Kopf in die Richtung, aus der der Schrei kam.

»*Maronna santissima*, Heilige Maria!«

Auch Giovanni sieht, was passiert ist. Er lässt die Fahne fallen. Erschüttert.

»Was machen die nur?«

Das Bild scheint vor den Augen der Anwesenden zu erstarren: Die Eisenstange hat sich in die Schläfe des Beamten am Steuer des Jeeps gebohrt. Sein Kopf ist quasi gespalten, lehnt links am Seitenfenster. Seine Hände umklammern das Lenkrad. Das Gesicht eine schmerzverzerrte Grimasse.

Ein Polizist rennt herbei. Es ist Agente Rami. Er erkennt ihn.

»Nicolò … O mein Gott, Nicolò, was haben sie getan?«

Er geht in die Knie, in Tränen aufgelöst.

Cimmino hängt sich ans Funkgerät.

»Wir brauchen sofort einen Krankenwagen!«, befiehlt er, doch er weiß, dass es zu spät ist.

Die Schlacht dauert noch einige Minuten an. Als die Gegend endlich geräumt ist, macht sich unter den Polizeibeamten Trauer breit, gefolgt von der Wut, dem blinden und verzweifelten Zorn derjenigen, die einen Kumpel haben sterben sehen, die Stirn durchbohrt von einer Eisenstange.

Santi kramt eine Münze aus seinen Taschen hervor und wählt.

Nach dem ersten Klingeln hebt Carla ab.

»Ich steige gleich in den Zug und fahre zurück. Es ist hervorragend gelaufen: Ich konnte alle Fragen beantworten!«

Seine Frau erwidert nichts, sie wirkt abwesend.

»Was ist los?«

Sie kann ihre Erschütterung kaum verbergen.

»Antonio, ich muss dir etwas sagen. Etwas Schlimmes ist passiert.«

3

Santi sieht aus wie ein Gespenst, als er die Questura betritt. Auch vergangene Nacht hat er kein Auge zugetan: seit achtundvierzig Stunden auf den Beinen. Selbst wenn er gewollt hätte, war an Schlaf nicht zu denken.

Seine Kollegen sehen kaum besser aus. Das, was Martinez zugestoßen ist, hat etwas in ihnen zerbrochen. Sie fühlen sich geschwächt, ja gedemütigt. Die Presse prügelt auf sie ein, an sich nichts Neues, doch dieses Mal wollen sie es nicht hinnehmen.

Die Zeitungsartikel über sie schmerzen fast noch mehr als die Erinnerung an den toten Kollegen. Nicht nur, dass sie diese schrecklichen Momente wieder vor Augen haben und erneut durchleben, nein, nun müssen sie auch noch diese Lügen über sich lesen.

Cimmino sieht verstört aus, und als er Santi erblickt, umarmt er ihn. Er sagt nichts, doch seine Augen sind rotgeschwollen. Gemeinsam gehen sie die Zeitungen durch.

Der ›Corriere‹ titelt über fünf Spalten breit: *Polizist bei Zusammenstößen zwischen Polizei und Extremisten in Mailand getötet.* In der Rekonstruktion des Todesfalles heißt es, dass der Beamte möglicherweise Opfer seines eigenen Unvermögens geworden sei: Um dem Übergriff durch die Masse in der Via Larga zu entgehen, wäre er mit etwas zusammengestoßen und hätte sich am Kopf verletzt.

Blinder Hass schlägt in Antonio hoch. Er war nicht dabei, doch ihm wurde alles haarklein geschildert. Vor allem hat er die Fotos gesehen, sowohl die in den Zeitungen als auch solche, die seine Kollegen von der Politischen geschossen haben: Das war ein regelrechter Guerrillakrieg, von wegen Unfall!

Die Durchsicht der Tageszeitungen kann ihre Laune kaum bessern. In vielen Berichten, vor allem in denen der linken Presse, wird die Polizei lächerlich gemacht und beschuldigt, sie wolle die Schuld den Demonstranten in die Schuhe schieben, um von der eigenen brutalen Vorgehensweise abzulenken.

»Das ist doch alles kompletter Unsinn«, stößt Cimmino hervor.

Ein anderer Artikelschreiber versucht, die Brutalität des Mordes zu rechtfertigen, indem er meint, der arme Nicolò sei gestorben, weil er beim Versuch, der Menschenmenge zu entfliehen, mit dem Jeep einen Demonstranten gestreift und zu Boden gerissen, ja verletzt habe. Daher der Wutausbruch der Menge.

»Da haben wir's wieder«, erklärt der Neapolitaner wütend. »Der Polizist ist der Böse, der Schlächter, der unter den Schlägen des Opfers zu Boden geht, während das Opfer sich nur selbst verteidigt. *'A mamma d' 'e strunz è sempre prena* – die Dummen sterben eben nie aus.«

»Wir müssen der Presse unsere Sichtweise schildern«, protestiert Santi. »Das sind wir Nicolò schuldig.«

Der Vorgesetzte weiß nicht recht, was er sagen soll.

»Und wie, *guagliò*? Das wollen diese Ärsche doch gar nicht hören.«

»Ich kenne einen, der das tun kann.«

Und ohne die Antwort seines Chefs abzuwarten, greift er zum Telefon und wählt Basiles Nummer.

Eine halbe Stunde später sitzt der Reporter im Polizeipräsidium. Sie haben ihn durch einen Seiteneingang eingeschleust, um seine Kollegen zu umgehen, die sich vor dem Haupteingang drängen und nach Neuigkeiten gieren.

Santi kommt gleich zur Sache.

»Mario, du bist jemand, dem ich vertraue. Deshalb will ich dir unsere Version der Geschichte erzählen.«

Der alte Journalist zündet sich an der glimmenden Kippe zwischen seinen Fingern die nächste Zigarette an. Interessiert mustert er den Bullen. Er muss herausfinden, ob sie ihn linken oder als Spielball benutzen wollen. Um ihnen in beiden Fällen eine Abfuhr zu erteilen.

Antonio zeigt keinerlei Gefühlsregung. Entschlossener Blick, kein Lächeln, keine Bewegung von Händen oder Armen. Er bleibt stocksteif und wartet auf Basiles Antwort.

»Nur wenn ich alle Fragen stellen darf, die mir in den Sinn kommen«, erwidert der schließlich.

»Einverstanden, aber du darfst deine Informationsquelle nicht preisgeben. Du wirst nur sagen, dass du alles von einer nicht näher benannten Quelle aus dem Innern des Polizeipräsidiums hast.«

Der Chronist reißt die Augen auf.

»Was?«

»Du hast schon verstanden«, erwidert Santi ernst. »Keine offizielle Stellungnahme. Der Questore weiß nichts von dem hier. Und so soll es auch bleiben. Haben wir uns verstanden?«

Der Reporter nickt. Sie müssen sich nicht die Hand geben, sie vertrauen einander.

»Erstens«, beginnt Cimmino am Daumen aufzuzählen, als die Bürotür hinter ihnen zugegangen ist, »war die Zahl der Zusammenstöße riesig, auf den Straßen herrschte regelrecht Krieg, geführt mit allen Mitteln. Siebzig Verletzte insgesamt, davon zweiundsechzig auf Seiten der Ordnungskräfte. Alles Unfälle, weil wir ungeschickt und unvorbereitet waren?«

Basiles einzige Antwort ist ein Kopfnicken.

»Zweitens: Die Fotos sprechen für sich«, und er verteilt ein knappes Dutzend Bilder einer Sofortbildkamera über dem Schreibtisch. »Auf der Erde, entlang der Via Larga und neben Nicolòs Wagen liegen viele Dutzend dieser dünnen Eisenrohre von den Baugerüsten, die wurden praktisch demontiert.«

»Darf ich die Fotos mitnehmen?«

»Nein, aber ich bin mir sicher, dass ihr so ähnliche auch bei euch in der Redaktion habt.«

»Weiter.«

»Drittens: Eine dieser Stangen hat sich in Nicolò Martinez' Schläfe gebohrt. Das werden die Amtsärzte nach der Autopsie schwarz auf weiß bestätigen. Die Untersuchung des Leichnams wird ergeben, dass die Stange mit solcher Wucht in den Kopf des Beamten getrieben wurde, dass jede Hypothese über einen Autounfall hinfällig wird. Verstehen Sie? Nichts in einem Fahrzeug kann eine solche Verletzung hervorrufen.«

Der Journalist hebt den Blick von seinem Büchlein, in das er sich mit kleiner, krakeliger Handschrift Notizen macht.

»Habt ihr Unterlagen, die das beweisen?«

»Bisher nicht. Aber ich versichere Ihnen, dass Sie der Erste sein werden, der darüber schreibt, dass Sie den anderen um

Längen voraus sind, denen wir die Ergebnisse erst in den nächsten Tagen mitteilen. Kann ich jetzt fortfahren?«

In Basiles Augen glimmt ein Licht. Das könnte ein Hinterhalt sein oder ein ganz großer Knaller. Er wechselt einen Blick mit Santi.

»Einverstanden, fahren Sie fort, ich werde Sie nicht mehr unterbrechen.«

»Martinez wurde vorsätzlich angegriffen, und im Autopsiebericht werden sämtliche Details dazu zu lesen sein. Vor allem wenn erst einmal das Gestänge der Baugerüste auf der Via Larga untersucht ist, dessen Durchmesser 48 Millimeter beträgt, und dann der Querschnitt mit der kreisförmigen Wunde an Nicolòs Schädel verglichen ist, wird bewiesen sein, dass sie korrespondieren. Was schließen Sie daraus?«

Antonio sagt die ganze Zeit kein Wort. Nicht einmal, als er Basile mit einem Händedruck verabschiedet, nachdem er ihn heimlich aus dem Präsidium gelotst hat.

Der Artikel, der am selben Nachmittag in ›La Notte‹ erscheint, ist gut. Genau und detailreich gibt er wortgetreu ihre Unterhaltung wieder, nur dass die Identität des Bullen, der geplaudert hat, im Dunkeln bleibt. Er wimmelt nur so von »es heißt«, »es scheint so«, »wie Quellen der Questura bestätigen« und der ganzen Parade von Standardformulierungen.

Dennoch kann er nicht alle überzeugen. Die Studenten sind sich ihrer Sache ganz sicher: Es war ein Unfall. Noch am selben Abend besetzen sie die Università Statale als Zeichen des Protestes gegen die »rechte Faschisten-Polizei«, die sie jetzt auch noch als Mörder abstempeln will.

4

Die Kirche San Carlo ist rappelvoll. So zahlreich sind die Menschen gekommen, dass viele gar keinen Platz mehr finden. Eine Endlosschlange aus Köpfen und nassverheulten Taschentüchern zieht sich über den Corso Vittorio Emanuele von San Babila bis zum Dom.

»Er war noch so jung«, flüstert eine Signora auf dem Kirchplatz. »Ich habe in der Zeitung gelesen, dass er vor wenigen Monaten erst einundzwanzig geworden ist.«

Die Frau in ihrer Begleitung nickt. Sie kannten Agente Nicolò Martinez nicht persönlich, doch die Emotionen, die sein Tod auslöst, sind so groß, dass sie bei der Beerdigung dabei sein möchten, um ihren Schmerz und ihre Anteilnahme zu zeigen. Auch Staatspräsident Giuseppe Saragat hat den Familienangehörigen eine Kondolenzkarte zukommen lassen.

Die Beerdigung findet am 21. dieses eisigen und schrecklichen Novembers statt. In der Aufbahrungshalle haben sie dem armen Polizisten, gebürtig aus Monteforte d'Alpone, den Kopf mit einer weißen Binde umwickelt, die das erlittene Leid verhüllt. Die letzte Ehre erweist ihm nur der Vater. Die Mutter hat es am Herzen und könnte den Anblick ihres Sohnes und dessen, was ihm angetan wurde, nicht ertragen.

›Niemand sollte die eigenen Kinder überleben‹, denkt Antonio, als er den Mann zur Bahre führt. ›Es ist zu grausam.‹

Angesichts des Leichnams seines einzigen Sohnes fällt der Vater – ein Bauer, der sein Leben lang für die Landbesitzer die Weinberge mit den weißen Trauben des Soave und Recioto bestellt hat – auf die Knie. Er weint nicht. Allein ein fragender Schrei entfährt ihm: »Warum?«

Eine Frage, die sich insgeheim auch alle anderen stellen. Antonio würde sich am liebsten auch zu Boden werfen und von der Verzweiflung übermannen lassen. Er fühlt sich unendlich schuldig. Er ist sich sicher, wäre er da gewesen, wäre das nicht passiert, Nicolò wäre mit ein paar Knochenbrüchen davongekommen, höchstens, wie bei den Katangesen. Doch er hatte ihn allein gelassen, alles nur wegen seines selbstsüchtigen Karrierewahns. Er empfindet sich als Verräter. Als sein

Freund starb, saß er in einer gut beheizten Aula und füllte Fragebögen aus. Als sein Kopf von einem Rohr durchbohrt wurde, schlürfte er vielleicht gerade in Rom vor einer Bar einen Espresso in der Sonne.

Er verscheucht diese Gedanken und hilft dem alten Vater wieder auf die Beine, doch er kann nicht umhin, sich zu fragen, was ihn eigentlich hierhergeführt hat. Die Gelegenheiten, seine Unrast, sein Gerechtigkeitssinn? Oder schlicht dieser Reiz, der einem keine Ruhe lässt und einen ständig wie ein Affe an der juckenden Stelle herumkratzen lässt, bis es nachlässt? Oder der Zufall? Ein Raubüberfall, mit eigenen Augen gesehen, der das Leben verändert.

Zusammen mit Nicolòs Vater nimmt er in der vordersten Kirchenbank Platz. Hinter ihnen sitzen sämtliche Honoratioren: der Bürgermeister, der Polizeipräsident und der Präfekt. Dahinter dann die Kollegen der Questura: Cimmino mit einem Taschentuch in der Hand, Catalano mit ernstem Gesicht, Piazza mit mürrischer Miene. Irgendwo hinten hat er die rothaarige Studentin gesehen, auch sie ganz gebrochen vom Schmerz.

Draußen in der Menschenmenge erkennt man viele tränennasse Gesichter, nicht nur von Beamten und Kommilitonen, sondern von ganz normalen Menschen, die betroffen sind und einem jungen Mann in Uniform die letzte Ehre erweisen möchten, der auf eine Weise starb, die man seinem schlimmsten Feind nicht wünscht.

Doch selbst die größte Betroffenheit kann den Hass nicht mildern. Als die Zeremonie zu Ende ist und die Menge aus der Kirche strömt, geschieht es.

›Manche Mechanismen sind einfach nicht zu stoppen‹, denkt Antonio und ballt die Hände zu so festen Fäusten, dass sie schmerzen.

Der Trauerzug, der Martinez' Sarg folgt, wird von einem trostlosen Spektakel aus Rangeleien und lauten Parolen zwischen Maoisten und extremen Rechten begleitet. Die Leute sehen sich verwirrt um, verstehen nicht, was da los ist. Plötzlich löst sich ein Mann aus der Menge und wirft ein rotes Tuch über den Sarg. Das Tuch gleitet ab, und er flüchtet.

In Santi schießt eine blinde Wut gegen diesen Mann hoch: Er sprintet los, konditionierter Reflex. Er kann nicht hinnehmen, dass Martinez sogar als Totem noch der Respekt verwehrt wird.

Er jagt hinter ihm her, gefolgt von Cimmino, der allerdings wegen seiner Masse keine große Hilfe ist.

Hinter ihnen ein Strom von Menschen und eine kleine Sympathisanten-Gruppe von Giovine Italia, die den Roten in Stücke reißen wollen. Durch den Corso Vittorio Emanuele hallen die Schreie: »Haltet den Kerl! *Maledetto!*«

Antonio ist ihm dicht auf den Fersen, er rennt so schnell, wie er es sich selbst kaum zugetraut hätte. Sein Bein schmerzt nicht, oder er ist einfach zu aufgebracht, um es zu bemerken.

Der Flüchtende dreht sich um, und sein Blick bohrt sich in die Augen des Bullen. Das genügt zum Wiedererkennen.

›Der Mann, der in diesen Tagen mehr als jeder andere die Wurzel allen Übels repräsentiert‹, denkt Santi. ›Giorgio Castelli.‹

Ein Zweifel meldet sich mit einem schmerzhaften Stich in die Magengrube.

›Was würde Nicolosi tun? Wie würde er sich verhalten?‹

Ihm bleiben nur wenige Sekunden, um zu entscheiden, ob er ihn der heranrollenden Welle der Masse überlassen oder ihm die Haut retten soll.

Er sieht Bilder von in Brand gesteckten Straßenbahnen vor sich, von auf sie zufliegenden Steinen bei Demos, vom Rauch, der zusammen mit dem Benzingestank von den Barrikaden aufsteigt, von den Katangesen, die ihn mit Tritten traktieren und ihm die Knochen brechen, vom armen Nicolò mit durchbohrtem Schädel …

Plötzlich weiß Antonio, was er zu tun hat, vielleicht aufgrund seiner katholischen Erziehung, vielleicht weil er sonst die Uniform verraten würde, die er trägt. Oder einfach, weil er niemandem Gelegenheit zu einem weiteren Mord geben möchte und zu dem, was in seinen Augen ein völlig sinnloser Guerillakrieg geworden ist.

»Schluss mit dem Morden«, sagt er sich, während er mit ausgestrecktem Arm Castelli packt und beiseitezieht.

»Folge mir!«, schreit er dem keuchenden Cimmino zu. Santi nimmt auch ihn am Arm und zerrt ihn auf die linke Straßenseite, wo er eine offene Apotheke gesehen hat.

»Da rein!«

In dem Geschäft rennen alle drei unabgesprochen zu dem metallenen Rollladen und ziehen ihn mit ganzer Kraft hinunter. Der Apotheker ist so benommen vor Schreck, dass er kein Wort hervorbringt.

Sie verankern den Rollladen im Fußboden und lassen sich erschöpft dagegen sinken. Antonio schließt die Augen. Sein Herz klopft ihm bis zum Hals, als wolle es jeden Moment zerspringen.

Niemand sagt etwas, während sie draußen die aufgebrachte Menge schreien und gegen das Metall treten hören.

»Wenn sie den kaputtkriegen, sind wir dran«, stöhnt Cimmino. Er ist knallrot im Gesicht und ringt nach Luft.

Die Minuten dehnen sich endlos. Der Rollladen bebt unter den Fäusten, Tritten und gewaltsam dagegengeschleuderten Gegenständen.

Obwohl die Luft zum Zerreißen gespannt ist, hat Santi die Muße, Castellis undurchdringliche Miene zu betrachten, des Mannes, der sich innerhalb weniger Jahre nicht nur Respekt bei Schülern und Studenten, sondern auch bei Professoren, Richtern und Journalisten erarbeitet hat. Der andere erwidert seinen Blick: hochmütig und distanziert, als wäre er irgendwo, aber keinesfalls einen Schritt vom Gelynchtwerden entfernt.

Nach einer gefühlten Ewigkeit bricht das Getöse jäh ab, und von draußen erklingt Commissario Catalanos Stimme.

»Wir haben sie verjagt, ihr könnt jetzt rauskommen!«

Antonio mag trotzdem nicht aufatmen. Klar, sie haben überlebt, doch eine solche Szene bei der Beerdigung seines Freundes, das ist, als hätten sie ihn ein zweites Mal umgebracht.

Castelli wird aufs Präsidium gebracht, doch das Ende steht ohnehin schon fest. Der Student hat sich hinter einem ehernen Schweigen verschanzt. Nicht einmal ein Wort des Dankes kommt ihm über die Lippen.

Wenige Stunden später ist er wieder frei, die Anklage wird lediglich auf Störung der Totenruhe lauten, ungeachtet des Krawalls, der daraus entstanden ist. Santi beobachtet, wie Catalano ihn wegführt. Castelli hebt grüßend die Hand in seine Richtung, grient. Nicht unbedingt höhnisch, aber auch keinesfalls dankbar. Die Miene eines Mannes, der weiß, ganz egal wie die Dinge laufen, er wird immer irgendwie davonkommen.

Antonio bleibt mit der bitteren Gewissheit zurück, dass sie nicht nur keinen Schuldigen haben, sondern vielleicht auch niemals wissen werden, wer Martinez letztlich getötet hat.

5

In dieser Nacht ist Mailand eine zerstreute Liebhaberin, doch nicht minder betörend. Schweigsam und entspannt, schmachtend und verführerisch. Pulsierend vor Leben. Bebend, unter dem dünnen Schleier eines leichten Nebels, der die Umrisse schmutzig verwischt, mit überfüllten Cafés, Jugendlichen, die draußen in Ruhe beisammen sein oder reden wollen, Studenten an Bushaltestellen, die in ihren Hosentaschen nach Kleingeld kramen, um zu entscheiden, ob sie sich ein paar Stunden zum Trinken ins Warme setzen können.

Vom Bürgersteig aus betrachtet wirkt die Stadt wie aus einem anderen Jahrhundert. Eine moderne Metropole mit Angestellten und Arbeitern, Drogerien, Eisenwaren-, Kurz- und Schreibwarenhandlungen, düsteren Bars und schwarz verkohlten Häuserfronten, mit Dunstwolken, die aus den industriellen Randbezirken bis über die Navigli herüberwehen, eine Art Vorgeschmack auf die Arbeiterdemonstrationen, wenn die Ränder der Spruchbänder aus den Fabriken an den Brüstungen der Balkone entlangstreifen, oder auf die Studentenmärsche unter der Woche, welche die Straßen der Innenstadt mit Rot überziehen. Einer Innenstadt, die immer voll von Touristen ist, die ihre Fotoapparate auf die Spitzen des Doms richten, durch die Galleria schlendern oder großzügig ihr Geld im Kaufhaus Rinascente lassen.

Eine hektische Stadt, in der alle von einer unaufhaltsamen Eile getrieben werden, selbst beim Mittagessen. Und das nicht, weil es nicht schmeckt, im Gegenteil. In den volkstümlichen Trattorien isst man gut – vor allem in jenen toskanischen, wo die Mailänder Angestellten ihren Hunger stillen – oder in den Osterien unter apulischer oder piemontesischer Führung, oder in den Käsehandlungen, wo man an winzigen Tischen Spiegelei, Käse und Wein aus Korbflaschen serviert bekommt. In den Straßen des Zentrums reiht sich ein kleiner Laden an den nächsten, doch sobald man einen Schritt zurücktritt, verschwimmt alles zu einem Einheitsbrei; Büroviertel lassen sich nicht von Wohnvierteln unterscheiden, in der chaotischen und beliebigen Nutzung des urbanen Raums spiegelt sich die ehemals fiebrige Eile des Wiederaufbaus. Dem aufmerksamen Blick entgeht nicht, dass eine moderne Häuserfront eingerahmt von Jugendstil-Fassaden nur die Füllung für das kariöse Loch einer Kriegsbombe ist, doch kaum jemand achtet darauf. Die Menschen sind vollauf beschäftigt mit der Produktion. Der Wirtschaftsboom sitzt ihnen im Nacken, sie wollen ihre Arbeit tun. Doch nicht an diesem Abend, heute ist alles ruhig und man würde am liebsten die Arme ausbreiten und alle Einwohner kräftig an sich drücken. Die Frau in Hauspantoffeln, die im Palestro-Park ihre Katze sucht, die zwei Nachtwächter, die mit dem Fahrrad einen Jungen auf dem Corso Magenta verfolgen, den Betrunkenen, der unter den Säulen von San Lorenzo einherwankt, ein Liebespaar, das sich unter dem Löwen von San Babila küsst, zwei Jugendliche, die sich in einer Dachstube im Ticinese lieben und gegen die winterliche Kälte begierig ihre Körper aneinanderreiben. Alles möchte man umarmen, denn die Menschen sind es, die diese Stadt mit pulsierendem Leben erfüllen und sie so großartig machen.

Dies ist die Nacht, in der man weinen und lieben möchte. Sogar der Mond hat ein Stück Himmel gefunden, von dem er herabblicken kann.

In dieser Nacht bebt die Metropole von tausenderlei Emotionen, geziert und hochmütig, volksnah und chaotisch, lebendig und verführerisch; sie weiß nichts von dem schrecklichen Tag, der sie am nächsten Morgen erwartet.

6

Das kleine Mädchen ist ungefähr zwei. Sie trägt ein rotes Kleid, unter dem ihre rosafarbenen Schleifchen-Schuhe hervorschauen. Im Arm trägt sie eine Puppe, die sie Martina genannt hat, ihre Lieblingspuppe. Und sie hält sie dem Vater hin.

»Ist die für mich, mein Schatz?«

Die Kleine lächelt und versteckt sich schüchtern hinter dem Rock der Mutter. Der Mann nimmt das Püppchen hoch – er ist stark, von der Feldarbeit – und gibt ihm einen Kuss. Er trägt an diesem Tag einen dunklen Anzug und einen grauen Paletot mit geräumigen Taschen. Dort passt Martina perfekt hinein. Es ist eine alte Lumpenpuppe, mit Zöpfen aus Strohhaaren. Sie trägt eine kleine blaue Schürze mit weißen Punkten.

»Jetzt mache ich mit ihr einen Ausflug in die Stadt, und heute Abend schlaft ihr beide wieder in deinem Bettchen, einverstanden?«

Das Mädchen nickt.

»Ich bin bald zurück«, sagt er zu seiner Frau und küsst sie im Hinausgehen.

Als die Tür ins Schloss gefallen ist, dreht die Frau das Radio lauter, weil gerade eines ihrer Lieblingslieder von Massimo Ranieri läuft, das in der populären Musiksendung ›Canzonissima‹ antritt. *Se bruciasse la città*, singt sie mit und hebt mit ein paar angedeuteten Tanzschritten ihre Tochter hoch, *»und wenn die Stadt brennt, laufe ich zu dir, zu dir, zurück zu dir …«*

An diesem Morgen wacht Carla auf, weil ihr schlecht ist. Es geht ihr schon eine Weile nicht besonders. Sie versucht, nicht daran zu denken, doch seit den letzten Magenschmerzen hat sie keine Lust mehr, die Heldin zu spielen.

»Besser, du lässt dich mal vom Arzt untersuchen«, hat Antonio ihr besorgt geraten.

So sitzt sie nun in der Warteschlange in einer Arztpraxis auf dem Corso Italia. Sie wollte gleich zum Spezialisten, man weiß ja nie. Beim Warten spürt sie, wie ihr ein klein wenig schwindlig wird. Dann hört sie jäh ein riesiges Getöse, als stürze das Nachbarhaus komplett in sich zusammen.

Nebel und Rauch sind so dicht, dass man kaum die Umrisse der Bank erkennen kann.

Orientierungslos steigt Antonio aus dem Wagen. Es ist dunkel, und ein unerträglicher Gestank kriecht ihm in die Nase. Brandgeruch vermischt mit etwas, das er nicht identifizieren kann. Sehr intensiv.

Agente Patrizio Rami ist bei ihm, seit Martinez' Tod sein neuer Partner.

»Ich fress einen Besen, wenn das eine Gasexplosion war!«

Je näher sie kommen, umso surrealer wird der Anblick, der sich ihnen bietet. Schreie von Verletzten, der Boden voll mit jammernden Menschen in ihrem Blut, manche versuchen, zum Ausgang zu robben, dieser Hölle zu entfliehen. Als sie die Schwelle der ehemaligen Geschäftsstelle der Banca dell'Agricoltura übertreten, erwartet sie ein Mosaik aus zerstörtem Leben, tausend und abertausend Bruchstücke, die sich zu einem einzigen, trostlosen Bild zusammenfügen. Zerfetzte Menschenleiber, Beine, die bis in den zweiten Stock des Gebäudes geschleudert wurden, Arme, Hände, Teile von Menschen, die wenige Augenblicke vor der Explosion noch vor den Schaltern anstanden.

Den zwei Polizisten wird klar, dass der Gestank nur von verbranntem Fleisch stammen kann. Angesichts dieses Grauens ist Antonios einziger Gedanke, den Verletzten zu Hilfe zu eilen, während Rami sich zusammengekrümmt in eine Ecke flüchtet.

Santi rennt zu seinem Funkgerät. Nach dem, was er gesehen hat, weiß er, dass mindestens hundert Krankenwagen benötigt werden, um allen zu helfen. Doch in der Einsatzzentrale glaubt man ihm nicht.

»Hundert Rettungswagen wegen eines explodierten Gaskessels? Komm schon, Santi, bleib am Boden!«

Sie glauben, es handele sich um die klassische Überreaktion eines Menschen, der noch nichts gesehen hat im Leben.

Die Piazza Fontana füllt sich mit Schaulustigen, noch bevor die Rettungswagen da sind. Tausende von Leuten strömen ins Zentrum, um zu sehen, was passiert ist.

Um sie herum nur Zerstörung.

Plötzlich sieht Antonio, wie Kardinal Colomba das Gebäude betritt. Auf dem Boden neben dem Eingang der zerstörten Bank liegen die Überreste eines Mannes. Er ist wie zweigeteilt, der Oberkörper quasi unversehrt, während von dem Rest kaum noch etwas übrig ist.

Der Kardinal kniet in der Lache aus Blut und aufgelöstem Fleisch nieder, schließt die Augen, bekreuzigt sich. Antonio steht reglos da und sieht zu.

Der Tote trägt das, was vormals ein Paletot gewesen sein muss, und aus einer Manteltasche ragt der Kopf eines Püppchens. Der Bulle nimmt es hoch.

»Es gibt ein Kind im Leben dieses Mannes, das seinen Vater leider nie mehr wiedersehen wird.«

Die Stadt kommt zum Stillstand, völlige Lähmung. Das halbe Polizeipräsidium ist vor Ort. Mobiles Einsatzkommando, Überfallkommando, Politische Abteilung, alle da.

»Endlich haben sie die Tragweite der Sache begriffen«, flüstert Rami, weiß wie ein Leintuch.

Wenn man sich umblickt, hat man den Eindruck, die Zeit sei stehen geblieben. In den Mienen der Bevölkerung wie in denen der Ordnungskräfte liest man die Bestürzung. Für so etwas gibt es keine Worte.

Nach dem dumpfen Knall, der die Scheiben in allen umliegenden Gebäuden erschüttert hat, strömen die Leute aus ganz Mailand herbei. Wie ferngesteuert finden sich alle auf dem großen Platz ein, um zu sehen, was das für ein Schlag war.

Aus den umliegenden Gassen schießen die Ambulanzen, Feuerwehrwagen, Autos von Polizei und Carabinieri. Die Menschen rufen, die Sirenen heulen, die Verkehrspolizisten brüllen, die Verletzten schreien …

›So stelle ich mir den Weltuntergang vor‹, denkt Antonio.

Innerhalb weniger Minuten ist der abendliche Platz taghell erleuchtet von zahlreichen starken Scheinwerfern, es wirkt wie an einem Filmset. Darüber das aufgeregte Stimmengewirr, allgegenwärtig.

»*L'è stada 'na bumba*«, sagt jemand, »das muss eine Bombe gewesen sein.«

»Ach, Schwachsinn, da ist ein Heizkessel in die Luft geflogen«, erwidert ein anderer.

Und angesichts des Unglücks, des Rauchs, der Toten, der Sirenen und der Tränen muss Antonio wieder an den Satz von Nicolosi denken: »In Italien ist niemand unschuldig.«

Dieser vor Blut triefende Platz und das ausgebombte Gebäude sind der Beweis dafür.

»Ein explodierter Heizkessel? Komm mir nicht mit so einem Quatsch!«

7

Verbrannter Knoblauch. So riecht explodiertes TNT. Santi atmet den Geruch durch die Nase ein.

Er befindet sich in der Nähe der Piazza Fontana. Nicht einmal zwei Stunden sind seit der Detonation vergangen. Die Menschen sind wie hypnotisiert, völlig orientierungslos. Die Mailänder, um nicht zu sagen ganz Italien, stehen vor einem ganz neuen Phänomen.

Das wird dem Bullen und seinen Kollegen klar, als sie erfahren, dass drei weitere Sprengsätze aufgetaucht sind. Zwei in Rom, am Vaterlandsaltar und vor der Banca Nazionale del Lavoro, und ein weiterer hier in Mailand, nicht weit entfernt in der Banca Commerciale auf der Piazza della Scala.

»Los, da müssen wir hin!«

Der Bankdirektor selbst hat Alarm geschlagen.

»Er hat ein schwarzes Köfferchen gefunden, das komische Geräusche von sich gibt«, erfahren sie über Funk, »er hat es an sich genommen und in den Tresor gestellt, bis der Besitzer sich meldet. Aber nach der Explosion auf der Piazza Fontana hat er Angst bekommen und die Polizei gerufen.«

Als Santi mit gut einem Dutzend Polizisten vor Ort eintrifft, läuft der Mann vor der Metalltür auf und ab.

»Beruhigen Sie sich, Direttore, wir kümmern uns darum«, versucht Commissario Piazza, auf ihn einzuwirken. Die Pyrotechniker in ihren raumfahrerähnlichen Anzügen sind vor Ort. Sie lassen sich die Zahlenkombination geben und öffnen den Tresor. Sie finden ein unauffälliges, harmlos aussehendes schwarzes Köfferchen.

»Hört ihr die Geräusche, die da rauskommen?«, kreischt der Direktor, während er fortgeführt wird. »Passt bloß auf!«

»Das ist eine Bombe«, bestätigt einer der Astronauten nach einer ersten Inspektion. »Kein Zweifel.«

Mit äußerster Vorsicht wird der Koffer in den Hof getragen, um ihn dort kontrolliert zu zünden.

Santi sieht aus sicherer Entfernung zu.

Die Detonation setzt neben einer riesigen Staubwolke, aufgewirbelt von den Zementsäcken, die zur Schadensbegrenzung auf die Bombe gestapelt wurden, auch einen intensiven Knoblauchgeruch frei, zumindest kommt das dem Geruch am nächsten, mit dem das detonierte TNT in die Nasen kriecht. Santi spürt, wie es ihm in der Kehle brennt, als wolle es nie wieder verschwinden.

Die Stunden vergehen und spülen erste Verdächtige an die Oberfläche. Alle großen Zeitungen haben ihre Reporter und Fotografen an den Tatort geschickt. Die Tragödie wird in all ihre schrecklichen Einzelheiten zerlegt und dokumentiert.

Als die Reporter die Polizisten aus den Trümmern der Landwirtschaftsbank kommen sehen, halten sie direkt auf Commissario Catalano zu, scharen sich um ihn wie um einen Gralshüter der Wahrheit, als könne allein er erklären, was an diesem schlimmen Spätnachmittag des 12. Dezember 1969 passiert ist. Man erwartet, dass der Chef der Politischen klare Antworten parat hat für diese Stadt am Rande des Nervenzusammenbruchs.

»Alles deutet auf eine Beteiligung der Anarchisten hin«, erklärt der Funktionär.

Alte Geschichte, zieht immer. Die Anarchistenspur ist tatsächlich die erste Spur, die von den Ermittlern verfolgt wird, nachdem festgestellt wurde, dass um 16:37 Uhr ein Sprengkörper mit sieben Kilogramm TNT, versteckt in einer unter einem Tisch zurückgelassenen Tasche, detoniert ist und ein Blutbad angerichtet hat.

Am selben Abend werden Hunderte Verdächtige ins Polizeipräsidium geladen, darunter Anarchisten und Mitglieder der außerparlamentarischen Linken. Santi hat das Gefühl, die Bombennacht vom Messegelände noch einmal zu durchleben, mit dem Unterschied, dass es dieses Mal wirklich Tote gegeben hat. Der Polizist ist noch ganz benommen; er kann nicht glauben, was er gesehen hat, nämlich dass Menschen mit Absicht so viel Tod und Leid über andere bringen. Das will ihm nicht in den Kopf.

Die festgenommenen Personen kommen von überall her, alte und neue Bekannte der Polizei, vereint im vierten Stock des Präsidiums in den Räumen der Politischen Abteilung. Als Hauptverdächtiger wird schließlich Paolo Valletta ausfindig gemacht, Anarchist der ersten Stunden und Ex-Tänzer. Die Aussage eines Taxifahrers reißt ihn rein, der sagt, er habe ihn kurz vor der Detonation zur Piazza Fontana gefahren und gesehen, dass er ein schwarzes Köfferchen bei sich hatte. Das genügt der Polizei. Der Anarchist landet in einem römischen Gefängnis mit der Anklage auf Massenmord.

Für Antonios Geschmack war das Aufregung genug für die vergangenen vierundzwanzig Stunden. Als er jedoch am Ende dieses Wahnsinnstages nach Hause kommt, fällt ihm Carla wieder ein, die am selben Tag zum Arzt gegangen ist.

Keiner der beiden erwähnt die Bombe. Schweigen und vergessen.

»Was hat er gesagt?«

Sie lacht und weint gleichzeitig.

»Ich bin schwanger«, flüstert sie.

Antonio liegt eine Frage auf der Zunge. Nicht die, die alle

stellen. Keine, die jetzt eigentlich passend wäre. Vielleicht aus Instinkt, vielleicht wegen des schrecklichen Tages oder einfach, weil man gewisse Sachen nicht ewig mit sich herumtragen kann. Doch er stellt sie nicht. Er möchte seine Frau fragen, ob dieses Kind in ihrem Schoß wirklich von ihm ist. Doch er versteht es, in Carlas Augen zu lesen. Sie bleibt ganz ruhig. Kein Geschrei, kein Theater, keine Empörung. Nur ein leichtes Kopfnicken, um ihn zu beruhigen.

Dem Polizisten, dem Mann genügt das. Er küsst sie und drückt sie fest an sich. Und lässt nun auch zu, dass ihm Tränen über die Wangen laufen.

8

Grausiges Blutbad in Mailand.

Mit diesen vier Worten erzählt der ›Corriere‹ die Apokalypse des Vortages. Die Bilanz des Bombenanschlags auf der Piazza Fontana sind sechzehn Tote und siebenundachtzig Verletzte. Antonio hatte also gar nicht so falsch gelegen, als er hundert Rettungswagen anforderte.

Das ist ihm allerdings nicht der geringste Trost, als er die Liste der Opfer durchgeht. Alles Bankkunden: Kleinbauern, Landwirte von außerhalb, einfache Städter. Warum bringt man sie um?

In der Via Fatebenefratelli hat noch nie solches Treiben geherrscht. Sämtliche Telefone klingeln. Die Flure wimmeln von Uniformen und Leuten mit Sorgenfalten auf der Stirn.

Die Jagd ist offiziell eröffnet. Nachdem Valletta in Rom in der Zelle gelandet ist – seine Festnahme bescherte den Ermittlern ein Glückwunschtelegramm vom Staatspräsidenten –, wird nach Komplizen gefahndet. Denn natürlich kann er nicht alles allein getan haben.

Santi wandert nervös auf dem Hof der Questura auf und

ab. Im Mund stets eine Fluppe und die Reporter immer in nächster Nähe, die er sich vom Leib halten muss. Sie stehen dort wie festgewachsen und fragen pausenlos nach Neuigkeiten.

»Was geschieht in der Politischen Abteilung? Hat jemand gesungen?«

»In jedem Kriminellen kann ein Subversiver stecken«, hatte Catalano seinen Untergebenen eingeimpft. »Denkt immer daran. Alle Verdächtigen werden festgenommen: Studenten, Arbeiter, Anarchisten. Jeder, der etwas zu verbergen haben könnte, her mit ihm, damit wir ihn verhören.«

Und sie hatten ihm gehorcht. Den ganzen Tag lang herrschte reges Kommen und Gehen, bis Antonio plötzlich, mitten in der Nacht, ein Déjà-vu hat, die Wiederholung jener Nacht vor sechs Monaten. Dieselbe Besetzung, dasselbe Büro. Dasselbe Drehbuch. Der Polizist klagt an, der Anarchist erklärt sich für unschuldig.

Verhört wird Gianni Parenti, von Angesicht zu Angesicht mit Catalano. Außer ihnen befinden sich vier weitere Polizisten und ein Carabinieri-Capitano in dem Raum.

Santi sieht auf die Uhr. Halb zwölf nachts. Sie piesacken ihn schon eine ganze Weile.

Jetzt wird Catalano von dem Polizeipräsidenten hinausgerufen. Er erhebt sich von seinem Stuhl und verlässt den Raum. Er ist ziemlich schnell zurück, nach einer kurzen Unterredung. Langsam schließt er die Tür hinter sich und blickt dabei starr auf den Boden. Sein Gesicht wirkt angespannt; auch er spürt allmählich die Müdigkeit. Alle schweigen. Sie wissen, dass Catalano auf Zeit spielt, bevor er den Spielzug tut, der dem Verhör die entscheidende Wendung geben könnte.

Plötzlich scheint er hochzufahren. Er hebt den Kopf und blickt Parenti scharf in die Augen. »Valletta hat geredet«, verkündet er. »Jetzt kannst du einpacken.«

Nun bringt der Commissario sogar ein kleines Lächeln zustande, obwohl er sich den Ausgang anders gewünscht hätte. Parenti nimmt die Nachricht gleichgültig auf. Er glaubt ihm nicht. Niemand hier im Raum glaubt ihm. Sie alle, ob gut oder böse, wissen, wie die Dinge laufen. Er versucht sein Glück in der Hoffnung, dass der Verdächtige darauf hereinfällt und plaudert.

Catalano beobachtet den Anarchisten. Die Strategie, die er mit dem Polizeipräsidenten abgesprochen hat, sieht vor, diese letzte Karte zu spielen, damit er sich in Widersprüche verstrickt.

Alle rauchen, und eine schwere Stille senkt sich auf sie herab.

Als die Zigarette im Ascher landet, sagt Parenti etwas. Einen einfachen Satz, seinen letzten: »Das ist das Ende der Anarchie.«

Der Polizeichef springt entnervt auf und verlässt erneut das Büro.

›Lassen wir ihn noch eine Weile köcheln‹, denkt er. ›Der wird schon reden. Alles eine Frage der Zeit.‹

Und dann passiert es.

Santi sucht gerade nach seinen Streichhölzern. Er blickt hinunter und kramt in seiner Tasche, und als er wieder aufblickt und sich die Kippe anzünden will, sieht er einen Mann im freien Fall in der Luft. Unmöglich für ihn zu sagen, ob er gestoßen wurde oder selbst gesprungen ist.

»Mord durch Selbstmord« wird wenig später ein Slogan lauten, der traurige Berühmtheit erlangt.

Commissario Catalano stürzt in den Raum zurück. Die Polizisten und der Capitano stehen mit bestürzten Gesichtern am Fenster. Parenti ist nicht zu sehen.

»Er hat sich aus dem Fenster gestürzt!«, sagt ein Polizist.

»Ja, er ist gesprungen!«, bestätigt ein zweiter.

So wird die offizielle Version lauten, nachdem Parenti wenig später in der Notaufnahme gestorben sein wird.

Im Hof haben die Journalisten mittlerweile seinen Körper gefunden. Sie haben den dumpfen Aufprall gehört, das Geschrei, dann sahen sie den Anarchisten auf der Erde liegen. Große Aufregung.

Commissario Catalano und der Questore liefern der Presse eilig eine Erklärung: Der Eisenbahner habe Selbstmord begangen, weil er die Last der immer offensichtlicheren Indizien nicht mehr ertrug.

Santi lauscht in der hintersten Reihe. Als alles vorbei ist, gehört er zu den Letzten, die hinausgehen. Er sagt nichts, tauscht sich nicht mit den Kollegen aus. Alles, was er in den vergangenen sechsunddreißig Stunden gesehen hat, ist absurd. Dafür gibt es keine Worte.

9

Die Tage, die dem Weihnachtsfest vorausgehen, gehören zu den intensivsten und schwersten in Antonios Leben. Es kommt selten vor, dass man sich dessen so bewusst ist, noch während man es erlebt. Santi aber spürt das sehr deutlich. Der Tod von Martinez, die Bombe, der aus dem Fenster gestürzte Anarchist, dieses Erdbeben, das die Institutionen erschüttert hat. Und jetzt noch die Probleme mit seiner Frau.

Jeden Abend beim gemeinsamen Essen gießt Carla Benzin ins Feuer.

»Ich hasse deinen Kollegen von der Politischen!«, ruft sie. »Er ist ein Mörder!«

Die Leidenschaft für die Politik radikalisiert alles. Den Rest besorgen die Zeitungen.

Am Tag nach Parentis Tod hatte der ›Corriere della Sera‹ getitelt: *Showdown! Verdächtiger begeht Selbstmord.*

Die linken Tageszeitungen, allen voran ›Avanti‹ und ›Unità‹, glaubten der von der Polizei gelieferten Version nicht und begannen eine Kampagne gegen Catalano, der sich sehr bald und mit noch größerer Verve die außerparlamentarische Linke von Lotta Continua anschloss.

»Seht nur, was die wieder schreiben!«, hatte der Chef der Politischen gerufen, in der Hand eine Ausgabe des wöchentlich erscheinenden Organs desselben Namens.

»Hier heißt es, ich sei von der CIA bezahlt worden, um die Ermittlungen in die Irre zu leiten! Wisst ihr, was das bedeutet?«

Santi weiß das sehr gut. Mit einer Marxistin Tisch und Bett zu teilen, ist ein wahrer Augenöffner. Zwingt einen zur Konfrontation. Oder zum Streit, zu dem es immer häufiger kommt.

Es sind Tage des Zorns in der Wohnung in der Via Melzi d'Eril. Wenn Antonio abends nach Hause kommt, wartet dort schon Carla, um ihm ihre Anklagen und ihren gesammelten Groll gegen den Commissario entgegenzuschleudern, der mit diesen »Faschistenschweinen« gemeinsame Sache macht.

Eine Wochenzeitung startet durch die spitze Feder einer Journalistin eine Reihe von Gegenartikeln über Catalano, dem sie sympathischerweise den Spitznamen ›Commissario de fenestra‹ gibt.

»Ihr Roten seid wirklich erstklassig darin, neue Slogans zu erfinden, weißt du?«

Seine Frau sieht ihn wütend an. Sie erwidert nichts, weil sie ihm nicht neues Futter geben will. Gerade hat sie ihm zum x-ten Mal ihre Meinung kundgetan. Sie kann nichts dafür, wenn manche Ideen immer wieder gesagt werden müssen. Auch wenn sie auf Dauer Gefahr laufen, wie leere Phrasen zu klingen. Welche Worte gäbe es sonst, die *Strategie der Spannung* zu illustrieren? Oder das *Staatsmassaker*? Antwort: keine. Also wiederholt man sie. Man muss argumentieren, erklären, was in diesem Land vor sich geht. Manchmal helfen dabei Slogans.

Die politische Ordnung durch Destabilisierung stabilisieren oder *Ein Volk verängstigen, damit es tut, was man will*, das sind doch klare, leicht verständliche Konzepte. Doch was viel schlimmer ist: Sie sind wahr.

Das alles schreit Carla Antonio ins Gesicht, mit ungewohnter Wut. Bis er sich schließlich um ihr Wohlergehen sorgt, zudem in ihrem Zustand.

»Hör auf!«, erwidert er. »Ich hab's ja kapiert.«

Doch seine Frau hat nicht die geringste Absicht aufzuhören. Diese Bombe hat auch in ihrer Ehe etwas entzweigerissen. Nicht als sie explodierte, sondern mit Parentis Tod.

»Es sind die zwei Teile desselben Bildes.«

»Welchen Bildes?«

»Das weißt du, Antonio. Sie wollen den Notstand ausrufen, um dann einen institutionalisierten Staatsstreich zu inszenieren.«

»Und wer bitte soll das sein, sie?«

»Die Rechten, die Geheimdienste, Leute von der Regierung …«

»Du spinnst ja! Das bildest du dir alles nur ein!«

»Ich spinne? Dann hör mir mal gut zu. Parenti umzubringen ist Teil der Strategie.«

»Aber er wurde nicht umgebracht …«

»Warte. Ich erkläre es dir. Die These ist ganz einfach: Dein Commissariofreund hat Parenti umgebracht, weil er die Ermittlungen umlenken musste, nämlich ganz auf die Anarchistenspur, um die Hypothese einer Beteiligung der Faschisten am Attentat gar nicht erst aufkommen zu lassen. Der Eisenbahner war der ideale Sündenbock. Denk doch mal nach: Ein Selbstmord wäre der eindeutige Beweis seiner Schuld. Aber dann …«

»Was dann?«

»Es hat nicht funktioniert. Ihr könnt nicht sechzehn Menschen ermorden und hoffen, dass die Leute euch den ganzen Mist abkaufen. Das muss dir doch klar sein, oder?«

»Nein, das ist mir leider nicht klar. Und überhaupt, ihr glaubt immer alles zu wissen. Habt ihr denn die Wahrheit gepachtet? Aber lass dir eins gesagt sein, ganz bescheuert sind wir auch nicht. Mal ernsthaft: Kann es denn sein, dass niemand sich fragt, warum die Polizei, wenn sie einen unbequemen Zeugen loswerden will, wie du es nennst, ihn im eigenen Haus eliminieren sollte und dann noch, indem sie ihn aus dem Fenster wirft? Wäre es da nicht klüger gewesen, ihn spurlos verschwinden zu lassen, und vor allem möglichst weit vom Präsidium entfernt?«

»Wenn ihr schlau wärt, ja. Aber das seid ihr nicht. Und außerdem, weißt du, was man sich über diesen Catalano erzählt? Anarchisten müssen sich bei ihm immer rittlings auf das Fensterbrett setzen …«

»Das ist doch blanker Unsinn, und das weißt du. Ich habe mehrere Verhöre miterlebt, und das war kein einziges Mal der Fall.«

»An jenem Abend warst du aber nicht dabei.«

»Du weißt genau, dass ich gerade nicht hingeschaut habe, aber vier Kollegen und ein Carabinieri-Capitano. Ich weigere mich einfach zu glauben, dass sie allesamt lügen. Und es ist ein offenes Geheimnis, dass zwischen den beiden Polizeicorps seit jeher eine große Rivalität besteht. Nun stell dir vor, ein Carabiniere würde ein Vergehen seitens der Polizeibeamten aufdecken, dazu noch in einem Büro der Behörde!«

»Ihr seid allesamt Sklaven der Macht, wundern würde mich es nicht.«

»Das ist doch reine Spinnerei, Carla.«

»Meiner Meinung nach seid ihr es, die spinnt. Ihr habt jeglichen Unsinn erzählt, um den Tod dieses armen Teufels zu erklären.«

»Zum Beispiel?«

»Tja, zum Beispiel, dass es am Abend des 15. Dezembers ungewöhnlich warm war ... Aus welchem Grund hätte sonst das Fenster sperrangelweit aufgestanden um diese Uhrzeit? Und draußen tanzten die Eisbären Rumba!«

»Das Fenster stand offen, um zu lüften, das habe ich dir schon tausend Mal erklärt. Wir hatten dort drinnen stundenlang geraucht, man bekam ja kaum noch Luft.«

»Und wie erklärst du mir die drei Schuhe?«

»Welche drei Schuhe?«

»Du weißt genau, was ich meine.«

In die Miene der Frau tritt ein triumphierender Ausdruck. Sie weiß, dass sie ins Schwarze getroffen hat.

Antonio hat lange darüber nachgedacht und versucht, den Ablauf des Geschehens so klar und objektiv wie möglich zu rekonstruieren. Es war ja offensichtlich, dass die Ordnungskräfte mehr als einmal ihre Erklärungsstrategie geändert hatten, bis zur Unglaubwürdigkeit.

Die Rekonstruktionen der letzten Minuten im Leben und Sterben von Gianni Parenti hatten einander in schneller Folge abgelöst, im Versuch, dem Geschehen eine logische Erklärung zu geben und der öffentlichen Meinung zuvorzukommen, die immer beklemmender wurde.

Am Ende zirkulierten drei verschiedene Versionen der Sache.

Die erste: Als Parenti das Fenster aufmachte, versuchten die Beamten, ihn zurückzuhalten, leider ohne Erfolg. Die zweite: Als Parenti das Fenster aufmachte, versuchten sie, ihn zurückzuhalten, aber mit nur teilweisem Erfolg, das heißt, sie haben seinen Schwung gebremst. Das würde erklären, warum er geschliddert und gegen die Wand geschlagen ist, wie die Untersuchung ergab. Schade nur, dass diese Version erst im Nachhinein bekannt wurde, als nämlich die ›Unità‹ und andere Blätter schon die Ungereimtheiten des

Falls aufgedeckt hatten. Schließlich die dritte Version, die in einer Vorabmeldung im ›Corriere della Sera‹ erschien und besagte, die Polizei habe versucht, den Selbstmord des Anarchisten zu verhindern. Als Beweis diente der Umstand, dass ein Polizist Parenti, als er das Fenster öffnete, gepackt hatte, um ihn festzuhalten. Und tatsächlich behielt er den Schuh des Selbstmörders in der Hand. Genau hier lag jedoch das Problem. Der Journalist der ›Unità‹, der sich zur fraglichen Zeit im Hof des Präsidiums aufhielt, behauptet, die Leiche hätte beide Schuhe an den Füßen gehabt. Und daran erinnert sich auch Antonio. Der Tote hatte alle beide an. Woher also sollte der kommen, den der Bulle angeblich noch in der Hand hielt?

»Sieh mal, Carla, das Problem ist nicht ein Schuh zu viel, sondern dass die Polizei von Anfang an falsch mit der Presse umgegangen ist. Das will ich gar nicht bestreiten. Du kannst es ruhig eine übertriebene Abwehr- und Verteidigungshaltung nennen, was den Spekulationen nur noch zusätzliche Nahrung gegeben hat.«

»Ja, wie auch all der andere Unsinn, den ihr verzapft habt! *Selbstmord: Er wollte lieber sterben, als die Genossen zu verraten*, oder das hier: *Er warf eine Kippe aus dem Fenster und sich selbst hinterher*. Ganz zu schweigen von meinem Lieblingsspruch: *Zerstreuter Anarchist stürzt aus Fenster.*«

»Ich bitte dich, Carla.«

»Nein, denn hier geht es um ein Menschenleben. Nicht die Anarchisten sind die Schuldigen. Sie sind nur die Sündenböcke. Wie konnten vier arme Schlucker – wie ihr sie bezeichnet – einen so komplexen Plan aushecken mit vier quasi zeitgleichen Bomben in ganz Italien, dazu noch ganz hervorragend gebaute Bomben? Und apropos: Wie willst du mir erklären, warum die vierte Bombe, die in der Banca Commerciale, die nicht hochging, so schnell zur Explosion gebracht wurde? Wenn man den Sprengkörper nur ordentlich untersucht hätte, wäre man den Urhebern schnell auf die Spur gekommen. Die ganz gewiss aus Militärkreisen stammen …«

»Machst du Witze? Ich war doch vor Ort, es bestand das Risiko, dass alles in die Luft flog, wir mussten sie so schnell wie möglich zünden!«

Im Hause Santi jeden Abend dasselbe Programm. Streit und Geschrei. Jeden Tag warten die Zeitungen mit neuen, widersprüchlichen Details auf, und jeden Tag denkt die Polizei sich etwas Neues aus, damit es ins Bild passt. Oder anders herum. Verschwörungstheorien sprießen wie Pilze aus dem Boden.

Bis eines Abends, ein paar Tage vor Weihnachten, Antonio nach Hause kommt und eine ganz andere Atmosphäre vorfindet. Carla hat Ragù gekocht. Sie küsst ihn und führt ihn zum Esstisch.

»Heute wollen auch wir Frieden schließen, ja?«, sagt sie und schenkt ihm Wein ein.

Antonio nickt.

Es ist der 21. Dezember, und nach viermonatigem Kampf hat der Arbeitgeberverband Confindustria nachgegeben und eine Vereinbarung mit den Gewerkschaften getroffen. Das ist das Ende des heißen Herbstes, ein Sieg der Arbeiterschaft, die ihre Forderungen erfüllt sieht: Lohnerhöhungen für alle und Arbeitszeitverkürzung auf vierundvierzig Wochenstunden.

Für viele von ihnen dürfte es eine glückliche Nacht sein. Für Antonios Bruder zum Beispiel, der fünfzig Tage Streik in vier Monaten hinter sich hat.

Doch der bittere Nachgeschmack der Bombe verhindert, dass er sich richtig freuen kann.

»Wir haben gewonnen«, sagt Giovanni zu sich selbst. Dann verstaut er die Gewerkschaftsfahne ganz hinten in einer Schublade. Gerade hat er beschlossen, sie niemals wieder hervorzuholen.

10

Der Aufzug fährt so rasch nach oben, dass man fast nach Luft schnappt und die Knie weich werden. Doch als die Metalltüren aufgehen, ist alle Übelkeit sofort verflogen.

»Da wären wir«, verkündet Antonio.

Einunddreißigste Etage des Pirelli-Hauses, der höchste Punkt Mailands. Die Sicht ist atemberaubend.

Carla sprüht geradezu vor Freude und Begeisterung. Der Pirellone, wie die Mailänder ihn nennen, der vor rund zehn Jahren eingeweiht wurde, ist für das Publikum nur zu wenigen Anlässen im Jahr geöffnet. Antonio aber hat beschlossen, heute seine Polizeimarke zu riskieren, denn er hat einen ganz besonderen Anlass zum Feiern: Heute ist ihr zweiter Hochzeitstag, der erste, seit Carla schwanger ist. Nun sind sie also zu dritt hier oben, um das Spektakel zu bewundern. Ihre Streitereien sind beileibe nicht beigelegt, immer noch werden sie von den Ereignissen des Vormonats geschüttelt, doch das Leben geht weiter, wie man so schön sagt. Und sie wollen sich nicht geschlagen geben.

Es war immer Carlas Wunsch, dort hinaufzusteigen.

Also ist Antonio mit ihr nach oben gefahren, denn er will Frieden um jeden Preis, will den verlorenen Einklang wiederfinden. Die Bombe hat einen Teil von ihnen getötet, und er möchte nicht, dass auch der Rest von Geschwüren durchzogen wird. Das darf nicht passieren, nicht jetzt, wo sie ein Kind erwarten.

Ein paar Tage zuvor hat Santi eine Nachricht erhalten: Er bekommt die Stelle als Kommissar. Er hat es geschafft. Bald schon lässt er die Plätze und Straßen hinter sich und das Leben als Demonstrantendrescher. Er wird zur *Mobile* zurückkehren, dem mobilen Einsatzkommando der Polizei, doch diesmal in führender Position auf Piazzas Posten, der kürzlich zur Mordkommission versetzt wurde.

»Alles wird gut«, flüstert er Carla zu und küsst sie. Er möchte selbst gerne an diese Worte glauben.

Stundenlang treiben sie sich dort oben herum und blicken auf die winzigen Autos und Menschen weit unter ihnen.

Die großen Jugendstil-Palazzi, der Hauptbahnhof so klein wie eine Modelleisenbahn, die Türme des Doms, quasi zum Greifen nahe, die Flugzeuge, die über Linate landen oder starten.

Als es Abend wird, sind sie immer noch da. Reglos. Bibbernd, einander umarmend und glücklich.

Er steht hinter ihr und drückt sie an sich. Vergräbt sein Gesicht in ihren Haaren, atmet ihren Duft ein. Und versinkt unausweichlich in Erinnerungen: Ihm wurde ein Freund ermordet und der Schuldige nicht gefunden. Er hat gesehen, wie eine Bombe mit Staatsbeteiligung in einer Bank explodierte und wie ein zerstreuter Anarchist aus dem Fenster fiel. Vielleicht werden alle drei Vorfälle niemals ganz aufgeklärt werden. Und darum fühlt er sich sterbenselend.

Unter ihnen die rote Stadt. Die nächtlichen Lichter, Laternen, blinkende Werbeschilder, Autoscheinwerfer. Tankstellen, Ampeln, Neonlichter, Rücklichterschlieren. Alles rot.

Mit einem Blick nimmt er ganz Mailand in sich auf. Letztlich eine kleine Stadt, mit dem Bösen in sich. Das pulsierende, grausame Böse, so unbändig, dass es selbst die Farbe der Stadt verwandelt.

Das Schwarz der Kohlen, die grauen Palazzi, sie sind rot geworden. Von Lichtern, nächtlichen Scheinwerfern, blinkenden Krankenwagen, Fahnen in den Straßen, Blut auf den Bürgersteigen.

Rote Stadt.

VIERTER TEIL

Die wilde Horde

Das Spiel des Jahrhunderts

1

An Vandellis erstem Hafttag in der Zwei versucht niemand, ihn anzugehen. Klar, er ist erst achtzehn, aber beileibe kein unbeschriebenes Blatt mehr, so dass ihm die für Neuankömmlinge vorgesehenen Demütigungen erspart bleiben. Zumal bei seinem Temperament niemand vorhersagen könnte, wie er reagiert, wo er wegen der Haft gerade völlig außer sich ist: Zum ersten Mal sitzt er in einem richtigen Gefängnis, in San Vittore. Schon beim Übertreten der Schwelle dieses Gebäudes, das an eine mittelalterliche Burg erinnert, könnte ihm angst und bange werden. Doch er ist hart im Nehmen: Weder die grüngestrichenen Gitter noch der große, zentrale Saal, von dem strahlenförmig die Zellentrakte abgehen, können ihn beeindrucken, und auch nicht das ständige Klappern der Schlüssel oder die in den Fluren widerhallenden Schritte der Aufseher. Er weiß genau, dass die Langeweile sein schlimmster Feind ist. In diesen Mauern gibt es keine Art der Beschäftigung wie im Beccaria: In der Zwei ist man dreiundzwanzig Stunden des Tages mit einem oder zwei anderen Gefangenen in der Zelle und kommt nur für eine Stunde Hofgang und zum Duschen raus. Nicht einmal eine Mensa gibt es, auf einem Wägelchen bringen sie einem den Fraß, den hier aber ohnehin kaum jemand isst.

»Diese Pampe frisst doch nur, wer sich das Essen von draußen nicht leisten kann«, kursiert die Rede unter den Knastbrüdern. Das Gefängnis ist überfüllt, deswegen tun die Wärter angeblich Tropfen in die Suppe, die die armen Schweine sich reinziehen müssen, damit alles ruhig bleibt und niemand Ärger macht.

Roberto ist wütend, auch weil er entdeckt hat, dass er wegen einer Tasche voll Papier in der Haftanstalt gelandet ist. Die Einnahmen – neun Millionen in Schecks – waren von dem Geldboten schon am Vortag in die Bank gebracht worden; an jenem Morgen hatte er lediglich wertlose Quittungen im Transporter.

Dem Gangster vom Giambellino ist sonnenklar, dass er noch ein paar Dinge zu lernen hat, und vielleicht ist dieser Ort, wo er nun eingesperrt ist, genau der richtige, um gleich damit anzufangen.

Bis zum Strafverfahren stecken sie ihn zu einer Schwulette in die Zelle, einem Typen mit stolzgeschwellter Brust, um die fünfzig, immer schweißnasse Hände und ohne Pause am Quatschen. In der Szene heißt er ›der Schauspieler‹, wegen seiner Rolle in Fotoromanen als böser Cowboy. Einer, der gerne das große Wort führt.

Anfangs schaut sich Vandelli das an. Er hält sich zurück und hört zu, doch der Schauspieler redet wirklich wie ein Wasserfall. Er überschüttet ihn mit Geschwätz, und seine Lügengeschichten schreien zum Himmel. Eines Tages haut er eine Geschichte raus, wie er einmal in einer Villa ein paar Dobermänner unschädlich machen musste und dazu auf einen selbsterfundenen Trick zurückgriff: Er nahm eine läufige Hündin, sprühte ihr ein Betäubungsmittel auf die richtige Stelle und ließ sie dann innerhalb des fraglichen Grundstücks frei. Die Hunde kamen sofort angelaufen, schnüffelten an ihr und kippten allesamt betäubt um. Unnötig, es zu sagen, dass er anschließend einen Wahnsinnscoup landete.

Während der Mann erzählt, denkt Roberto, dass er diese

Geschichte irgendwo schon mal gelesen hat. Er grübelt und grübelt, bis es ihm plötzlich einfällt. Während sein Zellengenosse immer weiter blafft, zieht er unter der Matratze des anderen ein altes ›Diabolik‹-Heft hervor, in dem derselbe Coup beschrieben wird, den der Genosse erzählt.

Er zeigt ihm den Comic: »Blätter mal durch.«

Der Schauspieler, der wirklich talentiert ist, sieht sich mit düsterer Miene das Heftchen an und kommentiert: »Hey, da hat mir doch dieser Armleuchter von Diabolik meine Idee geklaut!«

»Ja, klaaar!«

Ein anderes Mal reizt ihn Roberto zusammen mit seinem Kumpel Chicco, genannt ›Drei Pistolen‹.

Sie sind beim Hofgang, und Chicco stichelt gegen den Schauspieler.

»Sag einmal, wie schaffst du das eigentlich immer, kaum kommt ein neues Milchgesicht an, baggerst du schon an ihm rum und machst ihn am Ende für dich klar!«

Alle drehen sich instinktiv zu Vandelli um, der keine Miene verzieht. Auch der Schauspieler lässt sich nichts anmerken, er blickt ernst seinen Gesprächspartner an und erwidert vor allen Anwesenden, Schwerverbrechern und anderen: »Du weißt doch, wie das läuft, der Neue ist ein bisschen eingeschüchtert, also lädst du ihn in deine Zelle ein, bietest ihm einen guten Kaffee an, lässt ihn ein bisschen was erzählen, und zum Trost bläst du ihm dann einen. Und dann kann er gar nicht anders, als es dir zu danken.«

»Und wenn der Neue sich weigert?«

»Dann hab ich halt einmal umsonst geblasen.«

Alle brechen in Gelächter aus.

So lügenmäulig der Schauspieler ist, so gutgläubig ist er auch. Und Vandelli überlegt lange, wie er sich auf seine Kosten einen Spaß machen kann. Schließlich nutzt er den Umstand, dass im Knast sogar die Zeitungen zensiert werden, und überzeugt ihn mit Hilfe von ein paar anderen Insassen davon, dass der Dom auf die Anhöhe von San Siro versetzt wurde, so dass er selbst von weiter weg noch zu sehen sei, und dass an der Stelle, wo das Gotteshaus früher stand, ein großes Einkaufszentrum und das amerikanische Konsulat errichtet wurden.

Es braucht ganze zwei Wochen, bis der Schauspieler aus allerlei unterdrücktem Gelächter, halben Andeutungen und Frotzeleien – im Gefängnis verbreiten sich Neuigkeiten in Windeseile, vor allem wenn Chicco Drei Pistolen als Resonanzkörper dient – zur Überzeugung kommt, dass sein Zellengenosse es ihm mit gleicher Münze heimgezahlt und ihm einen Riesenbären aufgebunden hat. Als Ergebnis hört er von einem Tag auf den anderen auf, wie ein Besessener zu quatschen, oder zumindest versucht er, sich in Robertos Anwesenheit zurückzuhalten.

2

Das Leben im Bau plätschert träge dahin, und Vandelli beobachtet fasziniert die Ausprägungen dieses verzweifelten Daseins hier drinnen, ohne Kontrolle, ohne Plan. Verurteilt zu Schuld und Sühne erinnern die Männer ihn an fahrende Ritter. Einsame Leidensgestalten, hart und gewissenlos, unterwegs zu einem Ziel, das den anderen verborgen bleibt.

Außerdem ist ihm klar, dass er allein durch Beobachtung nichts von dieser Welt lernen kann. Er muss mit ihr in Kontakt treten, muss sich die Hände schmutzig machen, deshalb darf er nicht zu lange warten. Im Knast findet der Ärger seinen Weg zu jedermann, fast wie ferngesteuert. Eines Nachmittags sieht er sich beim Hofgang plötzlich Auge in Auge mit dem Molosser.

»Für wen hältst du dich eigentlich, kleines Arschloch?«,

wird er angeraunzt. »Siehst alle von oben herab an. In deinem Drecksviertel magst du ja 'ne Nummer sein, aber hier bist du ein Nichts, *capito*?«

Vandelli sieht sein Gegenüber starr an: auf der rechten Wange eine Narbe von einer Schnittwunde, irgendwo zwischen dreißig und vierzig Jahre alt, den Schädel kahler als kahl und seinen Spitznamen aufgrund der starken Statur – gedrungener Körper und plattes Bulldoggengesicht. Geboren und aufgewachsen in Opera, in Mailands südlichen Außenbezirken, war er der Anführer einer Bande, die auf Tankstellen- und Tabacchi-Überfälle spezialisiert war. Schnelle Coups, ohne unnützes Risiko. Zumindest bis er nach einem Schusswechsel geschnappt wurde, bei dem ein Carabiniere verletzt wurde.

Bisher kann Vandelli sich über seine Behandlung in der Zwei nicht beklagen: Sein Ruf ist ihm vorausgeeilt, aus dem Jugendgefängnis und durch die geglückten Raubüberfälle. Niemand machte ihm Scherereien. Es war, als säße er schon ewig ein. Was dem einen oder anderen ein Dorn im Auge ist. Dem Molosser zum Beispiel, der nicht lange drum herumredet. Er versetzt dem Jungen einen so heftigen Stoß, dass er ein paar Meter zurücktaumelt.

Vandelli macht den verlorenen Raum wett. Er senkt nicht den Blick, geht nicht auf Abstand. Im Gegenteil, er greift an mit einem Kopfstoß, der selbst ein Pferd umgeworfen hätte. Nicht so den Molosser, dem das nichts anzuhaben scheint und der ungleich härter reagiert.

Bei Vandelli gehen die Lichter aus. Der Schlag ins Gesicht streckt ihn auf den gelben Grasresten auf dem Hof nieder. Die anderen Häftlinge tun so, als sähen sie nichts; die Wärter verfolgen die Szene gespannt.

Als der Junge wieder zu sich kommt, ist der Molosser weg. Ein Wärter beugt sich über ihn.

»Alles in Ordnung, Junge? Soll ich dich auf die Krankenstation bringen?«

Er reicht ihm ein Taschentuch, mit dem Roberto den Blutstrom stoppen kann, der ihm aus dem Mund rinnt. Er ist sich nicht sicher, ob er einen Zahn verschluckt hat, lehnt jedoch jede Hilfe ab. Er rappelt sich auf und geht zu seinem Zellentrakt.

Am nächsten Tag, wieder beim Hofgang, wiederholt sich die Szene. Dem Molosser juckt es immer noch in den Fingern; er nimmt Roberto beiseite und lässt ein Himmeldonnerwetter über ihn niedergehen. Der Junge will sich wehren, doch es ist ein ungleicher Kampf mit dem Muskelprotz. David gegen Goliath, nur dass der Kleine keine Steine zum Werfen dabeihat. Ein Faustschlag des Riesen reißt ihm die Augenbraue auf und verwandelt sein Gesicht in eine bluttriefende Maske. Die anderen feuern den Kampf mit Lachen und Gegröle an, umringen die beiden so, dass die Wachleute nichts sehen können. Nach ein paar Minuten jedoch macht der Menschenauflauf sie misstrauisch, und fünf Aufseher mit Trillerpfeifen und Schlagstöcken kommen heran. Sie vertreiben die Schaulustigen und finden Vandelli am Boden liegend, verdreckt und blutüberströmt.

Dieses Mal muss er auf der Bahre zur Krankenstation gebracht werden. Die Wunde über dem rechten Auge wird mit drei Stichen genäht, zwei Rippen sind angebrochen.

»Vandelli, wer hat dich so zugerichtet?«, fragt ihn der Oberaufseher.

»Niemand, ich muss gestolpert sein.«

»Red keinen Bockmist. Sag, wer dich zusammengeschlagen hat, und wir schicken ihn in die Arrestzelle.«

»Leck mich, Bulle, ich bin kein Verräter.«

Der Wärter läuft rot an.

»Ach, so ist das? Weißt du, was ich dir sage, du Dreckstück? Dann wanderst du eben eine Woche in die Isolationshaft bei Wasser und Brot, da hast du Zeit zum Nachdenken.«

Acht Tage später, als sich Vandelli, abgemagert und immer noch mit Schmerzen, wieder beim täglichen Hofgang präsentiert, kommt der Molosser auf ihn zu. Dieses Mal mit entspannter Miene.

»Du bist in Ordnung, kleiner Scheißer. Du hast Eier, kannst den Mund halten und machst dir nicht in die Hosen. Das gefällt mir.«

Damit hat Roberto einen Fuß in der Tür zu den richtigen Leuten, zu dem Kreis der guten Jungs aus den Gangs, auch wenn noch ein weiter Weg vor ihm liegt; keiner bezweifelt mehr, dass er ein harter Bursche ist. Doch etwas fehlt ihm noch. Der große Coup, der in Erinnerung bleibt, ihm Anerkennung verschafft. Bisher ist er nur ein Verbrecher unter vielen. Ziemlich reif für sein Alter, aber mehr auch nicht. Und auf diesem Weg wird ihm der Molosser helfen können, dieser Philosoph des Verbrechens. Vandelli beschließt, sich ihm unterzuordnen; er lässt sich gerne etwas beibringen von solchen, die es draufhaben, und hat keine Probleme, sich vor ihnen zu beugen.

›Mit dem Riesen sucht man lieber keinen Ärger, der ist hier drinnen eine große Nummer‹, denkt er. ›Dem hört man besser zu, bleibt an seiner Seite und nimmt das Gute mit, das er zu bieten hat. Wenn er denn etwas hat.‹

3

Wer in San Vittore im Flügel V einsitzt, lebt wie in einem anderen Gefängnis. Die Regeln, die hier zählen, gelten nicht für die anderen Flügel. Neben den Bossen der Mailänder Unterwelt und den guten Jungs aus den Gangs brummen hier auch Taschendiebe und ein paar Milchgesichter, die man noch nicht kennt.

»Wer in Mailand in San Vittore einsitzt, der muss in Flügel V sein, sonst ist er Schlachtfleisch. Dann ist dein Arsch keinen Pfifferling wert«, erklärt der Molosser seinem neuen Schüler. »Sobald du etwas zählst und dir den Respekt der anderen verschaffst, ist die V der normale Ort, wo sie dich hinstecken. Diese Beförderung musst du dir aber erst verdienen, das fällt einem nicht einfach so in den Schoß. Schau dir zum Beispiel mal die da an«, er zeigt auf ein Grüppchen von um die Fünfzigjährigen, »die Mailänder Polizei lässt sie in Ruhe, weil sie ihr zuarbeiten und in ihren Vierteln für Ruhe sorgen. Man kann nicht sagen, dass sie Ehrenrühriges tun, sie rufen nicht die Bullen oder so, sondern übernehmen die Polizeirolle einfach selbst, suchen sich die Steppkes und geben ihnen eins auf die Nüsse, um sie unschädlich zu machen. Natürlich immer abhängig davon, an wen sie geraten. Als sie irgendwann auf Leute stießen, die das Messer zogen, mussten sie eine härtere Gangart einschlagen. Aber gut, das sind Typen, die Verbindungen zur sizilianischen und amerikanischen Mafia haben. Und dann gibt es uns.«

Auch der Molosser und seine Leute leben in der V. Roberto hat Gerüchte gehört, dass der Flügel V, bevor sie hierherkamen, aus verschiedenen Gründen immer dem Wachpersonal half. Wenn eine Revolte ausbrach, unternahm die V alles, um sie zu befrieden. Das Ergebnis nach einem besonders bösen Zwischenfall war, dass die Direktion, als sie die Fäden wieder in der Hand hatte, ihre Wut an den Jungs in den anderen Flügeln ausließ und die Bedingungen im restlichen Bau um einiges härter wurden, nicht aber in der V.

»Wie draußen, nicht wahr? Wem es gutgeht, dem geht es immer besser, wer unten ist, versinkt immer tiefer in seiner eigenen Scheiße.«

Vandelli nickt stumm.

»Schau mal, Bürschchen, wichtig ist doch, dass wir alle zusammenhalten, drinnen wie draußen. Sie können uns angehen, aber dann müssen sie sich in ihrer Kaserne einschließen aus Angst vor Rache. Das haben sie hier im Vollzug schnell begriffen, und seitdem hat sich das Klima verändert. Und auch wenn man in der V immer noch am besten behandelt wird, ist der Abstand zu den anderen Flügeln geschrumpft. Die Wachen überlegen ganz genau, ob sie jemanden anrühren, denn wenn sie einen Schlägertrupp in die II oder III schicken, wo vielleicht ein paar gute Jungs sitzen, wird das automatisch auch zu unserem Ding.«

Mit einem Funken Stolz sagt er abschließend: »Jetzt sind wir es, die zählen, der Einfluss der anderen hat abgenommen. Mafiosi und Camorristi leben und lassen leben, aber sie bestimmen nicht mehr, ob das Wetter gut ist oder schlecht.«

Vandelli lauscht staunend seinen Vorträgen; er merkt, dass er alle Voraussetzungen hat, um einer von den guten Jungs zu werden.

Sein Mentor errät seine Gedanken und lächelt zufrieden.

»Ich weiß, was du denkst. Mach dir keine Sorgen, ich regele das schon für dich.«

Vandellis Wahl erweist sich als richtig: Unter den schützenden Fittichen vom Molosser lernt er eine Menge. Zwischen langen Debatten, Musterbestrafungen derjenigen, die ihre Pflichten vernachlässigen, und kleineren Geschäften vergehen zehn Monate. Am Ende läuft es genau so, wie seine alten Freunde aus Lambrate es ihm wochenlang prophezeit haben. Er hätte mit einigen Monaten für Diebstahl davonkommen können, doch weil er mit Knarre geschnappt wurde, wird aus der Sache ein bewaffneter Raubüberfall. Zehn Jahre Haft standen ihm bevor, die er ohne mit der Wimper zu zucken absitzen würde. Doch dann gerät er an einen Richter von der Sorte, die überzeugt sind, dass ein knapp zwanzigjähriger Grünschnabel noch sein ganzes Leben vor sich hat und eine zweite Chance verdient. Er selbst steuert eine zerknirschte Miene dazu bei. Er spielt die Rolle des Ganoven, der weiß, dass er falsch gehandelt hat, und das ganze Trara.

Die zweite Strafkammer des Strafgerichts verurteilt ihn zu einem Jahr und zehn Monaten Haft. In das Urteil spielt auch hinein, dass er im Oktober 1970 nach Avellino zum Militär müsste, wo sie ihm, so die Hoffnung, den Kopf zurechtrücken. Roberto findet, dass er am Ende dann doch Glück hatte, nicht nur wegen der milden Strafe, sondern auch weil sie ihm den Tresorraum-Bankraub in Como nicht zuschreiben können, für den die Madama eine andere Bande verantwortlich macht. So muss er nur für den Überfall auf den Geldboten büßen und hat die halbe Strafe bereits abgesessen.

4

Nach dem rechtskräftigen Urteil wird der Junge vom Giambellino verlegt; in einen neuen Flügel, eine neue Zelle mit einem neuen Zellengenossen. Es ist ein Neapolitaner, Großmaul und Camorra-Mitglied. Einer, bei dem man sich besser bedeckt hält, wenn man nicht mit aufgeschlitztem Bauch enden möchte. Sympathisch und authentisch wie alle Neapolitaner, aber nur, wenn man ihn reden lässt und sich jeden Anflug von Ironie oder Mitleid verkneift.

Das Gute daran ist für Roberto, dass er nun in der V ist: Der Molosser hat seinen Einfluss geltend gemacht.

Nach den ersten Tagen des gegenseitigen Beschnüffelns und Beobachtens beschließt der Neapolitaner, ihm zu trauen, und öffnet die Schleusen. Das ist seine Natur, und außerdem, sollte es dem Bürschchen an Respekt mangeln, weiß er, was zu tun ist. Bei seinem Strafregister macht ein Mord mehr oder weniger auch nichts mehr aus.

»Geschossen hab ich schon früh zum ersten Mal«, erzählt er. »Er war nicht tot, dazu war die Pistole zu klein, eine 7,65. Ich habe ihn nur verletzt. Er war groß, schon fünfzehn, und machte für mich als *guappo* Handtaschendiebstähle. Er wollte die *cagnotta* behalten, die Knete, aber so hatten wir nicht gewettet, ich also ein Mofa geknackt und vor seinem Haus auf ihn geschossen. Als er aus dem Krankenhaus kam, war ich in seiner Gang. Wo ich herkomme, erkennt man schnell, wer Eier in der Hose hat!«

Er macht eine selbstzufriedene Pause, dann fährt er fort.

»Er kam aus Forcella und hatte schon eine Gang, die sich Respekt verschaffte. Wir hatten nicht immer ein bestimmtes Ziel. Wir haben einfach Läden ausgeraubt, weil es Spaß machte. Einfach so. Wir standen in der Bar rum, nichts zu tun. Dann hat vielleicht einer gesagt: Los, lass mal ein Auto knacken. Wir also eine coole Karre besorgt und bisschen rumgefahren. Und wo wir schon unterwegs waren, fiel uns vielleicht ein, einen Überfall zu machen. Wir nahmen den erstbesten Laden auf der Strecke: ein Restaurant oder einen Tabakladen oder ein Geschäft. Knarre gezogen und rein. Wenn der Typ sich wehrt, abknallen.«

»Einfach so?«

»Klar, *guagliò*. Was ist so komisch daran? Schießen war etwas, das du schnell lernen musstest. Die anderen taten es, also tatest du es auch. Wenn du nicht als Erster geschossen hast, konnte es sein, dass du tot warst. Viele meiner Freunde sind gestorben, alle ermordet. Du hattest keine Wahl. Stell dir vor, du bist irgendwo und dann kommt jemand, der will beweisen, dass er mehr ist als du. Er kommt einfach so in dein Revier, fängt an rumzukommandieren. Was sollst du da tun? Entweder du schickst ihn weg, oder alle denken, du hast Angst. Also gab es Krieg, damals. Du kamst hin, stiegst aus dem Auto und hast geschossen, auf ihn und alle, die dabei waren. Auf diese Art haben wir einmal sechs auf einen Schlag kaltgemacht. Zwei Abende zuvor, in einer Bar, hatten sie zwei von uns geohrfeigt. Hatten sie verjagt und sich als große Bosse aufgespielt. Sie waren eine andere Gruppe in unserem Revier. Am nächsten Abend sind wir zurückgekommen, stiegen aus den Wagen und haben sie erschossen. Danach musste ich untertauchen, weil die Bullerei kam, na ja, Riesenzores halt. Damals habe ich zum ersten Mal lebenslänglich bekommen, da war ich grade erst volljährig.«

Vandelli kann nicht genug kriegen von den Geschichten des Neapolitaners. Er weiß, dass sie wahr sind, im Gegensatz zu den wiederverwerteten Comic-Märchen des Schauspielers.

»Heroin war immer viel im Spiel. Manchmal haben wir es genommen. Ich nur durch die Nase, vor Spritzen hatte ich schon immer Horror. Irgendwann haben wir dann auch damit gedealt. Wir haben gemacht, was grade reinkam. Die Drogen hatten den Vorteil, dass du vögeln konntest, so viel du wolltest, ohne zu den Nutten gehen zu müssen. Du gabst ihnen Stoff, und sie ließen dir deinen Spaß. Irgendwo war immer eine Wohnung frei: Das war eine tolle Bumserei! Wenn du eine gesehen hast, die dir gefiel, dann nahmst du sie dir einfach. Wenn du respektiert und gefürchtet bist, sagt keine nein. Klar, sie ziert sich vielleicht ein bisschen, aber am Ende waren alle dabei. So sind die Frauen nun mal.«

Vandelli muss an Nina denken. Fast ein Jahr, dass er sie nicht gesehen hat. Er wollte den Schnitt: Seine Frau soll ihn nicht in der Haft besuchen. Der Knast ist ein Ort, von dem man sich besser fernhält. Sie schreibt ihm Briefe, die er tausendmal liest. Und selten beantwortet. Ist nicht gerade der Typ für Brieffreundschaften, Vandelli. Ein paar Zeilen hin und wieder, um ihr zu sagen, wenn er erst wieder draußen ist, machen sie da weiter, wo sie unterbrochen wurden.

Während er seinen Gedanken nachhängt, redet sein Zellengenosse munter weiter.

»Als ich zur Camorra kam, wurde ich schon gesucht wegen zweifachen Mordes: einer an einem Tankwart, der ausgerastet ist und sich gewehrt hat, und der andere an einem Barista, der die Kasse nicht öffnen wollte. Es hat gleich geheißen, das wäre ein Camorra-Toter, dabei war es nur ein Überfall, den ich einfach abends so gemacht habe, ohne groß drüber nachzudenken. Ich bin in die Bar rein, weil ich Durst hatte. Drinnen kam mir dann die Idee, den Typen auszurauben. Ich hab die Pistole gezogen und gesagt, er soll die Einnahmen rausrücken. Er hat gesagt, wenn du was von mir willst, musst du mich schon erschießen. Also hab ich es getan. Ich habe das Arschloch erschossen, die Kasse aufgemacht, das Geld genommen und die Biege gemacht. Zur Camorra kam ich erst später, zusammen mit den anderen. Unsere ganze Gruppe ist eingetreten. Ich war immer noch bei dem Typen aus Forcella, der der Größte von uns war und unser Boss. Dann kam so ein hohes Tier zu uns. Hat mit uns geredet, und am Ende gehörten wir alle zusammen. Es hat sich zwar nicht viel geändert dadurch, aber wir waren stärker, mächtiger. Im Viertel wussten alle, dass wir jetzt auch Camorristi waren. Der einzige Unterschied bestand darin, dass wir nun auch mit Typen Krieg führten, die wir gar nicht kannten. Wenn wir gebraucht wurden, bekamen wir einen Wink, gingen hin und zogen sie ab. Wir wussten, wo sie waren, kamen hin, gingen rein und schossen. Fast alle anderen Toten waren von dieser Sorte. Außer zweien, die habe ich umgebracht, weil ich selbst mit ihnen im Clinch lag. Der Letzte hier in Mailand, da war ich für Geschäfte. *Sto strunz*, das Arschloch hat mir die Vorfahrt genommen und sich nicht mal entschuldigt. Ich bin ausgestiegen und hab ihn abgeknallt. War doch okay, oder?«

Vom Neapolitaner schaut Vandelli sich die Boshaftigkeit, die Entschlossenheit und den Zynismus ab. Den Rest der kriminellen Kunst erlernt er beim Kartenspiel, eine unerwartete Initiation seiner dunklen Seite. Niemals hätte er gedacht, dass manche Pokerpartien viel erhellender sind, um ein guter Junge zu werden, als hundert Raubüberfälle.

5

»*Sient'ammé*: Poker ist wie das Leben. Du weißt nie, was kommt, aber es liegt in der Hand des Spielers, aus den schlechtesten Karten ein Gewinnerblatt zu machen.«

Während er doziert, setzt der Neapolitaner hoch. Und auch der Molosser hält mit.

Fast fünfhunderttausend Lire sind im Spiel, und keiner der beiden scheint die Absicht zu haben auszusteigen. Nachdem der Mann aus Neapel als Letzter erhöht hat, muss er nun zeigen, was er auf der Hand hat. Drei Buben.

Der Molosser schluckt schwer und knurrt, die könnten genügen. Nun muss er geben. Mit schweißnassen Händen kontrolliert Vandelli die Karten. Ohne viele Worte wird gesetzt. Niedrige Eröffnung, zwanzigtausend pro Kopf.

Der Junge vom Giambellino lässt sich zwei Karten auswechseln. Er hat schon drei Neunen auf der Hand und bekommt nun eine vierte. Poker.

Er lässt sich nichts anmerken; er schaut auf und forscht in den Gesichtern der Mitspieler. Auch sie undurchdringlich.

»*Jammé*, komm schon, Robé, willst du warten, bis wir schwarz werden? Du bist dran!«

Vandelli schiebt sein gesamtes Geld in die Mitte des Tisches. Dreihunderttausend.

»All In«, verkündet er.

Die anderen beiden wechseln einen Blick. Im Pokerjargon bedeutet »All In« alles aufs Spiel setzen, doch im Bau hat derselbe Ausdruck einen wesentlich prägnanteren Wert, vor allem für Bankräuber beinhaltet die Wendung eine ganz persönliche Weltsicht. Worin die besteht, hat Roberto vom Molosser erfahren. Bei dem Thema schien sein faltiges Gesicht sich zu entspannen.

»All In ist die Art und Weise, wie man das Leben und die Wirklichkeit nimmt. Das ist die Philosophie der Gang: zusammen sein und alles teilen. Ohne Boss, alle sind gleich. Es gibt einen Film, den musst du sehen, Junge, wenn du kapieren willst, worum es geht: *The Wild Bunch – Sie kannten kein Gesetz*. Wir sind die wilde Horde, gehen immer ans Limit; was zählt, ist die Freundschaft und die Weigerung, die Hierarchien der alten Unterwelt anzuerkennen, die immer nur dieselben Unterdrückungssysteme hervorbringen. Wir guten Jungs in den Gangs«, so war er mit stolzer Stimme fortgefahren, »haben unseren eigenen Lebensstil. Alles beruht auf der Idee des Konflikts, der Herausforderung ohne Kalkül, einzig mit der Verpflichtung, uns gegenseitig zu decken. Verstehst du, was ich meine?«

Vandelli lauschte mit offenem Mund dem Vortrag des Molossers. Was der da beschrieb, war in der Theorie seine Welt, ohne dass er es gewusst hatte. Damals hatte er begriffen, dass er von dem Narbengesicht wertvolle Dinge lernen konnte. Nicht zuletzt auch im musikalischen Bereich. Denn die Philosophie des Molossers beinhaltete auch Janis Joplin, Jim Morrison und die Rolling Stones; und die mochte Vandelli allesamt. Wie auch die anderen, um ehrlich zu sein. Nur vom Poker war er nicht sonderlich begeistert, doch er gab sich Mühe und setzte gnadenlos sämtliche Ersparnisse ein. Seiner Ausbildung zuliebe.

An diesem Abend aber würden die Dinge sich ändern, mit einem Poker auf der Hand.

»Wer geht mit?«, fragt er und bemüht sich, seinem Tonfall keinerlei Erregung anmerken zu lassen.

Der Molosser und der Neapolitaner schütteln die Köpfe; sie steigen aus, und so trägt Roberto einen wirklich mageren Pot nach Hause. Um sich nicht lächerlich zu machen, zeigt er keinem, was er auf der Hand hat, sondern mischt lieber schnell. Die anderen aber haben ihn durchschaut und feixen belustigt.

»Junge, so funktioniert das nicht«, ermahnt ihn der Neapolitaner mit einem kleinen Lächeln auf den Lippen. »Du hast dich selbst reingeritten mit deinem voreiligen Sprüchlein. Es war klar, dass du nicht bluffst, sondern wirklich was auf der Hand hattest. Zu eilig; du hättest uns ordentlich ausnehmen können, wenn du dir Zeit gelassen hättest. Ich habe dir doch gesagt, Poker ist wie das Leben, oder? Um andere dranzukriegen, musst du erst selbst in die Scheiße reiten. *Nun t' 'o scurdà*, vergiss das nicht.«

6

Giovanni bringt seine Frau mit. Sie haben sich auf den Barrikaden kennengelernt, damals während der Streiks und Demonstrationen. Sie steht am Fließband bei Pirelli, ist nicht gerade eine Schönheit, doch ihm hat sie sofort gefallen. Einklang und Solidarität. Im Mai haben sie geheiratet, und da sind sie nun, mit einem großen Eisbecher und einer Flasche Sekt. Antonio und Carla bitten sie herein. Nach den üblichen Höflichkeiten ziehen sich die Frauen zum Plaudern in die Küche zurück, während die Brüder es sich auf dem Sofa gemütlich machen.

Carla ist hochschwanger, die Geburt rückt näher, und sie und ihr Mann suchen noch nach einem Namen. Zwei stehen zur Auswahl: Nicolò, in Erinnerung an Martinez, wenn es ein Junge wird, Beatrice für ein Mädchen. In der Küche reden sie über das Ungeborene, während die Männer an diesem Abend anderes im Kopf haben. Die Nationalelf steht im Halbfinale der Fußballweltmeisterschaft, des Coupe Jules Rimet, Italien gegen Deutschland live aus Mexiko. Obwohl es schon elf Uhr abends ist, gehen sie immer noch ein vor Hitze, was sie mit eisgekühlten Bieren bekämpfen.

Unter fröhlichem Geplänkel machen sie es sich bei der Fernsehübertragung bequem mit der vertraut-beruhigenden

Stimme von Nando Martellini. Es ist der 17. Juni 1970, und sie ahnen nicht, dass das Folgende in die Annalen des Weltfußballs eingehen wird als das Spiel des Jahrhunderts.

Vandelli ist seit ein paar Tagen wieder auf freiem Fuß. Als er sich von dem Molosser verabschiedete, drückte dieser ihn so fest an sich, dass er ernsthaft um die Unversehrtheit seiner Rippen fürchtete. Er will endlich wieder frische Luft atmen, die ganze Nacht draußen sein, Leute sehen, sich nicht in die vier Wände zurückziehen müssen. Das hat er vermisst, dieses Gefühl, frei zu sein, ohne Auflagen und Regeln. Die Monotonie im Knast hat an ihm genagt wie der brennende Docht an einer Kerze.

Jetzt muss er alles nachholen, und dafür gibt es nichts Besseres, als zusammen mit den Jungs in der Bar auf der Piazza Tirana das Spiel anzusehen. Sie werden schreien, fluchen, sich ärgern und sich freuen, sie werden sich ausleben und sich mit Haut und Haar lebendig fühlen.

Als die Hymnen erklingen, scheinen die Spieler fast zu eingeschüchtert zum Mitsingen in dem riesigen Aztekenstadion in Mexiko-Stadt unter einem vom Gewitter frisch gereinigten Himmel. Über die Bildschirme flimmern die Großaufnahmen, Beckenbauer, elegant wie ein Italiener mit seinen dunklen Haaren, und Gigi Riva, groß und kräftig gebaut wie ein Teutone.

Die Betroffenheit der Azzurri löst sich sofort. Los geht es mit Boninsegna, genannt Bonimba, der in der achten Spielminute der ersten Halbzeit mit einem Schuss mit links den Ball zum 1:0 im Tor versenkt.

»Toller Schuss!« Giovanni springt auf. »Heute machen wir sie platt!«

Und das Italien der *poveri ma belli*, der Armen, aber Schönen, jubelt. Dann hält es den Atem an, als Torhüter Albertosi mit einem Hechtsprung einen Bomber-Schuss von Müller über die Latte hebt. Nach den zwei Aktionen jedoch kehrt die Nationalelf auf den Boden zurück. Die regulären neunzig Minuten sind von tödlicher Langeweile. Die Italiener verschanzen sich wie üblich in der Verteidigung, das Spiel ist lahm, mit dem dünnen und spargellangen Facchetti, mit Domenghini, dem bei seinen Fluchten das Trikot aus der Hose rutscht, anfangs noch mit Mazzolas Schnurrbart, dann mit Riveras Hühnerbeinen, als in der zweiten Halbzeit Trainer Valcareggi, der Erfinder der berühmten Staffel, sich endlich entschließt, ihn einzuwechseln.

Vor den Fernsehgeräten gönnen sich die Italiener kühles Bier, Eis und Espresso bis zum Abwinken und warten geduldig auf den Abpfiff, als seien sie zufrieden, mit diesem großartigen Tor Bonimbas zu gewinnen, das achtzig Minuten lang mauernd verteidigt wird. Kurz vor Schluss jedoch kommt der Gegenschlag in Person des ungelenken Inter-Mailand-Verteidigers, des blonden Schnellinger, der allein im Strafraum den Ausgleichstreffer für Deutschland erzielt. Alles auf Anfang.

»Scheiße, ich dachte, wir hätten es!«, stöhnt Antonio.

Die Nachspielzeit scheint unter einem schlechten Stern zu stehen. Tor der Deutschen durch Müller, der einen Fehlpass der italienischen Verteidigung nutzt. Vier Minuten quälende Anspannung, dann antwortet der italienische *Ausländer* Tarcisio Burgnich auf einen groben Schnitzer des gegnerischen Verteidigers. Ausgleich.

Die Fans halten den Atem an, dann gehen sie in die Luft, als Italien sich mit dem Abpfiff der ersten Hälfte der Verlängerung erneut im Konter mit einem außergewöhnlichen Alleingang Rivas in Führung schießt. Da glauben die Spieler, und mit ihnen dreißig Millionen Italiener, dic trotz der späten Stunde – zwei Uhr nachts – immer noch vor den Bildschirmen sitzen.

»Los, wir machen sie platt!«, schreit Giovanni. Auch die

zwei Frauen sind jetzt zu ihren Männern ins Wohnzimmer gestoßen und verfolgen zitternd die Begegnung. Antonio lächelt und holt noch ein paar Bier aus dem Kühlschrank.

Das Spiel geht weiter, und die Emotionen schießen hoch. Beckenbauer renkt sich das Schultergelenk aus, bleibt aber stoisch auf dem Feld und spielt mit verbundener Schulter weiter wie ein antiker Gladiator.

»Das muss doch fürchterlich weh tun«, meint Carla besorgt.

In der fünften Minute der zweiten Hälfte der Verlängerung gleicht Deutschland aus: Wie immer ist es Müller, der zwischen Rivera auf der Torlinie und dem Pfosten eine Lücke für seinen Kopfball findet. Albertosi, Keeper der Azzurri, verhehlt seinen Ärger über den Mannschaftskollegen nicht – genauso wenig wie die Italiener vor den Mattscheiben. Jedermann weiß, dass dieser Fehler sie das Finale kosten kann.

In dem Wohnzimmer der Santis ist es totenstill geworden. Alle im Raum sind Inter-Fans und würden diesem Rivera vom AC Mailand am liebsten den Skalp über die Ohren ziehen.

»Kommt schon, noch ist Zeit«, seufzt Antonio schließlich.

Die folgende Reaktion der italienischen Nationalelf ist großartig und anrührend. In einer konzertierten Aktion kontern sie nicht einmal sechzig Sekunden nach dem Gegentreffer: Der Ball kommt im Mittelfeld wieder ins Spiel, elf Pässe ohne Eingreifen der Deutschen und Abschluss durch Rivera, der flach an Maier vorbeischiebt. Das Tor beschließt die Partie, Vergebung der Sünden.

4:3-Endstand für Italien, das nach zweiunddreißig Jahren endlich wieder im Finale des Coupe Jules Rimet steht. Es ist ein Jahrhundertspiel, weil es das Jahrhundert umkehrt, indem die Deutschen die unterlegenen Schwachen sind und die Azzurri die siegreichen Panzer. Ganz Italien ist im Rausch.

Antonio und sein Bruder fallen sich in die Arme, dann

küssen sie ihre Frauen, um anschließend wie irre die Treppe hinunterzustürmen.

Das Echo des Ereignisses ist riesengroß. Es steckt sogar die mexikanischen Fans an, die spontan beschließen, eine Gedenktafel vor dem Azteken-Stadion zu platzieren, auf dem dieses Spiel verewigt werden soll, das so sehr die Begeisterung der Lateinamerikaner für Kampf und Spektakel befeuerte.

In den Straßen Italiens liegt der Duft der Revanche. Europa ist für die Italiener immer noch ein Land der Träume, Fliegen ein Privileg; ein Ort, an dem man sich trotz eines schwindelerregenden Wachstums des Bruttosozialprodukts nicht von der Rolle der einfallsreichen Bettler freimachen kann. Um sich dem Westen nahe zu fühlen, brauchte Italien eine große Bestätigung, und heute Abend hat es diese dank König Fußball bekommen. Ein historisches Ereignis, ein selten fröhliches Highlight in einem Land, das noch vor sechs Monaten von einer Bombe auf der Piazza Fontana in Angst und Schrecken versetzt wurde.

Heute Nacht scheint das alles vergessen zu sein, auch für die, die Fußball nicht interessiert. Heute haben sie die Krautfresser das Fürchten gelehrt, nach all den Jahren der Streiks, Demonstrationen und des Blutvergießens, und so kommen die Italiener auf den Plätzen zusammen, selbst Einzelgänger und jene, die Massenaufläufe eigentlich meiden, denn in diesem Moment gibt es nur eins: sich freuen, alle gemeinsam. Heute steht die Polizei nicht in Reih und Glied bereit, heute gibt es kein Tränengas und keine Schlagstöcke.

Antonio und Giovanni in ihrem Fiat 500 schreien vor Glück, als überließen sie ihr Schicksal tatsächlich der Tricolore, der Fahne, an die sie seit vielen Jahren und aus verschiedenen Gründen nicht mehr geglaubt haben.

Vandelli und die Jungs von der Piazza Tirana knacken einen Mercedes und kurven unter Gehupe die ganze Nacht herum, durch ein Mailand, das lebendiger ist denn je, farbenfroh und voller Freude. Eine Stadt, die Tausende Fahnen schwenkt und die zumindest für diese eine Nacht ihre unterschiedlichen politischen Überzeugungen zu Hause lässt.

In diesen Stunden sind die Italiener weder links noch rechts, dem Fußballgott sei Dank: Kurzgeschnittene Pilzköpfe sind okay, die Lieder von Lucio Battisti und auch die reaktionären Celentano-Songs, der das Festival von San Remo mit einem Aufruf gegen die Streiks gewonnen hat, *Chi non lavora non fa l'amore*, der ganz übersieht, dass auch die Frauen streiken.

Alles vermischt sich im großen Strudel der Euphorie; Italien geht auf die Straße und lacht, liegt sich in den Armen, küsst sich und denkt nicht an morgen.

Tupamaros

1

Der Bildausschnitt zeigt nur Schmutz und Staub.

›Schrecklich wahr‹, denkt Vandelli, der gebannt auf die Bilder der berittenen Revolverhelden starrt, die über die Kinoleinwand im Plinius flackern. Der Junge vom Giambellino ist pure Empathie: Diese Männer, die weder Gott, Vaterland noch Familie kennen, elektrisieren ihn sowohl durch das, was sie tun, als auch wie sie vereint der Gefahr ins Auge sehen. Allen voran bewundert er den Anführer, Pike, der zusammen mit seiner Bande gerade die Eisenbahnbank ausgeräumt hat.

»Der Molosser hatte recht. Dieser Film bringt die Philosophie von uns Bankräubern auf den Punkt«, sagt er in der Pause zu den anderen. »Wir müssen werden wie sie!«

Im Kino mit Vandelli sind Nina – ihre Beziehung läuft wieder großartig, als hätte es nie eine Unterbrechung gegeben –, Angie und Pinto. Letzterer nickt, obwohl er nicht allzu viel verstanden hat. Kaum hatte der Film begonnen, hat er der Dünnen einen Zehntausend-Lire-Schein zugesteckt und sich von ihr einen blasen lassen. Er mag nun mal lieber das Freuden- als das Lichtspielhaus.

»Diese Horde von Gaunern ist einfach toll«, schwärmt Vandelli weiter, als sie das Kino verlassen, im Kopf noch die Eindrücke des großen Showdowns. »Das ist es, was wir wollen: eine wilde Horde werden. Eine Bande mit Eiern!«

»Klar, und du bist Butch Cassidy, stimmt's?«, zieht ihn Nina auf.

»Wer soll das sein? Der kam im Film nicht vor …«

»Der war das Vorbild für den Film, du Esel«, mischt sich Angie ein, »der legendäre Westernheld. Die Wilde Horde war der Name, den die Presse Cassidys Bande gegeben hatte.«

»Na gut, dann bin ich also Butch.«

Der anderen brechen in Gelächter aus, aber für Vandelli ist das kein Spaß; und das werden sie schnell merken, denn er und seine Bande setzen diese Philosophie in die Tat um. Während sie über die leeren Bürgersteige des Viale Abruzzi laufen, ordnet sich seinem Gefühl nach alles, was er von dem Molosser gelernt hat, zu einem großen sinnvollen Ganzen. Und das will sogleich erprobt werden.

»Wir überfallen das Restaurant da.«

»Jetzt?«, fragt Pinto.

»Jetzt«, bestätigt Vandelli. »Hast du dein Schießeisen parat?«

Der andere nickt. Auch Nina und Angie sind dabei. Kein Wunder: Ein Raubüberfall ist ihnen stets eine willkommene Abwechslung.

»Gute Jungs«, lächelt ihr Anführer. »Los geht's.«

Vandelli ist seit vier Tagen wieder draußen, dank einer Amnestie durch die Regierung, welche die Haftstrafen herabgesetzt hat. Letztlich hat er ein knappes Jahr gesessen und ist jetzt bereit, auf das Spielfeld zurückzukehren.

Keine Sturmhauben, pures Adrenalin und die Knarren gut sichtbar.

Alles läuft glatt. Nach drei Minuten sind sie wieder draußen mit den gesamten Einnahmen des Abends: vierhunderttausend Lire. Bescheidene Beute, doch dieses Mal ging es ja nicht ums Geld; es war eher eine Art Initiation, die offizielle Geburtsstunde der Gang, der Horde. Der Überfall auf dieses Restaurant begründet die Heldensaga, ist die Katharsis, die aus dem einfachen Bankräuber Vandelli etwas Komplexeres macht: eine Art epische Synthese aus Verbrecher, Rebell und Anarchist.

Während sie in Pintos rotem Fiat 128 fliehen, betrachtet Nina ihren Mann aufmerksam. Sie studiert seinen Gesichtsausdruck.

»Was werden wir sein?«, fragt sie schließlich.

Roberto antwortet mit den Worten einer Filmfigur: »Wir träumen alle davon, wieder Kind zu sein. Selbst die Schlimmsten von uns. Die am meisten vielleicht, und ich will wieder der kleine Junge vom Giambellino sein, der vor nichts und niemandem Angst hatte. Der, der in der Via Osoppo seine Helden sieht und beschließt, sie sich zum Vorbild zu machen. Und für den nächsten Schritt, um zu werden wie sie, müssen wir einen Riesencoup landen; dann erst sind wir die härteste Gang, die es gibt. Das werden wir sein.«

2

»Zurück ins Geschäft kommen«, lautet Vandellis Motto. Wieder in den Tritt kommen, nach einem Jahr Pause. Und das meint er ernst. Die Bande neu organisieren, neu strukturieren, einbringen, was ihm der Molosser beigebracht und erzählt hat. Vor allem muss man diejenigen zur Ordnung rufen, die noch vor Ort sind. Viele haben sich mehr schlecht als recht über Wasser gehalten, wenngleich niemand auf die Idee kam, sich eine ehrliche Arbeit zu suchen.

Angie und Nina haben ein paar Brüche getätigt, Apotheken und Tankstellen; Pinto hat sich auf Postschalter und Juweliere spezialisiert; die zwei Comasina-Jungs, Romolino und Pietra, haben einen schwunghaften Handel mit Ersatzteilen aufgebaut: Sie klauen Autos und verdienen dann daran, indem sie die Einzelteile verkaufen. Aber ohne jede Abstimmung, jeder für sich.

Vandelli hat sie alle einzeln aufgesucht und ihnen seine Pläne dargelegt, und wie vermutet hat keiner abgelehnt. Einem Roberto sagt man nicht nein.

Eines Abends versammelt er die fünf in der Bar auf der Piazza Tirana. Sie müssen sich miteinander vertraut machen, sich aufeinander eintunen. Kaum sitzen sie an ihrem Tisch, nähert sich ein Jüngelchen. Pechschwarze Augen, raspelkurze Haare, magerer Körper und olivgrüne Haut. Schweigend bleibt er vor Vandelli stehen.

Schließlich hilft Pinto ihm aus der Verlegenheit.

»Roberto, das ist Fernando, mein Cousin. Er ist gerade nach Mailand gezogen, er kommt aus …«

»Nein«, unterbricht ihn Vandelli. »Wir brauchen niemanden. Zieh Leine, *gandula*.«

Pinto sagt nichts dazu, doch der kleine Dummkopf – der *gandula*, wie man in Mailand sagt – rührt sich nicht vom Fleck. Im Gegenteil, er wird mutiger. »Ich mache alles«, sagt er.

»Verschwinde.«

Sie schauen sich in die Augen.

»Sag mir, was du brauchst, und ich besorg es dir«, sagt der Junge. »Nenn mir irgendwas, und ich tu es.«

Er wirkt wie jemand, der die Welt kurz und klein schlagen könnte, der kleine Fernando. Vandelli fühlt sich an sich selbst erinnert, als er vor vielen Jahren in die Krimenbar gestapft ist und sich vor Lampis aufbaute. Er betrachtet ihn und zieht lange an der Zigarette, bevor er antwortet. Das Jüngelchen da vor ihm ist kaum älter als sechzehn, muss aber schon einiges im Leben gesehen haben, bei der Entschlossenheit in seiner Miene.

»Wir brauchen jemanden mit Motorrad.«

»Kein Problem.«

Ohne ein weiteres Wort geht er hinaus. Zwanzig Minuten später ertönt vor der Bar ein ohrenbetäubender Lärm, das Dröhnen eines Zweizylinders.

Vandelli und die anderen gehen hinaus, um zu schauen, woher der Lärm rührt.

Es ist der *gandula*, im Sattel eines schwarzen Boliden, ohne Sturzhelm, mit Rüpelmiene und einer Zigarette im Mundwinkel.

»Wäre die okay?«

»Das ist eine Kawasaki«, kommentiert Romolino, der sich mit dieser Art von Schrott auskennt. »Eine zweirädrige Rakete.«

Vandelli bleibt ungerührt.

»Ein Motorrad zu klauen, wenn niemand hinsieht, ist das eine«, erklärt er. »Solche Gino Ceruttis kennen wir hier im Giambellino genug. Aber im Moment der Gefahr der Bullerei ins Auge zu blicken, schaffst du das auch?«

3

Auf die Kawasaki ist wenig Verlass, Fahrgestell und Bremsen sind unterirdisch, so dass der *gandula* sie kaum lenken kann.

»Nicht umsonst heißt sie auch Sarg«, klärt ihn Romolino auf.

Die Männer von der Bande sitzen im Auto und fahren hinter Fernando her, der auf dem Motorrad Jagd auf Bullen macht. Die von Vandelli verlangte Mutprobe.

Der Junge hat nicht wenig Mühe, die Maschine zu bändigen, die in den Kurven sichtlich ausbricht.

»Er wird sich noch umbringen«, kommentiert Pietra.

Pinto wagt nicht zu atmen. Natürlich, es ist sein Cousin, aber wer hat ihm denn auch befohlen, auf dem Motorrad den Clown zu spielen?

»Der Trick besteht darin, das Gas beim Rausfahren passend zu dosieren«, fährt Romolino fort. »Und natürlich den Verlauf der Kurve richtig einzuschätzen, denn bei dem Fahrgestell musst du in der Kurve unbedingt die Spur wechseln.«

Vandelli sitzt am Steuer, blickt starr auf das Rücklicht des Motorrads und denkt, dass die erstbeste Streife, der sie begegnen, ihn herauswinken wird, bei dem Lärm, den die Kawasaki macht.

Nachdem sie etwa zwanzig Minuten herumgekurvt sind, entdecken sie endlich zwei Streifenwagen am Straßenrand.

Fernando spielt seine Rolle meisterhaft: gibt Vollgas wie ein Irrer und macht einen Krach, dass die Bullen ihn sofort zum Anhalten auffordern.

Er spielt mit ihnen. Bremst ab, bis er fast steht, entreißt dann einem Polizisten die Kelle und gibt wieder Gas.

Vandelli bricht in Gelächter aus und seine Mitfahrer mit ihm.

»Mal sehen, wie er da jetzt wieder rauskommt«, sagt er und freut sich auf das Spektakel.

Die Verfolgungsjagd beginnt. Solch eine Schmach kann die Polizei nicht auf sich sitzen lassen. Die beiden Streifenwagen rasen hinter Fernando her. Sie geben alles, können ihn aber nicht einholen. Und auch das Verbrecherauto darf ihm nicht folgen, das wäre zu auffällig.

»Mal sehen, ob er zurückkommt«, meint der Fahrer, während er umkehrt.

Fernando legt einen aggressiven Fahrstil vor. Gezwungenermaßen, die Bullen haben einen Funkspruch rausgegeben, und zwei Streifenwagen haben sich ihnen angeschlossen. Er muss die Straße wechseln, raus aus Mailand in Richtung Pavia. Also biegt er in eine schmale Landstraße ein, die über die Felder und an zwei Kanälen mit dunklem Wasser vorbei führt.

Er möchte sie abschütteln, schafft es aber nicht; eine Weile kleben sie wie Spürhunde an ihm dran, bis sie an eine Abzweigung kommen und der *gandula* beschließt, aufs Ganze zu gehen. Hier gelingt ihm ein Kunststück aus Bremsen und Kuppeln, ein alter Trick, den er vor natürlich nicht allzu langer Zeit beim Handtaschenklau gelernt hat. Das Motorrad bäumt sich auf und tut eine Art Sprung nach vorn, so dass er abbiegen kann, ohne von der Straße abzukommen. Die Streifenwagen rasen mit Volltempo heran und müssen sich, um ihn nicht zu verlieren, einmal um die eigene Achse drehen. Dem ersten Fahrer gelingt das – er hat eindeutig Mumm –, doch der hintere schafft es nicht auszuweichen und kracht in ihn hinein. Endergebnis: Kreuzung blockiert, den *gandula* verloren, der in Richtung Stadt verschwindet.

Zwanzig Minuten später steht er wieder vor der Bar von der Piazza Tirana. Er macht den dröhnenden Motor aus, was alle erleichtert aufatmen lässt, und geht auf Vandelli zu, der an einem der Tische im Freien sitzt. Fernando legt die geklaute Verkehrskelle vor ihm auf den Tisch. Der Gangster bietet ihm eine Zigarette an.

»Morgen früh bist du hier. Das Motorrad kannst du zu Hause lassen, das Schießeisen besorgt dir dein Cousin. Und hör endlich auf, so selbstzufrieden zu grinsen.«

4

Manche Verbrechen sind in Vandellis neu angenommener Philosophie erlaubt, andere nicht. Der Verbrecher vom Giambellino passt nicht in das übereilte Klischee des Kriminellen, der für Geld alles macht, im Gegenteil. Er unterscheidet sehr genau und schiebt die Messlatte jedes Mal ein wenig höher. Der Raubüberfall ist das Schlachtross der Gang, zusätzlich genehmigen sie sich manchmal einen Diebstahl – auch um die Reaktion von Gandula zu testen, wie der Junge mittlerweile nur noch genannt wird, und um zu üben. Meistens haben sie vorher einen Tipp bekommen: Einmal muss der Junge einem Händler eine Tasche voller Geld abnehmen, die dieser gerade zur Bank bringt, ein anderes Mal ist ein Juwelier das Opfer, der mit seiner Musterkollektion spazieren geht. Kleine Sachen, in Erwartung des großen Coups. Wie der Diebstahl, den sie in einer Poststelle in der Via San Gimignano durchführen. Eine waschechte Generalprobe, bei der der Neuling aktiv beweisen soll, dass ihm zu trauen ist. Sie sind zu dritt: Vandelli behält mit seiner Sten Gun alles im Auge, Pinto steht mit laufendem Motor draußen – als Einziger ohne Sturmhaube, um nicht aufzufallen –, und Gandula füllt das Geld in den Sack. Eine Aufgabe, die immer demjenigen mit der geringsten Erfahrung zukommt: Hierbei muss man nicht besonders kaltblütig sein, sondern nur einpacken können, was zu kriegen ist.

Doch dann fällt Roberto etwas auf. Am Schalter neben Fernando steht ein alter Mann, der am ganzen Leib zittert und einen Zettel in der Hand hält. Gandula will gerade die Geldscheine des Alten einstecken, da hält Vandelli ihn auf.

»Hast du die Quittung schon unterschrieben, Opa?«, fragt er.

Der Rentner bewegt den Kopf auf und ab wie ein Roboter.

»Dann nehmen wir dein Geld nicht. Lass es ihm.«

Fernando packt die restliche Knete ein.

Zwei Minuten später rennen sie ins Freie. Sie springen ins Auto und machen die Biege.

»Spielen wir öfter die Wohltäter für alte Knacker?«

Vandelli wirft dem Neuen einen zornigen Blick zu, bevor er antwortet.

»Die von der Post und die von den Banken sind nur zu froh, wenn sie ausgeraubt werden. Sie horten immer ein paar Millionen für sich selbst in der Hoffnung, dass solche wie wir sie besuchen kommen. Wenn es dann passiert, zeigen sie die gesamte fehlende Summe an und behalten, was sie versteckt haben. Wirklich. Einmal fehlte bei einem Job von mehr als hundert Millionen fast die Hälfte. Die Frage muss also eher lauten: Willst du einem armen Schlucker das letzte Brot stehlen?«

Gandula nickt. Auch da, wo er herkommt, gibt es bestimmte Werte.

5

An diesem Abend ist die Bande komplett: Vandelli, Pinto, Nina, Angie, die zwei Comasinas und Gandula.

Sie trinken Bier und rauchen, während Vandelli ihnen mit ruhiger Stimme in allen Einzelheiten den großen Coup darlegt, das Comeback mit Knalleffekt, wie er es nennt. Als er verstummt, sieht er anstelle der erwarteten Begeisterung nur blankes Entsetzen.

»Diese Bank ist besser bewacht als der Vatikan«, wirft Pinto ein. »Das scheint mir keine gute Idee zu sein.«

Eine Minute lang schweigen alle.

»Meint ihr das auch?«, fragt der Anführer schließlich in die Runde.

»Die Filiale ist auf dem Corso Italia. Zentrale Lage, stark überwacht«, findet auch Romolino. »Das ist reiner Selbstmord.«

»Scheiße, *a ghì el dun de Dio de capì nagott*, ihr seid mit Dummheit gesegnet!«, bricht es aus Vandelli heraus, der ins Mailändische verfällt, wenn ihm der Geduldsfaden reißt. »Kapiert ihr denn nicht, dass man für etwas wirklich Großes auch viel riskieren muss? Wenn ihr euch vor Angst in die Hose pisst, sagt es lieber gleich und *föra di pè*, raus hier; dann kann ich genauso gut wieder im Bau mit dem Molosser Karten spielen.«

»Das ist eine Nummer zu groß«, erwidert Pietra. »Warum suchen wir uns nicht ein anderes Ziel?«

Vandelli seufzt; ihm geht es mittlerweile ums Prinzip. Jeden Morgen schlägt er die Zeitung auf und liest die Zusammenfassungen dessen, was die anderen so angestellt haben. Er erkennt die Handschrift von vielen, mit denen er im Bau war, und das nagt an ihm. Und der Gang wird langsam klar: Ihr Boss will besser sein als die anderen.

»Vor zwei Tagen gab es einen ähnlichen Überfall in der Via Senato«, fährt er fort. »Ihr wollt doch nicht etwa behaupten, das sei Peripherie!«

»Ist es nicht«, bestätigt Romolino, »aber eins musst du uns erklären: Warum willst du unbedingt mit den anderen Banden konkurrieren? Viele von denen kennst du doch nicht einmal.«

Vandelli mustert die Gefährten einen nach dem anderen.

»Wenn die es schaffen, einen bestimmten Coup zu landen, müssen wir einen noch größeren dieser Art hinlegen. Wir wollen die Besten sein, wisst ihr noch?«

»Trotzdem, dieses Ding ist zu riskant«, wiederholt Pinto.

»Hört mir mal gut zu: Entweder ihr seid dabei oder ihr verschwindet und raubt weiterhin irgendwelche Apotheken oder Juweliere aus oder verscherbelt Autoreifen. Es zwingt euch keiner. Wenn ihr nicht wollt, sei's drum, *fegh sü la crus*.«

Keiner sagt ein Wort.

»Gut«, sagt Vandelli zufrieden, »wollt ihr den Rest hören?«

»Grandios«, kommentiert Fernando, als der Boss geendet hat.

»Ich glaube ja immer noch, dass es Selbstmord ist«, übertönt ihn Romolino. »Denn abgesehen von der normalen Überwachung durch die Bank, fahren dort auch ständig Streifenwagen vorbei wegen des nahe gelegenen Kommissariats. Die schnappen uns sofort.«

Doch mittlerweile hat der Plan sie überzeugt. Die Mädchen sind begeistert und stehen voll hinter Vandelli, und auch

Pinto ist wie elektrisiert. Einzig die zwei Comasina-Jungs hegen noch Zweifel: Sie verstehen einfach nicht, warum sie so viel riskieren sollen. Sie haben Erfahrung und wissen, wie so was laufen kann.

»Kinder«, fährt Vandelli fort, »bisher haben wir uns doch auch nicht um das Strafgesetzbuch geschert, warum sollten wir jetzt damit anfangen? An die Folgen zu denken ist was für Schlappschwänze, für solche, die Angst vor sechs Monaten Knast haben. Mir ist es egal, wofür man wie lange brummt. Sonst hätte ich einen anderen Beruf. Und ihr?«

Schweigen.

»Diese Bank zu überfallen ist einfach eine Frage des Prestiges«, fährt er fort. »Und das eigentliche Problem liegt auch nicht darin, die Gegend zu kontrollieren und die Flucht zu decken, das ist letztlich nicht anders als sonst auch, wenn überhaupt haben wir das Problem, dass es gegenüber von unserer Bank noch eine andere Bank gibt, die unser Manöver ganz sicher nicht übersehen wird. Das ist die eigentliche Schwierigkeit.«

»Vor der anderen Bank wird doch auch ein Wachmann stehen, vermute ich«, wendet Pinto ein. »Was machen wir mit dem?«

»Wir lösen die Sache auf die einzig mögliche Art.«

»Wir legen ihn um?«

»Nein, wir überfallen auch noch die andere Bank. Gleichzeitig.«

»Was?«

Die Frage erklingt wie aus einem Mund, allen klappt die Kinnlade herunter.

»Ihr habt richtig gehört: zwei Banken, eine gegenüber der anderen, und wir rauben sie zusammen aus.«

»Du bist echt verrückt«, stößt Pietra hervor und fängt an zu lachen. »Oder ein verdammtes Genie.«

Vandelli weiß, dass er ihrem Ego genug geschmeichelt hat.

Er betrachtet sie zufrieden. Vor einer solchen Herausforderung kann niemand einknicken.

»Wie willst du weitermachen?«, fragt Pinto.

»Die Bank gegenüber ist kein Hauptsitz, sondern nur eine unwichtige Zweigstelle; die macht keine Probleme. Die Eingänge werden von Romolino und Pietra überwacht, sie haben am meisten Erfahrung mit Langwaffen. Die anderen gehen mit mir rein, außer Pinto. Wenn wir Schüsse hören, kommen wir sofort raus, um die anderen zu unterstützen. Wir teilen uns auf, zwei pro Bank: ich und Nina in die große, Fernando und Angie in die andere. Wir fahren mit zwei Autos und parken vor den Gebäuden; Romolino und Pietra setzen sich im richtigen Moment ans Steuer. Wie ich eben sagte, es handelt sich um eine Gegend, wo innerhalb einer Minute sieben, acht Streifenwagen passieren können, deshalb dachte ich, Pinto auf den einzigen Fluchtweg zu postieren. Ebenfalls mit Gewehr. Er wird uns Deckung geben, wenn wir abhauen: Wenn wir vorbei sind, stellt er einen Lieferwagen quer und zündet ihn an, um die Polizei zu blockieren, bevor er selbst verduftet. Wie findet ihr das?«

Romolino würde gern »perfekt« rufen, doch nachdem er eben den notorischen Neinsager gegeben hat, kommt ihm das nun unpassend vor.

Vandelli genießt die Reaktion der Gefährten. Vor ihrem inneren Auge lassen sie die Sache schon einmal ablaufen. Er lächelt und nickt, und ganz langsam überträgt sich sein Hohnlächeln auf die Gesichter der anderen.

»Dann sind wir uns also einig«, stellt er abschließend fest. »Nächste Woche geht's los. Diese Woche nutzen wir dazu, die Autos und den Lastwagen zu stehlen, Waffen zu besorgen und die Gegend genauer unter die Lupe zu nehmen.«

Der doppelte Überfall wird ein voller Erfolg. Wie ein Orchesterdirigent leitet Vandelli den Einsatz ohne den kleinsten

Fehler. Zeitplan und Koordination der Verbrecher sind tadellos; es fällt kein einziger Schuss, die Polizei steckt hinter dem brennenden Lkw fest, und sie selbst tragen fette hundertsiebzig Millionen nach Hause.

Die Zeitungen lassen ihrer Phantasie freien Lauf und beschuldigen irgendeine bewaffnete APO-Gruppierung. Der angezündete Lieferwagen, die beiden maskierten Männer und die Waffen führen sie in die Irre. Das Wirtschaftsblatt ›Corriere dell'Informazione‹ schreibt, dass der technische Ablauf an die Tupamaros erinnere, die Guerrilla Uruguays, die zur eigenen Finanzierung Banken in Montevideo ausraubt.

»Wer zum Teufel soll das sein?«, fragt Pinto, als sie in der Bar den Artikel lesen.

»Kann uns doch egal sein. Hauptsache, sie suchen nicht nach uns und die Überfälle werden von Castros *revolucionarios* begangen!«, erwidert Vandelli und schlürft seinen Espresso, um dann in ein befreiendes Gelächter auszubrechen.

6

»Sie wollen uns lächerlich machen, so viel steht fest!«

Commissario Santi wirft die Zeitung weg, seufzt und starrt auf einen Punkt irgendwo draußen vor dem Fenster. Seit er seine neue Stelle als Chef des mobilen Einsatzkommandos angetreten hat, ist alles ruhig verlaufen, geradezu idyllisch, bis die Raubüberfälle wieder begannen, und zwar auf schlimmstmögliche Art. Restaurants, Postfilialen, Banken. Und jetzt auch noch dieser ›Doppelte‹.

»Tupamaros?«, fragt Rami schüchtern.

Antonio schnaubt und setzt sich hin.

»Ach geh, das ist nur Journalistenquatsch. Die stammen aus der hiesigen Mala. Und wir kennen sie.«

»Wirklich?«

Santi nickt. Bislang ist es nur so ein Gefühl, doch hinter dieser Operation erahnt er die Hand, die Dreistigkeit und Selbstsicherheit seines alten Feindes.

»Wer denn?«, fragt der Agente neugierig.

»Vandelli. Er ist wieder zurück, da bin ich mir sicher. Er muss im Knast einiges gelernt haben, sich neue Strategien zurechtgelegt haben. Diese Operation hier hätte er früher nicht einmal zu träumen gewagt. Er hat einen Schritt nach vorn getan. Er will nicht mehr nur klauen, er will uns auch auf den Arm nehmen. Allen beweisen, dass er klug ist und wir dumm sind.«

»Wo fangen wir an?«

»Reich mir mal die Akte über den Postüberfall in der Via San Gimignano rüber.«

Der Beamte gehorcht.

»Hier«, ertönt es, nachdem Santi ein paar Aktenseiten durchgeblättert hat. »Hier haben wir eine Spur.«

Rami beugt sich zu ihm hinüber.

»Diese Frau, die Zeugin, wollte gerade bei der Post die Stromrechnung bezahlen, sie hat den Räubern ins Gesicht gesehen. Dem Fahrer im Auto, der unmaskiert war. Sie hat ihn anhand der Fahndungsfotos wiedererkannt. Er heißt Nicola Pinto, ist mehrfach vorbestraft, hat einmal länger im Beccaria eingesessen und ist, so ein Zufall, gut befreundet mit unserem Vandelli. Beide sind im Giambellino groß geworden; Pinto ist der Sohn eines Schusters, hat die Schule nach der Grundschule geschmissen und schlägt sich seitdem auf der Straße durch. Er ist ein Schrank von Mann, der nicht lange fackelt, wenn es etwas zu beweisen gilt.«

»Und die anderen zwei Bankräuber?«

»Sie waren maskiert, aber du kannst sicher sein, wenn er dabei ist, sind auch sie aus Vandellis Bande. Jetzt fischen wir uns erst mal den einen und sehen, was passiert.«

»Denkst du, sie haben auch etwas mit dem Doppelüberfall von gestern zu tun?«

»Das werden wir sehen. Einen Bösen mehr im Kittchen, das dürfte den Leuten doch gefallen, oder?«

Der Polizist geht hinaus, und Santi betrachtet abwesend das eingerahmte Bild auf seinem Schreibtisch. Dieses kleine Mädchen, Beatrice, ist sein neuer Lebensinhalt. Wenn er an sie denkt, rückt alles andere in die Ferne, wie hinter einen Schleier. Dieses kleine, nur wenige Kilo wiegende Wesen hat ihn wie verhext. Am Abend, wenn er sie auf dem Arm hat, scheint alles andere zu verblassen, und nur noch sie steht im Mittelpunkt. Er weiß nicht, wie viele Nächte er schon durchwacht hat, weil die Kleine Bauchweh hatte und ihn und Carla mit ihrem Weinen fast an ihre Grenzen gebracht hat. Sich besorgt anzusehen und nicht zu wissen, warum das Baby schreit – »Es wird doch nichts Ernstes sein?« –, um dann ihr Lächeln zu sehen, wenn alles vorbei ist und sie wieder aufatmen können. Seit sie vor zwei Monaten geboren wurde, macht er in der Questura zeitig Schluss und kann es kaum erwarten, sie zu sehen und sich von seiner Frau alles berichten zu lassen, was während seiner Abwesenheit passiert ist. Als würde so ein Baby wer weiß welche Abenteuer erleben an einem Tag …

Beatrice hat Santis Leben einen völlig neuen Sinn gegeben. Eine zweite Chance auch für seine Tätigkeit bei der Polizei. Mehr denn je fühlt er sich in der Pflicht, die Welt von diesem Auswurf zu reinigen, damit eines Tages, wenn seine Tochter dort draußen herumläuft, niemand mehr da ist, der ihr weh tun könnte.

»Das sind Wahnvorstellungen eines überängstlichen Bullen«, lacht Carla, wenn er ihr davon erzählt. Antonio weiß, dass sie recht hat, doch der Gedanke an Beatrice und wie er sie beschützen kann, hilft ihm dennoch, sich auf seiner neuen Stelle bei der Kripo anzustrengen.

»Halte dich von den Kugeln fern«, hatte ihn Nicolosi am Telefon ermahnt, nachdem er ihm zu Beatrices Geburt gratuliert hatte. »Jetzt mehr denn je. Du bist nun Vater, da muss man aufpassen, dass man keine Waisen zurücklässt.«

7

»Die Gang ist eine Lebensphilosophie«, doziert Vandelli mit lauter Stimme, als sie in den Wagen steigen. Das Auto ist geklaut, eine weiße Giulia 1300, deren Kofferraum einem Pulverfass gleicht. Es ist Mitte Juli, die Schwüle so drückend, dass man vergeht, und sie stehen kurz vor einem Bankraub, wie noch keiner ihn gewagt hat.

»Wer auf einen von uns schießt, schießt auf alle«, schließt der Gangster, während das Auto anfährt.

Die Vorgeschichte zu dieser Sentenz war auf dem Mist von Agente Patrizio Rami gewachsen, der irgendwann beschlossen hatte, eine härtere Gangart einzuschlagen.

Santis Befehl lautete denkbar einfach: »Familie Pinto unter Druck setzen. Geh zu seinem Vater, dem Schuster, und zu seiner Mutter, die ist Hausfrau. Rücke ihnen auf die Pelle, bombardiere sie mit Fragen; sie müssen unseren Atem im Nacken spüren. Vielleicht rutscht ihnen dann etwas heraus, oder unser Mann wird nervös und kommt aus der Deckung.«

Nach einer Woche, in der diese Strategie nicht aufging, beschließt Rami, auf seine Art vorzugehen. Schließlich war er ja nicht immer Bulle: In Quarto Oggiaro, wo er geboren und aufgewachsen ist, musste er sich mehr als einmal mit nicht ganz orthodoxen Mitteln behelfen, und vielleicht, denkt er, kann er diese auch im Beruf als Bulle anwenden. So steht er eines Tages bei Morgengrauen vor der Wohnung von Pintos Eltern. Als die Tür aufgeht, drückt er dem Schuster – noch im Schlafanzug und mit schlaftrunkener Miene – einen Umschlag mit zwei Projektilen in die Hand. Er redet wie in einem drittklassigen Western.

»Die sind für Ihren Verbrechersohn. Wir haben es im Guten versucht, aber Sie wollten nicht auf uns hören; jetzt müssen wir zu anderen Methoden greifen.«

Als Santi davon erfährt, wird er fuchsteufelswild.

»Was fällt dir nur ein? Wir sind die Polizei, nicht etwa die Mafia! Wir arbeiten nicht mit Einschüchterungen. Was zum Teufel hast du dir dabei gedacht?«

»Ich wollte doch nur die Ermittlungen voranbringen …«

Santi will das nicht hören. Er suspendiert ihn augenblicklich vom Dienst, dann ruft er bei den Pintos an, um sich zu entschuldigen und zu versichern, dass es sich allein um die hirnrissige Einzelaktion eines Beamten gehandelt hat, für die sich Agente Rami verantworten und mit harten Disziplinarstrafen rechnen muss.

Doch das Schuldeingeständnis des Hauptkommissars reicht Vandelli nicht, der völlig ausrastet, als er von den Kugeln erfährt.

»Die Familie ist heilig!«, schreit er. »Das bedeutet offener Krieg zwischen uns und der Polizei. Wir müssen auf diesen Angriff angemessen reagieren. Und ich weiß auch schon wie.«

Unter anderen Umständen hätte er seiner Bande diesen Coup niemals vorgeschlagen. Ein schwieriger Raubüberfall, fast unmöglich, doch angesichts der Situation will er den Druck erhöhen. Er geht bis an die Grenze, wie er es vom Molosser gelernt hat.

»Im Zentrum gibt es eine Bank, die jedermann für unangreifbar hält«, erklärt er. »Niemand hat sie je überfallen oder es auch nur versucht.«

Alle zittern vor Ungeduld, bis er endlich herausrückt, worum es sich handelt.

»Scheiße, Roberto«, stößt Pinto hervor, »ein Überfall auf

den Credito Italiano auf der Piazza Cordusio ist so, als wollten wir die Marienstatue auf der Spitze des Doms klauen!«

»Exakt. Und das werden auch die Bullen und die Zeitungen denken, wenn die Sache gelaufen ist. Wir werden sie lehren, uns auf den Füßen rumzutrampeln!«

Es gibt noch eine Menge Probleme, die gelöst werden wollen, doch dieses Mal hat keiner der Bande Einwände, und so können sie gleich damit beginnen, die Schwierigkeiten abzuarbeiten.

Vandelli breitet einen Stadtplan von Mailand auf dem Tisch aus und umkreist den Standort der Bank mit einem Filzstift, dann beginnt er zu reden: »Der erste Engpass entsteht durch die Lage. Die Bank liegt im Zentrum und bietet außerdem nur wenige Fluchtwege, sei es im Auto oder zu Fuß. Hinein kommt man von drei Seiten, seht ihr? Aber hinaus geht es wegen der Einbahnstraßen nur über diese Straße. Im Vergleich zu anderen Banken wird sie natürlich besser überwacht. Zwei bewaffnete Sicherheitsleute draußen und einer im Innern. Außerdem gibt es in der Nähe einige Konsulate und Büros von Fluggesellschaften, die permanent von Polizei und Carabinieri bewacht werden. Und als sei das alles noch nicht genug, weiß ich aus sicherer Quelle, dass dort häufig Zivilstreifen der Kripo und des Antiüberfallkommandos vorbeikommen.«

Er macht eine beredte Pause, bevor er weiterspricht.

»So viel zur Überwachung. Angenommen, alles geht gut und wir schaffen es bis hinein, dann müssen wir bedenken, dass der Überfall nicht wie gewohnt vonstattengehen kann, weil die Schalterhalle riesig ist; es gibt rund ein Dutzend Bankschalter und eine Menge Angestellte und natürlich entsprechend viel Publikumsverkehr. Das alles muss in Schach gehalten werden. Für so einen Überfall gibt es keine Vorbilder, wir müssen alles selbst erfinden!«

Die Schwierigkeiten scheinen die Bandenmitglieder eher

zu erregen als abzuschrecken. Allen voran Vandelli. Er kann es kaum erwarten, diesen Tempel zu entweihen.

»Von heute an nehmen wir uns eine Woche Zeit, um die Lage zu checken und einen guten Plan auszuarbeiten, dann knacken wir die Bank und fahren mit dem erbeuteten Geld alle Mann in den Traumurlaub!«

Als die fünf Gangster aus der Giulia steigen, sind sie nassgeschwitzt. Der Himmel über Mailand ist schmutzig blau, verhangen von Feuchtigkeit. Sie parken etwa zehn Meter von der Bank entfernt. Sie trennen sich und gehen in verschiedene Richtungen auseinander. Trotz der großen Hitze tragen sie Sportjacken. Darunter stecken ihre Waffen, die sie kurz vor Einfahrt ins Zentrum aus dem Kofferraum geholt haben.

Vandelli betritt als Erster die Bank. Er trägt eine dunkle Sonnenbrille und stellt sich mit unbeteiligter Miene an der Schlange vor einem Schalter an. Kurz darauf kommt Pinto und gesellt sich in eine andere Schlange. Alle sind unmaskiert, auch Pietra und Romolino, die unauffällig hereingekommen sind und sich in der Nähe der Drehtüren postiert haben. Jetzt müssen sie warten, bis Gandula aktiv wird. Sie haben ihre Uhren synchronisiert. Fünf Rolex, Beutegut aus einem Überfall auf ein Juweliergeschäft auf dem Corso Vercelli, extra zu diesem Zweck.

Zehn Sekunden. Der Countdown läuft. Bei null stülpen sich alle ihre Sturmhauben aus den Jackentaschen über das Gesicht.

Gandula gibt das Kommando. Er zieht zwei P 38 unter der Jacke hervor und drückt sie den beiden Wachmännern vor der Tür in die Rippen, so dass niemand die Waffen sieht. Die zwei Männer rechnen mit allem, nur nicht damit, von einem Jüngelchen überrumpelt zu werden. Gerade noch rauchten sie in aller Ruhe ihr Zigarettchen, in der schönsten Überzeugung, dass es sowieso niemand wagt, eine so zentral gelegene Bank zu überfallen. Der Neuling hatte sich geradezu um diese Aufgabe gerissen; er ist besessen davon, Wachleute zu entwaffnen, weil er ihre Schießeisen als Trophäen behalten darf. Vandelli hatte zugestimmt.

»Wenn du einen schaffst, schaffst du auch zwei«, hatte er gesagt. »Und im Notfall sind wir ja drinnen und kommen dir zu Hilfe, wenn etwas schiefgehen sollte.«

Doch alles verläuft nach Plan. Gandula stößt die zwei Sicherheitsleute hinein, während Pinto den Wachmann in der Bank ausschaltet. Ein Schlag in den Nacken lässt ihn zu Boden sacken, ohne dass er weiß, wie ihm geschieht. Die Leute legen sich flach auf den Boden, und sie nehmen die Bank in ihre Gewalt.

Das Schwierigste ist geschafft: reingehen, die Wachen unschädlich machen und die Lage unter Kontrolle bringen. Jetzt müssen sie nur noch schnell und gelassen sein, um die Sache zu Ende zu bringen.

Pietra und Romolino stehen an der Tür und halten die Beamten, Wachen und Kunden mit zwei Pumpguns in Schach, während Pinto und Gandula mit der Pistole in der Hand die Schalter leerräumen. Vandelli übernimmt den Tresor.

Der Kassenbeamte starrt verängstigt auf die Waffe, die der Maskierte ihm entgegenstreckt.

»Ich bin hier, um Geld abzuheben. Und wenn du dich weigerst, bist du tot.«

Alles scheint perfekt zu laufen, doch Roberto weiß genau, dass das eigentliche Problem draußen auf sie wartet. Hier drinnen können sie mit geschlossenen Augen werken, so geübt wie sie sind. Draußen aber kann alles im Desaster enden; deswegen hat er vorgesorgt.

Angie sitzt am Tisch einer nahe gelegenen Bar, von wo aus sie beobachten kann, ob Polizeiautos oder Zivilstreifen herankommen. Durch die Fensterscheiben sieht sie Pietras

Rücken. Niemand hat mitbekommen, was Gandula getan hat oder was drinnen los ist.

›Wenn sie sich beeilen, können sie es schaffen‹, denkt die Dünne.

Nina spaziert über den Bürgersteig auf der anderen Straßenseite, betrachtet die Schaufenster und kontrolliert vor allem die Konsulate und Fluggesellschaften. Sowohl sie als auch Angie tragen große Handtaschen bei sich, in denen sie jeweils zwei Pistolen verbergen: Sollte irgendein Problem auftreten, haben sie die strikte Anweisung zu schießen, um die Bullen zu beschäftigen, damit die anderen rauskönnen. Dann sollen sie zur Ablenkung abhauen, währenddessen der Rest der Bande flieht. Für diesen Zweck haben sie zwei Molotowcocktails in ihren Taschen: eine vorbeifahrende Straßenbahn wäre das optimale Ziel. Sie geht in Flammen auf, Panik bricht aus, und die Verbrecher können verschwinden.

Die Operation in der Bank verläuft zügig; nach wenigen Minuten kommen die fünf Männer mit einem Sack auf dem Rücken heraus, die Waffen gezückt und die Gesichter maskiert. Sie rennen zur Giulia, die mit quietschenden Reifen losbraust. Sie werden gesehen, eine Frau schreit, doch es ist vollbracht. Kaum sind sie um die Ecke gebogen, ziehen sie ihre Sturmhauben ab, drosseln das Tempo und fädeln sich in den Stadtverkehr ein, als wäre nichts geschehen.

Sobald Angie sie herauskommen sieht, steht sie von ihrem Tisch auf und läuft zu Fuß in Richtung der Piazza Duomo, während Nina die erstbeste vorbeifahrende Straßenbahn besteigt.

Die Insassen der Giulia kreischen und schreien.

»Verdammt, wir haben's geschafft! Es hat geklappt!«

Die Höhe der Beute putscht sie auf, auf den ersten Blick über dreihundert Millionen.

»Meine Großmutter wollte unbedingt, dass ich in einer Bank arbeite«, lacht Pinto, der am Steuer sitzt. »Vielleicht ist das der Grund, dass ich angefangen habe, Banken zu überfallen, damit sie glücklich ist.«

Die anderen stimmen in sein Gelächter ein. Die Anspannung löst sich, sie sind weit genug weg. Und in Sicherheit. Und haben eine kleine Erinnerung für die Madama zurückgelassen.

Manchmal kommt es Antonio vor, als habe sein Gedächtnis dieses erste Jahr der Siebziger in eine dunkle, undurchdringliche Decke gehüllt, die nur zwei Farbtöne der Erinnerung durchscheinen lässt: bleiernes Schwarz und blutiges Rot.

Wenn er darüber nachdenkt, steckt er automatisch die Hand in die Jackentasche, wo er normalerweise die zwei Kugeln aufbewahrt: die eine, die Cavalieri auf ihn abgefeuert hat, und die andere, die Nicolosi ihm geschenkt hat. Seit einigen Monaten trägt er darin noch etwas anderes mit sich herum: ein Foto von Beatrice. Auf dem Schwarzweißbild lächelt sie und reckt ihre Ärmchen ins Objektiv. Wenn er seine Tochter anschaut, kann Antonio all das Böse um ihn herum vergessen. In ihrem Lächeln findet er den Grund, weiterzumachen und durchzuhalten.

Als er auf der Piazza Cordusio ankommt, herrscht ein schreckliches Chaos. Streifenwagen von Polizei und Carabinieri. Uniformierte überall, eine Horde Schaulustiger, die kaum zu bändigen ist, gestikulierende Fotografen und Reporter.

Als der Commissario die Bank betritt, kommt ihm sogleich ein Agente entgegen und drückt ihm einen Notizzettel in die Hand.

»Was ist das?«

»Das haben die Bankräuber in dem leeren Tresor hinterlassen. Es steht ein Name drauf.«

Die Adresse lässt tatsächlich keinen Zweifel: Antonio Santi. Mit Schreibmaschine geschrieben, ebenso wie der Satz auf der Rückseite: »Steck dir die Kugeln sonst wohin.«

8

»Das ist ja wie ein Schloss«, ruft Nina aus und wirft ihrem Mann die Arme um den Hals. »Es ist so schön, da könnte man glatt verrückt werden.«

Vandelli lacht aus vollem Hals, und das Geräusch hallt eigenartig vervielfacht durch die Räume. Dreizehn Zimmer, vier Bäder, eine riesige Terrasse im obersten Stockwerk eines erst jüngst erbauten Wohnhauses in der Via Mar Nero.

»Eine Million zweihunderttausend Lire kostet mich das Ding monatlich«, erzählt er und drückt sie an sich, »so viel wie diese armen Schlucker für einen neuen Fiat 600 bezahlen!«

Nina zieht ihre Schuhe aus und läuft barfuß über das glänzende Parkett. Sie möchte fast tanzen, so glücklich ist sie. Die zurückliegenden Monate waren hart für sie, getrennt von ihrem Mann. Als sie ihn festnahmen, war sie auf Drängen ihrer Mutter wieder zu ihren Eltern gezogen, doch das Zusammenleben war ein Desaster, Streit ohne Ende. Um etwas Abstand zu gewinnen, floh sie häufig zu Angie, doch dort ging es ihr auch nicht gut. Die Freundin konnte einfach Finger und Zunge nicht von ihr lassen. Als Roberto dann endlich wieder draußen war und sie ihre aufgestauten Emotionen ausgelebt hatten, war es gar keine Frage gewesen, dass sie wieder zusammenziehen würden. An diesem Punkt hatten ihre Eltern endgültig die Schotten dichtgemacht.

»Wenn du dich wieder mit diesem Gangster einlässt, brauchst du von uns nichts mehr zu erwarten. Du hast die Wahl.«

Und sie hatte sich für Vandelli entschieden.

Roberto betrachtet, wie die junge Frau über die Terrasse läuft, er fühlt sich gut. Die Bande ist auf der Höhe des Erfolgs, und sie ist genau so, wie er sie sich im Knast erträumt hat. Sie haben einen Punkt erreicht, was Erfahrung und Zusammenspiel betrifft, wo sie eine Bank quasi im Schlaf überfallen könnten. Sie sind zu siebt, die perfekte Anzahl für eine Bande, jeder mit einer klar definierten Aufgabe. Zwei Leute ohne Deckung beim Auto, zwei an der Tür mit vorgehaltener Maschinenpistole und drei im Innern: einer hält die Geiseln in Schach, einer steht an den Schaltern, einer am Tresor.

Dabei müssen sie nicht immer alle dabei sein, außer für wirklich wichtige Überfälle wie der an der Piazza Cordusio. Oft ist es besser, das Risiko möglichst gering zu halten und entsprechend auch die Zahl der Beteiligten.

Die wiedergefundene Freiheit hieß für den Gangster nicht, nach einem großen Coup erst mal Pause zu machen, um in Ruhe den nächsten zu planen. Das war der alte Vandelli, der neue ist gewitzter und wacher. Am liebsten und häufigsten arbeitet er zu dritt. Nina fährt, Pinto hält die Geiseln in Schach, und er holt die Moneten. Mit einem oder zwei Überfällen die Woche bleibt man in Übung und verdient gutes Geld. Und mit wenigen riskiert man auch weniger. Natürlich wissen alle, dass sie, wenn sie erwischt werden, locker zwanzig Jahre bekommen, aber das gehört zum Spiel.

Die Fehde mit der Polizei ist härter geworden, und doch gab es eine Episode vor einigen Wochen, die ihn erstaunte. Während eines Überfalls, bei dem sie zu siebt waren, kam ein Streifenwagen vorbei. Pietra und Romolino standen vor der Filiale, maskiert und mit der Sten Gun im Arm, unmöglich zu übersehen. Die Bullen aber fuhren einfach weiter, als ob nichts wäre. Vandelli machte sich seinen eigenen Reim darauf: Es war wohl eine Sache, einen Pappkameraden auf dem Schießplatz zu durchlöchern, eine andere, vor einem Verbrecher zu stehen, der die Flinte schon in der Hand hält, um auf dich zu schießen, kaum dass du aus dem Wagen steigst. Dann doch lieber noch eine Runde fahren und zurückkommen, wenn der Überfall vorbei ist. Die Versicherung zahlt sowieso, und sie kommen mit dem Leben davon, das man für einen Monatslohn von vierzigtausend Lire nicht gern aufs Spiel setzt.

»Sieh nur, was für eine tolle Aussicht man hier hat!«, ruft Nina von draußen.

Er geht zu ihr. Die Wohnung ist wirklich außergewöhnlich und die Miete, die er zahlt, ein Klacks bei seinen monatlichen Eingängen von fünfzehn Millionen. Nach den ersten Arbeitsmonaten konnte er plötzlich im großen Stil investieren, also hat er einen Friseurladen auf dem Corso di Porta Romana gekauft, außerdem zwei Boutiquen – eine auf dem Corso Buenos Aires, die andere in einer Seitenstraße der Via Torino – und ein Parkhaus mit Stellplätzen für vierhundert Autos, Werkstatt und Tankstelle in der Via Stelvio. Außerdem hält er fünfzig Prozent der Anteile einer Immobiliengesellschaft hinter der Piazza Cinque Giornate und befindet sich in Kaufverhandlungen über ein paar Baugrundstücke auf dem Land, wo man einen Reitstall hinstellen könnte. Nina liebt Pferde.

Die *dané* fließen in Strömen, komplett steuerfrei. Doch das ist nicht allein sein Verdienst; sie sind eine Bande und jeder leistet seinen Beitrag. Der Kopf der Finanzoperationen ist Romolino, »der macht selbst aus Scheiße noch Gold«, wie Vandelli gerne sagt.

Der Mann aus der Comasina handelt immer noch mit Ersatzteilen, hat aber seinen Wirkungskreis erweitert, indem er in Apulien so gut wie neue Wagen für kleines Geld einkauft, um sie auf Hochglanz zu polieren und dann in dem Parkhaus für das Fünffache weiterzuverkaufen. Unterstützung bei diesen Geschäften erhält er von Pietra, Pinto und Gandula. Alle Mitglieder der Bande bekommen einen prozentualen Anteil am Gewinn. Ein Teil des investierten Geldes gehört ja schließlich ihnen. Eine Art Pensionsfonds für Zeiten, wenn die Geschäfte nicht mehr so gut laufen wie jetzt.

Vandelli ist guter Dinge und lässt ihn machen; die Details interessieren ihn nicht, er weiß, dass niemand es wagen würde, ihn übers Ohr zu hauen. Hätte er nur den geringsten Verdacht, würde er sich nicht lange mit Anwälten aufhalten, um die Sache zu lösen, sondern gleich das Blei seiner Smith & Wesson zum Einsatz bringen.

Das Einzige, worum er sich kümmert, ist die Geschäftsführung eines Ladens, der letztlich eine Geldwaschanlage und eine Zweigstelle für Hehlerei darstellt. Er befindet sich hinter der Via Torino und heißt ›Il Conguaglio‹, der Ausgleich. Er hat zwei Abteilungen: für Neues und für Gebrauchtes. Ein echter Bazar, auf dem sich Kleidungsstücke wie Hawaiihemden, Jeans und Schlaghosen gut verkaufen. Zeug, das Vandelli niemals tragen würde. Ein Teil der Ware ist regulär gekauft, ein anderer nicht. Die Hehler zahlen fast nichts für solche Art von Diebesgut, anders er, der daraus ein richtiges Geschäft gemacht hat.

Im Laden arbeiten ein paar junge Mädels, und manchmal kommt auch Nina vorbei, um anzupacken. Genauer gesagt, um zu kontrollieren, denn die Damen sind schon mehr als einmal in Vandellis Bett gelandet.

Er ist witzig und charmant mit ihnen, aber auch knallhart. Er macht ihnen von Anfang an klar: »Hier gibt es weder Kassen noch Quittungen. Ihr wisst, dass es für jedes Kleidungsstück einen Höchstpreis und einen Mindestpreis gibt. Versucht einzuschätzen, wen ihr vor euch habt, und gebt dem Stück einen passenden Preis. Nehmt euch, was ihr braucht, keiner kontrolliert euch. Ich kann nur hoffen, dass ihr intelligent genug seid, mich nicht zu bescheißen: Ihr würdet nie mehr einen Boss finden, der euch so behandelt und bezahlt wie meine Wenigkeit.«

Nina wirft den Kopf zurück, als er sie auf den Hals küsst.

»Was machst du da? Es könnte uns jemand sehen!«

»Lass sie doch gaffen.«

Mord an der Cattolica

1

Der Anruf erreicht ihn um acht Uhr morgens, als er gerade die Badetasche fürs Meer packt. Bevor er abhebt, schaltet Santi das Radio und Lucio Dallas Lied *4 marzo 1943* aus, das gerade die Hitlisten anführt.

»Antonio, ich bin's.«

»Ist was passiert? Ist Papà krank?«, fragt er alarmiert. Er kann sich nicht erinnern, dass seine Mutter ihn jemals so früh am Tag angerufen hätte.

»Es schickt sich nicht, die Leute morgens vor dem Frühstück und abends nach dem Abendessen zu stören«, hatte sie ihm als Kind immer gepredigt.

»Nein, nein, alles gut hier«, beruhigt sie ihn.

Der Mann starrt auf die Koffer im Flur. Sie sind seit Tagen gepackt, seit Carla und die Kleine nach Forte dei Marmi abgereist sind. Den ganzen Juli über konnte Antonio sie nur am Wochenende sehen, eine Qual. Er betet es an, dieses kleine Wesen, und sie nicht zu sehen ist die reinste Folter für ihn. Ganz abgesehen davon, dass seine Frau ihm fehlt, mit der es wieder bestens läuft. Seit Beatrice' Geburt ist Carlas Barrikadengeist merklich abgekühlt, wenn auch nicht ganz verschwunden. Ihr Ehrgeiz, die eigenen Argumente um jeden Preis durchzuboxen und die Welt zu einem besseren Ort zu machen, ist einer fast manischen Aufmerksamkeit und Sorge um die neugeborene Tochter gewichen. Aus der Revolutionärin ist eine Glucke geworden, was Antonio – der das nie im Leben zugeben würde, weil sie ihm dann beide Augen auskratzen und ihn einen Faschomacho nennen würde – bei weitem dem anderen vorzieht.

In Gedanken versunken hält er den Hörer wieder ans Ohr; zum Glück hat die unfreiwillige Trennung bald ein Ende, noch eine Woche, dann kann er bis Ende August bei ihnen bleiben. Heute ist Sonntag, und er fährt für den üblichen Kurzbesuch dorthin, verbringt einen Tag am Meer, um dann im Laufe des Montagnachmittags nach Mailand zurückzukehren. Doch damit hat dann das lästige Hin und Her für diesen Sommer erst einmal ein Ende.

Die Stimme seiner Mutter holt ihn aus seinen Gedanken in die Wirklichkeit zurück. Die Frau erzählt ihm von einem Mädchen, das verschwunden ist.

»Wer denn?«

»Die Sandra, die kennst du doch! Sie wohnt bei ihren Eltern, ein Haus neben uns. Als Kinder habt ihr immer im Park der Piazza Brescia gespielt. Weißt du noch?«

Antonio schließt die Augen und sieht das kleine Mädchen mit rabenschwarzen Locken vor sich, das ihn anlächelt und seine Hand hält. Sie sind in der Via Osoppo, rund zwanzig Jahre zuvor; Sandra hatte ihm wirklich den Kopf verdreht und sein Herz höher schlagen lassen. Sie war auch am Tag des Banküberfalls dabei gewesen; er erinnert sich noch gut an ihr Blumenkleid und ihre geflochtenen Zöpfe, wie sie dort stand und mit offenem Mund den Leoncino und den Geldtransporter anstarrte, die gerade ineinandergekracht waren.

»Antonio, bist du noch da?«

»Ja, Mamma. Woher weißt du, dass sie verschwunden ist?«

»Ihre Mutter war bei mir, sie hat schon deine Kollegen vom Polizeirevier Magenta alarmiert, die haben sie aber wohl abblitzen lassen. Sie ist verzweifelt: Gestern Abend wollten sie alle zusammen nach Korsika fliegen, aber Sandra ist nicht nach Hause gekommen und hat auch nicht angerufen. Du kannst dir vorstellen, was in der Mutter vorgeht. Sie weiß nicht, was sie tun soll, und da ist ihr eingefallen, dass du in der Questura arbeitest, und so kam sie zu mir und bat mich um Hilfe.«

Santi wägt seine Worte genau ab, mit denen er antwortet.

»Das verstehe ich, aber sie ist sechsundzwanzig und erst seit wenigen Stunden verschwunden, und dann auch noch am Samstagabend. Vielleicht handelt es sich nur um ein Liebesabenteuer.«

»Nein! Sandra ist keins von diesen Mädchen!«

»Ja, aber es ist zu früh, um ...«

Die Frau gibt nicht nach. Sie bearbeitet ihren Sohn so lange, bis er nicht anders kann als zu kapitulieren.

»Einverstanden«, seufzt Santi schließlich. »Ich werde mich mal telefonisch erkundigen.«

2

Montagmorgen.

Antonios Wochenende zusammen mit Carla und Beatrice verging wie im Flug. Ein paar Stunden am späten Nachmittag am Strand, Fisch zum Abendessen, eine Nacht mit seiner Frau, von der man sich wünscht, sie würde niemals enden, immer darauf bedacht, das Kind nicht zu wecken. Jetzt ist es acht Uhr und das Baby weint, vielleicht vor Hunger. Er liegt ausgestreckt mit geschlossenen Augen auf dem Bett. Nach dem Mittagessen wird er nach Mailand zurückkehren für die letzte Arbeitswoche vor dem Urlaub. Er braucht dringend Erholung und möchte den Vormittag genießen mit dem Salzgeruch des Meeres, der durch die offenen Fenster hereinweht.

›Vielleicht kann ich noch ein Stündchen schlafen‹, denkt er, als das Telefon auf dem Nachttisch klingelt.

Er hat die Nummer ihrer Pension im Polizeipräsidium zurückgelassen, zusammen mit der Ansage, ihm alles zu melden, was mit der verschwundenen jungen Frau zu tun hat.

Seine Frau sieht ihn an.

»Das ist für mich«, sagt Antonio und greift nach dem Hörer.

Es ist nun mal mein Bullenschicksal, möchte er hinzufügen, lässt es aber bleiben.

Den Sonntag verbrachten Sandras Eltern im Zustand höchster Angst und nagender Ungewissheit, und doch hätten sie im Falle einer Wahl diese grausame Vorhölle wahrscheinlich dem Anruf vorgezogen, der ihnen am 26. Juli die Gewissheit brachte, dass ihre Welt zusammengebrochen war.

Santi kommt am frühen Nachmittag in der Cattolica an. Er hat die Universität noch nie betreten, stand bisher immer nur mit dem Helm auf dem Kopf, Schlagstock in der Hand und dem Rücken zum Eingang in einer Reihe mit seinen Kollegen, um das Gebäude vor der Besetzung durch die Studenten zu schützen. Nun kommt ihm ein kürzlich an Ramis Stelle zur Kripo versetzter Sovrintendente entgegen, Valerio Pugliesi. Ein schweigsamer, zweiundzwanzigjähriger Mann aus Bari, klein von Statur, mit ungewöhnlich tiefen Geheimratsecken für sein Alter und das Gesicht gezeichnet von einer schlimmen Akne, die er scheinbar erst vor kurzem losgeworden ist.

Die Katholische Universität zu Mailand ist in einem ehemaligen Kloster aus dem fünfzehnten Jahrhundert untergebracht, und fasziniert betrachtet der Commissario im Gehen den Bramante-Kreuzgang. Um gleich darauf wieder als Polizist zu denken.

»Hier ungesehen rauszukommen war sicher nicht ganz leicht«, merkt er an.

Pugliesi nickt.

»So, da sind wir«, verkündet er kurz darauf. »Aufgang G, zweiter Stock. Man hat sie auf der Damentoilette im Zwischengeschoss gefunden.«

Sie gehen hinauf. Im Flur treffen sie auf den Leiter der Mordkommission, Piazza, und die Männer von der Spurensicherung, die Fotos machen und Fingerabdrücke nehmen. Drum herum neugierige Studenten und ein paar Professoren, darunter viele Patres im Priestergewand.

»Was suchst du denn hier?«, empfängt ihn sein Ex-Chef.

»Ciao«, begrüßt ihn Santi. Seit sie den gleichen Dienstgrad haben, duzen sie sich. »Ich kannte sie«, fügt er erklärend hinzu.

Seinem Gegenüber huscht ein fast ummerkliches Zucken über das Gesicht, doch er erwidert nichts. Er leitet die Ermittlungen, sicher, aber er kann keinen Kollegen mit Fußtritten verjagen, der vielleicht wichtige Informationen hat.

»Darf ich mal schauen?«

»Bitte schön.«

Santi tritt auf Zehenspitzen über die Schwelle, und sofort zieht sich sein Magen zusammen. Der Toilettenraum ist klein, drei Waschbecken auf der rechten Seite und ein paar WC-Kabinen. Dazwischen liegt das Mädchen auf der Erde in einer großen Blutlache, auf die rechte Seite gedreht. Sie ist angezogen, doch das viele Blut ist schockierend: auf dem Boden, an den Wänden, am Türgriff.

»Sandra«, flüstert Antonio und schließt einen Moment die Augen. Er hat sie wiedererkannt, das Mädchen mit dem Blumenkleid aus der Via Osoppo.

›Wie schön sie ist‹, schießt es ihm unwillkürlich durch den Kopf, während er sie ansieht. Er schämt sich fast für den Gedanken, angesichts dieses durch Wunden verunstalteten Körpers. Sie wurde mit mindestens dreißig Messerstichen getötet, ein regelrechtes Massaker, blinde Wut gegen eine junge

Frau auf der Toilette einer Universität, und nicht irgendeiner Universität, sondern der privaten Katholischen Universität vom Heiligen Herzen.

Ein widerlicher Geschmack steigt ihm in den Mund, und um ihn zu vertreiben, zündet er sich auf dem Korridor schnell eine Zigarette an.

»Was wisst ihr?«, fragt er Piazza.

»Sie muss eine Studentin gewesen sein.«

»Nein, aber früher hat sie hier studiert. Sie hat vor zwei Jahren ihren Abschluss gemacht.«

»Was zum Teufel hatte sie dann hier zu suchen?«

Santi zuckt mit den Schultern. »Irgendwelche Spuren?«, fragt er und bietet seinem Kollegen eine Zigarette an. Piazza zündet sich eine an und zeigt mit einer Kopfbewegung auf die Leiche.

»Sieh dir an, wie schön sie ist, so eine hat doch eine ganze Schlange von Verehrern vor dem Haus stehen. Ein zurückgewiesener Liebhaber?«

»Glaube ich nicht, sie war darin eher altmodisch.«

»Wie altmodisch?«

»Katholische Familie und der Onkel Priester.«

»Das sind bekanntermaßen die Schlimmsten …«

Santi wirft ihm einen bitterbösen Blick zu, den der andere ignoriert.

»Wann wurde sie gefunden?«

»Heute Morgen, eineinhalb Stunden bevor die Uni aufmachte. Ein Seminarist, Student an der Philosophischen Fakultät, hat einen Wasserhahn laufen hören und sich gewundert.«

»Und ist in die Frauentoilette gegangen?«

»Im Priesterseminar lässt man nicht einfach den Wasserhahn laufen, weißt du das nicht, Santi? Jedenfalls kam mir das auch verdächtig vor, aber er hat mit der Tat nichts zu tun: Die Fingernägel des Mädchens sind abgebrochen, sie hat sich gewehrt, und die Spurensicherung hat Hautpartikel ihres Mörders gefunden. Der Seminarist jedoch hat keinen einzigen Kratzer oder Spuren von Blut an sich. Er war es nicht.«

Commissario Piazza muss seinen Bericht mehrmals unterbrechen wegen des großen Lärms, der von draußen hereindringt.

»Was ist denn da los?«, fragt Antonio.

Sein Gegenüber deutet auf das Fenster. Im Erdgeschoss arbeiten ein paar Maurer mit dem Presslufthammer.

»Sie renovieren gerade diesen Flügel des Gebäudes. Schon seit Tagen. Die Bauarbeiter werden wir auch vernehmen müssen.«

»Danke, dass ich mal schauen durfte«, murmelt Santi am Ende.

Piazza nickt, und für einen kurzen Moment scheinen die zwei sich mit einer Menschlichkeit anzublicken, die sie bisher nicht aneinander kannten.

»Jederzeit zu deiner Verfügung«, fügt Antonio hinzu, während die massige Gestalt des Staatsanwaltes am Ende der Treppe auftaucht.

Als die rote Stadt am nächsten Morgen erwacht, schaudert sie trotz der Schwüle. Eine neue, schreckliche Gewalttat hat das in den letzten Jahren so gebeutelte Mailand heimgesucht. Es bangt um seine Kinder, die selbst an einem Samstagmorgen in den Räumen einer Privatuni ihres Lebens nicht mehr sicher sind.

Der ›Corriere della Sera‹ titelt: *Junge Ex-Studentin erstochen. Geheimnisvoller Mörder an der Università Cattolica.*

Santi seufzt, als er in seinem Büro die Zeitungen studiert. Sandras Foto blickt ihm von allen Titelseiten entgegen, und das ist kein angenehmes Gefühl.

Die Reporter haben ohne lang zu fackeln das Leben des Opfers nach möglichen Antworten durchforstet. Die treffendste Rekonstruktion stammt von seinem alten Freund Basile in den Spalten von ›La Notte‹. Der Journalist schreibt nach einem einleitenden Absatz:

Sandra Fontana, 26, seit ihrem Abschluss an der Cattolica bei Montedison angestellt, wohnte bei ihren Eltern in der Via Osoppo. Nun wurde sie brutal ermordet, mit diversen Messerstichen in Bauch, Hals und Gesicht. Als sie gefunden wurde, war sie komplett bekleidet, und ihr Leichnam wies keine Spuren von sexueller Gewalt auf. Aufgrund von leichten Verletzungen an den Händen gehen die Ermittler davon aus, dass die junge Frau sich heftig gewehrt hat bei dem Versuch, die tödlichen Stiche des Mörders abzuwehren. Der Mörder muss das Mädchen in der Tür überrascht und sie gewaltsam und ohne Fluchtmöglichkeit in den Raum zurückgedrängt haben.
Die sofort aufgenommenen Ermittlungen verfolgen mehrere Hypothesen. Gestern Nachmittag wurde der junge Seminarist vernommen, der die Leiche gefunden hat. Der Student konnte plausible Gründen nennen, warum er die Damentoilette vom Aufgang G der Università Cattolica del Sacro Cuore betreten hatte.

Nichts Neues also. Antonio wirft die Zeitung auf den Tisch, zündet sich eine Zigarette an und lässt sich in seinen Sessel zurücksinken. Er muss die Ermittlung aus der Distanz verfolgen. Seine Aufgabe sind Raubüberfälle, nicht Morde. Dafür gibt es Piazza und seine Männer. Doch der Polizist kann sich nicht einfach mit dieser Zuschauerrolle zufriedengeben, deshalb beschließt er, etwas Ungewöhnliches zu tun, das ihn große Überwindung kostet. Er nimmt den Hörer auf und wählt eine Nummer.

3

»Diese Osteria wird erstmals bei Silvio Pellico genannt, wusstest du das? Er erwähnt sie in den Aufzeichnungen nach seiner Gefangenschaft in der Festung Spielberg …«

›Jetzt kehrt er auch noch den Bildungsbürger raus‹, stöhnt Santi innerlich und macht gute Miene zum bösen Spiel. Wie damals, als er den Zagato fuhr und Piazza ihm von der Rückbank aus Vorträge über das Wesen der Prostitution hielt. Jetzt sitzt er ihm gegenüber, und es ist nicht leicht, seinen Unmut zu verbergen. Sie essen in einer Trattoria direkt hinter dem Rathaus in der Via Agnello zu Abend. Santi hätte eine der mailändischen *trani* vorgezogen, jene einfachen Esslokale, die noch nicht zur Bar geworden sind. Doch obwohl dieses Lokal viel von Politikern und Großbürgern frequentiert wird, stellt es immer noch einen guten Kompromiss dar.

Piazza genießt das Essen und doziert.

»Die Koteletts mit Safranreis sind einfach göttlich. Musst du unbedingt probieren, Santi.«

Er lässt den jüngeren Kollegen schmoren. Ziert sich, lässt sich Zeit, und Antonio schweigt dazu. Der andere sitzt am längeren Hebel, und er muss mitspielen, wenn er irgendetwas über den Stand der Ermittlungen herausfinden will. Das Theater dauert bis zum Nachtisch, sie haben gut gegessen und vor allem eine ganze Flasche Rotwein getrunken.

Antonio beschließt, die Karten auf den Tisch zu legen.

»Wie weit seid ihr mit den Ermittlungen, Achille? Ich bin mit diesem Mädchen groß geworden, ich kannte sie gut. Ganz abgesehen davon, dass ihre Mutter mich zweimal am Tag anruft, um zu erfahren, ob es was Neues gibt.«

Es ist das erste Mal, dass er ihn mit Vornamen anredet. Piazza sieht ihm in die Augen, als müsse er prüfen, ob er ihm trauen kann.

»Ehrlich gesagt, es gibt nicht viel mehr als das, was du

wahrscheinlich aus den Zeitungen weißt«, seufzt er. »Was glaubst du denn?«

Santi stützt die Ellenbogen auf den Tisch.

»Wenn es nicht der Student war«, überlegt er, »bleiben noch die Bauleute, die in dem Gebäude gearbeitet haben, oder?«

Der Commissario der Mordkommission runzelt griesgrämig die Stirn.

»Genau. Wir haben sie den ganzen Nachmittag ausgequetscht, ihre Wohnungen von rechts auf links gedreht und ihre Arbeitskleidung unter das Mikroskop gelegt: kein Blut, nirgends, was bei diesem Blutbad einfach unmöglich ist.«

»Was haben sie gesagt?«

»Wenig bis nichts. Sie arbeiten im Erdgeschoss, zwischen Holzbrettern und Staubwolken, wo sie den Fußboden erneuern. Was sie berichtet haben, klingt logisch und läuft alles auf die Grundaussage hinaus: Der Höllenlärm des Presslufthammers hat verhindert, dass sie irgendetwas mitbekommen haben. Du erinnerst dich an das Getöse.«

»Schrecklich, ja.«

»Wir haben das mal zeitlich sortiert: Die Bauarbeiter sind um zwölf in die Mittagspause gegangen. Der Mörder hat also entweder den Lärm genutzt, um eventuelle Schreie des Mädchens zu übertönen, oder danach die sommerliche Stille der Mittagspause, auch wenn ich das für unwahrscheinlich halte. Bei dem Dröhnen des Presslufthammers konnte die Frau so viel schreien, wie sie wollte, keiner hätte sie gehört.«

»Dann war also alles genau geplant?«

»Vielleicht auch nur der Zeitpunkt.«

»Hast du mit ihren Eltern gesprochen?«, fragt Antonio.

»Natürlich, ich wollte ja deren Version hören. Aber wie du weißt, sind sie am Boden zerstört vor Trauer, so dass ein paar Cousins die Identifizierung der Leiche übernehmen mussten, um den Eltern und den zwei Schwestern den zusätzlichen Kummer zu ersparen.«

Antonio bestellt beim Kellner zwei Grappa. Seine Stirn liegt in Falten, er schaut in die Ferne.

»Woran denkst du?«

»Daran, wann das Verbrechen entdeckt wurde.«

»Und?«

»Sieh mal, ich bin mit einer erzkatholischen Mutter aufgewachsen.«

»Und das bedeutet?«

»Hast du die Patres gesehen an dem Tag? Acht von ihnen waren in der Nähe und schnüffelten herum. Acht. Kommt dir das nicht komisch vor?«

»Es ist eine katholische Privatuni. Da finde ich es normal, wenn Dozenten in Talaren kommen und wissen wollen, was in ihrer Einrichtung vonstattengeht.«

»Irgendetwas stimmt da nicht.«

»Wie kommst du darauf?«

Santi schüttelt den Kopf.

»Ist nur so ein Gefühl.«

»Das reicht nicht, um den Schuldigen zu finden.«

»Ich weiß. Was machst du jetzt?«

Piazza leert seinen Grappa und zündet sich eine Zigarette an, bevor er antwortet.

»Ich werde wieder von vorn anfangen und versuchen, die letzten Lebensstunden des Opfers in allen Einzelheiten zu rekonstruieren.«

Der Commissario hält Wort. Er und die Leute von der Mordkommission arbeiten Tag und Nacht an dem Fall, gehen jeder Spur nach und graben auch in Sandras Privatleben, um herauszufinden, wer ihren Tod gewollt haben könnte. Doch sie finden nichts. Je mehr sie nach heiklen, perversen Details suchen, desto klarer zeichnet sich das Bild einer anständigen jungen Frau.

»Ich weiß einfach nicht, wo ich noch suchen soll, Santi«,

vertraut ihm der Kollege eines Morgens an, als sie zusammen einen Espresso trinken.

»Wir haben das Leben des Opfers bis in jeden Winkel durchkämmt, ohne irgendein Ergebnis. Abschluss mit Bestnote, Angestellte bei Montedison auf dem Piazzale Cadrone 5, Personalabteilung. Umgab sich ausschließlich mit anständigen Leuten, kein Verlobter, dreimal die Woche half sie freiwillig als Krankenschwester beim Roten Kreuz. Mit anderen Worten: nichts.«

»Kann das sein?«

»Leider ja. Anfangs dachten wir, es könne sich um ein Vergehen aus Leidenschaft handeln. Sie war zwar eine schöne Frau, aber keine auffällige Erscheinung. Ihre Bekannten berichten, dass sie ihre Figur unter weiter Kleidung versteckte und niemals eine Affäre hatte. Sie war in jeder Hinsicht perfekt. Vorzeigestudentin, Vorzeigetochter, Vorzeigefreundin. Makellos.«

»Jeder hat ein Geheimnis.«

Piazza sieht Santi müde an.

»Vielleicht. Aber nicht diese Sandra: Sie war ein komplett untadeliges Mädchen, wohnte bei ihren Eltern, frequentierte keine speziellen Kreise und hielt sich, soweit wir wissen, rein zufällig in der Toilette der Universität auf. Sie musste am Morgen noch ein paar Erledigungen machen, bevor sie mit Mama und Papa nach Korsika in Urlaub fliegen wollte. An der Cattolica kam sie wohl nur vorbei, um ein paar Studienunterlagen für Jura abzuholen, worum eine Freundin sie gebeten hatte.«

»Wenn man von der These des Verbrechens aus Leidenschaft absieht, was bleibt dann? Ein verpatzter Raubüberfall?«

»Ach was, man hat ihre Geldbörse mitsamt Geld in ihrer Tasche neben der Leiche gefunden: fünftausend Lire und ein paar Francs, die sie am Tag zuvor bei der Bank für den Urlaub getauscht hatte.« Er seufzt und fährt fort: »Dieser Fall wird von Tag zu Tag rätselhafter.«

4

Aus dem Atem des Mannes spricht der Fernet. Antonio bemerkt den Geruch, noch bevor er den Tisch erreicht und ihm die Hand schüttelt. Der Mann sieht ihn an, und sie verstehen sich wortlos.

»Wenn du mein Leben führen müsstest, würdest du auch saufen wie ein Loch«, sagt Basile und bietet ihm einen Stuhl an.

Sie sind in einer Bar auf der Piazza Cavour, genau unter der Redaktion von ›La Notte‹ und etwa zehn Laufminuten von der Questura entfernt.

»Was verschafft mir die Ehre?«, fragt der Journalist.

Ohne Erwiderung bestellt Santi beim Kellner einen Espresso.

»Ist ja schon eine Weile her, seit ich dich 1958 zum ersten Mal interviewt habe, weißt du noch? Schon damals hattest du ein echtes Bullengedächtnis. Einzelheiten, zeitlicher Ablauf, eine gewisse mentale Ordnung. Bist du immer noch so?«

»Ich bemühe mich.«

»Was willst du, verrätst du mir das? Raubüberfälle sind nicht mehr mein Thema.«

»Ich weiß.«

»Also?«

»Ich will alles hören, was du über den Mord an der Cattolica weißt.«

Basile bricht in lautes Gelächter aus.

»Dann vertraust du deinem Kollegen Piazza nicht? Na, da tust du ganz gut dran, der fischt wirklich völlig im Trüben.«

Antonio rutscht pikiert auf seinem Stuhl hin und her.

»Deshalb wollte ich dich treffen. Ich habe heute Morgen deinen Artikel gelesen. Eine Stelle habe ich mir sogar unterstrichen. Darf ich sie dir vorlesen?«

Der alte Reporter nickt; er ist sich durchaus bewusst, dass

er die Madama nicht gerade mit Samthandschuhen angefasst hat. Und als der Bulle die Stelle vorliest, gluckst er zufrieden.

»*Man kann sich des Eindrucks nicht erwehren, dass die polizeilichen Ermittlungen in die falsche Richtung gelaufen sind. Der Grund dafür ist einfach; diese blutverschmierte sanitäre Anlage strotzt nur so vor Indizien: Spuren auf dem Fußboden, blutige Abdrücke einer Hand an den Wänden, Fingerabdrücke überall, einer sogar überdeutlich an der Badezimmertür. Warum also kommen die Ermittler nicht weiter? Über den Mord an der Cattolica scheint sich augenblicklich tiefste Finsternis gebreitet zu haben. Warum? Warum wird nicht mehr getan, um den Mörder des armen Mädchens zu finden? Soll vielleicht jemand gedeckt werden? Zumindest müsste es doch Verdächtige geben. Außer den Spuren kennt man mit großer Sicherheit das Motiv (versuchte Vergewaltigung) sowie die Tatwaffe (verschwunden), bei der es sich mit Sicherheit um ein Messer handelt, und trotzdem gibt es kein Profil des Mörders, das zu einem der wenigen Männer passen könnte, die sich an diesem Samstag Ende Juli an dem Institut aufhielten.*«

»Nicht schlecht, da kann man nichts sagen«, meint Santi und blickt von der Zeitung auf. »Du stellst uns wirklich als komplette Idioten dar.«

»Seit wann fühlst du dich Piazza derart verbunden?«

»Seit wann stehst du auf der Seite des Mörders?«

»Hör auf, Antonio, du weißt genau, warum ich das geschrieben habe.«

»Nein, weiß ich nicht, Mario. Erklär es mir.«

»Du bist Bulle, aber kein Idiot. Wenn der Mörder nicht von außen gekommen ist, kann das nur heißen …«

»… dass er einer von drinnen ist.«

»Siehst du, dass du nicht so dumm bist wie dieser Piazza? Der kommt demnächst sicher damit, Außerirdische hätten das Mädchen ermordet, nur damit er nicht in den Geheimnissen der Cattolica graben muss.«

»Das stimmt nicht. Du siehst überall Verschwörungen.«

»Ich? Weißt du denn nicht, dass die Regenten dieser Universität Castelli nicht erlauben, sich an ihrem Institut einzuschreiben, aus Angst, ihren guten Ruf zu schädigen?«

Santi winkt ab.

»Sag mir, warum es einer von drinnen sein soll.«

Basile leert sein Glas Magenbitter und bedeutet dem Kellner, ihm nachzuschenken.

»Auch ich habe Sandras letzte Stunden rekonstruiert. Schritt für Schritt, genau wie ihr wahrscheinlich. Nun ja, sie hat Samstagmorgen das Haus verlassen, um vor der Abreise nach Frankreich noch ein paar Erledigungen zu machen.«

»Das weiß ich, komm auf den Punkt.«

»Der Punkt ist der Weg, den sie genommen hat. Als sie um etwa halb elf das Haus verlässt, sagt sie ihren Eltern, sie ginge in ein Geschäft in der Via Luini, um die neuen Bezüge für die Stühle im Esszimmer auszusuchen, dann zur Kosmetikerin in der Via Dante und in eine Parfümerie auf dem Corso Vercelli.«

»Und?«

»Sie wollte gar nicht in die Cattolica! Das mit den Jura-Unterlagen für die Freundin ist völliger Humbug!«

»Woher willst du das wissen?«

Basile bleckt grinsend die gelbe Zahnreihe.

»Was stellst du nur für Fragen, Junge? Ich bin Reporter, ich prüfe alles nach. Ich habe diese Freundin von Sandra getroffen, die mir bestätigt hat, dass sie sie um Unterlagen gebeten hatte, aber das war schon einen Monat her. Wirklich. Niemand wusste, dass sie an diesem Tag bei der Cattolica vorbeigehen würde, weil es schlicht keinen Grund dafür gab.«

»Ich verstehe nicht, worauf du hinauswillst.«

»Vorausgesetzt, dass niemand wissen konnte, dass sie bei der Universität vorbeigehen würde – wo sie wahrscheinlich nur kurz auf Toilette wollte und sich ein bisschen frisch machen, da sie den Ort ja gut kannte –, gibt es nur zwei Möglichkeiten. Erstens: Jemand ist ihr von draußen gefolgt, was mir aber unwahrscheinlich vorkommt angesichts dieser geschlossenen und geschützten Gemeinschaft; das wäre ganz bestimmt aufgefallen. Die zweite, die mir realistischer erscheint, ist, dass jemand aus dem Institut sie ermordet hat, einer, der perfekt integriert ist, den niemand bemerkt hat, weil es normal war, dass er sich in diesem Moment dort befand.«

»Du denkst also an eine spontane Gewalttat? Sandra war zur falschen Zeit am falschen Ort. Ob sie oder eine andere, hätte keinen Unterschied gemacht?«

Der Journalist zuckt mit den Schultern und leert sein Glas.

»Sicher ist nur«, erwidert er, »dass in dieser Toilette zwischen elf und ein Uhr ein Mörder war, der auf sie wartete.«

Santi steht auf. Er drückt dem Journalisten die Hand.

»Noch einen Fernet?«

»Klar, du zahlst ja.«

5

Antonio zählt die Tage. Nur noch zwei, dann kann er endlich mit seinen beiden Frauen Strand und Meer genießen. Allein der Gedanke daran tröstet ihn, als er sein Büro betritt und eine Akte auf dem Schreibtisch liegen sieht: die Obduktion von Sandras Leichnam.

»Ganz so blöd ist Piazza also doch nicht«, sagt er sich und beginnt darin zu blättern. Beim Lesen verdüstert sich seine Miene sichtlich. Der Bericht zeichnet eine wesentlich grausamere Realität, als sie bisher gedacht haben. Dreiunddreißig Stiche mit einer mindestens fünfzehn Zentimeter langen Klinge, solche Messer benutzen Metzger beim Schlachten. Das vor allem jagt Santi einen kalten Schauder über den Rücken.

»Scheißkerl«, flüstert er, während er die makabren Details überfliegt.

Siebenundzwanzig brutal gesetzte Stiche in Brust und Bauch, die lebenswichtige Organe getroffen haben. Sieben davon tödlich. Die übrigen Verletzungen sind alle oberflächlich: an den Händen – ›ein Hinweis darauf, dass sie versucht hat, sich zu verteidigen‹, denkt der Polizist – und am Rücken. ›Um sie an der Flucht zu hindern.‹

Eine winzige Erleichterung bringen die letzten zwei Zeilen, in denen sexuelle Gewalt ausgeschlossen wird.

›Wenn der Verrückte sie deshalb angegriffen hat‹, überlegt Antonio, ›hat Sandras Gegenwehr immerhin dafür gesorgt, dass er sein Ziel nicht erreicht hat.‹

Dieser Gedanke tröstet ihn ein wenig, vor allem als am Nachmittag in der Kirche am Piazzale Brescia die Beerdigung stattfindet.

Antonio führt seine Mutter am Arm, als sie den Eltern des Mädchens ihr Beileid aussprechen. Die beiden wagen es nicht, den Polizisten etwas zu fragen, doch ihre Blicke sprechen Bände. Ein verzweifelter Hilferuf. Der Vater ist herzkrank, und die erschöpfte Mutter brach ohnmächtig zusammen, als sie die Todesnachricht erfuhr. Die zwei anderen Töchter stützen sie unter Tränen. Der Anblick trifft Antonio sehr, denn es wirkt, als müssten sie ihr Leben aufrechthalten.

›Eine vom Schmerz zerstörte Familie‹, denkt er.

»Ihr kriegt ihn, nicht wahr?«, sagt seine Mutter zu ihm, als sie ein Stückchen weg sind.

Er macht eine unbestimmte Kopfbewegung, während sie sich ihren Weg aus der Menge bahnen. Die Brutalität des Mordes hat die Mailänder tief getroffen, so dass sie in Massen an der Trauerfeier teilnehmen. Sehr viele Menschen sind da, Freunde, Verwandte, Arbeitskollegen, die Ehrenamtler vom Roten Kreuz, Studenten und Personal von der Cattolica, aber auch Heerscharen von Journalisten, Schaulustigen, ganz normale Leute, Nachbarn und natürlich Ordnungskräfte.

Piazza steht ganz hinten, mit ernster, undurchdringlicher Miene. Santi sieht ihn und tritt zu ihm.

Sie wechseln einen Gruß.

»Ob er wohl auch da ist?«, fragt Antonio mit leiser Stimme.

»Wer?«

»Der Mörder. Vielleicht ist er zum Schauen gekommen. Es könnte einer von diesen Psychopathen sein, die die Leute gerne leiden sehen. Der ganz high ist, weil er noch nicht geschnappt wurde.«

»Das ist die richtige Formulierung: noch nicht«, betont Piazza. »Aber bald haben wir ihn.«

6

»Juli ist kein schlechter Termin für einen Mord. Da haben die Bullen alle nur noch ihren Urlaub im Sinn. Da kannst du warten, bis du schwarz wirst: Den kriegen sie nicht mehr!«

Santi verschluckt sich beinah an seinem Kaffee, als er diesen Kommentar in der Bar hört. Überall gibt es nur ein Thema: Die Zeitungen sind voll mit den Fotos der Trauerfeier und dem neuesten Stand der Ermittlungen. Basile fährt immer noch die gleiche Schiene, vielleicht sogar noch härter. Vielleicht ist es pure Verachtung, dass er seinen Artikel mit der wohl abgegriffensten Überschrift im Stil des Dreißiger-Jahre-Feuilletons übertitelt: *Die Polizei tappt im Dunkeln*.

Glücklicherweise ist es für den Commissario der letzte Tag im Präsidium, auch wenn es ihm leidtut. Es kommt ihm vor, als würde er eine wichtige Arbeit mittendrin abbrechen, Sandras Familie ihrem Schmerz überlassen ohne einen Schuldigen, auf dem sie ihre Wut abladen könnten.

»Fahr du nur«, bestärkt ihn Piazza, der ihm das Unbehagen

am Gesichtsausdruck abliest. »Ich halte dich auf dem Laufenden. Ich habe da so eine Idee.«

Santi entnimmt Piazzas Idee zwei Tage später dem ›Corriere‹ nach einem Strandspaziergang mit Frau und Töchterchen.

Der Leiter der Mordkommission hat beschlossen, die Psychopathenspur zu verfolgen, genauer gesagt die der ›Spanner‹, wie die Presse sie bezeichnet. Die Ermittlungen unter den Lehrenden und Studenten der Cattolica haben ergeben, dass es mindestens sechs Geisteskranke gibt, die durch die Flure der Universität streifen und jungen Frauen ›Liebesabenteuer‹ anbieten. Das schreibt zumindest eine Mailänder Zeitung, die im Titel noch eins draufsetzt: *Irre Zählung – Polizei und Carabinieri decken dramatische Zahl geistig Kranker an Hochschule auf.*

Die Einzelheiten erfährt Antonio von Piazza selbst, mit dem er jeden Abend telefoniert.

Auf dem Weg vom Strand nach Hause, so gegen sieben, ruft er ihn an. Fast ein Ritual: Er übergibt den Kinderwagen seiner Frau, bleibt bei einer Telefonzelle stehen und wählt die Nummer der Questura.

»Du hast doch keine Geliebte, oder?«, fragt Carla scherzend.

Er lächelt und bedeutet ihr, schon mal weiterzugehen.

»Jetzt habt ihr also die Psychopathen am Wickel«, beginnt er, als er die Stimme des Commissario am anderen Ende der Leitung hört.

»Wie ich sehe, reicht der Informationsfluss sogar bis in die Versilia.«

»Ist ja immerhin der Mordfall des Sommers.«

»Hör bloß auf, hier herrscht das totale Chaos.«

»Los, erzähl mir von diesen sechs Irren …«

»Da gibt es nichts. Wir konzentrieren uns auf die drei, die am verdächtigsten waren: auf einen Schiffbauingenieur um die vierzig, einen Langzeitstudenten, der – halt dich fest – die Regelstudienzeit um zwanzig Jahre überschritten hat und sich immer noch an der Uni rumtreibt, vor allem in den Toiletten, und auf einen weiteren Raben, der die Studentinnen in der Straßenbahn belästigt.«

»Nette Gesellschaft. Irgendetwas herausgefunden?«

»Nichts. Ich habe sie alle drei ausgequetscht, und meine Leute haben ihre Alibis überprüft. Alles stimmt, auch nach dem Kreuzabgleich. Keiner von ihnen hat mit dem Mordfall zu tun.«

»Und die anderen?«

»Drei sogenannte Sittenstrolche, die sich am Tag des Verbrechens in der Nähe der Universität aufhielten, einer wurde sogar beobachtet, wie er sich mit einer Frauenunterhose Luft zufächelte ...«

»Hältst du das für realistisch?«

»Woher soll ich das wissen? Solche Fragen stelle ich mir gar nicht mehr. Die Stadt scheint das Opfer einer Art kollektiven Deliriums zu sein. Im Polizeipräsidium kommen Dutzende Briefe von Größenwahnsinnigen oder anonymen Absendern an. Das kannst du dir gar nicht vorstellen. Diesen Letzten konnten wir jedenfalls noch nicht auftreiben.«

»Und die anderen zwei?«

»Einer ist ein Seminarist und unermüdlicher Regionalzugpendler zwischen Mailand und Saronno, den die Bahnpolizei schon mehrmals aufgegriffen hat, weil er junge, allein fahrende Frauen belästigt hat. Wir haben seine Wohnung durchsucht, doch das Einzige, was zu finden war, waren ein paar Tagebücher irrwitzigen Inhalts; keine Spur, die auf eine Verbindung zum Mordfall hindeutet. Abgesehen davon, dass er mental nicht ganz sauber ist: Wir haben ihn für medizinische Untersuchungen einliefern lassen. Den anderen wiederum haben wir geschnappt, als er auf dem Largo Gemelli herumstreunte, in der größten Mittagshitze bei fünfunddreißig Grad mit einem

Madonnenbild in der Hand und alle Heiligen des Paradieses anrief. Der Klapsdoktor hat ihn als ›Psychopath mit religiösem Wahn‹ eingestuft, und wir haben ihn sausen lassen.«

Am nächsten Morgen fasst Basile das jüngste Debakel zusammen, unter dem Titel: *Erneuter Schlag ins Wasser*.

Als Santi das liest, kann er sich ein Lächeln nicht verkneifen. Sie sitzen beim Frühstück, er würde zu gerne ernst bleiben, hält aber nicht durch.

»Was ist so komisch?«

»Tja, du weißt doch, wie ich Piazza früher gehasst habe.«

Carla, die gerade Butter auf ein Brot schmiert, schüttelt den Kopf.

»Über solche Tragödien macht man keine Witze.«

»Ich weiß, entschuldige«, erwidert er nun wieder ernst, »aber letztlich hatte er Schuld an den Schlägen, die ich immer wieder von den Katangesen kassiert habe, oder?«

Nun muss auch seine Frau lächeln.

In Mailand beschließt Piazza inzwischen, sich die Vorbestraften noch einmal vorzuknöpfen und noch tiefer in die Welt der Geisteskranken einzusteigen, die etwas zu oft Frauen an der Universität oder in den umliegenden Straßen belästigt haben.

»Selbst wenn wir den Mörder nicht fassen«, sagt er, nachdem er seinen Leuten das Vorgehen erklärt hat, »schrecken wir wenigstens die anderen davon ab, ihm nachzueifern.«

Scheinbar die richtige Entscheidung, denn schon am Folgetag titelt der ›Corriere‹: *Jagd auf das Monster. Zwei Angestellte bestätigen, eine zwielichtige Gestalt gesehen zu haben*.

Und auf diese richtet sich nun die Aufmerksamkeit der Ermittler. Ausgangspunkt sind die Aussagen einiger Frauen, die in einem Interview mit dem Reporter einer Mailänder Zeitung erzählen, sie seien ein paar Tage vor der Tat in der Galeria Borrella von einer Person angegangen worden, nicht weit von der Hochschule. Der ungefähr fünfundzwanzigjährige Mann habe »bedrohlich« gewirkt und sie unter unmissverständlichen Zurufen verfolgt, als sie nach dem Mittagessen aus einer Bar traten.

»Der Psychopath«, so berichten sie im Interview, »hatte eine erregte, raue Stimme und gab Obszönitäten von sich. Er folgte uns bis zum Eingangstor unseres Büros und verschwand dann, als wir drinnen waren.«

An diesem Abend am Telefon ist Piazza in Hochstimmung. Er glaubt daran.

»Dieses Mal ist es ernst, Santi, wir haben eine heiße Spur. Vielleicht hat der Verdächtige sich vorgewagt und Sandra bis zum Aufgang G verfolgt.«

Von dem Mann aber fehlt jede Spur. Drei Tage vergehen, dann erkaltet auch diese Spur, bis die Hoffnung wieder neu aufflammt, als eine Parfümerieverkäuferin vom Corso Vercelli, wo Sandra am Morgen der Tat einen Lippenstift gekauft hat, von einem Fiat 500 berichtet, der vor dem Geschäft gehalten hat. Am Steuer saß ein Mann, doch die Verkäuferin kann nicht sagen, ob er wirklich auf das Opfer gewartet hat.

»Vielleicht ist das Mädchen in den Kleinwagen gestiegen, oder der Mann ist ihr bis zur Cattolica gefolgt«, spekuliert Piazza.

»Klar«, gibt Santi ironisch zurück, »vielleicht waren es aber auch die Spieler von Milan, die gerade zufällig beim Training vorbeikamen und sie mitgenommen haben. Komm schon, Achille, das ist doch alles ziemlich haltlos.«

»Ich weiß, aber was anderes haben wir nicht.«

Doch auch über den geheimnisvollen Autofahrer lässt sich nichts herausfinden. Die Spur versickert schnell.

Anfang August verliert die Presse das Interesse an dem Fall und wendet sich dem sommerlichen Urlauberexodus zu. Die Schlagzeilen wandeln sich: *Tausende an Mautstationen; Ansturm auf Bahnhöfe, Rekordstaus auf den Straßen zum Meer.*

Die Psychopathen sind wie vom Erdboden verschluckt, und Piazzas Gewissheiten, sollte es sie jemals gegeben haben, schnurren zu schwachen Hoffnungen zusammen. Schließlich verkünden die Zeitungen Mitte des Monats ein neues Verbrechen: *Massaker im Bahnwärterhäuschen*. Es geht um einen grausamen Mord auf dem Güterbahnhof Porta Romana. Ein unkomplizierter Fall, den Piazza und seine Leute innerhalb von einem Tag lösen. Der Mörder ist ein Arbeitsloser, der mit dem Opfer befreundet war und sich mit ihm eine improvisierte Baracke zwischen leeren Lagerhallen teilte. Eine banale Verzweiflungstat, die jedoch, als sie es in die Nachrichten schafft, in Verbindung zum Cattolica-Mord gebracht wird. Kurzmeldungen weisen darauf hin, dass trotz der Befragung von gut hundertfünfzig Verdächtigen einschließlich einiger Angehöriger vom Uni-Mörder bisher jede Spur fehlt.

Und so vergisst die Presse nach dem anfänglichen Getöse auch diese Geschichte und ergeht sich lieber in den skandalösen Umständen im hochsommerlichen Mailand, wo man wegen der geschlossenen Geschäfte oft nicht einmal mehr Brot und Milch bekommt.

Auch Santis Anrufe bei Commissario Piazza werden seltener.

»Was ist, willst du denn gar nicht mit deiner Freundin quatschen?«

»Heute nicht. Ich halte mich lieber an meine Frau und meine Tochter«, erwidert er mit Beatrice im Arm.

Carla weiß, dass das nicht ganz ehrlich ist. Sie sieht, wie es in ihm arbeitet.

»Was ist los, Antonio?«

»Ich befürchte allmählich, dass der Mord an Sandra Fontana ungesühnt bleibt, es scheint sich um so ein perfektes Verbrechen zu handeln, das es sonst nur in Büchern gibt.«

Sie umarmt ihn stumm.

7

Die Sonne geht unter, das Meer ist ruhig, und viele Sonnenschirme sind schon geschlossen; das ist die beste Zeit, um mit der Kleinen entspannt ans Meer zu gehen. Obwohl sie sich die heißesten Stunden des Tages im Hotel aufhalten, ist Antonio tiefbraun, um es mit den Worten von Vianellos Lied *Abbronzatissima* zu sagen, das in diesem Jahr der Sommerhit der Versilia ist.

»So habe ich dich noch nie gesehen«, staunt Carla.

»Das Meer, die gute Luft, mittags und abends Fisch und jede Nacht meine Frau. Wem ginge es da nicht gut?«

Sie lächelt und freut sich, wie ausgeglichen ihr Mann ist. Fast drei Wochen hat es gedauert, doch nun scheint er Sandra vergessen zu haben. Und auch die Zeitungen wenden sich nun, wo es auf Ende August zugeht, dem üblichen – was sonst – Rückreiseverkehr zu.

Sobald sich die Fabriktore wieder öffnen, würde das Verbrechen an der Cattolica unvermeidlich weiter in Vergessenheit geraten wie alle ungelösten Fälle, wäre da nicht Commissario Piazza, der sich wohl in einem Anfall der Verzweiflung auf eine Theorie versteift, die nur ihm einleuchtet: die des Serientäters.

Nachdem er wochenlang Akten gewälzt und nach Verbindungen zu anderen Verbrechen gesucht hat, treten einige Parallelen ans Licht, die dem Polizisten verdächtig vorkommen. Es stellt sich nämlich heraus, dass zwischen 1970 und 1971 in Mailand noch drei weitere Opfer auf dieselbe Art ermordet wurden: eine Prostituierte und zwei Frauen mit einwandfreiem Lebenswandel, Valentina Tribucchi, die als Näherin bei einem berühmten Modemacher arbeitete und mit sechzehn Messerstichen in ihrer Einzimmerwohnung am Hauptbahnhof umgebracht wurde, und die Besitzerin eines kleinen Hotels, die in derselben Gegend ebenfalls durch Messerstiche ums Leben kam, Adele Dossena, Mutter einer

Schauspielerin, die in den sechziger Jahren einen gewissen Erfolg unter dem Künstlernamen Agostina Belli erzielt hatte.

»Dieselbe Tötungsart wie bei Sandra Fontana«, schreiben die Zeitungen.

Als Santi die Nachricht liest, schreckt er auf. Und sofort kommt alles wieder hoch, was er vergessen zu haben glaubte, vergraben in den dunkelsten Winkeln seiner Seele.

Sandras Gesicht, das ihn ansieht. Als sie noch ein Kind war. Und während dort am Strand der Sonnenuntergang das Meer abendlich rot färbt, laufen vor dem inneren Auge des Bullen die Bilder jenes Vormittags ab: die Leiche, das Blut, die Fingerabdrücke des Mörders …

»Sieh sie dir nur an, Antonio.«

Santi beugt sich über den Kinderwagen, aus dem Beatrice ihm ein Händchen entgegenstreckt. Der Vater umfasst es zärtlich. Wie klein und rosa es ist.

»So winzig im Vergleich zu deiner«, lächelt Carla. »Ist das nicht goldig?«

Antonio ist nicht mehr bei ihnen. Er scheint zu erstarren und zieht schweigend seine Hand zurück.

Carla wird unruhig.

»Was ist los mit dir?«

»Jetzt weiß ich es.«

»Was?«

»Wer Sandra ermordet hat.«

»Bist du dir sicher?«

»Ja, und wir hatten es die ganze Zeit direkt vor der Nase. Das ist der Punkt!«

Sie sind wieder unter den Sonnenschirm zurückgekehrt, und er zieht sich eilig um.

»Was machst du?«

»Ich muss nach Mailand zurück. Piazza spielt verrückt.«

»Läufst du zu deiner Geliebten?«

Er schweigt. Sie begreift und lächelt. Sie hat nun mal einen

Bullen geheiratet. Sie weiß, dass es immer so sein wird zwischen ihnen.

Bevor er geht, beugt sich Antonio über Beatrice und gibt ihr einen Kuss.

»Morgen bin ich zurück.«

8

Als Piazza aus dem Zagato steigt, steht Antonio vor ihm.

»Urlaub vorbei?«

Sein Kollege sieht geschafft aus. In der Nacht hat er kein Auge zugetan, sei es wegen der Hitze oder wegen der Sorgen. Seit sechs Uhr fährt er durch die leere Stadt. Stille Straßen wie sonst nie. Beinah entspannend.

»Nein«, antwortet er trocken, »ich hatte nur Sehnsucht nach der Questura.«

Sein Gegenüber schaut ihn misstrauisch an.

»Was meinst du?«

»Ich muss mit dir reden.«

»Dann komm mit hoch.«

Der Commissario der Mordkommission hat kaum die Bürotür hinter sich zugemacht, als Santi die gesamte Wahrheit vor ihm ausschüttet.

»Ich habe bis zum Hirnerweichen darüber nachgedacht«, setzt er an.

»Was glaubst du, was ich den Sommer über hier auf dem Präsidium gemacht habe, Däumchen gedreht?«

»Na gut, ich habe mich falsch ausgedrückt.«

»Ach so, na dann.«

Es ist wie in alten Zeiten. Mancher Groll lauert sprungbereit knapp unter der Oberfläche.

»Hör mir bitte einen Moment zu. Niemand verlässt unbemerkt die Cattolica, wenn er so blutverschmiert ist wie unser Mörder.«

»Wenn du glaubst, daran hätte ich nicht gedacht …«

»Ich weiß«, unterbricht ihn Antonio. »Aber nun hör doch erst mal zu: Der Mörder ist von Kopf bis Fuß rot gefärbt, er hat Blut an den Händen und Blut an den Schuhen. Es ist Samstag, draußen sind massig Leute unterwegs; so einer verlässt nicht unbemerkt das Gebäude. Außer …«

»Ich höre.«

»Außer er hat sich umgezogen. Denk nach: Er tötet sie, wäscht sich, zieht die Schuhe aus und verzieht sich dann *in sein Büro*.«

»Wie bitte?«

»Denk doch mal nach: Der Mörder muss zwangsläufig jemand aus dem Institut sein. Er hat das Mädchen ermordet und sich dann an einen sicheren Ort geflüchtet, in aller Ruhe umgezogen, seine schmutzigen Sachen versteckt und ist dann rausgegangen, als ob nichts geschehen wäre. Niemand achtet auf ihn, weder Studenten noch Angestellte, weil es ja normal ist, dass er da ist. Ein Professor oder, noch besser, ein Priester. Da, jetzt hab ich's gesagt. Das Tabu ist gebrochen.«

»Hör auf, Santi.«

»Warum soll ich aufhören? Weil sie eine Soutane tragen, töten sie nicht?«

»Genau!«

»Ach, ich bitte dich. Faule Äpfel gibt es überall, das weißt du genau. Außerdem, lass uns über den Handabdruck an der Tür reden. Wo sind die Fotos? Ah, hier. Schau da, an der Tür zum Toilettenraum; schau dir diese blutige Hand des Mörders genau an, in welcher Höhe er die Handfläche aufgesetzt hat. Siehst du das? Wir sind beide einssiebzig groß und hätten in natürlicher Haltung weiter unten angefasst, er langt zehn Zentimeter darüber hin. Und schau nur, was für eine Riesenhand.«

»Soll heißen?«

»Dass der Mörder eine Art Riese ist, bestimmt über eins achtzig groß.«

»Santi, worauf willst du hinaus?«

»Wie viele im Lehrkörper gibt es, die so groß sind und ihr Büro in unmittelbarer Nähe zu den Toiletten haben, dass man es innerhalb einer Minute erreicht?«

Piazza denkt ein paar Sekunden nach, dann sagt er: »Eigentlich nur einen.«

Das Studio des Professore ist sauber. Fast zu sauber. In der Luft liegt der Geruch von Putzmitteln.

»Hier hat jemand Frühjahrsputz gemacht«, bemerkt Santi und öffnet die Fenster.

»Ja, aber im August. Warum?«

»Dann gehen die Blutspuren besser weg.«

Die zwei Beamten wechseln einen Blick. Das Gerede auf den Fluren hat sie hierher geführt, ein Priester, Professor der Moralphilosophie, soll mehrere Studentinnen belästigt haben. Nichts als Gerüchte, klar, aber hartnäckig. Und von verschiedenen Seiten. Anfangs hatte Piazza sie ignoriert, weil er sie als haltlose Phantastereien ansah. Bis zu dem Tag, als Santi ihn mit der Realität konfrontierte, indem er diesen Satz aussprach: »Keine der Studentinnen hatte den Mut, ihn anzuzeigen, eben wegen seines Talars. Das ist das Geheimnis der Cattolica.«

Sie haben die Leute von der Spurensicherung dabei, die das Büro von vorne bis hinten durchsuchen, aber weder die Tatwaffe noch sonst irgendwelche Indizien finden, die auf einen Mord hinweisen.

»Es ist schon zu lange her, er hat das Messer und die Kleider entsorgt und alles gesäubert«, meint Antonio. Dann fügt er hinzu: »Kennen wir sein Gesicht?«

Der Leiter der Mordkommission zieht ein Foto aus der

Akte und zeigt es ihm: ein Mann mit grauen Haaren, sehr groß. Adlernase, helle Augen. Er trägt eine Soutane und um den Hals ein Kreuz.

»Was ist, kennst du ihn?«

»Ich habe ihn schon mal gesehen. Und du auch. Zweimal.«

»Zweimal?«

Santi nickt.

»Erinnerst du dich an die Schaulustigen vom Vormittag, als wir die Leiche entdeckt haben? Acht Priester.«

»Ja, und?«

»Einer davon war unser Mann.«

»Und das zweite Mal?«

»Bei Sandras Beerdigung. Und frag mich nicht, warum ich mich daran erinnere. So einen Riesen in Priesterkleidung vergisst man nicht so schnell.«

»Er war überzeugt, dass niemand ihn verdächtigen würde.«

»Scheiße, warum haben wir bloß nicht vorher an ihn gedacht? Das hätten wir gleich bemerken sollen. Komm, schau mal.«

Santi ist auf den Flur getreten und steht nun vor der Tür zu den Toiletten, in denen das Mädchen ermordet wurde.

»Hier, das Büro befindet sich auf derselben Etage, gerade mal zehn Meter entfernt.«

Piazza nickt.

»Es war ganz einfach: Nach dem Verbrechen stand er hier auf der Schwelle, die Hand auf die Tür gestützt, wobei er den Abdruck hinterließ, und schaute hinaus, ob jemand kommt. Als die Luft rein war, hat er die Schuhe in die Hand genommen, um keine Abdrücke zu hinterlassen, und ist barfuß in sein Büro geschlichen, alles eine Frage von wenigen Sekunden.«

»Möglich. Mehr noch, fast sicher, aber nicht zu beweisen. Wie soll ich einen Priester fortgeschrittenen Alters beschuldigen, eine Studentin mit einem Schlachtermesser getötet zu haben, ohne den Hauch eines Beweises?«

Santi sieht den Kollegen fest an.

»Wir dürfen jetzt nicht aufgeben.«

»Das werden wir auch nicht: Ich habe ihn zur Befragung in die Questura bestellt. Morgen früh.«

»Dann werden wir ihn ordentlich ausquetschen. Bis zum Geständnis.«

»Nein, Antonio. Ich werde die Befragung allein durchführen, du bist zu nah dran. Du bist nicht objektiv. Und das ist eine Amtsanweisung. Ich bin nicht dein Vorgesetzter, das ist meine Ermittlung. Ich mache jetzt wieder allein weiter. Kehr du zu Carla ans Meer zurück und lass mich die Ermittlung zu Ende bringen. Ich werde dich wie üblich auf dem Laufenden halten.«

9

Zum wiederholten Mal erhebt Antonio sich aus dem Liegestuhl.

»Was ist denn nun schon wieder?«, fragt ihn seine Frau.

Er antwortet nicht. Tief in der Nacht ist er nach Forte zurückgekehrt, hat aber kein Auge zugetan. Jetzt ist es neun Uhr morgens, und seit einer Stunde versucht er, Piazza ans Telefon zu bekommen. Alle zehn Minuten ruft er an, doch sein Kollege lässt sich verleugnen.

Um die Mittagszeit herum kommt er endlich ans Telefon.

»Und?«

Ohne lange Umstände, sofort auf den Punkt.

»Ist eher von der schweigsamen Sorte, unser Professore. Er hat sehr einsilbig geantwortet, war aber wohl am fraglichen Samstagmorgen in der Universität. Der Wachmann am Eingang hat ihn um neun Uhr kommen sehen, weiß aber nicht mehr, wann er gegangen ist. Um halb elf hatte er Vorlesung, dann, sagt er, sei er in sein Büro gegangen und dort bis ein Uhr geblieben. Es gibt keine Zeugen, die das bestätigen können, und er sagt, er habe wegen des Presslufthammers nichts gehört.«

»Ist ja klar, dass er lügt. Ich weiß, dass er unser Mann ist.«

Am anderen Ende der Leitung herrscht ein merkwürdiges Schweigen.

»Was ist los, Achille? Sag bloß nicht, du hast ihn laufen lassen …«

»Vor zwei Stunden.«

»Und was ist in der Zwischenzeit passiert?«

Wieder dieses unangenehme Schweigen.

»Sag, was zum Teufel passiert ist!«, ruft der Polizist.

»Es ist zu Ende, Santi, du musst dich damit abfinden.«

»Das verstehe ich nicht.«

»Er wird versetzt. Morgen. Keiner weiß genau, wohin. Wir hatten nicht genug gegen ihn in der Hand, um ihn festzunehmen. Wir haben kein Messer, wir haben kein Blut an den Kleidern, es gibt keine Zeugen …«

»Versetzt?«

»Die Hochschule möchte auf ihn als Professor verzichten und die Diözese …«

»… kümmert sich um den Rest. Schon klar, wie das läuft. Scheiße! Scheiße und noch mal Scheiße! Der Dreck wird unter den Teppich gekehrt, damit die Gäste ihn nicht sehen und der gute Ruf der Hochschule nicht gefährdet wird.«

»Antonio.«

»Scheiß auf Antonio! Wie konntest du das zulassen? Sag mir das!«

Der andere schweigt.

»Und die Gerechtigkeit für Sandra? Denkst du denn gar nicht an dieses arme Mädchen? Und an ihre Familie?«

»Glaub ja nicht, ich wäre froh darüber …«

Doch Santi hört ihm nicht mehr zu, zornig hat er den Hörer aufgeknallt. Das Gesicht wutverzerrt. Carla tritt neben ihn mit Beatrice auf dem Arm.

»Alles gut?«, fragt sie.

»Ja, ja, gut«, erwidert er, doch er muss den Blick abwenden, weil er Sandras Gestalt vor Augen hat.

Nur sie beide, sie acht, er zehn Jahre alt. Sie spielen Fangen im Park auf der Piazza Brescia. Plötzlich taucht Sandra hinter ihm auf.

»Frei«, ruft sie.

Er dreht sich schnell um, und seine Lippen liegen auf denen des Mädchens. Kaum eine Sekunde lang, unfreiwillig, dann tritt sie einen Schritt zurück und sieht ihn erstaunt an.

»Kriegen wir jetzt ein Kind, Antonio?«

Langsam verblasst die Erinnerung, während dem Bullen die Tränen in die Augen steigen.

Der Valentinscoup

1

An diesem Abend ist das Quarto Oggiaro wie leergefegt, eine Mondlandschaft. Niemand ist unterwegs, alle zu Hause beim Abendessen. Der Supermarkt Esselunga schließt gerade die Tore, die Angestellten haben die Umschläge mit den Tageseinnahmen schon abgegeben und erledigen schnell die letzten Handgriffe.

»Dann bis morgen«, sagt eine junge Frau und zieht ihren Kittel aus.

»Ja, bis morgen, schönen Abend«, erwidert eine andere, die noch ein Regal aufräumt. Ihr Kollege lässt das Rollgitter herunter und achtet beim Reden nicht auf die fünf dunklen Gestalten, die auf ihn zugerannt kommen. Als sie über ihm sind, ist es zu spät, sich zu wehren. Sie tragen schwarze Sturmhauben und sind bis an die Zähne bewaffnet. Brutal stoßen sie ihn beiseite und schießen ein paarmal in die Luft, um keine Zweifel an ihren Absichten aufkommen zu lassen. Der Verkäufer wirft sich erschrocken auf den Boden, die zwei Frauen schreien.

»Mund halten!«, fordert einer der Gangster und lässt den Schlitten seiner Beretta schnappen.

»Wo ist der Geschäftsführer?«, fragt ein anderer.

»Das bin ich«, erklingt eine brüchige Stimme.

Ein Winzling von Mann, der bei den Kassen auf dem Boden liegt. Er hat den Kopf und einen Zeigefinger gehoben. Er zittert und schwitzt, macht sich vor Angst fast in die Hose.

»Steh auf und mach den Tresor auf«, befiehlt der Gangster und rennt auf ihn zu.

Doch der Mann ist völlig außer sich, bewegungsunfähig.

»Beweg dich, Arschloch, oder glaubst du, wir haben ewig Zeit?«

Der Geschäftsführer liegt starr auf dem Boden, als würde sein Körper nicht mehr seinem Willen folgen.

»Ich hab gesagt, beweg dich!«, schreit ihn der Räuber an und versetzt ihm einen Tritt in die Rippen.

Die anderen Vermummten schauen reglos zu. Das muss der Anführer sein. Hinten ballert ein anderer eine Maschinengewehrsalve in die Luft. »Ein bisschen dalli!«, schreit er.

Also packt der Anführer den Geschäftsführer am Arm und zieht ihn so gewaltsam hoch, dass der gegen die Regale stürzt. Die Hälfte der Ware ergießt sich auf den Boden.

»Letzte Chance«, warnt der Verbrecher die Geisel und spannt den Hahn seiner Waffe. »Wenn du noch eine Sekunde verlierst, puste ich dir das Hirn weg.«

Nach einem Moment, der den am Boden liegenden Angestellten wie eine Ewigkeit vorkommt, begibt sich der Geschäftsführer unter den Stößen der Gangster in Richtung Tresor. Er zittert wie Espenlaub, als er ihn aufmacht, doch sein Leiden dauert nicht lang: Kaum springt die Tresortür auf, sackt er bewusstlos zu Boden. Der Hagerste der ganzen Bande, der Stimme nach auch der Jüngste, hat ihm eins mit dem Pistolenknauf über den Kopf gezogen, Adieu und Goodbye.

»Schlaf gut, du Hosenschisser!«

»Können wir uns freuen?«, fragt der Kriminelle, der kurz zuvor in die Luft gefeuert hat.

Der Anführer reißt die Augen auf, als er den Inhalt des Tresors begutachtet und die schwarzen Säcke füllt.

»Ja, das können wir«, erwidert er. »Hier drinnen liegt ein kleines Vermögen.«

2

Es nieselt leicht, und der Wind um Pont Neuf schneidet eisig ins Gesicht. Doch Antonio und Carla bemerken es gar nicht, so gebannt sind sie vom Anblick der gotischen Türme von Notre Dame und der geschwungenen Konstruktion des Eiffelturms. Einen besseren Jahrestag kann Carla sich gar nicht vorstellen, und sie muss einfach dauernd lächeln. Ihr Mann schafft es immer noch, sie zu überraschen: eine Dreitagestour ganz für sie allein, während Beatrice bei den Großeltern mütterlicherseits ist. Einen Tag vor Abreise lagen die Fahrkarten plötzlich auf dem Küchentisch. Carla hatte sie ungläubig angestarrt.

»Ich denke, da können Sie nichts als ja sagen, *Madame*.«

»*Oui!*«

Und nun sind sie da, nur noch ein paar Minuten bis Mitternacht, wenn ihr vierter Hochzeitstag zu Ende geht.

»Wusstest du, dass der Pont Neuf, anders als der Name suggeriert, die älteste Brücke von Paris ist?«

Antonio drückt seine Frau eng an sich, die trotz ihres dicken Mantels vor Kälte bibbert.

Zwei Stunden zuvor saßen sie noch in einem kleinen Restaurant auf der Place du Tertre in Montmartre, von dem man einen wunderbaren Blick auf Paris hat. Dann sind sie zu Fuß die lange Treppe hinuntergegangen und durch Paris zur Seine spaziert, während sie sich an der Stadt der tausend Lichter labten: die überfüllten Cafés von Pigalle, die Juweliere am Place Vendôme, der Obelisk auf der Place de la Concorde und schließlich an der Seine entlang bis zum Louvre, während die Boote langsam über den Fluss schippern.

Die zwei folgenden Tage sind Emotionen pur. Antonio raucht ganz pariserisch Gitanes *papier maïs*, die mit dem gelben Maispapier. Carla kauft sich eine schwarze Baskenmütze, die drei Viertel ihres Kopfes unbedeckt lässt, und dem Ehemann schenkt sie einen breitkrempigen Hut, mit dem er aussieht wie Jean Gabin. Sie essen Austern und trinken Weißwein, wann immer sie ein kleines Bistro mit roter Markise sehen, auch zwei, drei Mal am Tag. Am Morgen frühstücken sie buttrige Croissants und Kaffee in immer anderen Lokalen, und sie bleibt bei jeder Gelegenheit stehen, um bei den *bouqinistes* an der Seine schmale Bücher zu kaufen. Das Quartier Latin wird ihnen zur zweiten Heimat, so viel Zeit verbringen sie hier, spazieren Hand in Hand umher oder wärmen sich in einem der Cafés mit den großen Fenstern und runden Tischchen auf, oder sie stöbern in der Bohème-Buchhandlung Shakespeare & Company, wo schon Hemingway zwischen den Regalen zu Hause war.

Eines Abends treten sie aus der Buchhandlung und wenden sich Richtung Hôtel de Ville, wo Carla unbedingt das berühmte Doisneau-Foto *Der Kuss* nachstellen will. Sie laufen den Quai des Orfèvres entlang, eine der großen Straßen auf der Île de la Cité in der Nähe von Notre Dame. Als Antonio das Schild an dem Gebäude liest, kann er sich einen Kommentar nicht verkneifen.

»Schau nur, wo die Polizei hier ihren Sitz hat. Mitten im Stadtzentrum. Präfektur und Gerichtsgebäude. Und da ist sogar noch das Kommissariat!«

»Lass dich doch versetzen«, lacht sie. »Ich bin dabei!«

Das Foto schießt ihnen ein deutscher Tourist, nach langen Erklärungen was und wie genau sie aufs Bild sollen, dann spazieren sie untergehakt weiter bis zu ihrem Hotel auf dem Boulevard des Italiens. Ihr Zimmer liegt im sechsten Stock des Gebäudes und geht auf die grauen Dächer mit ihren aufragenden Gauben hinaus.

»Hier weht der Wind der Revolution, riechst du das?«, sagt die Frau jeden Abend, wenn sie das Fenster öffnet.

Wenige Schritte von ihrer Unterkunft entfernt, hinter dem Opernhaus, liegt das Kaufhaus Lafayette mit seinen glitzernden Auslagen und Versuchungen, bei denen selbst Carlas linksgerichteter Sinn dem Mondänen nicht widerstehen kann und sie Geschenke für die ganze Familie kauft. Beatrice bekommt zum Wiedersehen einen rosafarbenen Strampler mit einem aufgestickten Eiffelturm.

Die restliche Zeit widmet das Paar der Besichtigung von Museen und Sehenswürdigkeiten. Viele Stunden lang laufen sie durch den Louvre, bis sie Blasen an den Füßen haben, um ein Bild von sich neben der *Mona Lisa* zu machen, neben der *Venus von Milo* oder der *Sphinx von Tanis* in rosafarbenem Granit. Dann der Eiserne Turm, sämtliche Treppenstufen, eine nach der anderen bis ganz nach oben, um die Stadt zu ihren Füßen aus der Höhe zu bewundern. Die Lichter der Champs-Élysées, die Autoscheinwerfer, die Bateaux Mouches auf der Seine, das Rund des Panthéons, die schlanken gotischen Formen der Sainte Chapelle, der mächtige Bogen des Arc de Triomphe – alles eingehüllt in die dominierende Farbe der Lichterstadt: das gelbe Paris.

Und schließlich Antonios zweite Überraschung, am Trocadéro. Wie sie staunt und wie stolz er ist, dass ausnahmsweise er mal seiner Frau etwas beibringen kann.

Mit seinen Händen hält er ihr die Augen zu und führt sie an einen bestimmten Punkt.

»Jetzt darfst du sie aufmachen.«

Fasziniert sieht die Frau die goldfarbenen Briefe, die im Halbkreis an der Gebäudefassade kleben. Auf jedem Blatt eine Aufschrift. Von ihrem Standort aus kann sie Folgendes lesen:

Dans ces murs voués aux merveilles
J'accueille et garde les ouvrages

De la main prodigieuse de l'artiste
Égale et rivale de sa pensée
L'une n'est rien sans l'autre.

Carla kennt die Verse: Sie stammen von Paul Valéry, dem Dichter, von dem ihr Antonio vor vielen Jahren ein Buch geschenkt hat, in jener Nacht im Mailand der *scighera* und der grünen Trambahnen: ihrer ersten Verabredung.

Und dann folgt ein Kuss von der Sorte, wie man sie nur selten erlebt, intensiv, tief, ganz im Bann des Ortes, an den man vielleicht nie mehr zurückkehren wird. Der Kreis schließt sich.

»Ich liebe dich«, flüstert Antonio.

Sie lächelt glückerfüllt, während ihr eine kleine Träne über die Wange rollt.

Fehlt nur noch Mina, die im Hintergrund *La voce del silenzio* singt, Carlas Lieblingslied, um alles perfekt zu machen, doch innerlich hört sie die Melodie auch so.

3

Die Landebahn ist nicht zu sehen. Der Nebel um Antonio ist so dicht, dass er glaubt, in den Treibsand einer endlosen Wüste einzutauchen, als das Flugzeug zum Landeanflug auf Linate ansetzt.

Carla ist entspannt, sie hat die Augen geschlossen und hält Antonios Hand.

»Wird schon gutgehen«, flüstert sie ihm zu, als sie seine Anspannung spürt. »Und was bist du überhaupt für ein Bulle, wenn du Angst vor so ein bisschen Nebel hast?«

Sie hat natürlich recht, doch Santi kann sich nicht entspannen.

›Es wird schon einen Grund geben, warum der Mensch keine Flügel hat‹, denkt er sich.

Kaum setzt das Fahrgestell auf den Boden auf, kehrt die Farbe in Antonios Gesicht zurück, und er landet widerwillig in der Realität: Zehn Meter entfernt erwartet ihn Sovrintendente Pugliesi im Wagen.

»Seit wann hast du einen Chauffeur, der dich abholen kommt?«, fragt Carla sarkastisch.

»Hab ich nicht. Da muss etwas passiert sein.«

Der Commissario steigt schnell die Stufen hinab und beugt sich fragend zum Polizeibeamten. Eine Minute später steht er wieder bei seiner Frau.

»Wir bringen dich nach Hause.«

»Nein, lass nur. Ich nehme mir ein Taxi und lasse mich zu meinen Eltern und der Kleinen fahren.«

Er sieht sie an.

»Tut mir leid.«

»Aucune importance«, murmelt sie und streicht ihm sanft über den stacheligen Dreitagebart. »Ich weiß, dass du wegmusst.«

Eilig drückt Antonio ihr einen Kuss auf die Lippen, dann entfernt er sich und wird vom Nebel verschluckt.

Während das Polizeiauto mit Blaulicht und Martinshorn Richtung Quarto Oggiaro rast, taucht Santi wieder in seine Polizeiwelt ein. Wie ein Kleidungsstück, das man nach langer Zeit aus dem Schrank nimmt und überstreift und das immer noch genau passt. Ein Augenblick ist genug, schon ist Paris vergessen, und ein Gedanke steigt übermächtig aus seiner Erinnerung auf: die Botschaft, die die Banditen nach dem Banküberfall von der Piazza Cordusio zurückgelassen haben. Er hat den Zettel aufgehoben, er liegt gut sichtbar auf seinem Schreibtisch im Polizeipräsidium, damit er ihn nicht vergisst. Er muss Zeugen und Beweise finden, um Vandelli festzunageln, denn eine Botschaft allein genügt dafür nicht. Sie hat keine Unterschrift und wurde auf der Schreibmaschine getippt.

»Das kann jeder gewesen sein«, würde selbst der unfähigste aller Verteidiger vorbringen. Und Santi hat keine große Lust, sich vor dem Richter lächerlich zu machen.

Zwanzig Minuten später steigen die beiden Polizeibeamten aus dem Wagen und betreten den Supermarkt. Chaos überall: Waren auf dem Boden, zerbrochene Schaufenster, umgeworfene Regale und die Angestellten noch immer unter Schock.

»Wann war das?«, fragt Santi.

»Vor knapp zwei Stunden.«

»Erzähl mir alles.«

Pugliesi skizziert grob den Ablauf des Überfalls, dann fährt er fort: »Mein Eindruck ist, dass wir es hier mit Spezialisten zu tun haben. Klare Abläufe, ruhiges Blut. Was mir allerdings nicht in den Kopf will, ist, warum sie derart ausgeflippt sind, nachdem sie das Geld hatten; sie haben alles, was ihnen in den Weg kam, mit Fußtritten traktiert, einschließlich der Frauen. Völlig grundlos. Und das ist noch nicht alles: Als sie hinausgingen, haben sie eine weitere Maschinengewehrsalve abgegeben. Schau dir das an«, und er bohrt den Finger in ein Loch in der Wand, »das war ein Projektil. Die Verrückten haben in Mannshöhe geschossen. Wäre einer der Leute aufgestanden, wäre er jetzt tot.«

Die Miene des Commissario bleibt ausdruckslos.

»Was wissen wir sonst noch über die Täter?«

»Wenig, sie waren vermummt und haben keine Spuren hinterlassen. Den Zeugen zufolge sind sie von hier, ihrer Sprache nach zu urteilen. Sie wurden als sehr schlank beschrieben mit sportlichem Äußeren. Wir können also davon ausgehen, dass sie eher jung waren.«

»Sie werden es wieder tun.«

»Wie bitte?«

»Sie werden noch einen Coup landen«, erklärt Santi. »Sehr bald schon. Und nicht wegen des Geldes, sondern einfach aus

Spaß an der Sache. Anders lässt sich diese sinnlose Gewalt nicht erklären.«

»Und angenommen, es würde sich um einen Einzelfall irgendwelcher Gelegenheitsräuber handeln? Typen, die nichts Besseres als einen Supermarkt gefunden haben?«

Santi erwidert nichts, er wäre froh, wenn Pugliesi recht behielte, doch sein Instinkt sagt ihm das Gegenteil. Und er irrt sich nicht: Zwischenfälle von der gleichen Brutalität gibt es nun pünktlich jeden Samstag. Immer das gleiche Drehbuch. Wenn die großen Einkaufsmärkte schließen, die Tageseinnahmen bereits gezählt sind und die letzten Kunden an der Kasse stehen, stürmen die fünf herein, Waffen im Anschlag, schießen wie wild um sich, erschrecken die Leute zu Tode und fliehen dann im gestohlenen Wagen – der später an einem entlegenen Ort wieder aufgefunden wird – mitsamt der Beute.

»Was machen wir jetzt?«, fragt Pugliesi nach dem zweiten Raubüberfall.

»Wir erhöhen am Samstag die Zahl der Streifenwagen«, erwidert Santi, »und warten, bis sie einen Fehler machen.«

4

Mit einundzwanzig lebt Vandelli im Rausch der Gewissheit, es geschafft zu haben. Er fühlt sich ganz oben, unantastbar.

Was zu diesem Allmachtsgefühl beiträgt, ist die Entdeckung, dass er die Schlüssel zu den exklusivsten Lokalen der Stadt in der Hand hält, dort wo das bürgerliche Mailand sich trifft, dem er trotz seines fehlenden Hintergrunds nacheifert. Viele kurze Episoden sind es, die ihm zusammengenommen dieses Gefühl vermitteln. Die erste geht auf das letzte Weihnachtsfest zurück, als er tatsächlich telefonisch einen Tisch im Billia di Saint-Vincent reservieren konnte, einfach nur durch Nennung seines Nachnamens.

Dies ist der Auftakt zu einer langen Reihe exklusiver Restaurants, die er von nun an regelmäßig frequentiert. Nina gefällt diese Welt, sie erinnert sie an die Kreise ihrer Kindheit. Roberto hingegen fühlt sich mehr vom Luxus angezogen als von den Leuten, vom Glanz, der alles umgibt, als wolle er ein für alle Mal das Elend abwerfen, in dem er aufgewachsen ist.

Immer wieder besucht das Paar nun auch Veranstaltungen der intellektuellen Elite, den Pressezirkel auf dem Corso Venezia zum Beispiel, wo sie den Herzchirurgen Barnard hören, der von seinen ersten Eingriffen am offenen Herzen berichtet. Kurz gesagt, sie amüsieren sich. Juweliergeschäfte betreten sie mittlerweile nur noch, um einzukaufen: Ringe, Colliers und Schmucksets für Nina. In seinem Autohaus auf dem Viale Stelvio wechselt Vandelli wöchentlich den Wagen, wobei er immer einen für den persönlichen Gebrauch behält, sein Lieblingsgefährt, eine DS21 Cabriolet von Citroën. Den Haifisch.

Die Begeisterung für diesen Wagen hat ihm ein leicht tuntiger Graf mit tonlosem R vermittelt, mit dem er in einer von Astanguras Spielhöllen gepokert hat.

»Franzosen sind ganz verrückt nach solchen *jeux des mots*. CX zum Beispiel, wir Franzosen sprechen das aus wie Sex, und das ist kein Zufall. Viele Autos von Citroën haben Namen, die auf Französisch wie weibliche Substantive klingen: DS, *la déesse*, die Göttin, oder ID, *l'idée*. Das ist ganz *extraordinaire, n'est-ce pas?*«

Am Morgen nach dieser kleinen Lektion betrat Vandelli ein Autohaus und erstand eine Göttin, in bar. Der Verkäufer zuckte mit keiner Wimper.

Auch der Kleiderschrank des Gangsters vom Giambellino sieht nicht mehr aus wie früher, als noch bescheidene Anzüge und verschlissene Hemden darin hingen: jetzt hingegen nur noch maßgeschneiderte Anzüge in gedeckten Farben, stets perfekt kombiniert. In zwei Läden kleidet er sich ein: Einer befindet sich in der Via Palmanova, der andere an den Säulen von San Lorenzo. Er bezahlt gut und immer in bar; gibt reichlich Trinkgeld. Keine Fragen, man liegt ihm zu Füßen. Man kann sich vorstellen, wo all der Reichtum herkommt, doch das ändert nichts am Ergebnis. Er ist da, wo er hinwollte. Gute Restaurants, perfekt sitzende Kleider, große Autos und natürlich Traumreisen.

Im vorigen Sommer waren er und Nina im Gargano in einer Villa am Meer mit eigenem Anlegesteg und Motorboot.

»Das ist ja wie in Tausendundeiner Nacht!«, hatte die Blondine geschwärmt.

Und wirklich wurden es unvergessliche Tage und Nächte, wie an diesem Spätsommernachmittag, als er am Strand in der Sonne lag. Nina war aus dem Wasser gekommen, sinnlich und ungestüm wie Ursula Andress im letzten *James Bond*, den sie vor einiger Zeit gemeinsam gesehen hatten.

»Wäre es nicht schön, wenn es immer so bliebe, Roberto?«, hatte sie gefragt, sich neben ihn in den Sand gelegt und ihn auf die Lippen geküsst, die nach Salz schmeckten wie in dem Lied von Gino Paoli.

Er hatte genickt und gleichzeitig gewusst, dass er sich etwas vormachte. In der Welt des Verbrechens reduziert sich alles auf wenige enthusiastische Wochen und lange Jahre im Bau. Auch das hatte der Molosser ihn gelehrt, wenngleich er das lieber nicht glauben wollte.

5

Die Überwachung mit der Stoppuhr in der Hand dauert etwa zehn Tage an. Vandelli persönlich folgt dem Geldtransporter mit den drei jungen Männern von Mondialpol, die in einem blauen Fiat 500 alle Esselunga-Märkte Mailands abklappern. Er wechselt sich tageweise mit Pinto ab.

Die Stadt ist in drei Touren aufgeteilt, je nach Lage der Supermärkte, und Roberto entscheidet sich für die Tour durch das Zentrum.

»Da gibt's garantiert mehr zu holen«, erklärt er seinen Komplizen.

Die Tour hat zwölf Supermärkte und endet immer in der Via Monte Rosa, Ecke Via Domenichino. Roberto meint irgendwo gelesen zu haben, dass dieser Ort vor vier Jahren schon einmal ausgeraubt wurde mit einer Beute von ein paar Zigmillionen. Er hält das für ein gutes Omen.

Als alle Daten beisammen sind, sitzen sie um den Tisch herum: er, Pinto, Gandula und die zwei Comasina-Jungs.

»Wir müssen drei Autos knacken: eins, um den Geldtransporter zu stoppen und dann dort stehen zu lassen, eins als Fluchtauto und eins zum Wechseln, um die Spuren zu verwischen.«

Der Ablauf ist immer derselbe, wie sie ihn schon häufig erfolgreich erprobt haben: den Cinquecento rammen, Waffen raus, Safe auf, das Sümmchen schnappen und ab in den Wagen, der mit laufendem Motor auf sie wartet.

»Ein Kinderspiel«, schließt Vandelli.

Niemand hat Einwände.

»Das wird wieder mal ein Coup à la Via Osoppo«, erklärt er am selben Abend Nina. Allein bei der Vorstellung ist er wie elektrisiert. »In dem Geldtransporter befindet sich ein Heidengeld, mindestens achthundert Millionen!«

Sie sind im Wohnzimmer. Sie liegt auf dem großen Sofa und betrachtet ihn skeptisch.

»Dann haben wir für lange Zeit ausgesorgt«, schwärmt der Gangster weiter, »wir könnten uns aus dem operativen Geschäft zurückziehen, wenn wir wollen.«

»Das wäre auch wirklich Zeit, Roberto.«

Er runzelt die Stirn.

»Was meinst du damit?«

Sie setzt sich auf, nimmt seine Hand und legt sie sich auf den Bauch.

»Du bist …«, stottert er verwirrt.

»Ja, ich bin schwanger.«

6

Am Valentinstag warten sie zu fünft vor dem Esselunga in der Via Monte Rosa; nicht um Geschenke für ihre Liebsten zu kaufen, dann hätten sie bestimmt keine weißen Kapuzen auf, mit denen sie wie diese Spinner vom Ku-Klux-Klan aussehen.

Es ist ein klarer, sonniger Tag, und im weißen Alfa Romeo 1750, den sie in der Nacht gestohlen haben, ist es ziemlich stickig. Sie stehen in zweiter Reihe, neben den unter kahlen Bäumen geparkten Autos. Auf der anderen Straßenseite, Ecke Via Monte Leone, haben sie einen schwarzen, ebenfalls geklauten Alfa 2000 postiert. Mit laufendem Motor steht er bereit für die Flucht.

»Da kommen sie«, sagt Vandelli. »Aufgepasst!«

Der blaue Fiat 500 von Mondialpol hält vor dem Supermarkt.

Den Gangstern klopft das Herz bis zum Hals, das Adrenalin steigt. Das Auto ist voll mit Gewehren, MPs und Pistolen. »Vertrauen ist gut, Vorbereitung besser«, lautete Vandellis Leitspruch, als er den anderen das Waffenarsenal demonstrierte.

Sie atmen schneller.

»Wir warten, bis sie mit den vollen Geldsäcken herauskommen.«

Zwei scheinbar endlose Minuten vergehen. Sobald sie wieder ins Auto steigen, gibt Vandelli das Kommando.

»Los!«

Pinto drückt das Pedal durch und rast mit Vollgas in den

Cinquecento hinein. Gandula und die Comasina-Jungs springen als Erste aus dem Alfa, die Waffen im Anschlag.

»Alle raus, Hände hoch«, schreit Vandelli den dreien von Mondialpol zu, die viel zu überrascht sind, um sich zu wehren.

»Rückt die Safeschlüssel raus, aber dalli!«

Doch die Schlüssel sind nicht auffindbar. Durch den Aufprall sind sie irgendwohin gerutscht, vielleicht unter die Sitze.

»Wie konntest du sie loslassen«, kreischt einer der Sicherheitsleute in Panik seinen Kollegen an. »Wir haben sie doch eben noch benutzt! Such richtig, irgendwo müssen sie doch sein. Los, sonst knallen die uns alle ab!«

»Scheiße, wir dürfen keine Zeit verlieren«, sagt Pinto nervös und fuchtelt den Wachleuten mit der Sten Gun vor der Nase herum. »Beeilt euch!«

»Schluss! Raus aus dem Auto«, befiehlt Roberto. »Sofort!«

Die drei gehorchen. Pietra entwaffnet sie und stößt sie runter auf den Boden, wo er sie in Schach hält. Gandula fackelt inzwischen nicht lange und schießt auf den Safe, so dass das Schloss explodiert. Geld flattert ihnen entgegen.

»Los, ihr drei, nehmt die Säcke und macht sie voll, ich komme mit dem Auto. Ihr springt rein, was auch immer passiert, kapiert?«, schreit Vandelli den Komplizen zu. »Wir haben schon genug Zeit verloren!«

Gandula jedoch ist wie versteinert.

»Aber …«, stottert er. »Aber, das kann doch nicht alles sein?«

Roberto wirft einen Blick in den Safe. Dort liegen nur vier kleine Säcke.

»Scheiße noch mal! Irgendwas stimmt da nicht«, meint nun auch Romolino.

Vandelli spart sich den Kommentar, denn in der Ferne erklingt schon die Sirene eines Polizeiwagens.

»Sie müssen drinnen die Schüsse gehört haben«, schreit Pietra, »die haben die Bullen gerufen!«

Die drei Sicherheitsleute rappeln sich auf und flüchten in den Supermarkt.

»Nehmt, was da ist, und dann nichts wie weg«, ordnet Vandelli an. Die Bullen rasen mit quietschenden Reifen herbei. Etwa dreißig Meter vor dem Alfa halten sie an und eröffnen das Feuer. Die Kugeln fliegen den Gangstern um die Ohren, treffen auf das Pflaster, graben sich in Bäume, zerschlagen die Windschutzscheiben parkender Autos. Auch Romolino und Pietra ballern nun um sich, während Gandula die Säcke füllt. Alle haben sich hinter den Autos verschanzt.

Vandelli entschließt sich zu einem Ablenkungsmanöver, um sie aus diesem Schlamassel herauszuholen. Mit seiner sechsschüssigen Pistole zielt er auf die breite Fensterfront des Supermarktes und feuert. Unter einem wahren Höllengetöse bersten die Glasscheiben, und die Scherben spritzen in alle Richtungen. Der Trick funktioniert.

Die Polizisten sind lang genug abgelenkt, so dass die Banditen über die Straße rennen und in den schwarzen Alfa hechten können. Mit Vollgas rasen sie in Richtung des Piazzale Lotto davon und verschwinden, während hinter ihnen Dutzende von heißen Patronenhülsen zurückbleiben.

Als sie weit genug entfernt sind, ziehen sie die Sturmhauben von den Köpfen, halten in einer leeren Seitengasse an und wechseln die Kleidung. Alles völlig mechanisch. Wortlos machen sich Pinto und Gandula zu Fuß auf die Suche nach einem Taxi, während Vandelli und die Comasina-Jungs weiter zur Via Civitali fahren, wo Pinto das dritte gestohlene Auto geparkt hat, das Tauschauto. Doch als sie dort ankommen, erwarten sie ein paar weitere Überraschungen.

»Das glaube ich einfach nicht«, stöhnt Romolino. »Dieser Trottel von Pinto hat die Autoschlüssel mitgenommen. Ob er Angst hatte, dass es gestohlen wird?«

Ohne eine Miene zu verziehen, bricht Pietra die Wagentür auf. Für ihn ein Kinderspiel.

Niemand spricht, jeder weiß, was zu tun ist: Jetzt müssen sie die dicken Pullis, Sturmhauben und Waffen loswerden und die Säcke mit dem Geld in den großen Taschen verstauen. Romolino öffnet den Kofferraum und stößt einen Fluch aus.

»Verdammt! Er hat uns nur eine Tasche hiergelassen. Da passt nicht alles rein.«

»Packt das Geld hinein. Und in die Säcke dann die Schießeisen und die Kleider, so weit es geht.«

Die Comasina-Jungs gehorchen.

»Nichts wie weg hier«, sagt Pietra aufgeregt und hebt den Kopf. »Ich glaube, ich höre die Sirenen.«

»Los, zischt ab. Ich kümmere mich um die Beute. Wir sehen uns in einer Stunde wie besprochen.«

Schnell fährt das Auto los und lässt Vandelli auf dem Bordstein zurück mit einer riesigen Tasche voller Waffen und Kleidern über dem Arm. Ohne Eile biegt er in die Via Ciardi ein und bleibt nach einigen Schritten vor einem Treppenabgang stehen, der in ein Kellergeschoss führt. Mit diesem Gepäck kann er nicht viel herumlaufen, also steigt er die Treppe hinab, wo er hinter einer Tür die Mülltonnen stehen sieht. Ohne lange zu überlegen, stopft er die Sachen hinein.

›Wenn ich Glück habe‹, denkt er, ›wird der Müll weggebracht, ohne dass jemand etwas merkt.‹

Eine Minute später steht er wieder auf der Straße und findet ganz in der Nähe ein Taxi. Er steigt ein und lässt sich, um unliebsamen Überraschungen vorzubeugen, zum Hauptbahnhof fahren, von dort nimmt er ein anderes Taxi zum Dom, dann ein drittes, mit dem er zu der Wohnung fährt, wo die anderen auf ihn warten.

7

Es gibt Tage im Leben eines Polizisten, da scheint alles schiefzulaufen und das Recht immer nur auf Seiten dessen zu sein, der sich einen Strumpf über den Kopf zieht und seinem Nächsten mit der Knarre ins Gesicht zielt.

Santi hat für Carla Blumen gekauft, doch die welken im Delirium der letzten Stunden auf dem Schreibtisch vor sich hin, bis spät in der Nacht. Mitten im Liebestaumel des Valentinstages passieren drei Überfälle in drei verschiedenen Stadtvierteln: auf einen Juwelier an der Porta Romana, auf eine Postfiliale an der Piazzale Dateo und auf einen Supermarkt in der Via Monte Rosa, wo die Banditen sich beim Eintreffen der Polizei ein Feuergefecht mit den Einsatzkräften liefern. Letzteres schockiert den Commissario, der sich beim besten Willen nicht daran erinnern kann, etwas Ähnliches vor fünf Jahren zu Zeiten der Cavalieri-Bande erlebt zu haben. Unverzüglich lässt er sich von Pugliesi an den Tatort bringen; dort nimmt sie ein Kollege in Empfang.

»Es ist reiner Zufall, dass es keine Toten gab«, sagt er.

»Irgendjemand verletzt?«, fragt Antonio und schaut sich um.

»Einer der Fahrer, der von einem Splitter getroffen wurde. Aber nichts Schlimmes.«

»Das ging mal wieder haarscharf am Blutbad vorbei«, seufzt Santi und betrachtet die zerstörte Fensterfront des Esselunga-Marktes. »Wir müssen unbedingt so schnell wie möglich die Namen der Bandenmitglieder herausfinden.«

»Das kann jeder gewesen sein. Die Räuberbanden in der Stadt sprießen gerade wie Pilze aus dem Boden.«

»Sie haben aber Mailändisch gesprochen«, mischt sich einer der Mondialpol-Leute ein. »Und hatten Erfahrung.«

Santo tritt mit Pugliesi ein paar Schritte zur Seite.

»Es sind die von den Supermärkten. Fünf Leute, viele Waffen, dicke Autos, gut organisiert, charismatischer Anführer, selbst die Täterbeschreibungen stimmen überein. Nur dass sie dieses Mal die Taktik geändert haben; mit dem Überfall auf einen Geldtransporter wollten sie eine größere Beute erzielen.«

»Was tun wir als Nächstes?«

»Wir gehen zur Gegenoffensive über.«

»Wie das?«

»Indem wir ein paar Leuten Feuer unterm Hintern machen.«

»Informanten?«

»Genau, und ich kenne jemanden, der uns dabei helfen kann.«

Als er die Stimme seines Nachfolgers am Telefon hört, wird es Nicolosi fast ein wenig warm ums Herz; was er sich natürlich nicht anmerken lässt.

»In was für einem Schlammassel steckst du?«, fragt er.

»Nichts weiter«, lügt Santi, »ich wollte nur mal hören, wie es dir so geht, an deinem See da.«

»Hör auf, Antonio. Du hast seit sechs Monaten nichts von dir hören lassen. Und wenn du mich um elf Uhr morgens anrufst, heißt das, dass du etwas brauchst. Schieß los.«

»Du hast recht«, muss Santi zugeben. Und berichtet von dem Raubüberfall am Morgen, von den samstäglichen Supermarktüberfällen, von der Botschaft auf dem Zettel …

»Komm auf den Punkt, Commissario.«

»Ich brauche deine Informanten.«

»Du weißt genau, dass das nicht geht.«

»Dann habe ich mich falsch ausgedrückt«, korrigiert sich Antonio und wählt seine Worte mit Bedacht. »Ich hätte gerne, dass du dich bei deinen Informanten ein wenig umhörst.«

»Das klingt schon besser.«

»Gut.«

»Ich melde mich bei dir.«

»Danke.«

»Wie geht's der Kleinen?«, fragt Nicolosi noch, bevor er auflegt. Mit verändertem Tonfall, weniger rau.

»Sehr gut. Und es wäre an der Zeit, dass du uns mal besuchen kommst, weißt du?«

Der andere lässt sich ein paar vage Versprechungen entlocken, dann legt er auf.

»Und was machen wir?«, fragt Pugliesi, der das Gespräch mitgehört hat.

»Wir machen uns an die Arbeit, was sonst? Ab jetzt trägst du keine Uniform mehr, sondern gehst in Zivil. Du machst mir den Spürhund in der Unterwelt; du ziehst durch die Osterien und *trani* von Ticinese. Du besuchst die Bars auf der Piazza Tirana, in der Barona und der Comasina.«

»Und wenn mich jemand erkennt?«, wagt der Angesprochene einen schwachen Einwand.

»Mit einem Ganovengesicht wie deinem brauchst du dir keine Sorgen zu machen; dir passiert schon nichts.«

Als er den Polizeibeamten mit dem täglichen Stapel Zeitungen hereinkommen sieht, verkneift er sich weitere Witze zu dem Thema. In der Nachmittagsausgabe von ›La Notte‹ lässt es sich Basile nicht nehmen, die ganz große Trommel zu rühren. Er ist in Bestform: Mit Hilfe seiner bekannten blühenden Phantasie tauft er die Supermarktdiebe auf den schönen Namen ›Die Valentinsbande‹.

Auch die Schlagzeile klingt überschwänglich: *Mailand wird Chicago. Schusswechsel zwischen Gangstern und Polizei.* Im Untertitel wird er dann ätzender und anklagender:

In einem guten Monat haben diverse Räubergangs ihre Geschäftseinkünfte auf dreihundertsiebzig Millionen Lire hochgeschraubt, während Polizei und Carabinieri darüber klagen, dass ihnen aufgrund der langsamen Mühlen von Bürokratie und neuem Strafgesetz die Hände gebunden sind. Doch wohin soll uns das führen?

8

Die Tür springt fast aus den Angeln, so heftig stößt Vandelli sie auf. Die Komplizen, die sich von der Polizei überrascht glauben, empfangen ihn mit den Waffen im Anschlag.

»Runter damit«, befiehlt er und wirft sich auf das durchgesessene Sofa der Wohnung in einem Außenbezirk, die ihnen als logistischer Rückzugsort dient. »Und dann erklärt mir gefälligst, was da heute los war, ich kapier das einfach nicht.«

Auf dem Holztisch liegt das erbeutete Geld. Die zwei Comasina-Jungs zählen gerade gemeinsam durch und notieren sich Zahlen auf einem Zettel. Gandula und Pinto sehen ihnen müde zu.

»Wir rechnen gerade noch einmal«, erklärt Romolino. »Es sind zweiundvierzig Millionen.«

»Nicht ganz die achthundert, mit denen wir gerechnet hatten …«, rutscht es Pinto heraus.

Vandelli sieht ihn böse an, sagt aber nichts.

»Scheiße noch mal, wo war denn das ganze Geld?«, stößt Pietra aus.

»Warte, warte! Da geht's um uns«, fällt ihm Gandula ins Wort, der das Radio eingeschaltet hat.

»Fünf bis an die Zähne bewaffnete Räuber haben heute Morgen gegen neun Uhr dreißig einen Geldtransporter überfallen, der gerade mit dem Einsammeln der Wochenendeinnahmen der Supermarktkette Esselunga begann. Bei der Filiale in der Via Vigliani hatten die Beamten der Sicherheitsfirma Mondialpol dreiundzwanzig Millionen mitgenommen, während die Tageseinkünfte in der Via Monte Rosa bei um die dreißig Millionen lagen. Anschließend flohen die Verbrecher mit der Beute von dreiundfünfzig Millionen. Ein Blutbad konnte verhindert werden dank des schnellen Eingreifens der Polizei, die die Räuber in die Flucht schlug …«

»Ausmachen«, befiehlt Roberto.

»Der ganze Aufriss für dreiundfünfzig Millionen, könnt ihr euch das vorstellen?«, stöhnt Gandula.

»Diese Trottel haben die Runde von hinten angefangen«, erklärt Pinto, der endlich weiß, was schiefgelaufen ist, »anstatt in der Via Monte Rosa aufzuhören, haben sie dort angefangen. Das haben sie im gesamten Beobachtungszeitraum kein einziges Mal gemacht.«

»Wie auch immer, das hier sind zweiundvierzig Millionen«, unterbricht Romolino sie. »Wo sind die restlichen elf?«

Alle schauen Vandelli an und gleich wieder weg. Sie wissen, dass er fähig ist, einem wegen eines falschen Blicks eine Kugel durch den Kopf zu jagen.

Roberto reagiert nicht, ihn beschleicht gerade der fürchterliche Verdacht, dass die schönen *dané* noch bei den Sachen liegen, die er in der Via Ciardi weggeworfen hat. Und angesichts der mageren Ernte würde es ihm wirklich leidtun, sie auf diese Art zu verplempern, verdammt leid. Ganz abgesehen davon, dass er überhaupt keine Lust hat, dass die anderen denken, er habe einen Teil der Beute verloren oder, schlimmer noch, selbst eingesackt, um ihn nicht zu teilen.

Er steht auf und verkündet: »Ich hole Nina, ziehe mich um und fahre noch mal vorbei, um nachzuschauen. Ihr wartet hier.«

Die anderen sehen ihn verständnislos an, haben aber keine Einwände. Ihr Anführer ist ohnehin schon verschwunden.

Zehn Minuten später steht Vandelli in seiner Wohnung.

»Zieh dich an«, befiehlt er.

Nina betrachtet verblüfft, wie er sich umzieht.

»Was ist passiert?«

»Mach dich fertig, wir müssen los. Ich erklär es dir später.«

Der Mann schlüpft in einen seiner Maßanzüge, während die Blondine sich aufmotzt, als käme sie direkt vom Catwalk mit einem hellen Pelz, der ihre noch frühe Schwangerschaft verbirgt, und einem superkurzen Mini mit schwarzen Stiefeln.

»Wo bringst du mich hin?«, fragt sie, während sie in ein Taxi steigen.

Er antwortet nicht. Sein Gesicht ist ernst, der Blick konzentriert. Die junge Frau begreift, dass sie besser nicht weiterfragt.

Der gelbe Wagen hält in der Via Ciardi. Vandelli reicht dem Taxifahrer einen Geldschein.

»Warten Sie bitte hier.«

Er und Nina steigen aus.

»Kannst du mir das bitte erklären?«, setzt sie wieder an.

»Ich muss in der Nähe etwas überprüfen.«

»Beeil dich, ich bin müde«, sagt sie und fährt sich über den Bauch.

»Wir sind gleich da, ganz ruhig.«

Sie erreichen die Treppe, die ins Kellergeschoss führt. Vandelli hofft inständig, dass niemand etwas gemerkt hat und er die Beute einfach wieder einsammeln kann, doch die Hoffnung trügt, als er in der Tür zu den Mülltonnen einen Mann mit Geheimratsecken und dicken Brillengläsern entdeckt, der mit offenem Mund Waffen und Geld anstarrt. Im gleichen Moment schaut er in ihre Richtung und sieht sie.

Roberto packt Nina und küsst sie inbrünstig.

»Oh, diese Leidenschaft!«

Doch er wirkt nicht wie einer, der Lust auf Liebesgeflüster hat. Er zieht sie weg.

»Verdammte Kacke! Der hat den Sack gefunden. Elf Millionen in den Wind geschossen. Lass uns abhauen, komm.«

Nina versteht gar nichts mehr und lässt sich von ihm zum Taxi schleifen. Vandelli brütet in düsterem Schweigen vor sich hin. Eine dumpfe Wut schwillt in ihm an. Und am schlimmsten daran ist, dass er nicht weiß, ob es wegen des Geldes ist, das sie verloren haben, oder weil er wieder einmal die kriminelle Doktrin vom Molosser missachtet hat.

9

Die Scheiben des Autos sind eisig, und der Atem der Männer im Wageninnern überzieht sie mit einer undurchsichtigen Kondensschicht. Es ist kurz nach Mitternacht. Antonio denkt, dass er die Blumen für Carla wahrscheinlich in den Müll werfen kann: Das Fest ist vorbei, und er hatte nicht eine Minute Zeit, um nach Hause zu gehen und sie ihr zu überreichen.

Da kommt Pugliesi aus der Telefonzelle gerannt.

»Also?«, fragt Santi.

»Wir haben das Okay.«

»Dann los«, ordnet der Commissario an, und die drei Beamten, die mit ihm im Polizeiauto sitzen, steigen aus.

»Aufmachen, Polizei«, ruft Pugliesi mit fester Stimme in die Sprechanlage.

Nina erstarrt einen Moment.

»Roberto, da sind die Bullen«, wispert sie, während sie mit der Hand die Sprechmuschel zuhält.

»Scheiße!«, entfährt es ihm, während er fieberhaft überlegt, was zu tun ist. Eine Möglichkeit wäre, sich im Aufzugschacht zu verstecken. In dem Schlösschen, das er sich hat bauen lassen, ist der Fahrstuhl so umgewandelt, dass man ihn auf einem Stockwerk blockieren kann. Dann muss man nur auf das Kabinendach steigen und lässt den Aufzug weiterfahren. Die Bullen würden also zur Wohnung hinauffahren, ohne zu merken, dass er gemütlich über ihren Köpfen sitzt. Sein Gehirn arbeitet auf Hochtouren. »Warum sind die schon hier?«, fragt er sich. »Das kann gar nicht wegen der Sache in Monte Rosa sein, wir hatten Sturmhauben auf, keiner hat uns erkannt. Warum also?«

»Roberto, was soll ich ihm sagen?«

»Lass sie hochkommen«, erwidert er schließlich. In der

Wohnung ist nichts, das mit den Raubüberfällen in Verbindung gebracht werden könnte.

›Sollen sie doch ruhig herumschnüffeln‹, sagt er sich; er würde sie kühl und erstaunt über ihr Eindringen empfangen. Während sie heraufkommen, schließt er sich aber doch noch schnell ins Bad ein, um ein paar gefälschte Führerscheine und Personalausweise zu zerreißen und im Klo hinunterzuspülen.

Nina empfängt die Polizisten im Hausmantel. Wortlos lässt sie sie herein und zieht sich dann zurück.

Als Erster betritt Commissario Santi die Wohnung und schaut sich verwundert um: ein luxuriöses Haus, handkantendicke Teppiche, wertvolle Bilder, antike Möbel.

»Da kannst du mal sehen, dieser Vandelli lässt es sich gutgehen«, kommentiert Pugliesi.

Antonio erwidert nichts. Der Prunk um ihn herum beeindruckt ihn: jeder Gegenstand, jedes Einrichtungsstück ist geschmackvoll und teuer.

In diesem Moment taucht Vandelli auf der Schwelle vom Schlafzimmer auf, als sei er gerade aufgewacht, auf den Lippen ein kleines Lächeln. Als er Santi sieht, huscht für den Bruchteil einer Sekunde ein Schatten über seine grünen Augen, der dem Bullen nicht entgeht.

»Darf man mal wissen, was zum Teufel ihr hier zu nachtschlafender Zeit sucht? Zieht Leine und lasst mich in Frieden, ich weiß nicht, hinter wem ihr her seid, aber hier seid ihr falsch, ich habe nichts getan!«

»Klar, wie die anderen Male auch«, gibt Santi zurück. »Legt ihm die Handschellen an.«

»Hey, was soll das?«

Vandelli wird laut, er schreit, windet sich und verlangt nach seinem Anwalt, weil er unschuldig sei.

»Das werden wir ja sehen«, meint Santi dazu. »Bringt ihn weg.«

»Warum wegbringen?«, protestiert der Bandit, als zwei Beamte ihn hinausschleifen. »Ich bin unschuldig!«

Sein Gezeter setzt sich im Treppenhaus fort, so dass Antonio die Stimme erheben muss, als er sich an Nina wendet.

»Zieh dich an«, sagt er. »Du musst auch mit auf die Questura.«

Pugliesi wartet, bis die Frau in ihrem Zimmer verschwunden ist, dann sagt er: »Sind wir hier fertig?«

»Nein, lass zwei Männer hier, die die Wohnung auf den Kopf stellen. Wenn hier irgendetwas versteckt ist, müssen sie es finden, verstanden?«

10

Es ist warm in Santis Büro, die Heizungen bollern. Die früheren Kinder aus der Via Osoppo und vom Giambellino sitzen einander gegenüber: der Bulle und der Bandit. Beide haben ihre Jacke ausgezogen. Roberto sieht Antonio direkt in die Augen. Pugliesi steht etwas abseits an der Tür.

Alle schweigen, bis sich Vandelli eine Zigarette anzündet, als sei es das Natürlichste auf der Welt.

»Ich darf doch?«, fragt er großkotzig mit Blick auf die Fluppe. Die erste Rauchwolke entsteigt seinem Mund, und er spielt den Unbeteiligten, indem er Rauchkringel in die Luft bläst.

Santi bleibt unbeeindruckt, das Spiel macht er nicht mit.

»Da ist der Aschenbecher«, sagt er trocken.

Sein Gegenüber nickt. Plötzlich hat er es nicht mehr eilig.

Pugliesi öffnet das Fenster einen Spalt breit, um Frischluft in den Rauch und die Wärme zu leiten.

»Ihr wollt mich doch jetzt nicht aus dem Fenster werfen, oder?«, meint der Gangster ironisch.

Die beiden Polizeibeamten reagieren nicht auf die Provokation.

»Also, Vandelli, was ist nun?«, fragt Santi schließlich.

Als Antwort erhält er nur ein Schulterzucken.

Pugliesi hat sich die Akte des jungen Mannes angesehen: eine nicht eben reine Vorstrafenweste, Haftstrafen im Beccaria und später in San Vittore. Einer der vielen Kleinkriminellen also, nichts Besonderes, auch wenn er dem Äußeren und seinem Gebaren nach mit Rauchkringeln und allem irgendwie anders zu sein scheint als der Rest. Und auch Santi kommt dieser Verbrecher hier besonders vor, als stecke etwas Persönliches hinter der ganzen Geschichte.

»Lass uns über deine Wohnung reden«, setzt der Commissario erneut an.

»Bitte.«

»Völlig überdimensioniert für einen mit deiner sozialen Herkunft. Wir haben uns gefragt, ich und mein Kollege, wie du dir den ganzen Luxus leisten kannst.«

»Indem ich Flipper spiele, Commissario«, erwidert Vandelli lächelnd.

Auch Santi lächelt.

»Dann müsst ihr aber wirklich gut im Flipperspielen sein, du und deine Gang, sonst hätte sich doch dein Freund Romolino nicht gerade erst einen Porsche gekauft.«

»Ein echter Glückspilz.«

Santi und Pugliesi wechseln einen Blick. Den Banditen scheint nichts aus der Ruhe zu bringen.

»Eins aber verstehe ich nicht«, fährt Antonio fort.

»Und das wäre?«

»Sieh mal, du besitzt eine schöne Wohnung, verkehrst mit einer Menge reicher Leute und verbringst deine Freizeit in Nachtclubs, Restaurants und auf Spritztouren an die Côte d'Azur. Was ich nicht kapiere, ist aber, womit genau du dir deinen Lebensunterhalt verdienst?«

»Ach, Commissario, mal mit diesem, mal mit jenem, das ist doch kein Verbrechen, oder?«

Santi beschließt, sich der Sache von einer anderen Seite her zu nähern.

»Du kennst Signor Remo Beretta?«

»Ich hatte noch nicht das Vergnügen. Wer ist das?«

»Das ist der Pförtner des Wohnhauses in der Via Ciardi 25.«

Roberto schüttelt den Kopf.

»Kenn ich nicht. Welche Gegend ist das?«

»San Siro, aber der Punkt ist folgender: Gestern Morgen, ein paar Stunden nach dem Raubüberfall auf den Supermarkt in der Via Monte Rosa, haben Signor Beretta und andere Hausbewohner ein Pärchen gesehen, das sich auffällig nahe an den Mülltonnen ihres Wohnhauses herumtrieb. Komisch, oder?«

»Finde ich nicht. Warum erzählst du mir das?«

»Na ja, unser guter Beretta hat in den Mülltonnen ein paar Sachen gefunden, Waffen, Pullis, Sturmhauben und nicht weniger als elf Millionen Lire: alles Zeug, das meiner Meinung nach auf direktestem Weg aus der Via Monte Rosa kam.«

Von Roberto keine Reaktion, der sich mit dem immer gleichen Lächeln im Gesicht über den Schreibtisch beugt, nicht um die Zigarette auszudrücken, wie die zwei Bullen erwarten, sondern um den Zettel aufzunehmen, der gut sichtbar vor dem Commissario liegt.

Zufrieden wedelt er damit vor Santis Nase hin und her.

»Wenn ich herausfinde, wer dir das geschrieben hat, werde ich ihm dazu gratulieren«, sagt der Bandit lachend.

Es handelt sich um die Botschaft, die in dem Tresor gefunden wurde und auf dem er dazu eingeladen wird, sich die Kugeln sonst wohin zu stecken.

Antonio schafft es, seine aufsteigende Wut zu unterdrücken. Scheinbar ungerührt setzt er seine Überlegungen fort.

»Der Pförtner hat uns den Mann als eleganten Typen im maßgeschneiderten Nadelstreifenanzug beschrieben, à la

Clyde sozusagen, mit etwas längeren Haaren. So einer wie du, kurz gesagt. Du trägst doch gerne elegantes Zeug, oder? Das Mädchen hingegen muss um die zwanzig sein, groß, blond und schlank wie ein Mannequin. Klingelt da was? Ich würde sagen, genau wie Signorina Nina.«

Da setzt sich Roberto plötzlich auf seinem Stuhl gerade hin. Hier hört der Spaß für ihn auf.

»Hör mir zu, Bulle. Die Sache ist die: Du hast nichts gegen mich in der Hand. Dieser Portier kann jeden gesehen haben. Vor Gericht ist seine Aussage einen Dreck wert, das weißt du genau. Siehst du die hier?«, fragt er, während er seine goldene Rolex vom Handgelenk streift. »Sie gehört dir, wenn du es schaffst, mich zu überführen. Andernfalls hätte ich nichts gegen eine Entschuldigung.«

Santi lächelt.

»Ich glaube, da kann ich nur gewinnen.«

»Richtig, und jetzt lass mich gehen.«

»Ich werde darüber nachdenken.«

Mit diesen Worten verlassen er und Pugliesi das Büro.

»Was sollen wir tun?«, fragt der Sovrintendente. »Er hat recht, viel haben wir nicht gerade: Nicolosis Informanten haben noch nichts von sich hören lassen, und bei meinen Zivilrunden durch die Osterien ist auch nichts herausgekommen.«

»Ich weiß. Fürs Erste behalten wir ihn und das Mädchen da, solange wir können.«

»Wo gehst du hin?«

»Noch einmal in die Wohnung, wir müssen etwas übersehen haben.«

Draußen, vor der Questura, ist die Nacht eisig und der Himmel sternenklar. Santi fährt im Wagen durch die schlafende Stadt, in seinem Kopf nur einen einzigen Gedanken: Vandelli zu überführen.

Als er die Traumwohnung erreicht, legt er gleich los. Er hat die richtigen Leute festgenommen, da ist er sich sicher, doch er braucht etwas Konkretes, um sie dabehalten zu können, und das kann er nur hier finden.

Unterstützt von den zwei Beamten, die vor Ort auf ihn gewartet und schon ein paar Zimmer durchsucht haben, wühlt er in Schubladen, zieht das Bett ab, reißt sogar die Polsterung eines Sofas auf. Nichts. Dann nimmt er sich die Schränke vor, durchwühlt Mülleimer und Abfallkörbe. Als er auch dort nichts findet, lässt er sich entmutigt auf einen Küchenstuhl fallen. In diesem Moment klingelt das Telefon in der Wohnung. Beim dritten Läuten hebt Antonio den Hörer ab.

»Commissario Santi«, meldet er sich.

»Hier ist Pugliesi. Vandellis Anwalt ist gekommen. Er mischt den ganzen Laden auf, schreit herum, dass wir keine Beweise haben, um ihn festzuhalten. Was soll ich tun?«

»Lass ihn laufen, hier ist nichts. Aber das Mädchen behältst du da: Bei ihr sind noch ein paar kleine Diebstähle anhängig, und wir müssen Zeit gewinnen.«

Mit desillusionierter Miene legt der Commissario auf. Doch als er den Blick senkt, erwacht seine Aufmerksamkeit erneut.

›Was hat denn der Schirmständer in der Küche zu suchen?‹, fragt er sich.

Er steht auf und untersucht ihn. Er nimmt zwei Regenschirme heraus und entdeckt etwas auf dem Boden des Ständers. Als er ihn umdreht, segeln Hunderte kleine Papierfetzen auf die Erde. Er sammelt sie auf und beginnt sie auf dem Küchentisch zusammenzusetzen.

»Hier hat wohl jemand ein größeres Papier in tausend Stücke gerissen«, meint er, während die beiden Beamten herankommen.

»Vielleicht damit niemand lesen kann, was darauf steht?«, sagt er mehr zu sich selbst als zu den Kollegen.

Er folgt einer Ahnung. Geduldig sortiert er die Teile hin und her, unter den erstaunten Blicken der Anwesenden. Sie sagen keinen Ton; wenn der Commissario verrückt geworden ist, geht sie das nichts an. Die Sache wirkt absurd, nicht aber für Santi, der in den vielen Jahren bei der Polizei gelernt hat, nicht auf den äußeren Schein zu vertrauen. Stück für Stück setzt sich das Mosaik zusammen, und jedes Puzzleteilchen findet seinen Platz. Je weiter er kommt, umso klarer wird ihm, was sich hier vor seinen Augen bildet; eine Reihe von Zahlen, untereinander zu Säulen geordnet. Er betrachtet sie und lächelt dann.

»Jetzt haben wir es«, ruft er am Ende.

Die zwei Beamten sehen ihn neugierig an.

»Seht her«, fordert er sie auf, »es ist wie ein Puzzle. Auf diesem Blatt steht eine Reihe von Nummern untereinander. Und wisst ihr, was das Entscheidende daran ist? Sie passen zu den Summen, die in den Geldsäcken des überfallenen Supermarktes waren! Das wusste niemand außer den Banditen, die den Coup gelandet haben, und uns, die wir die Meldung von Mondialpol bekommen haben.«

Die Polizeibeamten lächeln, nun haben auch sie begriffen.

Santi hat schon nach dem Hörer gegriffen und ruft Pugliesi an.

»Ist Vandelli noch da?«, fragt er.

»Nein, ich habe ihn vor zehn Minuten weggeschickt, wie du mir gesagt hast. Aber das Mädchen sitzt noch in ihrer Zelle.«

Antonio legt mechanisch auf; er fühlt sich leer. Nun hat er des Rätsels Lösung gefunden, doch der Schuldige ist ihm aus der Hand geflutscht, und was das Schlimmste ist: Er selbst war es, der angeordnet hat, ihn gehen zu lassen.

11

Die bleiche Morgendämmerung umfängt die Schatten der zwei Polizisten, die sich wie Geister aus einer schlaflosen Nacht auf die Bar zubewegen. Von diesem Moment an beginnt die Sache schiefzulaufen, richtig schief.

Es gibt kein Motiv, weswegen Vandelli sich gejagt fühlen müsste, zumindest wiederholt er sich das mantraartig, seitdem er die Via Fatebenefratelli verlassen hat: Er ist frei, gegen ihn sind keine Verfahren anhängig. Und trotzdem reagiert er sofort, sobald er Santi und Pugliesi sieht. Sie haben ihn erst ein paar Stunden zuvor weggeschickt – gerade Zeit genug, um zu duschen und sich im Versteck ein Schießeisen zu besorgen –, da stehen sie schon wieder vor ihm. Das kann kein Zufall sein, hier in Lambrate und dann noch in seiner Bar, wo er jeden Morgen hingeht. Sein Nest, sein Reich. Und zu dieser fast noch nächtlichen Stunde. Nein. An diesem Punkt gibt es wenig Alternativen, also packen er und Pinto automatisch ihre Waffen und fangen an, wie verrückt um sich zu ballern.

Den zwei Polizisten genügt ein einvernehmliches Zeichen, als sie schnell hinter dem Streifenwagen in Deckung gehen. Pugliesi übernimmt Pinto, Santi seinen Rivalen Vandelli.

»Das ist das Ende der Fahrt«, murmelt er, während die Kugeln durch die Luft sirren. Und zur Abrechnung, überlegt er, kommt es genau an dem Ort, wo die kriminelle Laufbahn des Gangsters auch begonnen hat: Nur ein paar Schritte entfernt von hier nämlich liegt die Wiese, wo er viele Jahre zuvor das Raubtier aus dem Zirkus befreit hat.

Wild um sich schießend, rennen die zwei vom Giambellino von der Bar weg und suchen hinter den Bäumen im Park der Piazza Gobetti Schutz.

Für ihre Verfolgung müssen die Polizisten ihre Deckung verlassen, im selben Moment, als Pinto einen Schuss abgibt, der Pugliesi an der Schulter trifft. Der Sovrintendente stürzt der Länge nach hin, ein Schwall Blut ergießt sich über den Boden. Besorgt beugt sich Santi über ihn.

»Nur ein Streifschuss, keine Sorge«, schreit der Mann und hält sich mit der anderen Hand die Schulter. »Lauf!«

Der Commissario blickt ihm einen Moment lang in die Augen, um sich zu vergewissern, ob er die Wahrheit sagt, dann steht er auf und will die beiden Verbrecher verfolgen, die aber schon am anderen Ende des Platzes um die Ecke biegen. Als er dort ankommt, sind sie nicht mehr zu sehen. Verschwunden. Er muss sich entscheiden, wohin. Vor ihm liegt die Bahnstation Lambrate.

›Der ideale Ort, um sich unter die Pendlermassen zu mischen‹, denkt er, als er die lange Treppe zu den Bahnsteigen hinaufrennt.

Doch als er keuchend und schwitzend oben ankommt, erstarrt er: Vor ihm steht mit gezogener Knarre Pinto.

»Ende der Reise, Arschloch!«

Auch Santi hat seine Beretta in der Hand, in diesem Moment wiegt sie tonnenschwer. Sie stehen einander gegenüber, während um sie herum die Leute schreiend in alle Richtungen stieben.

Vor Antonios innerem Auge spult sich sein Leben ab: Schwarzweißfotografien vom Überfall in der Via Osoppo, er und Nicolosi im Zagato auf dem Weg zu Paesanino, die vermummten Marseiller in der Via Montenapoleone, Lampis mit seinem Geigenkasten, Carlas sanftes Lächeln bei ihrem ersten Treffen, die Katanga mit ihren Schraubenschlüsseln, Martinez und Castelli, seine kleine Beatrice, Sandras Leiche auf der Toilette der Cattolica, die höhnische Botschaft im Banktresor …

Er hat eine Zehntelsekunde zum Nachdenken.

Die Pappkameraden auf der Schießbahn: überzeugen oder abknallen.

Kein Zögern: abknallen.

Die Kugel gräbt sich in Pintos Herz, der ihn ungläubig ansieht, bevor er mit einem dumpfen Schlag zu Boden fällt. Das Geschrei der Leute wird noch lauter, und in der Ferne tauchen ein paar Polizisten auf.

Natürlich hat Vandelli nicht abgewartet, wie der Western-Showdown ausgeht; er hat die Beine in die Hand genommen und flieht wie ein Hase.

Antonio fordert ihn zum Stehenbleiben auf und gibt ein paar Schüsse ab, die unter wildem Funkenschlag wie in einer Schweißerwerkstatt an dem Metall der Bahngleise abprallen.

»Er ist zu weit weg.«

Der Bulle folgt ihm über die Bahnsteige, immer bedacht, nicht zu stürzen, mit der Waffe in der Hand und dem Herz, das ihm bis zum Hals klopft.

Plötzlich schrillt ein Pfiff durch die Luft; unter Knirschen und Schnaufen fährt mit hohem Tempo ein Zug in den Bahnhof ein, hinter sich eine endlose Reihe Güterwaggons.

Santi flucht; wenn der Junge vom Giambellino es schafft, vor dem Zug die Gleise zu überqueren, hat er ihn auf jeden Fall verloren. Dann muss er den ganzen langen Güterzug abwarten, eine halbe Ewigkeit, in der der Flüchtende längst über alle Berge ist.

Es gibt nur eins, was er tun kann, und das, so gut er kann. Er bleibt stehen, atmet tief ein, packt die Beretta mit beiden Händen und schießt.

Epilog

Im Krankenhaus San Raffaele herrscht hektisches Treiben. Ärzte, Pflegepersonal und Polizisten. Das gesamte Stockwerk wird von Uniformierten bewacht, während auf der Straße ein knappes Dutzend Steifenwagen steht, um Gandula und die zwei Comasina-Jungs festzunehmen.

»Wir bringen sie alle in den Bau«, sagt Santi, während er Pugliesis gesunde Hand drückt. Der Sovrintendente trägt einen Arm in der Schlinge von der Schulterverletzung, doch sonst geht es ihm gut. Nicola Pinto war auf der Stelle tot.

»Wo liegt er?«, fragt der Commissario dann.

»Im Zimmer ganz hinten.«

Sie verabschieden sich per Handzeichen, und Antonio geht den Flur entlang.

»Lass uns einen Moment allein«, fordert er den Wachbeamten auf, als er das Zimmer erreicht. Der Mann entfernt sich, und Santi tritt ein.

Vandelli ist ungekämmt. Weiß wie ein Leintuch, erschöpft von den vielen schlaflosen Stunden, sitzt er mit verbundenem rechten Bein in einem Rollstuhl neben dem Fenster.

»Verpiss dich«, knurrt er dem Commissario entgegen.

»Wie ich sehe, geht es dir gut. Und du hast Glück, dass das Bein nicht lahm bleibt«, erwidert der Polizist.

»Das nächste Mal bin ich derjenige, der dir eine Kugel verpasst, aber in den Kopf, darauf kannst du dich verlassen, Bulle.«

»Wenn es ein nächstes Mal gibt.«

»Scheiße, zieh Leine.«

»Ich geh ja schon. Ich wollte nur, dass du weißt, dass ich deinen Freund nicht töten wollte. Ich hatte keine Wahl: Er hat mir mit der Pistole ins Gesicht gezielt. Ich oder er.«

Robertos Miene verdüstert sich. Er sieht aus dem Fenster, hat keine Lust zu streiten.

»Zieh Leine, hab ich gesagt.«

»Wir zwei sind uns ähnlicher, als du denkst«, fährt Antonio fort, ohne auf ihn zu achten. »Sieh mal, wenn man immerzu Jagd auf jemanden macht, wird man sich am Ende immer ähnlicher, passt sich an, im Reden und Handeln. Selbst in der Art zu denken. Die Sache ist die, dass wir alle auf der Suche nach Glück sind, Räuber und Gendarm. Und dafür tun wir alles, sogar töten. Pinto war mein Erster.«

Er zündet sich eine Zigarette an und bietet Vandelli eine an, der ihn feindselig anstarrt.

»Alles, was wir hin und wieder brauchen«, setzt er wieder an, »ist eine Frau, die uns liebt. Bedingungslos. Auch wir lieben sie, klar, aber früher oder später werden wir ihr Schmerz zufügen oder sie betrügen. Das liegt an diesem Leben, das wir führen: Am Ende müssen wir das, was wir lieben, zerstören oder mit uns in den Abgrund reißen.«

Der Verwundete verzieht den Mund.

»Warum erzählst du mir diesen ganzen Schmonzetten-scheiß?«

»Ich weiß, dass Nina schwanger ist.«

»Und?«

»Du wirst sie verlieren, sie und das Baby.«

»Bullshit.«

»Du wirst sie verlieren. Ich habe viele wie dich gesehen.

Das hält keiner aus. Das Kind wird einen Vater brauchen. Einen, der immer da ist, nicht einen im Knast. Jetzt erzählt Nina dir noch das Gegenteil, sie schwört, dass sie immer dir gehören wird, aber in Wirklichkeit kann sie nicht auf dich warten: Wenn du Glück hast, kommst du in zehn Jahren wieder raus.«

»Sei dir da mal nicht zu sicher, Bulle.«

Der Satz klingt wie eine Kampfansage in Antonios Ohren, der ein eigenartiges Leuchten in den grünen Augen erblickt, das ihn beunruhigt und erschreckt. Es ist ein Omen, die böse Saat dessen, was vier Jahre später geschehen wird, als er und Vandelli sich erneut von Angesicht zu Angesicht gegenüberstehen. Doch das ist eine andere Geschichte, eine der vielen Geschichten aus der roten Stadt.

Die Sprache von Milano Criminale

Bauscia: (mail.) Angeber, Großprotz, im weiteren Sinne für Einwohner Mailands allgemein
Ciula: (mail.) Dummkopf, Tollpatsch, auch Ausruf des Erstaunens oder der Bekräftigung
Dané: (mail.) Geld
Gandula: (mail.) dummer Junge
Guappo: Mitglied der neapolitanischen Camorra
Ligera: Dialektname für die oft romantisch verbrämte Verbrecherwelt Mailands, bestehend aus Dieben, Räubern, Betrügern und sonstigen Kleinkriminellen, aus deren Reihen größere Kaliber wie Renato Vallanzasca und Luciano Lutring hervorgegangen sind
Lippa: Spiel, ähnlich wie Kibbel-Kabbel, bei dem ein angespitztes Holzstück so weit wie möglich mit einem anderen Holzstück weggeschleudert werden muss
Madama: aus dem kriminellen Jargon in den allgemeinen Sprachgebrauch übergegangene Bezeichnung für die italienische Polizei, benannt nach dem Palazzo Madama in Rom, in dem im 18. und 19. Jahrhundert Gericht und Polizei des Kirchenstaates untergebracht waren
Madonnina: bronzene Marienstatue auf der höchsten Spitze des Mailänder Doms, im weiteren Sinne Bezeichnung für Mailand allgemein
Mala: kriminelle Unterwelt
Navigli: kleinere und größere Kanäle, die Mailand durch-

ziehen und bis ins 20. Jahrhundert als Verkehrswege dienten

Nebiun: (mail.) Nebel
Piola: piemontesische Osteria, wo man günstig isst und trinkt
Questura/Questore: Polizeipräsidium/Polizeipräsident
Radio Mala: Stille Post der Verbrecherwelt
Scighera: (mail.) Nebel
Scior: (mail.) Herr
Trani: traditionelle Osterien in Mailand

Die Musik von Milano Criminale

Fred Buscalglione: *Buonasera signorina*
Ray Charles: *Georgia on My Mind*
Jula De Palma: *Tua*
Tony Renis: *Quando quando quando*
Pooh: *Piccola Katy*
I Corvi: *Un ragazzo di strada*
Gianni Morandi: *Andavo a cento all'ora*
Beatles: *Love Me Do*
Giorgio Gaber: *La ballata del Cerutti*
Luigi Tenco: *Lontano lontano*
Beatles: *She's a Woman*
Beatles: *Twist and Shout*
Rolling Stones: *As Tears Go By*
Rolling Stones: *Lady Jane*
Rolling Stones: *Ruby Tuesday*
Rolling Stones: *(I Can't Get No) Satisfaction*
Adriano Celentano: *Il ragazzo della via Gluck*
Scott McKenzie: *San Francisco*
Nomadi: *Noi non ci saremo*

Mina: *È l'uomo per me*
Caterina Caselli: *Insieme a te non ci sto più*
Giorgio Gaber: *Torpedo blu*
Adriano Celentano: *24 mila baci*
Adriano Celentano: *Pregherò*
Adriano Celentano: *Ciao ragazzi*
Jimi Hendrix: *I Don't Live Today*
Jimi Hendrix: *Fire*
Jimi Hendrix: *Foxy Lady*
Jimi Hendrix: *Red House*
Jimi Hendrix: *Hey Joe*
Patty Pravo: *La bambola*
Paolo Pietrangeli: *Contessa*
Patty Pravo: *Ragazzo triste*
Piero Facaccia: *Stessa spiagga stesso mare*
Freda Bongusto: *Una rotonda sul mare*
Barry McGuire: *Eve of Destruction*
Pino Masi: *L'ora del fucile*
Mina: *Città vuota*
Massimo Ranieri: *Se bruciasse la città*
Janis Joplin: *Cry Baby*
Lucio Battisti: *Emozioni*
The Doors: *The End*
Adriano Celentano: *Chi non lavora non fa l'amore*
Lucio Dalla: *4 marzo 1943*
Edoardo Vianello: *Abbronzatissima*
Mina: *La voce del silenzio*
Gino Paoli: *Sapore di sale*

Anmerkung des Autors

Für diesen Roman hätte es viele passende Titel gegeben, doch nur eine Seele und eine Geschichte, die ihm zugrunde liegen, besser gesagt, eine Berufung: der Wunsch, die Blütezeit der Mailänder Unterwelt zu erzählen, sich in das Leben von Antonio Santi und Roberto Vandelli hineinzuvertiefen, sich darin zu vergraben, als gäbe es nichts sonst auf der Welt, um dann nach vielen Monaten wieder aufzutauchen und festzustellen, dass eine völlig neue Welt auf mich wartet.

Ein solches Unterfangen kann man nicht zu Ende bringen, ohne dem einen oder anderen zu danken. Allen voran Paolo, der wie immer alles gelesen und mir wertvolle Ratschläge gegeben hat. Ganz abgesehen von dem Trost, dem Halt und dem Zuspruch von einem, der weiß, dass das Schreiben manchmal auch eine – vielleicht ebenso privilegierte wie grausame – Art ist, die Wirklichkeit und das Leben zu verstehen.

Danke an Eleonora: meine Carla, meine Nina – meine Elly, für ihre Geduld zu jedem Zeitpunkt dieses langen Abenteuers auch dann, wenn ich mitten in der Nacht erwachte mit der Inspiration für ein weiteres Kapitel; die geduldig meine mentalen Abwesenheiten ertrug, wenn ich da war und doch nicht da, weil ich innerlich den Handlungsweisen meiner Figuren nachhing …

Danke: Die Lieder, die Liebe und vieles mehr in diesem Roman sind für dich.

Inhalt